알렉상드르 뒤마
Alexandre Dumas, 1802. 7. 24-1870. 12. 5

나폴레옹 군의 장군이었던 토마-알렉상드르 뒤마의 아들로 북프랑스의 빌레르-코트레에서 태어났다. 흑백 혼혈인이었던 아버지는 용기와 담력으로 대단한 평판을 얻어 나폴레옹의 찬사를 받기도 한 인물이었다. 어려운 가정 형편과 유년 시절 부친의 사망 등으로 제대로 된 교육을 받지 못했으나, 부친의 명망 덕분에 귀족들과 알고 지낼 수 있었다.

1824년 파리로 이주해, 후일 7월혁명으로 왕위에 오르게 되는 루이 필리프의 사무실에서 일하는 한편, 극작 활동을 시작해 《크리스틴》(1830), 《앙토니》(1831), 《넬 탑》(1832) 등 다수의 희곡을 썼다. 특히 1829년 코메디 프랑세즈에서 상연된 《앙리 3세와 그의 궁정》은 대성공을 거두어, 빅토르 위고와 함께 프랑스 낭만주의 운동의 기수가 되었다.

시대 변화에 민감한 작가로서, 1840년대 이후에는 본격적으로 소설로 눈을 돌려 신문에 연재소설을 기고하기 시작했다. 첫 연재소설인 《폴 선장》(1838)을 쓴 이후, 집필공방을 마련하여 수많은 소설들을 생산해냈는데, 이때 발표한 작품들 중 특히 《삼총사》(1844), 《20년 후》(1845), 《브라줄론 자작》(1847)의 '다르타냥 시리즈'와 《몬테크리스토 백작》(1845)은 대중소설의 모범을 보여주며 엄청난 인기를 끌었다. 1847년에는 '역사극장'을 개관하여 자신의 소설들을 연극으로 각색, 무대에 올리기도 했다.

지치지 않는 창작열로 250여 편의 작품을 남기고 1870년 사망한 뒤마는 원래 고향에 묻혔으나, 탄생 200주년인 2002년에 프랑스의 국가적 위인들이 묻혀 있는 팡테옹으로 이장되었다. 뒤마 이전에 이곳에 묻힌 문인은 볼테르, 장-자크 루소, 빅토르 위고, 에밀 졸라, 앙드레 말로뿐이었다.

쾌남아 다르타냥과 아토스, 포르토스, 아라미스 삼총사의 우정과 모험이 탄탄한 구성 속에 흥미진진하게 펼쳐지는 소설 《삼총사》는 뒤마 본인이 가장 아끼던 작품이었다. 학자나 평론가들이 아닌 대중이 선택한 고전으로서, 모험소설 읽기의 순수한 즐거움을 전파해온 《삼총사》는 지금도 시대를 뛰어넘어 전 세계 독자들의 끊임없는 사랑을 받고 있다.

삼총사
1

Les Trois Mousquetaires

삼총사
1

알렉상드르 뒤마 지음

김석희 옮김

시공사

일러두기

1. 이 책은 프랑스의 작가 알렉상드르 뒤마(Alexandre Dumas)의 《삼총사(Les Trois Mousquetaires)》를 우리말로 완역한 것이다.

2. 번역은 갈리마르판(Gilbert Sigaux 편집, 2001년)을 대본으로 삼았고, 가르니에판 (Charles Samaran 편집, 1968년)과 영어판(Richard Pevear 번역, 바이킹 출판사 발행, 2006년)과 일본어판(井上伸一郎 번역, 角川書店 발행, 2009년)을 참고했다. 해설을 쓰고 역주를 다는 데에도 도움을 받았으며, 때로는 부분적으로 차용하기도 했다.

3. 그림은 프랑스의 역사화가이자 삽화가, 희곡과 영화 제작자인 모리스 르루아르 (Maurice Leloir, 1851~1940)의 작품들로, Thomas Y. Crowell & Co.가 1894년 발행한 판본에 실었던 일러스트 중 일부를 추린 것이다.

머리말		9
제1장	아버지의 세 가지 선물	13
제2장	트레빌 씨의 대기실	37
제3장	접견	53
제4장	아토스의 어깨, 포르토스의 어깨띠, 아라미스의 손수건	70
제5장	국왕의 총사대와 추기경의 친위대	82
제6장	국왕 루이 13세	100
제7장	총사들의 속사정	130
제8장	궁정의 음모	143
제9장	다르타냥이 두각을 나타내다	156

제10장 17세기의 쥐덫 169

제11장 복잡하게 얽힌 음모 184

제12장 버킹엄 공작 조지 빌리어스 210

제13장 상인 보나시외 223

제14장 묑에서 온 사내 236

제15장 법관과 군인 252

제16장 국새상서 세기에가 늘 하던 대로 265
　　　　종을 울리기 위해 여러 번 종을 찾다

제17장 보나시외 부부 283

제18장 연인과 남편 302

제19장 작전을 짜다 313

제20장 여행 326

제21장 윈터 백작부인 345

제22장 무도회 359

제23장 밀회 371

제24장 별채 386

제25장 포르토스 401

제26장 아라미스의 논문 427

제27장 아토스의 아내 451

제28장 귀환 480

옮긴이 주 503

머리말

이 이야기의 주인공들은 이름이 '-오스'나 '-이스'로 끝나지만,
신화에 나오는 인물이 아니라는 것을 밝혀둔다.

1년쯤 전에 루이 14세의 전기*를 쓰려고 왕립도서관에서 자료
를 조사하다가 《다르타냥 씨의 회고록》*이란 책을 우연히 발견
했는데, 암스테르담에 있는 피에르 루주 서점에서 출간된 책이
었다. 당시만 해도 진실을 말했다가는 감옥에 가는 때여서, 이
런 불운을 피하고 싶은 저자들은 대부분 외국에서 저서를 펴냈
다. 제목에 마음이 끌린 나는 도서관 사서의 허락을 받고 그 책
을 집으로 가져와 한달음에 읽었다.

　그 책에 관해 여기서 이러쿵저러쿵 논할 생각은 없다. 다만,
당시의 풍속에 관심을 가진 독자라면 한번 읽어보라고 추천할
따름이다. 이 책에는 인물들의 초상이 뛰어난 솜씨로 묘사되어
있는데, 이 스케치들은 대부분 군대 막사의 출입문이나 술집
벽에 그려져 있는 것들이지만, 그래도 루이 13세와 안 도트리
슈 왕비, 리슐리외와 마자랭,* 그리고 당시 궁정인들의 모습이
앙크틸 씨*의 역사책만큼이나 생생하게 묘사되어 있다.

　그러나 시인의 변덕스러운 마음을 울린다고 해서 그것이 일
반 독자들에게도 감명을 주지는 않는다. 그래서 나는 앞에서

언급한 묘사들에 감탄하면서도, 지금까지 아무도 주의를 기울인 적이 없는 것에 많은 관심을 쏟았다.

다르타냥의 회고에 따르면, 그가 총사대에 지원하기 위해 총사대장 트레빌 씨*를 처음 찾아갔을 때, 이 유명한 부대에 복무하고 있는 세 젊은이를 대기실에서 만났는데, 그들의 이름이 아토스와 포르토스와 아라미스였다고 한다.

솔직히 말하면 나는 이 야릇한 이름들에 마음이 끌렸다. 그리고 곧바로 이 이름들은 가명일 거라는 생각이 들었는데, 훌륭한 가문에서 태어난 젊은이들이 변덕이나 불만이나 불운 때문에 총사대에 들어가 제복을 입은 날 스스로 그런 가명을 채택했거나, 아니면 다르타냥이 그들의 신분을 감추기 위해 일부러 가명을 썼을지도 모른다고 생각했다.

그때부터 나는 당시의 저작들 속에서, 나에게 그토록 호기심을 불러일으킨 그 유별난 이름들의 흔적을 찾기 시작했다.

이 단순한 목적을 위해 훑어본 책들의 목록만 해도 한 장(章) 분량은 될 텐데, 이 책들은 교육적으로는 유익할지 몰라도 읽을거리로는 별로 재미가 없다. 그래서 그렇게 수고를 했는데도 성과를 거두지 못해 낙담한 나머지 조사를 그만두려는 차에, 폴랭 파리*라는 박식한 친구의 도움으로 마침내 2절판 필사본을 발견했을 때는 정말 기뻤다. 그 필사본의 제목은 《루이 13세 치세 말기와 루이 14세 치세 초기에 프랑스에서 일어난 몇몇 사건들에 대한 라 페르 백작*의 회고록》이었다.

마지막 희망이었던 이 책을 뒤적거리다가 20쪽에서 아토스라는 이름을, 27쪽에서 포르토스라는 이름을, 31쪽에서 아라미스라는 이름을 발견했을 때는 얼마나 기뻤는지 모른다.

역사학이 그렇게 높은 수준까지 발전한 시대에 전혀 알려져 있지 않은 필사본을 발견한 것은 기적이나 마찬가지였다. 그래서 내 저작을 가지고 아카데미 프랑세즈*의 회원이 될 수는 없다 해도, 다른 사람의 저작이라도 인문학 아카데미에 제출하기 위해 나는 서둘러 그 필사본에 대한 출판 허가를 신청했다. 정부 당국에서도 선선히 허가를 내주었는데, 이런 사실을 굳이 밝히는 까닭은, 우리가 문인들에게 별로 호의적이지 않은 정부 치하에서 살고 있다고 주장하는 악의적인 자들을 공개적으로 반박하고 싶기 때문이다.

오늘 나는 이 귀중한 필사본의 제1부를—좀 더 적절한 제목을 붙여서—독자들 앞에 내놓는다. 이 제1부가 성공하면—물론 성공하리라 확신하지만—제2부도 곧 발표하게 될 것이다.

대부(代父)가 제2의 아버지인 것처럼, 이 이야기가 재미있든 따분하든, 그에 대한 책임은 라 페르 백작이 아니라 나에게 있음을 밝힌다.

그럼 각설하고, 이야기를 시작해보자.

제1장
아버지의 세 가지 선물

1625년 4월 첫째 월요일, 《장미 이야기》*의 지은이가 태어난 뫼 마을은 일대 혼란에 빠져 있었다. 위그노(신교도)들이 몰려와서 이곳을 제2의 라로셸*로 만들어버리기라도 한 것 같았다. 아낙네들은 큰길 쪽으로 달려갔고, 아이들은 문 앞에 나와서 울어댔다. 이것을 본 남정네들은 황급히 갑옷을 걸치고 머스킷총이나 도끼창으로 불안한 표정을 감추고는 '프랑 뫼니에'('솔직한 방앗간 주인'이라는 뜻) 여관으로 달려갔다. 여관 앞에서는 호기심에 찬 사람들이 빽빽이 모여서 밀치락달치락 떠들어대고 있었고, 그 수도 점점 늘어나고 있었다.

당시에는 소동이 자주 벌어졌다. 어느 도시든 이런 일이 벌어지지 않고 지나간 날이 거의 없을 정도였다. 영주들은 자기네끼리 싸우고, 국왕은 추기경과 싸우고, 스페인 왕은 프랑스 왕과 싸우고 있었다. 이런 은밀한 전쟁이나 공공연한 전쟁 외에도 도둑과 거지, 위그노, 이리 떼, 불량배들이 세상의 모든 사람들을 상대로 싸우고 있었다. 마을 사람들은 도적이나 이리 떼나 불량배에게는 언제든지 무기를 들었고, 영주와 위그노

13

에게도 종종 무기를 들었으며, 국왕에게도 이따금 저항했지만, 추기경이나 스페인 왕에게는 그런 적이 한 번도 없었다. 이런 버릇이 몸에 배어 있었기 때문에, 1625년 4월 첫째 월요일에 시끄러운 소리를 들은 마을 사람들은 노란색과 붉은색의 스페인 깃발도 보이지 않고 리슐리외 추기경의 표장도 보이지 않자 프랑 뫼니에 여관으로 달려간 것이다.

여관에 도착하자 사람들은 그 소동의 원인을 저마다 눈으로 보고 확인할 수 있었다.

한 젊은이 때문이었는데, 그의 초상화를 일필휘지로 그려보자면, 열여덟 살의 돈키호테, 갑옷도 입지 않고 다리 보호대도 대지 않은 돈키호테, 푸른 바탕색이 포도주 찌꺼기 색과 하늘색을 합쳐놓은 듯한 묘한 색깔로 변해버린 모직 윗도리 차림의 돈키호테를 상상해보기 바란다. 갸름하고 까무잡잡한 얼굴에, 영리한 인상을 주는 툭 불거진 광대뼈. 유난히 발달한 턱 근육은 베레모를 쓰지 않았어도 가스코뉴* 사람이라는 확실한 증거지만, 이 젊은이는 깃털이 달린 베레모까지 쓰고 있다. 총명해 보이는 커다란 눈에, 코는 매부리코지만 콧대가 가늘고 날렵하다. 소년이라고 하기에는 너무 크고, 어른이라고 하기에는 너무 작다. 허리에 찬 장검만 아니라면 여행 중인 농부의 아들로 보였을지도 모른다. 가죽띠에 매달린 그 장검은 걸어갈 때는 주인의 장딴지를 탁탁 때렸고, 말을 타고 갈 때는 털이 뻣뻣한 말가죽을 탁탁 때렸다.

그러니까 이 젊은이는 말을 하나 가지고 있었던 것인데, 그 말이 너무 진기해서 사람들의 눈길을 끌었다. 말은 열두어 살쯤 된 베아른산* 조랑말로, 털은 누런색이지만 꼬리에는 털이 하나도 없었고, 다리에는 상처가 많이 나 있었다. 걸을 때는 머

14

리를 무릎보다 낮게 수그려서 가슴걸이 끈을 묶을 필요도 없지만, 그래도 하루에 80리를 걸었다. 불행하게도 이 말의 장점들은 그 별난 털가죽과 구부정한 자세에 가려져버려, 모든 사람이 말 감정의 전문가이던 시대에 그 조랑말이 15분쯤 전에 성문을 통해 묑 마을로 들어오자 당장 화젯거리가 되었고, 말에 대한 악평은 말을 탄 사람까지 욕보였다.

젊은 다르타냥(로시난테* 2세를 타고 등장한 돈키호테의 이름은 다르타냥이었다)은 자기가 아무리 훌륭한 기수라 해도 그런 말을 타면 우스꽝스러운 꼴이 될 수밖에 없다는 것을 잘 알고 있었기 때문에, 그 악평이 더욱 고통스럽게 느껴졌다. 그러기에 그는 아버지한테 그 말을 선물로 받았을 때 깊은 한숨을 내쉬었던 것이다. 이런 짐승이라도 값이 20리브르*는 족히 나간다는 것을 모르지 않았지만, 이 선물을 주면서 아버지가 하신 말씀은 값을 매길 수 없을 만큼 귀중한 것이었다.

가스코뉴의 귀족 노인은, 앙리 4세*도 끝내 고치지 못했던 순수한 베아른 사투리로 이렇게 말했다.

"아들아, 이 말은 지금부터 13년쯤 전에 우리 집에서 태어나 그 후 줄곧 여기서 살았다. 그러니 너도 이 말을 사랑하게 될 거다. 절대로 팔아서는 안 된다. 명대로 살다가 평화롭고 명예롭게 죽도록 해야 한다. 이 말을 타고 전쟁터에 나갈 때는 늙은 하인을 대하듯 다루거라. 궁정에서는…… 그래, 너는 유서 깊은 귀족 혈통이니까 궁정에 들어갈 자격이 충분하다만, 어쨌든 궁정에 들어가는 명예를 얻게 되거든 조상님들이 5백 년 이상 훌륭하게 지켜온 가문의 이름을 의연하게 지켜야 한다. 너를 위해서나 네 주위 사람들, 그러니까 일가친척과 친구들을 위해서라도, 국왕 폐하와 추기경 예하를 빼고는 누구의 모욕도 참

16

으면 안 된다. 요즘엔 귀족이 출세하는 데 필요한 건 오직 용기뿐이다. 잠시라도 겁을 먹으면, 바로 그 순간 모처럼 찾아왔던 행운도 달아나고 말 것이다. 너는 젊다. 그리고 너에겐 용감하지 않으면 안 될 이유가 두 가지 있으니, 첫째는 네가 가스코뉴 사람이라는 것이고, 둘째는 내 아들이라는 것이다. 기회가 왔을 때 꽁무니를 빼지 말고 모험을 추구하도록 해라. 검술은 나한테 배웠고, 너의 다리는 무쇠 같고 주먹은 강철 같다. 싸워야 할 때는 언제든지 싸워라. 결투가 금지되어 있으니, 싸우려면 갑절의 용기가 필요하니까 더더욱 싸워라. 아들아, 내가 줄 수 있는 것은 은화 15에퀴*와 조랑말과 방금 들려준 충고뿐이다. 네 어머니가 어느 집시 여자한테 배운 비방을 너에게 가르쳐줄 텐데, 심장만 다치지 않으면 어떤 상처라도 그 비방으로 고칠 수 있단다. 이 모든 것을 유용하게 쓰도록 하고, 오랫동안 행복하게 살아라. 끝으로 한마디만 더 하마. 너에게 본보기를 하나 보여주고 싶은데, 그렇다고 내 이야기는 아니다. 나로 말할 것 같으면 궁정에는 나가본 적도 없고, 종교전쟁*에 지원병으로 참전한 것이 전부이기 때문이다. 내가 이야기하려는 사람은 옛날 이웃에 살았던 트레빌 씨인데, 그분은 어렸을 때 우리의 국왕이신 루이 13세와 함께 어울리는 영광을 누렸지. 이따금 장난이 지나쳐 싸움이 되는 경

우도 있었는데, 그런 싸움에서 폐하가 늘 이긴 것도 아니란다. 때로는 얻어맞기도 했는데, 그랬기 때문에 오히려 폐하께서는 트레빌 씨에게 깊은 존경과 우정을 품게 되었지. 나중에 트레빌 씨는 처음으로 파리에 올라가는 길에 이런저런 사람들과 다섯 번이나 싸웠고, 선왕께서 돌아가신 뒤부터 어린 왕이 성인이 될 때까지 전쟁은 빼고 일곱 번 결투를 벌였고, 왕이 성인이 된 뒤부터 오늘날까지 아마도 백 번은 결투를 벌였을 거다! 그래서 결투를 금지하는 칙령과 폐하의 경고 서한에도 불구하고 트레빌 씨는 지금 총사대 대장, 다시 말해 근위대의 우두머리로서 폐하의 지극한 신임을 받고 있으며, 누구나 알고 있듯이 천하에 두려울 게 없다는 추기경도 그분만은 두려워하고 있지. 게다가 트레빌 씨는 1년에 1만 에퀴의 녹봉을 받고 있단다. 그러니까 대단한 거물이 되신 거지. 하지만 그분도 처음 시작할 때는 지금의 너와 다를 게 없었어. 이 편지를 가지고 그분을 찾아가거라. 그분처럼 되기 위해서는 그분을 잘 본받아야 한다."

이렇게 말하고 나서 아버지는 자신의 검을 아들에게 넘겨주고, 아들의 두 볼에 다정하게 입을 맞추며 축복해주었다.

그가 아버지의 방에서 나오자, 어머니가 그 별난 비방을 손에 들고 기다리고 있었다. 아버지한테 방금 전에 들은 조언을 따르면 그 약방문은 꽤 쓸모가 있을 것이다. 어머니와의 작별은 아버지보다 훨씬 길고 다정했다. 다르타냥 씨가 하나뿐인 아들을 사랑하지 않았다는 뜻은 아니지만, 그는 남자였고, 감정을 드러내는 것은 남자답지 못한 짓이라고 생각했을 것이다. 반면에 다르타냥 부인은 여자였고, 게다가 어머니였기 때문에 펑펑 눈물을 쏟았다. 아들 다르타냥은 총사대원을 꿈꾸는 남자로서 의연한 태도를 잃지 않으려고 애썼지만, 자연스러운 본능을 이기지 못하고 눈물을 쏟으면서, 넘쳐흐르는 눈물의 절반을 간신히 감추었을 뿐이다.

젊은이는 그날로 당장 아버지한테 받은 세 가지 선물, 즉 은화 15에퀴와 조랑말과 트레빌 씨에게 전할 편지를 가지고 집을 떠났다. 물론 아버지의 충고는 그 세 가지 선물 위에 덤으로 얹어서 가져갔다.

이런 휴대품을 지닌 다르타냥은, 좀 전에 내가 역사가로서의 의무 때문에 그의 모습을 묘사할 필요가 생겼을 때 비교 대상으로 선택한 세르반테스의 주인공을 겉모습만이 아니라 내면적으로도 정확히 복사해놓은 듯했다. 돈키호테는 풍차를 거인으로 착각하고 양떼를 군대로 착각했지만, 다르타냥은 남들이 미소만 지어도 그것을 모욕으로 착각하고, 남들이 바라보기만 해도 그것을 도전으로 착각했다. 그 결과, 타르브에서 묑까지 오는 동안 그는 줄곧 주먹을 불끈 쥐고 있었고, 하루에도 열 번은 칼자루로 손을 가져가곤 했다. 그래도 주먹은 누구의 턱으로도 날아가지 않았고, 칼도 칼집을 떠난 적이 없었다. 그 비참한 누런색 조랑말의 꼬락서니를 본 행인들마다 얼굴에 미소가 번졌지만, 말 위에서 장검이 철거덕거리고, 그 장검 위에서는 거만하다 못해 사나운 눈이 번득이고 있었기 때문에, 행인들은 터져 나오는 웃음을 꾹 눌러 참거나, 도저히 참을 수 없는 경우에는 옛날 가면처럼 얼굴 한쪽으로만 웃으려고 애썼다. 그래서 다르타냥도 이 불운한 마을 묑에 당도할 때까지는 그 민감한 감수성에 상처를 받지 않고 어떻게든 위엄을 유지할 수 있었다.

그런데 다르타냥이 프랑 뫼니에 여관 앞에 말을 세웠는데도, 아무도, 그러니까 여관 주인이나 종업원이나 말구종 어느

누구도 그가 말에서 내리는 것을 거들러 나오지 않았다. 그래서 다르타냥은 혼자 말에서 내리다가, 반쯤 열린 아래층 창문을 통해 건장한 체구에 태도가 거만한 귀족을 보았다. 그 귀족은 약간 찌푸린 표정으로 두 사람에게 뭐라고 말하고 있었고, 두 상대는 공손한 태도로 귀족의 말을 경청하고 있었다. 당연히 다르타냥은 평소 습관대로 그들이 자기를 두고 이러쿵저러쿵 입방아를 찧고 있으려니 생각하고 귀를 기울였다. 이번에는 다르타냥의 생각이 절반만 틀렸는데, 그들의 입방아에 오른 것은 다르타냥이 아니라 그의 조랑말이었기 때문이다. 그 귀족은 두 상대에게 말의 특징을 하나하나 열거하고 있는 모양이었고, 아까도 말했듯이 듣는 사람들은 말하는 사람에게 아주 공손한 태도를 보이고 있었기 때문에 말끝마다 큰 소리로 웃음을 터뜨렸다. 지금은 미소만 지어도 젊은이의 성질을 건드리기에 충분했을 텐데, 그토록 요란하게 웃어대기까지 했으니 그것이 그에게 어떤 영향을 미쳤을지는 상상하고도 남을 것이다.

하지만 다르타냥은 자신을 비웃고 있는 그 건방진 작자의 면상부터 먼저 확인해두고 싶었다. 그래서 거만한 눈길을 그 낯선 남자의 얼굴에 고정시키고 유심히 살펴보니, 나이는 마흔 살 내지 마흔다섯 살쯤 되어 보이고, 검은 눈은 사람을 꿰뚫어보는 것처럼 날카롭고, 피부는 창백하고, 코는 눈에 잘 띄게 우뚝 솟았고, 검은 콧수염은 잘 다듬어져 있었다. 몸에 딱 맞는 자주색 윗도리와 무릎까지 내려오는 반바지를 입었고, 같은 색깔의 허리띠를 맸고, 대다수 사람들과 마찬가지로 속에 입은 셔츠가 드러나도록 슬릿을 냈을 뿐 다른 장식은 전혀 없었다. 윗도리와 반바지는 모두 새것이었지만, 오랫동안 여행가방 속에 넣어둔 것처럼 구겨져 있었다. 다르타냥은 꼼꼼한 관찰자의 눈으로 재빨리 이 모든 것을 확인했다. 그것은 그 미지의 사내가 앞으로 자신의 인생에 큰 영향을 미치리라는 것을 본능적으로 느꼈기 때문일 것이다.

다르타냥이 자주색 윗도리의 귀족을 뚫어져라 바라보고 있던 바로 그때, 그 귀족은 베아른산 조랑말에 대해 해박하고 심오한 설명을 하고 있던 참이었다. 그의 말을 듣고 있던 두 사람은 웃음을 터뜨렸고, 귀족 본인도 평소와는 다르게 희미한 미소가 안면 위를 정처 없이 헤매도록 내버려두었다. 이번에는 의심할 여지가 없었다. 저놈은 나를 비웃고 있는 게 분명해. 이렇게 확신한 다르타냥은 베레모를 눈두덩까지 눌러 쓰고는, 가스코뉴에서 여행 중인 귀족들을 보고 배운 궁정인들의 몸짓을 흉내 내려고 애쓰면서, 한 손은 칼자루에 또 한 손은 엉덩이에 대고 앞으로 나섰다. 그러나 안타깝게도 앞으로 나아갈수록 치밀어 오르는 분노에 점점 눈이 멀어버렸다. 그래서 상대에게 도전하기 위해 준비해둔 근엄하면서도 오만한 말은 어디론가 사라지고, 그의 혀끝에서는 야비한 인품을 드러내는 말이 튀어나오고 말았다. 게다가 성난 몸짓이 뒤따랐다.

"이보쇼!" 그가 소리쳤다. "거기 덧문 뒤에 숨어 있는 양반! 그래, 당신! 도대체 뭐가 그리 우스운지 말 좀 해보시오. 나도 함께 웃어줄 테니까!"

그 귀족은 말을 바라보던 눈길을 기수 쪽으로 천천히 돌렸다. 그 비난의 대상이 바로 자신이라는 것을 깨닫는 데 시간이 좀 걸리는 모양이었다. 사태가 분명해지자 그는 살짝 미간을 찌푸리고 한참 동안 잠자코 있더니, 뭐라고 형언할 수 없이 오만하고 빈정거리는 말투로 다르타냥에게 대꾸했다.

"자네한테 말한 게 아닐세, 젊은 친구!"

"하지만 난 당신한테 말하고 있는 거요!" 다르타냥은 오만함과 정중함, 예의와 경멸이 뒤섞인 태도에 소리를 질렀다.

미지의 사내는 엷은 미소를 머금은 채 잠시 다르타냥을 바라보다가 창문에서 물러났다. 그러고는 천천히 여관에서 나와 다르타냥과 두어 걸음 떨어진 곳까지 다가와서, 말과 마주보는 위치에 우뚝 섰다. 그의 태연한 거동과 빈정거리는 표정을 보고, 창가에 머물러 있던 두 일행은 더 큰 소리로 웃어댔다.

다르타냥은 그가 다가오는 것을 보고 칼을 칼집에서 한 뼘쯤 뽑았다.

"이 말은 분명히 미나리아재비꽃 색깔을 띠고 있군. 아니, 젊었을 때는 그랬을 거야." 미지의 사내는 말을 계속 살펴보면서 창가에 서 있는 일행에게 말했다. 화가 난 다르타냥은 사내와 일행들 사이에 서 있었지만, 사내는 그의 분노를 아랑곳하지도 않았다. "식물학에서는 잘 알려진 색깔이지만, 말이 이런 색깔을 가진 경우는 아주 드물지."

"감히 주인을 비웃지 못하는 놈들이나 말을 비웃는 법이야!" 다르타냥이 화를 참지 못하고 소리쳤다.

"난 자주 웃는 편이 아닐세, 젊은 친구. 내 얼굴을 보면 자네도 알 수 있을 걸세. 하지만 그래도 웃고 싶을 때 웃을 수 있는 권리는 지키고 싶군."

"하지만 난 말이오, 남이 웃는 게 싫을 때는 아무도 웃지 말았으면 좋겠소!"

"그래요?" 미지의 사내가 어느 때보다 침착하게 말을 이었다. "그거 참 공정한 노릇이군."

그는 휙 돌아서더니 정문을 지나 여관 안으로 돌아가려고 했다. 그 정문 옆에 안장을 얹은 말 한 마리가 서 있는 것을 다

23

르타냥은 이곳에 도착하자마자 알아차리고 있었다.

하지만 다르타냥은 건방지게도 자신을 비웃은 자가 그런 식으로 가버리는 것을 가만히 보고만 있을 성격이 아니었다. 그는 칼집에서 칼을 빼들고 사내를 쫓아가면서 소리쳤다.

"돌아서, 이 빈정대기 좋아하는 양반아. 어서 돌아서. 뒤에서 공격하고 싶지는 않으니까!"

"나를 공격한다고?" 사내가 빙그르르 돌아서서, 경멸과 놀라움이 뒤섞인 눈으로 젊은이를 바라보면서 말했다. "이봐, 젊은이, 자네 돌았나?"

그러고는 혼잣말이라도 하는 것처럼 낮은 목소리로 말을 이었다.

"정말 유감이군. 총사대에 지원할 용사들을 백방으로 찾고 계시는 폐하를 위해서는 더없이 좋은 신병감인데!"

그가 말을 끝내기가 무섭게 다르타냥은 힘껏 칼을 뻗어 그를 찔렀다. 그가 뒤로 펄쩍 뛰어 물러서지 않았다면, 그게 그의 마지막 농담이 되었을 것이다. 미지의 사내는 그제야 농담으로 웃어넘길 상황이 아님을 깨닫고 칼을 빼들었다. 그러고는 상대에게 꾸벅 예의를 차린 다음 진지하게 방어 태세를 갖추었다. 하지만 바로 그때, 그의 일행 두 사람이 여관 주인과 함께 달려와, 몽둥이와 삽과 부젓가락을 휘두르며 다르타냥에게 덤벼들었다. 다르타냥이 그쪽으로 방향을 틀어 빗발치는 공격을 막아내는 동안, 그의 상대는 칼을 다시 정확하게 칼집에 넣었다. 그는 이제 배우 대신 관객이 되어, 여느 때처럼 침착하고 냉정하게 싸움을 구경하고 있었지만, 그래도 입으로는 혼잣말을 중얼거리고 있었다.

"염병할 가스코뉴 놈들! 저런 녀석은 저 누런 말에 도로 태워서 쫓아버려야 돼!"

"널 죽이기 전에는 어림도 없다, 이 겁쟁이 놈아!" 다르타냥이 도리깨질하듯 무기를 휘두르고 있는 세 명의 적에 맞서 한 발짝도 물러서지 않고 버티면서 소리쳤다.

"여전히 허풍이군." 귀족이 중얼거렸다. "가스코뉴 놈들은 정말이지 구제불능이라니까! 그럼 계속 춤추게 놔둬. 한사코 고집하고 있으니까. 그러다가 지치면 그만하자고 하겠지."

하지만 사내는 상대의 본색을 아직 모르고 있었다. 다르타냥은 절대로 남에게 자비를 구걸할 사람이 아니었다. 그래서 싸움은 한동안 더 계속되었다. 마침내 다르타냥이 기진맥진하여 칼을 떨어뜨렸다. 그 칼은 몽둥이에 맞아 두 동강이 났고, 거의 동시에 몽둥이가 그의 이마를 내리쳤다. 이마가 깨진 그는 피투성이가 된 채 의식을 잃고 그 자리에 쓰러졌다.

바로 그때 사방에서 사람들이 달려왔다. 나쁜 소문이 날 것을 두려워한 여관 주인이 종업원들과 함께 부상자를 부엌으로 옮겨서 대충 보살펴주었다.

한편 그 귀족은 창가의 자리로 돌아가서 몰려든 군중을 짜증스러운 표정으로 내다보고 있었다. 군중이 흩어지지 않고 그 자리에 남아 있는 것이 그를 짜증나게 하는 것 같았다.

"그래, 그 미친놈은 어떻게 하고 있나?" 문이 열리는 소리에 그가 뒤돌아보고, 그의 상태가 어떤지 궁금해서 나온 여관 주인에게 물었다.

"나리께서는 괜찮으신가요?" 여관 주인이 물었다.

"괜찮네. 주인장, 나는 그 젊은이가 어떻게 되었는지 묻고 있는 걸세."

"이제 좀 나아졌습니다요, 나리. 아까는 완전히 인사불성이었습죠."

"정말?"

"그런데 기절하기 전에 남은 힘을 모두 짜내서 나리게 결투를 신청하던뎁쇼."

"그렇다면 그 녀석은 악마의 화신이로군!"

"아닙니다, 나리. 그 젊은이는 악마가 아니라굽쇼." 여관 주인이 악마를 경멸한다는 듯 얼굴을 찌푸리며 말을 이었다. "기절해 있는 동안 짐을 뒤져봤더니, 보따리 속에는 셔츠 한 벌뿐이고, 지갑에는 12에퀴밖에 없었으니까요. 그런데도 그가 정신을 잃기 직전에 뭐라고 한 줄 아십니까? 이런 일이 파리에서 일어났다면 나리는 당장 후회했겠지만, 여기니까 나중에 후회하게 될 거라고 하더군요."

"그렇다면 변장한 왕족이라도 된다는 말인가?" 미지의 사내가 차가운 투로 말했다.

"제가 이런 말씀을 드린 건, 조심하시라는 뜻에서 그런 겁니다요." 여관 주인이 말했다.

"혹시 그가 홧김에 누구의 이름을 말하지는 않던가?"

"예, 말했습니다요. 주머니를 탁탁 치면서 이러더군요. '두고 보면 알게 될 거야. 뒤를 봐주고 있는 사람에게 가해진 이런 모욕을 트레빌 씨가 어떻게 생각하실지 말이야.'"

"트레빌 씨라고?" 미지의 사내가 모든 관심을 거기에 돌리면서 말했다. "트레빌의 이름을 말하면서 주머니를 탁탁 쳤다고? 이보게 주인장, 그 젊은이가 기절해 있는 동안 틀림없이 그의 주머니를 뒤져봤을 텐데, 주머니에 뭐가 들어 있었나?"

"총사대장 트레빌 씨 앞으로 보내는 편지 한 통이 들어 있더군요."

"정말이겠지?"

"여부가 있겠습니까요, 나리."

여관 주인은 명민함을 타고나지 못해서, 그의 말을 듣고 귀족의 얼굴에 어떤 표정이 떠올랐는지 전혀 알아차리지 못했다. 창턱에 팔꿈치를 괸 채 몸을 기대고 있던 사내는 창턱에서 몸을 떼더니, 걱정스러운 듯 미간을 찌푸렸다.

"제기랄!" 그가 이빨 사이로 내뱉듯이 중얼거렸다. "트레빌이 그 가스코뉴 녀석을 나한테 보낸 걸까? 녀석은 너무 젊어! 하지만 칼을 휘두르는 자의 나이가 몇 살이든, 칼은 칼이야. 게다가 상대가 꼬마 녀석이면 경계심이 느슨해지게 마련이지. 원대한 계획도 때로는 사소한 장애물 때문에 좌절될 수 있어."

미지의 사내는 몇 분 동안 깊은 생각에 잠겨 있다가 입을 열었다.

"이보게 주인장! 나를 위해서 그 미친놈을 쫓아버릴 수 없겠나? 나는 양심상 녀석을 죽일 수는 없어." 그가 냉정하고 위협적인 표정으로 덧붙여 말했다. "하지만 그놈은 나한테 아주 성가신 존재야. 그런데 녀석은 지금 어디 있지?"

"2층에 있는 제 마누라 방에서 붕대를 감고 있습니다요."

"녀석의 옷가지와 보따리도 거기 있겠군? 윗도리는 벗지 않았겠지?"

"그런 건 모두 아래층 부엌에 있습니다요. 하지만 그 멍청한 젊은이는 나리께 성가신 존재니까……."

"정말 그래. 녀석은 이 여관에 나쁜 소문을 일으키고 있어. 정직한 사람이라면 참을 수 없는 일이지. 자네 방으로 가서 계산서를 작성하고, 내 하인에게 떠날 준비를 하라고 일러주게."

"뭐라고요? 벌써 떠나신다굽쇼?"

"내가 떠난다는 건 자네도 잘 알고 있잖나. 아까 내가 말에 안장을 얹으라고 일렀으니까. 그럼 내 명령에 따르지 않은 건가?"

"물론 따랐습죠. 나리께서도 보셨을지 모르지만, 말은 언제든지 떠날 준비를 갖추고 지금 정문 옆에 대기하고 있습니다요."

"잘했군. 그럼 내가 방금 말한 대로 해주게."

"허어 참! 설마 그 꼬맹이가 두려운 건 아니겠지?" 여관 주인은 혼잣말로 중얼거렸다.

하지만 미지의 사내가 명령조의 눈길로 노려보자 여관 주인은 얼른 입을 다물고는 공손하게 절을 하고 나갔다.

"그 건달 녀석이 밀레디*를 봐선 안 되는데……. 그 여자는 이제 곧 지나갈 거야. 아니, 나타날 시간이 벌써 지났잖아. 내가 말을 타고 마중을 나가는 게 좋겠어……. 트레빌에게 가는 편지에 무슨 내용이 씌어 있는지 알 수 있으면 좋겠는데!"

미지의 사내는 계속 중얼거리면서 부엌 쪽으로 갔다.

한편 여관 주인은 그 귀족이 여관을 떠나려는 이유가 그 젊은이가 나타났기 때문이라고 믿어 의심치 않았다. 아내의 방으로 올라가서 보니, 다르타냥은 마침내 의식을 되찾은 상태였다. 그래서 여관 주인은 다르타냥에게, 당신은 그 지체 높은 분—그가 보기에는 그 미지의 사내가 지체 높은 분이 분명했기 때문이다—에게 싸움을 걸었기 때문에 경찰에게 호된 꼴을 당할지도 모른다는 것을 깨우쳐준 뒤, 아직은 몸이 덜 회복되었더라도 빨리 일어나서 이곳을 떠나라고 다르타냥을 설득했다. 다르타냥은 아직도 멍한 상태였고, 윗도리도 입지 않은 채 머리에는 붕대를 감고 있었지만, 그래도 일어나서 여관 주인의 재촉을 받으며 아래층으로 내려갔다. 하지만 그가 부엌에 이르렀을 때 맨 먼저 눈에 들어온 것은 그를 화나게 했던 그 사내였다. 그는 커다란 노르망디산 말 두 마리가 끄는 육중한 사륜마차의 발판에 올라서서 누군가와 태연히 잡담을 나누고 있었다.

그와 대화를 나누고 있는 상대의 얼굴이 마차의 창틀 너머로 보였다. 스무 살이나 스물두 살쯤 되어 보이는 여자였다. 다르타냥이 얼마나 눈썰미가 좋은지는 앞에서 이야기했다. 그는 그 여자가 젊고 아름답다는 것을 첫눈에 알아보았다. 게다가 그 미모는 다르타냥이 여태 살아온 남쪽 지방에서는 볼 수 없는 이국적인 아름다움이었기 때문에 더욱 깊은 인상을 주었다. 그녀는 피부가 하얗고, 금발의 고수머리가 어깨 위에 드리워져 있었다. 우수를 머금은 커다란 푸른 눈과 장밋빛 입술, 설화석고처럼 희고 매끄러운 손. 그녀는 미지의 사내와 아주 활기차게 이야기를 나누고 있었다.

"그래, 예하께서 저에게 내리신 분부는……." 여자가 말했다.

"지금 당장 영국으로 돌아가서, 공작*이 런던을 떠나는지 여부를 곧바로 알려달라는 거요."

"다른 지시 사항은요?" 미모의 여행자가 물었다.

"그건 이 상자에 들어 있소. 하지만 해협을 건너갈 때까지는 열어보면 안 됩니다."

"알았어요. 그럼 당신은요? 어떻게 하실 거죠?"

"파리로 돌아갈 거요."

"그 건방진 꼬마를 혼내지도 않고요?" 여자가 물었다.

미지의 사내가 대답하려고 입을 연 순간, 이야기를 듣고 있던 다르타냥이 문간에서 뛰쳐나왔다.

"혼내는 건 그 건방진 꼬마 쪽이다." 다르타냥이 외쳤다.

"이번에는 아까처럼 줄행랑
치지 않겠지."

"줄행랑?" 미지의 사내
가 눈살을 찌푸리며 말했다.

"그래. 숙녀 앞에서는 감
히 달아나지 않겠지."

"잘 생각하세요." 귀족이
칼을 뽑으려는 것을 보고 귀
부인이 외쳤다. "조금만 늦어
도 모든 게 수포로 돌아갈 수 있어요."

"옳은 말이오." 귀족이 외쳤다. "그럼 당신도 어서 떠나시
오. 나도 곧 떠날 테니."

그는 여자에게 고개를 끄덕여 작별 인사를 하고, 훌쩍 몸을
날려 말에 올라탔다. 그러자 사륜마차의 마부도 말들에게 힘껏
채찍을 가했다. 대화를 나누던 두 사람은 그렇게 전속력으로
말을 달려 서로 반대 방향으로 멀어져갔다.

"이봐요! 숙박비는 내셔얍죠!" 여관 주인이 소리쳤다. 손님
이 계산도 하지 않고 떠나는 것을 본 순간, 손님에 대한 호의는
깊은 경멸로 바뀌었다.

"저 녀석한테 돈을 줘라." 귀족은 여전히 말을 달리면서 하
인에게 소리쳤다. 하인은 은화 두세 닢을 여관 주인의 발치에
던지고는 서둘러 주인을 쫓아갔다.

"야, 비겁한 놈아! 야, 치사한 놈아! 야, 가짜 귀족아!" 다르
타냥이 하인을 쫓아 달리면서 고래고래 고함쳤다.

하지만 머리를 다친 데다 몸도 쇠약해져 있어서 그런 격한
동작을 견뎌낼 수 없었다. 열 걸음도 가기 전에 귀가 울리고 현

기증이 났다. 피가 눈으로 흘러내려 안개라도 낀 것처럼 흐릿해졌다. 그는 길 한복판에 쓰러졌지만, 그래도 입으로는 여전히 외치고 있었다.

"비겁한 놈! 비겁한 놈! 비겁한 놈!"

"정말 비겁한 놈이군요." 여관 주인이 다르타냥에게 다가가면서 중얼거렸다. 한 우화에서 왜가리가 달팽이에게 아첨하듯* 그도 아첨으로 가엾은 젊은이와 화해하려고 애썼다.

"그래, 정말 비겁한 놈이야." 다르타냥이 중얼거렸다. "하지만 그 여자는…… 그 여자는 정말 아름답던데요."

"여자라니, 누구요?" 여관 주인이 말했다.

"그 귀부인 말이오." 다르타냥이 중얼거렸다.

그러고는 다시 기절해버렸다.

"이래저래 마찬가지야." 여관 주인이 말했다. "두 사람은 놓쳤지만 이 녀석은 건졌으니까. 적어도 며칠은 묵을 게 분명해. 그러면 11에퀴는 벌 수 있을 거야."

11에퀴란 다르타냥의 지갑에 남아 있는 금액을 말한다.

여관 주인은 다르타냥의 회복 기간을 열하루로 잡고, 하루에 1에퀴씩이면 11에퀴가 제 주머니에 들어올 거라고 계산했지만, 정작 손님은 계산에 넣지 않았다. 다르타냥은 이튿날 새벽 다섯 시에 일어나서 혼자 부엌으로 내려오더니, 포도주와 기름과 로즈메리를 달라고 했다. 그밖에도 여러 가지 재료를 요구했지만, 그 목록은 전해지지 않았다. 다르타냥은 어머니한테 받은 비방을 손에 들고 그 재료들을 가지고 비약을 만들어 상처에 바르고 습포를 손수 갈았을 뿐, 그밖에는 어떤 약도 거부했다. 집시 여자의 비방이 효험이 있었는지, 의사가 없었던 것도 도움이 되었을 테지만, 어쨌든 다르타냥은 바로 그날 저녁부터 일어설 수 있었고, 이튿날 아침에는 상처도 거의 다 아물었다.

하지만 다르타냥이 로즈메리와 기름과 포도주의 값을 치르러 가서 보니, 그동안 아무것도 먹지 않았으니까 약을 만드는 데 든 재료 값만 추가로 내면 될 텐데, 여관 주인의 말에 따르면 그의 누런 말이 그 몸집을 보고 사람들이 보통 상상할 수 있는 것보다 세 배나 많은 양의 여물을 먹었다는 것이다. 어쨌든 다르타냥이 숙박비를 치르려고 보니, 주머니에는 11에퀴가 들어 있는 낡아빠진 벨벳 지갑이 있을 뿐, 트레빌 씨에게 전할 편지는 사라지고 없었다.

젊은이는 조바심치며 그 편지를 찾기 시작했다. 주머니란 주머니는 죄다 스무 번씩 뒤집어보고 자루도 몇 번이고 뒤져보았지만, 편지는 흔적도 없었다. 편지가 사라졌다는 확신이 들자 그는 세 번째로 분노의 발작을 일으켰다. 그래서 하마터면 또다시 포도주와 기름의 신세를 질 뻔했다. 편지를 찾아내지 못하면 여관에 있는 것들을 모조리 때려 부수겠다고, 그 고집불통의 젊은이가 더욱 열을 받아 협박하는 것을 보고, 여관 주인은 벌써 창을 들고 있었고, 마누라는 빗자루를 들고 있었고, 종업원들은 이틀 전에 다르타냥을 때려눕힌 몽둥이를 들고 있었기 때문이다.

"내 소개장!" 다르타냥이 소리쳤다. "내 소개장을 내놔! 안 내놓으면 당신들 모두 멧새처럼 꼬챙이에 꿰어버릴 거야!"

그러나 불행히도 젊은이는 이 협박을 실행에 옮길 수 있는 형편이 아니었다. 앞에서 말했듯이, 먼젓번 싸움에서 그의 칼이 동강나버렸기 때문이다. 그는 이 사실을 까맣게 잊고 있었다. 그래서 실제로 칼을 빼들고 보니, 칼날이 한 뼘 남짓밖에 남아 있지 않았다. 그것도 여관 주인이 챙겨서 칼집에 꽂아둔 것이고, 나머지 칼날은 주방장이 솜씨를 발휘하여 고기 꼬챙이로 만들어버렸다.

하지만 손님의 불평이 지당하다는 것을 여관 주인이 인정했기에 망정이지, 그렇지 않았다면 이 정도 속임수로는 성마른 젊은이의 행패를 막지 못했을 것이다.

"그런데…… 정말이지 편지가 어디 갔지?" 여관 주인이 창을 내리면서 말했다.

"그래. 편지가 어디 있느냐 말이야!" 다르타냥이 소리쳤다. "먼저 경고해두겠는데, 그 편지는 총사대장 트레빌 씨에게 드릴 거다. 그러니 반드시 찾아야 돼. 찾지 못하면 그분이 직접 나설 거야. 그분은 그걸 찾는 법을 알고 있을 테니까."

이 협박에 여관 주인은 완전히 겁을 먹었다. 트레빌 씨는 군인들 사이에서는 물론 민간인들 사이에서도 국왕과 추기경 다음으로 자주 입에 오르는 이름이었기 때문이다. 물론 조제프 신부*도 있었지만, 리슐리외 추기경의 측근으로 '막후의 추기경'이라는 별명이 붙은 조제프 신부는 너무나 강한 공포심을 불러일으켰기 때문에, 사람들이 그의 이름을 말할 때는 언제나 숨죽인 소리로 속삭이곤 했다.

그래서 여관 주인은 창을 내던지고, 아내와 종업원들에게도 빗자루와 몽둥이를 버리라고 말한 다음, 솔선수범하여 사라진 편지를 직접 찾기 시작했다.

"그 편지에 뭔가 귀중한 거라도 들어 있나요?" 잠시 편지를 찾아보았지만 성과가 없자, 여관 주인이 물었다.

"물론이죠!" 그 편지를 궁정에서 출세할 발판으로 기대하고 있는 가스코뉴 젊은이가 외쳤다. "내 전 재산이 들어 있다고요."

"저축채권이라도 들어 있나요?" 여관 주인이 걱정스러운 얼굴로 물었다.

"국왕 폐하의 개인 금고에 대한 채권이오." 다르타냥이 대답했다. 그 소개장 덕분에 국왕을 섬기게 될 거라고 기대했기 때문에, 이 대답도 새빨간 거짓말은 아니라고 생각했다.

"이거 정말 귀신이 곡할 노릇이군!" 여관 주인이 아주 낙담한 투로 말했다.

"하지만 상관없어요." 다르타냥이 태연하게 말했다. "괜찮다고요. 돈은 아무것도 아니오. 중요한 건 그 편지요. 편지를 잃느니 차라리 천 피스톨*을 잃는 게 나아요."

만 피스톨이라고 말해도 상관없었겠지만, 그 정도로 자제한 것은 젊은이다운 겸손함 때문이었다.

아무것도 찾아내지 못해서 절망에 빠져 있던 여관 주인의 머리에 불현듯 한 줄기 서광이 비쳐 들어왔다.

"그 편지는 사라진 게 아닙니다요." 그가 외쳤다.

"뭐라고요?" 다르타냥이 말했다.

"도둑맞은 겁니다요."

"도둑맞다니? 도대체 누가 훔쳐갔다는 거요?"

"어제 그 양반한테요. 그이가 부엌으로 내려갔는데, 그곳에 손님의 윗도리가 놓여 있었습죠. 그 양반은 그때 부엌에 혼자 있었고요. 그가 편지를 훔쳐간 게 분명합니다요."

"정말 그렇게 생각해요?" 다르타냥이 믿을 수 없다는 듯이 되물었다. 왜냐하면 그 편지가 자기한테만 중요하다는 것을 누구보다 잘 알고 있었고, 누군가 다른 사람이 그 편지를 탐낼 이유는 전혀 없었기 때문이다. 사실 여관의 종업원이든 손님이든 그 종잇조각을 훔쳐봤자 아무 이익도 얻을 수 없을 것이다.

"그러니까 그 건방진 귀족이 수상쩍단 말이지요?"

"틀림없어요. 제가 그분께 말했습죠. 나리는 트레빌 씨가 뒤를 봐주고 있는 사람이고, 그 유명한 분께 전할 편지까지 갖고 계신다고 말입죠. 그랬더니 그분은 몹시 걱정스러운 표정을 지으면서, 그 편지가 어디 있느냐고 묻더군요. 그러고는 당장 부엌으로 내려갔습죠. 나리의 윗도리가 거기에 있다는 걸 알고서 말입니다."

"그렇다면 그놈의 소행이 맞군." 다르타냥이 대답했다. "트레빌 씨한테 청원할 거요. 그러면 트레빌 씨는 국왕께 청원하겠지."

다르타냥은 의젓하게 2에퀴를 주머니에서 꺼내 여관 주인에게 주었다. 여관 주인은 모자를 손에 들고 문까지 배웅했다. 다르타냥은 누런 말에 올라타고 파리의 생탕투안 문에 무사히 도착했다. 이곳에서 다르타냥은 조랑말을 3에퀴에 팔아치웠는데, 여행의 마지막 단계에서 말을 심하게 부려먹은 것을 생각하면 값을 꽤 잘 받은 셈이었다. 다르타냥에게 3에퀴를 주고 말을 넘겨받은 말 장수는 단지 말의 털 빛깔이 독특해서 그런 값을 치른다는 것을 젊은이에게 굳이 감추지 않았다.

이리하여 다르타냥은 작은 보따리를 팔에 걸고 걸어서 파리에 입성했다. 가벼워진 지갑에 걸맞은 방을 찾을 때까지 여기저기 쏘다녔다. 결국 찾아낸 방은 뤽상부르 궁* 근처의 포수아외르 가에 있는 다락방이었다.

다르타냥은 보증금을 내고 하숙방을 차지하자, 그날은 윗도리와 바지에 장식끈을 꿰매 달면서 시간을 보냈다. 그 장식끈은 거의 새것으로, 어머니가 아버지의 옷에서 떼어내어 몰래 준 것이었다. 이 일이 끝나자 다르타냥은 페라유 둑길로 가서 칼에 새 날을 끼웠다. 그런 다음 루브르 궁 쪽으로 가서, 처음 만난 총사대원에게 트레빌 씨의 저택이 어디냐고 물었다. 알고 보니 트레빌 씨의 저택은 비외콜롱비에 가에 있었는데, 다르타 냥이 얻은 하숙방 근처였다. 이렇게 일이 잘 풀리는 것이 그에게는 이번 여행의 성공을 예고하는 좋은 조짐으로 여겨졌다.

그 후 다르타냥은 묑 마을에서 있었던 행동에 만족하고, 과거에 대한 아무런 후회도 없이, 현재에 대해 자신만만하고, 미래에 대한 희망으로 가득 차서 잠자리에 들었고, 용감한 젊은이답게 곧바로 곯아떨어졌다.

시골의 생활 습관이 아직 남아 있는 탓에 그는 아침 아홉 시까지 잠을 자고 일어나, 아버지가 프랑스 왕국의 세 번째 인물로 평가한 그 유명한 트레빌 씨를 만나러 길을 나섰다.

제2장
트레빌 씨의 대기실

트레빌 씨도 사회에 처음 나왔을 때는 다르타냥과 다를 게 없었다. 가스코뉴의 가난한 귀족으로, 주머니에는 땡전 한푼 없었지만 아버지한테 물려받은 담력과 재치와 판단력이라는 재산을 가지고 있었는데, 이것은 페리고르나 베리에서 가장 부유한 귀족이 실물로 받는 유산보다 훨씬 유망한 재산이었다. 온갖 불행이 우박처럼 쏟아져 내리는 시대에 그는 불굴의 용기와 행운 덕택에 왕실의 총애라는 그 오르기 힘든 사다리를 한 번에 네 단씩 뛰어올라, 마침내 꼭대기에 이른 것이다.

그는 왕의 친구였고, 왕은—널리 알려진 대로—부왕인 앙리 4세에 대한 추모의 정이 깊었다. 트레빌의 부친은 앙리 4세가 신성동맹*에 맞서 싸울 때 충성을 바쳤다. 왕은 그에게 보답을 하려고 했지만 돈이 없었다(베아른 출신인 앙리 4세는 평생 돈에 쪼들렸다). 그래서 왕은 언제나 남에게 빌릴 필요가 없는 유일한 재능인 뛰어난 재치로 빚을 갚곤 했다. 이런 처지였기 때문에, 파리가 항복한 뒤, 붉은색 바탕에 황금빛 사자*와 '신의와 용기'라는 좌우명이 새겨진 문장(紋章)을 그에게 하사했다. 이것은 그의 명예를 높이는 데에는 큰 도움이 되었지만 물질적으로는 별로 도움이 되지 않았다. 그래서 앙리 대왕의 뛰어난 친구가 죽었을 때, 그의 아들이 물려받은 것이라고는 칼과 좌우명뿐이었다. 이 두 가지 유산과 거기에 따라다니는 고결한 명성 덕택에 트레빌은 젊은 왕의 궁정에 발탁되었고, 그 칼로 주군을 잘 섬겼을 뿐만 아니라 좌우명에도 충실했기 때문에, 프랑스 최고 검객의 하나인 루이 13세는 만약 어떤 친구가 결투를 하게 되면 그 보조자로 우선 자신을 추천하고 두 번째로는 트레빌을 추천하겠다고, 아니 어쩌면 순서를 바꿔 추천할 수도 있다고 입버릇처럼 말하곤 했다.

이처럼 루이 13세는 트레빌에게 진심으로 애정을 품고 있었다. 왕으로서의 애정, 일방적인 애정인 것은 사실이지만, 그래도 애정은 애정이다. 사실 이 험악한 시대에, 사람들은 누구나 트레빌 같은 기상을 가진 자들을 곁에 두려고 무진 애를 썼다. 트레빌의 문장에 새겨진 '용기'를 좌우명으로 삼을 수 있는 사람은 많았지만, '신의'가 자신의 좌우명이라고 주장할 수 있는 귀족은 드물었다. 트레빌은 그런 드문 귀족 중의 하나였으며, 경비견 같은 순종적인 지성과 맹목적인 용기와 날카로운 눈, 재빠른 손을 가진 희귀한 인물이었다. 그의 두 눈은 오로지 왕이 못마땅해 하는 자, 그러니까 뱀이나 모르베르나 폴트로 드 메레나 비트리* 같은 자가 누구인지 알아내기 위해서만 존재했다. 요컨대 트레빌은 기회를 얻지 못했을 뿐이다. 하지만 그는 기회를 노렸고, 기회가 오기만 하면 놓치지 않겠다고 굳게 다짐했다. 마침내 트레빌은 루이 13세의 총사대 대장으로 임명되었고, 총사대원들은, 앙리 3세의 시종들이나 루이 11세의 근위병들이 주군에게 충성을 바친 것처럼, 루이 13세에게 충성을,

아니, 맹목적인 헌신을 바쳤다.

이 점에서는 리슐리외 추기경도 왕에게 뒤지지 않았다. 루이 13세가 대단한 정예병들로 둘러싸여 있는 것을 보고, 프랑스의 버금 왕, 아니 오히려 으뜸 왕이라고 불러야 할 이 추기경도 자신만의 친위대를 두고 싶어졌다. 그래서 루이 13세처럼 총사대를 조직했고, 이들 두 적대 세력은 프랑스만이 아니라 외국에서까지 이름난 검객들을 경쟁적으로 선발하게 되었다. 그래서 리슐리외와 루이 13세는 저녁에 체스를 두다가도 자기네 총사들이 한 수 위라고 주장하면서 말다툼을 벌이곤 했는데, 두 사람은 저마다 자기 대원들의 기량과 용기를 자랑했고, 입으로는 결투와 싸움질에 반대하면서도 암암리에 부추겼으며, 부하들의 승패에 따라 그들도 희비가 엇갈렸다. 이런 싸움에 가담하여 때로는 졌지만 대개는 승리를 거둔 누군가가 회고록에서 그렇게 밝히고 있다.

트레빌은 주군의 약점을 알아차리고 있었다. 우정에 충실했다는 평판을 기록에 남긴 바 없는 루이 13세가 그렇게 오랫동안 한결같이 트레빌을 총애한 것은 바로 그 영리함 때문이었다. 트레빌은 리슐리외 추기경의 면전에서 마치 그를 조롱하듯 자신의 총사대를 행진케 함으로써 추기경의 잿빛 콧수염을 분노로 곤두서게 만들었다. 게다가 트레빌은, 적을 죽이고도 자신이 살 수 없을 때는 동지라도 희생시켜야 한다는 그 시대의 생존 전략을 훤히 꿰뚫고 있었다. 그의 대원들은 대장인 그를 빼고는 누구의 명령에도 따르지 않는 저돌적인 군단을 이루고 있었다.

국왕의 총사대원이라기보다 트레빌의 총사대원이라고 해야할 그들은 단정치 못한 차림에다 술에 취해 비틀거리며, 술집과 산책로와 도박장을 여기저기 떼 지어 다녔다. 그러면서 고래고래 고함을 지르고, 콧수염을 비비 꼬고, 칼을 철컥거리며 허풍을 떨고, 추기경의 친위대원과 만나면 일부러 몸을 부딪쳐 시비를 건 다음, 길 한복판에서 온갖 야유를 던지며 칼을 빼들었다. 때로는 목숨을 잃는 수도 있었지만, 그러면 동료들이 복수해줄 거라고 믿어 의심치 않았다. 상대를 죽일 때도 많았는데, 그래도 감옥에서 오래 썩지는 않을 거라고 믿어 의심치 않았으니, 그들을 감옥에서 빼내줄 트레빌 대장이 있었기 때문이다. 그만큼 트레빌은 모든 점에서 두터운 신망을 받고 있었다. 총사들은 진심으로 대장을 숭배했다. 그들은 하나같이 교수형을 받아 마땅할 만큼 무도한 자들이었지만, 트레빌 앞에서는 선생님 앞에 불려 나간 학생처럼 벌벌 떨었고, 아무리 하찮은 명령에도 즉각 복종했으며, 아무리 사소한 질책에도 그 값으로 목숨을 버릴 각오가 되어 있었다.

트레빌은 우선 왕과 왕의 친구들을 위해, 다음에는 자신과 친구들을 위해 이 강력한 힘을 사용했다. 게다가 그 시대의 회고록은 많이 남아 있지만, 어떤 회고록에도 이 훌륭한 귀족이 남에게 비난을 받았다는 이야기는 나오지 않는다. 그는 칼을 휘두르는 무인들뿐만 아니라 펜을 휘두르는 문인들 사이에도 적이 많았지만, 그 적들조차 그를 비난하지 않았다. 다시 말하지만, 이 훌륭한 귀족이 부하들의 협력을 이용하여 제 뱃속을 채웠다는 비난은 어디에서도 찾아볼 수 없다. 그는 음모를 꾸미는 데에도 일가견을 가지고 있어서 책사로서도 일류였지만, 그럼에도 그는 정직한 사람으로 알려져 있었다. 게다가 격렬한 칼싸움과 몸이 녹초가 될 만큼 고된 훈련에도 불구하고 파리 최고의 멋쟁이, 여성들에게 친절한 바람둥이, 세련된 말솜씨로 달콤한 말을 잘하는 당대 최고의 달변가이기도 했다. 20년 전에 바송피에르*의 염문이 화젯거리가 되었듯이 트레빌의 염문도 사람들의 입에 오르내렸다. 이렇게 총사대장은 존경과 두려움과 흠모의 대상이었는데, 이것이야말로 인간이 누릴 수 있는 최고의 행복일 것이다.

루이 14세는 스스로 눈부신 빛을 발하여 '모두에게 똑같이'* 비춤으로써 궁정의 작은 별들을 모두 흡수했지만, 그의 부왕인 루이 13세는 '모두에게 똑같지 않게' 비추는 태양으로서, 총애하는 신하들이 저마다 빛을 낼 수 있도록 허락했고, 그래서 그의 궁정인들은 저마다 나름의 가치를 발휘할 수 있었다. 국왕과 추기경의 아침 접견 이외에, 당시 파리에는 아침 접견을 가지는 명사가 2백 명이 넘었는데, 그중에 트레빌은 가장 인기 있는 인물이었다.

그의 저택은 비외콜롱비에 가에 자리 잡고 있었다. 그 안마당은 병영을 연상시켰는데, 여름에는 아침 여섯 시부터, 겨울에는 여덟 시부터 법석거리기 시작했다. 당당한 규모를 과시하기 위해 5, 60명씩 교대하는 총사들이 무슨 일이 일어나도 즉각 대처할 수 있도록 완전무장을 갖춘 채 끊임없이 돌아다녔다. 계단들은 오늘날이라면 집이라도 한 채 세울 수 있을 만큼 거대했는데, 트레빌에게 뭔가 청탁할 일이 있어서 찾아온 파리 사람들, 총사대에 지원하러 찾아온 시골 귀족들, 각양각색의 옷차림으로 모양을 내고 주인의 전갈을 트레빌에게 전하러 온 하인들이 줄지어 그 계단을 오르내렸다. 대기실에서는 선택받은 자들, 즉 부름을 받고 온 사람들이 둥그렇게 늘어놓은 벤치에 앉아 있었다. 이곳에서는 아침부터 밤까지 왁자지껄한 소동이 계속되었다. 트레빌은 이 대기실 옆에 있는 집무실에서 방문객을 맞이하고, 청원을 듣고, 명령을 내렸다. 그리고 창가로 가기만 하면 루브르 궁의 발코니에 서 있는 왕처럼 총사대를 열병할 수 있었다.

다르타냥이 그곳에 간 날은 엄청나게 많은 사람이 모여 있었다. 특히 시골에서 방금 올라온 촌뜨기에게는 더욱 엄청나게 느껴졌다. 이 촌뜨기는 가스코뉴 사람이었고, 특히 당시에 가스코뉴 사람은 웬만해서는 기죽지 않는 것으로 유명했다. 하지만 일단 대못이 박힌 육중한 대문을 통과하면, 안마당에서 서로 소리를 지르며 말다툼하고 장난치며 지나가는 병사들에게 둘러싸이게 되었다. 이 거친 물결을 헤치고 나아가려면 장교이거나 대귀족이거나 아니면 아름다운 여자이거나 해야 했다.

그래서 우리의 젊은이는 가슴을 두근거리며 이 혼잡과 무질서를 뚫고 나아갔다. 장검은 여윈 다리에 찰싹 붙이고, 한 손은 모자챙을 잡고, 얼굴에는 촌뜨기가 대담해 보이고 싶을 때 짓는 엷은 미소를 띠고 있었다. 한 무리를 지나치자 조금 여유 있게 숨을 내쉬었다. 하지만 방금 지나친 사람들이 자신을 돌아보고 있는 것을 알아차리고, 이제까지 자신을 꽤 높이 평가했던 다르타냥은 난생처음으로 자신이 우스꽝스럽게 느껴졌다.

그가 계단에 이르렀을 때는 상황이 더욱 나빠졌다. 첫 번째 계단에서는 총사 네 명이 검술 연습을 하며 즐기고 있었고, 층계참에서는 여남은 명의 동료들이 차례를 기다리고 있었다.

넷 중 하나가 높은 계단에 칼을 빼들고 서서 나머지 셋이 올라오지 못하게 막고 있었다. 아니, 막으려 애쓰고 있었다.

아래쪽 세 사람은 날쌔게 칼을 휘두르며 위쪽 한 사람의 공격을 받아내고 있었다. 처음에 다르타냥은 그들의 무기가 끝이 뭉툭한 펜싱용 플뢰레일 거라고 생각했는데, 몸에 상처가 나는

것을 보고 칼들이 모두 뾰족하고 날카로운 진짜 칼이라는 것을 알게 되었다. 그런데 누군가의 몸에 상처가 날 때마다 구경꾼들뿐만 아니라 싸우고 있는 본인들도 바보처럼 히죽히죽 웃어댔다.

그때 위쪽 계단을 차지하고 있던 사내가 상대들을 궁지로 몰아넣기 시작했다. 그들의 주위를 사람들이 에워싸고 있었다. 누군가가 칼에 맞으면 그 사람은 칼싸움에서 빠지고 이긴 사람에게 접견 순서를 양보하는 것이 이 칼싸움의 조건이었다. 5분도 지나기 전에 아래쪽 세 사람은 모두 상처를 입었다. 한 사람은 손목을, 또 한 사람은 턱을, 나머지 한 사람은 귀를 다쳤다. 위쪽 계단을 지키던 사내는 털끝 하나 다치지 않았다. 칼솜씨가 뛰어난 그는 약속에 따라 세 사람의 접견 순서를 제쳤다.

우리의 젊은 여행자는 놀란 모습을 보이고 싶지 않았지만, 놀이처럼 즐기는 이 칼싸움에는 놀라지 않을 수 없었다. 사람들이 걸핏하면 흥분하는 고향에서도 결투 직전까지 가는 경우를 자주 보았지만, 이들 네 사람의 허풍은 가스코뉴에서도 본 적이 없을 만큼 대단한 것이었다. 그는 걸리버가 나중에 갔다가 깜짝 놀란 그 유명한 거인국*에라도 와 있는 기분이 들었지만, 그게 끝이 아니었다. 목적지에 도달하려면 아직도 층계참과 대기실이 남아 있었다.

층계참에 있는 사람들은 더 이상 싸우지 않고 여자 이야기를 하고 있었다. 그리고 대기실에서는 궁정 이야기를 하고 있었다. 다르타냥은 층계참에서는 얼굴을 붉혔고 대기실에서는 몸을 떨었다. 가스코뉴에서는 생생하고 분방한 상상력을 발휘하여 젊은 하녀들과 때로는 젊은 여주인들까지 넋을 잃게 만들곤 했지만, 아무리 그런 경우에도 이 놀라운 연애담의 절반도,

명사들의 이름과 노골적인 묘사까지 곁들인 음담패설의 4분의 1도 상상해본 적이 없었다. 하지만 층계참에서는 미풍양속에 대한 사랑이 충격을 받았다면, 대기실에서는 추기경에 대한 존경심이 짓밟혔다. 이곳에서 다르타냥은 추기경의 사생활과 유럽을 떨게 만든 그의 정책에 대해 큰 소리로 비난하는 것을 듣고 깜짝 놀랐다. 추기경의 사생활을 파헤치려 했다는 이유만으로 많은 귀족들이 처벌을 받은 터였다. 다르타냥의 아버지가 그토록 존경하는 위인이 트레빌의 총사들에게는 한낱 웃음거리가 되어 있었다. 그들은 추기경의 안짱다리와 구부정한 등을 조롱했다. 추기경의 정부인 에귀용 부인과 그의 질녀인 콩발레 부인*을 노래로 부르는 총사들도 있었고, 추기경의 하인과 친위대를 욕하는 총사들도 있었다. 이 모든 것이 다르타냥에게는 도저히 있을 수 없는 해괴한 일로 여겨졌다.

하지만 이렇게 추기경을 조롱하다가도 이따금 왕의 이름이 불쑥 튀어나오면, 추기경을 비웃던 사람들이 재갈이라도 물린 것처럼 입을 다물었다. 머뭇머뭇 주위를 두리번거리는 꼴이 트레빌의 집무실 벽에 귀라도 달려 있지 않을까 두려워하는 듯했다. 그러나 곧 추기경이 다시 화제에 올랐고, 그러면 아까보다 더 큰 소리로 웃어대기 시작했고, 추기경의 일거수일투족이 모두 까발려졌다.

'이놈들은 감옥에 끌려가서 교수형을 받게 될 거야.' 다르타냥은 두려움에 떨면서 생각했다. '나도 분명 함께 끌려갈 거야. 그 말을 들었으니 공범으로 몰릴 테니까. 아버지는 추기경을 존경하라고 그렇게 이르셨는데, 내가 이런 불경한 자들 속에 있는 걸 알면 뭐라고 하실까?'

굳이 말하지 않아도 짐작했겠지만, 그래서 다르타냥은 대화에 끼어들 생각조차 하지 않았다. 다만 눈을 부릅뜨고 귀를 곤두세워, 어떤 이야기도 놓치지 않도록 오감을 바싹 긴장시켰다. 다르타냥은 아버지의 권고가 옳다고 믿었지만, 자신의 취향과 본능에 따르면 여기서 생전 처음 듣는 이야기를 비난하기보다는 오히려 칭찬하고 싶은 느낌이 들었다.

하지만 그는 트레빌의 가신들에게 완전히 낯선 얼굴이었고 그가 이곳에 얼굴을 비친 것도 이번이 처음이었기 때문에, 한 하인이 그에게 다가와서 무슨 일로 왔느냐고 물었다. 다르타냥은 공손하게 이름을 말하고, 동향인의 자격으로 트레빌 씨를 잠깐 접견하게 해달라고 하인에게 간청했다. 그러자 하인은 보호자라도 되는 듯한 투로, 적당한 기회에 그의 요청을 전해주겠노라고 약속했다.

처음의 놀라움이 조금 가라앉자, 이제는 다르타냥도 주위 사람들의 옷차림과 생김새를 살펴볼 여유가 생겼다.

가장 활기에 차 있는 무리의 중심에는 키가 훤칠하고 오만하게 생긴 총사가 있었는데, 그는 독특한 옷차림 때문에 주위 사람들의 이목을 끌었다. 그는 총사대 제복 대신 약간 색이 바래고 닳아 해진 하늘색 윗도리를 입고 있었다(당시에는 요즘처럼 많은 자유가 허락되지 않았지만, 제복을 입는 것이 절대적인 의무는 아니었다). 그리고 이 윗도리 위에는 금실로 수놓은 화려한 어깨띠를 둘렀는데, 찬란한 햇빛 속에서 물 위에 흩어지는 불꽃처럼 반짝거리고 있었다. 어깨 위에는 진홍빛 벨벳 망토를 멋지게 걸치고 있었는데, 화려한 어깨띠에는 커다란 장검이 매달려 있었다.

이 총사는 마침 경호 근무를 마치고 돌아온 참이었다. 그는 감기에 걸렸다고 투덜대면서 가끔씩 허세 부리듯 기침을 해댔

다. 망토를 걸친 것은 그 때문이라고 주위 사람들에게 말했다.
그가 콧수염을 비틀면서 말하는 동안, 주위 사람들은 모두 금
실로 수놓은 어깨띠를 찬탄의 눈으로 바라보았다. 그 어깨띠에
누구보다도 감탄한 사람은 바로 다르타냥이었다.

"뭐, 어쩔 수 없잖아?" 그 총사가 말했다. "이게 최신 유행
인걸. 도가 지나치다는 건 나도 잘 알아. 하지만 유행인 걸 어
떡해. 게다가 유산으로 받은 돈은 무엇에든 써야 돼."

"이봐, 포르토스!" 대기실에 있던 총사 하나가 외쳤다. "그
어깨띠가 부모님의 너그러움 덕분에 손에 들어왔다고 말하지
는 않겠지? 지난 일요일에 생토노레 문 근처에서 만났을 때,
자네와 같이 있던 그 베일 쓴 여자한테 받은 거잖아."

"천만에. 귀족으로서 명예와 신의를 걸고 맹세하지만, 이 어깨띠는 내가 산 거야. 돈도 내 주머니에서 나왔고." 방금 포르토스라는 이름으로 불린 총사가 대꾸했다.

"그랬겠지. 내가 애인이 헌 지갑 속에다 넣어준 돈으로 이 새 지갑을 산 것처럼 말이지." 또 다른 총사가 말했다.

"정말이라니까. 금화로 12피스톨을 치렀다는 게 그 증거야." 포르토스가 받았다.

감탄은 커졌지만, 의심은 여전히 남아 있었다.

"안 그래, 아라미스?" 포르토스가 또 다른 총사를 돌아보며 물었다.

아라미스라고 불린 총사는 방금 그에게 이름을 부르며 질문을 던진 총사와는 여러모로 대조를 이루고 있었다. 나이는 기껏해야 스물두세 살밖에 안 되어 보이고, 순진하고 상냥한 표정에 검고 부드러운 눈, 가을에 무르익은 복숭아처럼 발그레하고 솜털이 보송보송한 볼을 가진 젊은이였다. 코 밑에는 가느다란 콧수염이 직선을 그리고 있었다. 혈관이 부풀어 오르기라도 할까봐 겁이 나서 손을 내리지 못하는 것 같았고, 귀가 부드럽고 투명한 장밋빛을 유지하도록 이따금 귓불을 잡아당기는 버릇이 있었다. 평소에는 말수도 적고 느릿느릿 말하는 게 버릇이었다. 인사성이 밝았고, 웃을 때는 하얗고 고운 이를 드러내면서 소리 없이 웃었다. 그는 온몸 곳곳을 세심히 관리하지만, 그중에서도 특히 치아에 신경을 많이 쓰는 듯했다. 친구의 질문에, 그는 그렇다고 고개를 끄덕였다.

이 몸짓으로 어깨띠에 관한 의혹은 다 풀린 듯했다. 사람들은 계속 그 어깨띠에 감탄했지만, 그것을 화제로 삼지는 않았다. 생각이 이런 식으로 방향을 바꾸었을 때 흔히 그렇듯이, 대

48

화가 갑자기 다른 주제로 옮아갔다.

"샬레*의 시종이 이야기한 것에 대해 어떻게들 생각해?" 또 다른 총사가 물었지만, 누구를 지목해서 물은 것이 아니라 그 자리에 있는 모든 사람에게 던진 질문이었다.

"그가 무슨 이야기를 했는데?" 포르토스가 우쭐대는 말투로 물었다.

"브뤼셀에서 추기경의 앞잡이인 로슈포르가 카푸친회 수도사로 변장하고 다니는 걸 보았대. 이 괘씸한 로슈포르가 그 변장 덕에 레그*를 감쪽같이 속였다는 거야. 하기야 녀석은 바보 멍청이니까."

"정말 멍청이지." 포르토스가 받았다. "그런데, 그게 확실해?"

"나도 아라미스한테 들었어." 그 총사가 대답했다.

"정말이야?"

"그래, 포르토스. 자네도 잘 알고 있잖아. 어제 해주었으니까. 그러니 그 이야기는 이제 그만두세." 아라미스가 말했다.

"그 이야기는 이제 그만두자고? 그게 자네 의견인가보군." 포르토스가 다시 말을 이었다. "그 이야기는 이제 그만두자? 제기랄! 그 이야기를 끝내기는 아직 일러! 추기경은 한 남자를 계속 염탐했고, 배신자, 불한당, 망나니를 시켜서 그분의 편지를 훔쳤고, 샬레가 왕을 죽이고 무슈*를 왕비와 결혼시키려 했다는 터무니없는 구실로 샬레의 목을 치게 했어! 이 수수께끼에 대해서는 아무도 몰랐는데, 어제 자네가 알려주었기 때문에 우리 모두 기뻐했던 거야. 우리는 이 소식에 아직도 놀라고 있는데, 자네는 이제 와서 '그 이야기는 이제 그만두자'고 말하는군."

"그럼 계속해. 자네가 원하고 있으니까." 아라미스가 침착하게 받았다.

"내가 만약 그 불쌍한 샬레의 시종이라면, 로슈포르란 놈은 나 때문에 골치 아팠을 거야." 포르토스가 고함쳤다.

"그리고 자네는 그 '루주 공작'* 때문에 적어도 15분 동안은 비참한 시간을 보내겠지." 아라미스가 대꾸했다.

"아! 루주 공작! 만세, 만세, 만만세, 루주 공작!" 포르토스가 손뼉을 치고 고개를 끄덕이면서 받았다. "루주 공작이라! 참 멋진 말이군. 이 말을 널리 퍼뜨려야겠어. 이봐, 아라미스! 자넨 정말 재치가 있어! 자네가 하느님의 소명에 따르지 않은 건 정말 유감이야. 정말 매력적인 신부가 되었을 텐데!"

"잠깐 늦어지는 것뿐이야." 아라미스가 대꾸했다. "언젠가는 신부가 될 테니까. 그래서 내가 신학 공부를 계속하고 있다는 건 자네도 알고 있잖아."

"틀림없이 자네 소원대로 될 거야." 포르토스가 말을 받았다. "늦든 빠르든."

"빠른 쪽이야." 아라미스가 말했다.

"아라미스는 한 가지 문제가 결정되기를 기다리고 있을 뿐이야. 그것만 결정되면 군복 뒤에 걸려 있는 사제복을 다시 입겠지." 다른 총사가 말했다.

"아라미스가 기다리고 있는 게 뭔데?" 또 다른 총사가 물었다.

"왕비님이 왕세자를 낳아줄 날을 기다리고 있지."

"그 문제에 대해서는 농담하지 맙시다, 여러분." 포르토스가 말했다. "다행히 왕비님은 아직 아기를 낳을 수 있는 나이야."

"버킹엄* 씨가 프랑스에 와 있다는 소문이 들리던데." 아라

50

미스가 빈정거리는 웃음소리를 내면서 말을 이었다. 그 웃음소리는 얼핏 단순해 보이는 이 말에 약간 '불명예스러운 의미'를 부여했다.

"아라미스, 이번엔 자네가 틀렸어." 포르토스가 그의 말을 막아섰다. "그리고 자네의 재치는 언제나 도가 지나쳐서 탈이야. 대장님이 들을 수만 있다면, 자네도 그렇게 지나친 말은 하지 않을 텐데."

"나한테 설교하는 거야, 포르토스?" 아라미스가 소리쳤다. 그의 온화한 눈 속에서 갑자기 번갯불이 번득이는 것 같았다.

"총사가 되든지 신부가 되든지, 둘 중 하나를 택해. 어느 쪽이든 하나만 택해야지, 둘 다면 곤란해." 포르토스가 대꾸했다. "이봐, 아토스도 요전에 말했지. 자네는 양다리를 걸치고 있다고 말이야. 아, 화내지 말게. 화내 봤자 소용도 없을 테니까. 자네와 아토스와 내가 합의한 내용은 자네도 잘 알고 있잖아. 자네는 에귀용 부인을 찾아가서 비위를 맞추더니, 슈브뢰즈 부인의 사촌인 부아-트라시 부인*을 찾아가서 그 부인의 호감을 샀다고 하더군. 오호, 저런! 행복하다고 고백할 필요는 없어. 아무도 자네한테 비밀을 털어놓으라고 하진 않으니까. 자네가 입이 무겁다는 건 우리도 알고 있어. 하지만 그 미덕을 왕비님을 위해서도 써달라는 거야! 왕과 추기경에 대해서는 마음대로 상관해도 좋아. 하지만 왕비님은 거룩하신 분이야. 그분 이야기를 할 거면 좋은 이야기만 하자고."

"포르토스, 자네는 지금 나르시스*처럼 우쭐대고 있어." 아라미스가 받았다. "자네도 알다시피, 나는 아토스를 제외하고는 누구한테도 설교를 듣고 싶지 않아. 자네에 대해 한마디 하겠는데, 자네가 도덕가연하기엔 그 어깨띠가 너무 화려해. 나는 신부가 되고 싶으면 신부가 될 거야. 하지만 그때까지는 총사야. 그러니 총사의 자격으로 내가 하고픈 말을 할 거야. 그런데 지금은 자네가 나를 괴롭힌다는 말을 하고 싶군."

"아라미스!"

"포르토스!"

"왜들 이래? 진정해!" 주위에서 사람들이 외쳤다.

그때 집무실 문이 열리면서 하인이 말했다.

"트레빌 씨께서 다르타냥 씨를 기다리고 계십니다."

이렇게 하인이 알리는 동안 집무실 문이 계속 열려 있었기 때문에 모두 입을 다물었다. 가스코뉴의 젊은이는 마침맞게 그 자리를 피하게 되어 그 야릇한 말다툼의 결말을 보지 않게 된 것을 진심으로 자축하면서, 침묵이 내려앉은 대기실을 곧장 가로질러 총사대장의 방으로 들어갔다.

제3장
접견

트레빌은 기분이 몹시 언짢은 상태였지만, 이마가 땅에 닿도록
절하는 젊은이에게 정중히 답례했다. 그리고 젊은이가 베아른
사투리로 인사하자, 자신의 젊은 시절과 고향 생각이 떠올라
미소를 지었다. 사람은 아무리 나이를 먹어도 이 두 가지 추억
이 떠오르면 미소를 짓게 마련이다. 하지만 그는 인사를 받자
마자 대기실 쪽으로 걸어가면서, 다르타냥과 면담을 시작하기
전에 다른 사람들과 먼저 끝낼 일이 있으니 양해해달라고 부
탁하는 것처럼 다르타냥에게 손짓을 하고는, 대기실을 향해 세
사람의 이름을 불렀다. 한 사람씩 이름을 부를 때마다 목소리
가 점점 커져서, 처음에는 명령조였던 목소리가 나중에는 화난
목소리로 바뀌어 있었다.

"아토스! 포르토스! 아라미스!"

우리가 이미 알고 있는 두 총사는 두 번째와 세 번째로 불린
이름에 대답하고는 곧바로 자리에서 일어나 트레빌의 집무실
로 다가왔다. 그들이 문턱을 넘자마자 문이 닫혔다. 그들의 태
도는 아주 침착하지는 않았지만 기품이 있는 동시에 순종적이

어서 다르타냥의 찬탄을 자아냈다. 하기야 다르타냥은 총사대장을 벼락으로 무장한 제우스라고 생각하고 있었던 만큼, 두 총사를 반신반인의 존재로 생각하는 것도 당연했다.

두 총사가 들어가고 문이 닫히자, 이 호출로 새로운 영양분을 공급받은 대기실에서는 웅성대는 소리가 다시 시작되었다. 그리고 집무실 안에서는 트레빌이 아무 말 없이 눈살을 찌푸린 채, 사열이라도 받듯 굳은 표정으로 입을 꽉 다문 포르토스와 아라미스 앞을 지나 방 안을 한쪽 끝에서 다른 쪽 끝까지 서너 번 왕복한 뒤, 갑자기 두 사람 앞에 멈춰 섰다. 그러고는 그들을 머리끝에서 발끝까지 성난 눈길로 훑어보면서 큰 소리로 말했다.

"폐하께서 나한테 뭐라고 하셨는지 아나? 그것도 어제저녁에? 어때, 알고 있나?"

"모릅니다." 두 총사는 잠시 입을 다물고 있다가 대답했다. "모릅니다, 대장님."

"하지만 폐하께서 뭐라고 하셨는지, 저희에게도 들려주셨으면 합니다." 아라미스가 우아하게 절을 하면서 지극히 공손한 어조로 덧붙였다.

"앞으로는 근위대 총사를 추기경의 친위대원들 중에서 선발하겠다고 말씀하셨어!"

"추기경의 친위대원들 중에서요? 도대체 이유가 뭡니까?" 포르토스가 날카롭게 물었다.

"폐하의 싸구려 포도주에 좋은 포도주를 섞어서 맛을 높일 필요가 있다고 생각하신 거지."

두 총사는 얼굴이, 눈의 흰자위까지 빨개졌다. 다르타냥은 그 일이 자신과 무슨 관계가 있는지 몰랐지만, 30미터 땅속으

로라도 숨고 싶은 심정이었다.

"그래, 맞아." 트레빌이 더욱 기운차게 말을 이었다. "폐하의 말씀이 옳아. 궁정에서 총사대가 형편없어 보이는 건 사실이니까. 어제도 추기경이 폐하와 체스를 두면서, 불쾌하기 짝이 없는 태도로 말했어. '그저게 그 빌어먹을 총사들, 앞뒤 분간도 못하는 자들이……'라고 말을 시작했는데, 추기경은 이 말을 빈정거리듯 강조했고, 그게 나에겐 더욱 불쾌했단 말이야. 어쨌든 추기경은 그 살쾡이 같은 눈으로 나를 바라보면서 덧붙이는데, '그 허풍쟁이들이 페루 가에 있는 술집에 밤늦게까지 남아 있었기 때문에, 순찰을 돌고 있던 저의 친위대원들이 그 난동자들을 체포할 수밖에 없었습니다' 하는 거야. 제기랄! 자네들도 거기에 대해 조금은 알고 있겠지? 총사대원을 체포하다니! 자네들도 그 자리에 있었어. 부인하지 마. 목격자도 있으니까. 추기경은 자네들의 이름까지 말했어. 그래, 그게 다 내 불찰이야. 그 부하들을 내가 뽑았으니까. 이봐, 아라미스, 자네는 사제복을 입었으면 아주 잘 어울렸을 텐데, 도대체 왜 총사대 제복을 입으려 했나? 이봐, 포르토스, 그 멋진 어깨띠를 두른 건 단지 밀짚 칼을 매달기 위해선가? 그리고 아토스! 아토스가 안 보이는군. 어디 갔지?"

"아토스는 몸져누웠습니다, 대장님." 아라미스가 침울한 얼굴로 대답했다. "심하게 아픕니다."

"몸져누웠다고? 심하게 아프다고? 무슨 병인데?"

"천연두가 아닐까 걱정하더군요." 포르토스가 자기도 대화에 끼어들고 싶어서 대답했다. "그게 사실이라면 얼굴이 곰보가 될 텐데, 참으로 딱한 일이죠."

"천연두라고? 그건 정말 유쾌한 얘기로군. 그 나이에 천연두에 걸렸다고? 천만에! 그럴 리가 없어! 아토스는 다친 게 분명해. 아니, 어쩌면 죽었을지도 몰라. 젠장! 이봐, 자네들! 나는 자네들이 그런 상스러운 곳에 드나들고, 길거리에서 싸움질이나 하고, 네거리에서 칼부림이나 하는 걸 바라지 않네. 요컨대 추기경의 친위대원들에게 웃음거리가 되는 건 바라지 않아. 친위대원들은 용감하고 침착하고 영리한 자들이라서, 체포당할 위험에 빠진 적도 없거니와 순순히 잡혀가지도 않을 거야! 한 걸음이라도 물러설 바에는 차라리 그 자리에서 죽는 쪽을 택할 테니까. 내빼고 숨고 달아나는 건 총사대원에게나 어울리는 짓이지!"

포르토스와 아라미스는 분개한 나머지 부들부들 떨고 있었다. 트레빌이 그렇게 심한 말을 퍼붓는 것도 실은 자신들을 사랑하기 때문이라는 것을 느끼지 못했다면, 그들은 당장에 트레빌의 목을 졸라 죽이고 말았을 것이다. 그들은 카펫 위에서 발을 구르고, 피가 나도록 입술을 깨물고, 칼자루를 힘껏 쥐었다. 문 밖에 있던 사람들은 아까 아토스와 포르토스와 아라미스를 부르는 소리를 들었고, 트레빌의 말투로 보아 단단히 화가 난 모양이라고 짐작했다. 호기심으로 머리를 벽에 대고 있던 총사들은 분노로 얼굴이 하얘졌다. 문에 찰싹 달라붙은 귀들은 안에서 오가는 대화를 한마디도 놓치지 않았고, 그들의 입술은 대장이 내뱉는 욕을 대기실에 있는 모든 사람에게 차례로 전달했기 때문이다. 순식간에 집무실 출입문에서 길가의 대문까지, 저택 전체가 온통 소란스러워졌다.

"국왕의 총사대원들이 추기경의 친위대원들에게 체포를 당하다니!" 트레빌도 속으로는 부하들만큼이나 분개하고 있었지만, 한마디 할 때마다 말을 끊고, 듣는 이들의 가슴을 단검으로 찌르듯 한마디 한마디를 그들의 가슴에 쑤셔 박았다. "추기경의 친위대원 여섯 명이 국왕 폐하의 총사 여섯 명을 체포하다니! 제기랄! 나는 결심했어! 곧장 루브르로 가서, 총사대장직을 사직하고 추기경 친위대의 부대장직을 요청하겠어. 거절당하면, 젠장, 신부가 될 거야!"

이 말이 전해지자 문 밖의 웅성거림이 갑자기 소란해졌다. 사방에서 들리는 소리라고는 욕설뿐이었다. "제기랄"이니 "빌어먹을"이니 "염병할"이니 하는 온갖 욕설이 허공에서 난무했다. 다르타냥은 몸을 숨기려고 벽에 걸린 태피스트리를 찾았고, 탁자 밑으로 기어들고 싶은 마음이 굴뚝같았다.

"대장님!" 포르토스가 말했다. "6 대 6으로 싸운 건 사실이지만, 저희들은 기습을 당했기 때문에 미처 칼을 빼기도 전에 두 명이 죽었고, 아토스는 중상을 입는 바람에 힘을 쓰지 못했습니다. 아토스가 어떤 사람인지는 대장님도 잘 아시잖습니까. 아토스는 두 번이나 일어나려고 했지만, 그때마다 다시 쓰러지고 말았습니다. 하지만 그래도 저희는 항복하지 않았어요. 그럼요! 저희들은 강제로 끌려갔지만, 도중에 도망친 겁니다. 놈들도 아토스는 죽은 줄 알았기 때문에 데려갈 가치가 없다고 생각해서 그대로 내버려두었지요. 사실은 그렇게 된 겁니다. 대장님, 싸울 때마다 매번 이길 수는 없잖습니까. 저 위대한 폼페이우스도 파르살로스 전투에서 패했고, 프랑수아 1세도 누구 못지않게 훌륭한 분이라고 들었지만 파비아에서 패한 적이 있습니다.*"

"저는 한 녀석의 칼을 빼앗아 그놈을 죽였습니다." 아라미스가 말했다. "제 칼이 초장에 부러져버렸거든요. 그놈이 죽었는지 상처만 입었는지는 대장님 좋으실 대로 생각하십시오."

"그런 줄은 몰랐어." 트레빌이 약간 부드러워진 어조로 말했다. "추기경이 사태를 과장해서 말했군."

"하지만 대장님, 부탁이 있는데요." 대장의 분노가 가라앉는 것을 보고 아라미스가 말을 꺼냈다. "아토스가 다쳤다는 말씀은 하지 않았으면 합니다. 그런 소문이 폐하의 귀에 들어가게 되면 아토스는 아마 절망에 빠질 겁니다. 상처가 어깨에서 가슴까지 관통한 중상이어서, 어쩌면 생명이……."

바로 그때 문의 휘장이 걷히더니, 기품 있고 잘생겼지만 몹시 창백한 얼굴이 휘장 가장자리의 술 장식 밑에서 나타났다.

"아토스!" 두 총사가 동시에 외쳤다.

"아토스!" 트레빌도 외쳤다.

"부르셨다면서요?" 아토스가 기운은 없지만 침착한 목소리로 말했다. "대장님이 부르셨다는 얘기를 전해 듣고 부랴부랴 달려왔습니다. 무슨 일입니까?"

이렇게 말하고는, 평소 버릇대로 허리띠를 졸라매고 나무랄 데 없이 차려입은 모습으로 당당하게 집무실로 들어왔다. 트레빌은 진심으로 감동하여 그에게 달려갔다.

"지금 이 대원들에게 말하고 있었네." 트레빌이 말했다. "우리 대원들은 쓸데없이 목숨을 위험에 빠뜨려서는 안 된다고. 총사들은 국왕 폐하께 매우 소중한 사람들이고, 폐하께서는 총사들이야말로 이 세상에서 가장 용감한 자들이라는 걸 잘 알고 계시니까. 자, 악수나 하세, 아토스."

트레빌은 방금 들어온 총사가 이 애정 표현에 미처 반응하기도 전에 그의 오른손을 힘껏 쥐었다. 자제력이 강한 아토스지만 아파서 움찔하고, 더 이상 창백해질 수 없을 만큼 핏기 없는 얼굴이 더욱 핼쑥해진 것도 트레빌은 알아차리지 못했다.

집무실 문은 아까부터 빠끔히 열려 있었다. 아토스가 다친 사실은 비밀에 부쳐졌지만 모르는 사람이 없었기 때문에, 그가 이렇게 달려오자 흥분과 감동으로 소동이 벌어졌다. 사람들은 총사대장의 마지막 말에 함성을 질렀고, 감격한 나머지 두세 명이 휘장 틈새로 얼굴을 내밀었다. 트레빌은 이 무례한 행동을 꾸짖으려 했지만, 그때 갑자기 아토스의 손이 그의 손 안에서 꿈틀거리는 것을 느끼고 그에게 눈을 돌렸다. 아토스는 기절하기 직전이었다. 온 힘을 짜내어 고통과 싸우고 있던 아토스가 마침내 견디지 못하고 바닥에 쓰러지고 말았다.

"의사를!" 트레빌이 외쳤다. "내 주치의, 폐하의 주치의, 최고의 의사를 불러! 어서! 빨리 안 오면 내 용감한 아토스가 죽을 거야."

트레빌의 고함 소리에 놀란 사람들이 모두 그의 집무실로 뛰어 들어왔다. 트레빌이 문을 닫을 생각도 하지 않았기 때문에, 저마다 부상자를 도우러 온 것이다. 하지만 의사가 때마침 그 저택 안에 있지 않았다면 이 모든 관심도 아무 소용이 없었을 것이다. 의사는 사람들을 헤치고 여전히 인사불성인 아토스에게 다가갔지만, 주위의 소란이 방해가 되었기 때문에 우선 환자를 옆방으로 옮겨달라고 요구했다. 트레빌은 당장 문을 열고, 포르토스와 아라미스를 옆방으로 안내했다. 두 총사는 아토스를 안아 들고 트레빌을 따라갔다. 그 뒤를 의사가 따랐고, 의사가 들어가자 문이 닫혔다.

평소에는 그토록 신성하게 여기는 장소인 트레빌의 집무실이 잠깐이나마 보조 대기실이 되었다. 모두 큰 소리로 떠들어 대고 열변을 토하며, 추기경과 그의 친위대원들을 저주하고 욕하고 악마에게 보냈다.

잠시 후, 포르토스와 아라미스가 돌아왔다. 의사와 트레빌만 부상자 곁에 머물러 있었다.

이윽고 트레빌도 돌아왔다. 부상자가 의식을 되찾은 것이다. 의사의 말에 따르면 환자의 상태는 걱정할 필요가 없고, 단지 출혈 때문에 실신한 것뿐이었다.

트레빌이 손짓으로 신호를 보내자 다들 집무실에서 물러갔다. 오직 다르타냥만이 트레빌을 면담할 차례라는 것을 잊지 않고, 가스코뉴 사람다운 끈기를 발휘하여 남아 있었다.

모두 밖으로 나가고 문이 다시 닫히자, 고개를 돌린 트레빌의 눈길에 한 젊은이가 잡혔다. 방금 일어났던 사건 때문에 생각의 실마리를 잃어버린 트레빌은 이 끈기 있는 청원자에게 무슨 일로 왔느냐고 물었다. 그래서 다르타냥이 자신의 이름을 밝혔다. 그러자 트레빌은 현재와 과거의 모든 기억을 단번에 되살려 상황을 파악했다.

"미안하네." 그가 빙그레 웃으면서 말했다. "자네를 까맣게 잊고 있었어. 어쩔 수 없었네! 대장이란 한 집안의 아버지나 마찬가지야. 게다가 보통 아버지보다 훨씬 큰 책임을 짊어지고 있지. 병사들은 다 큰 애들이나 마찬가지야. 하지만 나는 폐하의 명령과 특히 추기경의 명령이라면 반드시 수행해야 한다고 생각하기 때문에……."

다르타냥은 미소를 감출 수 없었다. 그 미소를 보고 트레빌는 상대가 바보는 아니라고 판단했기 때문에, 화제를 바꾸어 곧바로 요점으로 들어갔다.

"나는 자네 아버님을 무척 좋아했지. 그 친구의 아들을 위해 내가 뭘 해줄 수 있을까? 자, 어서 말해보게. 난 시간이 없으니까."

"대장님, 제가 타르브를 떠나 여기에 온 것은 대장님께서 잊지 않고 계신 그 우정을 생각해서 저에게 총사 제복을 주십사 부탁드리기 위해서입니다. 하지만 두 시간 전부터 벌어진 일을 보고, 그것이 엄청난 특별대우라는 것을 알게 되었습니다. 아무래도 저는 그런 대우를 받을 자격이 없는 것 같습니다."

"그건 정말로 특별대우지. 하지만 자네가 생각하는 만큼 과분한 것은 아닐 거야. 하지만 이런 경우에 대비하여 폐하께서 만들어놓은 규정이 있는데, 자네한텐 안됐지만, 전투에 몇 번 참전했다든가 어떤 공훈을 세웠다든가, 아니면 우리 총사대는 아니더라도 다른 부대에서 2년 동안 근무했다든가 하는 증거가 없으면 누구도 총사가 될 수 없다네."

다르타냥은 묵묵히 그 말을 받아들였다. 총사 제복을 얻기가 그렇게 어렵다는 것을 알고 나자, 그 제복을 입고 싶은 마음이 더욱 간절해졌다.

"하지만……" 트레빌은 고향에서 온 젊은이를 마음속까지 읽으려는 것처럼 꿰뚫어보는 듯한 눈길로 바라보면서 말을 이었다. "하지만 아까도 말했듯이 자네 아버님은 옛 친구이니만큼, 자네한테 뭔가 해주고 싶네. 베아른 출신의 총사 지원자들은 대개 부자가 아니지. 이런 사정은 내가 고향을 떠난 뒤에도 별로 달라지지 않았을 걸세. 그러니 자네도 집에서 가져온 돈으로 오래 생활할 수는 없을 거야."

다르타냥은 누구의 도움도 받고 싶지 않다는 듯 당당한 태도로 몸을 꼿꼿이 세웠다.

"좋아, 젊은이. 아주 좋아. 그런 태도는 나도 알고 있지. 내가 처음 파리에 왔을 때 주머니에는 4에퀴밖에 없었어. 하지만 누군가 나보고, 그런 처지로는 루브르 궁에 절대 들어가지 못할 거라고 했다면, 나는 누구하고든 싸웠을 거야."

다르타냥은 몸을 더욱 꼿꼿이 세웠다. 말을 판 덕분에 트레빌보다 4에퀴나 더 많은 돈을 가지고 인생의 출발점에 서 있었기 때문이다.

"그러니까 내가 하고 싶은 말은, 자네가 아무리 많은 돈을 가지고 있다 하더라도 그것을 잘 간직할 필요가 있다는 거야. 하지만 귀족에게 어울리는 훈련을 쌓아서 숙달할 필요도 있지. 내가 오늘 당장 왕립 아카데미* 교장에게 소개장을 써주겠네. 그러면 내일부터 수업료를 내지 않고도 그 학교에 다닐 수 있을 거야. 약소한 호의지만 거절하지 말고 받아주게나. 아무리 좋은 집안 출신이고 부유한 귀족이라 해도, 때로는 원하는 것을 얻지 못할 수도 있어. 자네는 승마와 펜싱과 춤을 배우도록 하게. 좋은 친구도 사귀게 될 거야. 그리고 가끔씩 나한테 와서 그동안 뭘 배웠는지, 또 내가 뭘 해주면 좋은지 말해주게."

다르타냥은 아직 궁정 예절을 잘 몰랐지만, 왠지 냉대를 받은 기분이었다.

"유감이군요. 아버지가 대장님께 드리라고 소개장을 써주셨는데, 그걸 잃어버리다니! 얼마나 아쉬운지 모르겠습니다."

"정말 그렇다네! 나도 놀랐어. 소개장은 여행할 때 꼭 필요한 여비나 마찬가지고, 우리 베아른 사람에게는 유일한 자산인데, 자네는 그것도 없이 그 먼 길을 여행했으니 말이야."

"소개장은 가지고 있었습니다. 정식 소개장이었지요. 그런데 어떤 못된 놈에게 도둑맞았습니다."

그는 묑 마을에서 겪은 일을 자초지종 이야기하면서, 특히 미지의 귀족을 상세히 묘사했다. 그 열성과 진실한 태도가 트레빌의 마음에 들었다.

"정말 이상한 일이군." 트레빌이 생각에 잠긴 얼굴로 말했다. "그러니까 자네는 내 이름을 큰 소리로 말했단 말이지?"

"예, 대장님. 제가 경솔한 짓을 했나 봅니다만, 그래도 대장님의 이름은 저에게 얼마나 든든한 방패가 되었는지 모릅니다. 그 방패 뒤에 얼마나 자주 숨었다고요."

당시는 아첨이 통용되던 시대였고, 트레빌도 왕이나 추기경 못지않게 아첨을 좋아했다. 그래서 그는 눈에 보이게 만족하여 빙그레 웃지 않을 수 없었다. 하지만 이내 미소를 거두고, 묑 마을에서 일어난 사건으로 화제를 돌렸다.

"그 귀족의 관자놀이에 작은 흉터가 있지 않았나?"

"있었습니다. 총알이 스치면서 생긴 흉터 같은 것이었지요."

"미남이었나?"

"예, 미남이었습니다."

"키가 크고?"

"예."

"얼굴은 창백하고 머리카락은 갈색이었나?"

"예, 맞습니다. 어떻게 그놈을 아십니까? 아! 그놈을 다시 만나기만 하면…… 언젠가는 꼭 찾아낼 겁니다. 지옥에 가서라도……."

"혹시 여자를 기다리고 있지 않던가?"

"예, 기다리던 여자와 잠시 이야기를 나누고 나서 떠났습니다."

"두 사람이 무슨 이야기를 나누었는지는 모르나?"

"남자가 여자한테 상자 하나를 건네면서, 그 상자 안에 지시 사항이 들어 있다고, 런던에 도착할 때까지는 상자를 열어 보지 말라고 지시했습니다."

"그 여자는 영국인이었지?"

"남자가 그 여자를 '밀레디'라고 부르더군요."

"그놈이야." 트레빌이 중얼거렸다. "그놈이 틀림없어! 아직 브뤼셀에 있는 줄 알았는데……."

"대장님이 그놈을 아신다면, 그놈이 누구인지, 지금 어디에 있는지 말씀해주십시오." 다르타냥이 외쳤다. "그것만 알려주시면, 다른 부탁은 드리지 않겠습니다. 저를 총사대에 넣어주겠다는 약속도 요구하지 않겠습니다. 다른 무엇보다도 먼저 그놈한테 복수를 하고 싶으니까요."

"복수할 생각은 그만두게, 젊은이." 트레빌이 소리쳤다. "복수는커녕, 길을 가다가 그놈이 이쪽으로 걸어오는 게 보이거든 길을 어서 건너가게. 그런 인물과는 부딪치지 말라는 얘기야.

부딪쳤다가는 자네만 유리처럼 박살나게 될 테니까."

"상관없습니다. 그놈을 다시 만나기만 하면……."

"충고하겠는데, 당분간 그놈을 찾지 말게."

트레빌은 문득 어떤 의혹이 떠올라 갑자기 말을 멈추었다. 아버지가 써준 소개장을 미지의 사내에게 도둑맞았다는 것도 수상쩍은 일이지만, 이 젊은이가 단지 그런 이유만으로 그토록 증오심을 드러내는 것도 수상했다. 이 증오심 뒤에는 어떤 속임수가 숨어 있는 게 아닐까? 이 젊은이는 추기경이 보낸 첩자가 아닐까? 덫을 놓으러 온 것이 아닐까? 다르타냥이라고 자칭하는 이 젊은이는 추기경이 내 집에 들여보내 내 측근에 두고 신임을 얻은 뒤 나중에 그 신뢰를 저버리고 나를 파멸시키기 위해 보낸 밀정이 아닐까? 지금까지도 수천 번이나 있었던 일이었다. 그는 처음보다도 더 뚫어지게 다르타냥을 바라보았다. 영리하고 겸손해 보이는 태도였지만, 그래도 별로 안심이 되지 않았다.

'가스코뉴 사람인 건 분명해.' 트레빌이 생각했다. '하지만 그렇다고 해서 내 편이라고 할 수는 없지. 추기경 편이 될 수도 있으니까. 어디 한번 시험해볼까.'

"이보게, 자네는 내 옛 친구의 아들이 분명하고, 소개장을 잃어버렸다는 이야기도 믿겠네. 자네도 알아차렸듯이 처음에 자네를 맞을 때 내가 좀 쌀쌀맞게 군 것도 사실이야. 그 점을 벌충하기 위해서라도 자네한테 우리 정책의 비밀을 털어놓고 싶군. 폐하와 추기경은 더없이 좋은 친구 사이라네. 겉으로는 싸우는 척하지만, 그건 미련한 자들을 속이기 위해서일 뿐이야. 나와 동향이고 훌륭한 기사이며 장래가 촉망되는 용감한 젊은이인 자네가 다른 수많은 바보들처럼 이런 속임수에 넘어가 신세를 망치는 따위의 멍청한 짓을 하리라고는 생각지 않네. 나는 막강한 두 분에게 충성을 다하고 있다네. 폐하는 물론, 프랑스가 낳은 가장 걸출한 천재이신 추기경님을 섬기기 위해 최선을 다하고 있다는 것을 잘 알아두게. 젊은이, 혹시라도 자네가 가족이나 친척 때문에, 또는 본능에 따라, 우리가 좀 전에 보았던 총사들처럼 추기경에게 적개심을 품고 있다면, 여기서 그만 작별 인사를 하고 떠나주게. 언제든지 필요하면 자네를 도와주겠지만, 자네를 내 측근에 둘 수는 없어. 어쨌든 내가 솔직히 털어놓았으니, 자네도 나를 친구로 생각해주기 바라네. 내가 이런 이야기를 한 젊은이는 지금까지 자네뿐이니까."

트레빌은 속으로 생각했다.

'만약 추기경이 이 여우 새끼를 보낸 거라면, 내가 자기를 얼마나 증오하는지 그도 잘 알고 있으니까, 내 환심을 사는 최선의 방법은 자기를 마구 헐뜯는 거라고 밀정에게 일러두었을 거야. 그러니까 내가 아무리 아니라고 해도 이 교활한 녀석은 추기경 예하를 몹시 싫어한다고 대답할 게 뻔해.'

하지만 결과는 트레빌의 예상과 전혀 달랐다. 다르타냥은 아주 솔직하게 대답했다.

"대장님, 저도 똑같은 생각을 가지고 파리에 왔습니다. 아버지는 저에게 국왕 폐하와 추기경님과 대장님, 이렇게 세 분이 프랑스에서 가장 중요한 분이라고 하시면서, 이 세 분 말고는 누구에게도 고개를 숙이지 말라고 하셨습니다."

다르타냥은 왕과 추기경 뒤에 트레빌을 덧붙였는데, 그래도 손해볼 건 없다고 생각했기 때문이다.

"그래서 저는 추기경님을 깊이 존경하고 있습니다. 그리고 그분의 행동에 대해서도 깊은 존경심을 품고 있습니다. 대장님께서 그렇게 기탄없이 말씀해주시니, 저에겐 오히려 잘된 일이지요. 저도 대장님과 같은 생각을 가지고 있다는 것을 대장님도 인정해주실 테니까요. 하지만 저에 대해 어떤 의심을 품으셨다면, 하기야 그것도 당연한 일이겠습니다만, 저는 진실을 말씀드리는 것이 오히려 잘못된 것이라고 느낄 겁니다. 그건 정말 유감스러운 일이지만, 그래도 대장님은 저를 제대로 평가해주시겠죠. 그거야말로 제가 이 세상에서 무엇보다도 염려하는 바입니다."

트레빌은 깜짝 놀랐다. 다르타냥의 통찰력과 솔직함에 감탄했지만, 그렇다고 의심이 완전히 걷힌 것은 아니었다. 이 젊은이가 다른 청년들보다 뛰어난 만큼, 자신이 잘못 생각한 것은 아닐까 하는 두려움이 더욱 커졌다. 그래도 그는 다르타냥과 악수를 하면서 말했다.

"자네는 훌륭한 청년이야. 하지만 지금으로서는 아까 말한 것밖에 해줄 수가 없네. 언제든지 나를 찾아오게. 자네한테는 항상 문이 열려 있을 테니까. 자네는 언제든지 나를 찾아올 수 있고, 따라서 온갖 기회를 잡을 수 있을 걸세. 언젠가는 자네가 얻고 싶은 것을 얻게 될 거야."

"그러니까 대장님 말씀은…… 제가 자격을 갖출 때까지 기다려주시겠다는 거군요. 걱정하지 마세요." 그는 가스코뉴 사람 특유의 허물없는 말투로 덧붙였다. "오래 기다리시지 않아도 될 겁니다."

그리고 나서 이제부터는 자신에게 달려 있다는 듯이, 자리에서 물러가려고 트레빌에게 절을 했다.

"잠깐만 기다리게." 트레빌이 그를 불러 세웠다. "왕립 아카데미 교장에게 소개장을 써주겠다고 약속했는데, 그걸 받기엔 자존심이 허락하지 않나?"

"아닙니다, 대장님. 아버지가 써준 소개장은 잃어버렸지만 대장님의 소개장은 절대로 잃어버리지 않겠습니다. 잘 간수해서 반드시 목적지에 전달하겠습니다. 만약 또 훔치려는 자가 있다면, 맹세코 가만두지 않겠습니다."

트레빌은 다르타냥이 이렇게 호기를 부리는 것을 보고 빙긋 웃었다. 그러고는 그 젊은 동향인을 이제까지 이야기를 나누며 서 있던 창가에서 기다리게 하고, 책상 앞에 앉아서 소개장을 쓰기 시작했다. 그러는 동안 다르타냥은 달리 할 일이 없었기 때문에, 총사들이 하나 둘씩 창문 앞을 지나 길모퉁이로 사라지는 것을 지켜보면서 행진곡 박자에 맞춰 유리창을 톡톡 두드리기 시작했다.

트레빌은 소개장을 다 쓴 뒤 봉인했다. 그러고는 일어나서 젊은이에게 다가와 봉투를 건네주려고 했다. 그러나 다르타냥이 봉투를 받으려고 손을 내민 바로 그 순간, 트레빌은 깜짝 놀랐다. 다르타냥이 움찔하더니, 분노로 얼굴이 빨개진 채 고함을 치면서 집무실 밖으로 뛰쳐나갔기 때문이다.

"이번에는 놓치지 않겠다!"

"누군데 그러나?" 트레빌이 물었다.

"그놈입니다. 제 소개장을 훔쳐간 놈요!"

다르타냥은 어느새 사라졌다.

"미친 놈!" 트레빌이 혼자 중얼거렸다. "꿍꿍이가 실패한 것을 알고서 교묘한 수작으로 뺑소니친 건 아니겠지."

제4장
아토스의 어깨, 포르토스의 어깨띠, 아라미스의 손수건

성난 다르타냥은 세 걸음 만에 대기실을 질러가서 계단으로 달려 나간 뒤, 한 번에 네 계단씩 뛰어내리려고 했지만, 추적에 몰두한 나머지, 트레빌의 집무실 옆문에서 나오고 있던 총사와 부딪쳤다. 다르타냥의 머리가 어깨를 들이받자 총사는 울부짖는 듯한 비명 소리를 냈다.

"아이쿠, 죄송합니다." 다르타냥은 계속 달려가려고 하면서 말했다. "죄송하지만, 내가 급해서요."

하지만 그가 첫 번째 계단을 내려가자마자 강철같이 단단한 주먹이 그의 어깨띠를 잡았다.

"급하다고?" 얼굴이 수의처럼 창백한 총사가 외쳤다. "나를 박치기해놓고는, 급하다는 핑계로 '죄송합니다' 하면 그만인 줄 알아? 천만의 말씀이지. 트레빌 대장이 오늘 우리한테 좀 함부로 말하는 것을 듣고, 자네도 우리를 그렇게 대해도 된다고 생각하나? 다시 생각해봐. 자네는 트레빌 대장이 아니란 말이야."

"일부러 그런 게 아닙니다." 다르타냥은 그제야 아토스를 알아보고 대꾸했다. 아토스는 의사의 치료를 받고 집으로 돌아

가는 길이었다. "그리고 '죄
송하다'고 했잖습니까. 그
정도면 충분한 것 같은데요.
하지만 다시 한 번 사과드리
죠. 이건 좀 지나친 사과일
지도 모르지만, 사실은 내가
몹시 급해서요. 제발 놓아주
세요. 볼일이 있어서 빨리 가
야 하거든요."

"이봐." 아토스가 다르타냥을 놓아주면서
말했다. "버르장머리 없는 친구로군. 꼬락서니만 봐도 촌구석
에서 올라왔다는 걸 한눈에 알 수 있겠어."

다르타냥은 벌써 서너 계단을 내려가 있었지만, 아토스의
말을 듣고는 걸음을 멈추었다.

"아니, 이봐요! 내가 아무리 촌구석에서 왔더라도 당신에게
예절을 배울 생각은 없어요."

"그렇겠지." 아토스가 말했다.

"내가 급하지만 않았다면……" 다르타냥이 외쳤다. "누군가
를 쫓아가고 있지만 않았다면……."

"바쁜 젊은이, 나를 찾고 싶다면 굳이 달릴 필요는 없어. 알
겠나?"

"그럼 어디가 좋겠소?"

"카름데쇼 수도원* 근처."

"시간은?"

"정오쯤."

"정오쯤. 좋아요. 그리로 가지요."

"나를 기다리게 하진 말게. 미리 말해두겠는데, 정오에서 15분이 지나면 그때는 내가 자네를 쫓아가서 귀를 잘라버릴 테니까."

"좋아요! 정오 10분 전에 가 있겠소."

이렇게 말하고는, 마치 악마한테 쫓기기라도 하는 것처럼 달리기 시작했다. 미지의 사내는 느긋하게 걷고 있었으니까 그렇게 멀리 가지는 못했을 것이고, 그러니 지금 쫓아가도 따라잡을 수 있을 거라고 생각했기 때문이다.

그런데 거리로 나가는 정문 앞에서 포르토스가 경비병과 이야기를 나누고 있었다. 두 사람 사이에는 사람 하나 지나갈 만큼의 여유가 있었다. 다르타냥은 그 공간이면 충분히 지나갈 수 있을 거라고 생각하고는, 두 사람 사이로 쏜살처럼 뛰어갔다. 하지만 바람을 계산에 넣지 않은 게 실수였다. 그가 두 사람 사이를 막 통과하려는 순간 바람이 포르토스의 긴 망토를 부풀렸고, 다르타냥은 그 망토 속으로 곧장 뛰어들고 말았다. 포르토스는 자신의 옷차림에서 중요한 부분인 망토를 포기하지 않을 이유가 있었던 게 분명하다. 쥐고 있던 망토 자락을 놓기는커녕 자기 쪽으로 홱 잡아당겼기 때문이다. 그래서 다르타냥은 포르토스의 완강한 저항으로 생긴 회전운동 때문에 벨벳 망토 속에 돌돌 휘감겨버렸다.

총사의 성난 욕설을 들으면서, 다르타냥은 눈을 가리고 있는 망토 속에서 빨리 나오려고 옷주름 사이에서 출구를 찾았다. 그는 무엇보다도 총사의 멋진 어깨띠를 망가뜨리지나 않을까 걱정이 되었다. 하지만 조심스럽게 눈을 떠서 보니 자신의 코가 포르토스의 양 어깨 사이를 지나는 어깨띠에 꽉 눌려 있었다.

맙소사! 겉치레밖에는 자랑할 게 없는 이 세상 물건들이 대부분 그렇듯이, 그 어깨띠도 앞쪽은 금실로 반짝였지만 뒤쪽은 단순한 물소 가죽에 불과했다. 허세 부리기 좋아하는 포르토스도 순금으로 만든 어깨띠를 살 수는 없었기 때문에 하다못해 절반만이라도 금으로 된 어깨띠를 장만했던 것이다. 포르토스가 감기에  걸렸다면서 고집스럽게 망토를 걸치고 있었던 이유가 여기에 있지 않았나 싶다.

"이런, 제기랄!" 포르토스가 등 뒤에서 몸부림치고 있는 다르타냥을 떨쳐내려고 애쓰면서 외쳤다. "이런 식으로 사람에게 달려들다니, 당신 미쳤어?"

"이거 죄송합니다." 다르타냥이 거구의 어깨 아래로 빠져나오면서 말했다. "하지만 매우 급한 일이 있어서 그만…… 어떤 놈을 쫓아가는 중이거든요."

"아니 그래, 급할 때는 눈깔도 빼놓고 다니시나?" 포르토스가 물었다.

"천만에요." 다르타냥이 발끈 화를 내며 대답했다. "나는 눈이 좋기 때문에 남들이 보지 못하는 것도 볼 수 있단 말이오."

포르토스는 이 말을 알아들었는지 못 알아들었는지, 계속 화를 내면서 말했다.

"이봐! 경고해두겠는데, 총사를 이런 식으로 잘못 건드리면 큰코다칠 거야."

"큰코다친다고? 그거 참 귀에 거슬리는 말이군."

"걸핏하면 적과 마주치는 사람에겐 꼭 들어맞는 말이지."

"아무렴! 당신이야말로 적과 마주치면 잽싸게 등을 돌린다며?"

다르타냥은 자신의 농담에 만족하여 껄껄 웃으면서 그 자리를 떠나려고 했다.

그러자 포르토스는 끓어오르는 분노를 참지 못하고 다르타냥에게 덤벼들려고 했다.

"나중에, 나중에." 다르타냥이 외쳤다. "당신이 망토를 벗었을 때."

"그럼 한 시에 뤽상부르 궁 뒤에서."

"좋아요. 한 시." 다르타냥이 길모퉁이를 돌면서 대꾸했다.

하지만 지금까지 지나온 거리에도, 모퉁이를 돌아서 잠깐 바라본 거리에도 그가 찾는 사람은 그림자도 없었다. 그 미지의 사내는 천천히 걷고 있었지만, 그래도 꽤 멀리 가버린 모양이었다. 아니면 어느 집으로 들어갔는지도 모른다. 다르타냥은 지나는 사람마다 붙들고 그 사내에 대해 물어보면서 나루터*까지 내려갔다가 다시 센 가와 크루아루주 가를 지나 돌아왔지만, 정말 아무것도 찾지 못했다. 하지만 땀이 이마를 흠뻑 적시자 마음이 차분해져서 부아도 가라앉았다. 이런 의미에서는 사내를 쫓아다닌 일이 도움이 된 셈이다.

그는 방금 전까지 일어난 일들을 되돌아보기 시작했다. 많은 사건이 일어났고, 모두 불운한 사건이었다. 아직 오전 열한 시밖에 안 되었는데 벌써 트레빌의 눈 밖에 나버렸다. 트레빌은 그런 식으로 집무실을 뛰쳐나간 다르타냥을 건방진 놈으로 생각할 게 뻔했다.

게다가 다르타냥은 두 사람과 결투를 약속했는데, 상대는 둘 다 다르타냥 같은 풋내기 세 명은 거뜬히 해치울 수 있는 근위대 총사들이었다. 그는 평소에 총사들을 누구보다도 높이 평가하고 진심으로 존경하고 있었다.

앞날이 암담했다. 아토스의 손에 죽을 게 확실했기 때문에, 포르토스에 대해서는 별로 걱정하지 않았다. 충분히 이해할 만하다. 하지만 사람의 마음속에서 마지막까지 살아남는 게 희망이기 때문에, 물론 중상은 입겠지만 두 차례의 결투에서 살아남을 수도 있지 않을까 하고 기대하게 되었다. 그리고 살아남을 경우를 생각하여 자신의 소행을 꾸짖었다.

'나는 정말 경솔하고 멍청했어! 그 용감한 아토스는 불운하게도 어깨를 다쳤는데, 바로 거기에다 머리를 들이받다니! 그가 나를 그 자리에서 죽이지 않은 게 놀라워. 얼마든지 그럴 권리가 있었는데. 굉장히 아팠을 거야. 포르토스의 경우는 더 웃기는군!'

다르타냥은 자신도 모르게 웃기 시작했다. 하지만 이유도 없이 혼자 웃는 것을 누가 보기라도 하면 기분이 상하지 않을까 싶어 주위를 둘러보았다.

'포르토스의 경우는 더 웃겼어. 세상에 그런 식으로 느닷없이 남에게 달려드는 사람도 있나? 없지! 볼일도 없는데 남의 망토 속을 들여다보는 사람도 있나? 그 빌어먹을 어깨띠에 관해 에둘러 말하지만 않았어도 포르토스는 나를 용서해주었을 텐데. 아무렴, 용서해주고말고. 아아! 나는 정말 못 말리는 가스코뉴 놈이야. 나라는 놈은 프라이팬 속에 집어넣어도 실없는 짓을 할 거야! 이봐, 다르타냥.' 그는 자신을 타이르듯 상냥하게 말을 걸었다. '그럴 가능성은 별로 없지만, 그래도 용케 살아남게 된다면, 예의를 제대로 갖추는 것이 네가 앞으로 해결해야 할 문제야. 앞으로는 남들이 탄복할 만큼 점잖게 처신하고, 모범이 되어야 해. 상냥하고 공손한 것은 비겁한 것과는 달라. 아라미스를 봐. 아라미스는 정말 온화하고 우아하지. 그런데 아라미스가 겁쟁이라고 말하는 사람이 있었나? 천만에. 아무도 없었어. 앞으로는 모든 점에서 아라미스를 본받을 작정이야. 아니! 아라미스가 저기 있군!'

걸으면서 혼자 중얼거리고 있던 다르타냥은 에귀용 저택* 근처까지 와 있었는데, 그 집 앞에서 아라미스가 근위대 소속의 세 귀족과 즐겁게 이야기를 나누고 있는 것이 눈에 띄었다. 아라미스도 다르타냥을 보았지만, 못 본 체했다. 트레빌이 아침에 역정을 낼 때 이 젊은이가 그 자리에 함께 있었다는 게 생각났고, 총사들이 꾸지람 듣는 장면을 목격한 사람에 대해 기분이 좋을 수 없었기 때문이다. 하지만 다르타냥은 화해하고 싶은 마음과 예의 바르게 행동하고 싶은 마음이 간절했기 때문에, 상냥한 미소와 함께 정중하게 인사를 하면서 네 사람 쪽으로 다가갔다. 아라미스는 가볍게 목례를 했지만, 미소를 짓지는 않았다. 게다가 네 사람 다 입을 다물어버렸다.

다르타냥도 자기가 방해가 되었다는 것을 알아차리지 못할만큼 어리석지는 않았지만, 거의 모르는 거나 다름없는 사람들이 그와 아무 관계도 없는 대화를 나누고 있는 자리에 끼어든 어색한 상황에서 당당하게 물러날 수 있을 만큼 상류사회의 예법에 익숙한 것도 아니었다. 그래서 최대한 어색하지 않게 물러날 방법을 궁리하느라 머리를 쥐어짜고 있었지만, 때마침 아라미스가 손수건을 떨어뜨리고는 무의식중에 그것을 발로 밟는 것이 눈에 들어왔다. 다르타냥은 실수를 만회할 기회가 왔다고 생각하고, 허리를 굽혀 손수건을 집었다. 총사는 손수건을 단단히 밟고 있었지만, 다르타냥은 최대한 멋스러운 태도로 손수건을 총사의 발밑에서 빼내어 그에게 건네주면서 말했다.

"손수건을 잃어버리면 곤란하실 것 같은데요."

손수건에는 화려한 수가 놓여 있고, 한쪽 귀퉁이에는 화관과 문장이 새겨져 있었다. 아라미스는 얼굴이 빨개져서, 손수건을 가스코뉴 젊은이의 손에서 낚아채듯 받았다.

"아하!" 근위대원 하나가 소리쳤다. "아라미스, 그래도 부아-트라시 부인과 사이가 안 좋다고 말할 작정인가? 그 멋진 귀부인이 손수건을 자네한테 빌려줄 만큼 친절한데도?"

아라미스가 험악한 눈으로 다르타냥을 쏘아보았다. 그런 눈길을 받으면 누구나 자기한테 방금 철천지원수가 생겼다는 것을 깨달을 것이다. 하지만 아라미스는 곧 온화한 태도로 돌아가서 말했다.

"자네들이 잘못 생각한 걸세. 이 손수건은 내 것이 아니야. 이 사람이 무슨 생각으로 이 손수건을 자네들 중의 하나가 아니라 나한테 주었는지 모르겠네. 그 증거로, 내 손수건은 여기 내 주머니 속에 들어 있거든."

이렇게 말하면서 그는 손수건을 꺼냈다. 그것 역시 땅에 떨어진 손수건 못지않게 멋스러웠고, 당시에는 아마포가 아주 비싼 천이었는데도 고급 아마포로 만든 것이었다. 하지만 자수도 문장도 없이 글자 하나, 즉 임자 이름의 첫 글자만 새겨져 있을 뿐이었다.

이번에는 다르타냥도 잠자코 있었다. 자신이 실수했다는 것을 깨달았기 때문이다. 하지만 아라미스의 친구들은 아라미스의 말을 곧이들으려 하지 않았다. 그들 중 하나가 짐짓 심각한 태도로 아라미스를 돌아보며 말했다.

"이보게 아라미스, 자네 말이 사실이라면, 그 손수건을 내게 돌려달라고 하지 않을 수 없네. 자네도 알다시피 부아-트라시는 내 친구니까. 그 친구 마누라의 소지품을 누군가가 전리품처럼 가지고 다니는 것을 그냥 보고만 있을 수는 없지."

"자네 요구는 잘못됐어." 아라미스가 대꾸했다. "자네의 요구가 기본적으로 정당하다는 건 나도 인정해. 하지만 그 형식이 잘못됐기 때문에 거절하겠네."

"사실은……" 다르타냥이 조심스럽게 끼어들었다. "손수건이 아라미스 씨의 주머니에서 떨어지는 것을 본 게 아닙니다. 밟고 계셨을 뿐이죠. 그래서 아라미스 씨의 손수건이려니 생각한 겁니다."

"잘못 생각한 걸세." 아라미스가 쌀쌀맞게 대답했다. 실수를 만회하려는 다르타냥의 기분을 알아차리지 못한 것 같았다.

그러고는 부아-트라시의 친구라고 자칭한 근위대원을 돌아보며 말을 이었다.

"이보게, 부아-트라시의 친구. 생각해보니까 나도 자네 못지않게 부아-트라시와 친한 사이야. 그러니까 엄밀히 말하면

이 손수건은 내 주머니에서 떨어졌을 수도 있지만, 자네 주머니에서 떨어졌을 수도 있다는 얘기지."

"아니야. 명예를 걸고 맹세하지만 그건 절대 아니야!" 근위대원이 외쳤다.

"자네가 명예를 걸고 맹세하겠다면 나도 명예를 걸고 맹세하겠네. 그러니까 우리 둘 중 한 사람은 거짓말을 하고 있다는 뜻이지. 이보게 몽타랑, 더 좋은 수가 있는데, 우리 둘이 반씩 나눠 갖기로 하세."

"손수건을?"

"그래."

"완벽해." 다른 두 근위대원이 소리쳤다. "그야말로 솔로몬 왕의 재판이군. 아라미스, 정말 자네의 지혜는 대단해."

젊은이들은 웃음을 터뜨렸고, 사건은 이렇게 끝났다. 잠시 뒤에는 대화도 끝나고, 그들은 다정하게 악수를 나누고 헤어졌다. 근위대원들은 저쪽으로, 아라미스는 이쪽으로.

'지금이야말로 저 점잖은 분과 화해할 수 있는 기회야.' 근위대원과 총사의 대화가 끝날 때까지 한쪽에 비켜 서 있던 다르타냥이 속으로 중얼거린 다음, 호의를 가지고 아라미스에게 다가갔다. 아라미스는 다르타냥을 아랑곳하지도 않은 채 멀어져 가고 있었다.

"총사님, 죄송합니다."

"아, 자네군!" 아라미스가 다르타냥의 말을 가로챘다. "아까 상황에서 자네 행동은 결코 귀족답지 않았다는 게 내 생각일세."

"아니, 뭐라고요?" 다르타냥이 외쳤다. "그러니까 당신은……"

"그래 나는 자네가 바보가 아니라고 생각하고, 아무리 가스코뉴 같은 촌구석에서 왔다 해도 사람이 손수건을 밟고 있을 때는 다 그만한 이유가 있어서 그렇다는 것쯤 잘 알고 있으리라 생각하네. 파리가 그 값비싼 아마포로 덮여 있는 것은 아니니까."

"나한테 모욕을 주려고 한다면, 그건 실수한 거요." 다르타냥이 말했다. 그의 호전적인 기질이 화해하려는 마음보다 더 큰 소리를 내기 시작했다. "내가 가스코뉴 출신인 건 사실이오. 당신도 그걸 알고 있으니까, 가스코뉴 사람들이 참을성이 없다는 건 굳이 말할 필요도 없겠지요. 설령 어리석은 짓을 했더라도 한 번 사과했으면 그것으로 충분하다고 생각하는 게 가스코뉴 사람들이오."

"내가 그런 말을 한 건 자네한테 시비를 걸기 위해서가 아니었네. 다행히 나는 칼잡이가 아니고 총사일세. 그것도 당분간만. 그러니 부득이할 때가 아니면 싸우지 않아. 그것도 마지못해 싸울 뿐이지. 하지만 이번에는 문제가 심각해. 자네 때문에 한 귀부인의 명예가 손상되었으니까."

"우리 때문이란 말이겠죠." 다르타냥이 외쳤다.

"도대체 무엇 때문에 눈치 없이 손수건을 나한테 돌려주었나?"

"도대체 무엇 때문에 눈치 없이 손수건을 떨어뜨렸소?"

"아까도 말했지만, 다시 말하면 이 손수건은 내 주머니에서 나온 게 아니야."

"아, 그래요? 그렇다면 당신은 두 번이나 거짓말을 하는 셈이오. 당신 주머니에서 손수건이 떨어지는 걸 내 눈으로 똑똑히 보았으니까!"

"말버릇 한번 좋군. 그렇다면 좋아. 세상을 어떻게 살아야 하는지, 내가 한수 가르쳐주지."

"그렇다면 나는 당신을 수도원으로 보내드리겠소. 자, 원한다면 지금 당장 칼을 빼시오!"

"미안하지만 안 되겠네. 어쨌든 여기서는 안 돼. 여기는 에귀용 저택 앞이야. 저 안에는 추기경의 졸개들이 가득 차 있지. 내 목을 가져오라고 자네한테 명령한 사람이 추기경이 아니라고 누가 장담할 수 있겠나? 그런데 나는 이 머리가 어깨 위에 놓여 있는 게 가장 잘 어울린다고 생각하기 때문에, 머리를 버리고 싶지 않아. 나도 자네를 죽이고 싶으니까, 외지고 한적한 곳, 자네가 자네의 죽음을 자랑할 수 없는 곳에서 조용히 죽여주지."

"좋지요. 하지만 너무 자만하지는 마세요. 그리고 손수건이 당신 것이든 아니든, 손수건을 가져가세요. 쓸 일이 생길지도 모르니까."

"자네, 가스코뉴 사람이 맞지?"

"그렇소. 설마 조심성 때문에 약속을 미루지는 않겠죠?"

"조심성이 총사에게는 쓸데없는 미덕이지만, 성직자에게는 반드시 필요한 미덕이지. 나는 임시로 총사일 뿐이니까, 조심성을 유지할 작정일세. 두 시에 트레빌 씨 저택에서 기다리겠네. 그때 적당한 장소를 알려주지."

두 젊은이는 서로 절을 한 다음, 아라미스는 뤽상부르 궁으로 향하는 길을 따라갔고, 다르타냥은 시간이 많이 지난 것을 깨닫고는 카름데쇼 수도원으로 가면서 혼잣말로 중얼거렸다.

'이젠 돌이킬 수 없어. 하지만 죽는다 해도 근위대 총사의 손에 죽게 되겠지.'

제5장
국왕의 총사대와 추기경의 친위대

다르타냥은 파리에 아는 사람이 하나도 없었다. 그래서 결투 입회인도 없이 혼자서 아토스를 만나러 갔다. 상대가 골라준 입회인으로 만족할 생각이었다. 그는 그 점잖은 총사에게 적절한 사과를 할 작정이었지만, 나약한 모습은 보이고 싶지 않았다. 이 결투는 젊고 건강한 젊은이가 상처를 입고 약해진 상대와 싸우는 것이니만큼, 진다면 상대는 두 배로 영광을 얻지만, 이겨봤자 비열한 행위라는 비난만 받을 게 뻔했다. 이기든 지든, 유감스러운 결과가 될 수밖에 없었다.

나는 이 모험가의 성격을 제대로 묘사하지 못했을지 모르지만, 독자들은 그가 평범한 인물이 아니라는 것을 벌써 알아차렸을 것이다. 그래서 그는 자기가 죽을 게 틀림없다고 속으로 몇 번이나 생각하면서도, 이런 상황에서 그보다 용기도 없고 자제심도 없는 사람이라면 무기력하게 죽음을 감수했을 테지만, 그는 결코 그럴 생각이 없었다. 그는 앞으로 싸워야 할 상대들의 제각기 다른 성격을 곰곰이 생각해보았다. 그러자 자신의 처지가 더욱 확실해지기 시작했다. 아토스에게는 성의껏 사과하여 친구가 되고 싶었다. 아토스의 당당한 태도와 근엄한 용모가 워낙 마음에 들었기 때문이다. 포르토스에게는 어깨띠의 비밀을 무기로 겁을 줄 수 있을 거라고 자만했다. 그가 포르토스와의 결투에서 단칼에 죽지 않으면 어깨띠의 실체를 모든 사람에게 말해줄 수 있을 것이고, 그 이야기가 용케 효과를 발휘하면 포르토스는 사람들의 웃음거리가 될 것이기 때문이다. 마지막으로 엉큼한 아라미스는 별로 두렵지 않았다. 그와 결투를 벌이게 된다면 멋지게 해치울 수 있다고 자신했다. 아니면 카이사르가 폼페이우스의 병사들*과 싸우는 부하들에게 권했듯이, 적어도 아라미스의 얼굴을 공격하여 그가 그토록 자랑스럽게 여기는 그 잘생긴 낯짝을 영원히 망가뜨려놓겠다고 마음먹었다.

게다가 다르타냥에게는 아버지의 충고가 마음속에 심어준 그 확고부동한 결심이 있었다. '국왕 폐하와 추기경과 트레빌 씨를 빼고는 누구의 모욕도 참으면 안 된다'는 것이 아버지의 충고였다. 그래서 그는 카름데쇼 수도원으로 걸어서 갔다기보다는 날아서 갔다. 창문도 없는 이 수도원은 황량한 벌판에 둘러싸여 있었는데, 낭비할 시간이 없는 남자들은 프레오클레르*에 인접한 이 벌판을 결투 장소로 이용할 때가 많았다.

다르타냥이 수도원 발치에 펼쳐져 있는 작은 공터가 보이는 곳까지 왔을 때, 아토스는 이미 5분 전에 도착하여 기다리고 있었다. 때마침 정오를 알리는 종소리가 들려왔다. 따라서 아토스는 '사마리아 여인'*만큼 정확한 셈이었고, 결투에 대해 가장 까다로운 사람도 불평할 수가 없었다.

아토스는 트레빌의 주치의가 상처에 붕대를 새로 감아주긴 했지만 여전히 통증에 시달리고 있었다. 그런데도 그는 커다란 바윗돌 위에 앉아서, 한시도 그를 떠난 적이 없는 그 평온한 표정과 근엄한 태도로 결투 상대를 기다리고 있었다. 다르타냥이 보이자 그는 일어나서 정중하게 몇 발짝 다가왔다. 다르타냥도 모자를 벗어 들고 모자의 깃털 장식이 땅바닥에 질질 끌릴 만큼 공손한 태도로 다가갔다.

"내 입회인이 되어줄 두 친구에게 연락을 했는데, 아직 도착하지 않았네. 약속 시간에 늦을 사람들이 아닌데……." 아토스가 말했다.

"나는 입회인이 없습니다, 총사님." 다르타냥이 말했다. "어제야 파리에 도착했기 때문에, 트레빌 씨 말고는 아는 사람이 없거든요. 우리 아버지가 트레빌 씨의 친구라서 나를 그분께 추천해주셨지요."

아토스가 잠시 생각에 잠기더니, 입을 열고 물었다.

"트레빌 씨밖에 아는 사람이 없다고?"

"그렇습니다, 총사님. 트레빌 씨밖에 모릅니다."

"아아, 이거 참……." 아토스가 반쯤은 혼잣말로, 그리고 반쯤은 다르타냥에게 말했다. "내가 자네를 죽이면 아동살해범처럼 보이겠는걸."

"그렇지 않습니다." 다르타냥이 위엄 있게 절을 하면서 대답했다. "총사님은 중상을 입어 불편하신데도 저와 결투하는 영광을 베풀어주셨으니까요."

"불편한 건 사실이야. 게다가 자네와 부딪히는 바람에 더 지독한 고통을 맛보았지. 하지만 나는 왼손을 쓰겠네. 이런 경우에는 왼손을 쓰는 게 버릇이니까. 자네를 봐줘서 그런다고는 생각지 말게. 나는 양손을 똑같이 잘 쓸 수 있으니까. 오히려 자네가 불리할지 몰라. 상대가 왼손잡이라는 것을 미리 알지 못하면 골치 아픈 상대니까. 이런 사정을 좀 더 일찍 알려주지 못해서 미안하네."

"아닙니다, 총사님." 다르타냥은 다시 한 번 허리를 굽히면서 말했다. "이렇게까지 정중하게 대해주셔서 정말 고맙기 그지없습니다."

"자네가 그렇게 나오니까 내가 난처하군." 아토스가 귀족다운 태도로 대답했다. "괜찮다면 다른 이야기를 하세. 아야! 자네 때문에 상처가 덧났어. 어깨가 불타는 것 같아!"

"허락해주신다면……." 다르타냥이 조심스럽게 말했다.

"뭔데?"

"기적처럼 상처에 잘 듣는 연고가 나한테 있습니다. 어머니한테 받은 비약인데, 내가 다쳤을 때 써봤습니다."

"그랬더니?"

"효과가 직방이더군요. 장담하는데, 이 약을 바르면 사흘도 지나기 전에 싹 나을 겁니다. 사흘 뒤에 상처가 나으면, 그때 결투하는 것은 어떻습니까. 그래도 내게는 큰 영광이 될 텐데요."

다르타냥이 말하는 태도가 더없이 솔직하고 꾸밈이 없었다. 그 태도는 그의 용기를 조금도 해치지 않고 정중한 예의를 더욱 돋보이게 해주었다.

"그것 참 마음에 드는 제의로군." 아토스가 말했다. "그 제의를 받아들이겠다는 뜻은 아니지만, 자네의 말에서는 왠지 귀족다운 도량이 느껴져. 샤를마뉴* 시대의 기사들도 그런 식으로 말하고 행동했지. 기사라면 마땅히 샤를마뉴를 본받으려고 애써야 돼. 하지만 지금은 불행하게도 그 위대한 황제의 시대가 아니라 추기경의 시대야. 아무리 비밀을 굳게 지킨다 해도 사흘 뒤에는 우리가 결투할 거라는 소문이 쫙 퍼질 것이고, 그렇게 되면 우리의 결투는 방해를 받게 될 거야. 아니, 그런데 이 느림보 친구들은 왜 안 오는 거지?"

"바쁘시면……" 다르타냥이 조금 전에 결투를 사흘 미루자고 제의했을 때처럼 솔직한 태도로 말했다. "그러니까 지금 당장 해치우고 싶으시면, 어서 좋으실 대로 하시죠."

"그 말도 마음에 드는군." 아토스가 우아하게 고개를 끄덕이며 말했다. "어리석은 사람이 할 수 있는 말은 아니야. 용기 있는 자에게 어울리는 말이지. 나는 자네 같은 기질을 가진 사람이 좋아. 우리가 서로 죽이지 않는다면, 나중에 정말 즐겁게 대화를 나눌 수 있을 것 같군. 내 입회인들이 올 때까지 기다리세. 시간은 충분해. 입회인이 있는 편이 더 정확하겠지. 아, 저기 한 사람 오고 있군."

아닌 게 아니라 보지라르 가 끝에 덩치 큰 포르토스의 모습이 보이기 시작했다.

"아니!" 다르타냥이 외쳤다. "총사님의 첫 번째 입회인이 포르토스 씨란 말인가요?"

"그래. 문제라도 있나?"

"아니, 천만에요."

"저기 두 번째 입회인도 오는군."

아토스가 가리키는 쪽을 돌아다보니 아라미스였다.

"아니!" 다르타냥은 아까보다 더 놀라서 큰 소리로 외쳤다. "아라미스 씨가 두 번째 입회인이란 말인가요?"

"우리 셋이 늘 붙어 다닌다는 걸 모르는 모양이군. 총사대와 근위대에서도, 궁정과 시내에서도, 아토스와 포르토스와 아라미스는 찰떡 같은 삼총사로 알려져 있다네. 하기야 자네는 닥스나 포에서 왔으니까······."

"타르브입니다."

"······이런 사정을 모르는 것도 무리가 아니지."

"삼총사라, 좋은 호칭이군요. 이번에 내가 벌인 모험이 세상에 알려지면, 적어도 삼총사의 단결이 굳건하다는 사실은 입증될 겁니다."

그러는 동안 포르토스가 다가오면서 손을 흔들어 아토스에게 인사했다. 그런 다음 다르타냥 쪽으로 눈길을 돌렸다가, 깜짝 놀라서 멈춰 섰다.

말이 난 김에 언급해두자면, 포르토스는 어깨띠를 바꾸고 망토는 벗은 채였다.

"아니, 이런! 이게 어찌 된 일이지?" 포르토스가 말했다.

"이 젊은이가 나와 싸울 상대라네." 아토스가 손으로 다르타냥을 가리키더니, 동시에 그 손으로 포르토스에게 인사하면서 말했다.

"나도 이 젊은이와 싸우기로 되어 있는데······." 포르토스가 말했다.

"하지만 우리가 약속한 시간은 한 시예요." 다르타냥이 말했다.

"나도 이 젊은이와 싸우기로 되어 있어." 때마침 현장에 도착한 아라미스가 말했다.

"하지만 우리가 약속한 시간은 두 시예요." 다르타냥이 침착하게 말했다.

"그런데 아토스, 무엇 때문에 싸우려는 거야?" 아라미스가 물었다.

"글쎄, 나도 잘 모르겠네. 이 젊은이가 내 어깨를 아프게 했다는 것 말고는. 그런데 포르토스, 자넨 왜?"

"나야 그저 싸우고 싶어서 싸울 뿐이지." 포르토스가 얼굴을 붉히면서 대답했다.

눈치 빠른 아토스는 가스코뉴 젊은이의 입술에 희미한 미소가 스치는 것을 보았다.

"우리는 옷 문제로 논쟁을 했지요." 다르타냥이 말했다.

"그럼 아라미스, 자네는?" 아토스가 물었다.

"나? 신학 문제 때문에." 아라미스가 결투의 이유를 비밀로 해달라는 눈짓을 다르타냥에게 보내면서 대답했다.

아토스는 다르타냥의 입술에 또다시 미소가 스치는 것을 보았다.

"설마." 아토스가 말했다.

"정말입니다. 성 아우구스티누스에 관해 의견 차이가 있어서요." 다르타냥이 말했다.

'재치 있는 녀석이군.' 아토스가 속으로 중얼거렸다.

"이렇게 세 분이 모두 모였으니까 여러분께 사과를 드리고 싶습니다." 다르타냥이 말했다.

'사과'라는 말에 아토스의 이마는 구름이 낀 것처럼 어두워졌고, 포르토스의 입술에는 오만한 미소가 스쳤고, 아라미스는 천만에라는 시늉을 했다.

"여러분은 나를 오해하고 계십니다." 다르타냥이 고개를 들고 말했다. 그 순간 한 줄기 햇빛이 그 아름답고 또렷한 이목구비를 금빛으로 물들였다. "세 분께 빚을 갚지 못할 경우에 대비하여 미리 사과를 드리려는 겁니다. 아토스 씨는 제일 먼저 나를 죽일 권리를 갖고 있으니까, 포르토스 씨의 권리는 그 가치가 상당히 떨어지게 되고, 아라미스 씨의 권리는 거의 없는 거나 마찬가지가 됩니다. 그래서 여러분께 다시 한 번 사과를 드리겠지만, 이유는 단지 그것뿐입니다. 자, 그럼 시작합시다!"

이렇게 말하고 나서 다르타냥은 더없이 당당한 몸짓으로 칼을 빼들었다.

다르타냥의 머릿속에 피가 솟구쳤다. 그 순간 그는, 아토스와 포르토스와 아라미스를 상대로 칼을 뽑았듯이, 왕국의 총사대원 모두를 상대해야 할지라도 당당하게 칼을 뽑았을 것이다.

열두 시 15분이었다. 해는 중천에 떠 있었고, 결투장에는 햇볕이 따갑게 쏟아지고 있었다.

"몹시 덥군." 아토스가 칼을 빼들면서 말했다. "그렇다고 윗도리를 벗을 수는 없지. 방금도 상처에서 다시 피가 나기 시작한 것 같은데, 자네의 칼에 다친 것도 아닌데 피를 보여주면 자네를 방해하게 될지도 모르니까 말이야."

"사실 그래요." 다르타냥이 말했다. "다른 사람이 찔렀건 내가 찔렀건, 총사님처럼 용맹한 분의 피를 본다는 건 확실히 민망한 일이죠. 그러니 나도 총사님처럼 윗도리를 입은 채 싸우겠습니다."

"이봐, 이봐." 포르토스가 말했다. "그런 인사는 그 정도면 충분해. 우리가 차례를 기다리고 있다는 걸 잊지 말게."

"그렇게 때와 장소에 어울리지 않는 말을 하고 싶으면 혼자 해, 포르토스." 아라미스가 그의 말을 가로막았다. "나는 두 사람의 이야기가 아주 지당하고 귀족다운 인사라고 생각해."

"자, 언제든지 공격하게, 젊은이." 아토스가 방어 자세를 취하면서 말했다.

"분부를 기다리고 있던 참입니다." 다르타냥이 칼날을 아토스의 칼과 교차시키면서 말했다.

하지만 두 자루의 검이 맞부딪쳐 쩅그랑 울리는 소리를 내자마자, 쥐사크가 지휘하는 추기경 친위대의 한 분대가 수도원 모퉁이를 돌아서 나타났다.

"추기경 친위대다!" 포르토스와 아라미스가 동시에 외쳤다. "칼을 집어넣어! 둘 다 칼을 집어넣어!"

하지만 이미 때가 늦었다. 두 사람이 결투 자세를 취하고 있는 것을 들키고 만 것이다.

"이봐, 거기!" 쥐사크가 그들 쪽으로 다가오면서 외쳤다. 그리고 부하들에게도 따라오라는 신호를 보냈다. "이봐, 총사들! 여기서 결투를 하고 있었군? 그런데 결투를 금지한 칙령은? 그 칙령은 어떻게 됐지?"

"친위대원들은 무척 관대하시지." 아토스가 원한에 찬 목소리로 말했다. 쥐사크는 어젯밤 그를 공격한 친위대원 중의 하나였기 때문이다. "당신들이 결투하는 것을 우리가 보았다면 절대 방해하지 않을 거야. 그러니까 우리를 그냥 내버려두면 좋겠어. 그러면 당신들도 성가신 일에 말려들지 않고 재미난 구경을 할 수 있을 거야."

"유감이지만……" 쥐사크가 말했다. "그건 안 된다고 말할 수밖에 없군. 무엇보다 중요한 건 의무니까 말이야. 칼을 집어넣고 따라와."

"유감이지만……" 아라미스가 쥐사크의 말투를 흉내 내면서 말했다. "불행히도 그건 안 돼. 우리 마음대로 결정할 수 있다면 그 고마운 초대를 흔쾌히 받아들이겠지만, 트레빌 대장이 그걸 금지했거든. 그러니 이만 가보시게. 그러는 게 당신들에겐 최선이야."

이런 조롱에 쥐사크는 화가 치밀었다.

"순순히 따르지 않으면 공격하겠다."

"저쪽은 다섯이야." 아토스가 낮은 소리로 말했다. "그런데 우리는 셋뿐이니, 또 지게 생겼어. 진다면 이 자리에서 죽는 게 나아. 패배자의 모습을 대장님께 또다시 보일 수는 없으니까."

쥐사크가 부하들을 정렬시키고 있는 동안, 아토스와 포르토스와 아라미스는 나란히 늘어섰다.

다르타냥이 어느 쪽에 설지를 결정하는 데에는 그 한순간으로 충분했다. 이것은 그야말로 한 남자의 일생을 결정짓는 중대한 사건이었다. 그것은 국왕 편에 설 것인가 추기경 편에 설 것인가를 선택하는 것이고, 일단 선택한 뒤에는 끝까지 버텨야 한다. 지금 결투를 하는 것은 법을 어기는 것이고, 목숨을 잃을 위험을 무릅쓰는 것이고, 국왕보다 더 강력한 재상인 리슐리외 추기경을 단번에 적으로 삼는 것이다. 이런 것들을 다르타냥은 다 예견했지만, 잠시도 망설이지 않았다. 그래서 아토스와 그의 친구들 쪽으로 돌아서면서 말했다.

"지금 하신 말씀을 약간 수정해도 괜찮을까요? 총사님은 이쪽이 셋뿐이라고 했지만, 내가 보기에는 넷인데요."

"하지만 자네는 총사가 아니잖아." 포르토스가 말했다.

"그건 맞습니다." 다르타냥이 대답했다. "나는 총사대 제복을 입고 있진 않지만, 혼을 가지고 있지요. 총사의 영혼 말입니다. 나는 그것을 분명히 느끼고 있고, 총사의 혼이 나를 이끌어주고 있습니다."

"이봐, 젊은이. 저리 비켜." 쥐사크가 외쳤다. 그는 다르타냥의 몸짓과 표정을 보고 그 의도를 짐작한 모양이었다. "자네는 가도 돼. 우리가 특별히 허락해주지. 여기서 무사히 빠져나가는 게 좋을 거야. 어서 꺼져."

다르타냥은 꿈쩍도 하지 않았다.

"자네는 정말 훌륭한 젊은이야." 아토스가 다르타냥의 손을 잡고 흔들면서 말했다.

"이봐, 빨리 결정해!" 쥐사크가 외쳤다.

"어떻게든 해봅시다." 포르토스와 아라미스가 말했다.

"자네는 정말 통이 큰 친구야." 아토스가 말했다.

하지만 세 사람은 다르타냥이 너무 젊다고 생각했고, 경험이 없는 것을 걱정했다.

"소년이나 다름없는 이 친구를 빼면 우리는 세 명뿐이고, 그중 하나는 부상자야." 아토스가 말했다. "그래도 사람들은 역시 우리가 네 명이었다고 말하겠지?"

"그래요. 하지만 물러서는 건!" 포르토스가 말했다.

"그건 어렵지." 아토스가 받았다.

다르타냥은 그들이 쉽사리 결정을 내리지 못하는 것을 이해했다.

"총사님들, 저를 한번 믿어보세요." 다르타냥이 말했다. "명예를 걸고 맹세하지만, 우리가 지더라도 절대 이 자리를 떠나지 않을 겁니다."

"용감한 친구, 이름이 뭔가?" 아토스가 물었다.

"다르타냥이라고 합니다."

"좋아, 그럼! 아토스, 포르토스, 아라미스, 그리고 다르타냥! 자, 앞으로!" 아토스가 외쳤다.

"결정했나?" 쥐사크가 세 번째로 외쳤다.

"결정했다." 아토스가 말했다.

"어떻게?" 쥐사크가 물었다.

"당신들과 대결하기로." 아라미스가 한 손으로는 모자를 올리고 다른 손으로는 칼을 빼들면서 대답했다.

"뭐? 대항하겠다고?" 쥐사크가 외쳤다.

"물론이지. 놀랐나?"

이리하여 아홉 명의 투사들은 서로 상대에게 덤벼들었지만, 그래도 나름의 체계를 유지했다.

아토스는 추기경의 총애를 받고 있는 카위자크를 상대했고, 포르토스는 비스카라*를 서로 상대했고, 아라미스는 두 명의 적수와 맞섰다.

한편 다르타냥은 다름 아닌 쥐사크에게 달려들었다.

가스코뉴 젊은이의 심장은 금방이라도 터질 것처럼 격렬하게 고동치고 있었다. 다행히 두려움 때문은 아니었다. 그에게 두려움 따위는 눈곱만큼도 없었다. 그의 가슴이 두근거린 것은 경쟁심 때문이었다. 그는 성난 호랑이처럼 싸웠다. 상대의 주위를 열 바퀴나 돌았고, 자세와 위치를 스무 번이나 바꾸었다. 쥐사크는 칼의 명수였고 경험도 풍부했다. 하지만 지금은 상대의 공격을 막아내느라 애를 먹고 있었다. 상대는 날쌔게 이리저리 움직이며, 정석으로 되어 있는 검술에서 벗어나 닥치는 대로 사방에서 공격하고, 그러면서도 자기는 피부를 무척 아끼기 때문에 긁힌 상처 하나도 입기 싫어하는 사람처럼 쥐사크의 공격을 교묘히 피하고 있었다.

마침내 쥐사크는 이 싸움에 분통이 터졌다. 풋내기라고 생각한 상대에게 계속 공격을 당하자 쥐사크는 흥분한 나머지 실수를 저지르기 시작했다. 다르타냥은 실전 경험은 부족하지만 이론에는 해박했으므로 더욱 민첩하게 움직였다. 쥐사크는 빨리 끝내고 싶어 상대에게 치명타를 가하려고 칼을 힘껏 내뻗었다. 하지만 상대는 재빨리 피하더니, 쥐사크가 자세를 바로잡는 동안 뱀처럼 그의 칼 아래로 빠져나가 그의 몸에 칼을 찔렀다. 쥐사크는 그 자리에 털썩 쓰러졌다.

그러자 다르타냥은 걱정스러운 눈길로 싸움터를 재빨리 둘러보았다.

아라미스는 이미 상대를 한 명 죽였지만, 남은 상대가 그에게 맹공을 퍼붓고 있었다. 하지만 아라미스는 여전히 유리한 형세를 유지하고 있어서 충분히 맞설 수 있었다.

비스카라와 포르토스는 공격을 한 차례씩 주고받았다. 포르토스는 팔을 찔렸고, 비스카라는 넓적다리를 찔렸다. 하지만 둘 다 중상이 아니었기 때문에 싸움은 더욱 치열해졌다.

아토스는 카위자크의 칼에 다시 상처를 입어 눈에 띄게 창백해졌지만, 한치도 물러서지 않았다. 다만 칼을 든 손을 바꾸어 지금은 왼손으로 싸우고 있었다.

당시의 결투 규칙에 따르면, 다르타냥은 누구라도 도와줄 수 있었다. 그래서 자기편 가운데 그의 도움이 필요한 사람이 있는지 둘러보다가 아토스와 눈길이 마주쳤다. 아토스의 눈길은 그의 마음을 잘 나타내고 있었다. 아토스는 큰 소리로 도움을 청하기보다 차라리 죽음을 택했겠지만, 눈으로 도움을 청할 수는 있었다. 다르타냥은 얼른 알아차리고 펄쩍 뛰어 카위자크에게 달려들면서 외쳤다.

"여길 봐, 친위대 친구야. 내가 죽여줄 테니!"

카위자크가 그를 돌아보았다. 마침맞게 고개를 돌린 것이다. 놀라운 용기만으로 겨우 버티고 있던 아토스가 바로 그 순간 한쪽 무릎을 꿇었다.

"젠장!" 아토스가 다르타냥에게 외쳤다. "놈을 죽이지 말게, 젊은이. 내 상처가 다 나아서 건강이 회복되면 그자와 해결해야 할 문제가 있어. 그러니까 칼을 빼앗아서 무장만 해제시키게. 그래, 바로 그거야. 잘했어! 아주 좋아!"

아토스의 입에서 탄성이 나온 것은 카위자크의 칼이 그의 손에서 스무 걸음이나 날아갔기 때문이다. 다르타냥과 카위자크는 동시에 그쪽으로 달려갔다. 카위자크는 칼을 다시 집으려고, 다르타냥은 칼을 빼앗으려고 달려간 것이다. 하지만 더 날렵한 다르타냥이 먼저 가서 발로 칼을 밟았다.

카위자크는 아라미스가 죽인 친위대원 쪽으로 달려가 그의 칼을 집어들고 다르타냥에게 되돌아오려고 했다. 하지만 오는 길에 아토스를 만났다. 다르타냥 덕분에 잠시 쉬면서 한숨 돌린 아토스는 다르타냥이 상대를 죽여버리지나 않을까 걱정이 되어 다시 싸우고 싶어졌다.

다르타냥은 아토스가 싸우지 못하게 하면 기분이 언짢을 거라 생각하고 그냥 내버려두었다. 과연 몇 초 후에 카위자크는 아토스의 칼에 목을 찔려 쓰러졌다.

같은 순간, 아라미스도 쓰러진 상대의 가슴에 칼을 대고 목숨을 구걸하도록 강요했다.

이제 남은 것은 포르토스와 비스카라뿐이었다. 포르토스는 온갖 허풍을 떨면서 비스카라에게 지금이 몇 시냐고 묻기도 하고, 비스카라의 동생이 나바르 연대에서 얼마 전에 중대장이 된 것을 축하한다고 말하기도 했다. 하지만 이렇게 놀려도 효과가 없었다. 비스카라도 죽기 전에는 결코 항복하지 않는 강철 같은 사내였던 것이다.

하지만 끝장내야 했다. 순찰대가 와서 다친 사람이든 멀쩡한 사람이든, 국왕 편이든 추기경 편이든 가리지 않고, 결투를 벌인 사람들을 모조리 잡아갈 수도 있었다. 아토스와 아라미스와 다르타냥은 비스카라를 에워싸고 항복할 것을 권했다. 그들과 혼자 맞서 있으면서도, 그리고 넓적다리를 칼에 찔렸으면서도 비스카라는 끝까지 버티려고 했다. 하지만 한쪽 팔꿈치를 땅에 대고 몸을 일으킨 쥐사크가 그에게 항복하라고 외쳤다. 비스카라도 다르타냥처럼 가스코뉴 사람이었다. 그래서 항복하라는 소리는 들은 체도 않고 껄껄 웃기만 했다. 그리고 공격을 피하는 동안 잠깐 틈을 보아 땅바닥 한 군데를 칼끝으로 가리키면서, 성경 구절을 익살맞게 흉내 내어 말했다.

"비스카라는 그와 함께 있는 자들 가운데 오직 혼자 여기서 죽노라."

"하지만 상대는 네 명이야. 그만둬. 이건 명령이다."

"명령이라면 문제가 다르지." 비스카라가 말했다. "자네가 대장이니까, 복종하지 않을 수 없군."

그러고는 뒤로 펄쩍 뛰어 물러나더니 칼을 적에게 넘겨주지 않으려고 무릎에 대고 부러뜨렸다. 부러진 조각을 수도원 담장 너머로 던지더니, 팔짱을 끼고 추기경을 찬양하는 노래를 휘파람으로 불기 시작했다.

용기는 언제나 존경을 받는다. 적의 용기도 마찬가지다. 총사들은 칼로 비스카라에게 경의를 표한 뒤, 칼을 칼집에 집어넣었다. 다르타냥도 똑같이 따라했다. 그런 다음 유일하게 두 발로 서 있는 비스카라의 도움을 받아 쥐사크와 카위자크, 그리고 아라미스의 상대 가운데 상처만 입은 한 사내를 수도원 현관 앞으로 옮겼다. 네 번째 사내는 아까도 말했듯이 죽은 상태였다. 총사들은 적수의 칼 다섯 자루 가운데 네 자루를 가지고, 승리의 기쁨에 취한 채 트레빌의 저택을 향해 떠났다.

그들은 넷이 나란히 팔짱을 낀 채 거리를 누비고 다녔다. 그리고 총사를 만날 때마다 승전보를 알렸기 때문에, 나중에는 개선 행진을 이루었다. 다르타냥도 기쁨에 취해 있었다. 그는 아토스와 포르토스 사이에서 두 사람을 정답게 껴안고 걸었다.

"아직은 총사가 아니지만……" 트레빌의 저택 안으로 들어서면서 다르타냥은 새로 사귄 친구들에게 말했다. "적어도 수습 총사로는 받아들여진 거죠? 그렇죠?"

제6장
국왕 루이 13세

이 사건은 큰 소동을 일으켰다. 트레빌은 남들 앞에서는 총사들을 큰 소리로 호되게 꾸짖고, 뒤에서는 작은 소리로 칭찬해주었다. 하지만 지체 없이 왕에게 알려야 했기 때문에, 트레빌은 서둘러 루브르 궁으로 갔다. 하지만 한 발 늦었다. 왕은 추기경과 함께 방에 틀어박혀 있었고, 지금은 집무 중이어서 아무도 알현할 수 없다는 것이었다. 그날 저녁 트레빌은 왕의 오락 시간에 다시 갔다. 왕은 내기에 이기고 있었고, 워낙 욕심이 많았기 때문에 무척 기분이 좋았다. 그래서 트레빌이 멀리 보이자 반갑게 말했다.

"이리 오시오, 총사대장. 와서 내 질책을 받으시오. 추기경이 와서 그대의 총사들에 대해 불만을 털어놓고 갔소. 너무 열받은 나머지, 오늘 저녁에는 앓아누웠을 정도요. 경의 총사들은 교수형에라도 처해야 할 만큼 극악무도한 자들이더군."

"그렇지 않습니다, 폐하." 트레빌은 상황이 어떻게 돌아가는지를 대번에 눈치채고 대답했다. "제 총사들은 도리어 새끼양처럼 온순하고 선량한 자들입니다. 제가 보증합니다만, 그들에게 소원은 단 하나, 폐하를 위해서만 칼을 쓰겠다는 생각뿐입니다. 하지만 어쩌겠습니까? 추기경의 친위대원들이 번번이 시비를 걸어오기 때문에, 그 젊은이들도 총사대의 명예를 지키기 위해 대항하지 않을 수 없는 형편입니다."

"이봐요, 트레빌 경! 경의 말을 누가 들으면 무슨 종교 단체 이야기를 하고 있는 줄 알겠소. 정말 나는 경의 총사대장직을 박탈하여, 수녀원장직을 주기로 약속한 슈메로 양*에게 넘겨주고 싶소. 하지만 내가 경의 말을 곧이들을 거라고는 생각지 마시오. 트레빌 경, 나는 '공정한 루이'라고 불리고 있소. 나중에, 아니 이제 곧 알게 될 거요."

"제가 폐하의 뜻을 조용히 참고 기다리는 것도 바로 폐하의 공정함을 믿기 때문입니다."

"그럼 기다리시오, 총사대장. 오래 기다리게 하진 않을 테니까."

실제로 운이 바뀌어, 왕은 그동안 내기에서 딴 돈을 잃기 시작했다. 그러자 왕은 미안한 기색도 없이 샤를마뉴를 흉내 냈는데, '샤를마뉴를 흉내 내다'*는 도박 용어가 어디서 유래했는지는 모르지만, 어쨌든 왕은 곧 자리에서 일어나더니, 자기 앞에 놓인 돈—대부분이 오늘 도박에서 딴 돈이었다—을 몽땅 주머니에 집어넣고 말했다.

"라 비외빌,* 나 대신 놀아주시오. 나는 중요한 문제로 트레빌 경과 할 이야기가 있어서 말이오. 아, 그렇지! 내 앞에는 원래 80루이*가 있었으니까, 같은 액수를 거시오. 그러면 잃은 사람들도 불평할 이유가 없을 테니까. 무엇보다 공정함이 우선이오."

그러고는 트레빌 쪽으로 돌아섰다. 두 사람은 함께 창가로 걸어갔다. 왕이 말을 이었다.

"그러니까 추기경의 친위대원들이 경의 총사들에게 싸움을 걸었다는 거요?"

"예, 폐하. 늘 그렇습니다."

"그런데 싸움은 어떻게 일어났소? 경도 알다시피, 재판관은 쌍방의 이야기를 다 들어봐야 하니까."

"아, 그건 아주 단순하고 자연스럽게 일어났습니다. 제 총사들 가운데 가장 우수한 아토스, 포르토스, 아라미스, 이들은 폐하께서도 이름을 알고 계시고, 또한 그들의 충성을 여러 번 치하해주셨으며, 폐하에 대한 헌신만을 항상 마음에 새기고 있다고 제가 감히 보증할 수 있는 자들이온데, 이 뛰어난 총사 셋이 그날 아침 제가 소개해준 가스코뉴 출신 젊은이와 함께 소풍을 갔던 모양입니다. 생제르맹*으로 갈 작정이어서 카르멜 수도원에서 만나기로 했는데, 거기서 쥐사크, 카위자크, 비스카라, 그 밖에 두 명의 친위대원이 나타나 그들을 방해한 것입니다. 그렇게 여럿이 몰려온 것을 보면 결투 금지령에 위배되는 나쁜 의도가 있었던 게 분명합니다."

"듣고 보니 정말 그렇군. 친위대원들은 분명 결투를 하러 거기 간 거요."

"그들을 고발하지는 않겠습니다, 폐하. 하지만 카르멜 수도원 부근처럼 한적한 곳에 무장한 친위대원 다섯 명이 무엇 때문에 갔을지는 생각해볼 필요가 있겠지요."

"그래요. 경의 말이 옳소. 옳은 말이오."

"그런데 그들은 제 총사들을 보자 마음을 바꾸었고, 소속 부대에 대한 원한 때문에 개인적인 원한을 잊어버린 것입니다. 폐하께서도 아시겠지만, 총사대는 폐하께, 오직 폐하에게만 속하기 때문에, 추기경의 친위대원들에게는 자연히 적이나 마찬가지인 것입니다."

"그렇소, 트레빌." 왕이 우울하게 말했다. "프랑스에 이런 식으로 두 당파가 있고 우두머리도 둘이라는 것은 참으로 서글픈 일이오. 하지만 그것도 언젠가는 끝나겠지. 언젠가는 모두 끝날 거요. 그러니까 친위대원들이 총사들에게 먼저 싸움을 걸었다는 말이지?"

"그랬을 거라고 생각합니다만, 단언할 수는 없습니다, 폐하. 진상을 알기가 얼마나 어려운지는 폐하께서도 아실 겁니다. '공정한 루이'라고 불리는 폐하처럼 뛰어난 직관력을 타고난 분이 아니고서는……."

"맞는 말이오, 트레빌. 그런데 총사들 편에는 아이도 한 명 있었다면서?"

"그렇습니다, 폐하. 그리고 부상자도 한 사람 있었습니다. 그러니까 부상자를 포함한 총사대원 세 명과 아이 하나가 추기경의 친위대원 중에서도 가장 사나운 다섯 명을 상대로 끝까지 버텼을 뿐만 아니라 그들 가운데 네 명을 쓰러뜨린 것입니다."

"우와, 멋진 승리로군!" 왕이 활짝 웃으면서 외쳤다. "완전한 승리야."

"그렇습니다, 폐하. 퐁드세*

에서 거둔 승리만큼 완벽한 승리였지요."

"부상자와 아이를 포함해서 네 명이라고 했소?"

"겨우 젊은이가 다 된 아이입니다. 그런데 이번에 참으로 용감하게 행동했기 때문에, 그 아이를 폐하께 천거하고 싶습니다."

"이름이 뭐요?"

"다르타냥이라고 합니다. 저의 오랜 친구의 아들인데, 그 친구는 돌아가신 선왕 폐하와 함께 전쟁에 나갔던 사람입니다."

"그 친구의 아들인 젊은이가 용감하게 행동했다는 거요? 어떻게 했는지 말해주시오, 트레빌. 내가 전쟁과 싸움 이야기를 얼마나 좋아하는지 경도 잘 알잖소."

루이 13세는 한 손을 엉덩이에 대고 또 한 손으로는 콧수염을 자랑스럽게 만지작거렸다.

"폐하, 아까도 말씀드렸듯이 다르타냥은 아직 아이나 마찬가지고 총사도 아니기 때문에 평복을 입고 있었습니다. 그래서 추기경의 친위대원들도 다르타냥이 너무 어린 데다 처음 보는 얼굴이어서, 총사들을 공격하기 전에 물러서라고 권했답니다."

"그러니까 친위대원 쪽에서 먼저 공격했다는 거로군."

"그렇습니다, 폐하. 그건 의심할 여지가 없습니다. 그래서 친위대원들은 다르타냥더러 싸움에서 빠지라고 요구했지만, 다르타냥은 대꾸하기를, 자기는 마음이 벌써 총사이고 몸은 국왕 폐하께 바쳤으니 총사들과 함께 있겠다고 했답니다."

"정말 용감한 젊은이로군!" 왕이 중얼거렸다.

"그러고는 실제로 총사들과 함께 남았습니다. 그는 폐하를 위해 싸우는 전사이기 때문에 쥐사크에게 무서운 일격을 가했고, 추기경이 그렇게 화를 내는 것도 쥐사크가 당했기 때문입니다."

"쥐사크에게 상처를 입힌 게 다르타냥이란 말이오?" 왕이 외쳤다. "아직 아이나 다름없는 젊은이가? 그건 있을 수 없는 일이오, 트레빌!"

"하지만 사실입니다, 폐하."

"쥐사크를? 왕국에서 가장 뛰어난 검객을?"

"그렇습니다, 폐하. 쥐사크는 임자를 만난 셈이지요."

"그 젊은이를 만나보고 싶소, 트레빌. 꼭 만나고 싶어. 그리고 뭘 해주면 좋을까?"

"언제 알현을 허락하시겠습니까?"

"내일 정오가 좋겠군."

"다르타냥 혼자만 데려올까요?"

"아니, 네 사람 다 데려오시오. 모두에게 치하를 하고 싶소. 충성스러운 신하는 얻기 어려운 법. 그러니 충성에는 보답을 해야지. 안 그렇소, 트레빌?"

"그럼 내일 정오에 루브르로 오겠습니다, 폐하."

"아, 잠깐! 뒤쪽 계단으로 오시오. 뒤쪽 계단으로. 추기경이 알 필요는 없으니까."

"알겠습니다, 폐하."

"경도 이해하겠지만, 칙령은 어디까지나 칙령이니까. 어쨌든 결투는 금지되어 있으니까 말이오."

"하지만 폐하, 이번 싸움은 통상적인 결투 규정에서 벗어나 있습니다. 그것은 결투가 아니라 싸움에 불과합니다. 이쪽은 총사 세 명에 다르타냥을 합쳐 네 명인 데 반해 추기경의 친위대원은 다섯 명이었습니다. 이게 바로 증거지요."

"그건 그래요. 하지만 그래도 역시 뒤쪽 계단으로 오시오."

트레빌은 빙그레 웃었다. 이 어린 왕으로 하여금 제 스승인 추기경에게 반항하게 만든 것만으로도 그에게는 이미 큰 성과였다. 그래서 그는 공손히 절을 하고, 왕의 허락을 얻어 물러났다.

그날 저녁, 세 총사는 왕을 알현하는 영광이 내려졌다는 소식을 들었다. 그들은 오래전부터 왕을 알고 있었기 때문에 별로 흥분하지 않았지만, 가스코뉴 사람 특유의 상상력을 가진 다르타냥은 행운이 다가오고 있는 것을 보고 황금빛 꿈을 꾸며 그날 밤을 보냈다. 이튿날 아침 여덟 시에 그는 이미 아토스의 집에 도착해 있었다.

다르타냥이 가서 보니 아토스는 옷을 입고 외출 준비를 끝낸 상태였다. 알현 예정 시간이 정오였으므로, 아토스는 포르토스와 아라미스를 뤽상부르의 마구간 바로 옆에 있는 경기장에서 만나 정구를 칠 계획이었다. 다르타냥에게도 같이 가자고 권했다. 다르타냥은 정구를 쳐본 적이 없었지만, 아침 아홉 시부터 정오까지 시간을 어떻게 보내야 할지 몰라서 아토스를 따라가기로 했다.

포르토스와 아라미스는 이미 도착하여 공을 치고 있었다. 모든 운동에 뛰어난 아토스는 다르타냥과 한 편이 되어 포르토스와 아라미스에게 맞섰다. 아토스는 왼손으로 공을 쳤지만, 경기를 시작하자마자 상처 부위가 욱신거려서 격렬한 운동은 할 수 없다는 것을 깨달았다. 그래서 다르타냥 혼자 남았지만, 아직은 정구에 서툴러서 규칙대로 시합을 할 수 없다고 말했기 때문에 점수는 매기지 않고 그냥 공만 주고받았다. 하지만 포르토스의 힘센 팔에서 속력을 얻은 공이 다르타냥의 얼굴 가까

이 날아왔기 때문에, 그 공이 옆으로 빗나가지 않고 얼굴에 정통으로 맞았다면 부어오른 얼굴로 국왕 앞에 나갈 수는 없을 테니까 오늘의 알현은 포기해야 했을 것이다. 가스코뉴 사람 특유의 상상력으로 이번 알현에 자신의 모든 장래가 걸려 있다고 생각한 다르타냥은 포르토스와 아라미스에게 공손히 절을 하면서 그들과 대등하게 경기를 할 수 있을 때까지 다시는 정구를 치지 않겠다고 말했다. 그러고는 경기장의 경계 표시용 밧줄 가까이 있는 관중석에 가서 앉았다.

　다르타냥에게는 불행한 일이었지만, 공교롭게도 구경꾼들 사이에 추기경의 친위대원이 한 사람 있었다. 바로 전날 동료들이 총사들에게 패한 것 때문에 아직도 분을 삭이지 못한 그는 기회가 오면 반드시 앙갚음을 하겠다고 벼르고 있었다. 그래서 이제 기회가 왔다고 생각하고, 옆에 있는 사람에게 말했다.

"저 젊은 놈이 공을 겁내는 것 좀 봐. 놀랄 일도 아니지. 아마 총사 수습생일 거야."

다르타냥은 뱀에게 물리기라도 한 것처럼 돌아서서, 방금 그 무례한 말을 내뱉은 친위대원을 노려보았다.

"흥!" 친위대원이 거만하게 콧수염을 꼬면서 말했다. "노려보고 싶으면 마음껏 노려봐, 젊은 친구. 아까 내가 한 말은 사실이니까."

"당신이 무슨 말을 했을지는 뻔해. 설명이 필요 없을 만큼." 다르타냥이 낮은 소리로 대꾸했다. "자, 날 따라오시오."

"언제?" 친위대원이 여전히 비웃는 듯한 태도로 물었다.

"괜찮다면 지금 당장."

"내가 누군지는 알고 있겠지?"

"전혀 모르지만, 당신이 누구든, 그건 상관없소."

"잘못하는 거야. 내가 누군지 안다면 그렇게 서두르지는 않을걸."

"그래, 이름이 뭐요?"

"베르나주라고 하지."

"좋소, 베르나주 씨." 다르타냥이 침착하게 말했다. "문 앞에서 기다리겠소."

"앞장서게. 곧 뒤따라갈 테니까."

"너무 서두르진 마시오. 우리가 함께 나가는 것을 남들이 보면 안 되니까. 당신도 알겠지만, 우리 일에 구경꾼이 너무 많으면 방해가 될 뿐이오."

"좋아." 친위대원은 자신의 이름이 젊은이에게 아무 효과도 없는 것을 의아해하면서 대답했다.

사실 베르나주라는 이름은 다르타냥만 빼고는 모르는 사람이 없는 이름이었다. 국왕과 추기경의 온갖 칙령으로도 막지 못한 일상적인 난투극에 가장 자주 등장하는 이름이 바로 베르나주였기 때문이다.

포르토스와 아라미스는 경기에 열중해 있었고, 아토스는 열심히 구경하고 있었기 때문에, 그들은 젊은 동무가 나가는 것을 보지 못했다. 다르타냥은 추기경의 친위대원에게 말한 대로 출입문 앞에서 기다렸다. 그러자 잠시 후 친위대원이 내려왔다. 정오에 왕을 알현하기로 되어 있어서 낭비할 시간이 없었다. 다르타냥은 주위를 둘러보고 길거리에 아무도 없자 상대에게 말했다.

"당신은 참 다행이오. 이름이 베르나주라고 해도, 일개 수습 총사를 상대하는 거니까. 하지만 걱정 마시오. 나는 최선을 다할 테니. 자, 갑니다!"

"하지만 내가 보기엔 장소를 잘못 고른 것 같아. 생제르맹 수도원 뒤쪽이나 프레오클레르 초원이 좋지 않을까 싶은데."

"지당한 말씀이오. 하지만 불행하게도 내게는 시간이 없어요. 정오에 약속이 있어서. 그러니 칼을 빼시오!"

베르나주도 이런 인사말을 두 번이나 되풀이해서 들을 사람이 아니었다. 다르타냥의 말이 떨어지기가 무섭게 그도 번득이는 칼을 빼들고 공격했다. 그러면 젊은 상대가 겁을 먹을 거라고 생각했다.

하지만 다르타냥은 전날 이미 싸움을 견습한 데다 승리의 기억도 아직 생생했고, 앞으로 왕에게 총애를 받을 기대로 마음이 부풀어 있었으므로, 한 발짝도 물러서지 않을 각오였다.

두 사람의 검은 손잡이까지 맞닿았고, 다르타냥이 단호하게 버텼기 때문에 물러선 것은 오히려 친위대원 쪽이었다. 하지만 다르타냥은 이 순간을 놓치지 않고 칼끝을 반대쪽으로 돌리면서 칼을 쭉 뻗어 상대의 어깨를 찔렀다. 이어서 다르타냥은 한 걸음 물러서서 칼을 들어 올렸지만, 베르나주는 이까짓 상처는 아무것도 아니라고 외치면서 마구잡이로 칼을 휘두르다가 제 몸을 찌르고 말았다. 하지만 그는 쓰러지지도 않았고, 패배를 인정하지도 않았다. 그저 친척이 근무하고 있는 라 트레무유*의 저택 쪽으로 뒷걸음칠 뿐이었다. 다르타냥도 상대가 얼마나 깊은 상처를 입었는지 몰랐기 때문에 계속해서 밀어붙였다. 세 번째 공격으로 상대를 해치우려는 순간, 친위대원의 두 친구가 경기장에서 칼을 빼들고 뛰쳐나와 다르타냥에게 달려들었다. 두 친위대원은 베르나주가 다르타냥과 몇 마디 주고받는 것을 들었고 그 후 경기장을 떠나는 것도 보았기 때문에, 길거리에서 떠드는 소리가 경기장까지 들려오자 상황을 짐작하고 달려 나온 것이다. 하지만 아토스와 포르토스와 아라미스도 뒤따라 나타나, 젊은 친구를 공격하고 있는 두 친위대원을 밀어냈다. 바로 그때 베르나주가 쓰러졌다. 이제 친위대원은 둘이서 네 명을 상대해야 했기 때문에 "라 트레무유 씨네 사람들은 나와 보시오!" 하고 외치기 시작했다. 이 외침 소리를 듣고는 저택에 있던 사람들이 뛰쳐나와 삼총사와 다르타냥에게 덤벼들었다. 그러자 네 친구도 외치기 시작했다. "총사들은 모두 나와라!"

이 고함 소리는 금세 사람들의 주의를 끌었다. 총사들이 추기경의 적이라는 사실은 널리 알려져 있었고, 민중은 추기경에 대한 미움 때문에 총사들을 좋아했기 때문이다. 그래서 아

라미스가 '루주 공작'이라고 부르는 추기경의 친위대를 제외한 다른 부대 소속의 근위대는 이런 싸움이 일어나면 대개 총사대 편을 들었다. 때마침 그곳을 지나가던 에사르* 휘하의 근위대원 세 명 가운데 두 명이 삼총사와 다르타냥을 도우러 왔고, 나머지 한 사람은 트레빌의 저택으로 달려가면서 "총사들은 나와라!" 하고 외쳤다. 트레빌의 저택은 여느 때처럼 무장한 총사들로 가득 차 있었는데, 그들은 당장 동료들을 도우러 달려 나갔다. 여기저기서 적과 아군이 뒤섞여 난투가 벌어졌지만, 총사대가 훨씬 우세했다. 추기경의 친위대원들과 라 트레무유의 하인들은 저택 안으로 도망쳐 들어가서는, 총사들이 들어오기 직전에 간신히 문을 닫아걸었다. 부상자가 맨 먼저 실려 나갔지만, 아까도 말했듯이 매우 심각한 상태였다.

총사들은 몹시 흥분해 있었다. 그들은 건방지게도 총사대원에게 덤벼든 라 트레무유의 하인들을 벌주기 위해 저택에 불을 지를 것이냐 말 것이냐를 놓고 논쟁을 벌이고 있었다. 저택을 불태우자는 제안에 모두 열광하고 있을 때, 다행히 시계가 열한 시를 쳤다. 다르타냥과 삼총사는 왕을 알현하기로 한 일이 생각나서, 그렇게 통쾌한 일에 동참하지 못하는 게 아쉬웠지만, 그래도 다른 사람들을 진정시켰다. 그래서 그들은 대문에다 돌멩이를 몇 개 집어던지는 것으로 만족했지만, 문은 끄떡도 하지 않았고, 그들도 돌을 던지는 데 싫증이 나고 말았다. 게다가 이 사건의 주모자라고 해야 할 사람들은 이미 현장을 떠나 트레빌의 저택으로 가고 있었다. 그들을 기다리고 있던 트레빌은 벌써 그들이 일으킨 사건에 대해 알고 있었다.

"빨리 루브르로 가세." 그가 말했다. "잠시도 지체하지 말고 어서 가야 돼. 추기경으로부터 무슨 이야기를 들으시기 전에 폐하를 만나야 하니까. 오늘 일도 어제 사건의 연장이라고 말씀드려야겠어. 그러면 두 사건은 함께 처리될 거야."

트레빌은 네 젊은이를 데리고 루브르 궁으로 떠났다. 하지만 왕이 생제르맹 숲*으로 사슴 사냥을 나갔다는 전갈을 듣고 총사대장은 깜짝 놀랐다. 트레빌은 이 소식을 재차 확인했고, 총사들은 그때마다 대장의 얼굴이 어두워지는 것을 보았다.

"폐하께서는 어제 이미 사냥 계획을 세우셨나?" 그가 시종에게 물었다.

"아닙니다." 시종이 대답했다. "오늘 아침에 수렵장(狩獵長)이 와서, 어제저녁에 폐하를 위해 사슴 한 마리를 몰아놓았다고 아뢰었습니다. 폐하께서도 처음에는 가지 않겠다고 하시더니, 사냥의 즐거움을 뿌리치지 못하고 식사를 끝내자마자 떠나셨습니다."

"폐하께서는 추기경을 만나셨나?" 트레빌이 물었다.

"아마 만나셨을 겁니다." 시종이 대답했다. "오늘 아침에 추기경의 마차를 보았으니까요. 그래서 어디 가느냐고 물었더니, 생제르맹으로 간다고 하시더군요."

"선수를 쳤군." 트레빌이 말했다. "이보게들, 나는 오늘 저녁에 폐하를 만나 뵙겠네. 하지만 자네들은 만나 뵙지 않는 게 좋겠어."

이 조언은 지극히 합리적인 것이었고, 무엇보다도 왕을 잘 아는 사람의 충고였기 때문에 네 젊은이는 굳이 거역하려 하지 않았다. 트레빌은 각자 집으로 돌아가 자신의 연락을 기다리라고 말했다.

트레빌은 집에 돌아오자, 자기가 먼저 항의를 제기하여 상대를 꼭뒤 질러야 한다고 생각했다. 그래서 당장 라 트레무유의 저택으로 하인을 보내, 추기경의 친위대원들을 집에서 내쫓고 건방지게도 총사대원들을 공격한 하인들을 처벌해달라고 요구하는 편지를 전달했다. 하지만 라 트레무유는 베르나주의 친척인 시종을 통해 사건을 이미 알고 있었던 터라, 트레빌이나 총사들 쪽에서 자기한테 불평하는 것은 당치 않다고, 그와는 반대로 총사들이 자기 하인들을 공격했고 그의 저택까지 불태우려 했으니까 불평할 사람은 바로 자기라는 답신을 보내왔다. 이런 옥신각신은 둘 다 자기 의견만 고집하기 때문에 언제 결말이 날지 알 수 없는 일이었다. 그래서 트레빌은 당장 끝낼 방법을 생각해냈다. 라 트레무유를 직접 만나는 것이었다.

그래서 그는 당장 라 트레무유의 저택으로 가서 면담을 요청했다.

두 귀족은 정중하게 인사를 나누었다. 둘 사이에 우정은 없었지만, 적어도 서로에 대한 존경심은 있었기 때문이다. 그들은 둘 다 용감하고 신의를 존중하는 남자였다. 라 트레무유는 신교도여서 왕을 알현할 기회도 거의 없었다. 또한 어느 당파에도 속해 있지 않았기 때문에 사회적 관계에서도 어떤 편견을 갖고 있지 않았다. 그런데도 이번에 트레빌을 맞이하는 태도는 비록 정중하기는 했지만 여느 때보다 냉담했다.

트레빌이 먼저 입을 열었다.

"우리는 둘 다 상대방에게 불평할 이유가 있다고 믿고 있소. 그래서 둘이 함께 이 사건을 규명하는 게 좋지 않을까 해서 이렇게 직접 찾아온 것입니다."

"좋습니다." 라 트레무유가 대답했다. "하지만 미리 말씀드리면, 나는 사정을 잘 알고 있습니다. 잘못은 전적으로 총사들 쪽에 있더군요."

114

"당신은 매우 공정하고 합리적인 분이니까, 내가 지금 제의하는 바를 받아주시리라 생각합니다."

"어디 들어봅시다."

"베르나주 씨는 좀 어떻습니까? 당신 시종의 친척 말입니다."

"아주 안 좋습니다. 팔에 입은 상처는 별로 위험할 게 없지만, 또 다른 상처는 폐까지 닿았는데, 의사 말로는 그게 치명적이라는군요."

"의식은 있습니까?"

"정신은 또렷합니다."

"말도 할 수 있습니까?"

"힘들지만 할 수는 있습니다."

"그렇다면 그 사람한테 가봅시다. 그가 하느님 앞으로 불려가기 전에 하느님의 이름으로 진실을 말할 것을 맹세토록 합시다. 그로 하여금 사건에 대해 판결을 내리게 하자는 것이죠. 나는 그의 말을 그대로 믿겠습니다."

라 트레무유는 잠시 생각에 잠겼다. 하지만 그보다 더 합리적인 제안도 없으리라는 생각이 들자 그것을 받아들였다.

그들은 함께 부상자가 누워 있는 방으로 내려갔다. 부상자는 지체 높은 두 귀족이 찾아온 것을 보고 자리에서 일어나려 했지만, 너무 쇠약해진 몸을 무리하게 움직였기 때문에 완전히 기진맥진하여 거의 의식을 잃고 다시 쓰러져버렸다.

라 트레무유가 다가가서 방향염을 코에 대주자 부상자는 다시 정신을 차렸다. 트레빌은 행여나 자기가 부상자에게 압력을 가했다는 말을 듣고 싶지 않아서, 환자에게 질문하는 일은 라 트레무유에게 맡겼다.

　일은 트레빌의 예상대로 진행되었다. 생사의 갈림길에 서 있는 베르나주는 진실을 감출 생각이 전혀 없었기 때문에, 두 귀족에게 자초지종을 사실대로 털어놓았다.

　트레빌이 원한 것은 그것뿐이었다. 그는 베르나주에게 빨리 회복되기 바란다고 말한 다음, 라 트레무유에게 작별 인사를 하고 집으로 돌아왔다. 그러고는 네 젊은이에게 사람을 보내 저녁 식사에 초대했다.

트레빌이 맞이한 손님들은 최고의 부하들인데다 모두 반(反) 추기경파였다. 따라서 누구나 짐작할 수 있듯이, 식사하는 동안에는 추기경의 친위대원들이 당한 두 차례의 패배가 내내 화제에 올랐다. 그런데 두 번 다 다르타냥이 주역을 맡았기 때문에 그가 가장 많은 축하와 찬사를 받았고, 아토스와 포르토스와 아라미스도 기꺼이 그에게 영광을 양보했다. 그들이 훌륭한 동료였기 때문만이 아니라, 그들 자신도 자주 그런 찬사를 받아본 경험이 있었기 때문이다.

여섯 시쯤 트레빌은 루브르 궁에 가야겠다고 말했다. 하지만 왕에게 허락받은 알현 시간이 지났기 때문에, 트레빌은 뒤쪽 계단으로 들어가지 않고 네 젊은이와 함께 대기실에서 기다렸다. 왕은 아직 사냥에서 돌아오지 않았다. 네 젊은이가 신하들 속에 섞여 30분쯤 기다렸을 때, 문들이 모두 열리고 폐하께서 돌아오셨다는 전갈이 왔다.

이 말을 듣고 다르타냥은 온몸이 뼛속까지 떨리는 것을 느꼈다. 그의 일생을 결정지을 순간이 눈앞에 다가온 것이다. 그래서 그는 왕이 들어올 문을 조마조마한 마음으로 응시하고 있었다.

루이 13세가 앞장서서 들어왔다. 그는 여전히 흙먼지투성이인 사냥복에 긴 장화를 신고 손에는 승마용 채찍을 들고 있었다. 첫눈에 다르타냥은 왕이 잔뜩 화가 나 있다는 것을 알았다.

왕의 기분은 표정에 그대로 드러나 있었지만, 그래도 왕이 지나가자 신하들은 일렬로 늘어섰다. 궁정 대기실에서는 성난 눈에라도 보이는 것이 보이지 않는 것보다 낫기 때문이다. 삼총사는 망설이지 않고 한 걸음 앞으로 나아갔지만, 다르타냥은 그들 뒤에 숨어 있었다. 왕은 아토스와 포르토스와 아라미스를 알고 있었지만, 그들에게 말을 걸기는커녕 눈길도 주지 않고 지나쳐버렸다. 트레빌은 왕의 눈길이 잠시 자신에게 머물자 단호하게 그 눈길을 받아냈다. 그러자 왕이 먼저 눈길을 돌려버렸다. 고개를 돌린 왕은 계속 투덜거리면서 거실로 들어갔다.

"상황이 안 좋아." 아토스가 싱긋 웃으면서 말했다. "우리는 이번에도 기사 작위를 받지 못할 것 같아."

"여기서 10분만 기다리게." 트레빌이 말했다. "10분이 지나도 내가 나오지 않으면, 내 집으로 돌아가 있게. 그 이상은 기다려도 소용없을 테니까."

네 젊은이는 10분, 15분, 20분을 기다렸다. 그래도 트레빌이 나오지 않자, 그들은 무슨 일이 일어날지 걱정하면서 왕궁을 떠났다.

트레빌은 대담하게 왕의 거실로 들어갔다. 왕은 안락의자에 앉아서 채찍 손잡이로 장화를 톡톡 두드리고 있었는데, 기분이 몹시 언짢아 보였다. 하지만 트레빌은 아랑곳하지 않고 태연하게 건강이 어떠시냐고 물었다.

"안 좋아. 아주 안 좋아." 왕이 대답했다. "따분해."

사실 권태는 루이 13세의 가장 심한 고질병 가운데 하나였다. 왕은 종종 신하를 창가로 끌고 가서 "나랑 함께 따분하게 지내봅시다" 하고 말하곤 했다.

"무슨 말씀이십니까? 폐하께서 따분하시다니요?" 트레빌이 말했다. "그럼 오늘은 사냥이 즐겁지 않으셨나보군요."

"즐거워? 모든 게 따분했소. 사냥감이 흔적을 안 남기는 건지, 아니면 사냥개들이 냄새를 못 맡는 건지 모르겠어. 우리는 일곱 살짜리 다 큰 사슴 한 마리를 풀어놓고 여섯 시간이나 추

적했는데, 녀석을 잡을 준비가 되었을 때 생시몽*이 뿔피리를
입에 대고 알리려는 순간, 사냥개들이 갑자기 방향을 바꾸더니
뿔도 안 난 새끼를 쫓아간 거요. 이런 형편이니, 매사냥을 그만
둔 것처럼 개사냥도 그만둬야 할까봐. 아! 트레빌 경, 나는 참
으로 불행한 왕이야. 큰매도 한 마리밖에 없었는데, 그놈마저
그저께 죽어버렸어."

"아니, 저런. 폐하께서 절망하시는 것도 당연합니다. 참으로
불행한 일이군요. 하지만 아직도 매와 새매와 송골매가 많이
남아 있잖습니까?"

"그런데 그것들을 훈련시킬 사람이 없어. 매사냥꾼도 없어
졌고. 개사냥 기술을 아는 사람도 나밖에 없어. 내가 없어지면
덫을 놓거나 올가미를 쳐서 사냥하겠지. 그래도 내가 제자를
가르칠 겨를이 있다면 좋겠는데! 하지만 추기경은 잠시도 쉴
시간을 주지 않아. 스페인이 어떻다느니, 오스트리아가 어떻다
느니, 영국이 어떻다느니 하면서 말이오. 아, 추기경 이야기가
나왔으니 말인데, 트레빌 경, 나는 경에게 불만이 있소."

사실 트레빌은 왕이 이렇게 화제를 돌리기를 기다리고 있었
다. 그는 오랜 경험을 통해 왕의 성격을 잘 알고 있었다. 왕의
하소연은 모두 서론, 그러니까 자신의 기운을 북돋기 위한 일
종의 준비운동에 불과하고, 이제 드디어 본론으로 들어갔다는
것을 트레빌은 알고 있었다.

"그런데 제가 무슨 일로 폐하의 기분을 언짢게 해드렸을까
요?" 트레빌이 깜짝 놀란 체하면서 물었다.

"경은 도대체 직책을 어떻게 수행하고 있는 거요?" 왕이 트
레빌의 질문에는 직접 대답하지 않고 말을 이었다. "총사들이
사람을 죽이고, 온 동네에 소동을 일으키고, 파리를 불태우려

하는데도 잠자코 보고만 있으니, 그러라고 경을 총사대장에 임명한 줄 아시오? 하기야 경을 이렇게 질책하는 건 성급한 짓인지도 몰라. 난동자들은 지금 감옥에 갇혀 있을 테고, 경은 공정한 처벌이 끝났음을 보고하러 왔을 테니까."

"전혀 그렇지 않습니다, 폐하." 트레빌이 침착하게 대답했다. "그와는 반대로 저는 공정한 처벌을 내려달라고 폐하께 요청하러 왔습니다."

"누구를 처벌하라는 거요?" 왕이 외쳤다.

"모함하는 자들을 말입니다." 트레빌이 말했다.

"처음 듣는 얘기군. 경은 그 고약한 삼총사 아토스, 포르토스, 아라미스와 베아른의 젊은이가 미친놈들처럼 가엾은 베르나주를 공격한 게 아니라고 말할 셈이오? 베르나주는 호된 꼴을 당해서 지금 죽어가고 있는데, 그게 그 녀석들이 한 짓이 아니라고? 그 후 녀석들이 라 트레무유 공작의 저택을 포위하고 불태우려 한 것도 사실이 아니라고 말할 셈이오? 그 저택은 신교도의 소굴이니까 전쟁 때라면 그리 대수로운 문제가 아닐지 모르지만, 오늘과 같은 평화로운 때에는 유감스러운 일이오. 말해보시오. 경은 이 모든 걸 부인할 셈이오?"

"그런데 폐하께 그런 터무니없는 거짓말을 한 사람이 누굽니까?" 트레빌이 차분하게 물었다.

"누가 나한테 그런 터무니없는 거짓말을 했느냐고? 내가 자고 있을 때에도 깨어 있고, 내가 즐겁게 놀고 있을 때에도 일을 하고, 프랑스는 물론 온 유럽의 모든 일을 좌지우지하는 사람, 그 사람이 아니라면 또 누가 있겠소?"

"그렇다면 폐하께서 말씀하시는 분은 하느님이 분명합니다. 폐하를 능가하는 존재라면 하느님밖에 없을 테니 말입니다."

"그렇지 않소. 내가 말하는 사람은 나라의 유일한 기둥이자 나의 유일한 측근이요 유일한 친구인 추기경이오."

"추기경 예하는 교황 성하가 아닙니다, 폐하."

"그게 무슨 뜻이오, 총사대장?"

"오직 교황만이 무류성*을 지닐 수 있고, 이 무류성은 추기경에게는 적용되지 않는다는 뜻입니다."

"그러니까 경의 말은, 추기경이 나를 속이고 있다, 나를 기만하고 있다는 것이오? 그렇다면 경은 추기경을 고발하고 있는 셈인데……. 말해보시오. 추기경을 고발한다고 솔직하게 인정하시오."

"아닙니다, 폐하. 저는 다만 추기경이 잘못 생각하고 있고, 사정을 잘못 알고 오해했다고 말씀드리는 겁니다. 그분은 폐하의 총사들에게 편견을 가지고 있던 터라, 총사들을 너무 성급하게 고발했으며, 믿을 만한 정보를 얻지 못했기 때문에 그런 것이라고 말씀드리는 겁니다."

"고발은 라 트레무유 공작이 한 거요. 이에 대해서는 뭐라고 답하겠소?"

"그 사람은 이 문제와 직접 관련되어 있으므로 공정한 증인이 될 수 없다고 말씀드릴 수도 있겠습니다만, 그 이상으로 저는 공작이 성실한 귀족이라는 것을 알고 있으므로 그의 판단을 존중하겠습니다. 다만 한 가지 조건이 있습니다."

"그게 뭐요?"

"폐하께서 공작을 불러다가 물어봐주십시오. 다른 사람은 들이지 마시고 몸소 질문하셔야 합니다. 폐하께서 공작을 접견하시고 나면 저도 곧장 다시 돌아와 뵙겠습니다."

"좋아요! 그러면 경도 라 트레무유 공작의 말을 믿겠다는 거지?"

"예, 그렇습니다, 폐하."

"공작의 판단을 받아들이겠다?"

"물론입니다."

"그럼 공작이 손해배상을 요구하면 그것도 순순히 따르겠소?"

"물론입니다."

"라 셰네!" 왕이 외쳤다. "라 셰네, 거기 없느냐?"

루이 13세가 신임하는 시종으로 언제나 문 밖에 대기하고 있는 라 셰네가 들어왔다.

"라 셰네, 지금 당장 사람을 보내서 라 트레무유를 불러오도록 하라. 오늘 저녁에 긴히 할 이야기가 있다."

"라 트레무유 공작을 만나신 뒤 제가 돌아올 때까지 다른 사람은 아무도 만나지 않겠다고 약속해주시겠습니까?"

"맹세코 아무도 만나지 않겠소."

"그럼 내일 뵙겠습니다, 폐하."

"내일 봅시다, 총사대장."

"몇 시가 좋겠습니까?"

"언제라도 상관없소."

"하지만 너무 일찍 오면 폐하가 주무시는 걸 깨우지나 않을까 저어됩니다."

"자는 걸 깨운다고? 내가 잠이나 자는 줄 아오? 요즘은 통잠을 자지 못해요. 이따금 꿈을 꾸기는 하지만, 그것뿐이오. 되도록 아침 일찍 오시오. 괜찮다면 일곱 시에 와도 좋소. 하지만 총사들에게 죄가 있다면 경도 화를 면하지 못할 거요!"

"제 총사들에게 죄가 있다면, 모든 걸 폐하의 처분에 맡기겠습니다. 폐하께서 마음대로 처분해주십시오. 그 밖에 분부하실 일은 없으신지요? 뭐든지 말씀만 하십시오. 저는 어떤 분부에도 따를 준비가 되어 있습니다."

"없소, 총사대장. 내가 공정한 루이라고 불리는 데는 다 그만한 이유가 있는 거요. 자 그럼, 내일 봅시다."

"그때까지 신의 가호가 있기를!"

왕은 거의 잠을 자지 못했지만, 트레빌은 더 잠을 설쳤다. 그날 저녁에 그는 삼총사와 그들의 젊은 친구에게 기별을 보내 아침 여섯 시 반까지 자기 집으로 오라고 일렀다. 그는 어떤 단언도, 어떤 약속도 하지 않고 그들을 왕궁으로 데려갔지만, 그들의 운명만이 아니라 자신의 운명까지도 주사위가 어느 쪽으로 구르느냐에 달려 있다는 것만은 감추지 않았다.

궁궐의 뒤쪽 계단 발치에 도착하자 그는 네 젊은이를 거기에서 기다리게 했다. 왕이 아직도 그들에 대해 화가 나 있다면 그들은 왕을 만나지 않고 그대로 돌아가면 되고, 왕이 그들을 접견하겠다고 하면 그들을 부르기만 하면 되는 것이다.

트레빌이 왕의 거실과 이어진 대기실에 들어가자 라 셰네가 말했다. 전날 밤 라 트레무유 공작의 저택으로 사람을 보냈으나 공작이 집에 없어서 만나지 못했고, 공작이 귀가했을 때는 시간이 너무 늦어서 루브르에 올 수 없었기 때문에 오늘 아침까지 기다렸다가 조금 전에 궁궐에 도착하여 지금도 왕과 함께 있다는 것이었다.

트레빌은 상황이 이렇게 된 것을 무척 기뻐했다. 왕이 라 트레무유의 증언을 들은 뒤 자기를 만날 때까지 다른 사람의 의견이 끼어들 여지가 없겠기 때문이다.

과연 10분도 지나기 전에 거실 문이 열리더니 라 트레무유 공작이 나왔다. 그가 트레빌에게 다가와서 말했다.

"트레빌 씨, 폐하께서 어제 아침 우리 집에서 일어난 사건의 자초지종을 알기 위해 나를 부르셨소. 나는 폐하께 사실대로 말씀드렸어요. 잘못은 내 하인들에게 있었고, 나는 트레빌 씨에게 사과할 용의가 있다고 아뢰었지요. 그런데 마침 여기서 만났으니 내 사과를 받아주시오. 그리고 나를 항상 친구로 생각해주시기 바랍니다."

"아닙니다. 공작님." 트레빌이 말했다. "저는 진작부터 공작님의 신의를 신뢰하고 있었기 때문에 공작님께서 직접 폐하께 오셔서 저를 변호해주기를 바랐던 것입니다. 이제 제 판단이 틀리지 않았다는 것을 알았습니다. 공작님 같은 분이 아직도 프랑스에 계신다는 게 고맙군요."

"좋군. 아주 좋아." 문간에서 두 사람이 주고받는 말을 엿듣고 있던 왕이 말했다. "트레빌, 공작은 스스로 경의 친구라고 말하고 있으니까 경이 공작에게 말 좀 해주시오. 나도 공작의 친구가 되고 싶은데 공작은 나한테 무관심하다고 말이오. 공작을 만난 지 3년이 지났지만, 내가 부르지 않으면 만날 수 없다고, 나를 대신해서 말해주시오. 그래도 명색이 왕인데, 이런 말을 직접 할 수는 없으니까."

"감사합니다, 폐하. 정말 감사합니다." 공작이 말했다. "하지만 폐하를 온종일 곁에서 모시는 자들만이 충신은 아니라는 사실을 널리 헤아려주시기 바랍니다. 이건 절대로 트레빌 씨를 빗대어 하는 말이 아닙니다."

"아하! 그러니까 경은 내가 한 말을 다 들었군요. 그렇다면 더욱 좋소, 공작." 왕이 문으로 다가서면서 말했다. "트레빌! 경의 총사들은 어디 있소? 총사들을 데려오라고, 그저께 내가 말했을 텐데, 왜 데려오지 않았소?"

"지금 아래층에 있습니다, 폐하. 폐하께서 허락하시면 라 셰네가 가서 그들에게 올라오라고 전할 겁니다."

"좋소. 당장 오라고 하시오. 벌써 여덟 시가 다 됐군. 아홉 시에는 손님이 오기로 되어 있소. 그럼 공작, 잘 가시오. 그리고 다시 와주시오. 자, 트레빌, 이쪽으로 오시오."

공작은 인사를 하고 나갔다. 그가 문을 열었을 때, 삼총사와 다르타냥이 라 셰네의 안내를 받아 층계 머리에 나타났다.

"어서들 오라, 용사들." 왕이 말했다. "나는 그대들을 좀 야단쳐야겠어."

총사들은 머리를 조아리면서 왕에게 다가갔고, 다르타냥은 그들의 뒤를 따라갔다.

"뭐라고!" 왕이 말을 이었다. "그대들 넷이서 이틀 동안 추기경의 친위대원 일곱을 해치웠다고? 너무 심했군. 너무 심했어. 이대로 가다가는 추기경이 한 달 뒤에는 친위대원을 다시 뽑아야 하겠군. 그리고 나는 칙령을 엄격하게 시행하지 않으면 안 될 것이고. 어쩌다 한 사람쯤 해치우는 건 별문제지만, 이틀 동안 일곱은…… 다시 말하지만, 그건 심했어. 심해도 너무 심했어."

"그래서 보시다시피 이렇게 회개하고 후회하면서 폐하께 사죄를 드리러 온 겁니다."

"회개하고 후회한다고? 으흠! 나는 저들의 위선적인 얼굴을 믿지 않아. 특히 가스코뉴 출신으로 보이는 저 젊은이는 믿을 수 없어. 그대, 이리 오라."

다르타냥은 왕이 부른 사람이 자기인 것을 깨닫고, 더없이 절망적인 태도로 왕에게 다가갔다.

"트레빌, 이 아이가 젊은이라고 말한 건 무슨 뜻이었지? 젊은이가 아니라 소년이잖소! 아직 어린애로군. 그런데 쥐사크에게 그렇게 강한 일격을 가한 자가 바로 이 아이라고?"

"베르나주에게도 두 번이나 멋진 일격을 가했습니다."

"정말?"

"물론입니다." 아토스가 말했다. "게다가 이 친구가 저를 카위사크의 칼끝에서 구해주지 않았다면 저는 지금 이렇게 폐하께 절하는 영광도 누리지 못했을 것입니다."

"그렇다면 이 베아른 소년이야말로 진짜 귀신인가보군. 안 그래요, 트레빌? 선왕께서 계셨다면 입버릇처럼 '제기랄' 하셨겠어. 이런 식으로 나가면 옷도 여러 벌 구멍 내고, 칼도 많이 부러뜨려야 할 거야. 그런데 가스코뉴 사람들은 항상 가난하잖소?"

"폐하, 가스코뉴 사람들은 아직 금광을 발견하지 못했지만, 선왕 폐하를 지지해준 보답으로 주님이 기적을 일으켜 금광을 발견하게 해줄 겁니다."

"그렇다면 내가 왕이 된 것도 가스코뉴 사람들 덕분이라는 이야기가 되잖소, 트레빌? 나는 선왕의 아들이니까. 뭐, 그렇다고 합시다. 라 세네, 가서 내 주머니를 샅샅이 뒤져봐라. 40피스톨이 있을 테니, 찾아서 가져오너라. 그리고 여봐라 젊은이, 가슴에 손을 얹고 자초지종을 솔직하게 말해보아라."

다르타냥은 전날의 사건을 소상히 이야기했다. 폐하를 만나 뵌다는 기쁨 때문에 잠을 잘 수가 없어서 알현 시간보다 세 시간이나 일찍 친구들에게 갔다는 것, 넷이 함께 정구장에 갔다는 것, 공에 얼굴을 맞을까봐 겁을 냈기 때문에 베르나주가 그를 조롱했다는 것, 그 조롱 때문에 베르나주가 하마터면 목숨을 잃을 뻔했다는 것, 그리고 라 트레무유 공작은 이 사건과 아무 관계도 없지만 저택을 잃을 뻔했다는 것 등을 빠짐없이 이야기했다.

"그래, 맞아." 왕이 중얼거렸다. "공작이 나한테 한 이야기도 바로 그랬어. 추기경만 가엾게 됐군. 이틀 동안 부하를 일곱이나 잃었으니! 그중에는 추기경이 가장 아끼는 부하도 몇 명이나 끼어 있는데! 하지만 그 정도면 됐어! 이젠 충분해! 그대

들은 페루 가에서 당한 것을 복수한 거야. 아니, 복수하고도 남았지. 그걸로 만족해야 돼."

"폐하께서 만족하신다면 저희들도 만족합니다." 트레빌이 말했다.

"아무렴, 나는 만족하오." 왕은 라 셰네의 손에서 금화 한 줌을 집어 다르타냥의 손에 쥐어주면서 덧붙였다. "자, 이게 만족했다는 증거일세."

당시에는 오늘날 유행하는 자존심 같은 개념이 아직 없었다. 귀족이 왕에게 돈을 직접 받고도 전혀 부끄럽게 느끼지 않았다. 그래서 다르타냥은 조금도 망설이지 않고 40피스톨을 주머니에 넣고는 왕에게 진심으로 감사를 드렸다.

"자, 이제 여덟 시 반이군." 왕이 벽시계를 보면서 말했다. "그대들은 이만 물러가도록 하라. 아까도 말했지만 아홉 시에 만나기로 한 사람이 있다. 그대들의 충성에 대해서는 고맙게 생각한다. 앞으로도 그대들의 충성심을 믿어도 되겠지?"

"물론입니다, 폐하." 네 사람이 한 목소리로 외쳤다. "폐하를 위해서라면 저희들은 몸이 산산조각 나도 좋습니다."

"좋아, 좋아. 하지만 몸을 잘 보전하도록 하라. 그게 훨씬 좋고, 나한테도 훨씬 도움이 될 테니까." 네 젊은이가 방에서 나가는 동안 왕이 낮은 목소리로 트레빌을 불렀다. "트레빌, 총사대에는 지금 빈자리가 없고, 게다가 총사대에 들어가려면 수습을 마쳐야 한다는 규정이 있지 않소. 그러니 저 젊은이를 경의 처남인 에사르의 근위대에 넣도록 하시오. 아, 트레빌, 추기경이 우거지상을 지을 걸 생각하니 기뻐서 견딜 수가 없군요. 추기경은 격분하겠지만, 나는 상관없어. 내게도 권리가 있으니까."

그러고는 트레빌에게 손을 흔들었다. 트레빌이 밖으로 나가서 총사들에게 가보니, 그들은 40피스톨을 다르타냥과 나누고 있었다.

왕이 말했듯이 추기경은 정말로 격분했다. 너무 화가 나서 여드레 동안이나 왕의 도박판에 나타나지 않았다. 그래도 왕은 세상에서 가장 상냥한 태도로 그를 대했고, 추기경을 만날 때마다 다정하고 부드러운 목소리로 안부를 물었다.

"이봐요, 추기경! 그 친위대원들, 가엾은 베르나주와 쥐사크는 좀 어때요?"

제7장
총사들의 속사정

다르타냥은 루브르 궁에서 나오자, 40피스톨 가운데 제 몫을 어떻게 쓸 것인지를 친구들과 상의했다. 그러자 아토스는 '퐁 드팽'*에서 멋진 식사를 하라고 권했고, 포르토스는 하인을 하나 고용하라고 권했고, 아라미스는 괜찮은 애인을 구하라고 권했다.

식사는 그날 당장 실행했고, 하인도 그날로 고용되어 식탁에서 시중을 들었다. 식사는 아토스가 주문해주었고, 하인은 포르토스가 구해주었다. 이 하인은 피카르디 출신*으로, 그날 투르넬 다리에서 강물에 침을 뱉어 파문이 번져가는 모양을 바라보고 있다가, 허영심이 강한 총사 포르토스의 눈에 띄어 다르타냥의 하인으로 고용되었다.

포르토스는 그런 모습을 보고 생각이 깊은 사람이라고 판단하고는, 추천서도 없는 그를 그냥 데리고 온 것이다. 이 사람의 이름은 플랑셰였다. 그는 당당한 풍채에 호사스러운 모습의 포르토스를 모시게 될 줄 알고 마음이 들떴는데, 막상 그의 집에 가서 보니 무스크통이라는 하인이 있었고, 포르토스로부터 자기 집이 넓기는 하지만 하인을 둘이나 고용할 여유가 없으니까 다르타냥을 모시도록 하라는 말을 듣고는 적잖이 실망했다. 하지만 주인이 마련한 식사 자리에서 시중을 들 때, 주인이 주머니에서 금화를 한 움큼 꺼내 셈을 치르는 것을 보고는, 그렇게 큰 부자에게 하인으로 고용된 행운을 하늘에 감사했다. 잔치가 끝난 뒤 남은 음식으로 오랜 굶주림을 채울 때까지는 이런 기분을 계속 유지했다. 하지만 밤이 되어 주인의 잠자리를 준비하러 갔을 때 그의 망상은 깨지고 말았다. 문간방과 침실로 이루어진 셋방에는 침대가 하나밖에 없었다. 플랑셰는 다르타냥의 침대에서 담요를 가져다가 문간방에 깔고 잠을 잤고, 다르타냥은 그때부터 담요도 없는 침대를 써야 했다.

아토스에게도 하인이 하나 있었는데, 이름은 그리모였다. 아토스는 이 하인을 아주 독특한 방법으로 훈련시켰다. 아토스는 매우 과묵한 사람이었다. 그가 포르토스나 아라미스와 절친한 사이가 된 지 5, 6년이 지났지만, 그동안 포르토스와 아라미스는 아토스가 미소를 짓는 것은 종종 보았지만 소리 내어 웃는 것은 들어본 적이 없었다. 그의 말은 간단명료하고 표현력이 좋아서, 말하고자 하는 것만 정확히 말하고 쓸데없는 말은 절대로 하지 않았다. 그의 말에는 수식어나 과장도 없고 기교적인 표현도 없었다. 그의 대화는 장식이 없고 오로지 사실만 전달하는 식이었다.

아토스는 이제 막 서른 살이었고, 심신이 모두 아름답고 훌륭했지만, 그에게 애인이 있다는 말은 아무도 들은 적이 없었다. 그는 여자 이야기를 한 적이 한 번도 없었다. 남들이 자기 앞에서 여자 이야기를 하는 것은 개의치 않았지만, 그 대화에 낄 때는 신랄한 논평과 염세적인 견해만 내뱉었기 때문에, 그런 대화가 그에게 불쾌감을 준다는 것은 누구나 쉽게 알 수 있었다. 그는 신중하고 비사교적이고 말수가 적어서, 꼭 늙은이처럼 보였다. 그는 자신의 이런 기질에서 벗어나지 않으려고, 간단한 몸짓이나 입술의 움직임만 보고도 그의 뜻을 알아차리도록 그리모를 길들였다. 결정적인 상황이 아니면 여간해서는 그리모에게 말로 지시를 내리는 법이 없었다.

그리모는 주인을 불처럼 두려워하면서도 주인의 인품에 깊은 애정을 품고 주인의 재능을 무척 존경했다. 주인이 원하는 것을 완전히 파악했다고 믿고 서둘러 명령을 실행하지만, 사실은 주인의 뜻을 정반대로 이해하는 경우도 가끔 있었다. 그러면 아토스는 어깨를 으쓱해 보이고는 별로 화도 내지 않고 그저 그리모를 채찍으로 한 번 때리곤 했다.

포르토스는 앞에서도 보았듯이 아토스와는 정반대의 성격을 갖고 있었다. 그는 말이 많을 뿐 아니라 목소리도 컸다. 게다가 상대가 그의 말에 귀를 기울이건 말건 개의치 않았다. 이점에 관해서는 그를 제대로 인정할 필요가 있다. 포르토스는 말하는 것이 즐겁고 자기 목소리를 듣는 것이 즐거워서 떠들어댔다. 학문에 관한 것 말고는 모든 것이 그의 이야깃거리가 되었다. 그는 어릴 적부터 학자에 대해 뿌리 깊은 증오심을 품었다고 한다. 그는 아토스만큼 풍채가 당당하지 못해서, 두 사람이 처음 사귀기 시작했을 때는 그 점에 대한 열등감 때문에 아토스에게 부당한 말이나 행동을 할 때가 많았고, 화려한 치장으로 아토스를 능가하려 애쓰기도 했다. 하지만 아토스는 검소한 총사대 제복과 고개를 뒤로 젖히고 발을 내딛는 걸음걸이만으로도 당장 화려한 포르토스를 두 번째 자리로 밀어내버렸다. 그래서 포르토스는, 아토스가 연애 이야기를 전혀 하지 않는다는 것을 알아채고, 트레빌의 대기실과 왕궁 근위대에서 자신의 연애담을 떠들어대는 것으로 위안을 삼았다. 포르토스의 연애 상대는 법관의 아내에서 남작부인으로 바뀌었고, 지금 그가 관심을 보이는 여자는 그를 열렬히 갈망하고 있는 한 외국의 공작부인이었다.

옛날 속담에 '그 주인에 그 하인'이라는 말이 있다. 그러면 아토스의 하인에서 포르토스의 하인으로, 그리모에서 무스크통으로 넘어가보자.

무스크통*은 노르망디 출신으로, 원래는 보니파스라는 평화로운 이름이었는데, 주인이 소리가 한결 잘 울리고 싸움꾼처럼 들리는 이름인 무스크통으로 바꾸어버렸다. 그는 옷과 잠자리만 제공받는 조건으로 포르토스의 하인이 되었지만, 그 옷과 잠자리가 아주 화려해야 한다는 단서를 달았다. 그는 하루에 두 시간만 자유 시간을 달라고 요구했다. 그렇게 두 시간만 따로 일하면 생활에 필요한 용돈을 벌 수 있다는 것이었다. 포르토스는 이 요구도 기꺼이 수락했다. 사실 그에게는 더없이 만족스러운 조건이었다. 그는 자신이 입던 헌옷과 여벌의 망토로 무스크통의 하인 복장을 지어주었다. 솜씨 좋은 재단사는 헌옷을 뒤집어 새옷처럼 만들어주었는데, 그의 아내는 포르토스의 귀족적인 취향을 꺾어놓고 싶어 한 게 아닐까 하는 의심을 받았다. 어쨌든 이 재단사 덕분에 무스크통은 주인에 버금가는 멋쟁이가 되었다.

아라미스의 성격은 충분히 소개한 것 같고, 앞으로도 그의 친구들과 함께 그의 성격도 지켜보게 될 터인데, 그의 하인은 바쟁이라는 자였다. 언젠가는 수도사가 되겠다는 주인의 소망 덕분에, 바쟁은 성직자의 하인처럼 늘 검은 옷을 입고 다녔다.

그는 베리 출신이었고, 나이는 서른다섯에서 마흔 살 사이였다. 차분하고 온화한 성격에 살집이 좋고, 주인의 시중을 들 일이 없는 한가한 시간에는 종교 서적을 탐독했으며, 필요할 경우에는 몇 가지 요리로 근사한 2인분의 식사를 준비할 수 있었다. 게다가 듣지 않고 말하지 않고 보지 않는다는 하인의 세 가지 덕목을 두루 갖춘 더없이 믿음직한 충복이었다.

간략하게나마 주인과 하인들의 됨됨이를 알았으니까, 이제는 그들이 살고 있는 집을 살펴보기로 하자.

아토스는 뤽상부르에서 두어 걸음밖에 떨어지지 않은 페루가에 살고 있었다. 그의 하숙방은 그런 대로 가구가 갖추어진 작은 방 두 개로 이루어져 있었다. 하숙집 주인은 젊고 아리따운 여자였는데, 아토스에게 계속 추파를 던졌지만, 물론 아무 성과도 없었다. 이 수수한 하숙방 벽에는 과거의 찬란했던 흔적들이 여기저기 단편적으로 남아서 아직도 광채를 발하고 있었다. 가령 프랑수아 1세 시대에 유행한 양식으로 화려한 물결무늬가 새겨진 칼이 벽에 걸려 있었는데, 보석을 박아 넣은 칼자루만 해도 2백 피스톨은 나갔을 것이다. 하지만 아토스는 아무리 어려운 지경에 빠지더라도 그 칼을 전당포에 맡기거나 팔려고 하지 않았다. 포르토스는 오랫동안 그 칼에 욕심을 냈는데, 그 칼을 손에 넣을 수만 있다면 수명이 10년쯤 줄어들어도 좋다고 생각할 정도였다.

어느 날 어떤 공작부인과 데이트를 하게 되었을 때 그는 아토스에게 그 칼을 빌리려고 했다. 아토스는 한마디도 하지 않고 주머니에서 돈을 모두 꺼내고 보석을 모두 모아서—지갑, 장식끈, 금목걸이까지 몽땅—포르토스에게 내밀었다. 하지만 칼만은 내줄 수 없다고, 주인이 하숙방을 떠나기 전에는 칼도

절대 그 자리를 떠나지 않을 것이라고 말했다. 아토스는 칼 외에도 앙리 3세 시대의 귀족 초상화를 한 점 갖고 있었는데, 우아한 옷차림에 성령기사단*의 표장을 단 이 귀족은 얼굴 생김새가 아토스와 비슷했다. 그것은 왕의 기사단에 소속된 그 훌륭한 귀족이 아토스의 조상이라는 증거였다.

끝으로, 화려하게 금으로 세공된 상자가 하나 있었다. 칼이나 초상화에 있는 것과 같은 문장이 새겨져 있는 이 상자는 벽난로 위에 장식품처럼 놓여 있었지만, 다른 가구나 장식품과는 전혀 어울리지 않았다. 아토스는 이 상자의 열쇠를 항상 몸에 지니고 다녔다. 하루는 그가 포르토스 앞에서 이 상자를 열어 보였는데, 상자 안에는 편지와 서류밖에 들어 있지 않았다. 아마도 그것은 연애편지와 집안과 관련된 서류임이 분명했다.

포르토스는 비외콜롱비에 가에 있는 널찍하고 호화로워 보이는 집에 살고 있었다. 하인인 무스크통은 항상 제복을 갖추어 입고 창문 앞에 서 있었다. 포르토스는 친구와 함께 자기 집 창문 앞을 지날 때마다 고개를 들고 손으로 창문을 가리키며 말하곤 했다. "저기가 내 집이야!" 하지만 그가 집에 있는 것을 본 사람은 아무도 없었고, 그가 누구를 집에 초대한 적도 없었기 때문에, 외관이 호화로운 만큼 집 안에도 진짜 재물이 가득 차 있는지 어떤지를 아는 사람도 없었다.

한편 아라미스는 거실과 식당과 침실로 이루어진 작은 집에 살고 있었다. 다른 방과 마찬가지로 1층에 자리 잡은 침실에는 푸른 나무가 우거진 작은 정원이 딸려 있어서 시원한 그늘을 즐길 수 있었고, 이웃 사람들이 침실을 들여다볼 염려도 없었다.

다르타냥의 숙소에 대해서는 이미 알고 있고, 그의 하인 플랑셰에 대해서도 이미 알고 있다.

다르타냥은 책략을 꾸미는 재능을 타고난 사람들이 대개 그렇듯이 호기심이 아주 강한 성격이었기 때문에, 아토스와 포르토스와 아라미스의 정체를 알아내려고 온갖 수단을 써보았다. 이 이름들은 세 젊은이가 귀족 신분인 자신들의 본명을 감추기 위해 임시로 사용하는 가명이었기 때문이다. 특히 아토스는 다른 사람들보다 훨씬 지체 높은 귀족의 냄새를 풍기고 있었다. 그래서 다르타냥은 아토스와 아라미스에 대한 정보는 포르토스에게 물어보았고, 포르토스에 대한 진실은 아라미스에게 물어보았다.

불행하게도 포르토스는 과묵한 친구 아토스의 사생활에 대해 공공연히 드러난 것을 빼고는 아무것도 알지 못했다. 소문에 따르면 아토스가 연애 사건으로 불행한 일을 겪었고, 지독한 배신을 당한 것이 이 용감한 사나이의 인생에 독이 되었다고 한다. 하지만 그것이 어떤 배신이었는지는 아무도 알지 못했다.

포르토스의 본명도 두 친구의 본명과 마찬가지로 트레빌만이 알고 있었다. 하지만 이 점을 제외하면 그의 사생활은 어렵지 않게 알 수 있었다. 그는 허영심이 많았고 언행이 가벼웠기 때문에 누구라도 그의 속을 수정처럼 들여다볼 수 있었다. 다만 그의 자화자찬을 곧이곧대로 믿으면 그에 대해 조사하는 사람은 혼란에 빠질 수 있었다.

아라미스는 아무 비밀도 없는 듯한 태도를 취하고 있지만, 실제로는 완전히 신비에 싸인 젊은이였다. 그는 다른 사람에 대해 물어보면 거의 대답하지 않았고, 그 자신에 대해 물어보면 아예 대답을 피해버렸다. 하루는 다르타냥이 그를 붙잡고 포르토스에 대해 꼬치꼬치 캐물은 끝에 당시 널리 퍼져 있었던 포르토스와 공작부인의 염문을 알아냈다. 그러고 나자 아라미스의 연애 사건에 대해서도 알고 싶어졌다.

"그런데 당신은 어때요?" 다르타냥이 아라미스에게 말했다. "다른 사람들이 사귀는 남작부인, 백작부인, 공작부인에 대해서는 그렇게 잘 알고 있으면서, 정작 당신 이야기는 없으니 말예요."

"그건 말이야……" 하고 아라미스가 다르타냥의 말을 가로막았다. "포르토스가 자기 입으로 그 이야기를 했으니까, 그리고 내 앞에서 그 일들을 떠벌였기 때문에 나도 말했을 뿐이야. 하지만 다르타냥, 내가 그 이야기를 다른 사람한테 들었거나, 포르토스가 나한테만 은밀히 털어놓았다면, 나는 절대로 남에게 그 이야기를 옮기지 않았을 거야."

"그야 그렇겠죠." 다르타냥이 말을 받았다. "하지만 내가 보기에는 당신도 귀부인들과 꽤 친하게 지내는 것 같던데요. 우리가 알게 된 것도 그 수놓은 손수건 덕분이잖아요."

아라미스가 이번에는 화를 내지 않고 아주 고상한 태도로 상냥하게 대답했다.

"성직자가 되는 게 내 꿈이라는 것, 그리고 내가 모든 속세의 일을 피하고 있다는 것을 잊지 마. 자네가 본 그 손수건은 내가 받은 게 아니라, 내 친구가 깜박 잊고 우리 집에 놓고 간 거였어. 그 친구와 그의 애인의 평판을 더럽히지 않으려면 손수건을 내가 간직하고 있을 수밖에 없었지. 나는 애인도 없고, 애인을 갖고 싶지도 않아. 이 점에서는 나와 마찬가지로 애인이 없는 아토스를 본보기로 삼고 있지."

"하지만 당신은 성직자가 아니라 총사예요!"

"추기경의 말마따나 임시 총사지. 본의 아니게 총사가 되었지만, 마음속은 성직자야. 정말이라니까. 아토스와 포르토스가 나를 여기로 끌어들였어. 성직에 임명되기 직전에 사소한 문제가 생겨서 그만……. 하지만 자네는 이런 이야기에 별로 흥미가 없을 거야. 자네의 귀중한 시간만 빼앗고 있군."

"천만에요. 아주 흥미진진해요. 그리고 나는 지금 할 일도 없는걸요."

"그래? 하지만 나는 기도서를 읽어야 돼. 그다음에는 에귀용 부인한테 부탁받은 시를 써야 하고, 슈브뢰즈 부인에게 줄 연지를 사러 생토노레 가에 가야 해. 자네는 바쁘지 않더라도 나는 아주 바빠."

아라미스는 친구에게 다정하게 손을 내밀고 작별을 고했다.

다르타냥은 새로 사귄 세 친구에 대해 좀 더 알아내려고 애썼지만, 더 이상은 알아낼 수 없었다. 그래서 앞으로 더 확실하고 자세한 사실을 알게 되리라 기대하고, 당분간은 그들의 과거에 대해 들은 소문을 그대로 믿기로 했다. 그리고 그때까지는 아토스를 아킬레우스로, 포르토스는 아이아스로, 아라미스는 요셉으로 여길 생각이었다.*

그거야 어쨌든, 네 젊은이의 생활은 즐거웠다. 아토스는 도박을 즐겼으나 늘 잃었다. 하지만 친구들에게는 언제나 아낌없이 지갑을 열면서도 친구들에게 한 푼도 빌리는 법이 없었다. 외상으로 도박을 했을 때는 이튿날 아침 여섯 시에 빚쟁이를 깨워서 전날 진 노름빚을 갚곤 했다.

포르토스는 성미가 급했다. 노름에서 돈을 따면 우쭐하게 뽐내면서 돌아다녔지만, 돈을 잃으면 며칠 동안 사라졌다가 창백하고 초췌한 모습으로 나타나곤 했다. 하지만 다시 나타났을 때는 주머니에 돈이 가득 들어 있었다.

아라미스는 노름을 하지 않았다. 그보다 서투른 총사나 그보다 사교성 없는 손님은 어디에서도 찾아볼 수 없을 것이다. 그는 공부밖에 몰랐다. 회식 자리에서 모두 얼근히 취해서 대화가 한창 무르익고 있을 때, 그래서 앞으로 두세 시간은 회식이 계속될 거라고 누구나 생각하고 있을 때, 아라미스가 시계를 보고는 상냥한 미소를 지으며 어느 신학자와 만날 약속이 있어서 가봐야겠다고 말하고는 자리를 먼저 뜰 때도 있었다. 또 어떤 때는 논문을 쓰기 위해 집으로 돌아가면서, 자기를 방해하지 말라고 친구들에게 부탁하기도 했다.

그러면 아토스는 고상한 얼굴에 잘 어울리는 그 매력적이고 우울한 미소를 지었고, 포르토스는 아라미스가 시골 신부밖에 안 될 놈이라고 저주하면서 술잔을 기울였다.

다르타냥의 하인 플랑셰는 행운을 고상하게 누렸다. 그는 하루에 30수를 받았고, 처음 한 달 동안은 방울새처럼 쾌활하게 숙소로 돌아갔고, 주인에게도 상냥하고 부드럽게 굴었다. 그러나 포수아외르 가의 집에 역풍이 불기 시작하자, 다시 말해서 루이 13세한테 받은 돈이 바닥을 드러내자 플랑셰는 불평을 해대기 시작했다. 이런 꼴을 보고 아토스는 역겨운 짓이라 생각했고, 포르토스는 야비하고 무례한 짓이라 생각했고, 아라미스는 어처구니가 없다고 생각했다. 그래서 아토스는 다르타냥에게 그 녀석을 해고하라고 권했고, 포르토스는 우선 갈겨주고 싶어 했고, 아라미스는 주인이라면 하인으로부터 존경의 인사 말고는 어떤 말도 들을 필요가 없다고 주장했다.

"말하기는 쉽죠." 다르타냥이 말했다. "아토스 당신은 그리모한테 말을 하지 않고 또 그리모가 말하는 것도 금지하고 있으니까요. 그리고 포르토스 당신은 호화로운 생활을 하고 있고, 무스크통에게는 신과 같은 존재니까요. 그리고 아라미스 당신은 언제나 신학 공부만 하고 있어서, 온순하고 독실한 바쟁에게 깊은 존경심을 불러일으키고 있으니까요. 하지만 나는 돈도 없고 재간도 없는데, 총사도 아니고 친위대원도 아닌데, 그런 내가 어떻게 플랑셰에게 애정이나 경외심이나 존경심을 불러일으킬 수 있겠어요?"

"심각한 문제군." 세 친구가 대꾸했다. "하지만 집안 문제야. 하인을 다루는 건 여자를 다루는 거나 마찬가지지. 하인이 옆에 계속 남아 있기를 원한다면, 처음부터 꼼짝 못하게 기를 죽여놓을 필요가 있어. 곰곰이 생각해봐!"

다르타냥은 곰곰이 생각하고는 우선 플랑셰를 매질하기로 결정했다. 매사를 성실하게 처리하는 다르타냥인지라, 이 결정을 당장 실행에 옮겼다. 다르타냥은 플랑셰를 충분히 매질한 뒤, 허락도 받지 않고 하인 일을 그만두는 것을 금지했다. 그리고 이렇게 덧붙였다.

"왜냐하면, 미래가 나를 저버릴 리가 없기 때문이지. 나한테도 좋은 시절이 올 거야. 그러니 내 곁에 머물러 있으면 너한테도 행운이 올 거야. 나를 떠나면 행운을 놓치게 돼. 나는 워낙 마음 좋은 주인이라서, 네가 행운을 놓치게 내버려둘 수가 없어."

총사들은 다르타냥의 이런 행동을 보고 그의 수완에 감탄했다. 플랑셰도 감복하여, 다시는 하인을 그만두겠다는 말을 하지 않았다.

네 젊은이의 생활은 어슷비슷했다. 다르타냥은 시골에서 올라와 낯선 세계에 떨어졌기 때문에 아직 습관이 생기지 않았고, 그래서 친구들의 습관에 금세 물들었다.

겨울에는 여덟 시쯤, 여름에는 여섯 시쯤 일어나, 트레빌의 집에 가서 그날의 훈령을 받거나 상황 설명을 들었다. 다르타냥은 총사가 아니었지만, 감동적일 만큼 꼼꼼하게 총사의 임무를 수행했다. 세 친구 가운데 한 사람이 근무에 나서면 반드시 동행했기 때문에 다르타냥은 항상 근무를 서는 셈이었다. 그래서 총사들에게도 얼굴이 알려졌고, 모두 그를 좋은 동료로 여기게 되었다. 첫눈에 그를 높이 평가했고 진심으로 아끼는 트레빌은 기회가 있을 때마다 그를 왕에게 천거했다.

삼총사도 이 젊은 친구를 무척 아끼고 사랑했다. 네 사람은 깊은 우정으로 묶여 있었고, 결투나 용무나 놀이를 위해 하루에도 서너 번은 만날 필요가 있었기 때문에 늘 그림자처럼 붙어 다녔다. 뤽상부르와 생쉴피스 광장 사이, 또는 비외콜롱비에 가와 뤽상부르 사이에 가면 서로 찾아다니는 그들의 모습을 자주 볼 수 있었다.

그러는 동안에도 트레빌의 약속은 진척되고 있었다. 하루는 왕이 에사르에게 명을 내려, 다르타냥을 그가 지휘하는 근위대에 수습으로 받아들이게 했다. 다르타냥은 근위대 제복을 입으면서 한숨을 내쉬었다. 그것을 총사대 제복으로 바꿀 수만 있다면 수명이 10년쯤 줄어도 좋다고 생각했다. 하지만 트레빌은 2년의 수습 기간이 지나면 총사대에 넣어주겠다. 게다가 그동안 다르타냥이 왕을 위해 공을 세우면 그 기간은 단축될 수도 있다고 약속했다. 다르타냥은 이 약속을 믿고 물러갔다. 이튿날부터 그의 근위대원 생활이 시작되었다.

이제는 다르타냥이 근무할 때 아토스와 포르토스와 아라미스가 함께 보초를 설 차례였다. 따라서 에사르 근위대는 다르타냥을 대원으로 받아들인 날, 한 사람이 아니라 네 사람의 대원을 얻은 셈이 되었다.

제8장
궁정의 음모

왕이 하사한 40피스톨도, 이 세상 만물이 다 그렇듯이 시작이 있었으니 끝도 있었다. 그런데 그 끝이 오자 네 친구는 심한 곤경에 빠졌다. 처음에는 아토스가 자기 돈으로 한동안 네 사람의 생활을 꾸려나갔다. 다음에는 포르토스가 이제는 모두에게 익숙해진 그 '잠적'의 기술을 발휘한 덕분에 보름 동안 생활비를 조달할 수 있었다. 끝으로 아라미스의 차례가 왔고, 그는 기꺼이 그 요구에 응했다. 그의 말에 따르면 신학 서적 몇 권을 팔아서 몇 피스톨을 손에 넣었다고 한다.

그 돈이 다 떨어지자 그들은 여느 때처럼 트레빌에게 도움을 청했다. 트레빌은 그들의 급료를 가불해주었다. 하지만 삼총사는 이미 외상과 빚이 많았고, 근위대원이 된 다르타냥은 아직 외상이나 빚은 없었지만, 이번에 가불한 돈으로는 네 사람이 오래 버틸 수 없었다.

마침내 돈이 곧 바닥나리라는 것을 깨닫자, 그들은 마지막으로 10피스톨쯤 그러모아, 이 돈으로 포르토스가 노름을 했다. 그러나 불행하게도 운이 나빴다. 그래서 밑천을 모두 잃었고, 게다가 25피스톨의 빚까지 지고 말았다.

그러자 곤경은 진짜 고통으로 바뀌었다. 굶주린 그들은 하인을 거느리고 부두와 근위대 막사를 돌아다니며 다른 친구들에게 음식을 얻어먹었다. 아라미스의 말에 따르면, 풍족할 때 여기저기 씨를 뿌리듯 사람들에게 한턱을 내두면 어려울 때 그것을 수확할 수 있었다.

아토스는 네 번 저녁 식사에 초대를 받았고, 그때마다 친구들과 하인들까지 모두 데리고 갔다. 포르토스는 여섯 번 저녁 식사에 초대를 받았고, 친구들도 데리고 가서 식사를 즐기게 해주었다. 아라미스는 여덟 번 초대를 받았는데, 이미 알아차렸겠지만, 아라미스는 말수는 적고 일은 많이 하는 남자였다.

다르타냥은 아직 파리에 아는 사람이 하나도 없었기 때문에, 그의 고향 출신 성직자에게 초콜릿을 마시는 아침 식사에 한 번 초대되었고 근위기병대 기수에게 저녁 식사 초대를 받은 것이 전부였다. 그도 친구들과 하인들까지 모두 데려갔고, 그들은 성직자의 두 달치 초콜릿을 먹어치웠다. 기병대 기수는 진수성찬을 대접했지만, 플랑셰의 말마따나 사람은 아무리 많이 먹어도 한 번에 한 끼밖에는 먹을 수 없는 법이다.

성직자가 대접한 아침 식사는 한 끼가 아니라 반 끼로 계산할 수밖에 없었기 때문에, 다르타냥은 아토스와 포르토스와 아라미스가 여러 차례 마련해준 진수성찬의 대가로 한 끼 반밖에 제공하지 못한 것을 부끄럽게 여겼다. 그는 젊은이답게 성실한 구석이 있어서, 자기가 친구들을 한 달 동안 먹여 살린 것은 까맣게 잊고, 친구들에게 폐만 끼치고 있다고 느꼈다. 걱정이 된 그는 머리를 활발하게 움직이기 시작했다. 젊고 용감하고 적극적인 네 사나이가 똘똘 뭉쳤는데, 기껏해야 산책길을 으스대며 돌아다니고 검술이나 배우고 농담이나 던질 것이 아니라 뭔가 다른 목표를 가져야겠다고 생각했다.

돈은 물론이고 목숨까지도 서로 바칠 수 있는 네 사나이, 언제나 서로 돕고, 결코 물러날 줄 모르고, 함께 약속한 일은 혼자서든 넷이서든 기어이 해내고야 마는 네 사나이, 때로는 사방을 위협하고 때로는 한 점을 집중 공격하는 네 개의 팔—이런 네 사나이가 뭉쳐 있는 이상, 그들이 이루려는 목표가 아무리 멀리 있고 장애물이 많다 할지라도, 은밀하게든 공공연하게든, 갱도를 이용하든 참호를 이용하든, 책략을 쓰든 폭력을 쓰든, 그 목표는 성취될 수밖에 없다. 다르타냥이 놀란 것은 친구들 가운데 어느 누구도 이런 생각을 하지 않았다는 점이다.

다르타냥은 네 배로 강해진 하나의 힘이 나아갈 방향을 찾기 위해 진지하게 머리를 짜냈다. 그 힘만 있으면 아르키메데스*가 찾던 지렛대처럼 지구도 들어 올릴 수 있을 터였다. 그가 이런 생각에 잠겨 있을 때 누군가가 조용히 문을 두드렸다. 다르타냥은 플랑셰를 깨워 문을 열라고 일렀다.

'다르타냥은 플랑셰를 깨웠다'는 문장을 보고, 지금이 밤이고 아직 낮이 오지 않았다고 지레짐작하면 안 된다. 사실은 시계가 오후 네 시를 알린 참이었다! 두 시간 전에 플랑셰가 와서 주인에게 점심을 달라고 하자, 다르타냥은 '자는 것이 먹는 것'이라는 속담으로 대답을 대신했다. 그래서 플랑셰는 잠을 자는 것으로 식사를 대신하고 있었다.

한 남자가 플랑셰의 안내를 받아 들어왔다. 소탈한 태도에 상인 같은 분위기를 가진 남자였다.

플랑셰는 디저트를 먹는 셈치고 두 사람의 대화를 듣고 싶었지만, 상인은 자기가 할 말이 매우 중요하고 은밀한 것이기 때문에 단둘이 있고 싶다고 다르타냥에게 말했다.

다르타냥은 플랑셰를 내보내고 손님에게 자리를 권했다.

한동안 두 남자는 상대를 살피듯 말없이 마주보고 있다가, 이윽고 다르타냥이 이야기를 듣겠다는 표시로 고개를 까딱했다.

"대단히 용감한 젊은이라고 들었습니다." 상인이 말했다. "이런 평판을 듣고, 비밀을 하나 털어놓고 싶어서 왔습니다."

"말씀하세요." 다르타냥이 말했다. 그는 본능적으로 좋은 일일 거라는 예감이 들었다.

상인이 잠깐 사이를 두었다가 말을 이었다.

"내 아내가 왕비님의 속옷 담당 시녀인데, 머리도 나쁘지 않고 용모도 빠지지 않는 편입니다. 나와 결혼한 지 이제 곧 3년이 되는데, 지참금은 별로 없었지만, 왕비님의 망토 시종인 라 포르트 씨*가 아내의 대부로서 돌봐주고 있기 때문에……."

"그런데요?"

"그런데 아내가 어제 아침에 작업실에서 나오다가 납치당했습니다."

"누구한테 납치당했죠?"

"확실한 것은 나도 모릅니다만, 의심이 가는 사람은 있습니다."

"그게 누굽니까?"

"오랫동안 아내를 쫓아다닌 남자인데……."

"저런!"

"하지만 솔직히 말하면 이 사건에는 사랑보다 정치가 더 많이 관련되어 있다고 확신합니다."

"사랑보다 정치라……." 다르타냥이 생각에 잠긴 태도로 말을 이었다. "그래서 당신은 어떻게 생각하십니까?"

"내 생각을 말해야 할지 어떨지……."

"이보세요, 내가 당신에게 무엇을 요구하고 있는 게 아니잖아요. 당신이 나를 찾아온 겁니다. 나한테 비밀을 털어놓고 싶어서 찾아왔다고 말한 것도 당신이고요. 좋을 대로 하세요. 아직 돌아갈 기회는 있으니까."

"아, 아닙니다. 당신은 성실한 젊은이인 것 같으니까 당신을 믿겠습니다. 내 아내는 자신의 연애 때문이 아니라 자기보다 지위가 높은 어떤 귀부인의 연애 때문에 납치당한 것 같습니다."

"아하! 그럼 부아-트라시 부인의 연애 때문일까요?" 다르타냥은 궁정 사정에 밝은 체하고 싶어서 말했다.

"그보다 더 높은 분입니다."

"그럼 에귀용 부인인가?"

"더 높습니다."

"슈브뢰즈 부인?"

"더 높아요. 훨씬 높습니다."

"그렇다면……." 다르타냥이 입을 다물었다.

"예, 그렇습니다." 상인이 겁먹은 얼굴에 낮은 목소리로 대답했다.

"그럼 상대는?"

"누구겠습니까? 그 공작 말고……."

"그 공작?"

"예!" 상인이 더욱 소리를 낮추어 대답했다.

"그런데 그걸 어떻게 아십니까?"

"어떻게 아느냐고요?"

"그래요. 어떻게 아시죠? 어중간하게 일부만 털어놓을 거면 아예 그만두세요."

"아내한테 들어서 알고 있습니다. 아내한테 직접 들었지요."

"부인은 누구한테 들었나요?"

"라 포르트 씨한테 들었답니다. 아까도 말씀드렸듯이 아내는 왕비님의 심복인 라 포르트 씨의 대녀거든요. 가엾은 왕비님은 폐하로부터 버림을 받고, 추기경에게는 염탐을 당하고, 모든 사람에게 배신을 당했지만, 하다못해 한 사람 정도는 믿을 만한 사람을 곁에 둘 수 있도록 라 포르트 씨가 내 아내를 왕비님의 측근에 두었답니다."

"아하! 이제야 윤곽이 잡히는군요." 다르타냥이 말했다.

"그런데 아내가 나흘 전에 집에 왔습니다. 일주일에 두 번은 나를 만나러 집에 온다는 것이 아내가 궁전에 들어갈 때 제시한 조건이었지요. 내 입으로 말하기는 뭣하지만, 아내는 나를 무척 사랑하거든요. 아내가 집에 와서 털어놓기를, 왕비님이 요즘 큰 두려움에 사로잡혀 계시다고 하더군요."

"그래요?"

"그렇습니다. 추기경이 왕비님을 뒷조사하는 등, 어느 때보다도 심하게 괴롭히고 있는 모양이에요. 추기경은 사라반드 사건 때문에 왕비님을 용서하지 않는 것 같습니다. 사라반드 사건에 대해서는 아시지요?"

"그럼요!" 다르타냥은 사실 아무것도 몰랐지만, 아는 체하고 싶어서 그렇게 대답했다.

"그래서 이제는 단순히 미워하는 정도가 아니라 복수하려고 드는 모양이에요."

"그래요?"

"왕비님은 생각하시기를……."

"그래, 왕비님은 어떻게 생각하시죠?"

"누군가가 왕비님의 이름으로 버킹엄 공작에게 편지를 보냈다고 생각하십니다."

"왕비님의 이름으로?"

"예. 공작을 파리로 오게 하려고요. 그리고 공작이 일단 파리에 오면 함정에 빠뜨리려는 거지요."

"저런! 하지만 부인이 이 일과 무슨 관계가 있다는 겁니까?"

"아내가 왕비님께 헌신적이라는 것은 잘 알려져 있습니다. 그래서 놈들은 아내를 왕비님한테서 멀리 떼어놓거나, 아내를 협박해서 왕비님의 비밀을 캐내거나, 아니면 아내를 포섭해서 밀정으로 이용하려는 것이겠죠."

"그럴듯한 얘기군요. 그런데 부인을 납치한 사람을 아십니까?"

"아까도 말했듯이 의심이 가는 사람이 있습니다."

"이름이 뭐죠?"

"그건 모릅니다. 내가 아는 것은 그 사람이 추기경의 심복이고 앞잡이라는 것뿐입니다."

"얼굴은 보셨겠지요?"

"예. 언젠가 아내가 그를 가리키더군요."

"뭔가 특징이라도 있습니까?"

"그럼요! 태도가 오만한 귀족인데, 검은 머리에 피부는 까무잡잡하고 눈매가 날카롭습니다. 이가 새하얗고, 관자놀이에 흉터가 하나 있습니다."

"관자놀이에 흉터가 있다고!" 다르타냥이 외쳤다. "게다가 하얀 이, 날카로운 눈매, 까무잡잡한 피부에 검은 머리, 그리고 오만한 태도! 묑에서 나하고 결투를 벌인 상대야!"

"결투 상대였다고?"

"그래요. 하지만 이 일과는 상관이 없어요. 아니, 그렇지 않아요. 그것 때문에 일이 훨씬 간단해지겠는데요. 당신이 말한 남자가 내 결투 상대라면, 한 번에 두 가지 복수를 할 수 있게 되지요. 그런데 그놈을 어디 가면 찾을 수 있죠?"

"그건 나도 모릅니다."

"어디 사는지도 모르세요?"

"전혀 모릅니다. 어느 날 아내를 루브르까지 바래다주었는데, 아내가 궁 안으로 막 들어가려 할 때 그가 밖으로 나왔어요. 그러자 아내가 그를 가리키면서 저게 그 사람이라고 하더군요."

"저런! 저런!" 다르타냥이 중얼거렸다. "너무 막연해요. 부인이 납치되었다는 건 누구한테 들었습니까?"

"라 포르트 씨한테요."

"자세히 이야기해주던가요?"

"그분도 자세한 건 몰랐습니다."

"다른 데서도 무슨 정보를 얻지 못했나요?"

"들은 게 있긴 있습니다만……."

"그게 뭡니까?"

"하지만 그것까지 털어놓는 건 너무 경솔한 짓이 아닐까요?"

"아니, 또 시작입니까? 하지만 이번엔 물러서기에 너무 늦었어요."

"물러서지 않을 겁니다. 제기랄!" 상인은 스스로 용기를 내기 위해 욕을 내뱉으면서 외쳤다. "이 보나시외의 명예를 걸고……."

"성함이 보나시외군요?"

"예, 그렇습니다."

"방금 '이 보나시외의 명예를 걸고'까지 말씀하셨습니다. 말을 가로막아서 죄송합니다만, 그 이름을 어디선가 들은 적이 있는 것 같아서……."

"그러실 겁니다. 이 집 주인이니까요."

"아하!" 다르타냥이 외치고는 엉거주춤 일어나서 그에게 고개를 숙였다. "이 집 주인이라고요?"

"예, 그렇습니다. 우리 집에 오신 지 석 달이 되었는데, 업무가 바쁜 탓이겠지만, 방세 내는 것을 잊으셨더군요. 그래도 나는 귀찮게 군 적이 없지요. 그러니 내 입장을 알아주시리라 생각합니다."

"물론입니다, 보나시외 씨! 그런 배려에 깊이 감사하고 있습니다. 아까도 말씀드렸듯이 내가 어떻게든 도와드릴 수만 있다면……."

"당신을 믿습니다. 믿고말고요. 아까부터 말씀드리려 했습니다만, 이 보나시외의 명예를 걸고 당신을 믿겠습니다."

"그럼 아까 시작한 이야기를 마저 끝내시죠."

상인은 주머니에서 종이 한 장을 꺼내어 다르타냥에게 건넸다.

"편지군요!"

"오늘 아침에 받은 겁니다."

다르타냥이 편지를 펼쳤지만, 햇빛이 희미해지기 시작했기 때문에 창가로 걸어갔다. 보나시외도 그를 따라갔다.

"부인을 찾지 마라." 다르타냥이 소리 내어 읽었다. "데리고 있을 필요가 없어지면 돌려보내겠다. 찾으려는 기색만 보여도 당신은 파멸할 것이다."

"아주 직설적인데요." 다르타냥이 말을 이었다. "하지만 결국은 협박에 불과합니다."

"하지만 나는 그 협박이 두렵습니다. 나는 검객도 아니고, 바스티유 감옥도 겁나는군요."

"흐음! 바스티유는 나도 좋아하지 않아요. 칼싸움으로 해결할 수 있는 문제라면 모르지만……."

"당신이라면 해결해줄 수 있을 거라고 믿었습니다."

"그래요?"

"당신이 늘 당당한 총사들에게 둘러싸여 있는 것을 보았고, 그 총사들이 트레빌 씨의 부하이고 따라서 추기경의 적이라는 것도 알았기 때문에, 당신과 친구들이라면 왕비님 편에서 추기경에게 골탕 먹이는 것을 좋아할 거라고 생각했지요."

"그야 물론이지요."

"게다가 당신은 석 달치 방세를 빚지고 있으니까, 물론 나는 독촉한 적이 없지만……."

"예, 예, 당신은 벌써 그 이유를 말씀하셨지요. 정말 훌륭하다고 생각합니다."

"게다가 당신이 우리 집에 살고 있는 한, 앞으로도 방세 이야기는 꺼내지 않을 생각이고……."

"아주 좋습니다."

"거기에다가 필요하다면 50피스톨을 드릴 작정입니다. 설마 그럴 리는 없겠지만, 혹시라도 지금 경제적으로 형편이 어려우시다면 말입니다."

"우와, 굉장한데요! 그러니까 당신은 부자로군요, 보나시외 씨?"

"좀 넉넉하게 살고 있는 정도지요. 잡화점 수입도 있고, 무엇보다도 저 유명한 항해가 장 모케*의 최근 항해에 투자한 덕에 2, 3천 에퀴를 벌었습니다. 그래서 아시다시피…… 아니! 그런데……." 보나시외가 외쳤다.

"왜 그러세요?" 다르타냥이 물었다.

"저기 보이는 게 뭐죠?"

"어디요?"

"저 창문 건너편, 저 집 문 앞에, 망토를 걸친 남자……."

"그놈이다!" 다르타냥과 보나시외가 동시에 그를 알아보고 소리를 질렀다.

"이번엔 절대 놓치지 않겠어." 다르타냥은 칼이 놓여 있는 곳으로 달려가면서 외쳤다. 그러고는 칼을 빼들고 밖으로 뛰쳐나갔다.

다르타냥은 계단에서 아토스와 포르토스를 만났다. 그들은 때마침 다르타냥을 만나러 온 길이었다. 두 사람이 좌우로 갈라지자 다르타냥은 화살처럼 둘 사이를 뚫고 지나갔다.

"아니! 도대체 어딜 그렇게 급히 뛰어가나?" 두 총사가 뒤에서 외쳤다.

"묑에서 만난 그놈이에요!" 다르타냥이 대답하고는 사라져 버렸다.

다르타냥은 그 미지의 사내에 얽힌 사건과 그가 중요한 용건을 부탁하던 아름다운 여자 여행자에 관해서 친구들에게 여러 번 이야기했다.

아토스는 다르타냥이 난투를 벌이는 도중에 소개장을 잃어버렸을 거라고 생각했다. 그의 말에 따르면, 어엿한 귀족—다르타냥이 묘사한 풍채로 미루어보면 그 미지의 사내는 귀족임이 분명했다—이 남의 편지를 훔치는 따위의 비열한 짓을 할 리가 없다는 것이었다.

포르토스는 그것이 귀부인과 기사의 밀회에 불과하다고, 다르타냥과 그의 누런 말이 나타나 방해가 되었을 거라고 주장했다.

아라미스는 그런 수수께끼 같은 일에는 깊이 파고들지 않는 게 좋다고 말했다.

그래서 아토스와 포르토스는 다르타냥이 방금 던지고 간 말을 듣고 곧 사정을 알아차렸다. 다르타냥이 그 사내를 붙잡든

놓치든 결국은 집으로 돌아올 거라고 생각했기 때문에 계속 계
단을 올라갔다.

그들이 다르타냥의 방으로 들어가 보니, 방은 텅 비어 있었
다. 집주인은 젊은 근위대원과 미지의 사내가 만나면—다르타
냥이 좀 전에 보여준 성격으로도 짐작할 수 있듯이—한바탕 소
동이 벌어질 게 뻔하다고 생각했고, 그 결과가 두려워 달아나
버린 것이다.

제9장
다르타냥이 두각을 나타내다

아토스와 포르토스가 예상했던 대로 다르타냥은 30분쯤 뒤에 돌아왔다. 이번에도 그 미지의 사내를 놓친 것이다. 사내는 마법이라도 부린 것처럼 사라져버렸다. 다르타냥은 칼을 손에 쥔 채 근처 거리를 여기저기 뛰어다녔지만, 그가 찾고 있는 사내와 비슷한 사람은 눈에 띄지 않았다. 그래서 마침내—처음부터 그랬으면 좋았을 테지만—다르타냥은 사내가 기대고 섰던 문으로 가서 열 번쯤 두드렸지만 아무 응답이 없었다. 문 두드리는 소리를 듣고 이웃집 사람들이 자기네 현관으로 달려오거나 창문 밖으로 얼굴을 내밀었는데, 그 집은 문과 창문이 모두 닫혀 있으며 반년 전부터 아무도 살지 않는다는 것이었다.

다르타냥이 길거리를 뛰어다니고 문을 두드리는 사이에 아라미스도 다르타냥의 집에 도착해 있었기 때문에, 다르타냥이 집에 돌아오자 네 친구가 모두 한자리에 모이게 되었다.

"어떻게 됐나?" 다르타냥이 들어오는 것을 보고 삼총사가 물었다. 다르타냥의 이마에는 땀방울이 맺혀 있고 얼굴은 분노로 일그러져 있었다.

"놓쳤어요!" 다르타냥이 칼을 침대에 내던지면서 외쳤다. "그놈은 악마가 분명해요! 귀신처럼, 그림자처럼, 유령처럼 사라져버렸다니까요."

"자네는 유령이 존재한다고 생각하나?" 아토스가 포르토스에게 물었다.

"나는 내 눈으로 본 것만 믿어. 그런데 유령은 본 적이 없으니까 믿지 않지."

그러자 아라미스가 말했다.

"성서에서는 유령의 존재를 믿으라고 하고 있어. 예를 들면 사무엘의 유령*이 사울 앞에 나타났었지. 유령도 신앙의 한 가지야. 그런데 그걸 의심하다니 유감이군, 포르토스."

"사람이든 악마든, 육신이든 망령이든, 환상이든 실체든, 어쨌든 그자는 나를 저주하기 위해 태어난 놈이에요. 그놈이 달아난 덕분에 모처럼 좋은 돈벌이 기회를 놓쳐버렸으니까요. 최소한 백 피스톨은 벌 수 있는 일이었는데."

"그게 무슨 일인데?" 포르토스와 아라미스가 동시에 물었다.

아토스는 여느 때처럼 침묵을 지키면서 궁금한 눈빛으로 다르타냥을 바라볼 뿐이었다.

"플랑셰." 다르타냥이 대화를 조금이라도 엿들으려고 반쯤 열린 문틈으로 고개를 내민 하인에게 말했다. "아래층에 내려가서 집주인 보나시외 씨에게 보장시외 여섯 병만 올려 보내라고 해. 그게 내가 제일 좋아하는 포도주니까."

"그럼 자네는 집주인과 외상을 텄군?" 포르토스가 물었다.

"예, 오늘부터 텄어요. 하지만 걱정 마세요. 술이 안 좋으면 다른 걸 가져오게 할 테니까."

"이용은 하되 남용은 하지 마라." 아라미스가 설교조로 말했다.

"내가 늘 말했지. 다르타냥이 우리 넷 중에 제일 머리가 좋다고." 아토스가 말했다. 다르타냥이 고개를 숙여 답례하자, 아토스는 다시금 여느 때의 침묵 속으로 빠져들었다.

"그런데 도대체 어떻게 된 거야?" 포르토스가 물었다.

"그래. 무슨 일인지 털어놔봐." 아라미스가 말했다. "여자의 명예가 관련되어 있다면 비밀을 지키는 게 좋겠지만."

"걱정 마세요." 다르타냥이 대답했다. "이 이야기는 누구의 명예도 손상하지 않을 테니까요."

그러고는 집주인과 대화한 내용을 친구들에게 전하고, 집주인의 아내를 납치한 자가 프랑 뫼니에 여관에서 싸운 사내와 동일 인물이라고 말했다.

"그거 나쁘지 않은 거래로군." 아토스가 미식가답게 포도주를 한 모금 맛보고는 괜찮다는 뜻으로 고개를 끄덕이면서 말했다. "집주인에게 적어도 5, 60피스톨은 받을 수 있을 거야. 그런데 문제는 그 돈에 우리 네 사람의 목숨을 걸 만한 가치가 있을까 하는 점이야."

"하지만 명심하세요." 다르타냥이 외쳤다. "이 일에는 한 여자가 관련되어 있다고요. 납치당한 여자 말입니다. 그 여자는 위협을 받고 있을지 몰라요. 어쩌면 고문당하고 있을지도 모르고요. 주인을 성심껏 모신다는 이유만으로!"

"조심하게, 다르타냥. 조심해." 아라미스가 말했다. "내가 보기에 자네는 보나시외 부인의 운명에 대해 좀 지나치게 흥분하고 있어. 여자란 우리 남자를 파멸시키기 위해 창조된 존재야. 우리 남자들의 불행은 모두 여자들 때문이지."

아라미스의 이 말에 아토스는 얼굴을 찌푸리며 입술을 깨물 었다.

"내가 걱정하는 건 보나시외 부인이 아니에요." 다르타냥이 외쳤다. "폐하께 버림받고, 추기경에게 박해당하고, 친구들 목 이 차례로 떨어지는 것을 지켜본 왕비님이 걱정이라고요."

"무엇 때문에 왕비님은 우리가 세상에서 제일 싫어하는 스 페인 사람과 영국 사람들을 그렇게 좋아하는 거야?"

"스페인은 왕비님의 고국이잖아요." 다르타냥이 대답했다. "그러니까 왕비님이 동포인 스페인 사람들을 좋아하는 건 당 연하죠. 왕비님이 영국 사람들을 좋아한다고 비난하지만, 내가 듣기로는 영국 사람을 다 좋아하는 게 아니라 어떤 한 남자를 사랑하는 거라더군요."

"그 영국 남자는 왕비님의 사랑을 받을 만해. 그 점은 인정 해야 돼! 나는 그렇게 풍채가 좋은 사람을 본 적이 없어." 아토 스가 말했다.

"옷차림이 남다른 건 말할 나위도 없지." 포르토스가 말했 다. "나는 그 사람이 루브르 궁에서 진주를 뿌리던 날 마침 그 자리에 있었는데, 그때 주운 진주 두 알을 하나에 10피스톨씩 받고 팔았다니까. 아라미스, 자네는 그 사람을 아나?"

"알고말고. 나는 아미앵의 정원에서 그를 체포한 사람들 중 의 하나였어. 왕비님의 시종인 퓌탕주 씨*가 나를 거기에 데려 갔지. 그 무렵 나는 신학교에 다니고 있었는데, 내가 보기에도 폐하께는 정말 잔인한 사건이었어."

"그래도 나는 버킹엄 공작이 있는 곳을 알기만 한다면 공작 의 손을 잡고 왕비님께 데려갈 거예요. 추기경이 격분해도 상 관없어요." 다르타냥이 말했다. "우리의 진정한 적, 유일하고 영원한 적은 바로 추기경이니까요. 추기경을 혼내줄 수만 있다면 목이라도 걸겠어요."

"그런데 다르타냥……" 아토스가 말했다. "이 집 주인이 자네한테 말했다고 했지? 왕비님은 누군가가 가짜 편지로 버킹엄을 오게 했다고 생각하신다고?"

"그렇게 생각하시는 것 같아요."

"잠깐만 기다려." 아라미스가 말했다.

"뭔데?" 포르토스가 물었다.

"잠깐만. 짐작 가는 데가 있어서, 자세한 사정을 생각해내려고 애쓰는 중이야."

"이젠 나도 확신해요." 다르타냥이 말했다. "왕비님의 시녀가 납치된 것은 지금 우리가 이야기하고 있는 사건과 관련이 있고, 아마 버킹엄 공작이 파리에 온 일과도 관련이 있을 거라고 말입니다."

"가스코뉴 사람은 상상력이 풍부하다니까." 포르토스가 감탄했다.

"나는 다르타냥이 말하는 걸 듣는 게 좋아. 말투가 재미있거든." 아토스가 말했다.

"모두 내 얘기를 들어봐." 아라미스가 말했다.

"그래, 말해." 세 친구가 말했다.

"어제 신학박사 한 분을 만났는데, 공부 문제로 이따금 만나뵙고 상담하는 분이야."

아토스가 빙긋 웃었다.

"그분은 외딴 곳에 살고 있지. 취향 때문이기도 하고, 직업상 필요하기 때문이기도 해. 그런데 내가 그 집에서 나오려고 할 때……."

여기서 아라미스가 말을 끊었다.

"그런데?" 세 친구가 물었다. "그 집에서 막 나오려 할 때 무슨 일이 있었지?"

아라미스는 한창 거짓말을 하고 있다가 예기치 않은 장애로 말문이 막혀버린 사람처럼, 자기 자신과 싸우고 있는 듯했다. 하지만 세 친구가 자신을 뚫어지게 바라보고 있고 귀를 활짝 열고 그의 말을 기다리고 있었기 때문에, 이제 와서 물러설 수도 없었다.

"박사에게는 조카딸이 하나 있는데⋯⋯." 아라미스가 말을 계속했다.

"아! 조카딸이 있구나!" 포르토스가 끼어들었다.

"아주 훌륭한 아가씨야." 아라미스가 말했다.

세 친구가 깔깔 웃기 시작했다.

"웃거나 내 말을 의심하면 이야기를 그만두겠어!" 아라미스가 말했다.

"무슬림처럼 무조건 믿고, 관처럼 입을 다물고 있을게." 아토스가 말했다.

"그럼 계속할게." 아라미스가 말을 이었다. "그 조카딸이 종종 삼촌을 만나러 오는데, 어제 내가 갔을 때 마침 그 여자도 와 있었어. 그래서 내가 그 여자를 마차까지 바래다주어야 했지."

"아하, 박사의 조카딸은 마차를 가지고 있군, 그래?" 포르토스가 또 끼어들었다. 하고 싶은 말은 참지 못하는 게 그의 결점 중 하나였다. "좋은 여자를 알고 있네."

"포르토스." 아라미스가 말했다. "이미 여러 차례 지적했지만, 자네는 입이 너무 가벼워. 그래서 여자관계가 순조롭지 못한 거야."

"자, 여러분." 사건의 진상을 알 것 같은 다르타냥이 외쳤다. "이건 중요한 일입니다. 가능하면 농담은 그만둡시다. 아라미스, 어서 계속하세요."

"그때 갑자기 키가 훤칠하고 검은 머리에 귀족 같은 태도를 가진 남자가…… 그러니까 다르타냥, 자네가 찾고 있는 사내와 아주 비슷한 남자가……."

"아마 같은 사람일지도 몰라요." 다르타냥이 말했다.

"그럴지도 모르지." 아라미스가 말을 이었다. "그가 나한테 다가왔어. 대여섯 명이 열 걸음쯤 뒤에서 따라오고 있었지. 그 사람은 아주 정중한 말투로 내게 '공작님' 하더니, 내 팔을 잡고 있는 여자를 돌아보며 '그리고 부인께서도……'."

"박사의 조카딸에게?"

"좀 잠자코 있게, 포르토스. 왜 자꾸 그러나?" 아토스가 말했다.

"'……이 마차에 오르시지요. 저항하거나 떠들지 말고 조용히' 하고 말하더라고."

"아라미스를 버킹엄 공작으로 착각한 거군요?" 다르타냥이 외쳤다.

"그런 것 같아." 아라미스가 대답했다.

"하지만 여자는?" 포르토스가 물었다.

"왕비님으로 착각한 거예요!" 다르타냥이 말했다.

"맞았어." 아라미스가 말했다.

"이 가스코뉴 녀석은 정말 대단해!" 아토스가 외쳤다. "아무것도 놓치는 게 없어!"

"사실 아라미스는 그 잘생긴 공작과 몸집도 같고 풍채도 비슷해." 포르토스가 말했다. "하지만 총사 제복을 입고 있었을 텐데…….”

“커다란 망토를 걸치고 있었어.” 아라미스가 말했다.

“7월에 망토라니!” 포르토스가 말했다. “박사는 자네가 오는 게 남에게 알려지면 곤란한 모양이지?”

“그 밀정이 체격을 보고 착각한 것은 이해할 수 있지만 얼굴은…….” 아토스가 말했다.

“커다란 모자를 쓰고 있었거든.” 아라미스가 말했다.

“맙소사!” 포르토스가 외쳤다. “신학을 연구하려면 그런 조심성이 필요한 모양이지?”

“자, 여러분.” 다르타냥이 말했다. “쓸데없는 농담으로 시간을 낭비하지 맙시다. 모두 흩어져서 상인의 아내를 찾도록 합시다. 그게 이 사건의 열쇠예요.”

“그렇게 신분이 낮은 여자가? 다르타냥, 자네는 정말로 그렇게 생각하나?” 포르토스가 경멸하듯 입술을 내밀면서 말했다.

“왕비님의 신임을 받는 라 포르트 씨가 그 여자의 대부라니까요. 아까 내가 말하지 않았나요? 게다가 왕비님이 이번에 그렇게 신분이 낮은 사람들에게 도움을 청하신 건 여러 가지를 고려한 결과일 거예요. 신분이 높은 사람은 멀리서도 금방 눈에 띄고, 추기경은 워낙 눈이 밝은 사람이잖아요.”

“그렇다면 먼저 잡화점 주인과 흥정을 해봐.” 포르토스가 말했다. “대가를 충분히 받아야지!”

“그럴 필요 없어요.” 다르타냥이 말했다. “설령 그 사람이 보수를 주지 않더라도 다른 데서 충분히 받아낼 수 있을 테니까요.”

그때 계단을 서둘러 올라오는 발소리가 들리더니 문이 쾅 소리를 내며 열리고, 상인이 방 안으로 뛰어들었다.

"아이고, 나리들!" 그가 외쳤다. "제발 저를 구해주세요! 제발 구해주세요! 네 사람이 저를 잡으러 왔습니다. 제발 저를 구해주세요!"

포르토스와 아라미스가 일어섰다.

"잠깐만요." 그들이 반쯤 뺀 칼을 칼집에 도로 넣으라는 몸짓을 하면서 다르타냥이 외쳤다. "잠깐만요. 지금 필요한 건 용기가 아니라 신중함이에요."

"그래도 그냥 내버려둘 수는⋯⋯." 포르토스가 외쳤다.

"다르타냥이 하자는 대로 해." 아토스가 말했다. "다시 말하지만, 다르타냥이 우리 네 사람 중에 제일 머리가 좋아. 그러니까 나는 다르타냥의 말에 따르겠어. 다르타냥, 너 좋을 대로 해."

그 순간, 경찰 네 명이 곁방 문간에 나타났다. 그들은 네 총사가 칼을 차고 서 있는 것을 보고는 방으로 들어오기를 망설였다.

"들어오세요. 자, 모두 들어오세요." 다르타냥이 외쳤다. "여러분은 내 집에 오신 손님이고, 우리는 모두 국왕 폐하와 추기경님의 충실한 부하입니다."

"그렇다면 우리가 명령을 집행해도 반대하지 않겠지요?" 분대장으로 보이는 사내가 물었다.

"물론이지요. 필요하다면 여러분을 도와드리겠습니다."

"도대체 무슨 말을 하고 있는 거야?" 포르토스가 중얼거렸다.

"멍청하게 굴지 말고 잠자코 있어!" 아토스가 말했다.

"그렇게 약속을 해놓고⋯⋯." 가엾은 상인이 속삭였다.

"우리가 자유로워야만 당신을 구해줄 수 있어요." 다르타냥

164

이 속삭이는 소리로 얼른 대답했다. "하지만 우리가 당신을 보호하는 것처럼 행동하면 우리도 체포될 겁니다."

"하지만 제 생각에는……."

"모두 들어오세요." 다르타냥이 큰 소리로 말했다. "나는 이 사람을 보호할 이유가 전혀 없습니다. 실은 오늘 처음 만난 사람이에요. 오늘 만난 이유는 이 사람이 직접 말해주겠지만, 요컨대 나한테 방세를 받으러 온 거예요. 안 그래요, 보나시외 씨? 대답하세요!"

"그건 사실입니다만……." 상인이 외쳤다. "이 사람이 말하지 않은……."

"나에 대해서는 한마디도 하지 마세요. 내 친구들에 대해서도 말하지 말고, 특히 왕비님에 대해서는 절대 말하면 안 됩니다. 그러지 않으면 당신도 살아날 수 없을 뿐만 아니라 모든 사람을 잃게 될 거예요." 다르타냥이 상인에게 속삭이듯 말하고 나서 밖을 향해 외쳤다. "자 여러분, 모두 들어와서 이 사람을 데려가세요!"

다르타냥은 너무 놀라서 멍해진 상인을 경찰 쪽으로 밀어내면서 그에게 말했다.

"당신은 악당이야! 나한테 돈을 요구하다니. 총사인 나한테 말이야! 여러분, 이자를 감옥에 처넣으세요. 다시 말하지만, 최대한 오랫동안 가두어놓으세요. 그러면 나도 방세를 마련할 시간 여유를 얻게 될 테니까."

경찰들은 고마워하면서 사냥개처럼 우르르 몰려와 사냥감을 데리고 나갔다.

그들이 아래층으로 내려가려고 할 때, 다르타냥이 분대장의 어깨를 탁 치면서 말했다.

“어때요? 우리 서로 건배
나 한잔하지 않겠소?”

그러고는 보나시외의 선

물인 보장시 포도주를 두 잔 가득 따랐다.

“나야 영광이죠.” 분대장이 말했다. “고맙게 받겠습니다.”

“그럼 건배를! 그런데 성함이……?”

“부아르나르라고 합니다.”

"부아르나르 씨를 위하여!"

"나도 당신을 위해 건배하고 싶은데…… 성함이?"

"다르타냥입니다."

"다르타냥 씨를 위하여!"

"그리고 무엇보다도 국왕 폐하와 추기경 예하를 위하여!"
다르타냥이 열정에 사로잡힌 것처럼 외쳤다.

싸구려 포도주였다면 분대장은 아마 다르타냥의 성의를 의
심했을 테지만, 고급 포도주였기 때문에 만족했다.

분대장이 부하들에게 가고 다시 네 친구만 남게 되자 포르
토스가 말했다.

"그런데 자네 지금 무슨 짓을 한 거야? 총사가 넷이나 있으
면서, 구해달라고 도움을 청하는 사람이 눈앞에서 잡혀가는 것
을 보고만 있었다니! 명색이 귀족이라는 자가 체포영장이나 집
행하는 경찰 나부랭이와 술잔을 부딪치다니!"

"포르토스." 아라미스가 말했다. "자네가 멍청이라는 건 아
토스가 이미 알려주었지만, 나도 같은 생각이야. 다르타냥, 자
네는 정말 대단해. 자네가 트레빌 씨의 후계자가 된다면, 내가
수도원장이 되는 것을 후원해달라고 요청하겠어."

"난 정말 뭐가 뭔지 모르겠어." 포르토스가 말했다. "그러니
까 자네들은 다르타냥이 잘했다는 거야?"

"그럼 잘했지." 아토스가 말했다. "나는 다르타냥이 잘했다
고 생각할 뿐만 아니라, 일이 다르타냥의 뜻대로 된 것을 축하
하네."

"자, 여러분." 다르타냥은 자신의 행동을 포르토스에게 굳
이 설명하려고 하지도 않았다. "하나는 모두를 위하여, 모두는
하나를 위하여—이것이 우리의 좌우명이죠?"

"하지만……." 포르토스가 말했다.

"손을 잡고 맹세해!" 아토스와 아라미스가 동시에 외쳤다.

친구들이 본보기를 보이자, 포르토스도 조용히 투덜거리면서 마지못해 손을 내밀었다. 네 친구는 다르타냥이 선창한 구호를 한 목소리로 복창했다.

"하나는 모두를 위하여, 모두는 하나를 위하여."

"좋아요. 이젠 각자 집으로 돌아가세요." 다르타냥이 지금까지 줄곧 명령만 내린 사람처럼 말했다. "그리고 조심하세요. 이제부터는 추기경과 직접 맞붙게 됐으니까."

제10장
17세기의 쥐덫

쥐덫은 우리 시대의 발명품이 아니다. 사회가 형성되고 경찰제도가 만들어지자, 경찰은 쥐덫을 발명했다.

독자들은 예루살렘 가*의 은어에 익숙지 않을 것이고, 나도 글을 쓰기 시작한 지 15년 동안 이 단어를 그런 뜻으로 사용한 것은 이번이 처음이기 때문에, 쥐덫이 무엇인지 여기서 잠깐 설명하도록 하겠다.

어느 집에서 범죄 혐의자를 체포하면, 경찰은 체포 사실을 비밀에 붙인다. 그리고 네댓 명이 문간방에 잠복해 있다가 누군가가 찾아오면 안으로 들어오게 한 다음 문을 닫고 체포해버린다. 이런 식으로 사나흘 지나면 그 집에 드나드는 사람은 거의 다 체포된다.

이것이 쥐덫이다.

보나시외의 집은 쥐덫이 되었고, 그 집을 찾아온 사람은 모두 추기경의 부하들에게 체포되어 심문을 받았다. 다르타냥이 살고 있는 방은 2층이었고 뒷골목에서 들어가는 통로가 따로 마련되어 있어서, 그를 찾아온 사람들은 조사를 받지 않았다.

다르타냥의 방에 드나든 사람은 삼총사밖에 없었다. 게다가 그들은 따로따로 왔다. 그들은 각자 자기 구역에서 수색을 시작했지만 아무것도 발견하지 못했다. 아토스는 트레빌에게 물어보기까지 했다. 평소 과묵한 아토스의 이런 행동에 총사대장은 깜짝 놀랐다. 하지만 트레빌은 추기경과 왕과 왕비를 최근에 만났을 때, 추기경은 몹시 걱정스러워 보였고 왕은 심란해 보였고 왕비는 밤잠을 설쳤거나 울었는지 눈이 충혈되어 있었다는 것 말고는 아무것도 알지 못했다. 그러나 왕비는 결혼한 이래 잠을 이루지 못하거나 울 때가 많았기 때문에, 그것은 별로 놀라운 일이 아니었다.

트레빌은 어떤 경우에도 국왕 내외, 특히 왕비를 잘 섬기라고 아토스에게 일렀고, 동료들에게도 그 뜻을 전하고 당부했다.

다르타냥은 집에서 꼼짝도 하지 않았다. 그는 자신의 방을 관측소로 바꾸었다. 그의 방 창문에서는 사람들이 찾아왔다가 체포되는 것이 보였다. 바닥에서 타일을 몇 장 떼어내고 그 밑에 있는 마룻바닥에 구멍을 뚫자, 그의 방과 심문이 벌어지고 있는 아래층 사이에는 얇은 천장널만 남게 되었고, 그래서 다르타냥은 조사관과 체포된 사람들 사이에 오가는 대화를 모두 들을 수 있었다.

체포된 사람은 우선 몸을 철저히 수색당했다. 그리고 나서 심문이 시작되었는데, 거의 이런 식으로 진행되었다.

"보나시외 부인이 남편이나 다른 사람에게 전해달라고 당신에게 무언가를 맡기지 않았나?"

"보나시외 씨가 아내나 다른 사람에게 전해달라고 당신에게 무언가를 맡기지 않았나?"

"보나시외 부부가 당신에게 무언가를 털어놓지 않았나?"

'저놈들이 무언가를 알고 있다면 저런 식으로 질문하진 않을 거야.' 다르타냥이 혼잣말로 중얼거렸다. '그런데 도대체 뭘 알아내려는 것일까? 버킹엄 공작이 파리에 와 있는지, 그리고 왕비를 만났거나 아니면 만나려 하고 있는지를 알아내려는 것일까.'

다르타냥은 지금까지 엿들은 내용에 따르면 그럴 가능성도 없지 않다고 생각했다.

그러는 동안 쥐덫이 자리를 잡았고, 다르타냥의 감시도 계속되었다.

가엾은 보나시외가 체포된 이튿날 저녁, 아토스가 트레빌에게 보고하기 위해 다르타냥의 방에서 나간 뒤, 시계가 마침 아홉 시를 알리고 플랑셰가 잠자리 준비를 막 시작했을 때, 누군가가 거리 쪽으로 면한 현관문을 두드리는 소리가 들렸다. 그러자 당장 문이 열렸다가 다시 닫혔다. 누군가가 쥐덫에 걸려든 것이다.

다르타냥은 타일을 벗겨둔 곳으로 달려가서 바닥에 납작 엎드려 귀를 기울였다.

곧이어 외침 소리가 울려 퍼지고, 이어서 신음 소리가 들렸다. 그들은 그 신음 소리를 억누르려고 했다. 이것은 심문이 아니었다.

'저런! 여자인 것 같아.' 다르타냥이 중얼거렸다. '놈들은 여자의 몸을 수색하려 하고, 여자는 저항하는 게 분명해. 나쁜 놈들! 여자한테 완력을 쓰다니!'

신중한 다르타냥이 할 수 있는 일은 아래층에서 벌어지고 있는 사건에 개입하고 싶은 마음을 억누르는 것뿐이었다.

"난 이 집의 안주인이라니까요. 보나시외의 마누라란 말예요. 왕비님을 모시고 있는 시녀라고요!" 여자가 외쳐댔다.

'보나시외 부인이라고?' 다르타냥이 중얼거렸다. '다들 찾고 있던 사람이 나타나다니, 이렇게 운이 좋을 수가!'

"우리가 기다리고 있던 사람이 바로 당신이야." 조사관들이 말했다.

입이 틀어막힌 것처럼 여자의 목소리가 점점 약해졌다. 격렬한 움직임이 바닥을 울렸다. 여자는 필사적으로 네 남자에게 저항하고 있었다.

"용서해주세요. 제발⋯⋯." 여자의 목소리가 중얼거리더니, 그 후로는 잘 들리지 않았다.

"놈들이 재갈을 물렸군. 부인을 끌고 가려는 거야." 다르타냥이 용수철이라도 달린 것처럼 벌떡 일어나면서 외쳤다. "내 칼! 좋아. 여기 있군. 플랑셰!"

"예, 나리?"

"뛰어가서 아토스, 포르토스, 아라미스를 모시고 와. 적어도 한 사람은 집에 있을 거야. 어쩌면 세 사람 다 집에 있을지도 몰라. 무기를 들고 빨리 오시라고 전해. 아 참! 아토스는 트레빌 대장님께 가 있다."

"그런데 나리는 어딜 가십니까? 어딜 가시려는 거예요?"

"난 창문으로 뛰어내릴 거야." 다르타냥이 외쳤다. "그게 더 빨라. 너는 타일을 원래대로 해놓고 바닥을 정리한 다음, 문으로 나가서 아까 내가 일러준 곳으로 달려가."

"아이고 나리, 그러다간 목숨을 잃을 거예요!" 플랑셰가 외쳤다.

"바보같이 굴지 말고 조용히 해." 다르타냥이 말했다. 그러고는 두 손으로 창턱에 매달린 뒤, 2층에서 아래로 뛰어내렸다.

다행히 2층은 별로 높지 않아서 다르타냥의 몸에는 생채기 하나 나지 않았다.

그는 재빨리 일어나 문을 두드리러 갔다.

'이번에는 내가 쥐덫에 걸려들 차례야. 나 같은 쥐를 상대할 고양이들이 정말 안됐군!'

젊은이가 문을 두드리자마자 소란이 그치고 발소리가 다가왔다. 이윽고 문이 빠끔히 열렸다. 칼을 빼든 다르타냥은 보나시외의 방으로 뛰어들었다. 문은 용수철 장치가 되어 있는 듯, 뒤에서 저절로 닫혔다.

아직도 보나시외의 집에 살고 있는 사람들과 이웃집 사람들은 요란한 고함 소리와 발을 구르는 소리, 칼날이 부딪치는 소리, 가구가 부서지는 소리를 들었다. 잠시 후, 이 소동에 놀란 사람들이 무슨 일인가 하고 창가로 달려왔다. 창밖으로 얼굴을 내민 사람들은, 문이 다시 열리고 검은 옷을 입은 네 남자가 겁먹은 까마귀처럼 뛰쳐나오는 것을 보았다. 그들 뒤에는 옷에서 잘려나간 자투리와 망토 조각이 날개에서 뽑힌 깃털처럼 바닥과 탁자 모퉁이에 떨어져 있었다.

다르타냥은 별로 힘들이지 않고 승리를 거두었다. 네 명의 경찰 가운데 무기를 가진 사람은 한 명뿐이었고, 그도 형식적으로만 방어하는 시늉을 했을 뿐이기 때문이다. 다른 세 명이 의자와 걸상과 도기로 젊은이를 후려치려 한 것은 사실이지만, 다르타냥의 칼날에 상처를 입자 그만 겁을 먹고 움츠러들었다. 그들을 제압하는 데에는 10분이면 충분했다.

창문을 연 이웃 사람들은, 폭동과 소동이 일상적이었던 당시의 파리 주민 특유의 냉정한 태도로 상황을 지켜보다가, 검은 옷을 입은 네 사내가 달아나는 것을 보자 다시 창문을 닫았

173

다. 지금 당장은 사건이 마무리되었다는 것을 본능적으로 알았기 때문이다.

게다가 벌써 밤이 이슥해지고 있었다. 오늘날과 마찬가지로 당시에도 뤽상부르 일대에 사는 사람들은 일찍 잠자리에 들었다.

보나시외 부인과 단둘이 남게 된 다르타냥은 여자 쪽으로 돌아섰다. 그녀는 가엾게도 안락의자에 널브러져 반쯤 기절한 상태였다. 다르타냥은 재빠르게 여자를 살펴보았다.

스물대여섯 살쯤 된 매력적인 여자였다. 갈색 머리에 푸른 눈, 코끝이 약간 들창코였고, 희고 가지런한 이와 발그레한 볼과 유백색 피부를 갖고 있었다. 하지만 그녀를 귀부인으로 착각하게 만드는 특징은 그것뿐이었다. 손은 하얗지만 섬세하지 않았고, 발도 귀부인의 발이 아니었다. 그러나 다행히 다르타냥은 아직 그렇게 세세한 구석에는 관심이 없었다.

보나시외 부인을 살펴보다가 문득 그녀의 발치에 눈길을 던지니, 고급 아마포 손수건 한 장이 마룻바닥에 떨어져 있는 것이 보였다. 그는 버릇처럼 손수건을 집어 들고 가만히 살펴보았다. 손수건 한쪽 귀퉁이에 머리글자가 수놓아져 있었는데, 일전에 하마터면 아라미스에게 목이 잘릴 뻔한 원인이었던 문제의 손수건에서 본 것과 같은 것이었다.

아라미스와 그런 일이 있은 뒤 다르타냥은 문장이 새겨진 손수건을 경계했기 때문에, 이번에는 아무 말 않고 바닥에서 주운 손수건을 보나시외 부인의 주머니에 넣어주었다.

그때 보나시외 부인이 정신을 차렸다. 그녀는 눈을 뜨고 겁에 질린 눈으로 주위를 둘러보았다. 그리고 자기를 구해준 남자와 단둘이 있다는 것을 알자 두 손을 내밀며 방긋 웃었다. 보나시외 부인의 미소는 세상에서 가장 매력적인 것이었다.

"아, 저를 구해준 게 당신이군요. 뭐라고 감사드려야 좋을 지……."

"귀족이라면 누구나 마땅히 했을 일을 한 것뿐입니다. 조금 도 고마워하실 거 없습니다."

"아니에요. 정말 고마워요. 이 은혜는 평생 잊지 않을게요. 처음엔 그 사람들이 도둑인 줄 알았어요. 그런데 그들이 저한 테 원한 게 뭐였을까요? 그리고 남편은 왜 집에 없는지 모르겠어요."

"놈들은 도둑보다 훨씬 위험한 자들입니다. 추기경의 앞잡 이니까요. 부인의 남편인 보나시외 씨가 집에 없는 것은 어제 붙잡혀서 바스티유로 끌려갔기 때문입니다."

"남편이 바스티유에 있다고요?" 보나시외 부인이 외쳤다. "맙소사! 도대체 그이가 무슨 짓을 했는데요? 아아 가엾어라. 그이는 아무 죄도 없어요."

이렇게 말하면서도 아직 겁에 질려 있는 젊은 여자의 얼굴 에 문득 미소 같은 것이 떠올랐다.

"남편이 무슨 짓을 했느냐고요?" 다르타냥이 말했다. "부인 같은 분의 남편이 되는 행운과 불행을 동시에 가졌다는 것뿐입니다."

"그럼 당신은 알고……."

"알고 있지요. 부인이 납치당했다는 것을."

"저를 납치한 게 누구인지도 아시나요? 아시면 말씀해주세요."

"나이는 마흔 내지 마흔다섯 살, 검은 머리에 까무잡잡한 피 부, 왼쪽 관자놀이에 흉터가 있는 남자입니다."

"맞아요. 그런데 그 사람 이름은 뭐죠?"

"아, 이름요? 그건 나도 모릅니다."

"남편은 제가 납치된 걸 알고 있었나요?"

"납치한 자가 보낸 편지를 보고 알았습니다."

"그럼 제 남편은 이 사건의 원인도 짐작하고 있나요?" 보나 시외 부인이 곤혹스러운 표정으로 물었다.

"정치적인 이유 때문이라고 생각하는 듯했습니다."

"저도 처음에는 설마 했지만, 지금은 남편과 같은 생각이에요. 그럼 남편은 조금도 저를 의심하진 않았겠군요?"

"의심하기는커녕 부인이 정숙하다는 것, 그리고 무엇보다도 부인이 자기를 깊이 사랑한다는 걸 무척 자랑스럽게 여기던걸요."

그때 다시 희미한 미소가 그 아름다운 여인의 장밋빛 입술을 스쳤다.

"그런데 어떻게 도망쳐 나왔습니까?"

"놈들이 저를 혼자 남겨둔 틈을 이용했죠. 납치된 이유를 오늘 아침에야 알았어요. 그래서 침대 시트를 타고 창문으로 빠져나왔지요. 남편이 여기 있는 줄 알고 집으로 달려온 거예요."

"남편의 보호를 받으려고요?"

"그건 아니에요! 가엾게도 남편은 저를 지켜줄 만한 힘이 없어요. 그건 저도 잘 알고 있었죠. 하지만 남편은 다른 식으로 도움을 수 있을 테니까 그걸 부탁하려고 했지요."

"그게 뭔데요?"

"그건 저의 비밀이 아니라서 말씀드릴 수가 없어요."

"실례지만, 신중하게 행동할 필요가 있다는 점을 말씀드리겠습니다. 여기는 속내 이야기를 나누기에 적절한 곳이 아닌 것 같습니다. 좀 전에 쫓겨난 자들이 곧 지원병을 데리고 돌아올 거예요. 여기서 붙잡히게 되면 끝장입니다. 친구들에게 사태를 알리려고 하인을 보냈지만, 그 친구들이 과연 집에 있을지는 모르니까요."

"맞아요." 보나시외 부인이 겁먹은 얼굴로 외쳤다. "도망쳐야 돼요. 빨리 달아나야 돼요!"

"하지만 어디로 도망치죠? 어디로 달아나죠?"

"우선 이 집에서 나가요. 어디로 갈지는 그다음에 생각하고요."

젊은 두 남녀는 문도 닫지 않은 채 포수아외르 가를 빠른 걸음으로 내려간 다음, 포세무슈르프랭스 가로 구부러졌다. 그러고는 생쉴피스 광장에 이르러서야 걸음을 멈추었다.

"자, 이젠 어떡하죠?" 다르타냥이 물었다. "어디로 모셔다드릴까요?"

"솔직히 말해서, 뭐라고 대답해야 좋을지 모르겠어요." 보나시외 부인이 말했다. "원래는 남편을 통해서 라 포르트 씨에게 알릴 작정이었어요. 그러면 그분은 지난 사흘 동안 루브르에서 무슨 일이 있었는지 잘 알고 있을 테니까, 제가 궁궐에 들어가도 괜찮은지 아닌지를 알려줄 수 있을 거라고 생각했거든요."

"내가 가서 라 포르트 씨에게 알릴 수도 있습니다."

"그야 그렇겠지만, 한 가지 문제가 있어요. 남편은 루브르에서 얼굴이 알려져 있으니까 들여보내주겠지만, 당신이 가면 문을 열어주지 않을 거예요."

"하지만 루브르의 수위들 가운데 당신에게 호의적인 사람이 하나쯤은 있을 테니까, 무언가 암호 같은 게 있으면……."

보나시외 부인이 젊은이를 뚫어지게 바라보았다.

"암호를 알려드리면, 사용하신 뒤에 곧바로 잊어주실 수 있겠어요?"

"가문의 명예를 걸고 맹세하겠습니다." 다르타냥은 진정성을 의심할 수 없을 만큼 단호한 어조로 말했다.

"좋아요. 믿을게요. 당신은 정직해 보이니까요. 충성을 다하면 당신에게도 좋은 일이 있을 거예요."

"폐하를 위하고 왕비님이 기뻐하실 일이라면, 무슨 보상이 없어도 최선을 다하겠습니다." 다르타냥이 말했다. "그럼 나를 친구로 여기고 일을 맡겨주세요."

"그런데 당신이 루브르에 갔다 올 동안 저는 어디에 있으면 되죠?"

"라 포르트 씨가 부인을 데리러 갈 수 있는 집이 없을까요?"

"없어요. 저는 아무도 믿고 싶지 않아요."

"잠깐만요. 여기는 아토스의 집 근처잖아. 그래, 맞아."

"아토스가 누구죠?"

"내 친구입니다."

"하지만 그분이 집에 있다가 저를 보시면 어떡해요?"

"지금 집에 없습니다. 그리고 당신이 방으로 들어간 뒤에는 열쇠를 내가 가져갈게요."

"하지만 그분이 돌아오시면 어떡하죠?"

"돌아오지 않을 겁니다. 그리고 내가 여자를 방에 데려다놓았다고 일러두겠습니다."

"그랬다가 저에 대해 고약한 소문이라도 나면 어떡해요?"

"그게 무슨 상관입니까? 여기서는 아무도 당신을 모르고, 게다가 지금은 그런 예의를 차릴 때가 아닙니다."

"그럼 친구 분 댁으로 가요. 어디죠?"

"페루 가. 이 근처예요."

"그럼 어서 가요."

두 사람은 다시 걸음을 서둘렀다. 다르타냥이 예상했던 대로 아토스는 집에 없었다. 이 집에서는 다르타냥이 아토스의 친구라는 것을 알고 있었기 때문에, 그는 여느 때처럼 열쇠를 건네받고 2층으로 올라가, 보나시외 부인을 방으로 안내했다.

"자, 그럼 편히 계세요." 다르타냥이 말했다. "문을 안에서 잠그고, 이렇게 세 번 두드리는 소리가 들릴 때까지는 아무한테도 문을 열어주지 마세요." 그가 문을 세 번 두드려 보였다. 처음 두 번은 연속적으로 조금 강하게 두드리고, 잠깐 사이를 두었다가 가볍게 한 번 두드렸다.

"알았어요." 보나시외 부인이 대답했다. "그럼 이번에는 제가 말씀드릴게요."

"듣겠습니다."

"루브르에서 레셀 가 쪽으로 나 있는 출입문으로 가서 제르맹이란 사람을 찾으세요."

"좋습니다. 그다음엔?"

"제르맹이 무슨 일이냐고 물을 거예요. 그러면 두 마디로 대답하세요. '투르, 브뤼셀'이라고. 그러면 당신 말대로 따를 거예요."

"그에게 무슨 지시를 내려야 하죠?"

"왕비님의 시종인 라 포르트 씨를 불러달라고 하세요."

"라 포르트 씨가 오면?"

"그분을 저한테 보내세요."

"좋습니다. 하지만 어디서, 어떻게 하면 당신을 다시 만날 수 있을까요?"

"저를 다시 만나고 싶으세요?"

"물론입니다."

"그렇다면 그건 저한테 맡겨주세요. 걱정하지 마시고."

"그 말을 믿겠습니다."

"믿어도 돼요."

다르타냥은 보나시외 부인에게 인사를 하면서, 그 매력적인
모습에 연모의 눈길을 던졌다. 그가 아래층으로 내려올 때, 등
뒤에서 문이 닫히고 자물쇠가 두 번 돌아가는 소리가 들렸다.

그는 껑충껑충 뛰어서 루브르에 도착했다. 레셸 가 쪽 출입문으로 들어갈 때, 시계가 열 시를 알렸다. 지금까지의 모든 사건이 불과 30분 사이에 일어난 일이었다.

모든 일이 보나시외 부인이 말한 대로 진행되었다. 다르타냥이 정해진 암호를 말하자 제르맹은 고개를 끄덕였다. 10분 뒤에 라 포르트 씨가 경비실로 들어왔다. 다르타냥은 사정을 간단히 설명하고 보나시외 부인이 있는 곳을 알려주었다. 라 포르트 씨는 주소를 두 번 확인하고 나서 경비실에서 뛰쳐나갔다. 하지만 열 걸음도 가기 전에 돌아왔다.

"젊은이, 충고 한마디만 하겠네."

"뭔데요?"

"이번 일로 자네가 난처한 지경에 빠질 수도 있어."

"그렇게 생각하세요?"

"그래. 혹시 친구들 가운데 늦은 시계를 가진 사람이 없을까?"

"그래서요?"

"지금 당장 그 친구를 찾아가서, 자네가 아홉 시 반에 그 집에 있었다는 걸 증언할 수 있도록 해두게. 법정에서는 이것을 알리바이라고 하지."

다르타냥은 분별 있는 충고라고 생각했다. 그래서 급히 발길을 돌려 트레빌의 저택으로 갔지만, 다른 사람들과 함께 객실로 들어가지 않고 집무실로 들어가게 해달라고 부탁했다. 다르타냥은 이 저택에 단골로 드나들었기 때문에 그의 부탁은 어렵지 않게 받아들여졌다. 하인은 트레빌에게 가서 다르타냥이 중요한 일로 개인적인 면담을 요청했다고 알렸다. 5분 뒤에는 트레빌이 집무실에 들어와, 도대체 무슨 일로 이렇게 늦은 시간에 찾아왔느냐고 다르타냥에게 묻고 있었다.

"죄송합니다, 대장님! 아직 아홉 시 25분밖에 안 됐으니까, 찾아와 뵈어도 괜찮을 거라고 생각했습니다." 다르타냥이 말했다. 하지만 사실은 혼자 있는 틈을 이용하여 벽시계를 45분 전으로 돌려놓았던 것이다.

"아홉 시 25분이라고?" 트레빌이 벽시계를 보면서 외쳤다. "그럴 리가 없는데!"

"하지만 보십시오, 대장님. 저기 증거가 있잖습니까."

"그렇군. 나는 좀 더 늦은 줄 알았지. 그래, 용건이 뭔가?"

그러자 다르타냥은 왕비에 대해 한참 이야기했다. 왕비에 관한 걱정을 털어놓고, 버킹엄 공작과 관련된 추기경의 음모에 대해 자기가 들은 것을 이야기했다. 그의 태도가 침착하고 태연한 데다, 트레빌 자신도 추기경과 왕과 왕비 사이에 무슨 일이 있다는 것을 나름대로 눈치채고 있던 터라, 다르타냥의 말을 납득했다.

시계가 열 시를 쳤을 때 다르타냥은 트레빌의 방에서 물러나왔다. 트레빌은 중요한 정보를 알려줘서 고맙다고 말하고, 앞으로도 폐하와 왕비를 성심껏 섬기라고 당부한 다음 객실로 돌아갔다. 하지만 계단을 내려간 다르타냥은 지팡이를 놓고 온 것이 생각났다. 그래서 서둘러 계단을 올라가 집무실로 다시 들어가서는, 재빠른 손놀림으로 시계 바늘을 제대로 돌려놓았다. 그러고는 자신의 알리바이를 입증해줄 증인이 생긴 것에 안심하면서 층계를 내려와 곧 바깥 거리로 나왔다.

제11장
복잡하게 얽힌 음모

트레빌 씨를 방문한 뒤, 다르타냥은 집으로 돌아가는 지름길 대신 가장 먼 길을 택해서, 생각에 잠겨 걸어갔다.

이렇게 정처 없이 거리를 배회하면서 하늘의 별을 쳐다보고, 때로는 한숨을 짓거나 미소를 짓기도 했다. 다르타냥은 과연 무슨 생각을 하고 있었을까?

그는 보나시외 부인을 생각하고 있었다. 수습 총사에게 이 젊은 여인은 이상형의 연인이었다. 아름답고 신비로운 데다 궁중 비밀까지 꿰뚫고 있어서, 그 우아한 얼굴에는 매력적인 진지함마저 감돌고 있었다. 게다가 그녀도 그에게 완전히 무관심하지는 않은 것 같았다. 연애 초보자에게는 그것처럼 저항하기 어려운 매력도 없다. 뿐만 아니라 다르타냥은 몸을 뒤지고 난폭하게 굴려던 악당들의 손에서 그녀를 구해주었고, 이 중요한 도움 덕택에 두 사람 사이에는 애정으로 쉽사리 바뀔 수 있는 감사한 마음이 생겨나 있었다.

다르타냥은 벌써 공상의 날개를 타고 그 젊은 여인의 심부름꾼이 다가오는 장면을 상상했다. 심부름꾼은 만나자는 편지와 함께 금목걸이나 다이아몬드 반지를 그에게 건네준다. 앞에서도 말했듯이 당시에는 젊은 기사가 왕에게 금품을 받는 것이 조금도 수치스러운 일이 아니었다. 또한 도덕관념이 엄격하지 않았던 당시에는 불륜 상대에 대해서도 전혀 부끄러움을 느끼지 않았고, 기사의 연인이 된 여자들은 남자들에게 소중하고 오래가는 기념품을 선물함으로써 언제 깨질지 모르는 애정을 그 선물의 견고함으로 지키려고 했다.

당시에는 남자들이 여자의 힘을 빌려 출세하는 것을 조금도 부끄러워하지 않았다. 미모밖에는 내세울 게 없는 여자들은 자신의 아름다움을 내주었다. '세상에서 가장 아름다운 여자도 자기가 가진 것밖에는 줄 수 없다'는 격언도 그래서 생겼는지 모른다. 돈 많은 여자는 돈을 주기도 했다. 그 기사도 시대의 영웅들 중에는, 애인이 두둑한 돈자루를 안장에 달아주지 않았다면 무훈을 세우기는커녕 전투에서 승리 한 번 거두지 못했을 사내들이 수없이 많았다.

다르타냥에게는 아무것도 없었다. 시골뜨기의 우유부단함은 얇게 칠한 광택제나 덧없이 피었다 지는 꽃잎이나 복숭아 껍질의 솜털 같아서, 삼총사 친구들의 짓궂은 충고라는 바람에 날아가버렸다. 다르타냥은 당시의 풍습에 따라 파리를 전쟁터처럼 생각했다. 파리는 플랑드르나 마찬가지였다. 플랑드르에는 스페인 군대가 있었고 파리에는 여자가 있었다. 도처에 싸워야 할 적이 있었고, 져야 할 책임이 있었다.

하지만 지금 다르타냥을 움직이고 있는 것은 좀 더 고상하고 청렴한 감정이었다. 잡화상 보나시외는 자기가 부자라고 말했지만, 그렇게 멍청한 걸 보면 지갑끈은 분명 부인이 쥐고 있을 거라고 짐작할 수 있었다. 하지만 이 모든 것도 보나시외 부인이 그에게 불러일으킨 감정에는 아무런 영향도 주지 않았다. 사리사욕은 그 감정에서 막 싹트기 시작한 연정과는 거의 아무런 관계도 없었다. '거의'라고 말할 수 있는 까닭은, 그 젊고 아름답고 우아하고 똑똑한 여인이 부유하기도 하다는 생각은 싹트기 시작한 연정을 억누르기는커녕 오히려 그 감정을 키우기 때문이다.

유복한 생활이 보장해주는 귀족적인 관심과 취향에는 아름다움과 잘 어울리는 것이 많다. 고급스러운 흰 스타킹, 실크 드레스, 레이스 달린 스카프, 예쁜 구두, 머리에 맨 산뜻한 리본이 못생긴 여자를 미인으로 만들어주지는 않겠지만, 예쁜 여자를 더욱 아름답게 만들어줄 것은 분명하다. 게다가 이 모든 것이 더욱 돋보이게 해주는 것은 손이다. 특히 여자의 손이 아름다움을 유지하려면 부지런히 일을 해서는 안 된다.

우리가 잘 알고 있듯이 다르타냥은 백만장자가 아니었다. 언젠가는 백만장자가 되기를 바라고 있었지만, 그 행복한 변화는 아주 먼 훗날의 일이라고 생각하고 있었다. 그때까지 사랑하는 여자가 이런저런 물건을 간절히 원하는 것을 보면서도 사주지 못하는 것은 얼마나 큰 절망일까. 여자는 부유하고 남자가 가난하면, 남자가 사주지 못해도 여자 스스로 필요한 것을 살 수 있다. 그리고 여자는 보통 남편의 돈으로 즐거움을 누리지만, 그렇다고 해서 여자가 남편에게 고마워하는 경우는 드물다.

다르타냥은 누구보다 다정한 연인이 되겠다고 다짐했지만, 당분간은 친구들에게 충실하고 싶었다. 잡화상 아내와의 연애를 머릿속에 그리면서도 친구들을 잊지 않았다. 예쁜 보나시외 부인은 생드니 들판이나 생제르맹 시장으로 함께 산책을 나가고 싶은 여자였다. 아토스와 포르토스와 아라미스도 함께 가서 자랑해야지. 오래 걸으면 배가 고파지는 법. 다르타냥은 조금 전부터 시장기를 느끼고 있었다. 그래, 산책이 끝나면 즐거운 식사를 하는 거야. 식사를 하면서, 한쪽 손으로 친구의 손을 만지고 다른 손으로는 애인의 발을 만질 수도 있을 거야. 친구들이 위급하거나 곤경에 빠질 때는 내가 당장 달려가서 구해줄 수 있어.

그런데 다르타냥이 큰 소리로는 모른다고 잡아떼면서 작은 소리로는 반드시 구해주겠다고 약속하고 경찰 손에 넘겨버린 보나시외는 그 후 어떻게 되었을까? 솔직히 말하면, 다르타냥은 그에 대한 생각을 전혀 하지 않았다. 설령 했다 해도, 그가 어디에 있든 잘 지내고 있겠지 하는 정도로 생각했을 뿐이다. 사랑이란 모든 감정 중에서 가장 이기적인 감정이다.

하지만 독자들이여, 안심하시라. 다르타냥이 집주인을 까맣게 잊고 있거나, 또는 집주인이 어디로 끌려갔는지 모른다는 핑계로 그를 잊어버린 척하고 있어도, 나는 그를 잊지 않고 있으며, 그가 어디에 있는지도 알고 있기 때문이다. 그러나 당분간은 나도 사랑에 빠진 가스코뉴 젊은이처럼 행동하겠다. 그 훌륭한 상인에 대해서는 나중에 다시 이야기하기로 하자.

다르타냥은 앞날의 사랑을 생각하면서, 밤의 어둠을 향해 이야기하고 별들에게 미소를 던지면서 셰르슈미디 가를 걷고 있었다. 그러다가 아라미스의 집 근처에 이르자 그를 찾아가봐야겠다는 생각이 들었다. 플랑셰를 보내 쥐덫으로 당장 와달라고 부탁한 이유를 설명하고 싶었다. 플랑셰가 왔을 때 그가 집에 있었다면 당장 포수아외르 가로 달려갔을 텐데, 그곳에서는 아토스와 포르토스밖에 만나지 못했을 테니, 세 사람 다 상황을 어떻게 이해해야 할지 몰랐을 것이다. 그렇게 친구들에게 폐를 끼쳤으니 소동을 일으킨 이유를 설명해야 마땅하다고 다르타냥은 혼잣말로 중얼거렸다.

그리고 지금이야말로 그 예쁜 보나시외 부인에 대해 이야기할 좋은 기회라고 생각했다. 그의 가슴은 아직 아니라 해도 그의 머리는 이미 보나시외 부인에 대한 생각으로 가득 차 있었다. 첫사랑에 빠진 남자에게 신중하라고 요구할 수는 없는 노릇이다. 첫사랑에는 큰 기쁨이 따르기 때문에, 그 기쁨은 넘쳐흐르게 마련이다. 넘쳐흐르지 않으면 기쁨에 숨이 막혀버릴 것이다.

파리는 두 시간 전에 어두워졌고, 오가는 사람도 뜸해지기 시작했다. 생제르맹 가의 시계들이 열한 시를 알렸다. 날씨는 따뜻했다. 다르타냥은 아사스 가의 좁은 길을 따라 걸으면서, 보지라르 가에서 불어오는 바람에 실린 향기를 들이마셨다. 그 향기는 저녁 이슬과 밤바람에 생기를 얻은 정원에서 발산된 것이었다. 멀리 광장 주변에 흩어져 있는 몇몇 술집에서 취객들의 노랫소리가 들려왔지만, 닫힌 덧문 때문에 소리가 약해져 있었다. 골목 끝에 이르자 다르타냥은 왼쪽으로 구부러졌다. 아라미스가 사는 집은 카세트 가와 세르방도니 가 사이에 있었다.

카세트 가를 지나자, 쥐방울나무와 참으아리나무에 뒤덮인 친구의 집 현관문이 보이기 시작했다. 바로 그때 사람의 그림자 같은 것이 세르방도니 가에서 나오는 게 보였다. 망토를 걸치고 있어서, 다르타냥은 처음엔 남자인 줄 알았다. 하지만 몸집이 작고 망설이는 듯한 태도와 조심스러운 걸음걸이를 보고는 금세 여자라는 것을 알아차릴 수 있었다. 게다가 그 여자는 자기가 찾고 있는 집이 어느 집인지 확실히 모르는 듯, 눈을 들어 위치를 확인하고, 걸음을 멈추고, 돌아섰다가 다시 되돌아왔다. 다르타냥은 호기심이 일었다.

'내가 가서 도와주겠다고 말하면 어떨까? 보아하니 젊은 여자 같은데. 아마 얼굴도 예쁠 거야. 그래! 하지만 이런 야심한 시간에 거리를 돌아다니는 여자라면 분명 애인을 만나러 나왔을 거야. 제기랄! 내가 가서 밀회를 방해하면 곤란하지.'

그러는 동안에도 젊은 여자는 여전히 집과 창문을 하나하나 살피면서 다가오고 있었다. 시간이 많이 걸리거나 하기 어려운 일은 아니었다. 이 근처에는 저택이 세 곳밖에 없었고, 길거리에 면한 창문은 두 개뿐이었다. 그중 하나는 아라미스의 집과 나란히 서 있는 저택의 창문이었고, 나머지 하나는 아라미스의 집 창문이었다.

'그래!' 신학자의 조카딸이 생각났기 때문에 다르타냥은 속으로 중얼거렸다. '분명해. 이렇게 늦은 시간에 비둘기 같은 처녀가 내 친구의 집을 찾고 있다면 우스운 일이지만, 아무래도 그런 것 같아. 좋아, 아라미스. 이번에야말로 진상을 밝혀내고 말겠어!'

다르타냥은 거리에서 가장 어둡고 후미진 곳의 돌의자 옆에 몸을 숨기고는 최대한 움츠렸다.

젊은 여자는 계속 다가오고 있었다. 가벼운 발소리가 그녀의 위치를 알려주었을 뿐만 아니라 작은 기침 소리까지 들렸다. 기침 소리로 미루어보아 여자의 목소리는 조용하고 부드러울 것 같았다. 다르타냥은 그 기침 소리가 신호일 거라고 생각했다.

하지만 누군가가 같은 소리로 응답해준 것이 여자의 망설임을 해결해주었기 때문인지, 아니면 여자가 남의 도움을 받지 않고도 목적지에 도착한 것을 알았기 때문인지, 여자는 단호한 걸음걸이로 아라미스의 집 덧문으로 다가가더니 손가락을 구부려 일정한 간격으로 덧문을 세 번 두드렸다.

'저건 분명히 아라미스의 집이야.' 다르타냥이 중얼거렸다. '위선자! 신학 공부를 한다더니, 그 실체가 저거였군!'

세 번째 노크가 끝나자마자 안쪽 창문이 열리면서 덧문 틈새로 불빛이 보였다.

'아하!' 현관문이 아니라 창문에서 엿듣고 있던 다르타냥이 중얼거렸다. '손님을 기다리고 있었군. 그럼 이제 덧문이 열리고 여자가 창을 넘어 안으로 들어가겠지. 좋아!'

하지만 놀랍게도 덧문은 열리지 않았다. 게다가 잠깐 너울거렸던 불빛도 사라지고 사방이 다시 어둠 속에 묻혀버렸다.

다르타냥은 이런 식으로 끝날 리가 없다고 생각했기 때문에, 눈과 귀를 활짝 열고 계속 지켜보았다.

그의 생각이 옳았다. 잠시 후, 안쪽에서 유리창을 두 번 두드리는 소리가 또렷이 들렸다.

길거리에 있는 여자가 한 번 두드리는 것으로 응답했다. 그러자 덧문이 빠끔히 열렸다.

다르타냥이 얼마나 열심히 지켜보고 귀를 기울였을지는 누구나 짐작할 수 있을 것이다.

불행하게도 등불이 다른 방으로 옮겨져 있었다. 하지만 다르타냥의 눈은 이미 어둠에 익숙해져 있었다. 게다가 가스코뉴 사람들은 고양이처럼 밤눈이 밝다고 한다.

다르타냥은 여자가 주머니에서 하얀 물건을 꺼내는 것을 보았다. 여자가 재빨리 펼친 그것은 손수건이었다. 여자는 그것을 펼친 뒤, 상대에게 한쪽 귀퉁이를 가리켰다.

다르타냥은 보나시외 부인의 발치에 떨어져 있던 손수건이 생각났고, 곧이어 아라미스의 발치에 떨어져 있던 손수건도 생각났다.

'저 손수건에는 도대체 무슨 의미가 있을까?'

다르타냥이 있는 곳에서는 아라미스의 얼굴이 보이지 않았다. 그런데도 그를 아라미스라고 말하는 것은, 창문 안쪽에서 창밖에 있는 여자와 이야기하고 있는 것은 친구 아라미스가 틀림없다고 다르타냥이 확신했기 때문이다. 호기심에 빠져 신중함을 잃어버린 것이다. 두 사람이 손수건을 들여다보는 데 열중해 있는 틈을 타서, 다르타냥은 은신처에서 슬그머니 나왔다. 그러고는 번개처럼 빠르게, 그러면서도 발소리가 나지 않게 벽 모퉁이로 뛰어가 몸을 찰싹 붙였다. 거기라면 아라미스의 방을 구석까지 들여다볼 수 있었다.

그 순간 다르타냥은 너무 놀라서 하마터면 소리를 지를 뻔했다. 밤중에 찾아온 여자와 이야기를 나누고 있는 것은 아라미스가 아니라 어떤 여자였다. 그러나 여자의 옷은 알아볼 수 있었지만, 얼굴 생김새까지 분간할 수는 없었다.

바로 그때, 안쪽 여자가 주머니에서 다른 손수건을 꺼내더니, 바깥쪽 여자가 보여준 손수건과 교환했다. 이어서 두 여자 사이에 몇 마디 말이 오갔다. 그러더니 덧문이 다시 닫혔다. 창밖의 여자는 돌아서서 망토 두건을 깊이 끌어내리며 다르타냥으로부터 네 걸음도 채 떨어지지 않은 곳을 지나갔다. 하지만 두건으로 얼굴을 가리는 것이 너무 늦었다. 보나시외 부인이라는 것을 다르타냥이 알아본 뒤였기 때문이다.

보나시외 부인! 그 여자가 주머니에서 손수건을 꺼냈을 때 이미 보나시외 부인이 아닐까 하는 생각이 그의 머리를 스쳤었다. 하지만 루브르로 돌아갈 수 있도록 라 포르트 씨를 불러달라고 그를 심부름 보냈던 보나시외 부인이 열한 시가 넘은 한밤중에 또다시 납치당할 위험을 무릅쓰고 혼자 파리 시내를 돌아다니다니, 그게 과연 있을 법한 일인가?

그렇다면 매우 중요한 볼일이 있었던 게 분명하다. 스물다섯 살 여인에게 중요한 볼일이란 무엇일까? 사랑이다.

하지만 그런 위험을 무릅쓰고 있는 것은 그녀 자신 때문일까, 아니면 다른 사람 때문일까? 다르타냥은 속으로 자문했다. 그녀의 애인이라도 되는 것처럼 질투의 화신이 그의 가슴을 갉아먹고 있었다.

어쨌든 보나시외 부인이 어디로 가고 있는지 알아내는 방법은 아주 간단했다. 미행하면 된다. 너무 간단한 것이어서, 다르타냥은 지극히 자연스럽게 본능적으로 그 방법을 택했다.

그러나 보나시외 부인은 벽감에서 동상이 떨어져 나오듯 벽에서 몸을 떼는 남자를 보고, 게다가 뒤따라오는 발소리를 듣고는 나지막이 비명을 지르면서 달아나기 시작했다.

다르타냥은 그 뒤를 따라 달렸다. 거치적거리는 망토 때문에 마음껏 달리지 못하는 여자를 따라잡는 것은 어렵지 않았다. 그는 그녀가 거리를 3분의 1쯤 달려갔을 때 따라잡았다. 가엾게도 여자는 피로 때문이 아니라 공포 때문에 기진해 있었다. 다르타냥이 어깨를 잡자 그녀는 땅바닥에 한쪽 무릎을 꿇으면서 숨죽인 목소리로 외쳤다.

"죽일 테면 죽이세요. 하지만 아무것도 알아내지 못할 거예요."

다르타냥은 그녀의 허리에 팔을 감고 일으켜 세웠다. 하지만 여자의 몸이 축 늘어지면서 기절할 것 같았다. 그래서 다르타냥은 그녀를 안심시키려고 그녀에게 헌신할 것을 맹세했다. 사실 이런 맹세는 악의를 가지고도 할 수 있는 것이어서 보나시외 부인에게는 아무 소용이 없었지만, 그러나 목소리는 효과가 있었다. 여자는 그의 목소리가 귀에 익었는지, 눈을 다시 뜨고는 그렇게도 두려워하던 남자의 얼굴을 바라보았다. 다르타냥인 것을 알아보자, 이번에는 기뻐서 환성을 질렀다.

"오! 당신이었군요. 당신이에요! 하느님, 고맙습니다!"

"예, 접니다. 하느님이 당신을 지켜주라고 나를 보내신 겁니다."

"저를 따라오신 것도 그래서였나요?" 여자는 애교가 철철 넘치는 미소를 지으며 물었다. 상대를 놀려대기 좋아하는 성격이 다시 나타났고, 적인 줄만 알았던 사람이 친구라는 것을 알게 되자 두려움도 말끔히 사라져버린 것이다.

"아닙니다. 솔직히 말하자면 당신을 발견한 건 순전히 우연이었어요. 어떤 여자가 내 친구 집 창문을 두드리는 것을 보고……."

"당신 친구라고요?" 보나시외 부인이 그의 말을 가로막았다.

"예. 아라미스는 나와 절친한 친구 사이입니다."

"아라미스라고요? 그게 누구죠?"

"아니! 아라미스를 모른단 말예요?"

"그런 이름은 난생처음 들어요."

"그럼 그 집에 간 것도 처음인가요?"

"물론이죠."

"그 집에 젊은 남자가 살고 있다는 것도 몰랐나요?"

"예."

"총사라는 것도?"

"전혀 몰랐어요."

"그럼 당신은 남자를 찾아간 게 아니었군요?"

"전혀 아니에요. 게다가 당신은 제가 여자와 이야기하는 것을 똑똑히 보았잖아요."

"그건 사실입니다. 그렇다면 그 여자는 아라미스의 친구가 분명합니다."

"그런 건 몰라요."

"그 여자는 아라미스의 집에 묵고 있으니까요."

"그건 제가 알 바 아니에요."

"그런데 그 여자는 누굽니까?"

"그건 제가 말씀드릴 수 있는 비밀이 아니에요!"

"보나시외 부인, 당신은 정말 매력적인 여자요. 하지만 가장 수수께끼 같은 여인이기도 하군요."

"그것 때문에 제가 손해보는 거라도 있나요?"

"아니, 그것 때문에 오히려 더욱 사랑스럽습니다."

"그럼 당신 팔을 빌려주세요."

"기꺼이 빌려드리죠. 이젠 뭘 해드릴까요?"

"나를 데리고 가주세요."

"어디로?"

"제가 가려는 곳으로."

"어디 가실 건데요?"

"곧 알게 될 거예요. 문 앞까지 가서 당신과 헤어질 테니까요."

"거기서 당신을 기다릴까요?"

"그럴 필요는 없어요."

"그럼 당신 혼자 집으로 돌아갈 건가요?"

"그럴지도 모르고 안 그럴지도 몰라요."

"그럼 그때 당신과 동행할 사람은 남자입니까 여자입니까?"

"아직 몰라요."

"나는 알 수 있겠군요!"

"어떻게요?"

"당신이 나올 때까지 밖에서 기다릴 테니까요."

"그럴 거면 여기서 헤어져요!"

"왜요?"

"당신의 호위는 필요없어요."

"하지만 거기까지 데려다달라고……."

"귀족의 도움이라면 받겠지만, 밀정의 감시는 사양하겠어
요."

"말씀이 좀 지나치시군요!"

"그럼 싫다는 상대를 따라다니는 사람을 뭐라고 하죠?"

"무례한 사람."

"그건 너무 부드러운 표현이에요."

"좋습니다. 이제 알았어요. 원하는 대로 해드리지요."

"진작 그랬으면 좋았을걸."

"뉘우칠 방법은 없나요?"

"진심으로 뉘우치시는 거예요?"

"그건 나도 모르겠습니다. 하지만 당신이 가는 데까지 동행
하게 해주신다면 뭐든지 당신이 원하는 대로 하겠다고 약속할
게요."

"그런 뒤에는 저를 그냥 두고 가주실 거죠?"

"예."

"제가 나올 때 엿보지 않을 거죠?"

"예."

"맹세해주실래요?"

"가문의 명예를 걸고!"

"그럼 저랑 팔짱을 끼세요. 자, 같이 가요."

다르타냥은 보나시외 부인에게 팔을 내밀었다. 그녀가 반쯤은 웃고 반쯤은 떨면서 그 팔을 잡았다. 그들은 아르프 가의 끝까지 걸어갔다. 그곳에 이르자 여자는 아까 보지라르 가에서 그랬던 것처럼 머뭇거리는 것 같았다. 하지만 어떤 표시를 보더니 그게 찾는 문인 듯, 그쪽으로 다가가면서 말했다.

"여기에요. 이곳에 볼일이 있어요. 동행해주셔서 정말 고마워요. 혼자서 왔다면 무슨 봉변을 당했을지도 모르는데, 덕분에 무사히 왔네요. 하지만 이제 약속을 지켜주실 때가 됐어요. 전 목적지에 도착했으니까요."

"돌아갈 때는 걱정 없겠습니까?"

"도둑만 아니라면 두려울 게 뭐 있겠어요."

"도둑은 아무렇지도 않으세요?"

"저한테서 뭐 빼앗아갈 거라도 있나요? 몸에 돈 한푼 없는데."

"문장이 수놓아진 아름다운 손수건을 잊고 계시군요."

"무슨 손수건요?"

"당신 발치에 떨어져 있기에 내가 주워서 주머니에 넣어드린 손수건 말입니다."

"쉿, 조용히 하세요! 저를 망신주고 싶으세요?"

"말 한마디에 그렇게 떠는 걸 보니, 게다가 그 말을 남이 들으면 망신당한다는 걸 스스로 인정하는 걸 보니, 위험이 아직 사라지지 않았다는 걸 당신도 잘 알고 있군요. 아, 잠깐만요." 다르타냥은 그녀의 손을 잡고 뜨거운 눈길로 바라보면서 외쳤다. "좀 더 마음을 다잡고 털어놓으세요. 내 눈을 보면, 내 마음 속에 있는 것은 헌신과 호의뿐이라는 것을 아실 텐데요."

"알아요. 그러니까 제 비밀을 말하라면 솔직히 털어놓겠어요. 하지만 남의 비밀은 다른 문제예요."

"좋습니다. 그건 내가 알아내겠습니다. 그 비밀은 당신의 인생에 영향을 미칠 수도 있으니까, 그건 마땅히 내 비밀도 되어야 합니다."

"제발 그러지 마세요." 여자는 다르타냥이 저도 모르게 몸서리를 칠 만큼 진지하게 외쳤다. "제발 제 문제에는 참견하지 마세요. 제가 하는 일을 도우려고 하지도 마세요. 당신이 저한테 호의를 가지고 도와주셨기 때문에 이런 부탁을 드리는 거예요. 당신의 도움은 평생 잊지 않을게요. 제 말을 믿으세요. 더 이상 저한테 신경 쓰지 마세요. 당신에게 저는 이제 없는 거나 마찬가지예요. 저를 만난 적도 없는 것처럼 생각하세요."

"아라미스도 그래야 합니까?" 다르타냥이 화가 나서 물었다.

"벌써 몇 번씩이나 그 이름을 들먹이시지만, 아까도 말했듯이 저는 그런 사람을 모른다니까요."

"그의 집 덧문을 두드렸으면서도 그를 모른다고요? 이것 보세요, 부인. 내가 남의 말에 쉽게 넘어가는 얼간이인 줄 아세요?"

"제 입을 열게 하려고 그런 터무니없는 이야기를 지어내고, 또 있지도 않은 사람을 꾸며낸 거라고 솔직히 인정하세요."

"지어내는 것도, 꾸며내는 것도 아닙니다. 나는 사실을 사실 대로 말하고 있을 뿐이라고요."

"친구 분이 그 집에 살고 계시다고요?"

"그렇습니다. 같은 말을 세 번째 되풀이하는데, 그 집에는 내 친구가 살고 있고, 그의 이름은 아라미스란 말입니다."

"언젠가는 모든 게 밝혀지겠죠. 지금은 아무 말씀도 마세 요."

"내 가슴을 열고 당신에게 보여줄 수 있다면 좋겠군요. 그러 면 거기에 숱한 호기심이 가득 차 있는 것을 알고 나를 가엾게 여길 텐데. 거기에 사랑이 넘쳐흐르는 것을 보고 당장 내 궁금 증을 풀어줄 텐데. 당신을 사랑하는 사람들을 두려워할 필요는 전혀 없습니다."

"사랑을 이야기하는 건 너무 빠르지 않나요?" 여자가 고개 를 저으면서 말했다.

"그건 사랑이 너무 빨리, 그것도 난생처음으로 나를 찾아왔 기 때문입니다. 나는 아직 스무 살도 안 됐어요."

젊은 여자가 그를 슬쩍 쳐다보았다.

"이것 봐요, 나는 벌써 낌새를 챘었어요." 다르타냥이 말했 다. "석 달 전에 나는 하마터면 아라미스와 결투를 할 뻔했는 데, 그 원인이 바로 아까 아라미스의 집에 있던 여자한테 당신 이 보여준 것과 똑같은 손수건 때문이었지요. 그 손수건에도 내가 본 것과 똑같은 문장이 수놓아져 있었을 게 분명합니다."

"계속 같은 질문만 되풀이하니, 정말 피곤하군요."

"하지만 당신은 분별 있고 현명하니까 한번 생각해보세요. 그 손수건을 가지고 있다가 붙잡혀서 압수당하기라도 하면 당 신의 평판이 위태로워지지 않을까요?"

"왜요? 손수건에 새겨진 'C. B.'는 제 이름인 콩스탕스 보나시외의 머리글자일 뿐인데, 뭐가 걱정이죠?"

"카미유 드 부아-트라시의 머리글자일지도 모르죠."

"제발 좀 조용히 하세요! 제가 위험해진다고 하셨는데, 아무리 말해도 당신은 질문을 그만두지 않으니까, 그렇다면 당신도 위험해진다는 걸 알아두세요."

"내가요?"

"그래요. 나를 알면 감옥에 갇힐 위험도 있고, 목숨이 위험할 수도 있다고요."

"그렇다면 나는 더더욱 당신 곁을 떠나지 않겠습니다."

"이봐요." 젊은 여자가 두 손을 맞잡고 간청했다. "제발 군인의 명예를 걸고, 귀족의 예의범절에 따라, 이제 그만 가주세요. 잠깐만요. 시계가 자정을 치고 있군요. 열두 시에 약속이 있단 말예요."

"좋습니다." 젊은이가 절을 하면서 말했다. "그렇게까지 부탁하는데 거절할 수는 없죠. 안심하세요. 그만 가보겠습니다."

"저를 따라오지 않을 거죠? 염탐하지 않을 거죠?"

"곧장 집으로 갈 겁니다."

"당신은 정말 훌륭한 분이세요!" 보나시외 부인이 한 손은 그에게 내밀고 다른 손으로는 벽 속에 감추어진 노커를 잡으면서 외쳤다.

다르타냥은 여자가 내민 손을 잡고 뜨겁게 입을 맞췄다.

"아! 차라리 당신을 만나지 않았더라면 좋았을 것을!" 다르타냥이 거친 말투로 외쳤다. 여자들은 정중하고 세련되게 꾸미는 것보다 그런 태도를 더 좋아하는 경우가 많다. 생각의 깊이를 드러내고, 이성보다 감성이 우세하다는 것을 보여주기 때문이다.

"너무 그러지 마세요. 나 같으면 그렇게 말하지 않을 거예요." 보나시외 부인이 어루만지는 듯한 목소리로 말했다. 그러고는 아직도 그녀의 손을 잡고 있는 다르타냥의 손을 꼭 쥐면서 덧붙였다. "오늘 못했다고 해서 앞으로도 못하란 법은 없죠. 언젠가 제가 자유로운 몸이 되면 당신의 호기심을 만족시켜줄지 누가 알겠어요?"

"그럼 내 사랑에 대해서도 똑같은 약속을 해주실 겁니까?" 다르타냥이 기쁨에 넘쳐 외쳤다.

"어머나! 그 점에 대해서만큼은 저 자신을 구속하고 싶지 않네요. 그건 당신이 제게 어떤 마음을 불러일으킬 수 있느냐에 달려 있겠죠."

"그럼 오늘은……."

"오늘은 감사하는 마음만 가질게요."

"아, 당신은 정말 매력적인 분입니다." 다르타냥이 아쉬운 듯 말했다. "당신은 내 사랑을 이용하고 있어요."

"그렇지 않아요. 당신의 너그러움을 이용하고 있을 뿐이죠. 하지만 언젠가는 신세 갚을 날이 있을 거예요. 믿어주세요."

"아, 당신은 나를 세상에서 제일 행복한 남자로 만들어주는군요! 오늘 저녁을 잊지 마세요. 그 약속을 잊지 마세요."

"걱정 마세요. 때와 장소가 적당하면 모든 걸 기억해낼 테니까요. 자, 그럼 그만 가보세요. 제발요! 열두 시 정각에 만나기로 했는데, 벌써 늦어버렸어요."

"늦어봤자 5분입니다."

"예. 하지만 경우에 따라서는 5분이 5백 년이 될 수도 있어요."

"사랑에 빠져 있을 때는 그렇죠."

"제가 애인을 만나러 가는 게 아니라고 누가 말했죠?"

"그럼 당신을 기다리고 있는 사람은 남자군요? 아, 남자구나!" 다르타냥이 외쳤다.

"이러다간 또 말싸움이 벌어지겠어요." 보나시외 부인이 가볍게 웃으며 말했다. 하지만 그 미소에는 초조한 기색이 어려 있었다.

"아, 아닙니다. 가겠습니다. 간다고요. 당신을 믿을게요. 그리고 성의를 다할 겁니다. 설령 내 성의가 어리석은 짓일지라도 말입니다. 자 그럼 가보겠습니다. 안녕!"

그는 놓고 싶지 않은 손을 억지로 뿌리치듯 떼어놓고 달려갔다. 그러자 보나시외 부인은 아까 덧문을 두드릴 때처럼 작은 문을 일정한 간격으로 천천히 세 번 두드렸다. 그때 다르타냥이 길모퉁이에서 뒤를 돌아보았다. 문이 열렸다가 다시 닫혔다. 잡화상의 예쁜 아내는 문 안으로 사라졌다.

다르타냥은 계속 걸었다. 보나시외 부인을 염탐하지 않겠다고 약속했기 때문이다. 그녀가 가려는 곳이나 그녀와 동행할 사람에게 그의 목숨이 달려 있다 해도 다르타냥은 약속한 대로 집에 돌아갔을 것이다. 5분 뒤에는 포수아외르 가에 접어들었다.

"가엾은 아토스." 그가 중얼거렸다. "그는 오늘 일을 어떻게 이해해야 할지 모를 거야. 나를 기다리다가 잠이 들었거나, 아니면 집으로 돌아갔겠지. 집에 돌아갔다면, 그 사이에 어떤 여자가 왔었다는 걸 알았겠지. 아토스의 집에 여자가! 아라미스의 집에도 분명히 여자가 있었어. 정말 이상한 일이야. 일이 어떻게 끝날지 궁금하군."

"아마 좋지 않게 끝날 겁니다. 나리. 나쁘게 끝날 거예요."
어떤 목소리가 대꾸했다. 다르타냥은 그것이 플랑셰의 목소리
라는 것을 알았다. 생각에 몰두한 사람들이 흔히 그렇듯이 다
르타냥도 큰 소리로 혼잣말을 하면서 골목을 내려왔기 때문이
다. 그 골목 끝에 그의 방으로 올라가는 층계가 있었다.

"뭐? 나쁘게 끝난다고? 무슨 소리를 하는 거냐?" 다르타냥
이 물었다. "무슨 일이 있었어?"

"온갖 골치 아픈 사건이 다 일어났다니까요."

"어떤 사건?"

"우선 아토스 씨가 잡혀갔어요."

"잡혀가? 아토스가 잡혀갔다고? 아니, 왜?"

"나리 방에 계시다가 붙잡혀갔지 뭡니까. 아토스 씨를 나리
로 착각한 거지요."

"누구한테 잡혀갔지?"

"친위대요. 나리와 싸우다 쫓겨난, 검은 옷을 입은 놈들이
친위대원들을 불러온 거죠."

"아토스는 왜 자기 이름을 밝히지 않았지? 자기는 이 일과
아무 상관도 없다고 왜 말하지 않았지?"

"일부러 그러신 겁니다. 신분을 밝히기는커녕 저한테 이러
셨죠. '지금 잡혀서 안 되는 사람은 내가 아니라 자네 주인이
야. 그는 모든 걸 알고 있지만 나는 아무것도 모르니까. 놈들은
네 주인을 체포했다고 생각할 테고, 그러면 그 친구는 시간을
벌 수 있지. 내가 누구인지는 사흘 뒤에 밝힐 텐데, 그러면 놈
들도 나를 풀어줄 수밖에 없을 거야.'"

"아토스 만세! 고결한 마음씨야." 다르타냥이 중얼거렸다.
"정말 아토스다워. 그래, 경찰들은 어떻게 했지?"

"네 명이 아토스 씨를 끌고 갔지만, 어디로 갔는지는 저도 모릅니다. 바스티유나 포르에베크*로 갔겠죠. 두 명은 검은 옷을 입은 놈들과 함께 남아서 나리의 방을 샅샅이 뒤지고 서류를 모두 가져갔어요. 나머지 두 명은 방을 수색하는 동안 문에서 보초를 섰지요. 수색이 끝나자 놈들은 방을 엉망으로 만들어놓고 문도 활짝 열어놓은 채 모두 가버렸지 뭡니까."

"포르토스와 아라미스는?"

"만나지 못했습니다. 여기 오시지도 않았고요."

"하지만 지금 당장이라도 올지 몰라. 내가 기다리고 있다는 말은 전했겠지?"

"그럼요."

"그렇다면 자네는 여기서 움직이지 마. 포르토스와 아라미스가 오거든 나한테 일어난 일을 말해드리고, 퐁드팽에서 나를 기다리라고 전해줘. 여기는 위험해. 이 집을 감시하고 있을지도 몰라. 나는 트레빌 대장님께 달려가서 사정을 알린 다음 퐁드팽으로 갈게."

"알았습니다. 나리." 플랑셰가 말했다.

"하지만 너는 여기 남아 있어." 다르타냥이 나가다 말고 돌아서서 하인에게 용기를 주려고 덧붙였다. "두려워하진 않겠지?"

"안심하세요, 나리. 나리는 아직 저를 잘 모르시겠지만, 저도 마음만 내키면 얼마든지 용감해질 수 있다고요. 마음만 내키면 돼요. 저도 피카르디 출신이라고요."

"그럼 됐어. 자리를 뜰 바에는 차라리 죽겠다는 각오로 자리를 지켜야 돼."

"예, 알겠습니다. 제가 나리께 얼마나 충성을 다하고 있는지를 보여드리기 위해서라면 세상에 못할 일이 없다고요."

"좋아." 다르타냥은 말하고 나서 속으로 중얼거렸다. '이 녀석한테 사용한 방법이 효과가 있군. 기회가 있으면 또 써먹어야겠는걸.'

그날 온종일 뛰어다녔기 때문에 다리가 좀 피곤했지만, 그래도 그는 다리를 최대한 빨리 움직여 비외콜롱비에 가로 갔다.

트레빌은 집에 없었다. 그의 총사대가 루브르에서 경계 근무를 서고 있었기 때문에, 대장인 그도 대원들과 함께 그곳에 있었다.

다르타냥은 트레빌을 만나야 했다. 지금 무슨 일이 일어나고 있는지를 트레빌에게 알리는 것이 매우 중요했다. 다르타냥은 루브르에 들어가보기로 결심했다. 에사르 근위대 제복이 통행증 구실을 해줄 터였다.

그래서 그는 프티오귀스탱 가를 따라 내려간 다음, 퐁뇌프 다리를 건너려고 부두 쪽으로 올라갔다. 나룻배를 탈까 하고 잠시 생각했지만, 나룻터에 도착하자마자 무심코 주머니에 손을 넣어보고는 뱃삯이 없다는 것을 알게 되었다.

그가 게네고 가 끝에 이르렀을 때, 도핀 가에서 두 사람이 나오는 것이 눈에 띄었다.

두 사람 가운데 하나는 남자였고 또 하나는 여자였다.

여자는 보나시외 부인과 비슷했고, 남자는 아라미스와 똑같아 보였다.

게다가 여자가 입고 있는 검은 망토는 다르타냥이 보지라르 가의 덧문과 아르프 가의 문간에서 보았던 망토와 똑같았다.

게다가 남자는 총사 제복을 입고 있었다.

여자는 두건을 끌어내려 얼굴을 가렸고, 남자는 손수건을 얼굴에 대고 있었다. 둘 다 이렇게 조심하고 있는 것을 보면, 남들이 알아보는 것을 바라지 않는 게 분명했다.

그들은 다리를 건너기 시작했다. 그것은 루브르로 가고 있는 다르타냥과 같은 길이었다. 다르타냥은 그들을 따라가기 시작했다.

다르타냥은 스무 걸음도 채 가기 전에, 여자는 보나시외 부인이고 남자는 아라미스가 분명하다고 확신하게 되었다.

그 순간 그는 질투에서 비롯한 의심이 가슴속에서 솟아오르는 것을 느꼈다.

그는 벌써 애인처럼 사랑하게 된 여자와 친구에게 이중으로 배신당한 셈이었다. 보나시외 부인은 아라미스라는 사람을 모른다고 하느님을 걸고 맹세했다. 그런데 맹세를 한 지 15분밖에 안 됐는데, 아라미스의 팔에 매달려 있는 것이다.

다르타냥은 잡화상의 아내를 알게 된 지 이제 겨우 세 시간밖에 되지 않았고, 검은 옷을 입은 남자들에게 납치될 뻔한 걸 구해주었기 때문에 그녀가 다소의 은혜를 입은 것도 사실이지만, 그렇다고 해서 자기한테 무슨 약속을 하지는 않았다는 것은 생각조차 하지 않았다. 다만 사랑하는 사람에게 모욕당하고 배신당하고 우롱당했다는 생각만 들었을 뿐이다. 피가 치솟고 분노가 치밀었다. 그는 모든 것을 분명히 하기로 결심했다.

젊은 여자와 젊은 남자는 미행당하고 있음을 알아차리고 걸음을 빨리했다. 다르타냥은 뛰기 시작하여 그들을 지나쳤다가, 마침 그들이 사마리아 여인 앞에 왔을 때 그들을 덮쳤다. 그쪽 도로 전체에 불빛을 던지고 있는 가로등이 사마리아 여인을 환히 비추고 있었다.

다르타냥이 앞을 막아섰기 때문에 그들도 걸음을 멈추고 그와 마주섰다.

"무슨 일이오?" 총사가 한 걸음 물러서면서 물었다. 그의 외국인 억양을 듣고 다르타냥은 자신의 짐작이 틀렸다는 것을 깨달았다.

"아라미스가 아니군!" 그가 외쳤다.

"그렇소. 아라미스가 아니오. 놀라는 걸 보니 나를 다른 사람으로 착각한 모양인데, 너그럽게 용서해드리겠소."

"나를 용서한다고?" 다르타냥이 외쳤다.

"그렇소." 낯선 사내가 대답했다. "그러니 비켜서시오. 나한테 볼일이 있는 건 아닐 테니."

"맞아요." 다르타냥이 말했다. "당신에게는 볼일이 없어요. 하지만 이 부인께는 볼일이 있지요."

"부인에게? 하지만 당신은 이 부인을 모를 텐데." 낯선 사내가 말했다.

"천만에요. 나는 이 부인을 압니다."

"세상에!" 보나시외 부인이 비난조로 외쳤다. "당신은 군인으로서 약속했고 귀족으로서 맹세했어요. 믿을 만하다고 생각했는데."

"나도 당신의 약속을……." 다르타냥이 당황하여 말을 더듬었다.

"내 팔을 잡으시오. 어서 갑시다." 낯선 사내가 말했다.

하지만 다르타냥은 이 뜻밖의 일 때문에 망연자실하여, 총사와 보나시외 부인 앞에서 팔짱을 긴 채 멍하니 서 있었다.

총사는 두 걸음 앞으로 나와서 다르타냥을 손으로 밀어냈다.

다르타냥은 뒤로 펄쩍 뛰어 물러나면서 칼을 뺐다.

그와 동시에 낯선 사내도 번개처럼 잽싸게 칼을 빼들었다.

"이러지 마세요, 전하!" 보나시외 부인이 두 사람 사이로 뛰어들어 맨손으로 그들의 칼을 잡으면서 외쳤다.

"전하?" 다르타냥이 외쳤다. 문득 어떤 생각이 섬광처럼 떠올랐다. "전하라면! 용서하십시오. 설마 당신이……."

"버킹엄 공작 전하세요." 보나시외 부인이 작은 소리로 말했다. "당신은 우리 모두를 파멸시킬 수 있어요."

"전하 그리고 부인, 천만 번 죄송합니다. 하지만 저는 이 부인을 사랑하고 있습니다, 전하. 그래서 질투가 났던 것입니다. 사랑이 어떤 건지는 전하께서도 아시겠지요. 정말 죄송합니다. 제가 전하를 위해 죽을 수 있는 방법이 있다면 부디 가르쳐주십시오."

"당신은 참 훌륭한 젊은이요." 버킹엄이 다르타냥에게 손을 내밀면서 말했다. 다르타냥은 그 손을 공손하게 잡았다. "나를 도와주겠다고 제의했으니 받아들이겠소. 루브르까지 스무 걸음 떨어져서 우리를 따라오시오. 그리고 우리를 염탐하는 자가 있거든 죽여버리시오!"

다르타냥은 칼집에서 뺀 칼을 겨드랑이에 끼고, 보나시외 부인과 공작이 스무 걸음 앞서 가게 한 다음, 찰스 1세*의 고귀하고 멋진 재상의 지시를 충실히 수행할 각오로 그들을 따라갔다.

하지만 다행히도 이 젊은 경호원은 공작에게 충성을 증명해 보일 기회가 없었다. 젊은 여자와 멋쟁이 총사는 레셀 가 쪽 출입문을 지나 무사히 루브르 궁 안으로 들어갔다.

한편 다르타냥은 곧장 폼드팽으로 갔다. 포르토스와 아라미스가 그를 기다리고 있었다.

하지만 다르타냥은 그들에게 폐를 끼친 이유는 설명하지 않고, 그들이 도와줄 필요가 있을지도 모른다고 잠깐 생각한 일이 있었는데, 혼자서 끝내버렸다고만 말했다.

이 이야기가 어떻게 전개될지 궁금하니까, 세 친구는 각자 집으로 돌려보내고, 버킹엄 공작과 그의 안내자를 따라 루브르 궁의 복잡한 미로 속으로 들어가보자.

제12장
버킹엄 공작 조지 빌리어스

보나시외 부인과 버킹엄 공작은 어렵지 않게 루브르 궁으로 들어갔다. 보나시외 부인은 왕비의 시녀로 알려져 있었고, 공작은 트레빌의 총사대 제복을 입고 있었다. 아까도 말했듯이 트레빌의 총사대는 그날 밤 루브르 궁에서 경비 근무를 서고 있었다. 게다가 문지기 제르맹은 왕비 편 사람이었고, 무슨 일이 일어나더라도 보나시외 부인이 애인을 궁궐 안으로 끌어들였다는 비난을 받으면 그만이다. 보나시외 부인도 죄를 뒤집어쓸 각오가 되어 있었다. 물론 평판은 땅에 떨어지겠지만, 하찮은 상인 마누라의 평판 따위가 이 세상에서 무슨 가치가 있겠는가?

일단 궁궐 안으로 들어가자 공작과 젊은 여자는 벽을 따라 스물다섯 걸음쯤 나아갔다. 그런 다음, 보나시외 부인이 낮에는 열려 있지만 밤에는 대개 닫혀 있는 작은 통용문을 밀었다. 문이 열리자 두 사람이 들어간 곳은 캄캄했다. 하지만 이곳은 루브르 궁에서 일하는 시종이나 시녀들이 드나드는 구역이어서, 보나시외 부인도 손바닥 들여다보듯 구석구석 잘 알고 있었다. 그녀는 문을 닫은 다음, 공작의 손을 잡고 더듬거리며 몇 걸음 나아가서 난간을 잡고 발로 계단을 더듬었다. 발에 계단이 닿자 그녀는 공작과 함께 층계를 올라가기 시작했다. 공작은 계단을 헤아려 3층에 올라온 것을 알았다. 여기서 그녀는 오른쪽으로 구부러져 긴 복도를 지난 다음, 한 층 아래로 내려가 몇 걸음 더 걸어가서 자물쇠에 열쇠를 꽂아 문을 열었다. 그리고 그 문을 통해 상야등 하나만 켜져 있는 방으로 공작을 밀어 넣으면서 말했다. "여기 계세요, 공작님. 곧 나오실 거예요." 그러고는 같은 문으로 나가서 문을 잠갔다. 공작은 말 그대로 방에 갇힌 꼴이었다.

버킹엄 공작은 완전히 고립된 채였지만 조금도 두렵지 않았다. 그의 성격에서 가장 두드러진 특징은 모험을 추구하고 낭만을 좋아하는 것이었다. 용감하고 대담하고 적극적이어서, 그가 이런 모험과 낭만에 목숨을 건 것은 이번이 처음도 아니었다. 그는 프랑스 왕비의 편지인 줄로만 믿고 파리에 왔다가, 이편지가 함정이었음을 알았다. 그런데도 영국으로 돌아가지 않고 오히려 자신의 처지를 역으로 이용하여, 당신을 만나지 않고는 파리를 떠나지 않겠다고 왕비에게 청을 드린 것이다. 왕비가 처음에는 단호히 거절했지만, 결국에는 공작이 격분한 나머지 엉뚱한 짓을 저지르지나 않을까 걱정하게 되었다. 결국 왕비도 그를 만나 당장 파리를 떠나라고 당부해보기로 결심했다. 하지만 그렇게 결심한 바로 그날 저녁, 공작을 찾아가서 루브르 궁으로 데려오는 일을 맡은 보나시외 부인이 납치를 당한 것이다. 이틀 동안 그들은 보나시외 부인이 어떻게 되었는지 전혀 몰랐고, 모든 일이 한동안 중지되었다. 하지만 부인이 자유를 되찾아 라 포르트와 연락이 닿자 일이 다시 추진되었다.

그리하여 보나시외 부인은 납치당하지 않았다면 사흘 전에 끝냈을 위험한 임무를 이제 방금 완수한 것이다.

혼자 남은 버킹엄은 거울 쪽으로 다가갔다. 총사 제복은 그에게 완벽하게 어울렸다.

당시 서른다섯 살이었던 그는 프랑스와 영국에서 가장 잘생긴 귀족이자 가장 멋진 기사로 알려져 있었다.

두 왕의 총애를 받은 백만장자에다 왕국을 마음대로 쥐락펴락하면서 막강한 권력을 휘두른 버킹엄 공작 조지 빌리어스의 삶은 그 후 수세기 동안 후세 사람들이 놀라게 될 만큼 전설적인 것이었다.

그래서 자신감에 넘치고 제 권능을 확신하여, 다른 사람들을 지배하는 법률도 자기는 건드릴 수 없다고 생각했기 때문에, 자신이 세운 목표가 너무 높고 눈부셔서 보통 사람이라면 꿈꾸는 것조차 어리석었을 정도라 해도 그 목표를 향해 곧장 나아갔다. 이런 식으로 그는 아름답고 자존심 강한 안 도트리슈 왕비에게 몇 번이고 접근하여 강렬한 인상을 주더니 마침내는 왕비의 사랑을 얻어내는 데 성공하고 말았다.

그 조지 빌리어스가 지금 거울 앞에 서 있는 것이다. 그는 모자 무게에 눌려 납작해진 아름다운 금발을 다시 가다듬고 콧수염을 만지작거렸다. 오랫동안 바랐던 순간이 다가왔기 때문에 그의 가슴은 기쁨으로 벅차올랐고, 자신이 자랑스럽고 행복해서 거울 속의 자신에게 긍지와 희망에 찬 미소를 던졌다.

바로 그때, 휘장에 가려져 있던 문이 열리더니 한 여자가 나타났다. 버킹엄은 거울 속에서 그 모습을 보고는 저도 모르게 비명을 질렀다. 왕비였던 것이다.

당시 안 도트리슈는 스물여섯이나 일곱 살로, 아름다움이 한창 눈부시게 빛나는 꽃다운 나이였다.

자태는 여왕이나 여신과 같았고, 에메랄드처럼 반짝이는 눈은 더없이 아름다웠을 뿐만 아니라 상냥함과 위엄이 넘쳐흐르고 있었다.

입술은 조그맣고 붉은 색이었다. 오스트리아 왕가의 후손답게 아랫입술이 윗입술보다 약간 도톰하게 튀어나왔지만, 미소를 지을 때는 우아하기 이를 데 없고, 경멸의 표정을 지을 때는 몹시 오만해 보였다.

살결은 벨벳처럼 부드러워서 사람들 입에 오르내릴 정도였고, 손과 팔은 기막히게 아름다워서 당시의 시인들은 비길 데 없는 손과 팔이라고 노래하곤 했다.

끝으로 머리카락은 어릴 때는 금발이었지만 지금은 밤색으로 변해 있었고, 왕비는 그 머리를 곱슬곱슬하게 말아서 폭신폭신하게 부풀리고 분가루를 잔뜩 뿌리고 있었다. 머리에 둘러싸인 얼굴은 연지를 조금만 덜 발랐다면 아무리 엄격한 비평가라도 흠잡을 수 없었을 것이고, 코가 조금만 더 가늘었다면 아무리 까다로운 조각가라도 만족했을 것이다.

버킹엄은 그 눈부신 아름다움에 잠시 감탄했다. 무도장과 연회장과 마상시합장에서도 왕비를 보았지만, 수수한 흰색 공단 드레스를 입고 있는 지금의 모습만큼 아름다워 보인 적은 없었다. 왕비를 수행해서 온 사람은 에스테파니아 부인뿐이었는데, 이 여자는 왕비가 데려온 스페인 시녀들 중에서 왕의 질투와 추기경의 박해에도 쫓겨나지 않은 유일한 시녀였다.

안 왕비가 두 걸음 앞으로 다가왔다. 버킹엄은 얼른 무릎을 꿇고, 왕비가 미처 말리기 전에 드레스 자락에 입을 맞추었다.

"공작, 편지를 써 보낸 사람이 내가 아니라는 건 이미 알고

계시죠?"

"물론입니다, 왕비님!" 공작이 외쳤다. "제가 어리석었습니다. 눈송이가 생기를 가질 수 있고 대리석이 온기를 가질 수 있다고 믿었으니 말입니다. 하지만 어쩌겠습니까. 사랑에 빠지면 사랑을 쉽사리 믿게 마련이니까요. 게다가 이렇게 당신을 만나뵙게 되었으니, 이번 여행이 아주 헛되지는 않았습니다."

"그래요." 왕비가 대답했다. "하지만 내가 왜, 어떻게 해서 당신을 만나고 있는지, 그 이유도 아시겠죠? 내가 겪는 고충에는 아랑곳하지 않고 파리를 떠나지 않겠다고 고집을 부리시기 때문에 이렇게 만나고 있는 거예요. 그렇게 되면 당신의 목숨만이 아니라 내 명예도 위태로워져요. 내가 이렇게 당신을 만나고 있는 것은 깊은 바다와 두 왕국의 반목, 신성한 맹세 등 모든 것이 우리 사이를 갈라놓고 있다는 것을 말씀드리기 위해서예요. 그것들을 거역하는 것은 신성을 모독하는 짓이 될 거예요. 내가 당신을 만나고 있는 마지막 이유는 우리가 두 번 다시 만나면 안 된다는 것을 말씀드리기 위해서입니다."

"계속하십시오, 왕비님. 말씀을 계속하세요." 버킹엄이 말했다. "목소리의 부드러움이 말씀의 가혹함을 감싸주고 있군요. 신성 모독을 말씀하시지만, 하느님이 서로를 위해 만드신 심장을 따로 떼어놓는 것이야말로 하느님을 모독하는 짓이 아닐까요?"

"공작!" 왕비가 외쳤다. "당신을 사랑한다고 말한 적이 한 번도 없다는 걸 잊으셨나보군요."

"하지만 사랑하지 않는다고 말씀하신 적도 없습니다. 이제 와서 그런 말씀을 하시다니, 너무 매정하십니다. 아무리 세월이 흘러도, 아무리 오랫동안 만나지 못해도, 아무리 절망에 빠져도 결코 꺼지지 않는 사랑, 그게 저의 사랑입니다. 잃어버린 리본 하나, 어쩌다 스친 눈길, 무심코 던진 말 한마디에 만족하는 사랑, 그게 저의 사랑입니다. 그런 사랑을 왕비님은 어디서 또 찾을 수 있겠습니까?

왕비님을 처음 뵌 것이 3년 전이었습니다. 그 후 3년 동안 저는 줄곧 이렇게 왕비님을 사랑해오고 있습니다.

처음 뵈었을 때 어떤 옷차림을 하고 계셨는지 말씀드릴까요? 그때 달고 계셨던 장신구들을 하나하나 열거해볼까요? 지금도 그때 모습이 눈에 선합니다. 왕비님은 스페인풍 방석 위에 앉아 계셨지요. 금실과 은실로 수놓은 초록빛 공단 드레스

를 입으셨고, 늘어진 소매를 그 아름다운 팔에 커다란 다이아
몬드로 묶고 계셨습니다. 목깃에는 주름 장식을 달았고, 머리
에는 드레스와 같은 색깔의 작은 모자를 쓰셨고, 그 모자에는
왜가리 깃털 하나가 꽂혀 있었지요.

오! 이렇게 눈을 감으니 그때의 모습이 보이고, 눈을 다시
뜨니 그때보다 백 배나 더 아름다워지신 지금의 왕비님 모습이
보이는군요!"

"미쳤군요!" 안 왕비가 중얼거렸다. 하지만 자신의 모습을
가슴속에 그토록 소중히 간직하고 있는 공작에게 역정을 낼 용
기는 없었다. "그런 추억에 기대어 쓸데없는 열정을 부채질하
는 건 미친 짓이에요!"

"그럼 제가 무엇에 기대어 살라는 말입니까? 저에겐 추억밖
에 없습니다. 그것만이 저의 행복이고 저의 보물이며 저의 희
망입니다. 왕비님을 만날 때마다 그 만남은 제가 마음의 보석
상자에 고이 간직할 또 하나의 다이아몬드가 됩니다. 이번 만
남은 왕비님이 떨어뜨리시고 제가 주운 네 번째 다이아몬드입
니다. 3년 동안 네 번밖에 만나지 못했으니까요. 첫 번째는 제
가 방금 말씀드린 바와 같고, 두 번째는 슈브뢰즈 부인 댁에서,
세 번째는 아미앵의 정원에서 만났지요."

"공작님, 그날 저녁의 이야기는 하지 마세요." 왕비가 얼굴
을 붉히며 말했다.

"하지 말라니요. 아닙니다. 이제 그 이야기를 해야 합니다.
그날 저녁의 일을 이야기해야 합니다. 제 인생에서 가장 행복
하고 가장 찬란한 밤이었으니까요. 얼마나 아름다운 밤이었는
지 기억나십니까? 공기는 감미롭고 향기로웠지요. 짙푸른 하
늘에는 별들이 가득 아로새겨져 있었고요. 아, 왕비님! 그때는

잠시나마 단둘이 있을 수 있었지요. 그때 왕비님은 모든 것을, 생활의 외로움과 마음의 슬픔까지 털어놓으려 하셨습니다. 제 팔에, 바로 이 팔에 기대고 계셨지요. 저는 왕비님 쪽으로 머리를 기울이고, 아름다운 머리카락이 제 뺨을 스치는 것을 느꼈습니다. 그 감촉을 느낄 때마다 저는 머리끝부터 발끝까지 온몸이 떨렸지요. 오, 왕비님! 그런 한순간에 담긴 천상의 행복, 천국의 기쁨을 아십니까? 그 한순간을 위해서라면, 그런 하룻밤을 위해서라면 저는 재산도, 운명도, 영광도, 저의 여생도 다 포기할 수 있습니다. 그날 밤, 바로 그날 밤 왕비님은 저를 사랑하신 게 분명하니까요."

"그랬을지도 몰라요. 그곳의 분위기, 그 아름다운 저녁의 매력, 당신의 매혹적인 눈길, 때때로 한 여자를 파멸로 몰아가는 그 수많은 상황이 그날 저녁 내 주위에 모여 있었으니까요. 하지만 약해져가는 여자로서의 나를 왕비로서의 내가 어떻게 구해냈는지는 당신도 보셨을 거예요. 당신이 과감하게 하신 말을 듣고, 그 용기에 나도 대담하게 반응해야 했을 때, 나는 큰 소리로 사람을 불렀지요."

"예, 그랬습니다. 그건 사실입니다! 다른 사람의 사랑이라면 그런 시련에 굴복해버렸을 겁니다. 하지만 제 사랑은 시련을 겪으면서 더욱더 열렬하고 더욱더 영원해졌습니다. 당신은 파리로 돌아가면 저를 피할 수 있다고 생각하셨지요. 저의 주군께서 보물을 감시하라는 임무를 맡겼으니, 제가 그 보물을 떠나지 못할 거라고 생각하셨지요. 아! 이 세상의 모든 보물, 이 지상의 모든 군주가 저에게 무슨 의미가 있겠습니까! 여드레 뒤에 저는 돌아왔습니다. 그때 당신은 저에게 한마디 말씀도 건네지 않으셨습니다. 저는 당신을 잠깐 뵙기 위해 주군의 총애와 제 목숨까지 잃을 각오로 돌아왔는데 말입니다. 저는 당신의 손끝도 만진 적이 없습니다. 그토록 순종적이고 뉘우치는 저를 보고 당신은 저를 용서해주셨지요."

"그래요. 하지만 당신도 잘 아시다시피, 내가 관여하지도 않은 이 어리석은 짓을 사람들이 모함하고 있어요. 폐하께서는 추기경의 부추김을 받아 진노하셨지요. 덕분에 베르네 부인*은 쫓겨났고, 뛰탕주는 추방당했고, 슈브뢰즈 부인은 총애를 잃었어요. 당신이 대사 자격으로 프랑스에 돌아오려 했을 때에도, 당신도 기억하시겠지만, 폐하께서 직접 반대하셨던 거예요."

"그렇습니다. 그리고 프랑스는 그 대가를 전쟁으로 치르게 될 겁니다. 저는 이제 두 번 다시 당신을 뵐 수 없습니다. 하지만 날마다 당신의 귀에 제 소식이 들어가기를 바랍니다!

제가 레 섬* 원정을 계획하고 라로셸의 신교도와 동맹을 맺으려는 목적이 뭐라고 생각하십니까? 바로 당신을 만나 뵙는 기쁨을 얻기 위해서입니다!

물론 무력으로 파리까지 쳐들어올 수는 없을 것입니다. 그건 잘 알고 있습니다. 하지만 이 전쟁을 끝내려면 강화조약을 맺어야 할 것이고, 강화조약을 맺으려면 교섭자가 필요할 것이니, 그때 제가 교섭자로 나설 것입니다. 그렇게 되면 어느 누구도 저를 거부할 수 없겠지요. 저는 파리로 돌아올 것이고, 당신을 다시 만나 뵙고 한순간이나마 행복을 맛볼 것입니다. 물론 제가 그 행복을 얻기 위해서는 수천 명이 목숨을 대가로 치르겠지요. 하지만 당신을 다시 뵐 수만 있다면 그게 무슨 대수겠습니까! 아마 미친 짓일지도 모르죠. 분별없는 짓일지도 모릅니다. 하지만 세상에 어떤 여인이 이런 사랑을 받겠습니까? 어떤 여주인이 이보다 더 충성스런 하인을 거느린 적이 있습니까?"

"공작님, 당신은 자신을 변호하기 위해 훨씬 큰 죄가 될 말씀을 하시는군요. 당신이 나에게 주고 싶어 하는 그 사랑의 증거들은 모두 죄악이에요."

"그건 당신이 저를 사랑하지 않기 때문입니다. 저를 사랑하신다면, 그걸 전혀 다르게 보실 겁니다. 저를 사랑하신다면, 아! 저를 사랑하신다면, 저는 너무나도 행복해서 미쳐버릴 겁니다. 아! 슈브뢰즈 부인도, 당신이 방금 말씀하신 슈브뢰즈 부인도 당신만큼 매정하지 않았습니다. 자기를 연모한 홀랜드*의 사랑에 응해주었지요."

"슈브뢰즈 부인은 왕비가 아니거든요." 안 왕비가 그 깊은 사랑에 압도당하여 자기도 모르게 중얼거렸다.

"그럼 당신도 왕비가 아니라면 저를 사랑하실 거라는 말이죠? 말씀해보세요. 만약 그렇다면 저를 사랑하실 건가요? 그렇다면 저를 이렇게 매정하게 대하는 것은 오로지 왕비라는 신분 때문에 그런 것이라고 생각해도 되겠지요? 당신이 슈르뢰즈 부인이었다면 이 가련한 버킹엄도 희망을 가질 수 있었을 거라고 생각해도 되겠지요? 아, 그 다정한 말씀에 감사드립니다. 오, 나의 아름다운 왕비님, 천만 번 감사드립니다."

"어머나! 내 말을 오해하셨군요. 잘못 알아들으셨어요. 그런 뜻으로 말한 게 아니……."

"그만! 그만하십시오!" 공작이 말했다. "제가 오해를 해서 행복하다 해도, 그 행복을 빼앗는 잔인한 짓은 마십시오. 당신도 말씀하셨듯이 저는 함정에 빠졌습니다. 그것 때문에 어쩌면 목숨을 잃게 될지도 모릅니다. 이상하게도 얼마 전부터 죽음이 다가오고 있다는 불길한 예감이 들었으니까요." 공작은 슬프면

219

서도 매력적인 미소를 띠었다.

"오, 하느님 맙소사!" 안 왕비가 외쳤다. 놀란 투로 보아, 왕비가 입으로 말한 것 이상으로 공작을 생각하고 있음을 알 수 있었다.

"당신을 놀라게 하려고 그런 말씀을 드린 것은 결코 아닙니다. 제 말은 터무니없고, 사실 저는 그런 꿈 따위에 신경도 쓰지 않습니다. 하지만 당신이 방금 하신 말씀이, 당신이 저에게 주신 거나 다름없는 그 희망이 모든 것을 보상해줄 겁니다. 목숨까지도."

"실은 나도 불길한 예감을 느끼고 있어요." 안 왕비가 말했다. "나도 꿈을 꾸었어요. 꿈속에서 당신이 상처를 입고 피투성이가 되어 누워 있는 걸 보았어요."

"제가 왼쪽 옆구리를 칼에 찔리지 않았던가요?" 버킹엄이 물었다.

"맞아요. 왼쪽 옆구리를 칼에 찔린 꿈이었어요. 그런데 내가 그런 꿈을 꾸었다는 걸 누가 당신에게 전해줄 수 있었죠? 나는 기도를 드릴 때 하느님 말고는 누구에게도 이야기한 적이 없는데……."

"저는 이제 더 이상 바랄 게 없습니다. 당신이 저를 사랑하고 계시니까요. 그것으로 충분합니다."

"내가 당신을 사랑하고 있다고요?"

"그렇습니다. 당신이 저를 사랑하는 게 아니라면, 하느님이 어떻게 똑같은 꿈을 당신에게도 보내주신 걸까요? 우리 두 사람이 마음으로 통하지 않았다면, 우리가 어떻게 똑같은 예감을 품을 수 있겠습니까? 왕비님, 당신은 저를 사랑하고 계십니다. 오, 왕비님, 제가 죽으면 저를 위해 울어주시겠죠?"

"오, 하느님! 하느님!" 안 왕비가 외쳤다. "너무 지나치시군요. 공작님, 제발 부탁이니, 이제 그만 떠나세요. 당신을 사랑하는지 아닌지는 나도 모르겠지만, 내가 절대로 부정한 짓을 저지르지 않으리라는 것은 알고 있어요. 그러니 나를 가엾게 여기시고 그만 떠나주세요. 아! 만약 당신이 여기서 공격을 받으신다면, 프랑스에서 목숨을 잃으신다면, 만약 당신이 나에 대한 사랑 때문에 죽었다고 생각해야 한다면, 나는 결코 마음이 편치 않을 것이고, 그 때문에 미쳐버릴 거예요. 그러니 어서 가세요. 제발 부탁이니 이만 가주세요."

"아, 왕비님, 당신은 어쩌면 이렇게도 아름다우십니까! 아, 당신을 얼마나 사랑하는지!"

"가세요. 제발 부탁이에요. 갔다가 나중에 다시 오세요. 대사가 되어 돌아오세요. 장관이 되어 돌아오세요. 당신을 지켜줄 호위병들에게 둘러싸여 돌아오세요. 당신을 보살펴줄 시종들을 데리고 돌아오세요. 그러면 나는 당신의 목숨을 걱정할 필요도 없을 것이고, 기쁜 마음으로 당신을 만날 거예요."

"오, 진정으로 하시는 말씀입니까?"

"그래요……."

"그렇다면 그 관대한 마음의 증표를, 제가 꿈을 꾸고 있는 게 아니라는 것을 상기시켜줄 물건을 하나 주십시오. 당신이 몸에 지니고 있는 것, 앞으로는 제가 지니고 다닐 수 있는 것을 무엇이건, 반지나 목걸이나……."

"그 요구를 들어드리면 떠나실 건가요?"

"그럼요."

"당장에?"

"예."

"프랑스를 떠나 영국으로 돌아가실 건가요?"

"예, 약속합니다!"

"그럼 잠깐 기다리세요."

안 왕비는 자신의 방으로 가서, 그녀의 머리글자가 박혀 있고 온통 금으로 상감되어 있는 작은 장미목 상자를 들고 돌아왔다.

"자, 받으세요." 왕비가 말했다. "나에 대한 추억으로 간직하세요."

버킹엄은 상자를 받고 두 번째로 무릎을 꿇었다.

"떠나겠다고 약속하셨잖아요." 왕비가 말했다.

"약속은 지키겠습니다. 손을 주세요, 왕비님, 당신의 손을. 그러면 떠나겠습니다."

안 왕비는 눈을 감고 한쪽 손을 내밀었다. 그리고 다른 쪽 손으로는 에스테파니아를 잡았다. 몸에서 힘이 빠져나가 금방이라도 쓰러질 것 같았기 때문이다.

버킹엄은 그 아름다운 손에 열정적으로 입을 맞춘 다음, 일어나서 말했다.

"제가 죽지 않는다면 여섯 달 안에 다시 찾아뵙겠습니다. 전 세계를 뒤엎는 한이 있다 해도……."

그러고는 약속한 대로 방에서 뛰쳐나갔다.

복도에서 그는 기다리고 있던 보나시외 부인을 만났다. 그녀는 올 때와 똑같이 조심스럽게, 그리고 운 좋게, 그를 루브르 궁에서 데리고 나갔다.

제13장
상인 보나시외

독자들도 알아차렸겠지만, 지금 곤경에 빠져 있는데도 내가 별로 걱정하지 않은—아니, 그렇게 보이는—인물이 하나 있다. 그는 바로 상인 보나시외인데, 기사도의 시대이자 풍류의 시대였던 당시에 복잡하게 뒤얽히기 십상이었던 정치와 연애의 음모에 희생된 순교자라 할 것이다.

독자들이 기억하고 있는지 모르지만, 나는 그를 잊어버리지 않겠다고 약속해둔 바 있다.

그를 체포한 경찰들은 곧장 바스티유 감옥으로 끌고 갔고, 그는 머스킷총을 든 1개 분대의 병사들 앞을 부들부들 떨면서 지나갔다.

거기서 다시 반지하실로 끌려가 지독한 모욕과 야만적인 취급을 받았다. 경찰은 그가 귀족이 아니라는 것을 알고는, 그가 무슨 농민 반란자라도 되는 것처럼 다루었다.

30분쯤 지나자 법원 서기가 와서 그에 대한 고문을 중단시켰다. 하지만 그의 걱정은 끝나지 않았다. 서기가 보나시외를 취조실로 데려가라고 명령했기 때문이다. 죄수들은 보통 감방에서 심문을 받지만, 보나시외에게는 그런 격식도 차리지 않았다.

간수 두 명이 상인을 끌고 안마당을 가로질러 가더니 보초 셋이 지키고 있는 복도로 들어갔다. 그러고는 문을 열고 천장이 낮은 방으로 그를 밀어 넣었다. 그 방에는 탁자와 의자가 하나씩 있을 뿐이었고, 취조관 한 사람이 의자에 앉아서 탁자에 놓인 서류에 무언가를 쓰고 있었다.

간수 둘은 죄수를 탁자 앞으로 데려갔고, 취조관의 손짓에 따라 목소리가 들리지 않는 곳까지 물러났다.

서류 위에 고개를 숙이고 있던 취조관은 그제야 고개를 들고, 앞에 서 있는 죄수를 쳐다보았다. 그는 코가 뾰족하고 누런 광대뼈가 툭 불거진 얼굴에 작지만 꿰뚫어보는 듯한 눈과 족제비나 여우를 연상시키는 인상을 가지고 있어서, 보는 사람에게 혐오감을 불러일으켰다. 간들거리는 긴 목 위에 붙어 있는 머리가 넉넉한 검은 법복 위에서 좌우로 흔들거리며 균형을 잡으려고 애쓰는 꼴이 마치 거북이 등딱지 속에 감추고 있던 머리를 쑥 내미는 듯했다.

그는 우선 보나시외에게 성명과 나이, 신분과 주소를 물었다.

피고는 이름이 자크 미셸 보나시외이고, 나이는 쉰한 살이고, 잡화상을 하다 은퇴했으며, 포수아외르 가에 산다고 대답했다.

그러자 취조관은 심문을 잠시 중단하고는, 미천한 장사꾼이 공적인 일에 관여하는 것이 얼마나 위험한지에 대해 일장 연설을 늘어놓았다.

그는 연설의 서두에 이어 비할 데 없이 훌륭한 재상, 과거의 어떤 재상보다도 뛰어나고 미래의 모든 재상에게 귀감이 될 추기경의 권세와 공적에 대해 설명하고, 그에게 거역하는 자는 누구를 막론하고 용서할 수 없다고 덧붙였다.

연설의 두 번째 대목이 끝나자 그는 매 같은 눈으로 가엾은 보나시외를 노려보면서, 그의 처지가 얼마나 심각한지를 반성해보라고 권했다.

상인은 이미 반성을 끝마친 상태였다. 그는 라 포르트 씨가 대녀를 자기와 결혼시킬 생각을 한 순간을, 특히 그 대녀가 왕비의 속옷 담당 시녀로 채용된 순간을 저주하고 있었다.

보나시외의 성격은 근본적으로 천박한 탐욕과 지독한 이기주의가 섞여 있었고, 거기에다 극도로 소심하기까지 했다. 젊은 아내가 그에게 불러일으킨 사랑은 부차적인 감정이었기 때문에, 방금 열거한 근본적인 감정과는 맞서 싸울 수 없었다.

보나시외는 방금 들은 말을 곰곰 생각해보았다.

"하지만 취조관 나리……" 그가 겁먹은 얼굴로 말했다. "저는 영광스럽게도 우리를 다스리시는 그 훌륭한 추기경 예하의 공덕을 누구보다도 잘 알고 있고, 누구보다 더 높이 존중하고 있습니다. 정말입니다."

"정말인가?" 취조관이 미심쩍다는 듯이 물었다. "하지만 그게 사실이라면, 바스티유에는 어떻게 해서 끌려왔단 말인가?"

"어떻게 해서 여기에 왔는지, 아니 그보다 왜 여기에 왔는지, 말씀드릴 수가 없습니다. 저도 모르니까요. 하지만 추기경 예하의 기분을 상하게 했기 때문이 아니라는 것만은 확실합니다. 적어도 의식적으로 추기경 예하를 불쾌하게 하지는 않았습니다."

"하지만 대역죄로 끌려온 걸 보면, 뭔가 죄를 지은 것만은 틀림없어."

"대역죄라고요?" 보나시외가 겁먹은 얼굴로 외쳤다. "대역 죄라니요? 위그노를 미워하고 스페인 놈들을 싫어하는 일개 장사꾼이 어떻게 대역죄를 지을 수 있단 말입니까? 잘 생각해 보십시오, 나리. 그야말로 있을 수 없는 일입니다."

"보나시외 씨." 취조관이 그 작은 눈으로 남의 마음을 속속 들이 꿰뚫어볼 수 있기라도 한 것처럼 피고를 쏘아보면서 말했 다. "아내가 있지?"

"예, 나리." 상인은 지금부터 사태가 복잡해진다는 것을 느 끼고 온몸을 부들부들 떨면서 대답했다. "전에는 있었지요."

"그게 무슨 소린가? 전에는 있었다고? 그렇다면 지금은 없 다는 뜻인데, 어떻게 된 건가?"

"납치당했습니다, 나리."

"납치? 아, 그래!"

이 말을 듣고 보나시외는 사태가 더욱더 복잡해지고 있음을 느꼈다.

"납치당했다고?" 취조관이 같은 말을 되풀이했다. "그럼 납 치범을 알고 있나?"

"알 것 같습니다."

"누구지?"

"확실한 건 모르겠습니다, 나리. 그저 의심만 하고 있을 뿐 입니다."

"그게 누구지? 솔직히 대답해봐."

보나시외는 몹시 곤혹스러웠다. 아무것도 모른다고 할까, 아니면 모두 털어놔버릴까? 모른다고 하면, 경찰은 그가 너무 많이 알고 있기 때문에 털어놓지 않는 거라고 생각할지 모른다. 하지만 모두 털어놓으면, 적어도 선의만은 알아주지 않을까? 그래서 그는 다 말하기로 결심했다.

"제가 의심하고 있는 사람은 키가 크고 머리가 검고 풍채가 좋은 남자입니다. 지체 높은 귀족의 특징을 모두 가지고 있지요. 제가 아내를 집으로 데려가려고 루브르 궁의 쪽문 밖에서 기다리고 있을 때 그가 우리를 여러 번 미행한 것 같습니다."

취조관이 약간 불안을 느낀 것 같았다.

"그 사람 이름은?"

"이름은 모릅니다. 하지만 다시 만나기만 하면 당장 알아볼 수 있을 겁니다. 그건 장담합니다. 천 명 가운데 있어도 금방 가려낼 수 있습니다."

취조관의 표정이 더욱 어두워졌다.

"천 명 가운데 있어도 알아볼 수 있다고 했나?"

"그건…… 그러니까……." 보나시외는 자기가 실수한 것을 알아차리고 더듬거렸다.

"그 사람을 알아볼 수 있다고 했잖아." 취조관이 말했다. "좋아. 오늘은 이걸로 충분해. 심문을 더 진행하기 전에, 아내 납치범을 당신이 알고 있다는 걸 일단 보고해야겠어."

"하지만 그 사람을 안다고 말하지는 않았습니다!" 보나시외가 절망하여 외쳤다. "그와는 반대로 저는……."

"죄수를 데려가." 취조관이 두 간수에게 외쳤다.

"어디로 데려갈까요?" 서기가 물었다.

"감방으로."

"어느 감방으로 데려가죠?"

"아무 감방에나 처넣어. 문만 단단히 잠그면 돼!" 취조관이 무관심하게 대답했다. 그런 태도에 보나시외의 마음은 공포로 가득 찼다.

"아이고, 야단났네!" 그가 중얼거렸다. "마누라가 엄청난 죄를 지은 게 분명해. 경찰은 내가 공범인 줄 알고, 마누라와 함께 처벌할 거야. 마누라가 자백하면서, 나한테 다 말했다고 한 모양이야. 여자란 정말 너무 약해! 아무 감방에나 처넣으라고? 그래! 하룻밤은 금방 지나가! 내일이 되면 능치처참이나 교수형을 당하겠지. 오, 하느님! 하느님! 저를 불쌍히 여기소서!"

간수들은 이런 한탄을 귀에 못이 박이도록 들어왔기 때문에, 보나시외의 푸념에는 조금도 신경 쓰지 않은 채 죄수의 팔을 잡고 끌고 갔다. 그동안 취조관은 서기를 기다리게 해놓고 서둘러 편지를 썼다.

보나시외는 한숨도 자지 못했다. 감방이 불편해서가 아니라 너무 걱정이 되었기 때문이다. 그는 걸상에 앉아서 작은 소리에도 부들부들 떨면서 꼬박 뜬눈으로 하룻밤을 지새웠다. 이윽고 새벽의 첫 햇살이 감방 안으로 스며들었다. 새벽은 그에게 장례식의 빛깔을 띤 것처럼 보였다.

갑자기 빗장 벗겨지는 소리가 나서 그는 깜짝 놀라 일어났다. 처형대로 끌고 갈 사람들이 온 줄 알았다. 그러나 나타난 사람은 예상했던 간수가 아니라 어제 만난 취조관과 서기였다. 그는 하도 기쁜 나머지 그들의 목을 얼싸안을 뻔했다.

"당신 사건은 어제저녁부터 아주 복잡해졌어." 취조관이 말했다. "그래서 충고하겠는데, 모든 걸 솔직히 털어놓는 게 상책이야. 추기경의 노여움을 피하려면 회개하는 길밖에 없으니까."

"뭐든지 다 말씀드리겠습니다." 보나시외가 외쳤다. "적어도 제가 알고 있는 것은 다 말씀드리겠습니다. 어서 물어봐주십시오."

"우선, 당신 마누라는 지금 어디 있나?"

"말씀드렸듯이 납치당했습니다."

"그건 알고 있어. 그런데 어제 오후 다섯 시에 당신 덕분에 탈출했어."

"집사람이 도망쳤다고요?" 보나시외가 외쳤다. "곤란한 여자로군! 나리, 저의 집사람이 도망쳤다 해도 그건 제 탓이 아닙니다. 맹세합니다."

"그럼 당신은 이웃에 사는 다르타냥이란 자와 뭘 하고 있었나? 그날 그와 무슨 의논을 하지 않았어?"

"아, 예. 그건 사실입니다! 그리고 제가 잘못했다는 것도 인정합니다. 저는 다르타냥 씨를 찾아갔습니다."

"그래, 찾아간 목적은?"

"집사람 찾는 걸 도와달라고 부탁하러 갔었죠. 저는 집사람을 되찾을 권리가 있다고 생각했지요. 하지만 제가 잘못한 것 같군요. 제발 용서해주십시오."

"다르타냥이란 자가 뭐라고 대답했지?"

"도와주겠다고 약속했습니다. 하지만 그가 저를 속이고 있다는 걸 곧 알아차렸지요."

"관헌을 속이려고 하나? 다르타냥이란 자는 당신과 계약을 맺고, 그 계약에 따라 당신 마누라를 체포한 경찰들을 따돌리고는 그 여자를 어딘가에 숨겨버렸어."

"다르타냥 씨가 제 집사람을 납치하다니! 도대체 그게 무슨 말씀입니까?"

"다행히 다르타냥은 우리 수중에 들어와 있어. 이제 곧 대질하게 될 거야."

"그건 더 바랄 수 없이 기쁜 일입니다. 낯익은 사람을 만나는 건 나쁘지 않은 일이니까요."

"다르타냥을 데려와." 취조관이 두 간수에게 말했다.

두 간수가 데려온 것은 아토스였다.

"다르타냥 씨." 취조관이 아토스에게 말했다. "당신과 이 사람 사이에 있었던 일을 진술하시오."

"아니, 이분은 다르타냥 씨가 아닙니다!" 보나시외가 외쳤다.

"뭐? 다르타냥이 아니라고?" 취조관이 외쳤다.

"절대로 아닙니다." 보나시외가 대답했다.

"그럼 이 사람 이름이 뭐지?" 취조관이 물었다.

"그건 말씀드릴 수 없습니다. 모르는 사람이니까요."

"뭐라고? 모르는 사람이라고?"

"예, 그렇습니다."

"한 번도 본 적이 없나?"

"아니, 본 적은 있지만 이름은 모릅니다."

"당신 이름이 뭐요?" 취조관이 물었다.

"아토스요." 총사가 대답했다.

"그건 사람 이름이 아니라 산* 이름인데." 당황하기 시작한 심문관이 외쳤다.

"그게 내 이름이오." 아토스가 침착하게 말했다.

"하지만 당신은 이름이 다르타냥이라고 했잖소."

"내가?"

"그래요. 당신이."

"그건 이렇게 된 겁니다. 누군가가 나더러 '당신이 다르타냥 씨요?' 합디다. 그래서 나는 '그렇게 생각하시오?' 했지요. 그 랬더니 나를 잡은 경찰들이 틀림없다고 외치더군요. 나도 굳이 그들을 난처하게 하고 싶지 않았소. 내가 다른 사람으로 잘못 보일 수도 있는 것이고."

"당신은 법의 존엄성을 모독하고 있소."

"천만에." 아토스가 태연하게 말했다.

"당신은 다르타냥이 맞아."

"거봐요. 당신은 또 그렇게 말하고 있잖소."

"하지만 취조관 나리……" 이번에는 보나시외가 외쳤다. "의심할 게 전혀 없습니다. 다르타냥 씨는 저의 집에 세 들어 사는 분이고, 따라서 그분은 방세를 내지 않았지만, 아니 그랬 기 때문에 오히려 그분을 잘 알고 있지요. 다르타냥 씨는 많아 야 스무 살밖에 안 된 젊은이인데, 이분은 적어도 서른 살은 되어 보입니다. 다르타냥 씨는 에사르 씨의 근위대 소속인데, 이분은 트레빌 씨의 총사대에 계시는군요. 제복을 보세요, 나리. 저 제복을."

"그건 그래." 취조관이 중얼거렸다. "정말 그렇군."

이때 문이 벌컥 열렸다. 수위의 안내를 받아 심부름꾼이 들어오더니, 취조관에게 편지 한 통을 건네주었다.

"아, 정말 고약한 여자로군!" 취조관이 외쳤다.

"뭡니까? 뭐라고 하셨습니까? 누구 말씀입니까? 설마 제 집사람 이야기는 아니겠죠?"

"아니긴. 바로 그 여자 이야기야. 당신은 이제야말로 곤경에 빠졌어."

"아아!" 상인은 흥분하여 외쳤다. "하지만 말씀해주세요, 나리. 제가 감옥에 들어와 있는 사이에 집사람이 저지른 일 때문에 어떻게 제 처지가 더 나빠질 수 있단 말입니까?"

"그 여자가 한 짓이 둘이서 꾸민 극악무도한 계획의 결과니까!"

"맹세코 말씀드리지만, 나리께선 잘못 생각하고 계십니다. 집사람이 무슨 짓을 저질렀는지, 저는 알지도 못할뿐더러 아무 관계도 없습니다. 집사람이 뭔가 어리석은 짓을 했다면 저는 관계를 끊겠습니다. 그 여자를 버리고 저주하겠습니다."

"이봐요." 아토스가 취조관에게 말했다. "내가 여기에 더 이상 있을 필요가 없다면, 다른 데로 보내주시오. 이 보나시외라는 사람, 정말 진절머리나는 사람이군요."

"이자들을 감방으로 도로 데려가." 취조관이 아토스와 보나시외를 한꺼번에 가리키며 말했다. "그리고 더욱 엄중하게 감시해."

"하지만 다르타냥이란 사람에게 볼일이 있는 거라면, 어떻게 내가 그 사람을 대신할 수 있는지 모르겠군요."

"내 말대로 해!" 취조관이 외쳤다. "독방에 가두고 면회는 금지야! 알겠나?"

아토스는 어깨를 으쓱하면서, 보나시외는 호랑이 심장도 찢어놓을 듯한 탄식을 쏟아내면서, 간수들을 따라갔다.

보나시외는 간밤을 보낸 감방으로 다시 끌려가서 온종일 갇혀 있었다. 그는 자신의 말마따나 검객이 아니기 때문에, 진짜 장사꾼답게 온종일 울었다.

밤 아홉 시쯤, 그가 막 잠자리에 들려고 할 때, 복도에서 발소리가 들렸다. 발소리는 그의 감방으로 다가왔다. 이윽고 감방 문이 열리고 간수들이 나타났다.

"따라와." 간수들 뒤에 따라 들어온 호송헌병이 말했다.

"따라오라고요?" 보나시외가 외쳤다. "이렇게 늦은 시간에 따라오라고요? 도대체 어디로 가는 거죠?"

"당신을 데려오라는 명령을 내린 곳으로."

"그건…… 대답이 아니잖습니까?"

"하지만 그게 내가 해줄 수 있는 유일한 대답이야."

"오, 하느님!" 가련한 상인이 중얼거렸다. "이번엔 정말 죽는구나!"

그는 저항도 하지 않고 기계적으로 간수들을 따라갔다.

그는 올 때와 같은 복도를 지나 첫 번째 안마당을 건넌 다음, 건물의 두 번째 부분을 통과했다. 마침내 앞마당으로 나가자, 문 앞에 마차 한 대가 대기하고 있고, 네 명의 기마경찰이 에워싸고 있었다. 그를 마차에 태운 뒤 호송헌병이 옆자리에 앉았다. 마차 문이 잠기자 두 사람은 움직이는 감방에 갇힌 꼴이었다.

마차는 영구차처럼 천천히 출발했다. 죄수는 열리지 않는 쇠창살을 통해 집들과 도로를 볼 수 있었다. 보이는 것은 그것뿐이었다. 하지만 보나시외는 파리 토박이였기 때문에, 말뚝이나 간판이나 가로등만 보고도 어느 거리를 지나가는지 분간할 수 있었다. 마차가 바스티유 사형수들의 처형장이 있는 생폴*에 다다르자, 보나시외는 거의 넋을 잃고 두 번이나 성호를 그었다. 마차가 거기에 멈출 줄 알았는데, 계속 달려갔다.

좀 더 가자 그는 또다시 공포에 사로잡혔다. 마차가 국사범들이 묻혀 있는 생장 묘지 옆을 지나갔기 때문이다. 그래도 한 가지 사실이 그를 조금 안심시켰다. 국사범을 매장하려면 우선 목을 베는 것이 보통인데, 그의 목은 아직도 어깨 위에 붙어 있었기 때문이다. 하지만 마차가 그레브 광장* 쪽으로 가는 것을 알았을 때, 시청의 뾰족한 지붕을 알아보았을 때, 마차가 아케이드 밑에서 방향을 바꾸었을 때, 그는 이제 끝장이라고 생각하고 옆에 있는 헌병에게 고해를 하고 싶었다. 그러나 헌병이 거절하자 그는 애처롭게 울부짖었다. 귀가 먹먹해진 헌병은 그렇게 계속 소리를 지르면 입에 재갈을 물리겠다고 을러댔다.

이 위협을 받고 보나시외는 조금 안심이 되었다. 그레브 광장에서 처형할 예정이라면, 처형장에 다 온 마당에 재갈을 물릴 필요는 없을 테니까. 실제로 마차는 그 불길한 광장에 멈추지 않고 그대로 지나갔다. 이제 남은 것은 크루아뒤트라우아르*뿐인데, 마차는 바로 그쪽으로 가고 있었다.

이번에야말로 의심할 여지가 없었다. 크루아뒤트라우아르는 신분이 낮은 범죄자를 처형하는 곳이었다. 생폴이나 그레브 광장에서 처형될지 모른다고 생각한 것은 보나시외가 자신을

과대평가한 것이었다. 그의 여행, 그의 운명이 끝나는 종착지
는 바로 크루아뒤트라우아르였다! 그 꺼림칙한 십자가는 아직
보이지 않았지만, 당장이라도 눈앞에 나타날 것만 같았다. 거
기에서 스무 걸음밖에 떨어지지 않은 곳에 이르렀을 때 사람들
의 왁자지껄한 소리가 들렸다. 마차가 멈춰 섰다. 이미 잇따른
감정의 기복을 겪은 보나시외는 가엾게도 더 이상은 견딜 수가
없었다. 그는 죽어가는 사람의 마지막 한숨처럼 힘없는 신음
소리를 토하고는 정신을 잃어버렸다.

제14장
뭥에서 온 사내

사람들이 그렇게 모여 있었던 것은 교수형당할 죄수를 기다리기 위해서가 아니라, 이미 처형된 죄수를 구경하기 위해서였다.

잠깐 멈춰 섰던 마차는 곧 다시 출발하여 군중 사이를 뚫고 계속 달렸다. 생토노레 가를 따라 내려간 마차는 봉장팡 가로 구부러진 뒤 어느 낮은 대문 앞에 멈추었다.

문이 열리고, 두 위병이 나왔다. 보나시외가 헌병의 부축을 받아 마차에서 내리자, 위병들이 그를 골목으로 떠밀어 계단을 오르게 한 다음, 부속실로 밀어 넣었다.

이 모든 움직임이 기계적으로 이루어졌다.

그는 꿈속에서 걷듯이 걸었고, 안개 속에서 보듯 어렴풋이 보았고, 귀도 소리를 듣긴 했지만 무슨 뜻인지 알아듣지는 못했다. 이 순간 그가 처형대에 올랐다면, 자신을 지키려는 몸짓조차 하지 못하고 자비를 청하는 소리조차 내지 못한 채 속절없이 처형될 수도 있었을 것이다.

그렇게 그는 긴 의자에 앉아 있었다. 벽에 등을 기대고 두 팔을 축 늘어뜨린 채, 위병들이 그를 끌어다 앉힌 곳에 그대로

있었다.

하지만 주위를 둘러보아도 무서운 물건은 하나도 없고, 위험이 닥쳐온 듯한 낌새도 없었다. 긴 의자는 푹신해서 편안했고, 벽은 아름다운 코르도바산 가죽으로 덮여 있었고, 창문에는 붉은색 다마스크천 커튼이 드리워져 있었고, 황금빛 고리가 커튼을 고정시키고 있었다. 그는 자기가 지나치게 두려워했다는 것을 깨닫고는, 머리를 우선 좌우로, 다음에는 위아래로 움직여보았다.

이렇게 움직여도 막는 사람이 없었기 때문에, 그는 조금 용기를 내어 한쪽 다리를 끌어당겨보았다. 이어서 반대쪽 다리도 끌어당겨보았다. 마침내는 두 손을 짚고 의자에서 일어나 두 발로 섰다.

그때 늠름해 보이는 부관이 칸막이 커튼을 열고 옆방에 있는 누군가와 몇 마디 대화를 나눈 다음, 죄수 쪽으로 돌아섰다.

"당신이 보나시외란 사람이오?"

"예, 그렇습니다, 나리." 살아 있는 기분도 나지 않는 상인이 더듬거리며 대답했다. "잘 부탁드립니다."

"들어오시오." 부관이 말했다.

부관은 상인이 지나갈 수 있도록 옆으로 비켜섰다. 보나시외는 누군가가 자기를 기다리고 있는 듯한 옆방으로 잠자코 들어갔다.

널찍한 서재였다. 벽에는 공격과 방어에 쓰이는 갖가지 무기들이 걸려 있고, 창문들이 닫혀 있어서 답답했다. 이제 겨우 9월 말인데 벌써 벽난로에 불이 피워져 있었다. 책과 서류로 뒤덮인 네모난 책상이 방 한복판을 차지하고 있고, 책상 위에는 라로셸 시의 커다란 지도가 펼쳐져 있었다.

벽난로 앞에 중키의 사내가 오만하고 근엄해 보이는 표정으로 서 있었다. 눈매가 날카로웠고, 이마가 넓었으며, 팔자 콧수염과 끝이 뾰족한 턱수염 때문에 마른 얼굴이 더욱 수척해 보였다. 나이는 이제 겨우 서른예닐곱 살 정도인데도 머리카락과 콧수염과 턱수염은 벌써 희끗희끗했다. 칼을 차고 있지 않아도 군인의 풍모였고, 가죽 장화에 아직도 먼지가 묻어 있는 것으로 보아 낮에 말을 탄 모양이었다.

이 사람이 바로 아르망 장 뒤플레시, 즉 리슐리외 추기경이었다. 오늘날 우리에게 알려져 있는 모습―등은 노인네처럼 구부정하고, 순교자처럼 고통스러워 보이고, 몸은 쇠약하고, 목소리는 꺼져 들어갈 것 같고, 마치 무덤 속에 들어간 것처럼 안락의자에 푹 파묻힌 채, 타고난 재능의 힘만으로 살아가면서, 사고력만 가지고 유럽 전체와 싸우고 있는 모습과는 달리, 당시에 그의 실제 모습은, 비록 몸은 쇠약해졌으나 불굴의 정신력으로 버티고 있는 비범한 인물의 모습, 그의 공작령 만토바에서 느베르 공작을 지원하고, 님과 카스트르와 위제스를 탈환한 뒤, 마침내 영국인들을 레 섬에서 몰아내고 라로셸 공격을 준비하고 있는 능란하고 용맹한 기사의 모습이었다.*

언뜻 보아서는 그가 추기경이라는 것을 알려주는 표시가 아무것도 없었으므로, 그의 얼굴을 모르는 사람이라면 앞에 있는 사람이 누구인지 짐작도 할 수 없는 일이었다.

가련한 상인은 문 앞에 서 있었고, 내가 방금 묘사한 인물은 보나시외에게 눈을 고정시킨 채 그의 내력까지 속속들이 꿰뚫어보는 듯했다.

"이자가 보나시외인가?" 그가 잠시 후에 물었다.

"그렇습니다, 각하." 부관이 대답했다.

"좋아. 저 서류를 갖다 주고 나가보게."

부관은 서류를 책상에서 집어서 그에게 건네준 다음, 코가 땅에 닿도록 절을 하고 나갔다.

보나시외는 그 서류가 바스티유에서 심문을 받을 때 작성한 조서인 것을 알아보았다. 벽난로 앞의 인물은 이따금 서류에서 눈을 들어 가엾은 상인의 심장을 밑바닥까지 단검으로 찌르듯 날카롭게 쏘아보았다.

추기경은 서류를 10분쯤 읽어보고 10초쯤 검토한 뒤에 결론을 내렸다.

'음모를 꾸밀 머리가 아니야.' 그가 혼자 중얼거렸다. '아무래도 좋겠지. 어디 좀 해볼까.'

"당신은 대역죄로 고발당했어." 추기경이 천천히 말했다.

"알고 있습니다, 각하." 보나시외는 아까 부관이 쓰던 호칭을 따라 쓰면서 큰 소리로 말했다. "하지만 맹세코 말씀드리건대, 저는 거기에 대해 아무것도 모릅니다."

추기경은 미소를 억지로 참았다.

"당신은 아내와 슈브뢰즈 부인, 그리고 버킹엄 공작과 더불어 음모를 꾸몄어."

"집사람에게 그 이름들을 들은 것은 사실입니다, 각하."

"그 이름들은 언제 무슨 계기로 들었나?"

"집사람은 리슐리외 추기경이 버킹엄 공작과 왕비님을 함께 파멸시키려고 버킹엄 공작을 파리로 끌어들였다고 했습니다."

"그렇게 말했다고?" 추기경이 격하게 외쳤다.

"예, 각하. 하지만 저는 집사람한테 말해주었습죠. 그런 말을 하는 건 잘못이다, 추기경님은 절대로 그런 짓을 할 분이……."

"입 닥쳐라, 이놈! 바보 같으니."

"집사람도 저한테 그러더군요."

"마누라를 누가 납치했는지 알고 있나?"

"모릅니다, 각하."

"하지만 의심이 가는 사람은 있겠지?"

"예, 각하. 하지만 제가 의심하는 사람에 대해 취조관 나리께 말씀드렸더니 기분이 상하신 것 같더군요. 그래서 지금은 아무도 의심하지 않습니다."

"마누라가 도망쳤다는 건 알고 있었나?"

"몰랐는데, 감옥에 간 뒤에야 알았습니다. 그것도 역시 그 친절한 취조관 나리가 알려주셨지요."

추기경은 또다시 미소를 참았다.

"그럼 마누라가 도망친 뒤에 어떻게 됐는지는 모르고 있겠군?"

"전혀 모릅니다, 각하. 하지만 틀림없이 루브르 궁으로 돌아갔을 겁니다."

"새벽 한 시까지는 돌아와 있지 않았네."

"하느님 맙소사! 그럼 저의 집사람은 어떻게 됐을까요?"

"그건 우리가 알아낼 테니 걱정 말게. 추기경에게는 아무것도 숨길 수 없으니까. 추기경은 모든 걸 다 알고 있거든."

"그렇다면 각하께서는 제 집사람이 어떻게 되었는지 추기경님이 저한테 알려주실 거라고 생각하십니까?"

"아마 그럴 거야. 하지만 그보다 먼저 당신은 마누라와 슈브뢰즈 부인의 관계에 대해 알고 있는 걸 하나도 숨김없이 털어놓아야 할 거야."

"하지만 각하, 저는 아무것도 모릅니다. 그 여자를 본 적도 없는걸요."

"당신이 마중하러 루브르로 가면, 마누라는 늘 곧장 집으로 갔나?"

"그런 적은 거의 없습니다. 포목점에 볼일이 있다고 해서, 저는 집사람을 거기로 데려가곤 했지요."

"포목점은 몇 군데였나?"

"두 군데였습니다."

"어디 어디지?"

"하나는 보지라르 가에 있고, 또 하나는 아르프 가에 있습니다."

"당신도 가게에 함께 들어갔나?"

"그런 일은 한 번도 없습니다, 각하. 저는 항상 문 밖에서 기다렸지요."

"당신 마누라는 무슨 핑계를 대면서 혼자 들어갔나?"

"아무 핑계도 대지 않았습니다. 그냥 밖에서 기다리라고 말했고, 그래서 저는 기다렸을 뿐입니다."

"당신 대단한 공처가로군, 친애하는 보나시외 씨." 추기경이 말했다.

'나를 친애하는 보나시외 씨라고 불러주다니, 일이 잘 되어가는 모양이군!' 상인이 속으로 중얼거렸다.

"그 가게들을 알아볼 수 있겠나?"

"그럼요."

"번지도 알고 있나?"

"예."

"몇 번지인가?"

"보지라르 가 25번지, 그리고 아르프 가 75번지입니다."

"좋아." 추기경이 말했다.

그러고는 은종을 집어 들고 딸랑딸랑 종을 울렸다. 부관이 들어왔다.

"가서 로슈포르를 찾아오게." 추기경이 낮은 목소리로 말했다. "돌아와 있거든 당장 오라고 해."

"백작은 여기 와 계십니다." 부관이 말했다. "예하께 긴히 드릴 말씀이 있다고 하십니다!"

'예하?' 보나시외가 중얼거렸다. 그는 '예하'가 추기경을 부를 때 쓰는 존칭이라는 것을 알고 있었다. '예하라고?'

"그럼 들여보내. 어서 들여보내!" 리슐리외가 무뚝뚝하게 말했다.

부관은 잽싸게 방에서 뛰쳐나갔다. 추기경의 부하들은 모두 그런 식으로 추기경의 명령에 재빨리 따르는 것이 보통이었다.

'예하라고?' 보나시외는 눈알을 굴리면서 중얼거렸다.

부관이 나간 지 5초도 지나기 전에 문이 열리고 새로운 인물이 들어왔다.

"저놈이다!" 보나시외가 외쳤다.

"저놈이 누구냐?" 추기경이 물었다.

"제 집사람을 납치해간 자입니다!"

추기경은 두 번째로 종을 울렸다. 부관이 다시 나타났다.

"이자를 위병에게 넘기고, 내가 부를 때까지 기다리게 해."

"아닙니다, 각하. 아니에요. 그놈이 아닙니다!" 보나시외가 외쳤다. "제가 잘못 보았습니다. 그놈은 저분과 전혀 다른 사람입니다. 저분은 착한 사람 같은데요?"

"이 멍청이를 어서 데려가!" 추기경이 말했다.

부관은 보나시외의 팔을 잡고 대기실로 다시 데려갔다. 그곳에는 두 위병이 기다리고 있었다.

방금 들어온 새 인물은 보나시외가 사라질 때까지 그의 모습을 초조한 눈으로 지켜보았지만, 보나시외가 나가고 다시 문이 닫히자 추기경에게 재빨리 다가가서 말했다.

"그들이 만났습니다."

"누구 말인가?" 추기경이 물었다.

"두 남녀 말입니다."

"왕비와 공작?" 리슐리외가 외쳤다.

"예."

"어디서?"

"루브르에서요."

"확실해?"

"절대 확실합니다."

"누구한테 들었나?"

"라누아 부인*한테 들었습니다. 그 여자는 아시다시피 예하 편이니까요."

"왜 좀 더 일찍 알려주지 않았지?"

"단순한 우연인지, 아니면 뭔가 의심스러웠기 때문인지, 왕비는 파르지 부인*을 자기 방에 재웠고, 온종일 곁에 두었답니다."

"알았네. 우리가 졌어. 어떻게든 만회하도록 해보세."

"제 영혼을 다 바쳐서 도와드릴 테니 안심하십시오."

"그런데 두 사람은 어떻게 만났지?"

"밤 열두 시 반에 왕비는 시녀들과 함께 있었는데……."

"어디에?"

"침실에요."

"그런데?"

"누군가가 와서 왕비의 속옷 담당 시녀 편에 전해진 손수건 한 장을 왕비한테 건넸습니다."

"그래서?"

"왕비는 당장 감동한 표정을 보였고, 얼굴을 화장했는데도 안색이 창백해졌답니다."

"그래서? 그래서?"

"왕비는 자리에서 일어나, 여느 때와는 다른 목소리로 시녀들에게 말했답니다. '10분만 기다려줘. 곧 돌아올 테니까.' 그러고는 반침으로 통하는 문을 열고 방에서 나갔답니다."

"라누아 부인은 왜 그때 곧장 자네한테 와서 알리지 않았을까?"

"아직 확실한 걸 몰랐기 때문이지요. 게다가 왕비가 기다리라고 했기 때문에 감히 거역할 수 없었답니다."

"그래, 왕비는 얼마나 오랫동안 방을 비웠나?"

"45분입니다."

"아무도 따라가지 않았나?"

"에스테파니아 부인만 따라갔답니다."

"왕비는 나중에 돌아왔단 말이지?"

"예. 하지만 왕비의 머리글자가 새겨진 작은 장미목 상자를 들고는 다시 나갔답니다."

"그 후 돌아왔을 때는 그 상자를 도로 가져왔다던가?"

"아닙니다."

"라누아 부인은 그 상자에 뭐가 들었는지 알고 있나?"

"예. 폐하께서 왕비에게 주신 다이아몬드 목걸이입니다."

"그런데 돌아올 땐 빈손으로 왔단 말이지?"

"예."

"그러니까 라누아 부인은 왕비가 그 상자를 버킹엄에게 주었을 거라고 생각한단 말이군?"

"그렇게 확신하고 있습니다."

"어째서지?"

"다음 날 라누아 부인은 왕비의 의상 담당 시녀 자격으로 그

상자를 찾아보았고, 상자가 보이지 않자 몹시 걱정하는 체하면서 왕비에게 물어보았답니다."

"그랬더니 왕비는……?"

"얼굴이 새빨개지더니, 목걸이가 망가져서 세공사에게 고치러 보냈다고 대답하더랍니다."

"세공사한테 가서 그 말이 사실인지 확인해봐야겠군."

"제가 벌써 확인했습니다."

"좋아. 세공사는 뭐라던가?"

"목걸이 이야기는 들어본 적도 없다고 하더군요."

"좋아! 좋아! 로슈포르, 아직은 완패한 게 아니야. 어쩌면…… 어쩌면 더 잘된 일인지도 몰라!"

"사실 저는 조금도 의심하지 않습니다. 예하의 천부적 재능이…….."

"부하의 어처구니없는 실수를 만회하고도 남을 것이다, 그런 말인가?"

"바로 그렇습니다. 예하께서 저더러 말을 끝내게 해주셨다면 그렇게 말했을 겁니다."

"그런데 슈브뢰즈 부인과 버킹엄 공작이 지금 어디에 숨어 있는지 알고 있나?"

"모릅니다, 각하. 그 점에 대해서는 제 부하들도 결정적인 정보를 얻지 못했습니다."

"나는 알고 있네."

"예하께서 아신다고요?"

"그래. 아니, 적어도 짐작은 하고 있지. 두 사람 가운데 하나는 보지라르 가 25번지에 있을 거고, 또 한 사람은 아르프 가 75번지에 있을 거야."

246

"예하께선 제가 두 사람 다 체포하기를 바라십니까?"

"자네가 갈 때쯤에는 너무 늦겠지. 벌써 떠났을 거야."

"그래도 혹시 모르니까 확인해볼 수는 있겠지요."

"내 친위대원 열 명을 데리고 가서 그 두 집을 샅샅이 수색하게."

"그럼 다녀오겠습니다, 각하."

로슈포르는 방에서 뛰쳐나갔다.

혼자 남은 추기경은 잠시 생각에 잠겨 있다가 세 번째로 종을 울렸다.

아까 왔던 부관이 다시 나타났다.

"죄수를 데려오게." 추기경이 말했다.

보나시외가 또 끌려왔다. 추기경의 신호에 따라 부관은 물러갔다.

"당신은 나를 속였어." 추기경이 엄격하게 말했다.

"제가요?" 보나시외가 외쳤다. "제가 예하를 속였다고요?"

"당신 마누라는 보지라르 가와 아르프 가에 갔을 때, 포목점에 간 게 아니었어."

"맙소사. 그럼 도대체 어디에 갔던 걸까요?"

"슈브뢰즈 부인과 버킹엄 공작을 만나러 갔던 거야."

"그렇군요." 보나시외가 기억을 되살리면서 말했다. "예, 맞습니다. 예하 말씀이 옳아요. 저는 포목상이 간판도 없는 집에 사는 건 이상하다고 집사람한테 여러 번 말했지만, 그때마다 집사람은 웃기만 했습지요." 보나시외는 추기경의 발아래 무릎을 꿇고서 말을 이었다. "아! 나리께서는 추기경님이시죠. 온 세상 사람들이 우러러보는 천재, 위대한 추기경님이시죠."

보나시외 같은 미천한 서민의 찬사를 듣는 것은 좋지도 나쁘지도 않았지만, 그래도 추기경은 잠시 우쭐한 기분이 들었다. 하지만 그것도 잠시뿐, 곧 새로운 생각이 떠오른 듯 미소가 입술에 번졌다. 추기경은 보나시외에게 손을 내밀면서 말했다.

"일어나게, 친구. 당신은 용감한 사람이야."

"추기경님이 내 손을 잡으셨어! 내가 그 위대하신 분의 손을 잡았어!" 보나시외가 외쳤다. "그 위대하신 분이 나를 친구라고 부르셨어!"

"그렇다네, 친구." 추기경이 부드럽고 인자한 어조로 말했다. 그는 이따금 그런 말투를 쓰곤 했는데, 그를 잘 모르는 사람이나 거기에 속아 넘어갔다. "당신은 부당한 혐의를 받았으니 보상을 받아야 해. 자, 이 주머니를 받게나. 백 피스톨이 들어 있네. 이걸 받고 나를 용서해주게."

"예하를 용서하라고요?" 보나시외가 돈주머니를 받을까 말까 망설이면서 말했다. 선물을 주겠다는 게 농담이 아닐까 하고 걱정하는 눈치였다. "추기경님은 저를 체포하시든, 고문하시든, 교수형에 처하시든, 마음대로 하셔도 됩니다. 추기경님은 저의 주인이시니까요. 저는 불평 한마디 하지 않을 겁니다. 그런데 예하를 용서하라고요? 꿈에도 그런 생각은 하지 마십시오."

"아, 친애하는 보나시외! 당신이 너그럽다는 건 알겠네. 정말 고마워. 그러니까 이 주머니를 받게. 이 정도면 큰 불만 없이 돌아가주겠지?"

"황송한 기분으로 떠나겠습니다, 예하."

"그럼 잘 가게. 아니, 다시 만날 때까지 잘 지내라고 할까? 곧 다시 만나기를 바라니까."

"예하께서 바라신다면 언제든지 분부만 내려주십시오."

"자주 만나게 될 걸세. 당신과 대화를 나누는 게 무척 즐거우니까."

"오, 감사합니다, 예하!"

"그럼 또 보세, 보나시외."

추기경이 물러가라는 손짓을 하자, 보나시외는 코가 땅에 닿도록 절을 하고는 뒷걸음질로 방에서 나갔다. 그리고 대기실에 들어서자 감격한 나머지 "예하 만세! 위대하신 추기경 만세!" 하고 외치는 소리가 추기경의 귀에까지 들렸다. 추기경은 보나시외가 열광적인 감격을 그렇게 보란 듯이 과시하는 것을 들으면서 빙그레 웃었다. 이윽고 보나시외의 외침 소리가 사라지자, 그가 혼잣말로 중얼거렸다.

'좋아. 앞으로 나를 위해 목숨을 바칠 사람이 또 하나 생겼군.'

그러고는 책상 위에 펼쳐져 있는 라로셸 지도를 주의 깊게 들여다보더니, 지도에 연필로 줄을 그었는데, 이 줄을 따라 18개월 뒤에는 그 포위된 도시의 항구를 봉쇄할 그 유명한 제방이 놓이게 될 것이었다.

그가 전략을 짜느라 깊은 생각에 잠겨 있을 때, 다시 문이 열리고 로슈포르가 들어왔다.

"어떻게 됐나?" 추기경이 벌떡 일어나면서 다급하게 물었다. 그 태도는 그가 로슈포르 백작에게 맡긴 임무를 얼마나 중요하게 생각하고 있는지를 여실히 보여주었다.

"아, 예!" 로슈포르가 대답했다. "예하께서 말씀하신 두 집에는 실제로 두 남녀가 묵고 있었습니다. 스물예닐곱 살의 젊은 여자와 서른다섯에서 마흔 살가량의 남자인데, 한 사람은 나흘 동안, 또 한 사람은 닷새 동안 머물러 있다가, 여자는 엊 저녁에 떠났고 남자는 오늘 아침에 떠났답니다.”

“바로 그들이야!” 추기경이 시계를 힐끗 보면서 외쳤다. “지금은 추적하기에 너무 늦었어. 슈브뢰즈 부인은 투르에 있을 테고, 공작은 지금쯤 불로뉴에 있겠지. 런던에서 두 사람을 따라잡아야 할 거야.”

“무엇을 해야 할지, 분부를 내려주십시오.”

“이 일에 대해서는 한마디도 입 밖에 내지 말게. 왕비를 완전히 안심시켜. 우리가 비밀을 알아냈다는 걸 눈치채지 못하게 하고, 우리가 딴 음모를 적발하고 있는 줄로만 생각하게 하란 얘기지. 그리고 국새상서 세기에*를 보내주게.”

“그런데 그자는 어떻게 처리하셨습니까?”

“누구 말인가?”

“보나시외란 자 말입니다.”

“할 수 있는 일은 다 해놓았네. 제 마누라를 염탐하는 밀정으로 만들어놓았지.”

로슈포르는 주군의 탁월함을 인정하는 사람답게 공손히 절을 하고 물러갔다.

혼자 남은 추기경은 다시 책상 앞에 앉아서 편지 한 통을 쓰고 봉인한 다음, 다시 종을 울렸다. 부관이 네 번째로 들어왔다.

“비트레*를 불러주게.” 추기경이 말했다. “여행 떠날 채비를 하고 오라고 이르게.”

잠시 후에 부름을 받은 사내가 여행용 장화에 박차를 단 차림으로 나타났다.

“비트레, 급히 런던으로 떠나게. 도중에 잠시도 멈춰선 안 돼. 이 편지를 밀레디에게 전해. 이건 2백 피스톨을 지급하라는 전표야. 출납관에게 가서 돈으로 바꾸게. 엿새 안으로 돌아

오면, 그리고 맡긴 일을 제대로 해냈으면, 2백 피스톨을 더 주
겠네."

비트레는 한마디 말도 없이 절을 하고는 편지와 2백 피스톨
짜리 전표를 받아들고 나갔다.

편지에는 다음과 같은 내용이 적혀 있었다.

밀레디에게,

버킹엄 공작이 참석할 첫 번째 무도회에 참석하시오. 공작의 윗도
리에는 다이아몬드 12개로 된 목걸이가 들어 있을 거요. 그에게
접근하여 2개만 빼내시오.

손에 넣는 대로 연락하시오.

제15장
법관과 군인

이런 사건들이 일어난 이튿날, 아토스가 아직도 나타나지 않았기 때문에 다르타냥과 포르토스는 트레빌에게 아토스의 행방불명을 보고했다.

한편 아라미스는 닷새 휴가를 얻어 집안 문제로 루앙에 갔다고 한다.

트레빌은 부하들에게 아버지나 같은 존재였다. 아무리 하찮고 이름 없는 사람이라 해도 일단 총사 제복을 입기만 하면 친형제 같은 도움과 후원을 받을 수 있었다.

그래서 총사대장은 당장 형사 대리관*을 찾아갔다. 크루아루주의 지서장이 불려왔고, 일련의 정보들을 종합한 결과 아토스가 포르-에베크에 구금되어 있다는 것을 알게 되었다.

아토스는 보나시외가 겪은 시련을 모두 거쳤다.

두 죄수가 대질하는 장면은 우리도 이미 목격했다. 아토스는 다르타냥이 붙잡히면 해야 할 일을 하지 못하게 될까 봐 그때까지는 아무 말도 하지 않았지만, 보나시외와 대면한 순간부터 자기는 다르타냥이 아니라 아토스라고 밝혔다.

또한 그는 보나시외 부부도 알지 못한다고, 그들과는 말을 나눈 적도 없다고 말했다. 친구인 다르타냥을 찾아간 것은 밤 열 시경이었고, 그때까지는 트레빌 씨 댁에서 저녁을 먹으며 머물러 있었는데, 이 사실을 증언해줄 사람은 스무 명도 넘는다면서, 그 증인으로 라 트레무유 공작을 비롯하여 여러 명의 저명한 귀족을 열거했다.

그를 두 번째로 조사한 취조관도 아토스의 간단명료하고 확고한 진술을 듣고는 첫 번째 취조관만큼이나 아연실색했다. 원래 법관들은 군인들에게 앙갚음하기를 좋아한다. 이 취조관도 총사에게 앙갚음하고 싶은 마음이 굴뚝같았겠지만, 트레빌과 라 트레무유 공작의 이름은 무시할 수 없었다.

그 후 아토스는 추기경에게 보내졌는데, 공교롭게도 이때 추기경은 왕을 만나기 위해 루브르에 가 있었다.

트레빌이 형사 대리관과 포르-에베크 사령관을 만났지만 아토스를 찾아내지 못하자 그들과 헤어져 국왕을 알현하러 온 것은 바로 그때였다.

트레빌은 총사대장 자격으로 언제든지 왕에게 알현을 청할 수 있었다.

누구나 알다시피 왕은 왕비에게 반감을 품고 있었고, 그렇게 하도록 왕을 교묘하게 부추긴 것은 바로 추기경이었다. 추기경은 음모에 관한 한 남자보다 여자를 훨씬 더 경계했다. 이 반감의 주요 원인들 가운데 하나는 안 왕비와 슈브뢰즈 부인의 우정이었다. 왕에게는 스페인과의 전쟁보다, 영국과의 분쟁보다, 자신의 재정난보다, 이 두 여자의 관계가 더 걱정거리였다. 왕은 슈브뢰즈 부인이 왕비의 정치적 음모를 도와주고 있을 뿐만 아니라 왕비의 은밀한 연애도 도와주고 있다고 믿었다. 그리고 왕에게는 왕비의 음모보다 연애가 훨씬 더 괴로운 문제였다.

그래서 왕은 슈브뢰즈 부인이 투르로 추방되어 그곳에 틀어박혀 있을 줄로만 알고 있었는데 파리에 와서 닷새 동안이나 머물러 있으면서 경찰의 눈을 피했다는 추기경의 말을 듣자 크게 화를 냈다. 왕은 본디 변덕스럽고 불성실한 인물이었다. 그런데도 '공정한 루이'나 '정결한 루이'라는 칭호로 불리기를 바라고 있었다. 후세 사람들은 이 인물을 이해하기가 어려울 것이다. 역사는 추론에 의해서가 아니라 오직 사실에 의해서만 설명되기 때문이다.

게다가 추기경은 슈브뢰즈 부인이 파리에 머물렀을 뿐만 아니라, 당시에 '비밀결사'라고 불리는 신비로운 접속 방법의 도움으로 왕비와의 우정도 회복했다고 말했다. 또한 자신이 온갖 증거를 갖추고 이 음모의 단서를 포착하여, 추방당한 여자를 찾아간 왕비의 밀사를 현행범으로 체포한 순간, 총사 하나가 칼을 들고 나타나, 국왕에게 증거를 제시하기 위해 공정하게 사건을 수사하고 있던 정직한 사법 경찰관을 덮쳐서 공무 집행을 방해했다고 보고하자, 루이 13세는 더 이상 참지 못했다. 그는 화가 나서 새파래진 얼굴로 입을 꾹 다물고 왕비의 처소 쪽으로 발걸음을 내디뎠다. 이 군주는 분노가 폭발하면 세상에서 가장 냉혹하고 잔인한 사람이 되어버렸다.

하지만 이런 상황에서도 추기경은 버킹엄 공작에 대해 한마디도 언급하지 않았다.

트레빌이 들어온 것은 바로 그때였다. 그는 나무랄 데 없는 옷차림에 냉정하면서도 정중한 태도를 갖추고 있었다.

추기경이 와 있는 데다 왕의 안색이 변해 있는 것을 보고

트레빌은 무슨 일이 있었는지를 한눈에 짐작할 수 있었다. 그러자 블레셋 사람들과 맞선 삼손*처럼 힘이 솟구치는 것을 느꼈다.

루이 13세는 벌써 문손잡이를 잡고 있다가, 트레빌이 들어오는 소리를 듣고는 그쪽으로 고개를 돌렸다.

"마침 잘 왔소, 트레빌 경." 왕이 말했다. 왕은 감정이 어느 정도까지 고조되면 자신을 숨기지 못하는 사람이었다. "나는 경의 총사들에 관해 곤란한 일을 알게 되었소."

그러자 트레빌이 냉정하게 말했다.

"저도 폐하의 법관들에 대해 곤란한 일을 알려드릴 게 있습니다."

"그래요?" 왕이 거만하게 말했다.

"삼가 폐하께 아뢰고자 합니다." 트레빌이 여전히 차분한 어조로 말을 이었다. "검찰관, 사법관, 경찰관들은 존경할 만한 사람들이지만, 아무래도 군인에 대해 악감정을 품고 있는 것 같습니다. 경찰 일당이 제 총사 한 사람을 어느 집에서 체포하여 포르-에베크에 구금했지만, 무슨 명령으로 그런 짓을 했는지는 저에게도 밝히지 않았습니다. 그 총사는 제 총사라기보다는 오히려 폐하의 총사로서…… 품행이 나무랄 데가 없을 뿐만 아니라 인물도 뛰어나고 폐하께서도 알고 계시는 아토스입니다."

"아토스." 왕이 기계적으로 되뇌었다. "그래, 들어본 이름이군."

"폐하의 기억을 되살리기 위해 말씀드리자면, 아토스는 폐하께서도 알고 계시는 그 유감스러운 결투에서 안타깝게도 카위사크에게 중상을 입힌 총사입니다. 그런데 예하." 트레빌이

256

추기경을 돌아보면서 말을 이었다. "카위사크 씨는 완쾌되었겠지요?"

"걱정해줘서 고맙소!" 추기경은 분한 마음에 입술을 깨물면서 대답했다.

"아토스는 친구를 찾아갔는데, 친구는 마침 집에 없었습니다." 트레빌이 말을 이었다. "그 친구는 베아른 출신의 젊은 귀족으로서, 폐하의 근위대인 에사르 중대의 수습 대원입니다. 하지만 아토스가 친구 집에 들어가서는, 친구를 기다리는 동안 책이나 읽으려고 책을 막 집어든 순간에 경찰관과 병사들이 몰려와서 그 집을 포위하고 여기저기 문을 부수고 난입하여……."

이때 추기경이 왕에게 '제가 조금 전에 말씀드린 그 사건입니다'라는 뜻의 신호를 보냈다.

"그건 나도 알고 있소." 왕이 대답했다. "그 모든 게 우리를 위해 한 일이니까."

"그렇다면 그들이 아무 죄도 없는 제 총사 하나를 체포하여, 무슨 흉악범이라도 되는 것처럼 양쪽에서 붙잡고는 무지한 평민들 속을 끌고 다닌 것도 폐하를 위해서 할 일이군요. 그 총사로 말씀드릴 것 같으면 벌써 열 번이나 폐하를 위해 피를 흘렸고, 그보다 더 많은 피를 흘릴 각오가 되어 있는 충성스러운 사람인데 말입니다."

"아하! 일이 그렇게 된 거였소?" 왕이 충격을 받은 표정으로 말했다.

"트레빌 씨가 말하지 않은 게 있습니다." 추기경이 냉정하게 말을 받았다. "그 죄도 없고 충성스러운 총사가 한 시간 전에, 제가 매우 중요한 일을 준비하기 위해 파견한 네 명의 조사관에게 칼을 휘둘렀습니다."

"예하께서 어디 한번 입증해보시지요." 트레빌이 가스코뉴 사람답게 솔직하고 군인답게 거친 말투로 외쳤다. "폐하께 솔직히 말씀드리면 아토스는 아주 지체 높은 귀족으로, 체포되기 한 시간 전에는 저와 함께 저녁 식사를 하고, 때마침 저의 집에 와 있던 라 트레무유 공작, 샬뤼 백작과 더불어 객실에서 대화를 나누고 있었습니다."

왕이 추기경을 바라보았다.

그러자 추기경은 왕의 말없는 질문에 큰 소리로 대답했다.

"공식 보고서를 믿어야 합니다. 폭행을 당한 사람들이 보고서를 작성했으니까, 그것을 폐하께 보여드리겠습니다."

"법관들이 작성한 보고서가 군인들의 명예를 건 맹세만 한 가치가 있을까요?" 트레빌이 자랑스럽게 대꾸했다.

"자, 자, 트레빌, 진정하시오." 왕이 말했다.

"추기경께서 제 총사에 대해 의심을 품고 계신다면, 정의로운 분으로 알려진 예하께서는 제가 직접 조사하는 데 이의가 없으시겠지요?"

"경찰이 기습한 집은……" 추기경이 냉정하게 말을 이었다. "그 총사의 친구인 베아른 출신 젊은이가 세들어 살고 있는 줄 아는데."

"예하께서는 다르타냥을 말씀하시는 건가요?"

"당신이 뒤를 봐주고 있다는 젊은이 말이오."

"예, 예하, 맞습니다."

"이렇게는 생각하지 않나요? 그 젊은이가 안 좋은 충고를……."

"아토스한테요? 자기보다 두 배나 나이가 많은 사람한테 충고를 한다고요?" 트레빌이 추기경의 말을 가로막았다. "천만에요. 게다가 다르타냥은 그날 밤 저와 함께 있었습니다."

"아, 그래요? 그날 밤엔 모든 사람이 당신과 함께 있었군?"

"예하께서는 제 말을 의심하십니까?" 화가 나서 얼굴이 빨개진 트레빌이 물었다.

"당치도 않소! 하지만 그 젊은이는 몇 시에 당신과 함께 있었소?"

"그건 확실히 말씀드릴 수 있습니다. 그 젊은이가 들어왔을 때 시계가 아홉 시 반을 가리키고 있는 것을 제가 분명히 보았으니까요. 저는 그보다 더 늦은 시간인 줄 알았는데."

"그럼 그 젊은이는 몇 시에 당신 집을 떠났소?"

"열 시 반이었습니다. 그 사건이 일어난 지 한 시간 뒤인 셈이지요."

"하지만 최종적으로……" 트레빌의 진실성만은 추호도 의심한 적이 없는 추기경은 손에 쥐었던 승리가 스르르 빠져나가는 것을 느끼면서 대답했다. "하지만 최종적으로 아토스는 포수아외르 가에 있는 그 집에서 붙잡혔소."

"친구 집을 찾아가는 게 금지되어 있습니까? 저의 총사대원이 에사르 씨의 근위대원과 친하게 지내는 게 금지되어 있습니까?"

"그렇소. 그 친구의 집이 혐의를 받고 있는 경우에는."

"중요한 건 그 집이 혐의를 받고 있다는 거요." 왕이 말했다. "경은 그런 사실을 모르고 있었나 보군?"

"그렇습니다, 폐하. 전혀 몰랐습니다. 어쨌든 다르타냥이 살고 있는 방만 제외하면 어디든 혐의를 받아도 상관없습니다. 그 젊은이가 한 말을 믿을 수 있다면, 그보다 더 폐하께 충성스럽고 추기경님을 존경하는 사람은 아무도 없다는 것을 장담할 수 있습니다. 폐하."

"언젠가 카름데쇼 수도원 근처에서 결투가 벌어졌을 때 쥐사크에게 상처를 입힌 것이 그 다르타냥이란 젊은이 아니오?" 왕이 추기경을 바라보며 물었다. 추기경은 분한 기분으로 얼굴이 새빨개졌다.

"그 이튿날에는 또 베르나주에게 상처를 입혔지요. 맞습니다. 폐하. 기억력이 참 좋으시군요."

"자, 그럼 어떤 결정을 내려야 할까?" 왕이 말했다.

"그건 저보다 폐하와 관련된 일입니다." 추기경이 말했다. "저는 유죄를 주장합니다."

"저는 유죄를 인정할 수 없습니다." 트레빌이 말했다. "하지만 폐하께는 재판관들이 있으니까, 그들에게 판정을 내리도록 하셨으면 합니다."

"옳은 말이오." 왕이 말했다. "사건을 재판관들에게 넘깁시다. 심판하는 것이 그들의 일이니까, 그들이 알아서 할 거요."

"다만……" 트레빌이 말을 이었다. "지금은 불행한 시대여서, 아무리 성실하고 고결한 사람도 치욕과 박해를 면할 수 없다는 것이 유감스러울 따름입니다. 그래서 걱정스러운 것은, 군대가 치안 문제에서 부당한 취급을 받게 되면 불만을 품지나 않을까 하는 점입니다."

이것은 경솔한 발언이었다. 하지만 트레빌은 의도적으로 그 말을 한 것이었다. 그는 은근히 폭발이 일어나기를 바라고 있었다. 폭발이 일어나면 불이 나고, 불은 빛을 내어 사방을 밝히기 때문이다.

"치안 문제!" 왕이 트레빌의 말을 받아서 외쳤다. "치안 문제라고? 경은 뭘 알고 있단 말이오? 총사대 일이나 잘 하고, 공연한 일로 나를 귀찮게 하지 마시오. 경은 마치 총사 한 명을 체포하면 프랑스 전체가 위험에 빠지기라도 할 것처럼 말하는군. 총사 하나 때문에 이게 무슨 소동이야! 한 명이 아니라 열 명, 백 명을 체포하게 하겠소. 아니 총사대 전체라도 상관없어! 그리고 아무도 거기에 대해 입도 뻥긋하지 못하게 할 거요."

"폐하께서 의심하는 순간부터 총사들은 유죄나 다름없습니다." 트레빌이 말했다. "그래서 저도 칼을 내놓을 각오가 되어 있습니다. 추기경께서는 제 부하들을 고발하셨으니까, 결국에는 저도 고발하실 테니까요. 따라서 이미 체포된 아토스와 이제 곧 체포될 다르타냥과 함께 저도 죄수가 되는 편이 나을 것입니다."

"가스코뉴 사람의 고집은 이제 그만 부릴 수 없소?" 왕이 말했다.

"폐하." 트레빌이 조금도 언성을 낮추지 않고 대답했다. "저의 총사를 돌려주시든가, 아니면 재판에 회부하도록 분부를 내려주십시오."

"재판을 받게 될 거요." 추기경이 말했다.

"그렇다면 더욱 좋습니다! 그럴 경우에는 제가 변호에 나설 수 있도록 폐하께서 허락해주시기 바랍니다."

왕은 일이 스캔들로 비화되는 게 두려웠다.

"추기경에게 사적인 동기가 없다면……." 왕이 말했다.

추기경은 왕이 어디로 가려 하는지를 알아차리고 앞질러 가서 왕을 가로막았다.

"황공하오나, 폐하께서 제가 편견을 가지고 판단한다고 생각하신다면, 저는 자리에서 물러나겠습니다."

그러자 왕이 트레빌에게 물었다.

"그 사건이 일어난 시각에 아토스가 경의 집에 함께 있었고, 따라서 그 사건에는 전혀 관여하지 않았다는 것을 선왕 폐하의 이름을 걸고 맹세할 수 있겠소?"

"영광에 빛나는 선왕 폐하, 또한 제가 세상에서 제일 흠모하고 경배하는 폐하의 명예를 걸고 맹세합니다!"

"생각해보십시오, 폐하." 추기경이 말했다. "죄수를 이런 식으로 풀어주면, 진상을 영원히 알 수 없게 될 것입니다."

"아토스는 법관들이 원하면 언제든지 출두해서 심문에 응할 겁니다. 그는 도망칠 사람이 아닙니다, 추기경 예하. 그러니 안심하십시오. 제가 책임지겠습니다."

"그래, 도망치지는 않을 거요." 왕이 말했다. "총사대장의 말대로 언제든지 소환할 수 있을 거요. 게다가……" 왕은 간청하는 눈길을 추기경에게 던지면서 목소리를 낮추어 덧붙였다. "그들을 안심시켜 둡시다. 그게 정치요."

루이 13세의 입에서 '정치'라는 말이 나오자 리슐리외가 빙긋 웃었다.

"분부를 내려주십시오, 폐하. 폐하께서는 사면권을 가지고 계십니다."

"사면권은 죄인에게만 적용됩니다." 트레빌이 최후의 결정적인 말을 하고 싶어서 말했다. "그런데 제 총사는 결백합니다. 그러므로 폐하께서 내리실 것은 사면이 아니라 정의입니다."

"그런데 아토스는 지금 포르-에베크에 있소?" 왕이 물었다.

"그렇습니다, 폐하. 게다가 중죄인처럼 지하 독방에 갇혀서 면회도 금지된 상태입니다."

"그거 안됐군!" 왕이 중얼거렸다. "어떻게 하면 좋지?"

"석방 명령서에 서명해주시면 됩니다." 추기경이 말했다. "저도 폐하와 마찬가지로 트레빌 씨의 보증만 있으면 충분하다고 생각합니다."

트레빌은 공손히 절을 했지만, 그의 기쁨 속에는 불안도 없지 않았다. 추기경이 이런 식으로 갑자기 관대하게 물러서기보다는 차라리 완강하게 나오는 편이 더 나았다.

왕이 석방 명령서에 서명했고, 트레빌은 지체 없이 그것을 받아 들었다.

그가 떠나려고 하자 추기경이 그에게 친근한 미소를 던지고는 왕에게 말했다.

"폐하의 총사대는 대장과 대원들 사이에 단합이 대단하군요. 그래야 근무하는 데에도 좋고, 다른 사람들에게도 권위가 서겠지요."

'추기경은 앞으로도 계속 나를 못 살게 굴 거야.' 트레빌이 속으로 중얼거렸다. '저런 사람을 상대로 최후의 결정적인 말을 하면 안 돼. 하지만 서두르자. 왕이 언제 마음을 바꿀지 모르니까. 어쨌든 바스티유나 포르-에베크에 갇힌 사람을 일단 석방하고 나면 다시 가두기가 감옥에 계속 놔두는 것보다 더 어려운 일이지.'

트레빌은 의기양양하게 포르-에베크로 가서, 여전히 평온하고 태연한 아토스를 석방시켰다.

그리고 다르타냥을 다시 만나자마자 이렇게 말했다.

"이번에는 간신히 벌을 면했어. 쥐사크를 해치운 보상이야. 베르나주를 해치운 대가는 아직 남아 있지만, 너무 기대하진 말게."

그런데 트레빌이 추기경을 경계한 것도, 아직 다 끝난 게 아니라고 생각한 것도 옳았다. 총사대장이 나가고 문이 닫히자마자 추기경은 왕에게 이렇게 말했다.

"이제 폐하와 단둘이 남았으니 진지한 이야기를 나눌 수 있겠군요. 실은 버킹엄 공작이 닷새 동안 파리에 머물러 있다가 오늘 아침에야 떠났습니다."

제16장
국새상서 세기에가 늘 하던 대로
종을 울리기 위해 여러 번 종을 찾다

이 몇 마디가 루이 13세에게 어떤 영향을 끼쳤을지는 상상하는 것조차 불가능하다. 왕은 얼굴이 붉어졌는가 하면 또 금세 파래졌다. 추기경은 잃어버린 영토를 단번에 되찾았다는 것을 당장 알아차렸다.

"버킹엄이 파리에 있었다고?" 왕이 외쳤다. "도대체 파리에는 왜 온 거요?"

"우리의 적인 위그노와 스페인 사람들과 음모를 꾸미러 왔던 게 분명합니다."

"아니, 그건 아니오! 슈브뢰즈 부인, 롱그빌 부인, 콩데 부자*와 공모하여 내 명예를 해치려고 왔을 거요!"

"폐하! 어찌 그런 생각을 하십니까! 왕비님은 누구보다 현명하시고, 무엇보다도 폐하를 깊이 사랑하고 계십니다."

"여자는 약한 존재요, 추기경. 나를 깊이 사랑한다고 하지만, 그 사랑에 대해 나도 나름대로 의견을 갖게 되었소."

"그래도 저는 버킹엄 공작이 순전히 정치적인 목적을 위해 파리에 왔을 거라고 생각합니다."

"하지만 나는 버킹엄이 다른 목적을 위해 왔을 거라고 확신하오, 추기경. 하지만 왕비한테 죄가 있다면 나도 가만두진 않을 거요!"

"그 같은 배신행위는 생각만 해도 불쾌합니다만, 폐하의 말씀을 들으니 생각나는 게 있습니다. 실은 제가 폐하의 분부로 여러 번 심문한 바 있는 라누아 부인이 오늘 아침 저에게 말하기를, 왕비께서 간밤에는 늦게까지 잠자리에 들지 않으셨고, 오늘 아침에는 눈물을 흘리며 슬피 우셨고, 하루 종일 편지를 쓰고 계셨다고 하더군요."

"바로 그거요! 틀림없이 버킹엄에게 편지를 썼을 거요. 추기경, 왕비가 쓴 편지를 손에 넣어야겠소."

"하지만 그걸 어떻게 빼낼 수 있겠습니까, 폐하? 저는 물론 폐하께서도 할 수 있는 일이 아닌 듯합니다."

"당크르 원수 부인* 때는 어떻게 했소?" 왕이 버럭 화를 내며 외쳤다. "그 여자 옷장을 뒤지고, 나중에는 몸까지 수색했잖소?"

"당크르 부인이야 한낱 원수의 부인일 뿐이고, 게다가 피렌체 출신의 요부에 불과했지요. 하지만 폐하의 존엄한 배우자이신 안 도트리슈는 프랑스의 왕비이시고, 세상에서 가장 고귀한 왕비의 한 분이십니다."

"그래도 왕비는 죄를 지었소, 추기경! 왕비가 자신의 높은 지위를 잊은 만큼, 더 낮은 지위로 떨어진 거요. 게다가 나는 오래전부터 이런 정치적 음모나 연애에 관한 술수를 모조리 끝장내려고 결심했소. 왕비는 라 포르트라는 자를 측근에 두고……."

"솔직히 말씀드리면 그 라 포르트라는 자야말로 이 모든 일의 핵심 인물이라고 생각됩니다."

"그럼 추기경도 나와 마찬가지로 왕비가 나를 속이고 있다고 생각하는군?"

"다시 한 번 말씀드리지만, 저는 왕비님이 폐하의 권력에 대항할 음모를 꾸미고 있다고 생각합니다. 하지만 왕비께서 폐하의 명예를 훼손할 음모를 꾸미고 있다고 말씀드린 적은 없습니다."

"나는 양쪽 모두라고 생각하오. 왕비는 나를 사랑하지 않소. 다른 사람을 사랑하고 있으니까. 그 비열한 버킹엄을 사랑하고 있소! 버킹엄이 파리에 있을 때 왜 그를 체포하지 않았소?"

"공작을 체포한다고요? 찰스 왕의 재상을 체포한다고요? 상상도 할 수 없는 일입니다, 폐하. 만약 그랬다간 큰일이 일어날 겁니다! 폐하의 의혹에 대해 저는 계속 의문을 품고 있습니다만, 그 의혹이 근거 있는 것으로 밝혀진다면 얼마나 끔찍한 추문입니까! 구제할 길 없는 추문이 될 겁니다!"

"하지만 그가 부랑자와 좀도둑처럼 비난받을 짓을 했으니까, 우리는 마땅히……."

루이 13세는 자기가 하려던 말에 놀라서 입을 다물었다. 리슐리외는 목을 길게 빼고 왕의 입술에 남아 있는 말이 마저 나오기를 기다렸지만 허사였다.

"우리는 마땅히 어떻게 해야 합니까?"

"아무것도 아니오. 하지만 경은 그 사람이 파리에 있는 동안의 동정을 감시하지 않았소?"

"그렇습니다, 폐하."

"어디에 머물렀소?"

"아르프 가 75번지에 머물렀습니다."

"거기가 어디요?"

"뤽상부르 근처입니다."

"왕비가 그 사람을 만나지 않은 게 확실하오?"

"왕비님은 의무에 지나칠 정도로 충실하신 것 같습니다, 폐하."

"하지만 두 사람은 연락을 주고받았소. 왕비가 온종일 쓴 편지는 그 사람한테 쓴 편지였을 거요. 이봐요 추기경, 그 편지를 어떻게든 손에 넣어야겠소!"

"하지만 폐하……."

"추기경, 어떤 대가를 치르더라도 그 편지를 손에 넣고 싶소."

"그래도 생각해보십시오……."

"경도 나를 배신하려는 거요? 줄곧 이런 식으로 내 뜻을 거역할 거요? 경도 스페인 사람과 영국 사람들, 슈브뢰즈 부인, 그리고 왕비와 한통속이오?"

"폐하." 추기경이 한숨을 내쉬며 대답했다. "제가 그런 의심을 받을 줄은 꿈에도 몰랐습니다."

"내 말을 잘 들으시오, 추기경. 나는 그 편지를 손에 넣고 싶소."

"방법은 한 가지뿐입니다."

"그게 뭐요?"

"국새상서 세기에에게 그 임무를 맡기는 것입니다. 이런 일은 원래 그의 소관이기도 하니까요."

"지금 당장 사람을 보내서 그를 오게 하시오!"

"지금 제 방에 있을 겁니다, 폐하. 제 방에 들러달라고 기별해놓았고, 제가 이곳으로 올 때 국새상서가 오거든 기다리게 하라고 일러두었습니다.”

“지금 당장 불러오시오!”

“분부대로 거행하겠습니다. 하지만……”

“하지만 뭐요?”

“하지만 왕비님은 아마 거부하실지도 모릅니다.”

“내 명령을?”

“예. 폐하께서 내리신 명령이라는 것을 모른다면.”

“그렇다면 왕비가 의심하지 않도록 내가 직접 가서 말하겠소.”

“제가 불화를 막기 위해 최선을 다했다는 것을 부디 잊지 마시기 바랍니다.”

“알고 있소, 추기경. 경이 왕비에게 너그럽다는 것, 어쩌면 지나칠 정도로 너그럽다는 것도 알고 있소. 그 점에 대해서는 나중에 다시 이야기합시다.”

“언제든지 좋습니다, 폐하. 하지만 저는 폐하와 왕비님이 서로 화목하게 지내시도록 언제나 기꺼이 저를 희생해왔고, 또한 그것을 자랑으로 여기고 있습니다.”

“고맙소, 추기경. 어쨌든 국새상서를 데려오시오. 그동안 나는 왕비한테 다녀올 테니.”

루이 13세는 사잇문을 열고, 왕비의 처소로 이어진 통로로 나갔다.

왕비는 기토 부인, 사블레 부인, 몽바종 부인, 게메네 부인* 같은 시녀들에게 둘러싸여 있었다. 구석에는 왕비가 마드리드에서 데려온 스페인 시녀 도냐 에스테파니아가 대기하고 있었다. 게메네 부인이 책을 낭독하고 있었고, 모두 거기에 열심히 귀를 기울이고 있었지만, 왕비만은 예외였다. 왕비가 게메네

부인에게 책을 읽도록 시킨 것은 사실은 듣는 체하면서 혼자 생각에 잠기기 위해서였다.

왕비의 생각은 사랑의 마지막 빛으로 물들어 있기는 했지만, 역시 슬픔의 그림자는 감출 수 없었다. 안 도트리슈 왕비는 남편인 프랑스 왕의 신뢰를 잃었을 뿐만 아니라 추기경의 증오에도 시달리고 있었다. 추기경은 자신의 연정을 쌀쌀하게 거절한 왕비를 용서할 수 없었다. 당시의 회고록*을 믿는다면, 모후인 마리 드 메디시스는 처음부터 추기경의 연정을 받아들였는데도 평생 동안 추기경의 미움에 시달렸다. 안 왕비는 그런 모후의 선례를 직접 보았기 때문에 추기경의 연정을 끝내 거부했고, 결국 가장 헌신적인 하인들과 가장 믿을 만한 친구들과 가장 총애하는 신하들이 주변에서 사라지는 것을 보아야 했다. 남을 파멸시키는 재능을 타고났다는 그 불운한 사람들처럼 왕비는 주위의 모든 사람에게 불행을 안겨주었다. 왕비의 우정은 박해를 불러오는 불길한 신호였다. 슈브뢰즈 부인과 베르네 부인은 추방되었고, 라 포르트는 자기가 언제 체포될지 모른다는 것을 왕비에게 굳이 감추지 않았다.

왕비가 깊고 어두운 생각에 잠겨 있을 때 방문이 열리고 왕이 들어왔다.

책을 읽고 있던 게메네 부인은 그 순간 낭독을 멈추었고, 시녀들은 모두 일어났다. 깊은 정적이 내려앉았다.

왕은 예의도 차리지 않고 왕비 앞에 그냥 멈춰 섰다.

"부인, 국새상서가 찾아올 거요." 왕이 여느 때와는 다른 목소리로 말했다. "와서 내가 시킨 일을 처리할 테니 그리 아시오."

끊임없이 이혼이나 추방, 심지어는 재판의 협박까지 받고 있는 불운한 왕비는 볼에 연지를 발랐는데도 얼굴이 창백해져서 저도 모르게 되물었다.

"무엇 때문에 찾아오는 거죠? 무슨 말을 하려고 오는지는 모르지만, 폐하께서 직접 말씀해주시면 안 되나요?"

왕은 대답도 하지 않고 돌아섰다. 그 순간, 근위대장 기토가 국새상서의 도착을 알렸다.

국새상서가 나타났을 때, 왕은 이미 다른 문으로 왕비의 방을 떠난 뒤였다.

국새상서는 어설픈 미소를 띠고 얼굴을 붉히면서 들어왔다. 이 인물은 나중에 다시 등장하게 될 테니까, 여기서 그에 대해 알아두는 것도 나쁘지는 않을 것이다.

국새상서는 유쾌한 사람이었다. 그를 매우 충실한 인물로 추기경에게 천거한 사람은 일찍이 추기경의 비서였던 노트르담 성당의 참사회원인 데 로슈 르 말*이었다. 추기경은 그를 신뢰했고, 그는 추기경을 성심으로 섬겼다.

이 사람에 대해서는 몇 가지 일화가 있는데, 그중 하나를 소개하겠다.

파란만장한 젊은 시절을 보낸 뒤, 그는 하다못해 잠시만이라도 젊은 시절의 어리석은 짓을 속죄하려고 수도원에 들어갔다.

하지만 이 가련한 참회자가 신성한 곳에 들어갈 때 문을 재빨리 닫지 않았기 때문에, 속세에 떼어놓고 올 작정이었던 정념이 그와 함께 수도원으로 들어가버렸다. 이 정념은 그를 따라다니며 괴롭혔고, 이 수치스러운 노릇을 수도원장에게 털어놓자, 수도원장은 악마의 유혹을 물리치고 싶거든 정념이 찾아들 때마다 종루로 달려가서 힘껏 종을 치라고 권했다. 종소리가 들리면 수도사들은 그가 악마의 유혹에 사로잡혀 있음을 알게 될 것이고, 그러면 수도원 전체가 그를 위해 기도를 올릴 것이라는 말이었다.

그는 좋은 충고라고 생각했다. 그래서 수도사들이 올리는 기도의 힘으로 악령을 물리치기로 했다. 하지만 악마는 일단 점령한 곳을 호락호락 빼앗기지 않는 법이다. 악마를 쫓는 기도의 힘이 강해질수록 악마도 유혹을 더욱 강화했다. 그래서 종은 온종일 밤낮으로 계속 울려대면서 참회자가 얼마나 강렬한 욕정에 시달리고 있는지를 알려주었다.

수도사들은 이제 잠시도 휴식을 취할 수 없었다. 낮에는 예배당으로 통하는 계단을 오르내리며 시간을 보냈고, 밤에는 저녁 기도와 새벽 기도 외에도 하룻밤에 스무 번이나 침대에서 뛰쳐나와 방바닥에 무릎을 꿇어야 했다.

악마가 그를 놓아주었는지 아니면 수도사들이 지쳐버렸는지는 모르지만, 아무튼 석 달 뒤에 참회자는 세상에서 가장 지독하게 악령에 사로잡힌 사람이라는 평판과 함께 속세로 돌아왔다.

수도원을 떠난 그는 법조계에 들어가, 숙부의 뒤를 이어 법원장이 되었다. 그가 추기경 쪽에 붙은 것은 꽤 약삭빠르다는 증거였다. 그는 국새상서가 되어, 모후를 증오하고 안 왕비에게 원한을 품고 있는 추기경에게 열정적으로 봉사했다. 샬레 사건에서는 판사들을 선동했고, 프랑스의 최고 수렵관 라프마*의 노력을 격려했으며, 그리하여 마침내 추기경의 전폭적인 신임을 얻게 되었다. 사실 그는 추기경에게 그런 신임을 받을 만했다. 그리고 이제 추기경의 야릇한 명령을 수행하기 위해 왕비 앞에 나타난 것이다.

그가 들어왔을 때 왕비는 아직 서 있었지만, 그를 보자마자 다시 의자에 앉았고, 시녀들에게도 의자에 앉으라는 신호를 보낸 다음 지극히 오만한 어조로 물었다.

"무슨 일이오? 무슨 목적으로 여기 온 거요?"

"폐하의 이름으로, 황공하오나 왕비마마의 서류를 조사하러 왔습니다."

"뭐라고? 내 서류를 조사한다고? 내 서류를? 정말 무엄한 짓이군!"

"용서해주십시오. 하지만 저는 폐하의 심부름꾼에 불과합니다. 폐하께서는 방금 여기서 나가지 않으셨습니까? 제 방문에 대비하라고 마마께 말씀하시지 않았습니까?"

"그럼 서류를 찾아보시오. 나는 범죄자인 모양이니까. 에스테파니아, 내 탁자와 책상 열쇠를 드려라."

국새상서는 형식적으로 이 가구들을 조사했지만, 왕비가 그날 쓴 중요한 편지를 가구 속에 넣어둘 리가 없다는 것은 잘 알고 있었다.

국새상서는 책상 서랍을 스무 번쯤 여닫은 뒤, 약간의 망설임을 느꼈을지도 모르지만 일을 마무리하려면 왕비의 몸을 수색할 수밖에 없었다. 국새상서는 왕비 쪽으로 세 걸음 다가가서, 매우 곤혹스러운 어조와 난처한 태도로 말했다.

"이제 중요한 조사만 남았습니다."

"그게 뭐요?" 왕비는 말뜻을 이해하지 못했거나 이해하고 싶지 않아서 물었다.

"폐하께서는 왕비마마가 오늘 낮에 편지 한 통을 쓰셨다고 확신하고 계십니다. 또한 그 편지가 아직 수취인에게 보내지지 않았다는 것도 알고 계십니다. 그 편지가 마마의 탁자에서도 책상에서도 발견되지 않았지만, 어딘가에 틀림없이 있을 것입니다."

"그래서 감히 프랑스 왕비인 내 몸에 손을 대겠다는 것이오?" 안 왕비는 벌떡 일어나서 몸을 꼿꼿이 세우고 국새상서를 노려보면서 말했다.

"저는 폐하의 충실한 신하입니다. 폐하의 명령이라면 뭐든지 집행할 것입니다."

"그건 사실이오." 왕비가 말했다. "추기경의 첩자들이 주인에게 제대로 보고한 모양이군요. 내가 오늘 편지 한 통을 썼고, 그 편지를 아직 보내지 않은 것도 사실이오. 그 편지는 여기 있소."

왕비는 아름다운 손을 가슴에 댔다.

"그럼 편지를 이리 주십시오." 국새상서가 말했다.

"이 편지는 폐하께만 드릴 것이오."

"만약 폐하께서 그 편지를 직접 건네받고 싶으셨다면, 마마께 편지를 달라고 하셨을 겁니다. 거듭 말씀드리지만, 저는 마마께 그 편지를 달라고 요구하는 임무를 맡았고, 마마께서 편지를 내놓지 않으신다면……."

"그럼 어떻게 할 거요?"

"빼앗는 것도 제가 맡은 임무입니다."

"그게 무슨 뜻이오?"

"마마의 몸을 수색해서라도 수상한 편지를 찾아낼 권한을 부여받았다는 뜻입니다."

"정말 소름 끼치는 일이군!" 왕비가 외쳤다.

"그러니 순순히 응해주시기 바랍니다."

"이런 행위는 파렴치한 폭력이오. 알고 있소?"

"황공한 말씀이오나, 폐하께서 분부하신 일입니다."

"절대 허락하지 않겠소. 아니, 그런 일을 당할 바에는 차라리 죽어버리겠소!" 왕비가 외쳤다. 왕비의 핏줄에 흐르는 스페인과 오스트리아 왕실의 피가 끓어올랐다.

국새상서는 깊이 고개를 숙였다. 그러나 임무를 완수하지 않고는 한 걸음도 물러서지 않겠다는 의도를 분명히 드러내면서, 사형집행인 조수가 취조실에서 죄수를 고문할 때처럼 왕비에게 성큼 다가섰다. 그 순간, 왕비의 눈에서는 분노의 눈물이 솟구쳤다.

앞에서도 말했듯이 왕비는 더없이 아름다운 여인이었다.

따라서 국새상서의 임무는 매우 미묘하게 여겨질 수도 있었지만, 왕은 버킹엄에 대한 질투 때문에 다른 사람까지 질투할 여유는 없었다.

국새상서 세기에는 그 순간 종을 치기 위해 밧줄을 찾고 있었을 것이다. 하지만 밧줄이 보이지 않자 종을 치는 것을 체념하고, 왕비가 편지를 넣어두었다고 자백한 가슴 쪽으로 손을 뻗쳤다.

안 왕비는 한 걸음 뒤로 물러섰다. 안색이 너무 창백해서, 이제 곧 죽는 게 아닐까 싶을 정도였다. 왕비는 쓰러지지 않으려고 뒤에 있는 탁자에 왼손을 짚고 몸을 지탱하면서, 오른손으로 가슴에 넣어둔 편지를 꺼내 국새상서에게 내밀었다.

"자, 여기 있소. 이게 그 편지요." 왕비가 떨리는 목소리로 외쳤다. "받으시오. 그리고 어서 나가요. 당신 얼굴은 보기에도 역겨우니까."

국새상서도 쉽게 상상할 수 있는 흥분으로 몸을 떨고 있었지만, 편지를 받아들고는 코가 땅에 닿도록 절을 하고 방에서 나갔다.

문이 닫히자마자 왕비는 실신하다시피 시녀들 품에 쓰러졌다.

국새상서는 편지를 한 줄도 읽지 않은 채 왕에게 가져갔다. 왕은 떨리는 손으로 편지를 받아들고 수취인 이름을 찾았지만 보이지 않자 창백해진 얼굴로 천천히 봉투를 뜯었다. 편지를 펼쳐 첫 마디를 읽자마자 스페인 왕에게 쓴 편지라는 것을 알고는 급히 읽어 내려갔다.

편지에는 추기경을 공격할 계획이 자세히 쓰여 있었다. 왕비는 오스트리아 왕가를 몰락시킬 생각에 몰두해 있는 추기경의 정책에 분개한 나머지, 프랑스에 대해 전쟁을 선포하는 체하고 리슐리외 추기경의 해임을 강화 조건으로 제시하라고 고모부인 오스트리아 황제와 남동생인 스페인 왕에게 요구하고 있었다. 하지만 편지의 어디에도 사랑에 대한 이야기는 한마디도 없었다.

기분이 좋아진 왕은 추기경이 아직 루브르에 있느냐고 물었다. 추기경은 서재에서 폐하의 명령을 기다리고 있다는 것이었다.

왕은 당장 그를 찾아갔다.

"추기경, 경이 옳았고 내가 틀렸어요. 모든 음모가 정치적인 것이었소. 이 편지에서 사랑은 전혀 문제되고 있지 않았소. 반면에 경은 크게 문제가 되어 있더군."

추기경은 편지를 받아들고 주의 깊게 읽었다. 끝까지 읽고는 다시 한 번 읽었다.

"폐하, 보시다시피 저의 적들은 이런 계획까지 세우고 있습니다! 폐하께서 저를 해임하지 않으면 두 나라와 전쟁을 하게 될 우려가 있습니다. 솔직히 말해서 제가 폐하의 입장이라면 이

토록 강력한 요청에는 굴복하고 말 것입니다. 그리고 저로서는 공직에서 물러나는 것이야말로 진정한 축복이 될 것입니다."

"무슨 소리를 하고 있는 거요, 공작?"

"적들과의 끊임없는 싸움과 산더미처럼 쌓인 업무 때문에 제 건강이 좋지 않다고 말씀드리는 것입니다. 저는 라로셸 포위전의 중차대한 임무를 견뎌내기 힘들 것 같사오니, 콩데 씨나 바송피에르 씨에게 그 일을 맡기시는 편이 낫지 않을까 합니다. 저는 본래 성직자인데도 그 본분에서 벗어나 재능도 없는 일에 종사하고 있으니, 그런 제가 아니라, 전쟁을 수행할 능력을 가진 용감한 인사를 그 직책에 임명하시는 것이 국내적으로는 폐하의 국정 운영을 돕고, 대외적으로는 폐하의 위신을 더욱 높이게 되리라고 믿습니다."

"공작! 알아듣겠소. 걱정 마시오. 이 편지에 거론된 사람들은 모두 응분의 벌을 받게 될 거요. 물론 왕비도 벌을 받을 거요."

"그게 무슨 말씀이십니까, 폐하? 왕비님이 저 때문에 조금이라도 괴로움을 당하시는 것은 당치도 않습니다! 폐하께서는 제가 폐하의 기분을 상하게 하면서까지 항상 왕비님 편을 들었다는 것을 입증하실 수 있지만, 왕비님은 항상 저를 적으로 생각하셨습니다. 왕비님이 폐하를 배신하여 폐하의 명예를 훼손했다면 이야기가 다릅니다. 그러면 저는 누구보다 앞장서서 '용서하시면 안 됩니다, 폐하. 죄인을 용서하시면 안 됩니다!' 라고 말씀드릴 겁니다. 하지만 다행히 그런 일은 전혀 없습니다. 폐하께서는 지금 그 증거를 손에 넣으셨잖습니까?"

"그건 사실이오, 추기경. 언제나 그렇듯이 경의 말이 옳아요. 하지만 그래도 왕비는 내 노여움을 살 만하오."

"오히려 폐하께서 왕비님의 화를 불러일으키신 겁니다. 왕비님이 진심으로 폐하를 원망하신다 해도 저는 이해할 겁니다. 폐하께서는 왕비님을 너무 엄격하게 대하셨으니까요."

"나의 적과 경의 적에 대해서는 언제나 그렇게 대할 거요. 그 적들이 아무리 높은 지위에 있다 해도, 내가 어떤 위험을 무릅쓰게 된다 해도, 나는 그들을 엄격하게 대할 것이오."

"왕비님은 저의 적이긴 하지만 폐하의 적은 아닙니다. 적이기는커녕 헌신적이고 순종적이고 나무랄 데 없는 배우자이십니다. 왕비님을 위해 폐하께 탄원하는 것을 허락해주십시오."

"그렇다면 왕비가 자신을 낮추어 먼저 사과하러 오게 하시오!"

"당치도 않습니다. 폐하께서 먼저 모범을 보이셔야 합니다. 왕비님을 의심한 건 폐하니까, 먼저 잘못을 저지른 것은 폐하이십니다."

"내가 먼저 사과하라고? 싫소!"

"제발 부탁입니다, 폐하."

"게다가 어떻게 하면 이 일을 원만히 수습할 수 있겠소?"

"왕비님을 기쁘게 해드릴 일을 하시면 될 겁니다."

"예를 들면?"

"무도회를 여십시오. 왕비님이 춤을 좋아하신다는 것은 폐하께서도 잘 아시잖습니까. 그런 배려를 보여주시면, 왕비님의 원한도 말끔히 사라질 것입니다."

"하지만 추기경, 내가 세속적인 오락을 좋아하지 않는다는 건 경도 잘 알고 있잖소."

"그래서 왕비님은 더욱 폐하께 고마워하실 겁니다. 게다가 무도회는 왕비님이 그 아름다운 다이아몬드 목걸이를 걸 수 있는 기회도 될 것입니다. 일전에 폐하께서 생일 선물로 주신 목걸이 말입니다. 왕비님은 아직 그 목걸이를 자랑할 기회가 없었습니다."

"생각해보겠소, 추기경. 생각해보리다." 왕은 이렇게 대답했지만, 왕비의 죄가 자기한테는 별로 걱정이 안 되는 문제였고, 자기가 몹시 두려워했던 문제에 대해서는 결백하다는 것을 알고는 너무 기뻐서, 당장이라도 왕비와 화해할 준비가 되어 있었다. "그 문제는 생각해보겠지만, 경은 정말 너그럽고 인정이 많군요."

"폐하." 추기경이 말했다. "엄격함은 대신들에게 맡겨두십시오. 관대함은 군주의 미덕이니, 그걸 발휘하십시오. 그러면 절대 후회하지 않으실 겁니다."

그때 추기경은 시계가 열한 시를 치는 것을 듣고는 깊이 고개 숙여 절을 하고, 이만 물러가게 해달라고 왕의 허락을 청했다. 그리고 왕비와 화해할 것을 다시 한 번 왕에게 간청했다.

편지를 압수당한 뒤 왕의 질책을 받으리라 예상하고 있던 안 왕비는 이튿날 왕이 화해를 청하자 깜짝 놀랐다. 처음에는 왕비도 그것을 물리치고 싶은 충동에 사로잡혔다. 여자로서의 자존심과 왕비로서의 위신이 둘 다 무참하게 짓밟혔기 때문에, 왕이 내민 화해의 손을 그런 식으로 단번에 잡을 수는 없었다. 하지만 시녀들의 조언을 듣고는 마침내 그 일을 잊어버리는 듯했다. 왕은 왕비의 기분이 바뀌는 순간을 포착하여, 가까운 장래에 야회를 열 작정이라고 말했다.

안 왕비를 위해 야회가 열리는 일은 매우 드물었기 때문에, 추기경이 예상했던 대로 왕이 그 계획을 알리자마자 왕비에게 남아 있던 원한은 말끔히 사라져버렸다. 마음속은 몰라도 어쨌든 얼굴에서는 원한의 흔적을 찾아볼 수 없었다. 왕비는 야회를 언제 열 거냐고 물었지만, 왕은 그 문제는 추기경과 의논해야 한다고 대답했다.

실제로 왕은 언제 야회를 여는 것이 좋겠느냐고 날마다 추기경에게 물었고, 추기경은 날마다 이 핑계 저 핑계로 야회 날짜 정하는 것을 미루었다.

그런 식으로 열흘이 지나갔다.

내가 방금 이야기한 장면이 벌어진 지 여드레째 되는 날, 추기경은 런던 소인이 찍힌 편지 한 통을 받았다. 편지에는 몇 줄이 적혀 있을 뿐이었다.

그것을 입수했지만, 돈이 떨어져서 런던을 떠날 수 없습니다. 5백 피스톨을 보내주시면, 돈을 받은 후 네댓새 뒤에는 파리에 도착할 것입니다.

추기경이 이 편지를 받은 날도 왕은 그에게 여느 때와 같은 질문을 했다.

리슐리외는 손을 꼽아보면서 낮은 목소리로 혼잣말을 했다.

"돈을 받은 후 네댓새 뒤에는 온다고 했겠다. 돈이 런던에 도착하려면 네댓새. 그 여자가 파리로 돌아오는 데 다시 네댓새. 합해서 열흘이 걸리는 셈이군. 거기에다 역풍과 불상사를 감안하고 여자라는 약점을 고려하면 열이틀이라고 해두자."

"공작, 계산은 끝났소?"

"예, 폐하. 오늘이 9월 20일입니다. 시의 행정관들에게 10월 3일 축제를 열도록 하겠습니다. 그날 야회를 열면 완벽할 것입니다. 폐하께서 왕비님의 비위를 맞추려 한다는 인상은 주지 않을 테니까요."

그러고 나서 덧붙여 말했다.

"그런데 폐하, 야회가 열리는 날 저녁에 그 다이아몬드 목걸이가 왕비님께 얼마나 잘 어울리는지 보고 싶다고 왕비님께 말씀하시는 것을 잊지 마시기 바랍니다."

제17장
보나시외 부부

추기경이 국왕에게 다이아몬드 목걸이에 대해 언급한 것은 이번이 두 번째였다. 그래서 루이 13세도 추기경이 이처럼 집요하게 목걸이를 강조하는 데에는 뭔가 비밀이 숨겨져 있는 모양이라고 생각했다.

추기경은 아직 현대의 경찰처럼 완벽한 형태를 갖추지는 못했지만 그래도 꽤 뛰어난 경찰력을 거느리고 있어서 국왕의 부부 생활을 국왕 자신보다 더 잘 알고 있었고, 그 때문에 왕이 추기경에게 체면을 잃은 것도 한두 번이 아니었다. 그래서 왕은 왕비와 대화를 나누면 그 비밀에 대한 단서를 발견할 수 있을지도 모른다고 생각했다. 그러면 그 비밀을 가지고 추기경과 대결할 수 있을 것이고, 추기경이 그 비밀을 알든 모르든, 왕이 비밀을 알고 있으면 추기경 앞에서 위신을 크게 높일 수 있을 터였다.

그래서 왕은 왕비를 만나러 갔다. 그리고 여느 때의 습관대로 왕비를 둘러싸고 있는 시녀들에게 으름장을 놓으면서 왕비에게 다가갔다. 안 왕비는 고개를 숙인 채 아무 반응도 보이지 않고 왕의 입에서 나오는 거친 말을 흘려들으면서, 그것이 빨리 끝나기를 바라고 있었다. 하지만 루이 13세가 바란 것은 그게 아니었다. 그는 왕비에게 시비를 걸어 말다툼을 시작하고, 거기에서 어떤 단서를 끄집어내고 싶었다. 왕은 추기경이 뭔가 속셈을 감추고 자신을 깜짝 놀라게 할 음모를 꾸미고 있다고 확신했기 때문이다. 왕은 끈질기게 비난을 퍼부음으로써 마침내 목적을 달성했다.

"아아." 왕비가 참다못해 외쳤다. "그런 막연한 공격은 그만두세요, 폐하. 폐하는 지금 마음속에 있는 말을 다 털어놓지 않고 계세요. 제가 뭘 어쨌다는 거죠? 제가 무슨 죄를 지었나요? 제 동생에게 쓴 편지 한 통을 가지고 이런 소동을 일으킬 수는 없어요."

이렇게 직접적인 반격을 당하자 왕은 어떻게 반응해야 좋을지 몰랐다. 그는 지금이야말로 연회가 열리는 날 저녁에 말하려던 것을 말하기에 좋은 때라고 생각했다. 그래서 그는 위엄 있게 말했다.

"머지않아 시청에서 무도회가 열릴 거요. 훌륭한 행정관들에게 경의를 표하기 위해 당신은 정식 예장 차림으로 참석해주기 바라오. 무엇보다도 내가 생일 선물로 준 다이아몬드 목걸이로 치장하는 것을 잊지 마시오. 이게 나의 대답이오."

무서운 대답이었다. 왕비는 루이 13세가 모든 것을 알고 있구나 하고 생각했다. 다 알고 있으면서 일주일 동안이나 모른 척 시치미를 뗀 것은 추기경이 그렇게 권했기 때문일 것이고, 게다가 왕의 성격에도 그런 음흉한 면이 있었다. 왕비는 얼굴이 새파랗게 질렸고, 그 아름다운 손도 마치 밀랍으로 만든 것처럼 창백해졌다. 왕비는 그 손으로 탁자를 짚고 몸을 의지하면서 겁에 질린 눈으로 왕을 바라볼 뿐, 한마디 대답도 하지 못했다.

"알아들었소, 부인?" 왕은 왕비가 당황하는 모습을 충분히 즐겼지만, 그 이유는 짐작도 하지 못했다. "알아들었소?"

"예, 폐하. 알았어요." 왕비가 더듬거리며 말했다.

"무도회에 참석할 거요?"

"예."

"목걸이를 걸고?"

"예."

왕비의 얼굴이 더욱 창백해졌다. 그것을 알아차리고 왕은 더욱 냉정하게 그것을 즐겼다. 그 잔인함은 그의 성격을 이루는 나쁜 측면 가운데 하나였다.

"그럼 그렇게 결정된 거요. 내가 할 말은 그것뿐이오."

"그런데 무도회는 언제 열리죠?" 왕비가 물었다.

루이 13세는 본능적으로 이 질문에 대답하면 안 된다고 느꼈다. 왕비가 거의 속삭이는 소리로 물었기 때문이다.

"곧 열릴 거요. 하지만 정확한 날짜는 기억이 안 나는군. 추기경한테 물어보겠소."

"그러니까 무도회를 폐하께 건의 드린 사람이 추기경이군요?"

"그렇소." 왕이 놀라 대답했다. "그런데 그건 왜 묻는 거요?"

"그 목걸이를 걸고 무도회에 참석하게 하라고 시킨 것도 추기경이겠군요?"

"그건 그러니까……."

"틀림없어요. 추기경이 시킨 거예요!"

"누가 말했든 무슨 상관이오? 목걸이를 하라고 권한 게 무슨 죄라도 된단 말이오?"

"아닙니다, 폐하."

"그럼 참석할 거요?"

"예, 폐하."

"좋소. 기대하고 있겠소." 왕이 물러가면서 말했다.

왕비는 무릎을 굽혀 절을 했다. 예의를 차리려 했기 때문이 아니라 무릎에서 힘이 빠져버렸기 때문이다.

왕은 기뻐하며 나갔다.

"끝장이야." 왕비가 중얼거렸다. "이젠 틀렸어. 추기경이 모든 걸 알고 있으니까. 그가 폐하를 뒤에서 부추기고 있는 거야. 폐하는 아직 아무것도 모르지만 이제 곧 모든 걸 알게 되겠지. 난 끝났어! 오, 하느님, 하느님, 하느님!"

왕비는 쿠션 위에 무릎을 꿇고, 바들바들 떨리는 팔에 얼굴을 묻은 채 기도를 드렸다.

실제로 상황은 아주 어려웠다. 버킹엄은 런던으로 돌아갔고, 슈브뢰즈 부인은 투르에 있었다. 왕비는 여느 때보다 더 엄중한 감시를 받고 있었다. 누구라고 딱 꼬집어 말할 수는 없었지만, 시녀들 가운데 하나가 배신했다는 것은 어렴풋이 눈치채고 있었다. 라 포르트는 루브르를 떠날 수 없었다. 이 세상에 왕비가 믿을 수 있는 사람이 하나도 없었다.

언제 닥칠지 모르는 파멸 앞에서 자포자기한 왕비는 흐느끼기 시작했다.

"제가 마마께 도움이 될 수 있을까요?" 문득 동정에 넘치는 다정한 목소리가 말했다.

왕비는 얼른 돌아보았다. 그 목소리에 호의가 담겨 있는 것이 분명했기 때문이다. 그 말을 한 사람은 친구임이 분명했다.

왕비의 처소로 통하는 문간에 나타난 것은 아리따운 보나시외 부인이었다. 왕이 들어왔을 때는 곁방에서 드레스와 속옷을 정리하느라 바빴다. 그래서 나올 수 없었기 때문에 왕과 왕비의 대화를 모두 엿듣게 되었던 것이다.

허를 찔린 왕비는 날카롭게 소리를 질렀다. 하도 심란한 나머지, 처음에는 그 젊은 여자가 라 포르트의 추천으로 속옷 담당 시녀가 된 여자인 것도 알아보지 못했다.

"두려워하실 거 없습니다, 마마!" 젊은 여자가 두 손을 맞잡고, 왕비의 고통에 자신도 덩달아 흐느끼면서 말했다. "저는 몸도 마음도 왕비님 거예요. 제가 아무리 마마로부터 멀리 떨어져 있고 아무리 미천한 신분이라 해도, 저는 마마를 슬픔에서 구해낼 방법을 찾아냈다고 생각합니다."

"네가? 오, 맙소사! 네가?" 왕비가 외쳤다. "이리 와서 나를 봐. 사방팔방에서 모두 나를 배신하고 있는데, 너를 믿을 수 있을까?"

"마마!" 젊은 여자가 무릎을 꿇으며 외쳤다. "저는 맹세코 마마를 위해 죽을 각오가 되어 있습니다!"

이 소리는 마음속 깊은 곳에서 우러나온

것이었다. 아까 처음 들은 목소리와 마찬가지로 그것은 의심할 여지가 없었다.

"이곳에는 배신자들이 있는 것도 사실이에요." 보나시외 부인이 말을 이었다. "하지만 성모님의 거룩한 이름을 걸고 맹세하건대, 저보다 더 마마께 헌신적인 사람은 아무도 없다고 장담할 수 있습니다. 왕비님은 폐하께서 요구하시는 그 목걸이를 버킹엄 공작님께 주셨지요? 그 목걸이는 공작님이 옆구리에 끼고 있던 작은 장미목 상자에 들어 있었지요? 제가 잘못 알고 있나요? 그렇지 않나요?"

"오, 맙소사!" 왕비가 공포에 질려 이를 딱딱 마주치면서 중얼거렸다.

"그렇다면, 어떻게 해서든지 그 목걸이를 되찾아야 합니다!"

"그야 물론이지." 왕비가 외쳤다. "하지만 어떻게 되찾지? 어떻게 하면 되지?"

"공작님께 사람을 보내야지요."

"하지만 누구를? 누구를 보내지? 내가 믿을 수 있는 사람이 누구지?"

"저를 믿으세요, 마마. 저한테 그 일을 맡겨주세요. 그러면 제가 심부름꾼을 찾아내겠습니다!"

"하지만 내 편지를 가져가야 할 거야!"

"그건 꼭 필요합니다. 마마께서 직접 한마디 쓰시고 봉인만 찍으시면 돼요."

"하지만 발각되는 날엔 그 한마디가 유죄와 이혼과 추방의 근거가 될 수 있어!"

"그 편지가 적의 손에 들어가면 그렇게 되겠지요! 하지만 그 편지는 공작님께 틀림없이 배달될 거라고 장담합니다."

"오, 하느님! 그러니까 나는 내 목숨과 명예와 평판을 네 손에 맡겨야 하는구나?"

"예, 마마. 그러셔야 합니다. 그리고 저는 마마의 목숨과 명예와 평판을 모두 지켜드리겠습니다."

"하지만 어떻게? 하다못해 그것만이라도 말해다오."

"제 남편이 사나흘 전에 석방됐어요. 아직 만나볼 시간이 없었지만, 제 남편은 특별히 좋아하는 사람도 없고 미워하는 사람도 없는 정직한 사람입니다. 제가 원하는 일이면 뭐든지 다 할 사람이니까, 제가 부탁하면 자기가 무얼 가져가는지도 모른 채 파리를 떠날 것이고, 마마의 편지라는 것도 모른 채 주소대로 전해줄 것입니다."

왕비는 감동에 사로잡혀 젊은 여인의 두 손을 잡고, 마음속까지 읽으려는 것처럼 그녀의 눈을 들여다보았다. 그 사랑스러운 눈 속에서 충실함밖에 보지 못한 왕비는 부드럽게 그녀를 끌어안았다.

"그렇게 해." 왕비가 외쳤다. "어쩌면 네가 내 목숨을, 내 명예를 구해줄지 몰라!"

"과분하신 말씀이세요. 마마를 도와드릴 수만 있다면 얼마나 영광이겠어요. 저는 아무것도 구해드릴 게 없어요. 마마는 더러운 음모의 희생자일 뿐이세요."

"그래, 그건 사실이야. 네 말이 옳아."

"그럼 편지를 써주세요, 마마. 시간이 별로 없어요."

왕비는 작은 탁자로 달려가서 잉크와 종이와 펜을 찾았다. 그런 다음 두 줄을 쓰고, 봉인으로 편지를 봉해서 보나시외에게 건네주었다.

"이제 생각이 났는데, 꼭 필요한 것이 있어." 왕비가 말했다.

"뭔데요?"

"돈."

보나시외 부인이 얼굴을 붉혔다.

"그건 사실이에요. 솔직히 말씀드리면 제 남편은……."

"돈이 한푼도 없다고? 그 말을 하고 싶은 거지?"

"아니요. 돈은 있어요. 하지만 지독한 구두쇠예요. 그게 남편의 결점이죠. 하지만 마마께서 걱정하실 필요는 없어요. 어떻게든 방법을 찾을 수 있을 테니까요."

"문제는 나도 돈이 없다는 거야." 왕비가 말했다(모트빌 부인*의 회고록을 읽은 사람은 왕비의 이런 반응에 별로 놀라지 않을 것이다). "하지만 기다려봐."

안 왕비가 칸막이 뒤로 달려갔다.

"자, 이 반지를 받아. 아주 비싼 거래. 내 동생인 스페인 왕이 준 거야. 이건 내 물건이니까 내 마음대로 처분할 수 있어. 이 반지를 돈으로 바꿔서 네 남편을 출발시켜."

"한 시간 안에 분부대로 거행하겠습니다."

"주소를 봐." 왕비가 들릴락 말락 낮은 소리로 말했다. "런던의 버킹엄 공작 전하."

"공작님께 직접 전달될 거예요."

"기특하기도 하지!" 왕비가 외쳤다.

보나시외 부인은 왕비의 두 손에 입을 맞춘 다음, 편지를 가슴에 감추고 새처럼 가볍게 사라졌다.

그로부터 10분 뒤, 보나시외 부인은 집에 돌아와 있었다. 왕비에게도 말했듯이 그녀는 남편이 석방된 뒤 그를 아직 만나지 못했다. 그래서 추기경에 대한 남편의 태도가 달라진 것을 알지 못했다. 그 변화를 일으킨 것은 추기경의 감언이설과 돈이었고, 그 후 로슈포르 백작이 두세 번 찾아와 그 변화에 쐐기를 박았다. 로슈포르 백작은 보나시외의 친구가 되었고, 보나시외의 아내를 납치한 것은 결코 비난할 만한 감정 때문이 아니라 정치적 예방 조치일 뿐이었다고 믿게 하는 것은 그리 어렵지 않은 일이었다.

보나시외 부인이 집에 돌아왔을 때 남편은 혼자 있었다. 지나간 자취*를 남기지 않는 것으로 솔로몬 왕이 언급한 네 가지 가운데 경찰은 들어 있지 않듯이, 그 사건이 일어난 뒤에 가구는 거의 다 부서지고 옷장은 거의 텅텅 비어 있었다. 그래서 그 가련한 남자는 엉망이 된 집을 치우고 정돈하느라 상당히 애를 먹었다. 하녀는 주인이 체포되자 도망쳐버렸다. 가엾게도 겁에 질린 나머지 파리에서 고향인 부르고뉴까지 잠시도 쉬지 않고 걸어갔다고 한다.

보나시외는 집에 돌아오자마자 무사히 돌아왔다는 기쁜 소식을 아내에게 알렸다. 아내는 우선 그의 무사한 귀가를 축하하고, 틈이 나서 궁궐을 빠져나갈 수 있으면 당장 집으로 만나러 가겠다는 답장을 보내두었다.

그런데 닷새 동안이나 그 틈이 나지 않았다. 다른 때 같았으면 닷새는 보나시외에게 너무 길게 느껴졌을 것이다. 하지만 이번에는 추기경을 찾아가기도 하고 로슈포르가 찾아오기도 하면서 생각할 거리가 충분히 생겼다. 누구나 알다시피, 생각할 때만큼 시간이 빨리 지나가는 때도 없다.

더구나 보나시외의 생각은 온통 장밋빛으로 물들어 있었다. 로슈포르는 그를 친구라고 불러주었고, 추기경도 그에게 큰 관심을 가지고 있다고 말해주었기 때문이다. 잡화상은 벌써 명예와 부를 움켜쥘 수 있는 출세가도에 오른 듯한 기분이었다.

한편 보나시외 부인에게도 생각이 있었다. 하지만 야심과는 전혀 관계 없는 생각이었다. 부인에게 끊임없이 떠오르는 생각은 그렇게 용감하고 성실해 보이는 그 잘생긴 젊은이였다. 그녀는 열여덟 살에 보나시외와 결혼한 이래 늘 남편의 친구들 틈에서 살았지만, 그들은 사회적 신분보다 고결한 마음을 지닌 젊은 여자에게 어떤 감정을 불러일으킬 만한 상대는 아니었다. 그래서 보나시외 부인은 지저분한 유혹에 무관심한 채 살아왔다. 하지만 다르타냥은 귀족이었다. 특히 그 시대에는 귀족이라는 칭호가 평민에게 큰 영향을 미쳤다. 게다가 그는 근위대 제복을 입고 있었다. 근위대원은 총사대원 다음으로 여자들에게 인기가 있었다. 되풀이해서 말하지만, 그는 잘생기고 젊고 대담했다. 그는 여자를 사랑하고 여자에게 사랑받기를 갈망하는 남자로서 사랑에 대해 이야기했다. 그만하면 스물세 살의 여자가 홀딱 반하기에는 충분했고, 보나시외 부인은 이제 막 인생의 황금기인 그 나이에 도달해 있었다.

보나시외 부부는 일주일 이상이나 서로 만나지 못했고, 게다가 그 일주일 동안 양쪽에 중대한 사건이 일어났기 때문에 불안한 기분으로 만났다. 하지만 보나시외는 기쁨을 드러내며 두 팔을 활짝 벌리고 아내에게 다가갔다.

보나시외 부인은 남편에게 볼을 내준 다음 말했다.

"잠깐 얘기 좀 해요."

"뭔데?" 보나시외가 놀라서 물었다.

"아주 중요한 일이 있어요."

"실은 나도 몇 가지 물어볼 게 있어. 아주 중대한 질문이야. 당신이 납치된 사정을 설명해줬으면 해."

"지금은 그게 문제가 아니에요."

"그럼 뭐가 문제인데? 내가 잡혀간 일?"

"그 이야기는 바로 그날 들었어요. 하지만 당신은 어떤 범죄도 저지를 수 없고, 어떤 음모에도 가담하지 않았고, 당신 자신이나 다른 사람을 위태롭게 할 수 있는 일을 알고 있을 리도 없으니까, 저는 별로 걱정하지 않았어요."

"말하기는 쉽지." 보나시외는 아내의 무심한 태도에 기분이 상해서 말했다. "내가 꼬박 하루 동안 바스티유 감방에 갇혀 있었다는 걸 알아?"

"하루쯤은 금방 지나가요. 당신이 잡혀갔던 이야기는 그만두고, 내가 왜 집으로 당신을 만나러 왔는지 얘기할게요."

"뭐라고? 집으로 나를 만나러 온 이유라고? 그럼 일주일이나 떨어져 있던 남편을 보고 싶어서 온 게 아니란 말이야?" 보나시외가 화가 나서 말했다.

"물론 그게 첫 번째 이유지만, 다른 이유도 있어요."

"뭔데?"

"아주 중요한 일이에요. 어쩌면 우리의 운명이 달려 있을지도 몰라요."

"우리의 운명은 내가 당신을 마지막으로 본 이후 완전히 달라졌어. 몇 달 안에 많은 사람이 우리의 행운을 부러워하게 된다 해도 나는 놀라지 않을 거야."

"그래요. 내가 시키는 일을 당신이 해주기만 하면……."

"나한테 시킨다고?"

"그래요. 훌륭하고 거룩한 일인 데다 돈도 듬뿍 벌 수 있어요."

보나시외 부인은 돈 이야기를 하면 남편의 약점을 찌를 수 있다는 것을 알고 있었다. 하지만 아무리 하찮은 장사꾼일지라도 리슐리외 추기경과 10분만 대화를 나누고 나면 전과는 다른 사람이 되게 마련이다.

"돈도 듬뿍 벌 수 있다고?" 보나시외가 입술을 옆으로 벌리면서 물었다.

"그래요. 듬뿍."

"대충 얼마나?"

"1천 피스톨쯤은 될 거예요."

"그러니까 당신이 나한테 부탁하려는 일은 정말로 중대한 일인가보군?"

"그래요."

"내가 할 일이 뭐지?"

"당장 파리를 떠나야 해요. 내가 서류를 드릴 테니까, 무슨 일이 있어도 본인에게 직접 전달하세요."

"어디로 가는 거야?"

"런던."

"내가 런던에 간다고? 농담하지 마. 런던에는 볼일이 없어."

"하지만 다른 사람들에게는 당신이 런던에 갈 필요가 있어요."

"그 다른 사람들이 누군데? 미리 말해두지만, 나는 이제 맹목적으로 행동에 나서지 않을 거야. 내가 하는 일이 무슨 일인지도 알고 싶고, 누구를 위해 하는 일인지도 알고 싶어."

"어떤 고귀한 분이 당신을 보내는 거예요. 그리고 또 다른 고귀한 분이 당신을 기다리고 있고요. 그 대가는 당신이 생각하는 것보다 훨씬 클 거예요. 지금 내가 약속할 수 있는 건 그게 다예요."

"이것도 음모로군. 언제나 음모뿐이야! 미안하지만 그런 음모는 사양하겠어. 추기경님이 나를 깨우쳐주셨거든."

"추기경이라고요?" 보나시외 부인이 외쳤다. "추기경을 만났나요?"

"추기경님이 사람을 보내서 나를 부르셨어." 보나시외가 호기롭게 대답했다.

"그래서 추기경의 초대를 받고 찾아갔군요. 어쩌면 그렇게 경솔할 수 있죠?"

"사실은 갈지 말지를 선택할 권리가 없었어. 헌병 둘이 양쪽에서 나를 끌고 갔으니까. 그때는 추기경님을 모르고 있었기 때문에, 가지 않을 수만 있다면 좋겠다고 생각했지."

"그러니까 추기경이 당신을 심하게 대했나보군요? 협박당했나요?"

"나한테 손을 내밀면서, 친구라고 불러주셨어. 친구라고! 알겠어? 나는 위대한 추기경님의 친구가 된 거라고."

"위대한 추기경이라고요!"

"설마 그렇게 부르면 안 된다는 건 아니겠지?"

"그런 건 아니에요. 하지만 대신의 호의 따위는 언제 어떻게 변할지 모르는 덧없는 거예요. 한낱 대신에게 충성을 바치는 건 어리석은 짓이에요. 대신보다 훨씬 강한 권력, 한 사람의 변덕이나 어떤 사건에 좌우되지 않는 권력이 있어요. 마땅히 그런 권력 편에 서야 해요."

"미안하지만 나는 내가 섬기는 그 위대한 분의 권력밖에 몰라."

"당신이 추기경을 섬긴다고요?"

"그래. 그분의 종복으로서 말하지만, 당신이 나라의 안전을 위협하는 음모에 관여하거나, 프랑스 사람이 아니라 스페인 사람의 마음을 가진 여자의 음모에 가담하는 것은 용서하지 않겠어. 위대한 추기경님이 계신 게 다행이야. 그분은 빈틈없는 눈으로 감시를 게을리 하지 않고 남의 속마음을 속속들이 꿰뚫어 보시지."

보나시외는 로슈포르에게 들은 말을 그대로 되풀이하고 있을 뿐이지만, 그의 아내는 남편을 굳게 믿었고 왕비에게 남편의 충성을 장담한 터라, 하마터면 자기가 터무니없는 위험 속에 뛰어들 뻔한 것을 알고, 이 상황을 자기 힘으로는 어찌 해볼 수 없다는 무력감에 몸을 떨었다. 하지만 남편의 약점, 특히 그의 탐욕을 알고 있었기 때문에, 남편에 대해 완전히 체념하지는 않았다.

"그러니까 당신은 추기경 편에 붙었군요." 보나시외 부인이 외쳤다. "세상에! 자기 마누라를 괴롭히고 왕비를 모욕하는 사람에게 붙다니!"

"개인의 이해란 만인의 이익에 비하면 아무것도 아니야. 나는 나라를 구하려는 사람들 편이야." 보나시외가 단호하게 말했다.

이것 역시 로슈포르 백작의 말이었고, 보나시외는 그것을 기억해두었다가 써먹을 기회를 잡았을 뿐이다.

"나라라고 했는데, 그게 정말로 어떤 건지 알고 있나요?" 보나시외 부인이 어깨를 으쓱하며 물었다. "그냥 정직한 평민으로 만족하고, 가장 이로운 쪽에 붙으세요."

"헤헤헤!" 보나시외가 불룩한 주머니를 툭툭 두드려 은화가 쩔렁거리는 소리를 내면서 말했다. "여기에 대해서는 뭐라고 말할 거지? 잔소리꾼 마누라야."

"그 돈 어디서 났어요?"

"짐작이 안 가?"

"추기경이 주었나요?"

"추기경과 내 친구인 로슈포르 백작이 주었지."

"로슈포르 백작이라고요? 나를 납치한 사람이에요!"

"그럴지도 모르지."

"그런데 그 사람한테 돈을 받아요?"

"그 납치는 단지 정치적인 것이었다고 당신이 말했잖아?"

"그야 그렇지만, 나를 납치한 목적은 내가 여주인을 배신하게 하려고 그랬던 거예요. 나를 고문해서 고귀하신 여주인의 명예는 물론 목숨까지 위태롭게 할 수 있는 일을 자백하게 하기 위해서였단 말예요."

"여보." 보나시외가 말을 받았다. "당신의 그 고귀한 여주인은 기만적인 스페인 여자야. 그러니까 추기경님이 하시는 일은 당연한 거라고."

"당신이 겁쟁이에다 구두쇠에다 바보라는 것은 진작부터 알고 있었지만, 이렇게 파렴치한 사람인 줄은 미처 몰랐어요!"

"여보." 아내가 화내는 모습을 본 적이 없는 보나시외는 아내의 분노 앞에서 움츠러들었다. "도대체 그게 무슨 말이야?"

"당신이 한심하다고 말하는 거예요!" 보나시외 부인은 남편에 대한 영향력이 어느 정도 회복되었다는 것을 알아차리고 말을 이었다. "그러니까 당신은 책략에 관여하고 있군요! 그것도 추기경의 책략에! 당신은 돈 때문에 악마에게 몸과 마음을 팔아버렸군요!"

"악마가 아니라 추기경이야."

"마찬가지지 뭐예요! 누구나 리슐리외는 사탄이라고 말한다고요."

"조용히 해, 여보. 누가 들으면 어쩌려고 그래?"

"당신 말이 맞아요. 당신의 비겁한 말을 남이 들으면 나도 부끄러울 거예요."

"하지만 도대체 나더러 뭘 하라는 거야?"

"아까 말했잖아요. 지금 당장 파리를 떠나서, 내가 부탁한 임무를 성실하게 수행하세요. 그러면 나는 모든 것을 잊고, 당신을 용서하고, 무엇보다도……" 그녀가 남편에게 손을 내밀었다. "당신에게 다시 사랑을 드릴게요."

보나시외는 겁도 많고 욕심도 많았지만, 아내를 사랑했다. 그는 마음이 흔들렸다. 쉰 살의 남자가 스물세 살의 젊은 여자에게 오랫동안 원망을 품고 있을 수는 없는 법이다. 남편이 흔들리는 것을 알아차린 보니시외 부인이 물었다.

"그럼, 결정한 거예요?"

"하지만 당신이 나한테 요구하고 있는 걸 잠시만이라도 생각해봐. 런던은 파리에서 멀리 떨어져 있어. 아주 멀지. 그리고 당신이 시키는 일은 아마 위험할 거야."

"위험은 피하면 되는데 무슨 상관이에요!"

"여보, 아무래도 거절해야겠어. 난 음모가 무서워. 바스티유를 보았어. 부르르! 얼마나 무서운지 몰라. 생각만 해도 온몸에 소름이 끼쳐. 나는 고문에 협박까지 받았어. 고문이 뭔지 알아? 쐐기 같은 몽둥이를 두 다리 사이에 끼워넣고 뼈가 으스러질 때까지 뒤트는 거야! 싫어. 난 절대로 안 갈 테야! 나보다 당신이 직접 가는 게 어때? 지금까지 내가 당신을 잘못 알고 있었던 것 같아. 아무래도 당신은 남자야. 그것도 가장 억센 남자!"

"내가 남자라면, 당신은 여자. 그것도 어리석고 겁 많고 불

298

쌍한 여자예요. 아아, 무서워서 못 간다고요? 지금 당장 떠나지 않으면, 왕비님의 명령으로 당신을 체포해서 당신이 그렇게 무서워하는 바스티유에 처넣으라고 하겠어요."

보나시외는 깊이 생각해보았다. 그는 머릿속에서 추기경의 분노와 왕비의 분노를 저울질해보았다. 결과는 추기경의 분노가 훨씬 무거웠다.

"좋아. 왕비의 이름으로 나를 체포하게 해. 그러면 나는 추기경에게 호소할 테니까."

보나시외 부인도 이번에는 자기가 너무 지나쳤다는 것을 알아차리고, 자신의 무모함에 몸을 떨었다. 그녀는 겁먹은 바보처럼 굳은 표정을 짓고 있는 남편의 얼굴을 잠시 불안한 눈으로 바라보았다.

"그렇다면 됐어요! 결국 당신이 옳은 건지도 몰라요. 정치는 여자보다 남자가 잘 알겠지요. 더구나 당신은 추기경과 무릎을 맞대고 이야기를 나누었으니까요. 하지만 너무해요." 그녀가 덧붙여 말했다. "남편이, 나를 사랑하고 있다고 철석같이 믿었던 남편이 이렇게 매정하게 나오다니, 내 변덕을 조금도 헤아려주지 않다니, 정말 견디기 어렵군요."

"그건 당신의 변덕이 너무 지나치기 때문이야." 보나시외가 의기양양하게 대답했다. "그래서 나는 당신의 변덕을 믿지 않아."

"그럼 내가 포기하겠어요." 젊은 여자가 한숨을 내쉬며 말했다. "좋아요. 이 문제에 대해서는 더 이상 이야기하지 맙시다."

"내가 런던에 가서 할 일이 뭔지, 하다못해 그것만이라도 말해주면 좋은데." 보나시외가 말했다. 아내한테 비밀을 되도록 많이 알아내라고 한 로슈포르의 말이 좀 늦게나마 생각났던 것이다.

"알아봤자 소용없어요." 본능적인 예감이 젊은 여자를 막았다. "여자들이 좋아하는 장신구를 사오는 일이었어요. 런던에서 그걸 사오면 돈을 크게 벌 수 있거든요."

하지만 젊은 여자가 변명하면 할수록 보나시외는 오히려 아내가 털어놓지 않는 비밀이 중대한 거라고 생각했다. 그래서 그는 당장 로슈포르 백작에게 달려가 왕비가 심부름꾼을 런던에 보내려 한다는 사실을 알리기로 마음먹었다.

"미안하지만 좀 나가봐야겠어. 당신이 이렇게 올지 몰랐기 때문에 친구와 만나기로 약속했거든. 하지만 곧 돌아올게. 30분만 기다려주면, 벌써 밤도 깊었는데, 그 친구와 볼일을 끝내는 대로 돌아와서 루브르까지 당신을 바래다줄게."

"고마워요, 여보." 보나시외 부인이 대답했다. "하지만 당신은 나한테 도움이 될 만큼 용감하지 않으니까, 루브르에는 나 혼자서도 충분히 돌아갈 수 있어요."

"당신 좋을 대로 해. 곧 다시 만날 수 있겠지?"

"그럼요. 다음 주에 시간이 좀 날 거예요. 그때 와서 집안 정리를 좀 해야겠어요. 살림살이가 엉망으로 어질러져 있을 테니까."

"좋아. 기다리고 있을게. 나한테 화가 난 건 아니겠지?"

"내가요? 조금도 화나지 않았어요."

"그럼 곧 다시 만날 수 있는 거지?"

"얼른 다녀오세요."

보나시외는 아내의 손에 입을 맞추고 서둘러 떠났다.

남편이 현관문을 닫고 나가버리자, 혼자 남은 보나시외 부인이 속으로 말했다.

'저런 바보가 추기경 편에 붙다니, 정말 가관이네! 하지만 나는…… 왕비님께 걱정 마시라고 큰소리쳤는데, 어떡하지? 가엾은 왕비님께 약속했는데, 어쩌면 좋지? 왕비님은 나를 궁중에 우글거리는 악당들과 한패로 생각하실 거야. 염탐꾼이나 첩자로 생각하실 게 뻔해. 아, 보나시외! 당신을 그렇게 사랑한 적도 없지만, 이제는 사랑하지 않는 정도가 아니라 증오해! 맹세코 당신은 언젠가 그 대가를 치르게 될 거야!'

그녀가 이런 넋두리를 하고 있을 때, 천장을 똑똑 두드리는 소리가 났다. 그녀가 고개를 들고 쳐다보니, 천장 널빤지를 통해 그녀를 부르는 목소리가 들려왔다.

"보나시외 부인, 뒷골목 쪽으로 나 있는 작은 문을 열어주세요. 그쪽으로 내려가겠습니다."

제18장
연인과 남편

"아, 부인." 젊은 여자가 열어준 문으로 들어오면서 다르타냥이 말했다. "실례되는 말씀이지만, 정말 한심한 남편을 두셨더군요."

"우리가 나눈 대화를 들으신 모양이군요?" 보나시외 부인이 걱정스러운 눈으로 다르타냥을 쳐다보면서 물었다.

"예, 다 들었습니다."

"세상에! 어떻게 그럴 수가?"

"나만 알고 있는 방법이 있습니다. 일전에 당신이 추기경의 경찰들과 나눈 대화를 들은 것도 역시 같은 방법이었지요."

"그럼 우리 대화를 듣고 뭘 아셨나요?"

"여러 가지입니다. 우선 당신 남편이 다행히도 멍청이라는 것. 둘째는 당신이 곤경에 빠져 있다는 것인데, 이게 나에겐 무척 기쁜 일입니다. 당신을 도와드릴 수 있는 기회이니까요. 당신을 위해서라면 나는 불구덩이에라도 뛰어들 각오가 되어 있습니다. 끝으로, 왕비님이 런던에 심부름을 보낼 용감하고 영리하고 헌신적인 남자가 필요하다는 것. 당신이 원하는 세 가지 조건 중에 적어도 두 가지는 내게도 있다고 생각해서 이렇게 찾아온 겁니다."

보나시외 부인은 대답하지 않았지만, 가슴은 기쁨으로 두근거렸고 눈에서는 은근한 희망이 빛났다.

"이 임무를 당신에게 맡기면 반드시 완수하겠다는 보증이 필요한데, 무엇으로 그걸 보증하실 거죠?"

"당신에 대한 사랑으로 보증하겠습니다. 그럼 명령을 내려주세요. 내가 해야 할 일이 뭡니까?"

"오, 하느님! 하느님!" 젊은 여자가 중얼거렸다. "이런 극비 임무를 당신에게 맡겨도 좋을까요? 당신은 아직도 소년이나 다름없는데!"

"그러니까 나를 책임지고 보증해줄 사람이 필요하신 거군요."

"솔직히 말하면 그래야 마음이 놓일 것 같아요."

"아토스를 아십니까?"

"몰라요."

"포르토스는?"

"몰라요."

"그럼 아라미스는?"

"몰라요. 그분들은 누구죠?"

"국왕 폐하의 총사들입니다. 총사대장인 트레빌 씨는 아십니까?"

"예, 알아요! 그분은 알고 있어요. 개인적으로 아는 사이는 아니지만, 왕비님이 용감하고 충성스러운 귀족이라고 말씀하시는 걸 여러 번 들었어요."

"트레빌 씨가 당신을 추기경에게 팔아넘기지나 않을까 하고 걱정하진 않으시겠죠?"

"그야 물론이죠!"

"그렇다면 당신의 비밀을 그분께 털어놓고, 그것이 아무리 중대하고 소중하고 또 무서운 비밀이라 해도, 그 임무를 나한테 맡겨도 되겠느냐고 물어보세요."

"하지만 그 비밀은 나와 관련된 것이 아니기 때문에 그런 식으로 털어놓을 수는 없어요."

"남편에게는 털어놓으려고 했잖습니까?" 다르타냥이 심술궂게 말했다.

"그건 나무 구멍이나 비둘기 날개나 개 목걸이에 편지를 맡기는 거나 마찬가지였어요."

"하지만 내가 당신을 사랑하고 있다는 건 잘 아시지요?"

"그렇게 말씀은 하시지만……."

"나는 성실한 사람입니다!"

"나도 그렇게 생각해요."

"용기도 있고요!"

"그건 확실해요!"

"그렇다면 나를 한번 시험해보세요."

보나시외 부인은 마지막 망설임을 떨쳐버리지 못하고 젊은이를 쳐다보았다. 하지만 그의 눈은 열의에 차 있고 목소리는 신념에 차 있었기 때문에, 그를 믿어도 될 것 같다는 쪽으로 마음이 기우는 것을 느꼈다. 게다가 지금 그녀는 되든 안 되든 해볼 수밖에 없는 처지에 놓여 있었다. 상대를 지나치게 믿는 것 못지않게 지나치게 신중해도 왕비를 위태롭게 할 것이다. 그리고 솔직히 말해서 그녀가 비밀을 털어놓기로 결심한 데에는 그 젊은 보호자에게 품고 있었던 야릇한 감정이 크게 작용했다.

"좋아요." 그녀가 말했다. "당신이 그토록 자신하고 장담하니까 어쩔 수 없군요. 하지만 우리 얘기를 듣고 계시는 하느님 앞에서 맹세하건대, 만약 당신이 나를 배신하면, 설령 내 적들이 나를 용서한다 해도 나는 당신을 원망하면서 스스로 목숨을 끊겠어요."

"나도 하느님 앞에 맹세하겠습니다. 내가 당신의 명령을 수행하다가 붙잡힌다 해도, 누군가를 위험에 빠뜨리는 말이나 행동을 할 바에는 차라리 죽어버릴 겁니다."

그러자 젊은 여자는 무서운 비밀을 그에게 털어놓았다. 그 비밀의 일부는 '사마리아 여인' 건너편에서 우연히 일어난 일 때문에 다르타냥도 이미 알고 있었다. 이것으로 두 사람은 서로 사랑을 고백한 셈이 되었다.

"떠나겠습니다." 그가 말했다. "당장 떠나겠어요."

"떠나겠다니, 그게 무슨 뜻이죠?" 보나시외 부인이 외쳤다. "근위대는 어떡하고요? 대장님은 어떡하고요?"

"이런! 당신 때문에 깜빡 잊고 있었군요. 사랑하는 콩스탕스! 그래요. 당신 말이 맞아요. 휴가를 신청해야겠어요."

"장애물이 또 하나 생겼군요." 보나시외 부인이 비통하게 중얼거렸다.

"걱정하지 마세요." 다르타냥이 잠시 생각한 뒤에 외쳤다. "이 장애물은 내가 뛰어넘을 테니까."

"어떻게요?"

"지금 당장 트레빌 씨를 찾아가서, 그분의 처남인 에사르 씨에게 내 휴가를 받아달라고 부탁하겠습니다."

"문제는 또 있어요."

"뭐죠?" 다르타냥은 보나시외 부인이 말하기를 망설이는 것을 보고 물었다.

"당신은 아마 돈이 없겠죠?"

"'아마'라는 말로는 부족합니다." 다르타냥이 빙긋 웃으면서 말했다.

"그렇다면……" 보나시외 부인은 옷장을 열고, 남편이 30분 전에 그토록 사랑스럽게 어루만졌던 돈자루를 꺼내면서 말을 이었다. "이걸 가져가세요."

"추기경의 돈이군요!" 다르타냥이 웃음을 터뜨리며 외쳤다. 다들 알다시피, 다르타냥은 마룻바닥에 깔린 타일을 떼어낸 덕분에 상인과 아내 사이에 오간 대화를 한마디도 놓치지 않고 다 들을 수 있었다.

"맞아요. 추기경의 돈이에요. 보시다시피 겉보기에는 아주 훌륭하죠."

"이거야 정말! 추기경의 돈으로 왕비님을 구한다니, 두 배로 재미난 일이겠군!"

"당신은 참 친절하고 매력적인 분이시군요. 왕비님은 결코 은혜를 저버릴 분이 아니세요."

"나는 이미 충분한 보답을 받았습니다! 당신을 사랑하고 있고, 이런 말을 할 수 있도록 허락을 받았으니, 이것만으로도 나는 벌써 행복합니다. 감히 기대했던 것보다 훨씬 큰 행복이죠."

"가만!" 보나시외 부인이 몸을 떨면서 말했다.

"왜 그러세요?"

"누군가 거리에서 말하는 소리가 들려요."

"저 목소리는……."

"남편이에요. 틀림없어요!"

다르타냥은 문으로 달려가서 빗장을 걸었다.

"내가 나가기 전에는 남편을 들여보내지 마세요. 내가 나가고 나면 문을 열어주셔도 됩니다."

"하지만 나도 나가봐야 해요. 내가 여기 있으면, 그 돈이 사라진 걸 어떻게 설명할 수 있겠어요?"

"그렇군요. 당신도 역시 떠나야겠어요."

"어떻게 나가죠? 우리가 나가면 남편이 볼 텐데요."

"그럼 내 방으로 올라가면 됩니다."

"아아!" 보나시외 부인이 외쳤다. "그런 식으로 말씀하시니 겁이 나 죽겠어요."

보나시외 부인이 눈물을 글썽거리며 말했다. 그 눈물을 보고 다르타냥은 당혹하고 감동하여 털썩 무릎을 꿇었다.

"내 방에서는 신전에 있는 것처럼 안전할 겁니다. 귀족의 명예를 걸고 약속할게요."

"그럼 빨리 가요." 보나시외 부인이 말했다. "당신을 믿겠어요."

다르타냥은 조심스럽게 빗장을 다시 열었고, 두 사람은 그림자처럼 가볍게 뒷골목으로 통하는 쪽문을 빠져나간 다음 조용히 계단을 올라가 다르타냥의 방으로 들어갔다.

일단 방에 들어가자 다르타냥은 더욱 안전하도록 문 앞에 바리케이드를 쳤다. 그들은 창가로 가서 겉창 틈새로 밖을 내다보았다. 보나시외가 망토를 걸친 사내와 이야기하고 있었다.

망토를 걸친 사내를 보자 다르타냥은 펄쩍 뛰더니, 칼을 반쯤 뽑은 채 문으로 달려갔다.

바로 묑에서 만난 사내였다.

"뭐 하시는 거예요?" 보나시외 부인이 외쳤다. "그러면 우리 둘 다 끝장이에요!"

"하지만 나는 저놈을 죽이겠다고 맹세했어요!" 다르타냥이 말했다.

"당신 목숨은 당분간 당신 게 아니에요. 왕비님의 이름으로 나는 당신에게 여행에 따른 위험 말고 다른 위험에 몸을 던지는 것을 일절 금지하겠어요."

"당신 자신의 이름으로는 아무것도 명령하지 않을 건가요?"

"내 이름으로는……" 보나시외 부인이 강렬한 감정이 담긴 목소리로 말했다. "나 자신의 이름으로는 당신에게 간청할게요. 아, 잠깐만요! 조용히 들어보세요. 남편과 저 남자가 내 이야기를 하고 있는 것 같아요."

다르타냥이 창가로 다가가서 귀를 곤두세웠다.

보나시외는 문을 열었지만 집에 아무도 없는 것을 알자 망토 차림의 사내에게 돌아왔다.

"집사람은 가버렸습니다. 벌써 루브르에 돌아가 있을 겁니다."

"당신이 외출한 이유를 부인이 눈치채지 못한 게 확실해?" 미지의 사내가 물었다.

"그럼요. 확실합니다." 보나시외가 자신 있게 대답했다. "생각이 짧은 여자거든요."

"수습 근위대원은 집에 있나?"

"없는 것 같습니다. 보시다시피 겉창이 닫혀 있고, 틈새로는 불빛이 새어나오지 않으니까요."

"아마 그렇겠지만, 그래도 확인해볼 필요가 있어."

"어떻게 확인하죠?"

"문을 두드려봐."

"하인한테 가서 물어보겠습니다."

"그렇게 해."

보나시외는 집 안으로 다시 들어가서, 조금 전에 두 사람이 빠져나간 문을 지나 다르타냥의 방 앞 층계참으로 올라가 문을 두드렸다.

아무 대답도 없었다. 플랑셰는 포르토스가 허세를 부릴 필요가 있어서 빌려갔기 때문에 그날 밤에는 집에 없었고, 다르타냥은 인기척을 내지 않으려고 숨죽이고 있었다.

보나시외가 문을 두드린 순간, 두 젊은 남녀는 가슴이 두근거리는 것을 느꼈다.

"아무도 없습니다." 보나시외가 말했다.

"아무튼 당신 집으로 가세. 그게 문간에 서 있는 것보다 안전할 거야."

"맙소사!" 보나시외 부인이 작은 소리로 말했다. "안으로 들어가면 아무 소리도 듣지 못할 거예요!"

"못 듣기는커녕 훨씬 잘 들을 수 있을 겁니다." 다르타냥이 말했다.

다르타냥은 마룻바닥에서 타일 서너 개를 들어냈다. 그러자

그의 방은 디오니시우스의 귀*가 되었다. 그는 바닥에 깔개를 깔고 그 위에 무릎을 꿇은 다음, 보나시외 부인에게도 자기처럼 해보라고 손짓했다.

"아무도 없는 건 확실하겠지?" 미지의 사내가 물었다.

"장담합니다." 보나시외가 말했다.

"부인은?"

"루브르로 돌아갔습니다."

"당신 말고는 아무하고도 이야기하지 않았겠지?"

"확실합니다."

"알겠지만, 그게 중요해."

"그러니까 제가 알려드린 정보가…… 가치가 있는 거군요?"

"엄청난 가치가 있지. 그걸 숨기지는 않겠네."

"그렇다면 추기경님도 기뻐하시겠네요?"

"의심할 여지가 없지."

"아, 위대하신 추기경님!"

"당신과 이야기할 때 부인이 누군가의 이름을 입에 올리지 않은 건 확실하지?"

"이름은 못 들은 것 같습니다."

"슈브뢰즈 부인이나 버킹엄 공작, 베르네 부인의 이름도 나오지 않았겠지?"

"예. 집사람은 어느 고귀한 분의 심부름으로 저를 런던에 보내고 싶다고 말했을 뿐입니다."

"배신자!" 보나시외 부인이 중얼거렸다.

"쉿!" 다르타냥이 부인의 손을 잡으면서 말했다. 그녀는 아무 생각 없이 그에게 손을 맡겼다.

"그나저나……" 망토 차림의 사내가 말을 이었다. "그 임무를 맡는 체라도 할 걸 그랬어. 그랬으면 지금쯤 그 편지가 우리 손에 있을 텐데. 그러면 위험에 빠진 나라도 구할 수 있었을 것이고, 당신은……."

"저는?"

"추기경님한테 귀족 칭호를 받았겠지."

"추기경님이 그렇게 말씀하셨나요?"

"그럼. 추기경님은 그 뜻밖의 선물로 당신을 깜짝 놀라게 해주고 싶어 하셨지."

"염려 마십시오." 보나시외가 말을 받았다. "집사람은 저를 깊이 흠모합니다. 아직 늦지 않았어요."

"멍청이!" 보나시외 부인이 또 중얼거렸다.

"쉿!" 다르타냥이 부인의 손을 더 힘껏 쥐면서 말했다.

"아직 늦지 않았다니?" 망토 사내가 말을 받았다.

"제가 다시 루브르로 가서 집사람을 불러낸 다음, 그 문제를 다시 생각해보고 일을 맡기로 했다고 말하겠습니다. 그렇게 편지를 손에 넣으면 곧장 추기경님께 달려가겠습니다."

"그럼 서두르게! 나도 결과를 알기 위해 곧 돌아올 테니까."

사내는 그렇게 말하고 밖으로 나갔다.

"악당!" 보나시외 부인이 남편에게 별명을 하나 더 보태주었다.

"쉿!" 다르타냥이 부인의 손을 더욱더 힘껏 쥐면서 말했다.

그때 무시무시한 괴성이 들려와, 다르타냥과 보나시외 부인의 생각을 방해했다. 그녀의 남편이 부르짖고 있었다. 보나시외는 돈자루가 사라진 것을 알고는 집에 도둑이 들었다고 고함을 지르고 있었다.

"하느님 맙소사!" 보나시외 부인이 말했다. "온 동네 사람들을 다 깨우겠어요."

보나시외는 오랫동안 아우성을 쳤다. 하지만 이 동네에서는 그의 외침 소리를 자주 들었기 때문에 아무도 관심을 보이지 않았다. 게다가 상인의 집은 요즘 평판이 나빴기 때문에, 도둑이 들었다고 외쳐도 달려오는 사람이 아무도 없었다. 그러자 보나시외는 계속 고함을 지르며 밖으로 나갔다. 그의 목소리가 바크 가 쪽으로 차츰 멀어져갔다.

"남편이 나갔으니까, 이젠 당신이 떠날 차례예요." 보나시외 부인이 말했다. "용기를 내세요. 하지만 무엇보다도 신중하셔야 해요. 왕비님을 위한 임무라는 것을 잊지 마세요."

"왕비님과 당신을 위하여!" 다르타냥이 외쳤다. "걱정 마요, 아름다운 콩스탕스. 왕비님의 감사를 받을 수 있도록 임무를 완수하고 돌아올게요. 하지만 그렇게 돌아오면 당신의 사랑도 받을 수 있을까요?"

젊은 여자는 볼을 발갛게 물들이는 것으로 대답을 대신했다. 잠시 후 다르타냥이 망토로 몸을 감싸고 밖으로 나갔다. 칼집 때문에 망토 자락이 높이 들려 있었다.

보나시외 부인은 그의 뒷모습을 오랫동안 눈으로 좇았다. 여자가 사랑을 느끼고 있는 남자에게 보내는 애정 어린 눈길이었다. 하지만 그가 길모퉁이를 돌아서 사라지자 그녀는 무릎을 꿇고 두 손을 마주잡고 외쳤다.

"오, 하느님, 왕비님을 지켜주소서. 저를 지켜주소서!"

제19장
작전을 짜다

다르타냥은 곧장 트레빌을 찾아갔다. 몇 분만 있으면 추기경도 그 미지의 사내로부터 보고를 받을 테니 잠시도 지체할 시간이 없다고 생각했는데, 그의 판단이 옳았다.

젊은이의 가슴에는 기쁨이 넘쳐흐르고 있었다. 영광을 얻는 동시에 돈까지 벌 수 있는 기회가 찾아온 것이다. 게다가 이 기회는 마치 그를 격려라도 하려는 듯 그에게 사랑하는 여인까지 데려다주었다. 따라서 이 우연은 처음부터 그가 감히 신에게 바랄 수 있는 것보다도 훨씬 큰 행운이었다.

트레빌은 단골로 찾아오는 귀족들과 함께 객실에 있었다. 다르타냥도 이 집의 단골손님으로 알려져 있었기 때문에 곧장 트레빌의 집무실로 들어가, 중요한 문제로 긴히 드릴 말씀이 있다는 것을 트레빌에게 알렸다.

다르타냥이 5분쯤 기다렸을 때 트레빌이 들어왔다. 다르타냥의 얼굴에 기쁨이 떠올라 있는 것을 보자마자 그는 뭔가 새로운 일이 일어났음을 알아차렸다.

여기로 오는 동안 다르타냥은 트레빌에게 솔직히 털어놓아야 할지, 아니면 비밀 임무인 만큼 행동의 자유를 허락해달라고 요청해야 할지를 자문해보았다. 하지만 트레빌이 그에게는 언제나 완전무결한 사람이었고, 왕과 왕비에게는 확고한 충성을 바치는 한편 추기경에게는 깊은 증오심을 품고 있기 때문에, 젊은이는 그에게 모든 것을 털어놓기로 결심했다.

"나한테 할 말이 있다고?" 트레빌이 물었다.

"예, 대장님." 다르타냥이 말했다. "바쁘신데 죄송합니다만, 얼마나 중대한 일인지 아시면, 제가 방해한 것을 용서해주실 겁니다."

"어디 말해보게. 들어줄 테니."

"다름이 아니라……" 다르타냥이 목소리를 낮추어 말했다. "왕비님의 명예, 아니 어쩌면 목숨까지 걸려 있는 문제입니다."

"뭐라고?" 트레빌은 방 안에 단둘이 있음을 확인하려고 주위를 둘러본 다음, 묻는 듯한 눈길을 다시 다르타냥에게 돌렸다.

"어떤 비밀을 우연히 알게 됐는데요……"

"그 비밀은 목숨을 걸고서라도 지키는 게 좋아."

"하지만 대장님께는 말씀드려야겠습니다. 왕비님께 받은 임무를 수행하려면 대장님의 도움이 필요하니까요."

"그 비밀이란 자네 개인의 것인가?"

"아닙니다, 대장님. 그건 왕비님의 비밀입니다."

"그 비밀을 나한테 말해도 좋다고 왕비님이 허락하셨나?"

"아닙니다. 오히려 비밀을 지키라는 분부를 받았습니다."

"그런데 왜 나한테 누설하려는 건가?"

"방금 말씀드렸듯이, 대장님의 도움 없이는 아무 일도 할 수 없고, 제가 무엇 때문에 도움이 필요한지 모르시면 대장님도 제 부탁을 들어주지 않을지 모른다고 생각했기 때문입니다."

"비밀은 지키도록 하고, 자네가 무엇을 원하지, 그것만 말해 보게."

"에사르 대장님께 말씀드려서 저에게 2주간 휴가를 얻어주십시오."

"언제부터?"

"오늘 저녁부터입니다."

"파리를 떠날 건가?"

"임무를 띠고 떠날 겁니다."

"어디로 가는지는 말해줄 수 있겠나?"

"런던입니다."

"자네가 목적을 이루지 못하기를 바라는 사람이 있나?"

"아마 추기경은 무슨 수를 써서라도 저의 성공을 막으려고 할 겁니다."

"자네 혼자 가나?"

"혼자 갈 겁니다."

"그러면 봉디*를 지나지도 못할 거야. 트레빌의 이름을 걸고 장담하지."

"왜요?"

"도중에 살해당할 테니까."

"임무를 위해서라면 죽어도 좋습니다."

"하지만 죽어버리면 임무를 완수할 수 없어."

"그렇군요."

"이런 일에는 네 사람이 출발해서 한 사람만이라도 도착하면 성공이야."

"맞는 말씀입니다, 대장님! 그렇다면 아토스, 포르토스, 아라미스가 있잖습니까. 이들 세 사람이면 충분하지 않을까요?

대장님도 아시다시피, 제 일이라면 발 벗고 나서줄 테니까요."

"그 비밀을 털어놓지 않아도 될까? 나야 알고 싶지 않았지만."

"저희들은 무슨 일이 있어도 서로 믿고 헌신하기로 맹세한 사이입니다. 게다가 대장님께서 저를 전적으로 신임한다고 한 마디만 해주시면, 삼총사도 대장님과 마찬가지로 저를 믿어줄 겁니다."

"나는 그들에게 각각 2주간 휴가를 내줄 수 있어. 그러면 되겠지. 아토스는 아직 부상에 시달리고 있으니까 포르주*에 가서 온천욕을 즐기도록 휴가를 주고, 포르토스와 아라미스는 병든 친구를 객지에 혼자 있게 내버려두고 싶지 않을 테니까 친구를 따라가도록 휴가를 주겠네. 휴가 명령서는 그들의 여행을 내가 허가한다는 증명서가 되겠지."

"고맙습니다, 대장님. 정말 고맙습니다."

"그럼 당장 삼총사를 찾으러 가서, 오늘 밤 안으로 일을 다 처리하게. 아 참! 우선 에사르 씨에게 제출할 휴가원을 써주게 나. 자네는 아마 미행당했을지도 몰라. 그렇다면 자네가 나를 찾아온 것도 추기경에게 이미 알려졌을 테지만, 휴가원이 있으면 이곳을 찾아온 정당한 사유가 되겠지."

다르타냥은 휴가원을 썼다. 트레빌은 그것을 받으면서, 휴가 허가서는 새벽 두 시까지 각자의 거주지로 배송될 거라고 말했다.

"제 것은 아토스의 집으로 보내주십시오." 다르타냥이 말했다. "제가 집에 돌아가면 성가신 일이 생길 것 같으니까요."

"그건 염려 말게. 그럼 잘 다녀오게! 아, 잠깐만!" 트레빌이 다르타냥을 불러 세웠다.

"돈은 있나?"

다르타냥은 주머니에 들어 있는 돈자루를 짤랑짤랑 흔들어 보였다.

"충분해?"

"3백 피스톨 있습니다."

"됐어. 그 돈이면 세상 끝까지도 갈 수 있어. 그럼 어서 가보게."

다르타냥은 트레빌에게 절을 했고, 트레빌은 손을 내밀었다. 다르타냥은 감사하는 마음으로 공손히 그 손을 잡았다. 파리에 온 이래, 이 훌륭한 인물에게는 찬탄 이외의 다른 감정은 느껴본 적이 없었다. 다르타냥은 언제나 트레빌이 훌륭하고 성실하고 고결한 분이라고 생각했다.

그는 우선 아라미스를 찾아갔다. 다르타냥은 보나시외 부인을 미행했던 그날 밤 이후 한 번도 아라미스의 집에 간 적이 없었다. 게다가 그 후 아라미스와는 몇 번밖에 만나지 않았지만, 만날 때마다 그의 얼굴에 깊은 슬픔이 새겨져 있는 것을 알아차렸다.

이날 저녁에도 아라미스는 침울하고 꿈꾸는 듯한 얼굴로 앉아 있었다. 다르타냥은 그렇게 깊은 수심에 빠져 있는 이유를 물었지만, 아라미스는 다음 주에 성 아우구스티누스의 저서* 18장에 대한 주석을 라틴어로 써야 하기 때문에 마음이 편치 않아서 그렇다고 변명했다.

두 친구가 잠시 이야기를 나누고 있을 때, 트레빌의 하인이 한 통의 편지를 가지고 들어왔다.

"뭔가?" 아라미스가 물었다.

"나리께서 신청하신 휴가 허가서입니다." 하인이 대답했다.

"난 휴가를 신청한 적이 없는데."

"잠자코 받아둬요." 다르타냥이 말했다. "그리고 자네, 이건 수고비일세, 반 피스톨이야. 대장님께 아라미스 씨가 진심으로 고마워하더라고 전해주게. 그럼 가봐."

하인은 코가 땅에 닿도록 절을 하고 나갔다.

"도대체 무슨 일이야?" 아라미스가 물었다.

"2주 동안 여행하는 데 필요한 물건을 챙겨서 나를 따라오세요."

"하지만 난 지금 파리를 떠날 수 없어. 뭘 좀 알아볼 일이 있는데……."

아라미스가 말을 하다가 멈추었다.

"그 여자가 어떻게 됐는지 알아야겠단 말이죠?" 다르타냥이 끊어진 말을 이었다.

"누구?" 아라미스가 물었다.

"여기 와 있었던 여자 말입니다. 수놓은 손수건을 가진 여자."

"여기에 여자가 와 있었다니, 누구한테 들었나?" 아라미스가 창백해진 얼굴로 물었다.

"내가 봤어요."

"그 여자가 누군지도 알고 있나?"

"짐작은 하고 있죠."

"이봐, 자네는 그렇게 많이 알고 있으니까, 그 여자가 어떻게 됐는지도 알고 있겠지?"

"투르에 돌아갔을 겁니다."

"투르에? 그래. 자네는 정말 그 여자를 알고 있군. 하지만 그 여자는 왜 나한테 한마디 말도 않고 투르로 돌아갔지?"

"잡힐까봐 겁이 나서 그랬겠죠."

"왜 나한테 편지도 보내지 않았을까?"

"당신이 위험해질까봐 그랬겠죠."

"다르타냥, 자네 덕분에 되살아난 기분이야!" 아라미스가 외쳤다. "나는 무시당하고 배신당한 줄로만 생각했어. 그 여자를 다시 만나서 너무 행복했는데! 그 여자가 나 때문에 자유를 잃을 위험까지 무릅썼다고는 믿을 수 없었지만, 그렇다면 무엇 때문에 파리로 돌아왔을까?"

"오늘 우리가 영국으로 떠나는 것과 같은 이유예요."

"그게 뭐지?"

"언젠가는 알게 되겠지만, 지금은 '박사의 조카딸'을 본받아 신중하게 행동해야 합니다."

아라미스는 어느 날 저녁에 자기가 친구들에게 해준 이야기를 생각해내고 빙긋 웃었다.

"그럼 좋아. 그 여자가 파리를 떠난 이상, 자네가 그렇게 확신하는 이상, 내가 파리에 머물러 있을 이유는 없지. 언제라도 자네를 따라갈 용의가 있어. 그런데 어디로 갈 거야?"

"우선 아토스의 집에 갈 겁니다. 가고 싶으면 서두르세요. 벌써 시간을 많이 허비했으니까요. 바쟁에게도 말해두세요."

"바쟁도 같이 가나?"

"아마 그럴 겁니다. 어쨌든 지금은 바쟁이 우리와 함께 아토스의 집으로 가는 게 좋겠어요."

아라미스는 바쟁을 불러서 아토스의 집까지 따라오라고 일렀다.

"자, 가세."

아라미스는 망토를 걸치고 검과 권총 세 자루를 집어 들었다. 그러고는 혹시 굴러다니는 금화라도 있지 않을까 해서 서랍 서너 개를 열어보았지만 아무것도 찾지 못했다. 헛수고라는 것을 깨닫고는, 다르타냥이 자기 집에 묵었던 여자에 대해 자기만큼 잘 알고 있는 데다 그 여자가 그 후 어떻게 되었는지도 자기보다 더 잘 알고 있는 것은 도대체 어찌 된 일일까 자문하면서 다르타냥을 따라갔다.

밖으로 나오자 아라미스는 다르타냥의 팔을 잡고 그의 얼굴을 뚫어지게 바라보았다.

"그 여자 얘기는 아무한테도 하지 않았겠지?"

"그럼요."

"아토스와 포르토스한테도?"

"한마디도 하지 않았어요."

"잘했어!"

마음이 놓인 아라미스는 다르타냥과 함께 길을 재촉하여 곧 아토스의 집에 도착했다.

아토스가 한 손에는 휴가 허가서를, 다른 손에는 트레빌의 편지를 들고 있었다.

"휴가 허가서와 편지를 방금 전에 받았는데, 이게 도대체 무슨 뜻인지 설명해줄 수 있겠나?" 아토스가 어리둥절한 얼굴로 물었다.

친애하는 아토스.

자네의 건강을 위해 2주 동안 휴양할 것을 권하네. 포르주 온천이나 어디든 좋은 곳에 가서 하루 속히 건강을 회복하기 바라네.

트레빌

"이 휴가 허가서와 편지는 저를 따라가야 한다는 뜻입니다."

"포르주 온천으로?"

"거기든 아니면 다른 곳이든."

"폐하를 위해선가?"

"폐하와 왕비님을 위해서요. 우리는 두 분을 섬기고 있지 않습니까?"

바로 그때 포르토스가 들어왔다.

"이상한 일이 생겼어. 언제부터 총사대가 신청하지도 않은 휴가를 보내주게 됐지?"

"휴가를 대신 신청해주는 친구가 생긴 뒤부터죠." 다르타냥이 대답했다.

"아하! 뭔가 새로운 일이 생긴 모양이지?"

"그래. 곧 떠날 거야." 아라미스가 말했다.

"어디로?" 포르토스가 물었다.

"거기에 대해서는 하나도 몰라." 아토스가 말했다. "다르타냥한테 물어보게."

"런던으로 갑니다." 다르타냥이 말했다.

"런던?" 포르토스가 외쳤다. "런던엔 뭐하러 가는데?"

"그건 말할 수 없어요. 일단 저를 믿으셔야 합니다."

"하지만 런던까지 가려면 돈이 들 텐데⋯⋯." 포르토스가 덧붙였다. "그런데 나는 돈이 한푼도 없어."

"나도." 아라미스가 말했다.

"나도 그래." 아토스가 말했다.

"하지만 나한테 돈이 있어요." 다르타냥이 주머니에서 돈자루를 꺼내 탁자 위에 놓으면서 말을 받았다. "이 자루에 3백 피스톨이 들어 있어요. 각자 75피스톨씩 갖도록 합시다. 그거면 충분히 런던에 갔다가 돌아올 수 있어요. 게다가 걱정하지 마세요. 우리 모두 런던까지 가지는 않을 테니까요."

"그건 왜?"

"우리 네 사람 가운데 몇 명은 도중에 남게 될 테니까요."

"그러니까 우리는 일종의 연막작전을 펴는 거로군?"

"맞아요. 그것도 가장 위험한 작전이라는 것만 미리 말해두겠습니다."

"아, 그래? 목숨을 잃을지도 모르는 일인가본데, 그렇다면 그 이유만이라도 알고 싶군." 포르토스가 말했다.

"알아봤자 좋을 게 없을 거야!" 아토스가 말했다.

"하지만 나는 포르토스와 같은 의견이야." 아라미스가 말했다.

"폐하께서 평소에 우리한테 이유를 알려주시나요? 아니죠. 그냥 명령하실 뿐입니다. 가스코뉴나 플랑드르에서 전투가 벌어지고 있으니, 가서 싸워라. 그러면 우리는 나가서 싸웁니다. 왜죠? 이유 같은 건 신경도 쓰지 않으니까요."

"다르타냥의 말이 옳아." 아토스가 말했다. "대장님이 보내준 우리 세 사람의 휴가 허가서가 있고, 출처를 알 수 없는 3백 피스톨이 있어. 가라는 곳으로 가서 목숨을 바치세. 그렇게 많은 질문을 할 만큼 목숨에 가치가 있나? 다르타냥, 나는 언제라도 자네를 따라갈 준비가 되어 있네."

"나도." 포르토스가 말했다.

"나도 그래." 아라미스도 말했다. "어쨌든 나는 파리를 떠나는 게 싫지 않아. 기분 전환이 필요하던 참이니까."

"걱정 마세요. 유쾌한 기분 전환이 될 테니까." 다르타냥이 말했다.

"그런데 언제 떠나는 거야?" 아토스가 물었다.

"지금 당장요." 다르타냥이 대답했다. "잠시도 꾸물거릴 시간이 없어요."

"이봐! 그리모, 플랑셰, 무스크통, 바쟁!" 네 사람이 각자 하인을 큰 소리로 불렀다. "우리 장화에 기름을 칠하고 본부에 가서 말을 끌고 와."

총사들은 자신의 말과 하인의 말을 막사에 두는 것처럼 총사대 본부에 두고 다녔다.

플랑셰, 그리모, 무스크통, 바쟁은 서둘러 나갔다.

"자, 이젠 작전을 세워보자." 포르토스가 말했다. "먼저, 어디로 가는 거야?"

"칼레로 갑시다." 다르타냥이 말했다. "칼레가 런던으로 가는 지름길이니까요."

"좋아. 그렇다면 내게 생각이 있어."

"말해보세요."

"넷이 함께 여행하면 의심을 받게 돼. 그러니까 다르타냥이 우리 각자한테 지시를 해. 내가 먼저 불로뉴 가도를 따라 나아가면서 장애물을 제거할게. 아토스는 두 시간 뒤에 떠나서 아미앵 가도로 나를 따라오고, 아라미스는 누아용 가도로 우리를 따라와. 다르타냥은 아무 길이나 따라와도 좋은데, 다만 플랑셰와 옷을 바꿔 입도록 해. 그리고 플랑셰는 근위대 제복을 입고 다르타냥인 것처럼 우리를 따라오게 해."

"내 생각으로는 이런 일에 하인을 끌어들이는 것은 좋지 않은 것 같아." 아토스가 말했다. "귀족은 어쩌다 비밀을 누설할 수 있지만, 하인은 십중팔구 비밀을 팔아먹게 마련이거든."

"포르토스의 계획은 힘들 것 같아요." 다르타냥이 말했다. "여러분에게 어떤 지시를 내려야 좋을지 나 자신도 잘 모르겠거든요. 나는 그저 편지 한 통을 가지고 있을 뿐이고, 이 편지는 사본도 없고, 봉해져 있기 때문에 사본을 따로 만들 수도 없어요. 그러니까 우리 모두 함께 여행할 수밖에 없다는 것이 내 생각입니다. 편지는 여기 이 주머니 속에 있어요." 그는 편지가 들어 있는 주머니를 가리켰다. "내가 죽거든 여러분 가운데 한 사람이 이 편지를 가지고 여행을 계속하세요. 그가 죽게 되면 다음 사람이 뒤를 이어받는 겁니다. 누구든지 한 사람만 목적지에 도달하면 되니까요. 중요한 건 그것뿐이에요."

"브라보, 다르타냥! 나도 같은 생각이야." 아토스가 말했다. "게다가 우리는 이야기가 서로 맞아야 돼. 나는 포르주로 온천 치료를 하러 가는 거고, 자네들은 나를 따라가는 셈인데, 포르주로 온천욕을 가는 대신 바다로 해수욕을 하러 가는 것으로 하면 돼. 그건 내 자유니까. 놈들이 우리를 체포하려고 들면, 나는 트레빌 대장님의 편지를 보여주고 자네들은 휴가 허가서를 보여줘. 놈들이 공격하면 우리는 방어하는 거야. 조사를 받게 되면, 바닷물에 몸을 담그는 것 외에는 다른 의도가 전혀 없다고 완강히 주장하는 거야. 우리 넷이 뿔뿔이 흩어져 있으면 쉽게 당할지 모르지만, 넷이 함께 있으면 하나의 부대나 마찬가지야. 하인들도 권총과 소총으로 무장시켜. 만약 저쪽에서 군대를 보내면 한바탕 전투를 치를 수밖에 없겠지만, 다르타냥의 말대로 살아남는 사람이 편지를 전달하는 거야."

"좋은 생각이야." 아라미스가 외쳤다. "아토스, 자네는 말을 자주 하지 않지만, 일단 말을 시작하면 '황금의 입'으로 칭송받은 성 요한* 같아. 나는 아토스의 계획을 따르겠어. 포르토스,

자네는?"

"다르타냥이 괜찮다면 나도 찬성이야." 포르토스가 말했다.
"다르타냥은 편지를 가지고 있으니까 당연히 이 작전의 지휘자
인 셈이지. 그가 결정하면 우리는 따를 뿐이야."

"그럼 좋습니다." 다르타냥이 말했다. "아토스의 계획대로
30분 후에는 출발하기로 하겠습니다."

"좋아!" 삼총사가 일제히 외쳤다.

그리고는 돈자루로 손을 뻗어 각자 75피스톨씩 집었고, 정
해진 시간에 떠날 수 있도록 채비를 갖추러 갔다.

제20장
여행

새벽 두 시에 네 용사는 생드니 문을 지나 파리를 떠났다. 날이 밝기 전까지는 서로 아무 말도 없이 걸었다. 저도 모르게 어둠의 영향을 느끼고, 도처에 복병이 있는 것처럼 보였기 때문이다.

아침 햇살이 비치기 시작하자 그들의 입도 열렸다. 태양과 함께 그들의 쾌활함도 돌아왔다. 전투를 앞둔 밤처럼 심장이 고동치고, 눈은 웃고 있었다. 그들은 이제 곧 떠나게 될지도 모르는 이 인생이 결국 좋은 것이라고 느꼈다.

게다가 행렬은 위풍당당한 모습이었다. 총사들의 검은 말들, 군인다운 늠름한 태도, 절도 있는 걸음걸이는 그들이 아무리 신분을 숨겨도 금세 정체를 드러냈을 것이다.

하인들은 완전무장을 갖추고 총사들을 뒤따르고 있었다.

일행은 아침 여덟 시쯤 샹티이에 도착했다. 아침을 먹을 시간이었다. 가난한 사람에게 망토의 절반을 잘라서 주고 있는 성 마르탱의 모습이 그려진 간판을 보고, 그 여관 앞에 말을 세웠다. 하인들은 말에서 안장을 내리지 말고 즉시 떠날 수 있도록 준비해두라는 지시를 받았다.

그들은 식당으로 들어가 식탁 앞에 앉았다.

방금 전에 다마르탱 쪽에서 도착한 귀족 하나가 같은 식탁에 앉아서 아침을 먹고 있었다. 그가 날씨 이야기로 말을 걸어왔기 때문에 일행도 거기에 응해주었다. 귀족은 그들을 위해 건배했고, 여행자들도 답례를 해주었다.

그런데 무스크통이 들어와서 떠날 준비를 마쳤다고 말했기 때문에 그들이 자리에서 일어나려고 하자, 그 낯선 귀족이 포르토스에게 추기경을 위해 건배하자고 제의했다. 포르토스는 상대가 국왕 폐하를 위해 건배해준다면 기꺼이 추기경을 위해 건배하겠다고 대답했다. 그러자 낯선 귀족은 자기가 아는 왕은 추기경 예하뿐이라고 외쳤다. 포르토스는 그를 주정뱅이라고 불렀고, 낯선 귀족은 칼을 빼들었다.

"어리석은 짓을 저질렀군." 아토스가 말했다. "하지만 이렇게 된 이상 물러설 수는 없지. 최대한 빨리 저 녀석을 해치워버리고 우리를 따라잡게나."

그리하여 포르토스를 제외한 세 사람은 다시 말을 타고 전속력으로 출발했다. 뒤에 남은 포르토스는 온갖 검술을 이용하여 상대의 몸을 벌집처럼 만들어주겠다고 큰소리치고 있었다.

"이제 한 차례 치렀군!" 5백 걸음쯤 갔을 때 아토스가 말했다.

"하지만 그 자식은 왜 하필이면 포르토스에게 대들었을까?" 아라미스가 물었다.

"우리 중에서 포르토스가 제일 목소리가 크니까 우두머리로 생각했겠죠." 다르타냥이 말했다.

"늘 말하지만, 이 가스코뉴 젊은이는 지혜의 샘이라니까." 아토스가 말했다.

그들은 여행을 계속했다.

보베에서 그들은 두 시간 동안 머물렀다. 말들에게 한숨 돌리게 하고 포르토스를 기다리기 위해서였다. 그러나 두 시간이 지나도 포르토스는 오지 않았고 소식도 없었기 때문에 그들은 다시 길을 떠났다.

보베에서 5킬로미터쯤 가서 좁다란 고갯길에 이르렀을 때, 일행은 여덟에서 열 명쯤 되는 사내들을 만났는데, 그들은 길이 포장되지 않은 것을 이용하여 구덩이와 도랑을 파면서 공사를 하는 체했다.

아라미스는 파헤쳐진 진창 때문에 장화가 더러워질까 걱정이 되어 그들을 야단쳤다. 아토스가 말리려고 했지만 너무 늦었다. 일꾼들은 여행자들을 조롱하기 시작했고, 그 꼴이 어찌나 건방지고 무례했던지, 냉정한 아토스까지도 격분하여 말을 탄 채 일꾼 한 명을 향해 돌진했다.

그러자 일꾼들은 모두 도랑으로 후퇴하더니, 거기에 감추어두었던 머스킷총을 집어 들었다. 일곱 명의 여행자들은 그야말로 총알 세례를 받게 되었다. 아라미스는 어깨에 관통상을 입었고, 무스크통은 허리에 총알을 맞았다. 하지만 말에서 떨어진 것은 무스크통뿐이었다. 중상은 아니었지만, 그는 상처를 볼 수 없었기 때문에 실제보다 더 위험한 상처를 입은 줄 알았다.

"복병이다!" 다르타냥이 외쳤다. "상대하지 말고 계속 달려요!"

아라미스는 상처를 입었지만, 말갈기를 잡고 매달려 다른 사람들과 함께 달렸다. 무스크통의 말도 주인을 잃은 채 전속력으로 따라붙어 그들과 나란히 달리고 있었다.

"여분의 말이 하나 생겼군." 아토스가 말했다.

"나는 말보다 모자가 필요해요." 다르타냥이 말했다. "모자가 총알에 날아가버렸어요. 편지를 모자 속에 넣지 않은 게 천만다행이에요."

"하지만 포르토스가 나중에라도 우리를 뒤따라오면 놈들에게 죽을지 몰라!" 아라미스가 말했다.

"포르토스가 쓰러지지 않았다면 지금쯤은 벌써 우리를 따라잡았을 거야." 아토스가 말했다. "내 생각에는 그놈의 주정뱅이가 결투하면서 술이 깬 게 분명해."

말들은 지칠 대로 지쳐서 금방이라도 달리기를 거부할 것 같았지만, 그래도 두 시간을 더 달렸다.

그들은 샛길로 들어섰다. 성가신 일이 덜 생기리라 기대했기 때문이다. 그러나 크레브쾨르에 이르자 아라미스가 더 이상은 도저히 갈 수 없다고 말했다. 사실 그 우아한 모습과 세련된 태도 때문에 겉으로 드러나지는 않았지만, 여기까지 오는 동안 그는 감추고 있었던 용기를 모두 쥐어짜야 했다. 그는 시시각각 창백해졌고, 그들은 그가 말에서 떨어지지 않도록 받쳐주어야 했다. 그들은 여관 문간에 그를 내려놓고 바쟁을 함께 남겨두었다. 어쨌든 바쟁은 전투가 벌어지면 도움이 되기는커녕 도리어 거추장스러운 존재가 될 터였다. 나머지 일행은 아미앵에서 숙박하기로 하고 다시 출발했다.

"제기랄!" 주인 두 명과 하인 두 명으로 줄어든 일행이 다시 길을 떠나자 아토스가 말했다. "우리 둘과 그리모와 플랑셰만 남았군. 제기랄! 다시는 놈들에게 속지 않을 거야. 앞으로 칼레까지는 절대로 입도 열지 않고 칼도 뽑지 않겠어. 맹세하건대⋯⋯."

"맹세고 나발이고, 열심히 달리기나 합시다." 다르타냥이 말했다. "말들이 따라줘야 하겠지만 말이에요."

옆구리에 박차를 가하자, 자극을 받은 말들은 기운을 되찾았다. 그들은 자정 무렵 아미앵에 도착하여 '리스 도르'(황금 백합) 여관에 들어갔다.

여관 주인은 세상에서 가장 정직한 사람처럼 보였다. 손님을 맞으러 나왔는데, 한 손에는 촛대를, 또 한 손에는 취침용 모자를 들고 있었다. 그는 두 여행자에게 좋은 방을 하나씩 주겠다고 말했다. 그런데 곤란하게도 그 방들은 여관 건물의 양쪽 끝에 있었다. 다르타냥과 아토스는 거절했다. 그러자 여관 주인은 나리들처럼 귀한 분들에게 어울리는 방은 그것뿐이라고 대답했다. 하지만 그들은 마룻바닥에 매트리스를 깔아주면 한 방에서 같이 자겠다고 말했다. 주인은 고집을 부렸지만, 그들도 물러서지 않았다. 결국 주인은 그들이 원하는 대로 해줄 수밖에 없었다.

그들이 잠자리를 만들고 문단속을 했을 때, 누군가가 안마당 쪽 덧문을 두드렸다. 누구냐고 물었더니 하인들의 목소리가 들렸다. 그래서 그들은 덧문을 열어주었다.

아닌 게 아니라 플랑셰와 그리모였다.

"말을 지키는 건 그리모 혼자서도 할 수 있습니다." 플랑셰가 말했다. "그러니까 괜찮으시다면 제가 문지방 앞에 가로누워 잘까 합니다. 그러면 아무도 주인님들 옆에까지 다가갈 수 없을 테니까요."

"뭘 깔고 자려고?" 다르타냥이 물었다.

"이게 제 잠자리입니다." 플랑셰가 대답하면서 짚 다발을 가리켰다.

"그럼 들어와." 다르타냥이 말했다. "네 말이 맞아. 여관 주인을 믿을 수가 없어. 너무 우리 비위를 맞추려고 들거든."

"나도 동감이야." 아토스가 말했다.

플랑셰는 창문을 통해 방으로 들어와서 문지방 앞에 자리를 잡았다. 그리모는 아침 다섯 시까지 말 네 마리를 준비해놓겠노라고 장담하고는 마구간으로 들어갔다.

밤은 꽤 고요했다. 누군가가 새벽 두 시경에 문을 열려고 했지만, 플랑셰가 잠에서 깨어나 "거기 누구야?" 하고 고함을 지르자, 방을 잘못 찾았다고 대답하고는 가버렸다.

밤 네 시에는 마구간에서 시끄러운 소리가 들려왔다. 그리모가 마구간지기들을 깨우려고 하니까, 그들이 그리모를 폭행한 것이다. 창을 열고 보니 그리모는 가엾게도 쇠스랑 자루에 머리가 깨져서 의식을 잃고 누워 있었다.

플랑셰는 말에 안장을 얹으려고 마당으로 내려갔지만, 말들은 비틀거리며 쓰러졌다. 무스크통의 말만은 전날 주인도 없이 대여섯 시간을 달렸기 때문에 여행을 계속할 수 있었을지 모르지만, 여관 주인의 말을 치료하기 위해 불려왔다는 수의사가 어처구니없는 실수로 주인의 말 대신 무스크통의 말을 치료하느라 피를 뽑아버리는 바람에 그 말마저 누워버렸다.

일행은 불안해지기 시작했다. 연달아 일어난 이 모든 사고는 아마도 우연의 결과일 테지만, 어떤 음모의 소산일 수도 있었다. 아토스와 다르타냥은 밖으로 나갔고, 플랑셰는 근방에서 말 세 마리를 살 수 있는지 알아보러 갔다. 여관 문 앞에 안장까지 제대로 갖춘 팔팔한 말 두 마리가 서 있었다. 이 정도면 쓸 만했다. 플랑셰는 말 주인이 어디 있느냐고 물어보았다. 말 주인들은 간밤을 여관에서 보내고 지금은 여관 주인에게 숙박비를 치르고 있다고 누군가가 말해주었다.

그때 아토스가 숙박비를 계산하러 들어왔고, 다르타냥과 플랑셰는 문 앞에서 기다렸다. 여관 주인은 천장이 낮은 뒷방에 있다가, 아토스에게 그리로 들어오라고 말했다.

아토스는 아무런 의심도 없이 뒷방으로 들어가서 숙박비를 내려고 2피스톨을 꺼냈다. 주인은 책상 앞에 혼자 앉아 있었고, 책상 서랍 하나는 반쯤 열려 있었다. 주인은 아토스가 건네준 돈을 받아서 이리저리 뒤집으며 찬찬히 살펴보다가 느닷없이 가짜 돈이라고 소리쳤다. 그러면서 아토스와 그의 동료를 화폐 위조범으로 고발하겠다고 말했다.

"이 악당아!" 아토스가 그에게 다가서면서 말했다. "네놈의 귀를 잘라버릴 테다!"

바로 그때, 무장한 네 사내가 양쪽 옆문으로 들어와 아토스에게 덤벼들었다.

"함정이다!" 아토스가 목청껏 외쳤다. "도망쳐, 다르타냥! 빨리! 빨리!" 그러고는 권총을 두 발 쏘았다.

다르타냥과 플랑셰는 아토스의 외침 소리를 두 번 들을 필요도 없었다. 그들은 문 앞 말뚝에 매어 있던 말 두 마리를 풀어서 올라타고는 옆구리에 박차를 가하여 쏜살같이 달리기 시작했다.

"아토스가 어떻게 됐는지 봤어?" 다르타냥이 달리면서 플랑셰에게 물었다.

"아이고, 주인님!" 플랑셰가 말했다. "아토스 나리의 권총 두 방에 두 놈이 쓰러지는 것을 보았고, 유리문을 통해 얼핏 보니 나머지 놈들과 칼싸움을 하고 있는 것 같았습니다."

"용감한 아토스!" 다르타냥이 중얼거렸다. "그런데 그를 놔

두고 가야 하다니! 게다가 우리도 마찬가지야. 무엇이 기다리
고 있을지, 한치 앞도 내다볼 수 없어. 그래도 가자, 플랑세! 어
서 가자! 너도 용감한 사나이야!"

"언젠가도 말씀드렸지만, 피카르디 사람은 써봐야 알 수 있
다니까요. 게다가 여기는 제 고향이라서 더욱 힘이 솟는군요."

두 사람은 더욱더 박차를 가하여 단숨에 생토메르에 도착했다. 이곳에서 그들은 불상사가 일어날 경우에 대비하여 고삐를 잡은 채 말들을 잠시 쉬게 해주고, 길거리에 선 채로 서둘러 식사를 한 다음 다시 길을 떠났다.

칼레의 성문에서 백 걸음도 떨어지지 않은 곳에 왔을 때 다르타냥의 말이 쓰러졌다. 말은 아무리 어르고 달래도 다시 일어나지 않았다. 코와 눈에서는 피가 흘러나왔다. 플랑셰의 말이 아직 남아 있었지만, 이 짐승도 걸음을 멈추고는, 온갖 수단을 다 써도 다시 움직이려 하지 않았다.

다행히도 그들은 칼레에서 백 걸음밖에 떨어져 있지 않았다. 그들은 말 두 마리를 노상에 내버려둔 채 항구로 달려갔다. 플랑셰가 쉰 걸음 앞에 귀족 한 사람이 하인과 함께 방금 도착했다고 주인에게 알려주었다.

그들은 부랴부랴 그 귀족에게 다가갔다. 귀족은 몹시 서두르고 있는 것 같았다. 장화는 먼지투성이였다. 그는 지금 곧장 영국으로 건너갈 수 없겠느냐고 물어보고 있었다.

"그거야 쉬운 일이죠." 돛을 올릴 준비가 되어 있는 배의 선장이 대답했다. "하지만 오늘 아침에 추기경의 특별 허가증이 없는 사람은 배에 태우지 말라는 명령이 내려왔습니다!"

"나는 그 허가증을 갖고 있소." 귀족이 주머니에서 서류 한 장을 꺼내면서 말했다. "자, 여기 있소."

"항만 사령관의 검인을 받아오세요. 그리고 제 배를 이용해 주십시오." 선장이 말했다.

"사령관은 어디 가면 만날 수 있소?"

"별장에 있습니다."

"별장은 어디 있소?"

"시내에서 1킬로미터쯤 떨어진 곳에 있습니다. 잠깐만요.

여기서도 보입니다. 저 작은 언덕 기슭에 슬레이트 지붕이 보이시죠? 그게 사령관의 별장입니다."

"알았소!" 귀족이 말했다.

그는 하인을 거느리고 사령관의 별장으로 향했다. 다르타냥과 플랑셰는 5백 걸음 정도의 간격을 두고 귀족의 뒤를 따라갔다.

시내를 벗어나자 다르타냥은 걸음을 빨리하여, 귀족이 작은 숲으로 막 들어가고 있을 때 그를 따라잡았다.

"매우 바쁘신가보군요." 다르타냥이 말을 걸었다.

"나보다 더 바쁠 수는 없을 거요."

"그거 참 유감이군요. 실은 저도 무척 급한 일이 있어서 한 가지 부탁을 하고 싶은데요."

"무슨 부탁이오?"

"제가 먼저 건너가면 안 될까요?"

"그건 안 될 말이오. 나는 꼬박 마흔네 시간 동안 3백 킬로미터를 달려왔고, 내일 정오까지는 런던에 도착해야 하오."

"저도 마흔 시간 동안 3백 킬로미터를 달려왔고, 내일 아침 열 시까지는 런던에 도착해야 합니다."

"안됐소만, 내가 먼저 왔으니까 나중에 갈 수는 없소."

"안됐지만, 내가 나중에 왔지만 먼저 가야겠습니다."

"국왕 폐하를 위한 일이오!" 귀족이 말했다.

"나 자신을 위한 일입니다." 다르타냥이 말했다.

"싸움을 걸려는 모양이군."

"그래요! 어떻게 싸우고 싶습니까?"

"원하는 게 뭐요?"

"알고 싶으세요?"

"물론이오."

"좋습니다. 당신이 가지고 있는 허가증을 내게 넘기세요. 나는 허가증이 없는데, 그게 꼭 필요하거든요."

"농담이겠지."

"결코 농담이 아닙니다."

"지나가게 길을 비키시오!"

"안 됩니다."

"용감한 젊은이, 비키지 않으면 머리를 날려버리겠다. 이봐라, 뤼뱅! 권총을 가져오너라!"

"플랑셰!" 다르타냥이 말했다. "너는 저 하인을 맡아. 나는 주인을 맡을 테니까."

지난번 여관에서 공을 세우고 한껏 고무되어 있던 플랑셰는 뤼뱅에게 달려들었다. 워낙 건장하고 힘이 세서 단번에 상대를 땅바닥에 눕히고는 무릎으로 가슴팍을 눌렀다.

"주인님 일이나 잘하세요. 제 일은 벌써 끝났으니까요." 플랑셰가 말했다.

이 꼴을 본 귀족이 칼을 빼들고 다르타냥에게 덤벼들었다. 하지만 다르타냥도 만만찮은 상대였다.

3초 동안 다르타냥은 그를 세 번 공격했고, 그때마다 이렇게 말했다.

"한 대는 아토스 몫, 한 대는 포르토스 몫, 한 대는 아라미스의 몫이다."

세 번째 공격을 받고 귀족은 땅바닥에 쓰러져버렸다.

다르타냥은 상대가 죽었거나, 아니면 적어도 의식을 잃었을 거라고 생각했다. 그래서 특별 허가증을 빼앗으려고 다가갔다. 하지만 주머니를 뒤지려고 손을 뻗은 순간, 칼을 손에서 놓지 않고 있던 부상자가 칼끝으로 다르타냥의 가슴을 찌르면서 말했다.

"한 대는 네놈 몫이다."

"그리고 한 대는 내 몫이다! 제일 좋은 것은 마지막 사람을 위해 남겨두었지!" 격분한 다르타냥이 네 번째로 공격하면서 외쳤다. 칼끝이 상대의 배를 꿰뚫고 땅바닥에 박혔다.

이번에는 귀족도 눈을 감고 의식을 잃어버렸다.

다르타냥은 귀족의 주머니를 뒤져서 허가증을 찾아냈다. 그 허가증은 바르드 백작* 이름으로 되어 있었다.

의식을 잃고 누워 있는 스물다섯 살가량의 잘생긴 젊은이는 어쩌면 죽었을지도 모른다. 다르타냥은 상대에게 마지막 눈길을 던지고, 서로 아무 관계도 없는 사람들끼리, 십중팔구는 그들의 존재조차 알지 못하는 사람들을 위해 서로 죽여야 하는 야릇한 운명에 한숨을 내쉬었다.

하지만 울부짖으면서 도움을 청하고 있는 뤼뱅의 목소리 때문에 그는 곧 이런 생각에서 빠져나올 수 있었다.

플랑셰는 뤼뱅의 목에 손을 대고 힘껏 눌러댔다.

"이렇게 누르고 있으면 고함을 지르지 못하지만, 조금이라도 손을 늦추면 다시 소리를 지르기 시작할 겁니다. 이 녀석은 노르망디 놈이 분명한데, 노르망디 녀석들은 원래 끈질기거든요."

과연 뤼뱅은 그렇게 목이 눌리면서도 어떻게든 소리를 지르려고 발버둥쳤다.

"기다려!" 다르타냥이 말했다. 그러고는 손수건을 꺼내 뤼뱅의 입에 재갈을 물렸다.

"이제 녀석을 나무에 매달아놓죠." 플랑셰가 말했다.

이 일은 꼼꼼하게 이루어졌다. 이어서 그들은 바르드 백작을 뤼뱅 옆에 끌어다놓았다. 벌써 어둠이 내리기 시작했고, 이곳은 숲 속이었다. 그러니 묶여 있는 사람과 부상당한 사람은 둘다 아침까지 눈에 띄지 않고 그대로 숲 속에 있게 될 터였다.

"자, 이젠 사령관한테 가자!" 다르타냥이 말했다.

"하지만 다치신 것 같은데요?" 플랑셰가 말했다.

"괜찮아. 급한 일부터 먼저 처리하고, 그런 다음 내 상처를 돌보면 돼. 별로 위험한 상처는 아닌 것 같으니까."

그래서 두 사람은 사령관의 별장으로 성큼성큼 걸어갔다.

별장에서 그들은 바르드 백작의 이름으로 접견을 청했다.

다르타냥은 안으로 안내되었다.

"추기경이 서명한 허가증을 가지고 계시겠죠?" 사령관이 물었다.

"예, 여기 있습니다." 다르타냥이 대답했다.

"흐음! 이건 정식 허가증이군. 추기경의 추천사까지 덧붙여져 있고."

"그야 당연하죠. 나는 추기경님의 가신들 가운데 한 사람이니까요."

"예하께서는 누군가가 영국으로 건너가는 것을 막으시려는 것 같은데."

"그렇습니다. 다르타냥이라는 베아른 출신의 귀족인데, 동료 셋과 함께 런던에 갈 목적으로 파리를 떠났거든요."

"그 사람을 개인적으로 아십니까?" 사령관이 물었다.

"누구 말입니까?"

"다르타냥이라는 사람 말입니다."

"잘 알지요."

"그러면 인상착의를 알려주세요."

"그야 어렵지 않죠."

다르타냥은 바르드 백작의 인상착의를 자세히 알려주었다.

"동행이 있습니까?" 사령관이 물었다.

"예, 뤼뱅이라는 하인이 있습니다."

"그럼 다르타냥과 뤼뱅이 나타나는지 주의 깊게 감시하겠습니다. 다행히 놈들을 잡게 되면 엄중히 호위하여 파리로 호송될 테니, 추기경께서는 안심하셔도 좋습니다."

"그렇게 하신다면 추기경님께 큰 도움이 될 겁니다. 사령관님." 다르타냥이 말했다.

"백작님은 파리로 돌아가시면 추기경님을 만나실 건가요?"

"물론이죠."

"그러면 제가 추기경님께 충성을 다하고 있다고 전해주십시오."

"꼭 전하겠습니다."

이 장담을 듣고 사령관은 무척 기뻐하며 통행증에 검인을 찍어서 다르타냥에게 돌려주었다.

다르타냥은 쓸데없는 인사치레로 시간을 낭비하지 않고 사령관에게 절을 하면서 고맙다고 말하고 그곳을 떠났다.

일단 밖으로 나오자 다르타냥과 플랑셰는 걸음을 서둘렀다. 숲을 피해 멀리 길을 돌아서, 나올 때와는 다른 문으로 다시 시내에 들어갔다.

선장은 출항할 준비를 갖추고 부두에서 기다리고 있었다.

"어떻게 되셨습니까?" 그가 다르타냥을 보자 물었다.

"검인을 받은 통행증이 여기 있소." 다르타냥이 말했다.

"다른 분은 어떻게 됐습니까?"

"그 사람은 오늘 떠나지 않을 거요. 하지만 걱정 마세요. 내가 두 사람 몫의 뱃삯을 치를 테니까."

"그렇다면 떠납시다." 선장이 말했다.

"떠납시다!" 다르타냥이 선장의 말을 따라했다.

다르타냥과 플랑셰는 거룻배에 올라탔고, 5분 뒤에는 본선으로 갈아탔다.

아슬아슬했다. 난바다로 나갔을 때 한 줄기 섬광이 보이고 폭음이 들렸기 때문이다. 항만 봉쇄를 알리는 대포 소리였다.

이제 상처를 치료해야 할 때였다. 다행히 다르타냥의 짐작대로 그리 위험한 상처는 아니었다. 칼끝이 갈비뼈에 닿아서 뼈를 살짝 스쳤을 뿐이다. 게다가 셔츠가 곧장 상처에 달라붙는 바람에 피도 몇 방울밖에 나오지 않았다.

다르타냥은 몹시 피곤했다. 사람들이 갑판에 매트리스를 깔아주었다. 그는 거기에 몸을 던지고 깊이 잠들었다.

이튿날 새벽에 깨어 보니, 배는 아직도 영국 해안에서 20킬로미터쯤 떨어져 있었다. 밤새 바람이 약하게 불어 배가 속도를 내지 못했기 때문이다.

배는 열 시가 되어서야 도버 항에 닻을 내렸다.

열 시 반에 다르타냥은 영국 땅에 상륙하여 저도 모르게 외쳤다.

"아, 드디어 도착했구나!"

하지만 그것으로 끝난 게 아니었다. 우선 런던까지 가야 했다. 영국은 역마차 도로가 비교적 잘 정비되어 있었다. 다르타냥과 플랑셰는 각각 조랑말을 한 마리씩 빌려 타고는, 길잡이를 앞장세워 떠났다. 네 시간 뒤에는 영국 수도의 성문 앞에 당도했다.

다르타냥은 런던의 지리도 모르고 영어도 전혀 몰랐지만, 만나는 사람마다 종이에 버킹엄이라는 이름을 써서 보여주자 공작의 저택으로 가는 길을 알려주었다.

공작은 저택에 없었다. 국왕과 함께 윈저로 사냥을 나갔다는 것이다.

다르타냥은 공작의 심복 하인을 찾았다. 이 하인은 공작이 프랑스로 여행할 때마다 수행하는 사람이어서 프랑스어를 유창하게 구사할 줄 알았다. 다르타냥은 그에게, 사람의 생사가 달린 문제로 파리에서 왔으니 당장 공작에게 알려야 한다고 말했다.

다르타냥의 솔직하고 대담한 태도에 패트릭(영국 재상 버킹엄 공작의 집사 이름이었다)은 믿을 만하다고 생각했다. 그는 말 두 마리에 안장을 얹고 직접 젊은이를 안내했다. 플랑셰는 녹초가 된 상태여서 다른 사람들의 부축을 받아 말에서 내렸지만, 다르타냥은 무쇠처럼 단단했다.

그들은 윈저 궁에 도착했다. 왕과 버킹엄은 10킬로미터 남짓 떨어진 늪지대에서 매사냥을 하고 있다는 것이었다.

20분 뒤에 그들은 늪지대에 도착했다. 이윽고 패트릭은 매를 부르는 주인의 목소리를 들었다.

"공작님께 누구시라고 전해드릴까요?" 패트릭이 물었다.

"어느 날 저녁 퐁뇌프 다리의 사마리아 여인상 앞에서 공작님께 시비를 걸었던 젊은이라고 전해주시오."

"특이한 소개말이군요!"

"그게 어떤 소개말에 못지않다는 것을 곧 알게 될 거요."

패트릭은 말을 달려 공작에게 가서는 다르타냥의 소개말을 그대로 전하고, 파리에서 온 그 전령이 기다리고 있다고 말했다.

버킹엄은 전령이 다르타냥이라는 것을 당장 알아차리고, 프랑스에서 무슨 변고가 일어나 그것을 알리러 온 게 아닐까 생각했다. 그래서 소식을 가져온 사람이 어디 있느냐고 묻고, 멀리서 근위대원 제복을 알아보자마자 전속력으로 말을 달려 다르타냥에게 곧장 다가왔다. 패트릭은 예의상 멀찌감치 떨어져 있었다.

"왕비님께 무슨 불행이 닥친 건 아니겠지?" 버킹엄이 외쳤다. 이 물음에는 왕비에 대한 그의 생각과 사랑이 모두 담겨 있었다.

"그런 건 아닙니다만, 왕비님은 커다란 위험에 빠진 것 같습니다. 왕비님을 구해줄 수 있는 분은 전하뿐이십니다."

"내가?" 버킹엄이 외쳤다. "내가 왕비님께 도움이 된다면 더없이 기쁜 일이지. 어서 말해보게! 어서!"

"이 편지를 받으십시오."

"편지? 누가 보낸 편지인가?"

"왕비님이 보내신 것 같습니다만……."

"왕비님이?" 버킹엄은 얼굴이 너무 창백해져서, 다르타냥은 그가 당장이라도 기절하는 게 아닐까 생각했다.

버킹엄은 봉인을 뜯었다.

"여기가 찢겨 있는데, 어찌된 건가?" 버킹엄이 편지에 구멍난 부분을 다르타냥에게 보여주면서 물었다.

"저런!" 다르타냥이 말했다. "미처 몰랐습니다만, 그건 바르드 백작의 칼에 찔린 자국입니다. 그 칼이 제 가슴을 찔렀을 때 편지에도 구멍을 냈군요."

"다쳤나?" 버킹엄이 봉인을 뜯으면서 물었다.

"살짝 긁혔을 뿐입니다!"

"이런! 큰일났군!" 공작이 외쳤다. "패트릭, 자네는 여기 있게. 아니, 폐하가 계신 곳에 가서, 송구스럽지만 내가 매우 중대한 일로 런던에 돌아갔다고 말씀드리게. 가세, 다르타냥. 어서 가세."

그들은 런던으로 가는 길을 전속력으로 달리기 시작했다.

제21장
윈터 백작부인

런던으로 가는 동안 공작은 다르타냥한테 사건의 전모는 아니지만 적어도 다르타냥이 알고 있는 것은 모두 전해 들었다. 공작은 젊은이에게 들은 이야기와 자신의 기억을 비교하여 상황을 상당히 정확하게 파악할 수 있었다. 게다가 왕비의 편지는 짧고 모호했지만 상황이 얼마나 심각한지를 알려주었다. 하지만 무엇보다도 그가 가장 놀란 것은, 이 젊은이가 영국 땅을 밟으면 추기경이 곤란해질 텐데도 그를 도중에 막지 못했다는 점이었다. 공작이 놀라는 표정을 보고, 그때서야 다르타냥은 사전에 충분한 대책을 취했으며, 도중에 세 친구가 차례로 피를 흘리며 희생해준 덕분에 자신은 상대의 공격을 모면할 수 있었고, 왕비의 편지에 구멍을 낸 바르드 백작에게는 철저히 앙갚음했다는 것 등을 공작에게 설명해주었다. 조금도 꾸밈없는 그의 이야기를 들으면서 공작은 그런 신중함과 용기와 헌신을 아직 스무 살도 안 되어 보이는 얼굴과 어떻게 결부시켜야 좋을지 모르겠다는 듯, 이따금 경탄스러운 표정으로 젊은이를 바라보곤 했다.

말들은 바람처럼 달렸고, 몇 분도 지나기 전에 그들은 런던에 도착했다. 다르타냥은 시내에 들어가면 공작이 말의 속도를 늦추리라 생각했는데, 공작은 행인을 치는 것 따위는 아랑곳하지 않고 계속 전속력으로 달렸다. 실제로 시내를 달리는 동안 그런 사고가 두세 번 일어났지만, 버킹엄은 넘어진 사람이 어떻게 됐는지 돌아보지도 않았다. 다르타냥은 저주와도 같은 외침 소리를 뚫고 공작을 따라 달렸다.

저택 마당으로 들어서자마자 버킹엄은 말에서 뛰어내리더니, 말이야 어찌 되든 신경도 쓰지 않고 고삐를 말 등에 던지고는 현관으로 뛰어갔다. 다르타냥도 똑같이 따라 했지만, 그 훌륭한 짐승들을 그렇게 내버려두면 어쩌나 싶어 걱정이 되었다. 하지

만 하인 몇 명이 벌써 부엌과 마구간에서 뛰쳐나와 말들을 붙잡는 것을 보고 안심했다.

공작이 하도 빨리 걸었기 때문에 다르타냥은 따라잡기가 힘들 정도였다. 공작은 프랑스에서 가장 지체 높은 귀족조차 상상하기 어려울 만큼 우아한 객실을 몇 개나 지난 다음, 마침내 고상한 취미와 호화로움이 놀랄 만큼 멋진 조화를 이룬 침실로 들어갔다. 이 침실 안쪽에는 태피스트리로 가려진 문이 하나 있었다. 공작은 금목걸이에 걸고 있던 조그만 황금 열쇠로 문을 열었다. 다르타냥은 예의상 좀 떨어져 있었다. 하지만 버킹엄은 그 작은 문의 문지방을 넘을 때, 젊은이가 머뭇거리는 것을 보고 말했다.

"이리 오게. 자네가 운 좋게도 왕비님을 알현하게 되면 여기서 본 것을 그대로 말씀드리게."

이 말에 용기를 얻은 다르타냥이 공작을 따라 방으로 들어가자, 공작이 문을 닫았다.

두 사람이 들어간 곳은 작은 예배실이었다. 페르시아 비단과 금빛 양단이 사방 벽을 두르고 있고, 수많은 촛불이 환하게 밝혀주고 있었다. 하얀색과 붉은색 깃털로 장식한 푸른색 벨벳 닫집 밑에는 일종의 제단이 놓여 있고, 그 위에는 안 왕비의 전신 초상화가 놓여 있었다. 실물과 거의 똑같을 만큼 닮았기 때문에 다르타냥은 놀란 나머지 짧은 외침을 내질렀다. 왕비가 금방이라도 말을 걸어올 것만 같았다.

제단 위의 초상화 밑에 작은 상자가 있었다. 바로 다이아몬드 목걸이가 들어 있는 상자였다.

공작은 제단으로 다가가더니, 사제가 그리스도 앞에 무릎을 꿇듯 경건하게 무릎을 꿇고 상자를 열었다. 그러고는 상자에서 다이아몬드가 반짝이는 커다란 푸른색 리본을 꺼냈다.

"자, 이것이 바로 내가 무덤까지 가져가겠다고 맹세한 목걸이라네. 왕비님이 주셨는데, 이제 다시 가져가려 하시는군. 왕비님의 뜻이라면 하느님의 뜻처럼 받들어야겠지."

그러고 나서 공작은 작별을 아쉬워하듯 목걸이에 달린 다이아몬드에 하나씩 차례로 입을 맞추기 시작했다. 그러다가 갑자기 고함을 질렀다.

"왜 그러십니까?" 다르타냥이 걱정스러운 얼굴로 물었다. "무슨 일이십니까, 전하?"

"큰일이다." 버킹엄이 송장처럼 새파래진 얼굴로 외쳤다. "다이아몬드 두 개가 사라졌어. 열 개밖에 없어."

"전하께서 잃어버리신 겁니까, 아니면 누가 훔쳐간 걸까요?"

"훔쳐갔어. 분명 추기경의 짓이야. 자, 이것 보게. 다이아몬드가 달려 있던 리본이 가위로 잘렸어."

"누가 훔쳐갔는지 혹시 짐작이 가는 사람이라도⋯⋯? 어쩌면 그자가 아직 수중에 갖고 있을지도 모릅니다."

"가만! 잠깐만 기다려!" 공작이 외쳤다. "내가 이 목걸이를 착용한 건 여드레 전에 윈저에서 열린 국왕 폐하의 무도회 때뿐이야. 나와 사이가 틀어진 윈터 백작부인이 그 무도회에서 나한테 접근했었는데, 그 화해의 몸짓이 질투심 많은 여자의 복수였군. 그날 이후로 그 여자를 보지 못했지. 그 여자가 추기경의 앞잡이인 게 분명해!"

"추기경은 세계 곳곳에 앞잡이를 두고 있군요!" 다르타냥이 외쳤다.

"그럼. 그렇고말고." 버킹엄이 분노로 이를 악물면서 말했다. "그래. 정말 무서운 사람이야. 그건 그렇고, 그 무도회는 언제 열리나?"

"다음 주 월요일입니다."

"다음 주 월요일? 그럼 닷새나 남았군. 그 정도면 시간은 충분해." 공작이 예배실 문을 열면서 외쳤다. "패트릭! 패트릭!"

공작이 신임하는 하인이 나타났다.

"보석상과 비서를 불러오게!"

하인은 아무 말도 하지 않고 재빨리 나갔다. 주인 말에는 대꾸도 없이 맹목적으로 따르는 습관이 몸에 배어 있었기 때문이다.

보석상을 먼저 불렀지만, 공작 앞에 먼저 나타난 것은 비서였다. 비서는 이 저택에 살고 있으니 당연한 일이었다. 그가 들어와서 보니 버킹엄은 침실 탁자 앞에 앉아서 친필로 명령서를 쓰고 있었다.

"잭슨." 공작이 비서에게 말했다. "지금 당장 대법관에게 가서 이 명령을 집행하도록 전하게. 나는 이 명령이 당장 공포되기를 바라네."

"하지만 전하, 대법관이 이런 비상조치를 취하게 된 동기를 물으면 뭐라고 대답할까요?"

"내 뜻이라고 대답하게. 나는 누구한테도 내 뜻을 설명할 필요가 없다는 말도 전하게."

"대법관은 폐하께도 그렇게 전할 텐데, 괜찮겠습니까?" 비서가 싱긋 웃으면서 말을 이었다. "영국의 모든 항구에서 한 척의 배도 출항하지 못하는 이유가 무엇인지, 혹시라도 폐하께서 알고 싶어 하시면 말입니다."

"자네 말이 맞아." 버킹엄이 대답했다. "그런 경우라면, 내가 전쟁을 결심했고, 이 조치는 프랑스에 대한 최초의 적대행위라고 말씀드리리라고 해."

비서는 절을 하고 나갔다.

"이제 그쪽은 안심해도 돼." 버킹엄이 다르타냥 쪽으로 몸을 돌리면서 말했다. "목걸이가 아직 프랑스로 떠나지 않았다면, 자네보다 먼저 프랑스에 도착하지는 못할 거야."

"어떻게요?"

"영국 항구에 정박해 있는 모든 배에 대해 출항 금지령을 내렸으니까. 특별한 허가가 없는 한 어떤 배도 닻을 올리지 못할 걸세."

다르타냥은 공작이 국왕의 신임으로 얻은 무제한의 권력을 자신의 사랑을 위해 이용하는 것을 보고 깜짝 놀라 멍하니 바라보았다. 버킹엄은 젊은이의 표정에서 그가 무슨 생각을 하고 있는지 알아차리고는 빙그레 웃었다.

"그래. 안 왕비야말로 나의 진정한 여왕일세. 그분이 한마디만 하면 나는 조국도, 국왕도, 하느님도 배신할 걸세. 라로셸 사태 때에도 나는 신교도들에게 원조를 약속했지만, 그분이 원조를 보내지 말라고 요청하셨기 때문에 나는 지원을 중단했네. 약속을 어긴 셈이지만, 그게 무슨 대수인가! 나는 왕비님의 뜻에 따랐을 뿐이네. 그 복종으로 큰 보상을 받았지. 그분의 초상화를 얻게 되었으니까."

다르타냥은 국가의 운명과 사람의 목숨이 때로는 얼마나 약하고 눈에 보이지 않는 실에 매달려 있는가를 알고 놀랐다.

다르타냥이 이런 생각에 잠겨 있는 사이에 보석 세공사가 들어왔다. 이 사람은 최고의 기술을 지닌 아일랜드인으로, 버킹엄 공작한테서만도 1년에 10만 리브르를 번다고 자랑하고 다녔다.

"오레일리." 공작이 그를 예배실로 데리고 가면서 말했다. "이 다이아몬드 목걸이를 보고, 한 개 값이 얼마나 나갈지 말해주게."

세공사는 다이아몬드 목걸이 우아한 세공을 훑어보더니, 가격을 계산한 다음, 조금도 망설임 없이 대답했다.

"하나에 천5백 피스톨입니다, 전하."

"이것과 똑같은 것을 두 개 만드는 데 며칠이나 걸리겠나? 보다시피 두 개가 모자라다네."

"여드레는 걸릴 겁니다, 전하."

"하나에 3천 피스톨씩 줄 테니까, 모레까지 해주게."

"그렇게 하겠습니다."

"자네는 소중한 사람이야, 오레일리. 하지만 내 주문은 그게 다가 아닐세. 이 목걸이는 다른 사람 손에 들어가면 안 되는 물건이니까, 이 집 안에서 작업해야 해."

"불가능합니다, 전하. 원래의 다이아몬드와 구별할 수 없을 만큼 똑같은 것을 만들 수 있는 사람은 저밖에 없습니다."

"그러니까 자네는 내 포로일세. 이젠 내 집에서 나가고 싶어도 그렇게는 안 돼. 자, 필요한 조수들의 이름을 알려주고, 그들이 가져와야 할 연장도 말해주게."

세공사는 공작의 성격을 익히 알고 있었다. 그래서 무슨 말을 해도 소용없다는 것을 알고 있었기 때문에 당장 결정을 내렸다.

"집사람에게는 알려도 되겠습니까?"

"마누라야 얼마든지 만날 수 있지. 포로라고 했지만, 감시가 느슨할 테니 안심하게. 불편을 주는 만큼 당연히 보상도 해줘야겠지. 이건 천 피스톨짜리 값 어음일세. 다이아몬드 값 외에, 나 때문에 겪는 불편을 보상하는 값일세."

다르타냥은 이 귀족이 숱한 사람과 거액의 돈을 마음대로 움직이는 것을 보고 놀라움을 금할 수 없었다.

한편 세공사는 아내에게 1천 피스톨짜리 어음과 함께 편지를 보내, 가장 솜씨 좋은 직공을 보내라고 말하고, 그가 원하는 다이아몬드의 중량과 품질을 지정하고 필요한 연장 목록을 열거했다.

버킹엄은 세공사를 위해 마련한 방으로 그를 데려갔다. 30분 뒤에는 이 방이 작업실로 바뀌었다. 이어서 버킹엄은 그 방으로 통하는 문마다 보초를 세우고, 하인인 패트릭 외에는 아무도 들여보내지 말라는 명령을 내렸다. 또한 세공사 오레일리와 그의 조수에게는 어떤 이유로도 그 방에서 나오는 것이 엄격히 금지되었다.

이런 조치를 취한 뒤, 공작은 다르타냥에게 돌아왔다.

"자, 젊은 친구. 이제 영국은 우리 두 사람 손에 달려 있네. 필요한 게 뭔가? 뭘 원하나?"

"침대가 필요합니다. 솔직히 말씀드려서 지금 저에게 가장 필요한 건 잠입니다."

버킹엄은 자신의 침실 옆방을 다르타냥에게 내주었다. 다르타냥을 믿지 못해서가 아니라, 언제든지 왕비 이야기를 나눌 수 있는 상대를 가까이 두고 싶었기 때문이다.

한 시간 뒤, 프랑스행 선박은 우편선을 포함하여 일절 출항을 금지한다는 명령이 런던에서 내려졌다. 이것은 누가 보더라도 두 왕국 간의 선전포고였다.

이틀 뒤 열한 시경에 다이아몬드 두 개가 완성되었다. 원래의 다이아몬드를 완벽하게 똑같이 복제한 것이어서, 버킹엄은 예전 것과 새로 만들어진 것을 전혀 분간할 수 없었다. 아무리 예리한 보석 감정가라 할지라도 버킹엄처럼 속아 넘어갈 터였다.

그는 당장 다르타냥을 불렀다.

"이게 자네가 가지러 온 다이아몬드 목걸이일세. 사람의 힘으로 할 수 있는 일은 내가 다 했다는 증인이 되어주게나."

"염려 마십시오, 전하. 제가 본 바를 그대로 전하겠습니다. 그런데 상자 없이 이것만 주시는 건가요?"

"상자는 오히려 방해가 될 거야. 게다가 상자는 내게 더욱 소중해졌네. 내게 남은 건 이제 상자뿐이니까. 내가 고이 간직하겠다고 하더라고 말씀드리게."

"전하의 말씀을 그대로 전하겠습니다."

"그런데……" 버킹엄이 젊은이를 뚫어지게 바라보며 말을 이었다. "자네에게는 어떻게 보답하면 될까?"

다르타냥의 얼굴이 빨개졌다. 그는 공작이 주려는 게 무엇인지 알고 있었다. 친구들과 자신이 흘린 피의 대가를 영국인의 돈으로 받는다고 생각하자, 이상하게도 불쾌감이 들었다.

"공작님, 피차 오해가 없었으면 합니다. 또한 실수가 없도록 미리 사실들을 잘 헤아려주시기 바랍니다. 저는 프랑스의 국왕 폐하와 왕비님을 섬기고 있고, 에사르 씨의 근위대에 소속되어 있습니다. 저의 대장님은 매형인 트레빌 씨와 마찬가지로 폐하 내외분께 진심으로 충성을 바치고 있는 분입니다. 따라서 제가 한 일은 모두 왕비님을 위해서였고, 전하를 위해서 한 일은 전혀 없습니다. 게다가 전하께서 왕비님을 사모하시듯, 저도 어떤 부인을 사모하고 있습니다. 그 부인을 기쁘게 해드리는 게 아니었다면, 저는 이 일을 맡지 않았을지도 모릅니다."

"그렇군." 공작이 빙그레 웃으면서 말했다. "나도 그 부인이 누군지 알 것 같네. 그 부인은……."

"전하, 저는 그 부인의 이름을 말씀드린 적이 없습니다." 젊은이가 공작의 말을 얼른 가로막았다.

"그랬지. 그렇다면 자네의 헌신에 대해 내가 감사해야 할 사람은 그 부인이겠군?"

"그렇습니다. 전쟁 이야기가 나오고 있는 마당에, 솔직히 말씀드려서 저는 전하를 영국인으로, 그러니까 프랑스의 적으로밖에 생각할 수 없습니다. 따라서 전하를 윈저 궁의 공원이나 루브르 궁의 복도에서 만나 뵙는 것보다는 전쟁터에서 마주치는 편이 훨씬 기쁠 것입니다. 하지만 그것이 제가 임무를 확실히 수행하는 것을 막지는 못할 겁니다. 필요하다면 임무를 완수하기 위해 목숨을 버릴 각오까지 되어 있습니다. 하지만 되풀이 말씀드리면, 제가 전하를 처음 만나 뵈었을 때 전하께 해드린 일에 대해 저에게 감사하실 이유가 없는 것처럼, 이번에 제가 저 자신을 위해 한 일에 대해 전하께서 저에게 감사하실 이유가 전혀 없습니다."

"이런 경우 우리 영국인들은 '스코틀랜드 사람처럼 자존심이 강하다'고 말하지." 버킹엄이 중얼거렸다.

"우리 프랑스에서는 '가스코뉴 사람처럼 자존심이 강하다'고 말하죠." 다르타냥이 응수했다. "가스코뉴 사람은 프랑스의 스코틀랜드 사람이나 마찬가지지요."

다르타냥은 공작에게 절을 하고 떠날 준비를 했다.

"자네는 그냥 그렇게 떠날 텐가? 어디로? 어떻게?"

"그렇군요. 그 생각은 미처 못했습니다."

"세상에! 프랑스 사람은 정말 대단하군!"

"영국이 섬나라라는 것, 그리고 전하께서 영국의 왕이나 다름없다는 것을 깜빡 잊어버렸습니다."

"항구로 가서 '선드'호라는 범선을 찾거든 선장에게 이 편지를 건네주게. 그러면 선장이 자네를 어느 조그만 항구에 데려다줄 걸세. 평소에는 고기잡이배 몇 척밖에 드나들지 않는 항구여서, 자네가 그곳에 상륙하리라고는 아무도 예상치 못할 걸세."

"그 항구 이름이 뭡니까?"

"생발레리라네. 거기에 도착하거든 간판도 없는 허름한 여관에 들어가게. 진짜 뱃사람들이 드나드는 싸구려 주막인데, 주막이라곤 그 집 하나뿐이니 못 찾을 염려는 없네."

"그런 다음에는요?"

"여관 주인을 찾아서 '포워드'라고 말하게."

"무슨 뜻입니까?"

"'앞으로'라는 뜻이야. 암호라네. 그러면 주인이 안장 없은 말을 내주고, 자네가 가야 할 길을 알려줄 걸세. 파리까지 가는 동안 그런 역참을 네 군데 만나게 될 텐데, 역참에서 말을 바꿀 때마다 자네의 파리 주소를 남겨놓고 가면, 나중에 말 네 마리가 자네한테 보내질 거야. 그중에 두 마리는 일전에 우리가 탔던 말인데, 자네도 알고 있는 말이지. 자네가 그 말들을 보고는 말 애호가로서 높이 평가하는 것 같더군. 내 말을 믿어도 좋아. 나머지 두 마리도 결코 뒤지지 않네. 이 네 마리는 모두 전투용으로 훈련된 것들이야. 자네 자존심이 아무리 세더라도, 한 마리쯤은 받아주기 바라네. 그리고 세 친구에게 한 마리씩 나누어주었으면 하네. 그 말들은 우리와 전쟁을 할 때도 도움이 될 거야. 목적은 수단을 정당화한다고, 프랑스 사람들은 말하지 않나?"

"예, 전하. 고맙게 받겠습니다." 다르타냥이 말했다. "하느님의 뜻이라면 전하의 선물을 유용하게 쓰겠습니다."

"그럼 악수하세, 젊은 친구. 곧 전쟁터에서 만나게 되겠지만, 그때까지는 좋은 친구로서 헤어지고 싶군."

"예, 전하. 하지만 머지않아 적으로서 만나게 되기를 바랍니다."

"걱정하지 말게. 그건 약속하지."

"그 말씀을 믿겠습니다, 전하."

다르타냥은 공작에게 절을 하고 서둘러 항구로 갔다.

런던탑 맞은편에서 그는 공작이 말한 배를 발견하여 선장에게 편지를 건네주었다. 선장은 항만 사령관의 승인을 받고 당장 돛을 올렸다.

쉰 척이나 되는 배가 출항을 기다리고 있었다.

어느 배 옆을 지날 때 다르타냥은 뫵에서 만난 여자를 본 듯한 기분이 들었다. 미지의 귀족이 '밀레디'라고 부른 여자, 다르타냥이 대단한 미인이라고 생각한 그 여자였다. 하지만 강물의 흐름과 순풍 덕분에 배의 속도가 너무 빨라서, 그들은 순식간에 시야에서 사라졌다.

배가 해협을 건너 생발레리에 도착한 것은 이튿날 아침 아홉 시경이었다.

다르타냥은 곧장 여관을 찾아 나섰다. 안에서 들려오는 떠들썩한 소리를 듣고 거기가 지정된 여관이라는 것을 알 수 있었다. 영국과 프랑스 사이에 이제 곧 전쟁이 일어날 거라고 뱃사람들이 떠들어대면서 술을 마시고 있었다.

다르타냥은 사람들 사이를 헤치고 주인에게 다가가서 '포워

드'라고 말했다. 그러자 주인은 당장 그에게 따라오라는 손짓을 하더니, 다르타냥과 함께 문을 지나 안마당으로 나갔다. 주인이 데려간 마구간에서는 떠날 채비를 갖춘 말이 기다리고 있었다. 주인은 더 필요한 게 없느냐고 물었다.

"어느 길로 가야 할지 알고 싶소." 다르타냥이 말했다.

"여기서 블랑지로 간 다음, 블랑지에서 뇌샤텔로 가세요. 뇌샤텔에서는 '에르스 도르'(황금 쇠스랑)라는 여관에 들어가서 주인에게 암호를 말하면, 여기서처럼 안장 없은 말을 내줄 겁니다."

"돈은 얼마나 드리면 될까요?" 다르타냥이 물었다.

"벌써 받았습니다." 주인이 말했다. "그것도 아주 두둑하게 받았지요. 그럼, 어서 떠나세요. 하느님의 가호가 있기를!"

"아멘!" 젊은이는 대답하자마자 전속력으로 출발했다.

네 시간 뒤에는 뇌샤텔에 도착해 있었다.

그는 지시를 충실히 따랐다. 뇌샤텔에서도 생발레리에서와 마찬가지로 떠날 채비를 갖춘 말이 그를 기다리고 있었다. 그는 지금까지 타고 온 말의 안장에서 권총을 꺼내 새로 탈 말의 안장에 넣으러 갔다. 그런데 권총집에 이미 똑같은 권총이 들어 있었다.

"파리의 주소를 알려주시겠습니까?"

"에사르 근위대 본부로 보내주면 됩니다."

"알겠습니다." 주인이 대답했다.

"어느 길로 가야 합니까?"

"루앙 가도를 따라가다가 도시가 나오면 오른쪽으로 돌아서 가세요. 에쿠이라는 조그만 마을에 도착하거든 '에퀴 드 프랑스'(프랑스의 방패)라는 여관을 찾으세요. 그곳엔 여관이 하나뿐이니까 어렵지 않게 찾을 수 있을 겁니다. 하지만 겉모양으로 여관을 판단하지 마세요. 그곳 마구간에 이 말 못지않게 좋은 말이 준비되어 있을 겁니다."

"암호도 같나요?"

"예, 같습니다."

"그럼 안녕히 계시오."

"안녕히 가십시오. 더 필요하신 건 없습니까?"

다르타냥은 고개를 젓고 전속력으로 말을 달렸다. 에쿠이에서도 같은 일이 되풀이되었다. 그곳에도 친절한 여관 주인과 팔팔한 말이 있었다. 거기서도 파리의 주소를 남기고, 전속력으로 퐁투아즈를 향해 떠났다. 퐁투아즈에서는 마지막으로 말을 갈아탔고, 아홉 시에는 트레빌의 저택 안마당으로 말을 달려 들어갔다.

열두 시간 동안 거의 3백 킬로미터를 달린 셈이었다.

트레빌은 마치 그날 아침에 헤어진 것 같은 얼굴로 그를 반갑게 맞아주었다. 다만 여느 때보다 조금 더 다정하게 그의 손을 잡고, 에사르 근위대가 루브르 궁의 경비를 서고 있으니 바로 가도 좋다고 말했다.

제22장
무도회

그 이튿날, 파리는 온통 시 참사회가 왕과 왕비를 위해 개최하는 무도회 이야기로 떠들썩했다. 게다가 무도회에서는 왕과 왕비가 왕이 특히 좋아하는 유명한 메를레종 춤*을 출 거라는 소문이었다.

실제로 시청에서는 일주일 전부터 이 장엄한 야회를 위해 만반의 준비를 갖추고 있었다. 시청의 목공들은 초대받은 귀부인들이 앉을 관람석을 지었고, 잡화 담당은 백랍 램프를 2백 개나 설치했는데, 당시로서는 유례를 찾아볼 수 없는 사치였다. 바이올린 연주자도 스무 명이나 준비되었는데, 밤새 연주한다는 조건으로 평소의 갑절이나 되는 보수가 주어졌다.

오전 열 시에 근위대 기수인 라 코스트가 경찰관 두 명과 여러 명의 궁사를 거느리고 시청 서기인 클레망을 찾아와서, 시청의 모든 방과 사무실 열쇠를 받아갔다. 열쇠에는 모두 어느 문의 열쇠인지를 알려주는 꼬리표가 달려 있었다. 이때부터 라 코스트가 모든 문과 모든 진입로의 경비를 맡게 되었다.

열한 시가 되자, 이번에는 근위대장 뒤알리에가 쉰 명의 궁수를 데리고 나타나서 시청 곳곳의 출입문에 배치했다.

오후 세 시에는 근위대 2개 부대가 도착했다. 하나는 프랑스인 부대였고 다른 하나는 스위스인 부대였다. 프랑스인 부대의 절반은 뒤알리에의 대원, 나머지 절반은 에사르의 대원으로 이루어져 있었다.

저녁 여섯 시가 되자 손님들이 도착하기 시작했다. 시청에 들어온 손님들은 무도회장에 준비된 관람석으로 안내되었다.

아홉 시에 참사회 의장 부인이 도착했다. 그녀는 왕비 다음으로 중요한 사람이었기 때문에, 시청 고관들이 그녀를 영접하여 왕비와 마주보는 특별석으로 안내했다.

열 시가 되자 생장 성당 옆의 작은 홀에 국왕을 위한 야식이 차려졌다. 과일과 채소 따위로 이루어진 가벼운 식사였다. 그 앞에는 은그릇 찬장이 있었고, 네 명의 궁사가 지키고 있었다.

자정이 되자 요란한 환호성과 박수 소리가 들렸다. 루브르 궁에서 시청까지 색색의 초롱으로 밝혀진 길을 따라 드디어 국왕이 도착한 것이다.

모직 가운을 입은 행정관들은 횃불을 하나씩 든 여섯 명의 수위관을 앞세우고 왕을 영접하러 나갔다. 그들은 계단에서 왕을 맞이했고, 시장이 환영 인사를 하자 국왕은 늦어서 미안하다고 사과하고, 국사를 논의하느라 열한 시까지 추기경한테 붙잡혀 있었기 때문이라고 변명했다.

예복 차림의 국왕을 수행한 사람은 왕제(王弟)인 오를레앙 공, 수아송 백작, 대수도원장, 롱그빌 공작, 델뵈프 공작, 다르쿠르 백작, 라 로슈-기용 백작, 리앙쿠르 씨, 바라다스 씨, 크라마유 씨, 수브레 기사 등이었다.*

누가 보아도 왕은 슬픈 표정으로 뭔가 생각에 골몰해 있는

표정이었다.

왕과 그 동생을 위해 탈의실이 하나씩 준비되어 있었다. 각 탈의실에는 가장무도회용 의상이 마련되어 있었다. 왕비와 참사회 의장 부인을 위한 탈의실도 따로 마련되어 있었다. 왕과 왕비를 수행한 귀족과 귀부인들은 두 사람이 방 하나를 배정받아 그곳에서 옷을 갈아입게 되어 있었다.

왕은 탈의실로 들어가기 전에 추기경이 나타나면 알려달라는 지시를 내렸다.

왕이 입장한 지 30분 뒤에 다시 요란한 박수 소리가 울려 퍼졌다. 왕비가 도착한 것이다. 행정관들은 왕이 도착했을 때처럼 수위관을 앞세우고 왕비를 맞으러 나갔다.

왕비가 연회장에 들어서자, 사람들은 왕비의 표정도 왕과 마찬가지로 슬퍼 보이고 무엇보다 지쳐 보인다는 것을 알아차렸다.

왕비가 들어선 순간, 이때까지 닫혀 있던 작은 연단의 장막이 걷히면서 스페인 기사로 분장한 추기경의 창백한 얼굴이 나타났다. 그의 눈이 왕비의 눈을 뚫어지게 바라보더니, 이윽고 기쁨의 미소가 그의 입술을 스쳤다. 왕비가 다이아몬드 목걸이를 하고 있지 않았던 것이다.

왕비는 시청 고관들의 인사를 받고 귀부인들의 인사에 답하느라 잠시 연회장에 머물러 있었다.

그때 갑자기 왕이 추기경과 함께 문간에 나타났다. 추기경은 낮은 목소리로 왕에게 속삭이고 있었다. 왕의 얼굴이 몹시 창백했다.

왕은 가면도 쓰지 않고 윗도리의 리본도 제대로 묶지 않은 채 사람들을 헤치고 왕비에게 다가가더니, 여느 때와는 다른 목소리로 말했다.

"부인, 왜 다이아몬드 목걸이를 하지 않았소? 내가 보고 싶어 한다는 것을 알면서."

왕비가 주위를 둘러보았다. 왕의 뒤에서 악마 같은 미소를 짓고 있는 추기경이 보였다.

"폐하." 왕비도 여느 때와 다른 목소리로 대답했다. "이렇게 사람이 많은 곳에서 혹시라도 목걸이가 손상될까 걱정되어 그랬습니다."

"하지만 그건 틀린 생각이오. 내가 그 목걸이를 선물한 것은 당신이 아름답게 꾸미기를 바랐기 때문이오. 그런데도 내 뜻을 거스르다니!"

왕의 목소리가 분노로 떨리고 있었다. 사람들은 영문도 모른 채 그저 놀란 눈으로 국왕 내외를 바라보면서 이야기를 듣고 있었다.

"정 그러시다면 루브르로 사람을 보내서 가져오게 할 수도 있습니다. 지금 루브르에 있으니까요. 그러면 폐하의 소망도 이루어지겠지요."

"그렇게 하시오, 부인. 당장 그렇게 해요. 한 시간 뒤에는 무도회가 시작되니까."

왕비는 알았다는 뜻으로 고개를 숙이고, 시녀들의 안내를 받아 탈의실로 갔다.

왕도 자기 탈의실로 돌아갔다.

연회장에서는 잠시 소란이 일었다.

왕과 왕비 사이에 무슨 일이 있다는 것은 누구나 알 수 있었지만, 둘 다 아주 낮은 소리로 말했기 때문에, 그들에게 예의를 갖추느라 몇 걸음씩 떨어져 있었던 주위 사람들은 아무 이야기도 듣지 못했다. 악사들이 힘껏 바이올린을 켜고 있었지만, 거기에 귀를 기울이는 사람은 아무도 없었다.

왕이 먼저 탈의실에서 나왔다. 우아한 사냥복 차림이었다. 왕제와 다른 귀족들도 왕과 비슷한 차림이었다. 왕에게는 그 차림이 가장 잘 어울렸다. 그렇게 차려입으면 왕은 정말로 그의 왕국에서 으뜸가는 귀족으로 보였다.

추기경이 왕에게 다가가서 상자 하나를 건네주었다. 왕이 상자를 열어보니 다이아몬드 두 개가 들어 있었다.

"이게 무엇이오?" 왕이 추기경에게 물었다.

"아무것도 아닙니다." 추기경이 대답했다. "다만 왕비님께서 목걸이를 갖고 계신다면, 과연 갖고 계실지 의심스럽습니다만, 다이아몬드 개수를 세어보십시오. 다이아몬드가 열 개밖에 없다면, 누가 그 목걸이에서 다이아몬드 두 개를 훔칠 수 있었는지 왕비님께 여쭤보십시오."

왕은 추기경을 바라보면서 무언가를 물으려고 했지만, 그럴 겨를이 없었다. 감탄하는 소리가 모든 사람의 입에서 터져 나왔기 때문이다. 왕이 프랑스 제일의 귀족처럼 보였다면, 왕비는 프랑스에서 가장 아름다운 여성이었다.

왕비에게는 사냥복 차림이 놀랄 만큼 잘 어울렸다. 푸른 깃털 장식이 달린 펠트 모자를 쓰고, 진줏빛이 감도는 회색 벨벳 재킷을 다이아몬드 걸쇠로 고정시키고, 은실로 수놓은 푸른색 공단 치마를 입고 있었다. 왼쪽 어깨 위에서는 깃털 및 드레스와 같은 색깔인 푸른색 리본에 박힌 다이아몬드가 반짝반짝 빛나고 있었다.

왕은 기쁨에 겨워 몸을 떨었고 추기경은 분노로 몸을 떨었다. 하지만 그들은 왕비로부터 멀리 떨어져 있었기 때문에 다이아몬드의 개수를 셀 수 없었다. 왕비가 목걸이를 걸고는 있지만, 다이아몬드가 열 개냐 열두 개냐 그것이 문제였다.

바로 그때 바이올린이 무도회의 시작을 알렸다. 왕은 첫 번째 춤을 함께 추도록 되어 있는 참사회 의장 부인에게 다가갔고, 왕제는 왕비에게 다가갔다. 그들이 자리를 잡자 무도회가 시작되었다.

왕은 왕비를 마주보며 춤을 추었고, 왕비 옆을 지나갈 때마다 목걸이를 유심히 보았지만 다이아몬드가 몇 개인지는 셀 수 없었다. 추기경의 이마에는 식은땀이 배어나왔다.

춤은 한 시간 동안 계속되었다. 그 춤에는 모두 16가지의 춤 사위가 있었다.

춤이 끝나자 홀 전체에서 박수갈채가 터져 나왔다. 남자들은 각자 파트너를 원래 있던 자리로 안내했다. 하지만 왕은 파트너를 자리까지 데려다주지 않아도 되는 특권을 이용하여, 참사회 의장 부인을 그 자리에 놔둔 채 왕비에게 다가갔다.

"내 뜻을 들어주어서 고맙소, 부인." 왕이 말했다. "그런데 그 목걸이에서 다이아몬드 두 개가 빠진 것 같아서 내가 가져왔소."

이렇게 말하면서 왕은 추기경이 준 다이아몬드 두 개를 왕비에게 내밀었다.

"뭐라고요?" 왕비가 깜짝 놀란 체하면서 외쳤다. "두 개를 더 주신다고요? 하지만 그러면 열네 개가 되는걸요!"

실제로 왕이 헤아려보니, 왕비의 어깨 위에서는 다이아몬드 열두 개가 빛나고 있었다.

왕은 추기경을 불렀다.

"이게 어찌 된 일이오, 추기경?" 왕이 준엄한 어조로 물었다.

"그건 다름이 아니라……" 추기경이 대답했다. "왕비님께 그 다이아몬드 두 개를 드리고 싶었으나, 감히 왕비님께 직접 드릴 용기가 나지 않아서 이런 방법을 택한 것입니다."

"그렇다면 추기경께 더욱 감사를 드려야겠군요." 안 왕비가 방긋 웃으며 대답했다. 하지만 그 미소는 추기경의 교묘한 친절에 속아 넘어가지 않겠다는 뜻을 분명히 보여주었다. "이 두 개만으로도 폐하께서 주신 열두 개와 맞먹는 값을 치르셨을 테

니까요."

　왕비는 왕과 추기경에게 인사를 하고는 옷을 갈아입기 위해 탈의실로 돌아갔다.

　나는 이 장 첫머리에서 무도회에 등장하는 저명인사들에게 주의를 기울여야 했기 때문에, 안 왕비가 방금 추기경을 상대로 얻어낸 놀라운 승리의 은인을 잠시 뒷전으로 밀어놓았다. 그는 문간에 들어찬 사람들 틈에 남몰래 숨어서, 네 사람—왕과 왕비와 추기경, 그리고 자기 자신—만이 이해할 수 있는 그 장면을 지켜보고 있었다.

왕비가 탈의실로 돌아가자 다르타냥도 떠날 준비를 했다. 그런데 바로 그때 누군가가 그의 어깨를 살짝 만지는 것이 느껴졌다. 돌아보니 웬 젊은 여자가 따라오라는 손짓을 했다. 그 여자의 얼굴은 검은 벨벳 가면으로 반쯤 가려져 있었지만, 그 것은 다르타냥이 아니라 다른 사람들에게 자신의 정체를 감추기 위한 조치였기 때문에 다르타냥은 그녀가 전에도 자신을 안내해준 민첩하고 재치 있는 보나시외 부인이라는 것을 금세 알아보았다.

그들은 전날 밤 문지기인 제르맹의 대기실에서 다르타냥이 그녀를 불러내어 잠깐 만났다. 보나시외 부인은 전령이 임무를 무사히 마치고 돌아왔다는 좋은 소식을 조금이라도 빨리 왕비에게 전하고 싶어서 몹시 서둘렀기 때문에, 두 연인은 겨우 두세 마디밖에 나누지 못했다. 그래서 다르타냥은 사랑과 호기심에 사로잡혀 보나시외 부인을 따라갔다. 가는 동안 복도를 지나다니는 사람이 점점 드물어졌기 때문에, 다르타냥은 여자를 잠깐만이라도 세워서 끌어안고 얼굴을 들여다보고 싶었다. 하지만 그때마다 그녀는 새처럼 잽싸게 그의 손에서 빠져나갔고, 그가 말을 걸려고 하면 손가락을 입술에 대고 매력적인 몸짓으로 그를 제지했다. 그 몸짓을 보면 그는 가벼운 불평조차 용납되지 않고 그저 맹목적으로 복종할 수밖에 없는 강력한 지배력에 사로잡혀 있다는 것을 깨달았다. 몇 분 동안 꼬불꼬불 구부러진 복도를 지난 뒤, 마침내 보나시외 부인이 문 하나를 열고 다르타냥을 캄캄한 방으로 안내했다. 그곳에서 그녀는 다시 조용히 하라는 신호를 한 뒤, 태피스트리 뒤에 가려진 두 번째 문을 열었다. 그러자 갑자기 문틈으로 눈부신 빛이 비쳐들고, 보나시외 부인은 빛 속으로 사라졌다.

다르타냥은 여기가 어디일까 생각하면서 잠시 서 있었다. 하지만 다른 방에서 스며드는 한 줄기 빛과 흘러드는 훈훈한 향기, 두세 명의 여자가 정중하고 우아한 말씨로 나누는 대화, 그리고 여러 번 되풀이되는 '마마'라는 존칭은 이곳이 왕비의 처소에 달린 옷방이라는 것을 알려주었다.

다르타냥은 어둠 속에서 가만히 기다렸다.

왕비는 쾌활하고 행복해 보였다. 평소 불안과 근심에 잠긴 표정을 보는 데 익숙해져 있는 측근들에게는 왕비의 밝은 표정이 꽤 낯선 모양이었다. 왕비는 이 즐거운 기분을 야회의 아름다움과 춤의 즐거움 덕분으로 돌렸다. 왕비가 웃건 울건, 왕비에게 반박할 수는 없기 때문에, 측근들은 모두 시청 행정관들의 친절한 환대를 서로 다투어 칭찬했다.

다르타냥은 아직 왕비를 만난 적이 없었지만, 왕비의 목소리를 다른 목소리들과 분명히 구별할 수 있었다. 우선은 외국 억양이 조금 섞여 있었기 때문이고, 다음은 말투에 왕비다운 위엄이 자연스럽게 배어 있었기 때문이다. 그는 열린 문틈을 통해 왕비가 문 쪽으로 다가왔다 멀어졌다 하는 소리를 들었고, 두세 번은 한 사람의 그림자가 불빛을 가리는 것도 보았다.

마침내 경탄할 만큼 아름답고 하얀 손과 팔이 갑자기 태피스트리 뒤에서 나타났다. 다르타냥은 이것이 왕비가 내리는 상이라는 것을 알아차리

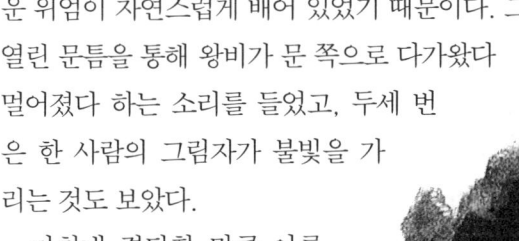

369

고는 얼른 무릎을 꿇고 그 손을 잡아 공손히 입술을 댔다. 이윽고 그 손은 그의 손에 무언가를 남기고 물러갔다. 그것은 반지였다. 그런 뒤에 문이 닫혔다. 다르타냥은 다시 캄캄한 어둠 속에 혼자 남겨졌다.

다르타냥은 반지를 손가락에 끼고 계속 기다렸다. 아직 다 끝나지 않은 것은 분명했다. 충성의 보상을 받았으니 이제 사랑의 보상을 받을 차례였다. 게다가 춤은 끝났지만 야회는 이제 막 시작되었을 뿐이다. 새벽 세 시에는 식사가 나온다. 생장 성당의 시계는 조금 전에 두 시 45분을 알렸다.

옆방에서는 목소리가 점점 줄어들었다. 이윽고 사람들이 멀어져가는 기척이 났다. 그때 다르타냥이 있는 옷방 문이 다시 열리더니 보나시외 부인이 뛰어들었다.

"마침내 당신이!" 다르타냥이 외쳤다.

"쉿!" 젊은 여인이 젊은이의 입술을 손으로 누르면서 말했다. "조용히 하시고, 아까 왔던 길로 나가세요."

"하지만 다음에는 언제 어디서 만나죠?"

"집에 돌아가시면 쪽지가 도착해 있을 거예요. 그걸 보시면 알아요. 자, 어서 가세요! 어서요!"

이렇게 말하면서 그녀는 복도로 통하는 문을 열고 다르타냥을 옷방에서 밀어냈다.

다르타냥은 어린애처럼 순순히 그 말에 따랐다. 저항도 반대도 하지 않는 것은 그가 정말로 사랑에 빠졌다는 증거였다.

제23장
밀회

다르타냥은 한달음에 집으로 돌아왔다. 새벽 세 시가 지난 한 밤중이었고, 파리에서 가장 위험한 구역을 지나야 했지만, 아무런 불상사도 일어나지 않았다. 세상에는 주정뱅이와 연인들을 돌봐주는 특별한 신이 있다고 한다.

그는 뒷골목 쪽으로 나 있는 문이 빠끔히 열려 있는 것을 보고, 계단을 올라가 하인과 약속해둔 신호대로 문을 두드렸다. 두 시간 전에 플랑셰를 시청에서 집으로 돌려보내면서 자지 말고 기다리고 있으라고 지시해두었던 것이다. 그가 문을 두드리자 플랑셰가 문을 열어주었다.

"누군가가 편지를 가져오지 않았나?" 다르타냥이 다짜고짜로 물었다.

"아무도 가져오지 않았는데요." 플랑셰가 대답했다. "하지만 혼자서 온 편지는 있습니다."

"그게 도대체 무슨 소리야?"

"제가 집에 돌아와 보니, 나리의 방 열쇠는 제가 주머니에 가지고 있었고 그 열쇠는 한 번도 저를 떠난 적이 없는데, 나리의 침실 탁자에 편지 한 통이 놓여 있었다는 뜻입니다."

"그 편지 어디 있나?"

"그대로 놔두었습니다. 편지가 그런 식으로 남의 집에 들어오는 건 예삿일이 아니지요. 창문이 하다못해 절반만 열려 있었다 해도 이런 말을 하지 않을 겁니다. 하지만 그게 아니었어요. 문도 창문도 모두 꽁꽁 닫혀 있었거든요. 주인님, 조심하세요. 그 편지에는 마법이 숨어 있는 게 분명하니까요."

플랑셰가 이렇게 수다를 떠는 동안, 다르타냥은 침실로 뛰어 들어가서 편지를 뜯어보았다. 보나시외 부인이 보낸 편지였고, 내용은 다음과 같았다.

진심으로 감사드립니다. 오늘 밤 열 시경 생클루의 데스트레 씨 저택 모퉁이에 있는 별채 앞으로 오세요.

C. B.

편지를 읽으면서 다르타냥은 연인의 가슴을 괴롭히기도 하고 어루만지기도 하는 그 감미로운 경련으로 자신의 심장이 팽창과 수축을 되풀이하는 것을 느꼈다.

그가 이런 편지를 받아본 것은 난생처음이었다. 이런 밀회를 제의받은 것도 난생처음이었다. 그의 가슴은 기쁨으로 부풀어 올라, 사랑이라 불리는 지상 낙원의 문턱에서 금방이라도 터져버릴 것만 같았다.

"나리?" 플랑셰가 주인의 얼굴이 붉으락푸르락하는 것을 보고 말했다. "뭔가 나쁜 일일 거라는 제 짐작이 맞았지요?"

"틀렸어, 플랑셰." 다르타냥이 대답했다. "그 증거로, 자네가 나를 위해 건배할 수 있도록 은화 한 닢을 주겠다."

"돈을 주신 것은 고맙고, 시키시는 대로 술도 마시겠습니다. 하지만 그래도 역시 문이 잠긴 집에 이런 식으로 들어온 편지는……."

"하늘에서 떨어진 거야, 하늘에서."

"그럼 주인님은 만족하시는 거군요?"

"플랑셰, 나는 세상에서 가장 행복한 남자야!"

"나리께서 그렇게 행복하시다니, 저는 이제 그만 잠자리에 들어도 될까요?"

"그래. 가서 자게."

"하늘의 축복이 온통 나리께 내리기를! 하지만 그래도 편지가 그런 식으로……."

플랑셰는 여전히 미심쩍은 태도로 고개를 저으며 방에서 나갔다. 다르타냥이 인심 좋게 돈을 주었지만, 플랑셰의 의심을 완전히 없애지는 못했다.

혼자 남은 다르타냥은 편지를 몇 번이고 읽은 다음, 아름다운 연인의 손으로 쓰인 그 글씨에 스무 번쯤 입을 맞추었다. 그런 다음에야 겨우 잠이 들었고, 행복한 꿈을 꾸었다.

다르타냥은 아침 일곱 시에 깨어나 플랑셰를 불렀다. 플랑셰는 두 번 부른 뒤에야 나타났는데, 그의 얼굴은 어제의 걱정이 아직도 말끔히 씻기지 않은 기색이었다.

"플랑셰." 다르타냥이 말했다. "오늘은 하루 종일 밖에 나가 있을 거야. 그러니 너는 저녁 일곱 시까지 자유야. 하지만 일곱 시에는 말 두 마리를 준비해둬."

"그럼 우리 몸은 또 여기저기 총알구멍이 나겠군요." 플랑셰가 말했다.

"너의 소총과 권총도 준비해둬."

"그러게 제가 뭐랬어요! 그럴 줄 알았어요. 그 망할 놈의 편지!"

"걱정 마! 잠깐 외출하는 것뿐이야."

"저번 날의 그 유람 여행처럼 말이죠? 그때도 총알이 비 오듯 쏟아지고, 여기저기 함정이 도사리고 있었지요."

"좋아. 그렇게 무섭다면 나 혼자 가겠어. 벌벌 떠는 사람과 함께 가느니 차라리 혼자 가는 게 편하겠어."

"나리는 저를 오해하고 계세요. 제가 일을 얼마나 잘하는지 보셨을 텐데요."

"그래. 하지만 나는 네가 가진 용기를 한 방에 몽땅 써버린 줄 알았지."

"때가 오면 아직 남아 있다는 걸 보게 될 겁니다. 하지만 제가 용기를 오래오래 가지고 있기를 바라신다면, 제발 낭비하게 하지 마세요."

"그 용기를 오늘 저녁에 조금 쓸 수 있을까?"

"그러길 바랍니다."

"좋아. 그럼 너만 믿을게!"

"말씀하신 시간에 말을 준비해둘게요. 그런데 근위대 마구간에는 나리의 말이 한 마리밖에 없을 텐데요."

"지금은 한 마리뿐이지만, 오늘 저녁에는 네 마리가 될 거야."

"저번의 우리 여행은 말을 보충하기 위한 여행이었던 모양이군요."

"맞아." 다르타냥이 대답했다.

그리고 플랑셰에게 마지막으로 단단히 이르는 몸짓을 하고는 밖으로 나갔다.

보나시외가 문 앞에 서 있었다. 다르타냥은 그에게 아무 말도 걸지 않고 그냥 지나칠 생각이었다. 그런데 그가 하도 상냥하고 다정하게 인사를 했기 때문에, 그의 집에 세 들어 사는 사람으로서 답례하지 않을 수 없었고, 대화도 나눌 수밖에 없었다.

게다가 바로 그날 저녁 생클루의 데스트레 씨 저택 건너편에서 만나기로 약속한 여자의 남편에게 어떻게 약간의 겸손함을 보이지 않을 수 있겠는가! 다르타냥은 최대한 상냥한 태도로 그에게 다가갔다.

대화는 자연히 그 가엾은 남자가 감옥에 갇힌 이야기로 시작되었다. 보나시외는 자신과 묑에서 온 사내가 나눈 대화를 다르타냥이 엿들었다는 것을 몰랐기 때문에, 그 괴물 같은 라프마에게 고문 받은 일을 이야기했다. 라프마가 추기경 직속의 교수형 집행인이라고 욕을 해대면서, 바스티유 감옥과 감방의 빗장, 감시창, 통풍구, 쇠창살, 고문 도구 따위에 대해 너스레를 떨었다.

다르타냥은 기꺼이 귀를 기울이다가, 이야기가 끝나자 이렇게 물었다.

"그런데 부인을 누가 납치했는지 아십니까? 내가 당신을 알게 된 행운도 그 유감스러운 사건 때문이었다는 것이 생각나서 말입니다."

"아, 글쎄, 놈들은 그걸 나한테 말하지 않으려고 무척 조심하더군요. 그리고 집사람도 납치범을 모른다고, 하늘에 계신 신들을 걸고 맹세했지요. 그런데 나리는······" 보나시외가 더없이 순박한 어조로 말을 이었다. "지난 며칠 동안 어떻게 된 겁니까? 나리도, 친구 분들도 통 볼 수가 없어서 말입니다. 어

제 플랑셰가 나리의 장화에서 털어낸 흙먼지가 파리의 포장도
로에서 묻었을 리는 없는데요."

"맞습니다, 보나시외 씨. 실은 친구들과 함께 잠깐 여행을
다녀왔지요."

"멀리 가셨나요?"

"아닙니다! 겨우 2백 킬로미터밖에 안 돼요! 아토스를 포르
주 온천까지 데려다주었지요. 친구들은 아직도 그곳에 머물고
있습니다."

"그런데 나리만 돌아오셨군요?" 보나시외가 교활한 표정을
지으며 말을 받았다. "나리처럼 잘생긴 젊은이는 애인한테 장
기 휴가를 얻기 힘들죠. 파리에서 애타게 기다렸을 테니까요.
안 그렇습니까?"

"이런!" 다르타냥이 웃으면서 말했다. "솔직히 털어놓겠습
니다. 당신에게는 아무것도 숨길 수 없을 것 같으니까요. 맞아
요. 파리에서 나를 기다린 사람이 있었어요. 그것도 당신 말대
로 애타게 말입니다."

보나시외의 이마가 구름이 낀 것처럼 약간 흐려졌지만, 구
름이 너무 적어서 다르타냥은 알아차리지 못했다.

"이렇게 빨리 돌아오셨으니 이제 보답을 받으시겠군요?" 잡
화상이 약간 달라진 목소리로 말을 이었다. 하지만 다르타냥은
좀 전에 상대의 얼굴이 어두워진 것을 알아차리지 못했던 것처
럼 목소리가 달라진 것도 알아차리지 못했다.

"당신은 진짜 점쟁이 같군요." 다르타냥이 웃으면서 말했
다.

"아닙니다. 나는 그저 나리가 집에 늦게 돌아오실지 어떨지
알고 싶었을 뿐입니다."

"그건 왜 알고 싶은 거죠? 잠도 안 자고 나를 기다릴 건가요?"

"아닙니다. 내가 체포당하고 집에 도둑이 든 뒤로는 문 열리는 소리가 들릴 때마다 겁이 나서요. 특히 밤에는 더 그렇습니다. 군인이 아니니까 어쩔 수 없지요!"

"내가 밤 한 시나 두 시 또는 세 시에 돌아와도 겁먹지 마세요. 아예 돌아오지 않는다 해도 놀라지 마시고요."

이번에는 보나시외의 얼굴이 너무나 창백해졌기 때문에 다르타냥도 알아차리고 왜 그러느냐고 물었다.

"아무것도 아닙니다." 보나시외가 대답했다. "아무것도 아니에요. 이번에 곤욕을 치른 뒤로는 갑자기 가벼운 발작을 일으키곤 합니다. 그저 잠깐 오한이 났을 뿐이니까 신경 쓰지 마세요. 나리는 행복을 누리기에도 바쁘실 텐데."

"바쁜 게 당연하죠. 행복하니까요."

"아직은 아니지요. 잠깐만요. 오늘 저녁이라고 하셨잖아요."

"아, 예. 하지만 저녁은 금방 올 겁니다. 아마 당신도 나만큼 초조한 마음으로 오늘 저녁을 기다리고 있겠죠? 부인이 집에 올 테니까요."

"집사람은 오늘 저녁에 밖에 나오지 못합니다. 일 때문에 루브르에 붙잡혀 있거든요."

"안됐군요. 정말 안됐어요. 내가 행복할 때는 세상 사람들도 다 행복했으면 좋겠는데, 그렇게는 안 되는 모양이군요."

다르타냥은 이 농담을 이해할 수 있는 사람은 오직 자기뿐이라고 생각했기 때문에 큰 소리로 웃으면서 성큼성큼 걸어갔다.

"재미 많이 보세요!" 보나시외가 음울한 목소리로 대꾸했다.

하지만 다르타냥은 벌써 멀리 가버렸기 때문에 보나시외의 목소리를 듣지 못했다. 설령 들었다 해도, 기쁨에 들뜬 나머지 보나시외의 기분은 알아차리지 못했을 것이다.

그는 트레빌의 저택으로 갔다. 전날 밤의 방문이 너무 짧아서 상황을 제대로 설명하지 못했기 때문이다.

트레빌은 기분이 무척 좋았다. 무도회에서 왕과 왕비는 유쾌해 보였다. 추기경은 더없이 침울해 보였다. 그는 새벽 한 시에 몸이 불편하다면서 무도회장을 떠났다. 왕과 왕비는 오전 여섯 시가 되어서야 루브르로 돌아갔다.

"자, 이젠 자네 이야기를 들어볼까." 트레빌이 방 안에 또 누가 없는지 구석구석 둘러보고는 목소리를 낮추면서 말했다. "국왕 폐하가 그렇게 기뻐하시고 왕비님이 그렇게 의기양양하셨던 반면 추기경이 그렇게 울상이었던 것은 자네가 무사히 돌아온 것과 관계가 있어. 그러니 자네는 조심해야 돼."

"제가 뭘 조심해야 하죠?" 다르타냥이 대답했다. "국왕 폐하와 왕비님의 총애를 받게 되었는데, 걱정할 게 있겠습니까?"

"모든 걸 걱정해야 돼. 추기경은 속임수를 당하면 그 원한을 풀 때까지는 절대로 잊지 않는 사람이야. 이번에 추기경을 속인 사람은 아무래도 내가 잘 아는 가스코뉴 젊은이인 것 같아."

"런던에 갔다 온 사람이 저라는 걸 추기경도 대장님처럼 알고 있을까요?"

"저런! 그러니까 자네가 런던에 갔었군? 자네 손가락에서 번쩍이는 그 멋진 다이아몬드도 자네가 런던에서 가져온 건가? 조심하게, 다르타냥. 적의 선물은 좋은 게 아니야. 거기에 관한 라틴어 시구가 있지 않나? 뭐더라……."

"예, 있는 것 같습니다." 다르타냥이 말했다. 하지만 그는 라틴어의 기본적인 지식조차 머리에 집어넣지 못해서 가정교사를 절망에 빠뜨린 적도 있었다. "예, 틀림없이 그런 시가 하나 있을 겁니다."

"분명히 있어. 언젠가 방스라드 씨*가 그걸 나한테 들려주었는데…… 뭐더라…… 옳지! 생각났다.

티메오 다나오스 에트 도나 페렌테스.*

(Timeo Danaos et dona ferentes.)

'선물하는 적을 경계하라'는 뜻일세."

"이 다이아몬드는 적이 준 게 아닙니다, 대장님." 다르타냥이 말을 받았다. "왕비님이 주신 거예요."

"왕비님이? 오호! 정말로 왕실의 보석이군. 값을 매길 수 있다면 1천 피스톨의 가치는 될 거야. 왕비님은 누구를 통해 그 선물을 주셨나?"

"직접 주셨습니다."

"어디서?"

"왕비님이 옷을 갈아입으시는 탈의실 옆에 딸린 옷방에서요."

"어떻게?"

"손에 입을 맞추라고 손을 내미셨습니다."

"자네가 왕비님의 손에 입을 맞추었다고?" 트레빌이 다르타냥을 뚫어지게 바라보면서 외쳤다.

"왕비님이 영광스럽게도 그런 은혜를 베푸셨습니다."

"게다가 사람들이 보는 앞에서? 그랬다면 경솔하셨어."

"아닙니다, 대장님. 안심하십시오. 아무도 못 봤으니까요."

다르타냥이 말하고는, 트레빌에게 자초지종을 설명했다.

"정말 여자들이란!" 늙은 군인이 외쳤다. "여자들의 낭만적인 상상을 보면 여자들을 잘 이해할 수 있지. 여자들은 신비의 냄새를 풍기는 것에는 뭐든지 매혹되는 법이야. 그러니까 자네는 팔만 보았을 뿐이군. 그러면 나중에 왕비를 만나도 알아보지 못하겠고, 왕비님도 자네를 알아보지 못하시겠군."

"예. 하지만 이 반지 덕에……."

"자네한테 충고 하나 해도 될까? 아주 좋은 충고, 우호적인 충고를."

"그래 주신다면 영광으로 여기겠습니다."

"좋아. 그럼 어디든 보석상을 찾아가서 그 다이아몬드를 팔아버리게. 아무리 욕심 많은 장사꾼이라도 최소한 8백 피스톨은 줄 거야. 돈에는 이름이 없지만, 그 반지는 무서운 이름이 있어. 그리고 그걸 끼고 있는 사람을 배신할지도 몰라."

"이 반지를 팔아버리라고요? 왕비님이 주신 반지를요? 절대 그럴 수는 없습니다!"

"그렇다면 보석이라도 안쪽으로 돌려봐. 가스코뉴 출신 수습생이 그런 보석을 어머니의 보석 상자에서 찾았을 리는 없다는 것쯤 누구나 알고 있으니까."

"그러니까 대장님은 제가 위험하다고 생각하시는군요?" 다르타냥이 물었다.

"도화선에 불을 붙인 폭탄 위에서 자고 있는 사람도 자네보다는 안전하다고 할 수 있지."

"이런, 제기랄!" 다르타냥은 자신 있게 장담하는 트레빌의 말을 듣고 슬슬 걱정이 되기 시작했다. "그럼 어떡하죠?"

"늘 조심하고, 남들 앞에서는 경계심을 풀지 말게. 추기경은 기억력도 좋을 뿐 아니라 막강한 권력도 갖고 있으니까, 분명히 자네한테 못된 장난을 칠 거야."

"무슨 장난을 맙입니까?"

"그걸 내가 어찌 알겠나! 추기경은 온갖 악마의 간계를 마음대로 쓰고 있지 않나? 자네한테 쓸 수 있는 가장 간단한 방법은 자네를 체포해버리는 것이겠지."

"뭐라고요? 국왕을 모시고 있는 사람을 함부로 체포한단 말인가요?"

"물론이지! 아토스도 거리낌 없이 체포했어. 어쨌든 30년 동안이나 궁정에서 일한 내 말을 믿게. 절대로 방심하지 말게. 그랬다가는 끝장이야. 사방팔방에 적이 있다고 생각하게. 누군가가 시비를 걸거든, 상대가 열 살짜리 어린애라도 맞서지 말고 피하게. 밤이건 낮이건 공격을 받으면 달아나게. 부끄러워하면 안 돼. 다리를 건널 때는 널빤지가 자네 발밑에서 부러질지도 모르니까 일일이 확인하게. 건축 중인 집 앞을 지나갈 때는 돌이 머리 위로 떨어질지 모르니까 잘 살피도록 하게. 밤늦게 집에 돌아올 때는 하인을 뒤에 데리고 다니고, 하인에게도 무장을 시키게. 물론 하인은 믿을 수 있는 사람을 써야겠지. 모든 사람을 경계하게. 친구도 형제도 애인도 믿지 말게. 특히 애인은 믿으면 안 돼."

다르타냥은 얼굴을 붉혔다.

"애인을 믿지 말라고요? 왜 애인을 특히 더 경계해야 합니까?"

"추기경이 가장 즐겨 쓰는 수법 중 하나이기 때문이지. 애인보다 더 빠른 방법은 없어. 여자는 10피스톨만 줘도 자네를 팔아넘길 거야. 델릴라*가 그 증거지. 성서에 나온 이야기인데,

알고 있겠지?"

다르타냥은 보나시외 부인과 저녁에 만나기로 한 약속을 떠올렸다. 하지만 우리의 주인공을 칭찬하는 의미에서 한마디 해두자면, 트레빌이 일반적으로 여자에 관해 좋지 않은 견해를 가지고 있었지만, 다르타냥은 아름다운 애인에 대해 조금도 의심을 품지 않았다.

"그런데 자네의 세 친구는 어떻게 됐나?" 트레빌이 물었다.

"혹시 대장님께서 소식을 들으셨는지, 제가 여쭈어보려던 참이었습니다."

"아니, 아무 소식도 못 들었네."

"세 사람 다 도중에 헤어졌습니다. 포르토스는 샹티이에서 결투를 하게 돼서 헤어졌고, 아라미스는 크레브쾨르에서 어깨에 총알을 맞아서 헤어졌고, 아토스는 아미앵에서 가짜 돈을 위조했다는 혐의를 받아서 헤어졌지요."

"그것 봐! 그런데 자네는? 자네는 어떻게 무사했지?"

"기적이라고 말씀드릴 수밖에 없습니다. 가슴팍을 한 번 찔렸지만, 바르드 백작이라는 자를 벽에 나비를 핀으로 꽂듯 칼레의 길가에 꼼짝 못하게 묶어두었지요."

"잘 듣게! 바르드 백작은 추기경의 심복이고 로슈포르의 사촌이야. 옳지. 좋은 생각이 났네."

"말씀해보세요, 대장님."

"내가 자네라면 할 일이 한 가지 있네."

"뭔데요?"

"내가 자네라면, 추기경이 파리에서 나를 찾고 있는 동안, 나는 남몰래 피카르디로 가면서 세 친구의 소식을 알아볼 걸세. 그 정도는 자네의 관심을 받을 자격이 있는 친구들이야!"

"지당하신 말씀입니다. 대장님. 내일 당장 떠나겠습니다."

"내일? 오늘 저녁에 떠나면 안 되나?"

"오늘 저녁에는 부득이한 일로 파리에 있어야 합니다."

"아! 연애를 하고 있나? 또 말하지만, 조심하게. 우리 남자들을 파멸시킨 게 여자라네. 어느 여자나 마찬가지야. 그리고 앞으로 우리를 파멸시킬 것도 여자라네. 어느 여자나 마찬가지야. 그러니 오늘 저녁에 떠나게."

"안 됩니다, 대장님!"

"약속이라도 했나?"

"예, 대장님."

"그렇다면 문제가 다르지. 하지만 약속하게. 오늘 밤 죽지 않으면 내일 떠나겠다고."

"그렇게 하겠습니다."

"돈은 필요 없나?"

"아직 50피스톨 정도 남았습니다. 그 정도면 충분할 겁니다."

"하지만 친구들은?"

"돈이 떨어지지는 않았을 겁니다. 파리를 떠날 때 각자 75피스톨씩 나누어 가졌으니까요."

"떠나기 전에 또 만날 수 있을까?"

"못 뵐 것 같습니다. 뭔가 새로운 일이라도 일어나지 않는 한."

"그럼 잘 다녀오게!"

"고맙습니다, 대장님."

다르타냥은 총사들을 걱정하는 트레빌의 아버지 같은 마음씨에 어느 때보다도 감동하면서 작별 인사를 했다.

그러고는 아토스와 포르토스와 아라미스의 집에 차례로 가 보았지만, 아무도 돌아와 있지 않았다. 하인들도 집에 없었기 때문에 소식도 들을 수 없었다.

애인들에게 물어보면 소식을 알 수 있을지 모르지만, 다르타냥은 포르토스의 애인도 아라미스의 애인도 알지 못했다. 아토스는 아예 애인이 없었다.

근위대 본부 앞을 지날 때, 그는 마구간을 잠깐 들여다보았다. 말 네 마리 가운데 세 마리는 벌써 도착해 있었다. 플랑셰는 어안이 벙벙한 채 말을 빗질하고 있었다. 두 마리는 벌써 손질이 끝난 상태였다.

"아이고, 나리!" 플랑셰가 다르타냥을 보고 말했다. "얼굴을 뵈니 정말 반갑군요!"

"왜 그러나, 플랑셰?" 젊은이가 물었다.

"집주인을 믿으세요? 보나시외 씨 말입니다."

"내가? 천만에!"

"그렇다면 됐습니다."

"하지만 왜 그런 걸 묻나?"

"나리가 그 사람과 이야기하는 동안 가만히 지켜보았는데요, 그의 안색이 두세 번 바뀌었지 뭡니까."

"그래?"

"나리는 방금 받은 편지에 온통 마음이 쏠려 있었기 때문에 그걸 알아차리지 못하셨던 거예요. 하지만 저는 그 편지가 집에 들어온 게 너무 이상했기 때문에 경계를 게을리 하지 않고, 그래서 집주인 얼굴의 움직임을 하나도 놓치지 않고 살펴보았지요."

"그래서 무얼 알아냈나?"

"그놈은 믿을 수 없습니다, 나리."

"설마!"

"게다가 나리가 모퉁이를 돌아서 사라지자마자, 그놈은 모자를 쓰고 문을 잠그고 반대 방향으로 달려갔어요."

"네 말이 옳아. 내가 생각해도 정말 의심스럽군. 하지만 안심해. 우리는 모든 일이 분명히 밝혀질 때까지 집세를 내지 않을 테니까."

"나리는 그걸 농담으로 받아들이시지만, 이제 곧 알게 될 겁니다."

"어쩔 수 없어, 플랑셰. 돌아가는 대로 따를 수밖에."

"그러니까 오늘 저녁의 산책은 그만두지 않으시겠군요?"

"그만두기는커녕, 나는 보나시외가 의심스러울수록 네가 그렇게 걱정하는 그 편지에 쓰인 약속 장소로 가봐야 한다고 생각해."

"나리가 그렇게 결심하셨다면……."

"내 결심은 흔들리지 않아. 그러니까 아홉 시에 여기 근위대 본부에서 준비하고 있어. 내가 데리러 올 테니까."

주인이 계획을 포기할 가망은 전혀 없다는 것을 알고, 플랑셰는 깊은 한숨을 내쉬며 세 번째 말을 빗질하기 시작했다.

다르타냥은 원래 신중한 젊은이였기 때문에 집으로 돌아가지 않고, 언젠가 네 친구가 곤궁에 빠져 있을 때 아침 식사로 초콜릿을 대접해준 그 가스코뉴 출신 사제를 찾아가서 식사를 했다.

제24장
별채

아홉 시에 다르타냥은 친위대 본부로 갔다. 플랑셰는 무장을 갖추고 있었다. 네 번째 말도 도착해 있었다.

플랑셰는 머스킷 소총과 권총으로 무장했다.

다르타냥은 칼을 찼고, 권총 두 자루를 허리띠에 끼우고 있었다. 그들은 둘 다 말에 올라타고 조용히 떠났다. 어둠이 내린 뒤여서 아무도 그들이 떠나는 것을 보지 못했다. 플랑셰는 주인보다 늦게 출발하여 열 걸음 정도 뒤에서 따라왔다.

다르타냥은 부두를 가로질러 콩페랑스 문*을 통해 밖으로 나오자, 생클루로 이어진 길을 따라 나아갔다. 이 길은 지금보다 그때가 훨씬 아름다웠다.

시내를 벗어날 때까지 플랑셰는 스스로 작정한 거리를 유지하면서 주인을 따라갔다. 하지만 길이 더 어두워지고 한적해지기 시작하자 점점 가까이 다가왔고, 그래서 불로뉴 숲에 들어섰을 때는 아주 자연스럽게 주인과 나란히 말을 달리고 있었다. 실제로 바람에 흔들리는 커다란 나무들과 어두운 숲에 어른거리는 달빛이 플랑셰를 불안에 빠뜨린 사실은 감출 수 없다. 다르타냥도 하인의 태도가 심상치 않은 것을 알아차렸다.

"이봐, 플랑셰. 왜 그래?"

"나리는 숲이 마치 성당 같다고 생각하지 않으세요?"

"왜 그렇지?"

"숲에서도 성당에서도 감히 큰 소리로 말할 수 없으니까요."

"왜 큰 소리로 말할 수 없지? 무서워서?"

"누가 들을까봐 무섭습니다."

"누가 들을까봐 무섭다고? 하지만 우리가 무슨 못할 말을 하고 있나? 아무도 트집을 잡을 수 없어."

"아, 나리!" 플랑셰는 제 마음을 짓누르고 있는 생각으로 돌아가서 말을 이었다. "그 보나시외라는 남자 말입니다. 눈썹이 왠지 교활해 보이고 입술을 꿈틀거리는 모양이 아무래도 불쾌해요."

"무엇 때문에 보나시외를 생각하나?"

"나리, 사람은 생각할 수 있는 걸 생각해야지, 생각하고 싶은 것만 생각할 수는 없어요."

"그건 네가 겁쟁이여서 그래."

"나리, 신중함과 비겁함을 혼동하지 마세요. 신중함은 미덕이라고요."

"그래서 너는 덕이 높다는 거야?"

"나리, 저기서 번득이는 게 뭐죠? 총신 아닙니까? 머리를 숙이는 게 좋지 않을까요?"

"정말이지……" 다르타냥은 트레빌의 충고를 떠올리면서 중얼거렸다. "이 녀석 때문에 나까지 겁이 나는걸."

그래서 그는 말을 속보로 달리게 했다.

플랑셰도 주인의 그림자처럼 정확하게 주인의 움직임을 따라서, 곧 주인과 나란히 속보로 달렸다.

"밤새도록 이렇게 달릴 건가요?" 플랑셰가 물었다.

"아니야. 너는 이미 목적지에 도착했으니까."

"저는 이미 도착했다고요? 그럼 나리는요?"

"나는 몇 걸음 더 가야 해."

"그럼 저를 여기 혼자 놔두고 가실 건가요?"

"무서워?"

"아닙니다. 하지만 밤에는 훨씬 추워질 거고, 냉기는 신경통을 일으키고, 신경통을 앓는 하인은 특히 나리처럼 날렵한 주인에게는 쓸모없는 존재라는 점을 말씀드리고 싶을 뿐입니다."

"추우면 저기 보이는 술집에 들어가 있다가 아침 여섯 시에 술집 문 앞에서 기다리고 있으면 돼."

"나리, 저는 오늘 아침에 나리가 주신 돈으로 실컷 먹고 마셨기 때문에, 이젠 날이 추워져도 술집에 들어가 한잔 걸칠 돈이 없습니다."

"자, 받아. 반 피스톨이야. 그럼 내일 만나."

다르타냥은 말에서 내려 말고삐를 플랑셰의 팔에 던지고 망토로 몸을 감싸면서 빠른 걸음으로 멀어져갔다.

"아이고 추워라!" 주인이 시야에서 사라지자 플랑셰가 외치고는, 몸을 빨리 덥히고 싶어서 술집으로 서둘러 걸음을 옮겼다.

한편 좁은 샛길로 뛰어든 다르타냥은 계속 걸어서 생클루에 도착했지만, 큰길로 가지 않고 성 뒤쪽으로 돌아서 갔다. 거의 눈에 띄지 않는 외진 길을 지나자 편지에서 지시된 별채가 눈앞에 나타났다. 인적이라곤 전혀 없는 곳이었다. 길 한쪽에는 높은 담장이 우뚝 솟아 있고, 그 담장 모퉁이에 별채가 서 있었다. 길의 또 한쪽으로는 산울타리가 쳐져 있어서, 작은 정원을 행인들의 발길로부터 보호하고 있었고, 그 정원 안쪽에 초라한 오두막이 한 채 서 있었다.

드디어 약속 장소에 도착한 것이다. 그러나 어떤 신호로 자신의 도착을 알리라는 지시가 없었기 때문에 그는 마냥 기다릴 수밖에 없었다.

아무 소리도 들리지 않았다. 파리에서 5백 킬로미터나 떨어진 곳에 와 있는 듯했다. 다르타냥은 뒤를 힐끗 돌아본 뒤 산울타리에 등을 기댔다. 산울타리와 정원과 오두막 너머에는 입을 크게 벌린 텅 빈 공간이 검은 밤안개에 싸여 있었다. 파리가 잠들어 있는 그 광막한 공간에서는 불빛 몇 개가 지옥의 불길한 별처럼 반짝이고 있었다.

그러나 다르타냥에게는 눈에 보이는 모든 광경이 행복한 형태를 띠고 있었고, 모든 생각이 미소를 띠고 있었고, 어둠마저 투명하게 밝아 보였다. 약속 시간이 다가오고 있었다.

과연 잠시 후에는 생클루 종루의 종소리가 멀리까지 울려 퍼지면서 열 시를 알렸다.

한밤중에 이처럼 탄식하는 듯한 청동 종소리에는 어딘지 모르게 비통한 울림이 있었다.

하지만 애타게 기다리던 시간을 알리는 종소리는 그 하나하나가 젊은이의 가슴속에서 아름다운 선율로 울려 퍼졌다.

그의 눈길은 길모퉁이에 자리 잡은 작은 별채에 고정되어 있었다. 별채의 창문들은 모두 겉창으로 닫혀 있고, 2층에 있는 창문 하나만 열려 있었다.

이 창문을 통해 부드러운 불빛이 흘러나왔다. 정원 밖에 무리 지어 있는 보리수 몇 그루의 떨리는 잎사귀가 이 불빛에 은빛으로 물들어 있었다. 우아하게 불이 밝혀진 그 작은 창문 뒤에는 어여쁜 보나시외 부인이 그를 기다리고 있을 터였다.

다르타냥은 이 달콤한 생각으로 마음을 달래며 그 매력적인 작은 거실을 응시한 채 조금도 초조한 기색이 없이 30분쯤 기다렸다. 그의 눈에는 금박 몰딩을 두른 천장의 일부가 보였을 뿐이지만, 그것만으로도 그 방이 얼마나 우아하게 꾸며졌는지 짐작할 수 있었다.

생클루의 종루가 열 시 반을 알렸다.

이번에는 다르타냥도 왠지 모르게 오한이 온몸을 달리는 것을 느꼈다. 어쩌면 추위가 그에게 영향을 미치기 시작했을 것이고, 그래서 신체적인 감각을 정신적인 감정으로 잘못 받아들였는지도 모른다.

그때 문득, 편지를 잘못 읽은 게 아닐까, 약속 시간이 열 시가 아니라 열한 시가 아닐까 하는 생각이 떠올랐다.

그는 창문 쪽으로 다가가서 불빛이 비치는 곳에 선 다음, 주머니에서 편지를 꺼내 다시 읽어보았다. 잘못 읽은 게 아니었다. 약속 시간은 분명히 열 시였다.

그는 원래의 자리로 돌아왔다. 주위가 너무 조용하고 쓸쓸한 것이 불안해지기 시작했다.

종루가 열한 시를 알렸다.

다르타냥은 보나시외 부인에게 무슨 일이 일어난 게 아닐까 하고 진심으로 걱정하기 시작했다.

그는 손뼉을 세 번 쳤다. 연인들이 곧잘 쓰는 신호다. 하지만 아무도 응답하지 않았고, 메아리조차 없었다.

이어서 조금 짜증이 난 그는 여자가 기다리다가 잠이 들었을지도 모른다고 생각했다.

그는 담장으로 다가가 기어오르려 했지만, 담장은 새로 회칠을 했기 때문에 손톱 하나 걸리지 않았다.

그때 나무들이 눈에 띄었다. 나뭇잎은 여전히 불빛에 은빛으로 물들어 있고, 나무 한 그루는 담장 너머로 가지를 늘어뜨리고 있었으므로, 꼭대기로 올라가면 별채 안을 들여다볼 수 있을 것 같았다.

나무는 오르기가 쉬웠다. 게다가 다르타냥은 이제 겨우 스무 살이어서, 어린 시절에 나무를 타던 솜씨를 아직껏 기억하고 있었다. 그는 눈 깜짝할 사이에 나무 꼭대기로 올라가 투명한 유리창 너머로 별채 내부를 들여다보았다.

참으로 이상한 광경이었다. 다르타냥은 발가락 끝에서 머리털 끝까지 온몸이 와들와들 떨렸다. 그 부드러운 불빛, 그 차분한 등불이 비추고 있는 것은 소름 끼칠 만큼 혼란스러운 장면이었다. 유리창 하나는 박살이 났고, 방문은 반쯤 부서진 채 돌쩌귀에 대롱대롱 매달려 있었다. 멋진 식사가 차려져 있었던 듯한 식탁은 뒤집힌 채 방바닥에 나뒹그러져 있었다. 산산조각이 난 술병 파편과 짓이겨진 과일들이 마룻바닥에 흩어져 있었다. 이 모든 상황으로 볼 때 이 방에서 격렬한 싸움이 벌어진 게 분명했다. 다르타냥은 이 난장판 한가운데에서 갈가리 찢어진 드레스, 식탁보와 커튼에 묻어 있는 핏자국을 본 것만 같은 기분이 들었다.

그는 황급히 바닥으로 내려왔다. 심장이 마구 두근거리고 있었다. 폭행의 다른 흔적은 없는지 찾아보고 싶었다.

부드러운 불빛은 여전히 조용한 어둠 속을 비추고 있었다. 그때 다르타냥은—처음에는 살펴볼 이유가 없었기 때문에 미처 알아차리지 못했지만—땅바닥 여기저기에 사람과 말의 발자국이 어지럽게 뒤섞여 있는 것을 알아차렸다. 게다가 파리에서 온 것으로 보이는 마차의 바퀴 자국이 부드러운 흙에 깊이 남아 있었다. 별채까지 갔다가 파리로 돌아간 자국이었다.

다르타냥은 조사를 계속하다가 마침내 담장 옆에서 찢어진 여자용 장갑 한 짝을 발견했는데, 진흙이 조금도 묻어 있지 않은 새 장갑이었다. 남자들이 사랑하는 여자의 예쁜 손에서 벗기고 싶어 하는, 향수를 뿌린 장갑이었다.

다르타냥이 조사를 계속할수록 이마에는 식은땀이 더 많이 맺혔고, 무서운 고통이 가슴을 사로잡았고, 숨이 차서 헐떡거리기 시작했다. 그래도 그는 자신을 안심시키기 위해, 이 별채는 보나시외 부인과 아무 관계도 없다고, 그 여자는 이 별채 안이 아니라 앞에서 만나자고 했다고, 보나시외 부인은 일 때문이거나 남편의 질투 때문에 파리를 떠나지 못했을지도 모른다고 생각했다.

하지만 자기 위안을 위한 이 모든 논리는 그 친숙한 슬픔에 의해 공격당하고 파괴되고 뒤집혔다. 이 비애감은 종종 우리의 존재 전체를 사로잡을 뿐만 아니라, 우리가 가진 모든 청각기관을 통해 커다란 불행이 닥쳐오고 있다고 외쳐대기도 한다.

그래서 다르타냥은 제정신을 잃은 사람처럼 큰길을 달려 내려가, 왔던 길을 되짚어 나루터까지 가서 뱃사공에게 물었다.

뱃사공은 저녁 일곱 시쯤 한 여자를 건네주었다고 말했다. 그 여자는 검은 망토를 걸치고 있었고, 남들이 알아보지 못하게 하려고 애쓰는 것 같았는데, 바로 그 조심스러운 태도 때문에 오히려 뱃사공은 더욱 주의해서 보았더니, 아주 젊고 아름다운 여자였다는 것이다.

오늘날도 그렇지만 당시에도 생클루에는 젊고 아름다운 여자들이 많이 왔고, 그들은 대개 남의 눈에 띄지 않으려고 애썼다. 그렇지만 다르타냥은 뱃사공이 본 여자가 틀림없이 보나시외 부인이라는 것을 한순간도 의심하지 않았다.

다르타냥은 뱃사공의 오두막에 켜져 있는 등불 밑에서 보나시외 부인의 편지를 다시 한 번 읽어보고 자신이 착각하지 않았다는 것을 확인했다. 약속 장소는 분명히 생클루, 데스트레 씨 저택의 별채 앞이었다.

모든 상황을 종합해보면, 다르타냥의 불길한 예감대로 큰 불상사가 일어난 게 분명했다.

그는 또다시 성으로 달려갔다. 자기가 떠난 사이에 별채에서 새로운 일이 일어나, 새로운 단서가 기다리고 있을 것만 같았기 때문이다.

좁은 골목에는 여전히 인적이 없었고, 창문에서는 여전히 차분하고 부드러운 불빛이 흘러나오고 있었다.

그때 다르타냥은 불 꺼진 오두막 하나가 근처에 있었던 게 생각났다. 오두막 주인이 뭔가를 보았을지 모르고, 어쩌면 단서가 될 만한 이야기를 해줄지도 모른다는 생각이 들었다.

대문은 잠겨 있었지만, 그는 울타리를 뛰어넘었다. 사슬에 묶인 개가 짖어댔지만, 그는 아랑곳하지 않고 오두막으로 다가갔다.

처음 몇 번 창문을 두드렸을 때는 아무 반응도 없었다.

별채와 마찬가지로 이 오두막도 쥐죽은 듯 조용했다. 하지만 이 오두막이 그의 마지막 희망이었기 때문에 그는 집요하게 문을 두드렸다.

이윽고 안에서 희미한 소리가 들린 듯했다. 밖으로 새 나가지 않을까 겁이 나서 조심하는 듯한 소리였다.

그래서 다르타냥은 문 두드리는 것을 그만두고, 아무리 겁에 질린 사람도 안심시킬 만큼 상냥하고 공손한, 그러면서도 하소연하는 듯한 어조로 간청하기 시작했다. 벌레 먹고 낡은 겉창이 마침내 열렸다. 아니, 반쯤 열렸다가, 방구석에서 타고 있는 희미한 등불 빛이 다르타냥의 칼집과 권총 손잡이를 비추자마자 도로 닫혀버렸다. 하지만 그 잠깐 사이에 다르타냥은 노인의 얼굴을 얼핏 볼 수 있었다.

"제발 부탁합니다. 내 말 좀 들어주세요." 다르타냥이 말했다. "누군가를 기다리고 있는데, 그 사람이 오지 않아서 걱정입니다. 이 부근에서 무슨 말썽이라도 있었나요? 말씀 좀 해주세요!"

창문이 다시 천천히 열리고, 아까 본 얼굴이 다시 나타났다. 얼굴은 아까보다 더 창백해져 있었다.

다르타냥은 이름만 밝히지 않고 자초지종을 솔직하게 털어놓았다. 저 별채 앞에서 젊은 여자와 만나기로 약속했는데, 그 여자가 오지 않아서 보리수나무에 올라가 안을 들여다보니 등불이 켜진 방 안이 난장판이 되어 있더라고 말했다.

노인은 고개를 끄덕이면서 주의 깊게 귀를 기울였다. 다르타냥이 이야기를 끝내자 노인은 절레절레 고개를 저었다. 그 태도로 보아 노인의 입에서 신통한 대답이 나올 것 같지는 않았다.

"무슨 뜻입니까?" 다르타냥이 외쳤다. "제발 무슨 뜻인지 설명 좀 해주세요!"

"오, 안 됩니다, 나리!" 노인이 말했다. "아무것도 묻지 마세요! 제가 본 것을 말씀드리면, 저한테 안 좋은 일이 생길 게 뻔하니까요."

"그럼 뭘 보긴 보았군요! 그렇다면 제발 말해주세요." 그는 피스톨 금화 한 닢을 노인에게 던져주고 말을 이었다. "본 것을 모두 말해주세요. 무슨 말을 해도 내 가슴에만 담아두겠다고, 귀족의 명예를 걸고 약속합니다."

노인은 다르타냥의 솔직한 태도와 비통한 표정을 보고는, 말할 테니 잘 들으라는 몸짓을 하고 낮은 목소리로 말했다.

"아홉 시쯤이었지요. 거리에서 시끄러운 소리가 들리기에 무슨 일인가 싶어서 대문으로 다가갔더니, 누군가가 여기로 들어오려고 하는 게 보였답니다. 나는 이렇게 가난하게 살고 있어서 도둑맞을 염려는 없으니까 문을 열었지요. 그랬더니 몇 걸음 떨어진 곳에 세 사람이 서 있는 게 보이더군요. 어둠 속에 마차 한 대가 서 있고, 말들이 마차에 묶여 있고, 승마용 말도 몇 마리 있었습니다. 그 승마용 말들은 세 남자가 타고 온 것 같았어요. 모두 기사의 옷차림을 하고 있었으니까요.

'아이고 나리들, 무슨 일로 오셨습니까?' 하고 제가 물었지요.

그랬더니 우두머리로 보이는 사람이 묻더군요.

'사다리를 갖고 있겠지?'

'예, 나리. 과일을 딸 때 쓰는 사다리가 있습니다.'

'그걸 우리한테 갖다 주고 안으로 들어가 있게. 성가시게 한 보상으로 1에퀴를 주지. 당신이 앞으로 보고 들은 것을 한마디라도 뻥끗하면(우리가 아무리 위협해도 당신은 보고 들을 테니까 말이야) 당신은 죽은 목숨이라는 것만 기억해둬.'

이렇게 말하고는 1에퀴를 던져주더군요. 그러고는 사다리를 가져갔습니다.

사실 나는 문을 닫은 다음 집 안으로 들어가는 체했지만, 곧장 뒷문으로 나와서 어둠 속을 살금살금 걸어가 저기 딱총나무 덤불까지 간 다음, 나무들 사이에 숨어서 모든 것을 볼 수 있었답니다.

세 남자는 소리 나지 않게 마차를 끌고 와서 작달막한 사내 하나를 끌어냈습니다. 땅딸막한 체격에 검은색의 초라한 옷을 입은 백발의 사내였지요. 사내는 조심조심 사다리를 타고 올라가 방 안을 살짝 들여다보고는 다시 살금살금 내려와서 낮은 목소리로 속삭였습니다.

'그년입니다!'

그러자 아까 나한테 말을 걸었던 남자가 당장 별채 문으로 가더니, 가지고 있던 열쇠로 문을 열고 안으로 들어가서는 다시 문을 닫고 사라졌습니다. 그러는 동안 나머지 두 남자는 사다리를 올라갔지요. 백발 노인은 문간에 남아 있었고, 마부는 마차의 말들을 붙잡고 있었고, 하인 하나는 안장 얹은 말들을 붙잡고 있었습니다.

그때 갑자기 별채 안에서 비명이 들려왔지요. 한 여자가 창가로 달려오더니 창문을 열고 밖으로 뛰어내리려 하더군요. 하지만 사다리를 올라오는 두 남자를 보자마자 휙 돌아섰습니다. 두 남자는 그 여자를 쫓아 방으로 뛰어 들어갔습니다.

그다음에는 아무것도 보이지 않았습니다만, 세간들이 부서지는 소리가 들리더군요. 여자는 살려달라고 울부짖었습니다. 하지만 그 고함 소리는 곧 잦아들었고, 세 남자가 그 여자를 안고 창문으로 돌아왔습니다. 두 남자는 사다리를 통해 여자를 아래로 내려서 마차에 실었습니다. 땅딸막한 노인도 여자를 따라 마차에 올라탔지요. 별채에 남은 한 남자는 다시 창문을 닫

고, 잠시 후 밖으로 나와서 여자가 마차에 타고 있는지 확인했습니다. 나머지 두 남자는 벌써 말에 올라탄 채 그 남자를 기다리고 있었지요. 그 사람이 마지막으로 안장에 올라타고, 하인이 마부 옆자리에 앉자, 마차는 세 기사의 호위를 받으면서 빠른 속도로 달려가버렸습니다. 그러고는 그만이었지요. 그 순간부터는 아무것도 보지도 듣지도 못했습니다."

다르타냥은 너무나도 끔찍한 소식에 어이가 없어서 우두커니 서 있었다. 그러나 마음속에서는 분노와 질투의 악마들이 아우성치고 있었다.

"하지만 나리, 너무 상심하지 마십시오." 노인이 말을 이었다. 그에게는 다르타냥의 말없는 절망이 소리를 지르고 우는 것보다 더 감동적이었던 모양이다. "그 여자를 죽인 것은 아니니까요. 그게 중요하지요."

"그 잔악한 짓을 저지른 주모자가 누군지 아십니까?" 다르타냥이 물었다.

"전혀 모르는 사람입니다."

"하지만 영감님에게 말을 걸었다니까, 얼굴은 볼 수 있었을 텐데요."

"생김새를 물으시는 겁니까?"

"그렇습니다."

"큰 키에 마른 몸집, 까무잡잡한 피부, 검은 콧수염에 검은 눈, 귀족 같은 풍채였습니다."

"그놈이야!" 다르타냥이 외쳤다. "또 그놈이군! 언제나 그놈이야! 그놈은 나를 괴롭히는 악마인가봐! 그리고 다른 놈은요?"

"누구 말입니까?"

"늙은이 말입니다."

"아, 그 사람은 귀족이 아닙니다. 틀림없어요! 칼을 차지도 않았고, 다른 사람들도 함부로 대했거든요."

"그럼 하인인가?" 다르타냥이 중얼거렸다. "아, 불쌍한 여자! 가엾은 여자! 놈들이 그 여자를 어떻게 했을까?"

"비밀을 지키기로 약속하셨습니다." 노인이 말했다.

"다시 한 번 약속하지요. 걱정 마세요. 나는 귀족입니다. 귀족은 약속을 반드시 지킵니다."

다르타냥은 비탄에 빠진 채 나루터로 가는 길을 되짚어갔다. 그 여자가 보나시외 부인이 아닐지도 모른다는 생각이 들기도 했고, 이튿날 루브르 궁에 가면 보나시외 부인을 만날 수 있을 거라는 생각이 들기도 했다. 또 그녀가 딴 남자와 바람을 피웠고, 그래서 질투심 많은 남편이 납치한 것은 아닐까 하는 생각이 들기도 했다. 그의 마음은 갈피를 잡지 못하고 이리저리 흔들렸다. 그는 비탄에 잠겼으며 절망에 빠졌다.

'친구들이 여기 있다면, 적어도 그 여자를 다시 찾을 수 있다는 희망이라도 있으련만! 하지만 친구들이 어떻게 됐는지도 알 수 없으니!'

자정 가까운 시간이었다. 문제는 플랑셰를 찾는 일이었다. 다르타냥은 불빛이 보이는 술집마다 문을 열어보았지만, 플랑셰는 어디에도 보이지 않았다.

여섯 번째 술집에서 허탕을 친 뒤에야 플랑셰를 찾는 일이 좀 성급하다는 생각이 들었다. 아침 여섯 시에 만나기로 약속했으므로, 지금 어디에 있든 그것은 플랑셰의 권리였다.

게다가 납치가 일어난 현장 근처에 머물러 있으면 이 사건에 관한 어떤 실마리를 얻을 수 있을지도 모른다는 생각이 문득 떠올랐다. 그래서 여섯 번째 술집에 들어가 고급 포도주 한

병을 시켜놓고, 가장 어두운 구석에 팔꿈치를 괴고 앉아서는 새벽까지 기다리기로 작정했다. 하지만 이번에도 그의 기대는 빗나갔다. 그는 귀를 곤두세우고 열심히 들었지만, 일꾼과 하인과 짐수레꾼들이 주고받는 욕설과 농담과 저주 가운데 납치당한 여자의 행방을 밝혀줄 만한 단서는 전혀 없었다. 그래서 그는 심심풀이로 술병을 비운 뒤, 의심을 사지 않도록 술집 구석에서 가능한 한 편한 자세로 어떻게든 잠을 자려고 애썼다. 다르타냥은 스무 살이었다. 이 나이에는, 아무리 절망에 빠져 있을 때라도 잠은 자신의 권리를 주장하는 법이다.

아침 여섯 시경 다르타냥은, 고약한 밤을 보내고 나면 새벽과 함께 찾아오는 불쾌감을 느끼면서 잠에서 깨어났다. 옷매무새를 가다듬는 데에는 오랜 시간이 걸리지 않았다. 그는 잠든 사이에 도둑맞은 것은 없는지 보려고 몸을 더듬어보았다. 다이아몬드 반지는 손가락에 그대로 끼워져 있고, 지갑은 주머니에 들어 있고, 권총은 허리띠에 끼워져 있었다. 그는 자리에서 일어나 술값을 치르고, 밤보다는 아침에 하인을 찾아낼 가능성이 더 높을 거라고 생각하면서 밖으로 나왔다. 과연 눅눅한 잿빛 안개 속에서 제일 먼저 눈에 들어온 것은 충직한 플랑셰였다. 플랑셰는 말 두 마리의 고삐를 잡고 초라해 보이는 술집 문 앞에서 다르타냥을 기다리고 있었다. 그곳은 다르타냥이 간밤에 미처 알아차리지 못하고 그냥 지나쳐버린 술집이었다.

제25장
포르토스

다르타냥은 곧장 집으로 돌아가는 대신 트레빌의 저택 앞에서 말을 내려 계단을 뛰어 올라갔다. 이번에는 좀 전에 겪은 일을 트레빌에게 모두 털어놓을 작정이었다. 그러면 이 모든 일과 관련하여 좋은 충고를 해줄 것이다. 게다가 트레빌은 거의 날마다 왕비를 만나 뵙고 있으니까, 그 가련한 여자에 대한 정보를 왕비의 입에서 얻을 수 있을지도 모른다. 보나시외 부인은 왕비에 대한 충성 때문에 대가를 치른 게 분명했다.

트레빌은 다르타냥의 이야기에 진지하게 귀를 기울였다. 그것은 트레빌이 이 사건에서 단순한 연애가 아닌 무언가를 보았다는 증거였다. 다르타냥이 이야기를 끝내자 트레빌이 말했다.

"음! 이 사건에도 추기경의 냄새가 나는군."

"어떻게 하면 좋을까요?" 다르타냥이 물었다.

"아무것도 하지 말게. 전에도 말했듯이 지금 당장 파리를 떠나는 것 말고는 아무것도 하지 마라. 내가 왕비님을 만나서 그 불쌍한 여자의 실종에 관해 자세히 말씀드리겠네. 왕비님은 아마 그 일을 모르고 계실 거야. 상황을 말씀드리면 왕비님께도 도움이 되겠지. 그리고 자네가 돌아올 때쯤엔 내가 좋은 소식을 전해줄 수 있을 거야. 어쨌든 나한테 맡겨두게."

다르타냥은 트레빌이 가스코뉴 출신이지만 함부로 약속하지 않는다는 것, 어쩌다 약속을 하면 반드시 지킨다는 것을 잘 알고 있었다. 그래서 과거와 미래에 감사하는 마음을 가득 담아 그에게 인사를 했고, 이 훌륭한 대장 역시 용감하고 과감한 젊은이에게 깊은 호의를 품고 있는 터라, 다정하게 그의 손을 잡으면서 무사히 다녀오기를 빌어주었다.

다르타냥은 트레빌의 충고를 당장 실행에 옮기기로 결심하고는 짐을 꾸리기 위해 포수아외르 가로 돌아갔다. 집이 가까워졌을 때, 평상복 차림의 보나시외가 문 앞에 서 있는 것이 보였다. 그 순간, 신중한 플랑셰가 전날 집주인의 음흉한 성격에 대해 이야기한 것이 머릿속에 되살아났다. 그래서 다르타냥은 집주인을 전보다 더 유심히 바라보았다. 실제로 그 누리끼리하고 병적으로 창백한 안색은 담즙이 혈액에 침투했음을 보여주지만, 단순히 우연일 수도 있었다. 하지만 다르타냥은 그 안색 외에 얼굴의 주름에도 교활하고 기만적인 무언가가 있음을 알아차렸다. 사기꾼은 정직한 사람과 웃는 법이 다르고, 위선자는 흘리는 눈물이 성실한 사람과 다르다. 모든 허위는 가면이고, 아무리 잘 만든 가면이라도 조금만 주의를 기울이면 반드시 진짜 얼굴과 구별할 수 있다.

다르타냥에게는 보나시외가 가면을 쓰고 있는 것처럼 보였다. 게다가 그 가면은 보기에도 역겨운 가면이었다.

그래서 보나시외에 대한 혐오감에 사로잡혀 말도 걸지 않고 지나치려 했다. 그런데 그때 보나시외가 전날 그랬던 것처럼 그를 소리쳐 불렀다.

"야아, 젊은 양반. 어젯밤에는 마음껏 즐긴 모양이군요. 벌써 아침 일곱 시예요. 세상의 일반적인 관습을 거꾸로 뒤집어서, 남들이 일하러 나갈 때 집에 돌아오는 것 같군요."

"당신은 아무한테도 그런 비난을 받지 않겠지요, 보나시외씨." 젊은이가 대답했다. "성실남의 표본이니까. 하기야 그렇게 젊고 예쁜 부인이 있으면 굳이 행복을 찾아 돌아다닐 필요가 없는 것도 사실이죠. 행복이 제 발로 찾아오니까요. 안 그렇습니까, 보나시외 씨?"

보나시외는 죽은 사람처럼 창백해졌지만 억지로 히죽 웃었다.

"하, 하! 참 유쾌한 분이시군! 그런데 간밤에는 도대체 어디를 그렇게 쏘다닌 겁니까? 뒷골목 상태가 별로 좋지 않았던 모양이군요."

다르타냥은 진흙투성이가 된 자신의 장화를 내려다보았다. 그런데 눈을 내리깔 때 보나시외의 구두와 양말도 동시에 눈에 들어왔다. 둘 다 같은 진창에 빠지기라도 했던 것처럼, 잡화상의 구두에도 다르타냥의 구두와 똑같은 진흙이 묻어 있었다.

그때 문득 어떤 생각이 다르타냥의 머리에 섬광처럼 떠올랐다. 땅딸막한 백발 노인, 검은 옷차림의 하인 같은 남자, 기사들에게 괄시를 당했던 남자는 바로 보나시외였다. 남편이 제 아내를 납치하는 데 가담했던 것이다.

다르타냥은 보나시외에게 덤벼들어 목을 조르고 싶은 충동을 느꼈지만, 앞에서도 말했듯이 그는 지극히 신중한 젊은이였기 때문에 그 충동을 애써 억눌렀다. 하지만 얼굴에 나타난 변화가 너무 뚜렷해서, 보나시외는 겁을 먹고 한 걸음 물러서려고 했다. 하지만 닫힌 문 앞이었기 때문에 더 이상 물러서지 못하고 그 자리에 계속 서 있을 수밖에 없었다.

"농담을 하고 있는 건 내가 아니라 당신이군요!" 다르타냥
이 말했다. "내 구두가 스펀지 하나를 다 써야 할 만큼 더럽다
면, 당신 구두와 양말도 솔질이 필요한 것 같은데요. 당신도 밤
새 놀러 다닌 거요? 맙소사! 당신 나이에, 게다가 그렇게 젊고
예쁜 부인을 둔 노인네가 그러는 건 옳은 일이 아니지요."

"그게 아닙니다!" 보나시외가 말했다. "아무래도 하녀가 있
어야 하겠기에, 어제는 하녀를 구하려고 생망데에 갔었어요.
그런데 길이 너무 나빠서 이렇게 진흙투성이가 됐는데, 이걸
털어낼 겨를이 없었지요."

보나시외가 말한 행선지는 다르타냥의 의심을 뒷받침하는
또 하나의 증거였다. 보나시외가 생망데에 갔었다고 말한 것
은, 생망데가 생클루와는 정반대 방향에 있기 때문이었다.

이런 개연성은 다르타냥에게 위안을 주었다. 보나시외가 아
내의 행방을 안다면, 언제든지 극단적인 수단으로 그의 입을
강제로 열어서 비밀을 끌어낼 수 있을 터였다. 문제는 그 개연
성을 확실성으로 바꾸는 것뿐이다.

"미안하지만, 잠을 못 잤더니 목이 말라 죽겠군요. 댁에서
물 한 잔만 마시게 해주십시오. 이웃사촌인데 설마 거절하지는
않겠지요."

다르타냥은 집주인의 허락도 기다리지 않고 얼른 집 안으로
들어가서 재빨리 침대에 눈길을 던졌다. 침대는 말끔히 정돈되
어 있었다. 보나시외는 그 침대에서 자지 않은 게 분명했다. 따
라서 그는 한두 시간 전에 돌아왔을 것이다. 아내가 끌려간 곳
까지 따라갔거나 아니면 적어도 첫 번째 역참까지는 함께 갔을
것이다.

"고맙습니다, 보나시외 씨." 다르타냥이 물잔을 비우면서 말했다. "이젠 집에 가서 플랑셰한테 구두를 닦게 해야겠어요. 그 일이 끝나면 플랑셰를 보내드릴 테니, 원하신다면 당신 구두도 닦게 하세요."

이 별난 인사에 보나시외는 어리둥절해서 아무 말도 못하고, 제 목을 스스로 올가미에 집어넣은 것은 아닐까 하고 자문했다.

계단을 다 올라간 다르타냥은 겁에 질려 있는 플랑셰를 발견했다.

"아, 주인님!" 플랑셰가 주인을 보자마자 외쳤다. "방금 또 이상한 일이 있었습니다. 그래서 이제나저제나 돌아오시기만 기다리고 있었지요!"

"또 무슨 일인데 그래?" 다르타냥이 물었다.

"백 번, 아니 천 번 기회를 드릴 테니까, 나리가 안 계실 때 누가 찾아왔는지 알아맞혀보세요. 아마 짐작도 못 하실 겁니다."

"언제 왔는데?"

"30분 전, 나리가 트레빌 대장님께 가 계시는 동안에요."

"누가 왔었다는 거야? 어서 말해."

"카부아 씨요."

"카부아 씨? 추기경의 친위대 대장이?"

"몸소 오셨습니다."

"나를 체포하러 왔나?"

"그런 것 같습니다. 알랑거리는 태도였지만."

"알랑거리는 태도였다고?"

"그러니까 꿀처럼 달콤했다는 뜻입니다."

"그게 정말이야?"

"추기경의 심부름으로 왔다면서, 추기경님이 나리를 만나고 싶어 하시니까 팔레-루아얄*까지 함께 가달라고 부탁하러 왔다고 하더군요."

"그래서 뭐라고 대답했나?"

"보시다시피 나리께서 집에 안 계시니까 그건 불가능하다고 대답했지요."

"그랬더니 뭐라던가?"

"오늘 아무 때나 사무실에 들러달라고 하더군요. 그러고는 낮은 목소리로 이렇게 덧붙였습니다. '추기경 예하는 자네 주인에게 진심으로 호의를 갖고 계셔. 이번 면담에 자네 주인의 운명이 달려 있을지도 몰라.'"

"추기경의 함정치고는 서투르군." 다르타냥이 빙그레 웃으면서 말했다.

"저도 함정이라고 생각했습니다. 그래서 나리가 돌아오시면 비탄과 절망에 빠져 있을 거라고 대답했지요. 그랬더니 카부아 씨가 '자네 주인은 어디 가셨나?' 하고 묻더군요. 샹파뉴의 트루아에 가셨다고 대답했더니, '언제 떠났나?' 하고 묻기에, 어젯밤에 떠났다고 대답했습니다."

"플랑셰." 다르타냥이 플랑셰의 말을 가로막았다. "자네는 정말 소중한 사람이야."

"나리께서 카부아 씨를 만나고 싶으시다면, 제가 잘못 알고 말했다고 핑계를 대시고, 파리를 떠난 적이 없다고 말씀하시면 됩니다. 그렇게 되면 제가 거짓말한 꼴이 되지만, 저는 귀족이 아니니까 거짓말쯤이야 언제든지 할 수 있지요."

"걱정 말게, 플랑셰. 정직한 사람이라는 평판을 잃지 않을 테니까. 15분 뒤에 떠날 거야."

"저도 그러는 게 좋겠다고 생각합니다. 그런데 어디로 가는 겁니까?"

"네가 좀 전에 내가 갔다고 말한 방향과는 정반대쪽이야. 게다가 아토스, 포르토스, 아라미스의 소식을 내가 빨리 알고 싶은 것만큼 너도 그리모, 무스크통, 바쟁의 소식을 알고 싶지 않나?"

"정말 그렇습니다, 나리." 플랑셰가 말했다. "그러니까 나리께서 말씀만 하시면 저는 언제든지 떠나겠습니다. 게다가 요즘은 시골 공기가 파리 공기보다 훨씬 좋을 겁니다. 그러니까……."

"그러니까 짐을 꾸리게, 플랑셰. 그리고 떠나세. 나는 아무도 의심하지 않도록 빈손으로 먼저 나갈게. 나중에 근위대 본부로 와서 만나세. 그런데 플랑셰, 우리 집주인에 관해서 네가 한 말이 맞는 것 같아. 정말 지독한 악당인가봐."

"아하, 제 말을 믿으세요. 저는 타고난 관상쟁이거든요!"

다르타냥은 약속한 대로 먼저 아래층으로 내려갔다. 그리고 나중에 후회할 일이 생기지 않도록 마지막으로 다시 한 번 친구들의 집에 들러보았다. 하지만 그들은 여전히 감감무소식이었다. 아라미스 앞으로 편지 한 통이 와 있을 뿐이었다. 작고 고운 필체로 쓰인 봉투에서는 향수 냄새가 진하게 풍겼다. 다르타냥은 이 편지를 받아 주머니에 집어넣었다. 10분 뒤에 플랑셰가 근위대 본부 마구간에서 다르타냥과 합류했다. 다르타냥은 시간을 절약하려고 벌써 자기 손으로 말에 안장을 달고 있었다.

플랑셰가 안장에 짐을 매달자 다르타냥이 말했다.

"좋아. 이제 다른 세 마리에도 안장을 얹고 떠나자."

"한 사람이 두 마리를 타면 더 빨리 갈 수 있다고 생각하세요?" 플랑셰가 짓궂은 태도로 물었다.

"아니야, 서투른 익살꾼아." 다르타냥이 대답했다. "네 마리가 있어야 세 친구를 데리고 돌아올 수 있기 때문이야. 친구들이 살아 있다면 말이지만."

"그러면 얼마나 좋겠습니까! 하지만 어떤 일이 있더라도 하느님의 자비를 포기하면 안 됩니다."

"아멘." 다르타냥이 말에 올라타면서 말했다.

그들은 근위대 본부를 떠나자마자 서로 반대 방향으로 갈라졌다. 한 사람은 빌레트 문을 통해 파리를 떠나고 또 한 사람은 몽마르트르 문을 통해 파리를 떠난 뒤 생드니 너머에서 다시 만나기로 했다. 이 전략은 정확히 실행되어 더없이 좋은 결과로 끝났다. 다르타냥과 플랑셰는 함께 피에르피트로 들어갔다.

여기서 말해둘 것은, 플랑셰는 밤보다 낮에 더 용감하다는 점이다.

하지만 그의 타고난 조심성은 잠시도 그를 저버린 적이 없었다. 그는 지난번 여행 때 있었던 일을 하나도 잊지 않았고, 노상에서 만나는 사람들은 모두 적으로 간주했다. 그래서 항상 모자를 손에 들고 있었는데, 이 때문에 다르타냥에게 꾸지람을 들었다. 다르타냥은 이 지나치게 공손한 태도 때문에 주인까지도 하찮은 가난뱅이로 보일 거라고 염려했다.

그렇지만 행인들이 플랑셰의 예의 바른 태도에 감동했기 때문인지, 아니면 도중에 젊은이를 기다리는 장애물이 없었기 때문인지, 두 나그네는 무사히 샹티이에 도착했고, 지난번 여행 때 들렀던 '그랑 생 마르탱' 여관에서 말을 내렸다.

여관 주인은 빈 안장을 얹은 말 두 마리와 하인을 거느린 젊은이를 보고 공손하게 문지방을 넘어 밖으로 나왔다. 그들은 벌써 50킬로미터가 넘는 거리를 달려왔기 때문에, 다르타냥은 포르토스가 이 여관에 있건 없건 여기서 하룻밤 묵는 게 좋겠다고 생각했다. 게다가 대뜸 총사가 어떻게 됐느냐고 묻는 것도 신중한 처사가 아니라고 생각했다. 그래서 다르타냥은 어떤 소식도 묻지 않고 말에서 내린 뒤, 말들을 하인에게 맡기고, 혼자 있고 싶은 사람들을 위한 작은 방으로 들어갔다. 그리고 최고급 포도주 한 병과 최고급 식사를 주문했다. 여관 주인은 첫눈에 이 손님을 좋게 생각했지만, 이 주문을 받고 나자 그 첫인상이 더욱 확고해졌다.

그래서인지 주문한 음식이 놀랄 만큼 빨리 차려졌다.

근위대원은 국내에서 내로라하는 귀족들 중에서 선발되었다. 게다가 다르타냥은 하인과 함께 훌륭한 말을 네 마리나 거느리고 여행하고 있었다. 그러니 그는 비록 소박한 제복 차림이었지만 주목을 받지 않을 수 없었다. 여관 주인은 직접 시중을 들고 싶어 했다. 그러나 다르타냥은 술잔 두 개를 가져오게 한 다음, 이렇게 이야기를 꺼냈다.

"이보시오, 주인장." 다르타냥이 술잔 두 개를 채우면서 말했다. "나는 이 집에서 가장 좋은 포도주를 주문했는데, 만약에 나를 속였다면 죗값을 톡톡히 치르게 될 거요. 또 나는 혼자 마시는 걸 싫어하니, 우리 함께 마십시다. 자, 잔을 받으시오. 그런데 피차 감정을 건드리지 않으려면, 무엇을 위해 건배하면 좋을까? 옳거니. 이 여관의 번창을 위해 건배합시다."

"영광입니다." 주인이 말했다. "손님의 후의에 진심으로 감사드립니다."

"하지만 오해하지 마시오. 내 건배에는 당신이 생각하는 것이상의 꿍꿍이가 들어 있으니까. 번창하는 여관에서는 손님도 좋은 대접을 받을 수 있지만, 망해가는 여관에서는 모든 게 엉망진창이고, 손님도 주인의 곤경에 덩달아 희생당하게 마련이지. 나는 여행을 많이 다니고, 특히 이 길을 자주 다니니까, 모든 여관이 번창하는 걸 보고 싶소."

"그러고 보니 이번이 초면은 아닌 듯합니다." 여관 주인이 말했다.

"나는 샹티이를 아마 열 번은 지나갔을 것이고, 그 열 번 중에 적어도 서너 번은 이 여관에서 묵었소. 열흘쯤 전에도 여기 묵었었소. 나는 친구인 총사들을 배웅하러 왔는데, 그중 하나가 어떤 사내와 시비가 붙었지요. 무엇 때문인지는 모르지만."

"아, 그랬군요." 주인이 말했다. "생각이 납니다. 포르토스 씨를 말씀하시는 거 아닙니까?"

"포르토스가 바로 그 친구의 이름이오. 그 친구에게 무슨 불상사라도 일어났소? 말해주시오, 주인장."

"그분이 여행을 계속하지 못한 건 나리도 알고 계실 텐데요."

"사실 그 친구는 나중에 따라오겠다고 약속했는데, 그 후로는 만나지 못했소."

"여기 계시는걸요."

"뭐라고? 여기 있다고?"

"예, 나리. 이 여관에 묵고 계십니다. 그래서 좀 걱정하고 있습니다."

"뭘 걱정한다는 거요?"

"그분이 치러야 할 돈이 꽤 되거든요."

"그래요? 하지만 숙박비가 얼마나 되는지는 모르지만, 그 친구는 지불할 거요."

"아이고, 나리 말씀을 들으니 속이 다 시원합니다. 사실 저희는 큰돈을 치료비로 융통해 드렸답니다. 오늘 아침에도 의사가 또 치료비를 달라면서, 포르토스 씨가 돈을 주지 않으면 저한테 받겠다고 하더군요. 의사를 부른 건 저니까요."

"포르토스가 다쳤소?"

"그건 말씀드릴 수 없습니다, 나리."

"말할 수 없다니, 무슨 뜻이오? 그건 누구보다도 당신이 잘 알고 있을 텐데."

"그야 그렇지만, 우리 같은 처지에 있는 사람은 아는 일이라고 해서 다 말할 수는 없답니다. 특히 들은 것을 함부로 입 밖에 내면 신상에 좋지 않다는 경고를 받은 경우에는 더욱 그렇지요."

"그럼 포르토스는 만날 수 있겠소?"

"물론입니다, 나리. 계단을 통해 2층으로 올라가서 1호실 문을 두드리세요. 다만 찾아온 사람이 나리라는 것을 분명히 알리셔야 합니다."

"뭐야? 나라는 것을 알려야 한다고?"

"그렇습니다. 자칫하면 봉변을 당할 수도 있으니까요."

"무슨 봉변을 당할 수 있다는 거요?"

"포르토스 씨가 나리를 여관 사람으로 잘못 아시게 되면, 분노가 폭발하여 나리를 칼로 찌르거나 권총으로 머리를 날려버릴지도 모릅니다."

"도대체 그 친구한테 무슨 짓을 한 거요?"

"돈을 달라고 했을 뿐입니다."

"이제야 알겠군! 포르토스는 돈이 떨어졌을 때 돈을 달라고 하면 몹시 화를 내지. 하지만 내가 알기로는 돈이 떨어질 리가 없는데."

"저희들도 그렇게 생각했습니다, 나리. 이 여관은 매우 질서 있게 운영되고 있어서, 매주 여관비를 정산합니다. 그래서 여드레째 되는 날 청구서를 드렸는데, 공교롭게도 기분이 좋지 않으실 때였던 모양입니다. 제가 돈 이야기를 꺼내자마자 노발대발해서는 호통을 치고 온갖 욕설을 다 퍼부으셨지요. 그 전날 노름을 하신 것은 사실입니다."

"그러니까 그 전날 노름을 했군! 누구랑 했소?"

"그건 저도 모릅니다만, 지나가던 어떤 귀족이었는데, 포르토스 씨가 먼저 카드를 치자고 제의하셨지요."

"그렇군. 그래서 무일푼이 된 모양이군."

"말까지 잃었는걸요. 그 낯선 귀족이 떠날 준비를 할 때, 그의 하인이 포르토스 씨의 말에 안장을 얹는 걸 보았거든요. 그건 포르토스 씨의 말이라고 했더니, 그 사람이 남의 일에 상관하지 말라고, 이건 자기 말이라고 하더군요. 그래서 곧장 포르토스 씨에게 알렸죠. 그랬더니 귀족의 말을 의심하는 우리가 나쁘다면서, 그 귀족이 자기 말이라고 말했으면 그런 줄 알라고 하시는 겁니다."

"포르토스답군." 다르타냥이 중얼거렸다.

"그래서 숙박비 문제에 관해 피차 합의가 이루어질 것 같지 않으니까 '에글 도르'(황금 독수리) 여관으로 옮겨달라고 말씀드렸더니, 포르토스 씨는 이 여관이 제일 좋으니까 여기 계속 머물고 싶다고 하시더군요.

그런 칭찬을 듣고 보니 저도 그만 기분이 우쭐해져서, 나가라고 억지를 부릴 수도 없었습니다. 그래서 이 여관에서 제일 좋은 그 방은 내어주고 4층에 있는 작지만 깔끔한 방으로 옮겨달라고 부탁했지만, 포르토스 씨는 이제 곧 애인이 찾아올 텐데, 그 여자는 지체 높은 귀부인이니까, 지금 쓰고 있는 방도 그런 분에게는 초라할 정도라는 것을 알아야 한다고 대답하시더군요.

하지만 저는 그분 말씀이 맞다는 것을 알면서도 계속 고집할 수밖에 없다고 생각했습니다. 하지만 포르토스 씨는 그 문제에 관해 굳이 저와 의논하려 하시지도 않고, 권총을 꺼내 침대 옆 탁자에 올려놓고는, 다른 여관이나 다른 방으로 옮기라는 말을 한마디라도 하면 쓸데없이 남의 일에 참견하는 놈의 머리를 날려버리겠다고 호통을 치셨습니다. 그래서 그때부터 그분의 하인 말고는 아무도 그 방에 들어가지 못하고 있지요."

"그럼 무스크통도 여기 있다는 말이군?"

"예, 나리. 떠난 지 닷새 뒤에 몹시 언짢은 상태로 돌아왔지요. 그 역시 여행지에서 불쾌한 일을 당한 모양입니다. 불행하게도 그는 주인보다 민첩해서, 주인을 위해서라면 물불을 가리지 않습니다. 자기가 뭔가를 주문해도 거절당할 거라고 생각하고는, 필요한 건 뭐든지 말도 하지 않고 그냥 가져가버린다니까요."

"사실 나는 무스크통이 더없이 충직하고 영리하다는 것을 전부터 알고 있었소."

"그야 그럴지도 모르지만, 1년에 네 번만 그렇게 영리하고 충직한 사람을 만나면 저희 집은 망하고 말 겁니다."

"그렇게는 안 될 거요. 포르토스는 숙박비를 치를 테니까."

"음! 과연 그럴까요?" 여관 주인이 의심스럽다는 투로 말했다.

"그 귀부인은 포르토스가 몇 푼 안 되는 부채 때문에 곤경에 빠져 있는 것을 그냥 내버려두지 않을 거요."

"거기에 대한 제 생각을 감히 말씀드리면……."

"그래, 당신 생각은 뭐요?"

"생각이라기보다 제가 알고 있는 거라고 말씀드리죠."

"그래, 뭘 알고 있소?"

"알고 있을 뿐만 아니라 확신까지 하고 있습니다."

"그래, 뭘 확신하고 있소?"

"실은 제가 그 귀부인을 알고 있다는 말입니다."

"당신이?"

"예, 제가요."

"어떻게 그 부인을 알고 있소?"

"나리께서 비밀을 지키실 거라고 믿을 수 있어야……."

"말해보시오. 귀족의 명예를 걸고 맹세하건대, 당신은 나를 믿고 솔직히 털어놓은 것을 절대 후회하지 않을 거요."

"그렇다면 말씀드리겠습니다. 나리께서도 충분히 이해하시겠지만, 사람은 불안 때문에 많은 일을 하게 되지요."

"무슨 짓을 했는데?"

"빚쟁이의 권리에서 벗어나는 짓은 조금도 하지 않았습니다."

"그래서?"

"실은 포르토스 씨가 그 공작부인에게 쓴 편지를 우체통에 넣어달라면서 저에게 주셨습니다. 그때만 해도 하인은 아직 돌아오지 않았고, 포르토스 씨는 방에서 나올 수 없었기 때문에, 저희에게 심부름을 시킬 수밖에 없었지요."

"그래서?"

"우체통에 넣는 것은 아무래도 불안하기 때문에 그렇게 하지 않고, 때마침 저희 집 하인 하나가 파리에 갈 일이 생겼기에, 공작부인에게 직접 편지를 전하라고 일렀습니다. 그러는 것이 그 편지를 저희에게 맡기신 포르토스 씨의 뜻에 따르는 일이라고 생각했던 것이지요."

"그렇게 볼 수도 있겠지요."

"그런데, 그 지체 높은 귀부인이 누군지 아십니까?"

"아니, 포르토스가 얘기하는 걸 들었을 뿐이오."

"공작부인이라는 그 여자가 실제로는 어떤 사람인지 아시냐고요?"

"거듭 말하지만, 나는 그 여자를 몰라요."

"코크나르 부인이라고, 샤틀레*에서 소송 대리인으로 일하는 사람의 늙은 마누라지요. 나이가 적어도 쉰 살은 됐는데, 아직도 강짜가 심하답니다. 사실 공작부인이라는 사람이 우르스가*에 살고 있다는 것도 좀 수상쩍다 싶었지요."

"그걸 다 어떻게 알았소?"

"그 여자가 편지를 읽자마자 몹시 화를 내면서, 포르토스는 바람둥이여서 이번에도 여자 때문에 결투를 하다가 다쳤겠지, 하고 말했다는군요."

"그러니까 포르토스는 다쳤었군요?"

"이런 맙소사! 제가 뭐라고 했죠?"

"포르토스가 다쳤다고."

"그건 그렇습니다만, 이런 말을 아무한테도 하지 말라고, 포르토스 씨가 단단히 주의를 주셨거든요."

"그건 왜?"

"왜냐고요? 포르토스 씨는 나리가 떠나실 때 시비가 붙은 그 낯선 사람을 자기가 무찔렀다고 허세를 부렸지만, 실은 반대로 그 낯선 사람이 포르토스 씨를 땅바닥에 쓰러뜨렸으니까요. 그런데 포르토스 씨는 워낙 허영심이 센 분이어서, 결투를 하다가 다쳤다는 것을 그 공작부인 말고는 아무한테도 인정하고 싶지 않았던 겁니다. 공작부인에게는 그 이야기를 하면 동정을 살 수 있을 거라고 생각했겠지요."

"그러니까 포르토스는 부상 때문에 계속 누워 있다는 거요?"

"그것도 중상입니다. 그분은 영혼이 육신에 단단히 붙박여 있는 게 분명합니다."

"그럼 당신도 그 자리에 있었군요?"

"저도 호기심이 동해서 두 사람을 따라갔지요. 그래서 결투 장면을 남몰래 보았습니다."

"그래, 결투는 어떻게 됐소?"

"승부는 오래가지 않았습니다. 정말 어이없이 끝나버렸지요. 우선 서로 경계 태세를 취한 뒤, 낯선 사람이 칼을 휘두르는 척하다가 팔을 쭉 뻗었습니다. 그 동작이 어찌나 날쌨는지, 포르토스 씨는 몸을 피할 겨를도 없이 가슴을 세 군데나 찔리고 나자빠졌지요. 상대방은 곧바로 포르토스 씨의 목에 칼끝을 들이댔고, 그러자 포르토스 씨는 상대의 손에 자신의 목숨이 달려 있다는 것을 알고 패배를 인정했습니다. 그러자 낯선 사람은 포르토스 씨에게 이름을 물었고, 다르타냥이 아니라 포르토스라는 것을 알고는 부상자를 부축하여 여관까지 데려다주었고, 그러고는 말을 타고 사라져버렸습니다."

"그러니까 그 낯선 사람이 쫓고 있었던 상대는 다르타냥 씨였군요?"

"그런 것 같습니다."

"그 사람이 어떻게 됐는지 알고 있소?"

"아니요. 그때까지 한 번도 본 적이 없는 사람이고, 그 후에도 다시는 보지 못했습니다."

"좋아요. 내가 알고 싶었던 건 이제 다 알았소. 그런데 포르토스의 방이 2층 1호실이라고 했지요?"

"예, 나리. 이 여관에서 제일 좋은 방이지요. 포르토스 씨만 아니었다면 벌써 열 번은 다른 손님에게 빌려줄 수 있었을 텐데."

"안심해요." 다르타냥이 웃으면서 말했다. "포르토스가 코크나르 공작부인의 돈으로 숙박비를 계산할 테니까."

"소송 대리인의 부인이든 공작의 부인이든, 그 여자가 돈지갑을 열기만 하면 문제가 없겠지요. 하지만 그 여자는 포르토스 씨의 요구와 배신에 진저리가 났다고, 그래서 포르토스 씨한테 한푼도 보내지 않겠다고 분명히 대답했답니다."

"그 대답을 포르토스 본인에게 전했소?"

"오히려 전하지 않으려고 조심했지요. 그랬다가는 우리가 편지를 직접 전달한 사실이 탄로 날 테니까요."

"그럼 포르토스는 아직도 돈이 오기를 기다리고 있겠군요?"

"예, 그렇습니다. 포르토스 씨는 어제 다시 편지를 썼는데, 이번에는 하인이 직접 우체통에 갖다 넣었습니다."

"그런데 소송 대리인의 마누라가 늙고 못생긴 여자더란 말이죠?"

"파토가 하는 말이, 나이가 적어도 쉰 살은 됐고, 조금도 아름답지 않다고 하더군요."

"그렇다면 걱정하지 마시오. 그 여자는 마음이 누그러질 테니까. 게다가 포르토스가 당신에게 진 빚도 그렇게 큰돈일 리가 없어요."

"큰돈이 아니라니, 그게 무슨 뜻이죠? 치료비를 제하더라도 벌써 20피스톨이나 됩니다. 포르토스 씨는 도무지 절약할 줄을 모르세요. 사치스러운 생활에 익숙해져 있나봅니다."

"애인에게 버림을 받는다 해도 그에겐 친구들이 있소. 내가 보증하겠소. 그러니까 조금도 걱정하지 말고 포르토스를 계속 잘 돌봐주시오."

"소송 대리인의 아내와 부상에 대해 한마디도 하지 않겠다고 약속하셨지요?"

"약속했소."

"그게 들통 나면 포르토스 씨가 저를 죽일 겁니다!"

"걱정 마시오. 보기와는 달리 그렇게 무서운 사람은 아니니까."

다르타냥은 이렇게 말하면서 계단을 올라갔다. 여관 주인은 몹시 마음에 걸렸던 두 가지, 즉 포르토스에게 받을 돈과 자신의 목숨에 대해 조금은 안심할 수 있었다.

계단을 다 올라가자, 복도에서 가장 눈에 잘 띄는 문에 숫자 '1'이 검은 글씨로 커다랗게 쓰여 있었다. 다르타냥이 문을 두드리자 안에서 들어오라는 말이 들렸다. 다르타냥은 문을 열고 들어갔다.

포르토스는 침대에 누운 채, 솜씨가 녹슬지 않도록 무스크통을 상대로 카드를 치고 있었다. 난롯불 앞에서는 자고새 고기를 꿴 쇠꼬챙이가 돌아가고 있고, 거대한 난로 양 끝에서는 냄비 두 개가 부글부글 끓으면서 토끼고기 스튜와 생선 스튜 냄새를 풍겼다. 두 가지 요리 냄새가 한데 어우러져서 콧구멍을 즐겁게 해주었다. 게다가 책상 위와 대리석 서랍장 위에는 빈 술병이 가득했다.

포르토스는 친구를 보더니 환성을 질렀다. 무스크통은 공손히 일어나서 자리를 내주고 냄비를 살펴보러 갔다.

"아, 자네로군!" 포르토스가 다르타냥에게 말했다. "잘 왔네, 잘 왔어. 마중을 나가지 못해서 미안하네. 그런데……" 그가 불안한 눈으로 다르타냥을 바라보면서 덧붙였다. "나한테 무슨 일이 일어났는지 알고 있나?"

"아니요."

"여관 주인이 아무 말도 안하던가?"

"포르토스 씨가 어디 계시냐고 묻고는 곧장 올라왔거든요."

포르토스는 안도의 한숨을 내쉬는 것 같았다.

"무슨 일이 있었나요?" 다르타냥이 물었다.

"무슨 일이 있었는가 하면, 상대를 이미 세 차례나 찌르고 나서 네 번째로 끝장을 내려고 발을 내딛다가 그만 돌멩이에 걸려 미끄러지는 바람에 무릎을 삐었다네."

"정말 그러셨어요?"

"정말 그렇다니까. 그 악당 놈에게는 천만다행이었지. 안 그랬더라면 그 자리에서 죽어버렸을 테니까."

"그자는 어떻게 됐죠?"

"그건 나도 몰라! 크게 혼났을 거야. 더 이상 소동을 일으키지 않고 떠나버렸으니까. 그런데 자네는 어떻게 됐나?"

"그러니까 포르토스……" 다르타냥이 말을 이었다. "침대에 계속 누워 있는 건 무릎을 삐었기 때문이군요?"

"그래. 그것뿐이야! 며칠만 지나면 일어날 수 있을 거야."

"그 정도라면 왜 파리로 돌아오지 않았나요? 여기서는 꽤나 따분할 텐데."

"돌아가려고 했지. 하지만 자네한테 고백해야 할 게 있어."

"뭔데요?"

"자네 말대로 나는 너무 따분했고, 자네가 나눠준 75피스톨이 주머니에 들어 있었기 때문에, 기분 전환이나 하려고 지나가는 귀족 한 놈을 붙잡고 카드나 치자고 제의했지. 그가 흔쾌히 응해주더군. 그런데 결국은 75피스톨이 내 주머니에서 그놈 주머니로 건너가버렸어. 게다가 말도 잃어버렸어. 그 녀석이 가져가버렸거든. 시세보다 잘 쳐주긴 했지만. 그런데 다르타냥, 자네는 어때?"

"도대체 바라는 게 뭐예요? 모든 특권을 다 누릴 수는 없어요. '연애에서 운이 좋으면 노름에서는 운이 나쁘다'는 속담도 있잖아요. 당신은 연애에서 너무 운이 좋기 때문에 노름에서 보복을 당한 거예요. 하지만 이런 불운쯤 당신에게는 아무것도 아니죠? 공작부인이 와서 도와줄 테니까요."

"나는 노름에서 연달아 불운을 당했어." 포르토스가 더없이 태연한 태도로 대답했다. "그래서 50루이만 보내달라고 그 여자한테 편지를 보냈다네. 내 상황에서 적어도 그 정도는 필요했으니까."

"그런데요?"

"그런데 그 여자는 영지로 간 게 분명해. 답장을 보내지 않는 걸 보면 말이야."

"그래요?"

"그래서 어제 또 첫 번째 편지보다 더 절박한 두 번째 편지를 보냈지. 하지만 내가 가장 아끼는 친구인 자네가 왔으니까, 이제 됐어. 그럼 자네 이야기를 해보게. 솔직히 말하면, 자네가 좀 걱정되기 시작한 참이었거든."

"그런데 여관 주인이 잘해주나 보군요." 다르타냥이 음식이 가득 든 냄비들과 빈 술병들을 가리키면서 말했다.

"그럭저럭!" 포르토스가 대답했다. "사나흘 전에는 녀석이 건방지게도 계산서를 들이대지 뭔가? 그래서 계산서와 함께 녀석을 문 밖으로 내쫓아버렸지. 그래서 나는 지금 승리자나 정복자로 여기 있는 거야. 그러나 언제 또 쳐들어올지 모르기 때문에, 자네도 보다시피 이렇게 완전무장을 갖추고 있다네."

"그래도 이따금 외출도 나가는 모양이에요?" 다르타냥이 웃으면서 말했다.

그러면서 다시 술병과 냄비를 손가락으로 가리켰다.

"불행히도 내가 아니야! 나는 이렇게 무릎을 삐어서 침대에 누워 있어야 하지만, 무스크통이 여관을 돌아다니면서 먹을 것을 가져온다네. 이봐, 무스크통." 포르토스가 무스크통에게 말했다. "이제 원군이 왔으니까 식량이 더 많이 필요해."

"무스크통." 다르타냥이 말했다. "부탁할 게 있는데……."

"뭔데요, 나리?"

"자네의 비법을 플랑셰에게도 좀 가르쳐주게. 나도 언제 포위당해서 농성을 하게 될지 모르니까. 그럴 땐 나도 자네 주인처럼 하인 덕에 호사를 누리면 좋겠군."

"아이고, 나리." 무스크통이 겸손한 태도로 말했다. "그보다 쉬운 일도 없을 겁니다! 요령만 알면 돼요. 저는 시골에서 자랐는데, 아버지가 시간이 나면 밀렵도 조금 했거든요."

"그 밖의 시간에는 무슨 일을 하셨지?"

"제가 보기엔 제법 수지맞는 사업이었던 같습니다."

"무슨 사업인데?"

"당시는 가톨릭과 위그노 사이에 전쟁이 한창인 때였고, 아버지는 구교도와 신교도가 종교의 이름으로 서로 죽고 죽이는 것을 보았기 때문에, 구교와 신교가 뒤섞인 신앙을 갖게 되셨지요. 그래서 어떤 때는 구교도였다가 또 어떤 때는 신교도였다가 하곤 했답니다. 아버지는 나팔총을 어깨에 메고 길가의 울타리 뒤를 어슬렁거리는 버릇이 있었는데, 구교도가 혼자 오는 것을 보면 당장 신교에 마음이 팔려서는 총부리를 나그네 쪽을 겨누고 있다가, 나그네가 열 걸음쯤 떨어진 곳까지 다가오면 대화를 시작했지요. 그 대화는 대개 나그네가 목숨을 건지려고 지갑을 내던지는 것으로 끝났답니다. 물론 위그노가 다가오는 것을 보면 이번에는 아버지가 가톨릭에 대한 열정에 사로잡혀서, 15분 전에는 어떻게 우리의 신성한 종교인 가톨릭의 우월성을 의심할 수 있었는지 이해할 수가 없었지요. 아버지는 당신의 원칙에 충실한 사람답게, 형님은 신교도로, 저는 구교도로 키웠답니다."

"그 훌륭한 아버지는 결국 어떻게 되셨나?" 다르타냥이 물었다.

"아주 불행하게 끝나고 말았지요. 어느 날 아버지는 오솔길에서 전에 거래한 적이 있는 신교도와 구교도 사이에 끼이게 되었답니다. 둘은 아버지를 알아보았고, 그래서 힘을 합쳐서 공격한 끝에 아버지를 나무에 매달아버렸지요. 그러고는 이웃마을의 술집에서 자신들이 한 짓을 자랑했는데, 바로 그 술집에서 형과 내가 술을 마시고 있었던 겁니다."

"그래서 자네들은 어떻게 했나?" 다르타냥이 물었다.

"놈들이 계속 지껄이게 내버려두었지요." 무스크통이 말을 이었다. "이윽고 놈들이 술집을 나가자마자 서로 반대 방향으

로 헤어지는 것을 보고, 형은 구교도가 가는 쪽으로, 저는 신교
도가 가는 쪽으로 가서 숨어 있었습니다. 두 시간 뒤에는 일이
다 끝났지요. 저희들은 만약에 대비하여 저희 두 형제를 각기
다른 교파로 키워주신 아버지의 선견지명에 감탄하면서 둘 다
처리했답니다."

"자네 말대로 자네 아버지는 정말 영리한 사람이었던 모양
이군. 그러니까 그 훌륭한 아버지가 한가할 때는 밀렵을 했다
는 거지?"

"그렇습니다, 나리. 올가미를 묶는 법과 낚시하는 법도 아
버지한테 배웠지요. 그래서 이 여관 주인이 촌놈들 입에는 맞
을지 몰라도 주인님과 저처럼 위가 약한 사람에게는 절대 맞지
않은 날고기만 내놓는 것을 보고, 왕년의 솜씨를 좀 발휘해본
겁니다. 저는 공작님* 소유의 숲을 돌아다니면서 사냥감이 지
나다니는 길목에 덫을 놓았고, 연못가에 누워서 물속에 낚싯줄
을 던지기도 했지요. 그래서 지금은 자고새와 토끼, 잉어와 뱀
장어가 부족하지 않습니다. 모두 소화가 잘 되고 건강에 좋은
음식들, 환자에게 좋은 음식들이죠."

"하지만 포도주…… 술은 누가 대주나? 여관 주인인가?"
다르타냥이 물었다.

"그렇기도 하고 아니기도 합니다."

"무슨 소리야? 그렇기도 하고 아니기도 하다니?"

"여관 주인이 포도주를 대주는 것은 사실이지만, 본인은 그
런 줄 모르고 있으니까요."

"자세히 설명해보게, 무스크통. 자네 이야기에는 유익한 정
보가 많아."

"말하자면 이렇습니다. 세상을 떠돌아다니던 시절의 일인

데, 우연히 한 스페인 사람을 만났지요. 이 친구는 수많은 나라를 돌아다녔고 신세계에도 가본 사람입니다."

"이 책상과 저 서랍장 위에 있는 술병과 신세계가 무슨 관계가 있다는 거야?"

"조금만 참고 들어주세요, 나리. 모든 일에는 순서가 있는 법이니까요."

"좋아, 무스크통. 자네한테 맡길 테니 어서 말해보게."

"그 스페인 사람에게는 멕시코까지 함께 갔다 온 하인이 있었습니다. 이 하인이 저와 동향인 데다 성격도 비슷해서 금세 친구가 되었지요. 둘 다 사냥을 무엇보다 좋아했기 때문에, 그 친구는 멕시코의 대초원에서 원주민들이 간단한 풀매듭으로 호랑이와 들소를 어떻게 사냥하는지를 가르쳐주었답니다. 원주민들은 그 사나운 짐승들의 목에 풀매듭을 던져서 간단히 잡는다고 하더군요. 처음엔 저도 스무 걸음 내지 서른 걸음 떨어진 곳에서 밧줄을 그렇게 정확하게 던질 수 있다는 것을 믿지 않았지요. 아무리 솜씨를 갈고 닦아도 그런 경지에 다다를 수는 없다고 생각했거든요. 하지만 증거 앞에서는 그 이야기가 사실이라는 것을 인정할 수밖에 없었지요. 그 친구가 서른 걸음 떨어진 곳에 술병을 놓고 밧줄을 던졌는데, 그때마다 술병에 고리가 걸렸으니까요. 저는 그 기술을 연습했고, 원래 소질을 타고났기 때문에 이제는 누구 못지않게 올가미를 잘 던질 수 있습니다. 이제 아시겠습니까? 이 여관 지하실에는 포도주가 가득 저장되어 있는데, 그 열쇠는 주인이 늘 몸에 차고 다니죠. 하지만 저장실에는 환기창이 있는데, 저는 그 환기창으로 올가미를 던지는 겁니다. 이제는 좋은 포도주가 어디 있는지도 알기 때문에, 거기에서 포도주를 끌어올리고 있지요. 그렇게

해서 신세계가 저 서랍장과 이 책상 위에 있는 술병들과 관계
를 갖게 된 겁니다. 자, 포도주 맛을 보시고, 맛이 어떤지 기탄
없이 말씀해주세요."

"고맙네, 친구. 고맙긴 하지만, 불행히도 나는 방금 점심을
먹었다네."

"그렇다면……" 포르토스가 말했다. "식탁을 차려라, 무스
크통. 우리 두 사람이 점심을 먹는 동안, 다르타냥, 자네는 우
리와 헤어진 뒤 열흘 동안 무슨 일이 있었는지 말해주게나."

"기꺼이 그러지요." 다르타냥이 말했다.

포르토스와 무스크통이 불행에 빠진 사람들 사이의 동병상
련의 우애를 보이며 회복기 환자의 왕성한 식욕으로 점심을 먹
는 동안, 다르타냥은 부상한 아라미스를 크레브쾨르에 남겨둘
수밖에 없었던 일, 화폐 위조범으로 몰린 아토스가 네 남자와
결판이 날 때까지 싸우도록 그도 아미앵에 남겨두고 갈 수밖에
없었던 일, 그리고 자신은 영국으로 건너가기 위해 바르드 백
작의 배를 칼로 꿰뚫을 수밖에 없었던 것 등을 이야기했다.

하지만 다르타냥의 이야기는 여기서 중단되었다. 다만 영국에서 돌아올 때 훌륭한 말 네 마리를 가져왔다는 이야기만 덧붙였을 뿐이다. 한 마리는 자기 몫이고, 나머지 세 마리는 친구들에게 한 마리씩 나누어주겠다고 말했다. 그리고 포르토스에게 줄 말은 벌써 이 여관 마구간에 매어놓았다는 말로 이야기를 마무리했다.

바로 그때 플랑셰가 들어왔다. 말들이 충분히 휴식을 취했으니까 오늘 밤 안으로 클레르몽까지 갈 수 있을 거라고 말했다.

다르타냥은 포르토스에 대해서는 어느 정도 안심했고 다른 두 친구의 소식이 궁금했기 때문에, 환자에게 손을 내밀고 친구들을 찾으러 떠나겠다고 말했다. 그리고 돌아올 때도 이 길로 올 작정이니까, 일주일쯤 뒤에도 포르토스가 '그랑 생 마르탱' 여관에 머물러 있으면, 여기 들러서 함께 가겠다고 덧붙였다.

포르토스는 무릎 상처가 심해서 그때까지 이곳을 떠날 수 없을 거라고, 게다가 공작부인의 답장을 기다려야 하기 때문에도 샹티이에 남아 있어야 한다고 대답했다.

다르타냥은 공작부인한테서 좋은 소식이 빨리 오기를 바란다고 말하고, 무스크통에게는 포르토스를 잘 돌봐달라고 다시한 번 당부했다. 그리고 나서 여관 주인에게 그 몫의 비용을 치르고, 말 한 마리를 남겨둔 채 플랑셰와 함께 다시 길을 떠났다.

제26장
아라미스의 논문

다르타냥은 포르토스에게 상처나 소송 대리인의 아내에 대해서는 아무 말도 하지 않았다. 베아른 태생의 이 젊은이는 나이에 비해 여간 현명하고 신중한 게 아니었다. 그래서 그는 허풍이 센 포르토스의 말을 모두 곧이듣는 척했다. 친구의 비밀, 특히 자존심 상하는 비밀을 폭로하면 우정을 잃게 되리라고 확신했기 때문이다. 게다가 상대의 약점을 알고 있는 사람은 반드시 그 상대에게 어떤 정신적 우월감을 느끼게 마련이다. 다르타냥은 장래의 계획을 세울 때 세 친구를 출세의 발판으로 삼을 작정이었기 때문에, 그들을 조종하는 데 도움이 될 눈에 보이지 않는 실을 미리 손에 넣어두는 것도 괜찮다고 생각했다.

하지만 길을 가는 동안 내내 마음이 아팠다. 그의 헌신적인 행동에 보답하겠다고 약속한 젊고 아름다운 보나시외 부인이 생각났기 때문이다. 그러나 그의 이 같은 슬픔은 자신의 잃어버린 행복에 대한 아쉬움 때문이라기보다 그 가엾은 여자에게 불행이 닥치지나 않았을까 하는 걱정 때문이었다. 그는 보나시외 부인이 추기경의 복수에 희생되었을 거라고 확신했다. 추기경의 복수가 무섭다는 것은 누구나 알고 있는 사실이었다. 그런데 추기경은 어떻게 해서 그를 눈감아준 것일까. 다르타냥 자신도 알 수 없는 일이었다. 근위대장 카부아가 찾아왔을 때 그가 집에 있었더라면, 그 이유를 말해주었을 것이다.

정신을 집중하여 생각에 몰두해 있으면, 시간도 쏜살같이 지나가고 먼 길도 짧게 느껴진다. 외적 존재는 잠과 같고, 생각은 그 잠 속의 꿈이 된다. 생각에 골몰해 있으면, 시간에는 분초의 구분이 없어지고, 공간에는 거리의 구분이 사라진다. 출발지가 있고 도착지가 있을 뿐이다. 그 사이에 존재하는 시간과 공간은 거의 기억에 남지 않는다. 나무와 산과 풍경이 뒤섞인 수많은 이미지가 용해된 흐릿한 안개만이 기억에 남아 있을 뿐이다. 다르타냥은 바로 이 같은 환각에 사로잡힌 채 샹티이에서 크레브쾨르까지 30~40킬로미터에 이르는 길을 말이 원하는 속도로 지나갔다. 때문에 그가 크레브쾨르에 도착했을 때, 도중에 마주친 것들은 하나도 기억나지 않았다.

크레브쾨르에 도착한 뒤에야 비로소 기억이 되살아났다. 그는 고개를 흔들다가 아라미스를 남겨두고 떠났던 술집이 눈에 띄자 속보로 말을 달려 술집 문 앞에 멈췄다.

이번에는 남자 주인이 아니라 여자 주인이 맞아주었다. 다르타냥은 제법 관상을 볼 줄 알았는데, 여주인의 통통하고 쾌활한 표정을 보고는, 이렇게 명랑한 사람에게는 숨기거나 걱정할 필요도 없겠다고 생각했다.

"아주머니, 열이틀 전에 어쩔 수 없이 친구를 여기 두고 갔는데, 그 후 어떻게 됐나요?"

"스물서너 살쯤 된 잘생긴 젊은이 말씀인가요? 점잖고 상냥하고 체격도 좋은⋯⋯."

"예, 맞습니다. 어깨를 다쳤는데?"

"맞아요!"

"바로 그 사람입니다."

"그렇다면, 줄곧 여기 계신걸요."

"잘 됐군요." 다르타냥이 말에서 내려 고삐를 플랑셰에게 던져주면서 말했다. "그 말을 들으니 안심입니다! 아라미스는 어디 있죠? 빨리 보고 싶군요."

"죄송하지만 지금 그분이 나리를 만날 수 있을지 모르겠네요."

"왜요? 여자랑 함께 있나요?"

"세상에, 무슨 말씀을 하시는 거예요! 여자랑 함께 있는 건 아니에요."

"그럼 누구하고 함께 있습니까?"

"몽디디에의 보좌신부님과 아미앵의 예수회 수도원장님과 함께 계세요."

"맙소사!" 다르타냥이 외쳤다. "상처가 더 심해졌나요?"

"아니에요. 오히려 병 때문에 은총을 받아서 수도회에 들어가기로 결심하셨답니다."

"그렇지. 아라미스가 총사대에는 임시로 근무하고 있다는 걸 깜박 잊었군."

"그래도 만나실 작정인가요?"

"물론이죠."

"그러면 안마당 오른쪽 층계를 올라가서 3층 5호실을 찾으시면 돼요."

다르타냥은 여주인이 알려준 쪽으로 뛰어갔다. 오늘날에도 오래된 여관 안마당에서 볼 수 있는 바깥 계단이 눈에 들어왔다. 하지만 미래의 신부님이 계신 방에 그렇게 쉽게 접근할 수는 없었다. 아라미스의 방으로 통하는 좁은 복도를 마녀 아르미다의 정원*처럼 엄중히 지키고 있는 자가 있었으니, 다름 아닌 바쟁이 복도에 진을 치고는 다르타냥을 막아선 것이다. 하기야 바쟁으로서는 오랜 시련 끝에 마침내 염원하던 소망을 이루는 순간이 눈앞에 다가왔으니, 더욱 그럴 수밖에 없었다.

성직자를 주인으로 섬기는 것이 바쟁의 오랜 꿈이었다. 그래서 아라미스가 총사 제복을 벗어던지고 사제복으로 갈아입는 날이 오기를 초조하게 기다려왔다. 그날이 금세 올 것처럼 끊임없이 눈앞에 어른거렸고, 아라미스도 그날이 머지않았다고 날마다 약속하곤 했다. 총사의 하인으로 살다가는 영혼을 잃게 될 거라고 말하는 바쟁이 계속 아라미스를 섬긴 것은 오로지 그 약속 때문이었다.

그래서 바쟁은 이제 한없이 기뻤다. 이번에는 주인도 결심을 바꾸지 않을 것이다. 육체의 고통과 정신의 고통이 결합하여 그토록 오랫동안 염원하던 결과를 낳았다. 육체와 정신으로 고통에 시달리던 아라미스는 마침내 눈과 생각을 종교로 돌렸고, 자신에게 닥친 이중의 사고—애인의 실종과 어깨 부상—를 하느님의 계시로 받아들였다.

이렇게 잔뜩 꿈에 부풀어 있을 때 다르타냥이 찾아온 것이다. 그러니 바쟁에게는 얼마나 불쾌한 일이었을지, 누구나 쉽게 짐작할 수 있을 것이다. 다르타냥 때문에 주인은 그렇게 오랫동안 넋을 빼앗겨온 세속적 생각의 소용돌이 속으로 다시금 끌려 들어갈지 모르기 때문이다. 그래서 바쟁은 용감하게 문을 지키기로 결심했고, 여관 안주인이 이미 사실을 털어놓은 터라 이제 와서 아라미스가 여기 없다고 할 수도 없었기 때문에, 신앙과 관련한 주인의 대화를 방해하는 것은 무분별하기 짝이 없는 짓이라는 것을 이제 막 도착한 다르타냥에게 입증하려고 애썼다. 그리고 그날 아침에 시작된 그 대화는 밤이 되기 전에 끝날 것 같지 않다는 것이 바쟁의 견해였다.

하지만 다르타냥은 바쟁의 장광설에는 조금도 신경 쓰지 않았다. 친구의 하인과 논쟁을 벌일 생각도 없었기 때문에, 한쪽 손으로는 바쟁을 옆으로 밀어젖히고 다른 손으로는 5호실 문의 손잡이를 돌렸다.

문이 열리고 다르타냥이 방으로 들어갔다.

아라미스는 검은 옷을 입고 성직자 모자와 비슷한 둥글납작한 모자를 쓴 채 온갖 두루마리와 거대한 2절판 책들이 가득 쌓여 있는 탁자 앞에 앉아 있었다. 그의 오른쪽에는 예수회 수도원장이 앉아 있고, 왼쪽에는 몽디디에의 신부가 앉아 있었다. 커튼이 절반쯤 닫혀 있어서, 그 사이로 비쳐드는 한 줄기 햇살 덕택에 신성한 분위기가 물씬 풍겼다. 젊은이의 방에 들어갔을 때, 특히 그 젊은이가 총사일 경우 금방 눈에 띌 만한 세속적인 물건들은 모두 마술처럼 사라져버렸다. 이런 물건을 보면 주인이 속세에 대한 생각으로 되돌아갈 것을 우려한 바쟁이 칼과 권총과 모자를 비롯하여 온갖 자수와 레이스 따위를 깨끗이 치워버린 모양이었다.

이런 세속적인 물건들 대신 컴컴한 벽 한쪽에 회초리가 걸려 있는 것을 다르타냥은 언뜻 보았다.

아라미스는 문이 열리는 소리를 듣고 고개를 들더니 친구를 보았다. 하지만 놀랍게도 그는 다르타냥을 보고도 별로 감동한 것 같지 않았다. 그만큼 그의 정신은 속세로부터 멀리 떠나 있었다.

"오랜만이군, 다르타냥." 아라미스가 말했다. "다시 만나서 반갑네."

"나도 반갑습니다." 다르타냥이 말했다. "하지만 내 앞에 있는 사람이 정말로 아라미스인지, 아직도 잘 모르겠군요."

"아라미스가 맞아. 하지만 왜 그걸 의심하게 됐지?"

"방을 잘못 찾은 줄 알았거든요. 처음에는 어느 성직자의 거처에 잘못 들어온 줄 알았어요. 게다가 이분들과 함께 있는 것을 보고 또 잘못 생각했지요. 혹시 병세가 심각해진 건 아닐까……."

검은 옷차림의 두 남자는 다르타냥의 의중을 알아차리고는 위협적인 눈빛으로 쏘아보았다. 하지만 다르타냥은 조금도 개의치 않았다.

"내가 방해를 한 것 같네요, 아라미스. 보아하니 당신은 이분들께 고해를 하고 있었던 모양인데……."

아라미스는 살짝 얼굴을 붉혔다.

"나를 방해한다고? 아니, 정반대야. 그 증거로, 자네가 무사한 것을 보고 이렇게 기뻐하고 있잖나."

'아, 드디어 제정신으로 돌아오고 있군. 다행이야.' 다르타냥이 생각했다.

"이 사람은 제 친구인데, 얼마 전에 큰 위험에서 벗어났답니다." 아라미스가 두 성직자에게 다르타냥을 가리키며 한껏 거드름을 피우는 어조로 말했다.

"주님을 찬미합시다." 두 성직자가 함께 고개를 숙이면서 말했다.

"나는 벌써 했습니다." 다르타냥도 답례하면서 대답했다.

"마침 잘 왔네, 다르타냥." 아라미스가 말했다. "자네도 토론에 참여해서 좋은 의견을 말해주게. 아미앵의 수도원장님과 몽디디에의 보좌신부님과 나는 오래전부터 우리의 관심사였던 신학 문제를 논하고 있는 중이야. 자네 의견을 들을 수 있으면 정말 기쁘겠네."

"군인의 견해는 별로 영향력이 없지요." 다르타냥이 분위기가 이상한 방향으로 나아가는 것을 걱정하면서 대답했다. "그리고 이분들의 지식만으로도 충분히 만족할 수 있을 겁니다."

검은 옷차림의 두 사내가 다시 고개를 숙여 절을 했다.

"그렇지 않아. 우리한테는 오히려 자네 의견이 더욱 귀중할 거야. 문제는 이거야. 아미앵의 수도원장님은 내 논문이 무엇보다도 먼저 교의적이고 교훈적이어야 한다는 거야."

"논문이라니! 아, 논문을 쓰고 있었나요?"

"물론입니다." 수도원장이 대답했다. "서품에 앞서 치르는 시험으로 논문을 제출해야 하니까."

"서품이라니?" 여관 안주인과 바쟁의 말을 믿지 못한 다르타냥이 놀라서 되물었다. "서품이라고요?"

그러면서 아연실색한 눈으로 앞에 앉아 있는 세 사람을 둘러보았다.

그러자 아라미스는 안락의자에서 마치 살롱에라도 있는 것처럼 우아한 자세를 취하고는, 여자 손처럼 하얗고 통통한 자기 손을 만족스럽게 들여다보며 말했다.

"다르타냥, 자네도 들었듯이 수도원장님은 내 논문이 교의적이기를 바라시지만, 나는 관념적인 논문을 쓰고 싶어. 수도원장님이 아무도 다룬 적이 없는 주제를 제의하신 건 그 때문이지. 이 주제에 충분히 논의를 전개해볼 만한 소재가 포함되어 있다는 것은 나도 인정해. '우트라쿠에 마누스 인 베네디켄도 클레리키스 인페리오리부스 네케사리아 에스트'(Utraque manus in benedicendo clericis inferioribus necessaria est)."

다르타냥의 학식이 어느 정도인지는 우리도 잘 알고 있지만, 이 인용문을 듣고도 그는 언젠가 버킹엄 공작에게 받은 선물에 대해 트레빌이 인용한 라틴어 문구를 들었을 때처럼 눈한 번 깜짝하지 않았다.

"그건 이런 뜻이야." 아라미스가 알기 쉽게 설명했다. "하급 사제가 축복을 줄 때는 양손을 사용해야 한다."

"훌륭한 명제요!" 수도원장이 외쳤다.

"훌륭하고 교의적이기도 합니다." 보좌신부가 말을 받았다. 그는 라틴어 실력이 다르타냥과 막상막하였으므로, 수도원장과 보조를 맞추며 그의 말을 따라 하기 위해 그에게서 잠시도 눈을 떼지 않았다.

다르타냥은 검은 옷을 입은 두 남자의 열의에는 전혀 관심이 없었다.

"예, 훌륭하지요! '프로르수스 아드미라빌레'(prorsus admirabile : 매우 훌륭하다)!" 아라미스가 대꾸하고는 다르타냥을 바라보며 말을 이었다. "하지만 그 명제를 다루려면 교부들과 성서를 철저히 연구할 필요가 있지. 나는 방금 이 박식한 분들께 겸허하게 고백했다네. 총사대에 근무하면서 폐하를 섬기느라 그동안 공부에 다소 소홀했다고. 그래서 내가 선택한 명제가 더 마음 편해. '파킬리우스 나탄스'(facilius natans : 더 쉽게 헤엄칠 수 있다). 내 명제와 신학적 난제의 관계는 철학에서 윤리학과 형이상학의 관계와 비슷할 거야."

다르타냥은 지루해지기 시작했다. 보좌신부도 마찬가지인 것 같았다.

"훌륭한 '엑소르디움'(xeordium: 서론)입니다!" 수도원장이 외쳤다.

"'엑소르디움'입니다!" 보좌신부도 무슨 말이든 해야 할 것 같아서 수도원장의 말을 되풀이했다.

"'쿠에마드모둠 인테르 코일로룸 임멘시타템'(Quemadmodum inter coelorum immensitatem: 드넓은 하늘 한복판처럼)." 수도원장이 말했다.

아라미스가 다르타냥을 곁눈질해보니, 친구는 턱 관절이 빠질 만큼 하품을 하고 있었다.

"프랑스어로 얘기합시다, 신부님." 그가 수도원장에게 말했다. "그러면 다르타냥도 우리 대화를 좀 더 충분히 음미할 수 있을 테니까요."

"그래요. 나는 여행하느라 지쳤어요." 다르타냥이 말했다. "게다가 내 실력으로는 그 라틴어를 이해할 수 없군요."

"좋습니다." 수도원장이 약간 짜증스럽게 말했지만, 보좌신부는 안심하여 고마움에 찬 눈길을 다르타냥에게 보냈다. "그러면 이 주석에서는 어떤 결론을 끌어낼 수 있을지 봅시다. 하느님의 종 모세…… 모세는 종일 뿐입니다. 그 점을 충분히 이해하세요! 모세는 양손으로 축복을 주었습니다. 히브리인들이 적과 싸우는 동안 모세는 양팔을 높이 쳐들었습니다. 따라서 그는 양손으로 축복을 준 것이지요. 게다가 복음서에도 '임포니테 마눔'(imponite manum)이 아니라 복수형인 '마누스'(manus)라고 쓰여 있습니다. 손이 아니라 손들을 얹는다.*"

"손들을 얹는다." 보좌신부가 양손을 얹는 몸짓을 하며 수도원장의 말을 되풀이했다.

"그런데 초대 교황인 성 베드로는 그렇지 않아요." 수도원장이 말을 이었다. "성 베드로는 '포리게 디기토스'(porrige digitos), 즉 손가락들을 뻗는다. 이제 이해가 되십니까?"

"그렇군요." 아라미스가 기뻐하며 대답했다. "하지만 퍽 미묘한 문제지요."

"손가락입니다!" 수도원장이 말했다. "성 베드로는 손가락으로 축복을 주었습니다. 따라서 그의 후계자인 교황도 손가락으로 축복을 줍니다. 그러면 몇 개의 손가락으로 축복을 주느냐? 세 개입니다. 하나는 성부, 또 하나는 성자, 나머지 하나는 성령을 상징하지요."

그들은 모두 성호를 그었다. 다르타냥도 그들의 본보기를 따르는 편이 좋겠다고 생각했다.

"교황은 성 베드로의 후계자로서 세 가지 신권(神權)을 대표합니다. 그 밖의 성직자들, 그러니까 성직위계의 '오르디네스 인페리오레스'(ordines inferiores: 하급자들)는 거룩한 천사장과 천사들의 이름으로 축복을 줍니다. 부제나 성당지기 같은 최하급자들은 무수한 손가락을 흉내 낸 물뿌리개로 축복을 줍니다. 이것이 명제를 간단하게 표현한 주제, 그러니까 '아르구멘툼 옴니 데누다툼 오르나멘토'(argumentum omni denudatum ornamento: 모든 장식을 제거한 명제)입니다. 이것만 가지고도 이만한 크기의 책을 두 권은 쓸 수 있을 겁니다."

이렇게 말하면서 수도원장은 성 요한 크리소스톰의 2절판 책을 탁 쳤다. 그 바람에 탁자가 아래로 휠 정도였다.

다르타냥은 부르르 몸을 떨었다.

"물론 그러시겠죠." 아라미스가 말했다. "저도 이 명제의 장점을 인정하지만, 저에겐 힘겨운 주제인 것도 사실입니다. 좋습니다. 이 명제를 택하겠습니다. 다르타냥, 자네 취향에 맞지 않으면 그렇게 말해주게. '논 이누틸레 에스트 데시데리움 이 노블라티오네'(Non inutile est desiderium inoblatione), '주님에 대한 봉헌에도 다소의 후회는 무방하다'는 뜻일세."

"잠깐만!" 수도원장이 외쳤다. "그 견해는 이단에 가깝소. 이단의 주창자인 얀세니우스*가 쓴 《아우구스티누스》에도 거의 같은 명제가 있지요. 이 책은 조만간 불태워지겠지만, 어쨌든 조심하세요, 젊은 친구! 당신은 그릇된 교의로 기울어지고 있어요. 그러다 큰일 납니다!"

"큰일 납니다!" 보좌신부가 딱하다는 듯이 고개를 저으며 말했다.

"당신은 자유 의지에 대한 그 유명한 논점에 접근하고 있는데, 그거야말로 신앙의 치명적 장애물이지요. 당신은 펠라기우스파*의 주장에 영합하고 있어요."

"하지만 신부님……." 아라미스가 빗발치듯 쏟아져 내리는 주장에 조금 놀라서 말을 받았다.

하지만 수도원장은 그에게 말할 틈도 주지 않고 말을 이었다.

"하느님께 몸을 바치면 속세에 미련을 두게 된다는 것을 어떻게 증명할 거요? '하느님은 하느님이고, 속세는 악마다'라는 딜레마를 생각해보세요. 속세에 미련을 둔다는 것은 악마에 미련을 둔다는 것입니다. 이것이 내 결론이오."

"제 결론도 그렇습니다." 보좌신부가 말했다.

"하지만 제 말씀을……." 아라미스가 말했다.

"'데시데라스 디아볼룸'(Desideras diabolum), 불쌍한 자여!" 수도원장이 외쳤다.

"악마에 미련을 두다니! 아, 젊은 친구." 보좌신부가 한숨을 내쉬며 말을 이었다. "악마에 미련을 두지 마십시오. 제발!"

다르타냥은 정신이 흐려지기 시작했다. 마치 정신병원에라도 들어온 기분이었다. 눈앞에 있는 사람들처럼 자기도 미치광이가 될 것 같았다. 하지만 그는 주위에서 오가는 말을 전혀 이해할 수 없었기 때문에 침묵을 지킬 수밖에 없었다.

"하지만 제 말씀도 좀 들어보세요." 아라미스가 정중하게 말했지만, 그 공손함 뒤에서는 약간의 짜증이 엿보이기 시작했다. "속세에 미련이 남아 있다고 말하는 게 아닙니다. 그렇게 교리에 어긋나는 말은 절대로 하지 않을 겁니다."

수도원장이 두 팔을 하늘로 쳐들었고, 보좌신부도 똑같은 몸짓을 했다.

"하지만 자기가 혐오하는 것만 주님께 바치는 것은 무례한 짓이라는 데에는 동의합니다. 그렇지 않나, 다르타냥?"

"맞습니다. 그렇고말고요!" 다르타냥이 외쳤다.

보좌신부와 수도원장은 의자에서 펄떡 일어났다.

"이것이 바로 저의 출발점입니다. 삼단논법이죠. 속세에는 매력이 없지 않다. 나는 속세를 떠날 것이다. 고로 나는 희생하는 것이다. 성서는 분명히 말하고 있습니다. 주님을 위해 희생하라고."

"그건 사실이오." 반대자들이 말했다.

"게다가⋯⋯" 아라미스가 귀를 빨개질 만큼 꼬집고 두 손이 하얘질 만큼 흔들면서 말을 이었다. "게다가 저는 그 명제에 대해 롱도*를 써서 작년에 부아튀르 씨*에게 보여드렸더니, 그 위대한 시인께서 크게 칭찬해주셨지요."

"롱도를?" 수도원장이 멸시하듯 되물었다.

"롱도를?" 보좌신부도 기계적으로 되풀이했다.

"암송해보세요. 어서요." 다르타냥이 외쳤다. "조금은 기분 전환이 될 겁니다."

"그렇지도 않아. 종교적인 시거든." 아라미스가 대답했다. "말하자면 시로 표현한 신학이지."

"저런!" 다르타냥이 말했다.

"그래도 들어보게." 아라미스가 겸손한 태도로 말했지만, 위선적인 느낌이 없지 않았다.

과거의 기쁨을 잃은 것을 한탄하는 그대여,
불운한 시절을 질질 끌고 있는 그대여,
그대의 눈물은 오로지 신에게만 바쳐라.
그러면 그대의 모든 슬픔은 휴식을 찾으리라.
한탄하는 그대여.

다르타냥과 보좌신부는 매혹된 기색이었다. 하지만 수도원장은 자신의 의견을 고집했다.

"신학에 세속적 취향을 집어넣는 것을 조심하세요. 성 아우구스티누스가 뭐라고 했지요? '세베루스 시트 클레리코룸 세르모'(Severus sit clericorum sermo: 성직자의 말은 꾸밈없이 간결해야 한다)."

"그렇습니다. 설교는 명쾌해야 합니다." 보좌신부가 말했다.

수도원장은 자신의 시종이 옆길로 빗나간 것을 보고 서둘러 말을 가로챘다.

"당신의 이론은 부인네들 마음에는 들지 모르지만, 그것뿐입니다. 파트뤼 씨*의 변론 같은 성공은 거둘 수 있겠지요."

"그렇게만 됐으면 좋겠군요!" 아라미스가 기뻐하며 말했다.

"당신의 마음속에서는 아직도 속세가 큰 소리로, '알티시마 보케'(altissima voce: 가장 큰 목소리로) 말하고 있군요. 당신은 속세의 방식을 따라가고 있어요. 그래서 주님의 은총만으로는 만족하지 못할 것 같아서 심히 걱정이 되는군요."

"걱정 마세요, 신부님. 저는 제 자신을 보증할 수 있습니다."

"그것도 세속적인 자만입니다!"

"저는 제 자신을 잘 알고 있습니다. 제 결심은 변하지 않습니다."

"그래서 그 명제를 계속 추구하겠다고 고집하는 겁니까?"

"다른 명제가 아닌 그 명제를 다루는 것이 저에게 부과된 숙명처럼 느껴집니다. 그래서 그 명제를 계속 추구하겠지만, 신부님의 충고에 따라 논문을 수정할 작정입니다. 내일은 수정된 원고에 좀 더 만족하셨으면 좋겠군요."

"천천히 하세요." 보좌신부가 말했다. "우리는 아주 좋은 기분으로 떠납니다."

"땅에는 씨가 충분히 뿌려져 있습니다." 수도원장이 말했다. "그 씨의 일부가 돌멩이 위에 떨어지고, 또 일부는 길가에 떨어지고, 나머지를 '아베스 코일리 코메데룬트 일람'(aves coeli comederunt illam: 하늘의 새들이 먹어버렸다) 해도 걱정할 거 없습니다."

"빌어먹을 라틴어!" 다르타냥이 더 이상 참지 못하고 말했다.

"그럼 이만 가보겠습니다." 보좌신부가 말했다. "내일 또 만납시다."

"내일 또 만납시다, 무모한 젊은이." 수도원장이 말했다. "당신은 교회의 빛이 되겠다고 약속했지요. 그 빛이 모든 것을 집어삼키는 불이 아니기를 빌겠습니다!"

초조하게 손톱을 물어뜯으며 한 시간이나 기다린 다르타냥은 완전히 지쳐버렸다.

검은 옷차림의 두 남자는 일어나서 아라미스와 다르타냥에게 인사를 하고 문 쪽으로 걸어갔다. 경건한 기쁨에 가득 차서 계속 선 채로 토론에 귀를 기울이고 있던 바쟁은 그들에게 뛰어가 보좌신부의 성무일과서와 수도원장의 기도책을 받아들고는 공손히 앞장서서 두 사람을 안내했다.

아라미스는 계단 아래까지 그들을 배웅한 뒤, 곧바로 다르타냥에게 돌아왔다. 다르타냥은 아직도 얼떨떨한 상태였다.

둘만 남게 되자 처음에는 어색한 침묵 속에 앉아 있었다. 하지만 어느 쪽이든 먼저 침묵을 깨뜨려야 했다. 다르타냥은 그 명예를 친구에게 양보하기로 결심한 것 같았기 때문에, 아라미스가 입을 열었다.

"보다시피 나는 애당초 품었던 생각으로 돌아왔다네."

"그래요. 은총이 당신에게 나타난 모양이군요. 아까 그 신부님이 말했듯이."

"속세를 떠날 계획은 오래전부터 세웠던 거야. 언젠가 자네도 들었잖아?"

"물론 들었지만, 솔직히 말하면 농담인 줄 알았어요."

"그런 일에 농담을 한다고?"

"죽음에 대해서도 농담을 하잖아요!"

"그건 잘못이야. 죽음은 지옥에 떨어지느냐 구원을 받느냐의 갈림길이니까."

"좋아요. 하지만 이제 신학 이야기는 제발 그만둡시다. 지금까지 충분히 했을 테고, 나는 그나마 알고 있던 약간의 라틴어도 거의 다 잊어버렸거든요. 게다가 솔직히 말하면 나는 오늘 아침 열 시부터 아무것도 먹지 못해서 배가 고파 죽을 지경이라고요."

"곧 식사를 하게 될 거야. 다만 오늘이 금요일이라는 걸 기억해줘. 금요일에는 고기를 먹기는커녕 보지도 못해. 그런 식사로도 만족하겠다면, 오늘 식사는 데친 번행초와 과일이야."

"번행초는 또 뭡니까?" 다르타냥이 불안한 얼굴로 물었다.

"시금치야. 하지만 자네를 위해서 달걀을 추가해주지. 사실 그건 중대한 규칙 위반이야. 달걀은 병아리를 낳으니까 고기와 마찬가지거든."

"진수성찬은 아니지만 괜찮습니다. 당신과 함께 있기 위해 참기로 하죠."

"희생해줘서 고맙네. 그 식사가 몸에는 이롭지 않더라도 영혼에는 이로울 거야."

"정말로 성직에 들어갈 작정이군요. 친구들이 뭐라고 할까요? 대장님은 또 뭐라고 하실까요? 미리 말해두지만, 당신은 아마 이탈자 취급을 받을 겁니다."

"나는 성직에 들어가는 게 아니라 성직으로 돌아가는 거야. 나는 교회를 버리고 속세로 들어왔지. 자네도 알다시피 나는 총사 제복을 입기 위해 내 기질을 눌러왔어."

"거기에 대해선 잘 몰라요."

"내가 왜 신학교를 그만두었는지 모른다고?"

"전혀 몰라요."

"그럼 내 사연을 말해주지. 성서에도 '서로 고백하라'*는 말이 있으니까, 자네한테 고백하겠네, 다르타냥."

"그럼 나는 미리 죄를 사해드리지요. 그러면 내가 좋은 사람이라는 걸 알 수 있겠죠."

"신성한 일에 농담하지 말게."

"그럼 얘기하세요. 조용히 들을 테니까."

"나는 아홉 살 때 신학교에 들어갔어. 스무 살이 되어 신부가 될 수 있는 날이 드디어 사흘 앞으로 다가왔지. 그날 밤에 나는 여느 때처럼 자주 놀러 갔던 어떤 집에 갔어. 젊은이는 유혹에 약한 법이지. 뭘 바라겠나! 그런데 내가 그 집 여주인에게 《성인전》을 읽어주는 것을 질투하던 한 장교가 안내도 받지 않고 불쑥 들어왔어. 공교롭게도 그날 밤 나는 유디트* 이야기를 운문으로 번역하여 그 여자한테 들려주고 있었지. 그 여자는 나한테 온갖 찬사를 퍼붓고, 내 어깨에 기대어 나와 함께 그걸 다시 읽고 있었어. 그 자세가 좀 흐트러졌던 것은 나도 인정하지만, 그게 그 장교의 비위를 건드렸던 거야. 장교는 아무 말도 하지 않았지만, 내가 그 집을 나오자 뒤따라 나와서 나를 따라잡았어.

'신부님.' 장교가 나를 부르더군. '매질을 좋아하세요?'

'모르겠는데요.' 내가 대답했지. '지금까지는 아무도 감히 나를 매질한 적이 없으니까요.'

'그렇다면 내 말 잘 들으세요, 신부님. 오늘 밤 우리가 만난 그 집에 또 가면 내가 신부님을 매질할 겁니다!'

나는 겁이 났던 것 같아. 얼굴이 파랗게 질리고 다리가 후들후들 떨렸어. 나는 대답할 말을 찾았지만, 아무 말도 떠오르지 않아서 잠자코 있었지.

장교는 대답을 기다리고 있었지만, 내가 좀처럼 대답을 못 하자 웃기 시작했어. 그러고는 나한테 등을 돌리고 다시 그 집으로 들어갔어. 나는 신학교로 돌아왔지.

나는 어엿한 귀족이고, 자네도 알다시피 다혈질이야. 그런 내가 그런 모욕을 당한 거야. 내가 당하는 것을 본 사람은 아무도 없었지만, 그 모욕이 내 가슴 밑바닥에서 살아 꿈틀거리는 걸 느꼈지. 그래서 나는 교장에게 성직자로 서품받을 준비가 아직 충분치 않은 것 같다고 말하고는, 서품식을 1년 연기시켰어.

나는 파리에서 제일 뛰어난 검술 사범을 찾아가서 날마다 교습을 받기로 약속하고, 1년 동안 날마다 검술을 배웠지. 그리고 내가 모욕당한 지 1년째 되는 날 사제복은 벗어서 벽에 걸어두고 대신 기사복을 입은 다음, 여자 친구가 베푸는 무도회에 나갔어. 그곳에 가면 그 사내를 만나게 되리라는 것을 알고 있었으니까. 그 집은 포르스 감옥* 근처의 프랑-부르주아 가에 자리 잡고 있었지.

과연 그 장교가 와 있더군. 나는 녀석이 어떤 여자에게 사랑의 노래를 부르며 추파를 던지고 있을 때 다가가서, 제2절을 한창 부르고 있을 때 불쑥 말을 걸었지.

'당신은 내가 파엔 가에 있는 그 집에 가는 것이 아직도 그렇게 불쾌합니까? 당신 말에 따르지 않으면 아직도 나를 매질할 건가요?'

그러자 장교가 놀란 눈으로 나를 쳐다보다가 이렇게 말하더군.

'왜 그러시죠? 나는 당신을 모르는데.'

그래서 내가 대답했지.

'《성인전》을 읽고 유디트를 운문으로 번역한 풋내기 신부요.'

그러자 장교가 비웃듯이 말하더군.

'아아, 생각나는군. 그런데 나한테 원하는 게 뭐요?'

'잠깐 시간을 내서 나하고 산책이나 하십시다.'

'내일 아침에 합시다. 그러면 기꺼이 응하겠소.'

'내일 아침에는 곤란하니까, 지금 당장 갑시다.'

'그렇게 고집한다면…….'

'그렇소. 당장 해야겠소.'

'그럼 나갑시다. 숙녀 여러분, 그냥 계십시오. 잠깐이면 됩니다. 이분을 금방 처리하고 돌아와서 제2절을 마저 불러드리지요.'

그래서 우리는 밖으로 나갔지.

나는 그 장교를 파엔 가로 데려갔다네. 1년 전 그 시간에 그 장교가 나를 모욕한 바로 그 장소로 데려갔지. 아름다운 달밤이었어. 우리는 동시에 칼을 빼들었고, 첫 번째 공격에서 나는 그를 찔러 죽여버렸지."

"저런!" 다르타냥이 외쳤다.

"그가 돌아오지 않자 여자들이 찾아 나섰는데, 파엔 가에서 칼에 찔린 그의 시체가 발견되자, 내가 해치웠다는 소문이 널리 퍼졌지. 그 일은 세상의 반감을 불러일으켰어. 그래서 나는 당분간 성직을 단념할 수밖에 없게 되었지. 마침 그 무렵에 알게 된 아토스와 나한테 검술 외에 몇 가지 공격법을 가르쳐준 포르토스가 총사대에 지원하라고 권하더군. 국왕 폐하는 아라스 포위전에서 전사한 우리 아버지를 좋아하셨기 때문에 나는 곧바로 총사 제복을 입을 수 있었지. 그러니까 오늘 드디어 내가 교회의 품으로 돌아갈 순간이 온 것을 자네도 이해할 거야."

"왜 어제나 내일이 아니라 하필이면 오늘입니까? 오늘 그런 고약한 생각을 하게 만든 일이라도 일어났나요?"

"이 상처라네. 이건 하늘이 내린 경고였어."

"이 상처가요? 말도 안 돼요. 상처는 거의 다 나았는데요 뭘. 지금 당신을 가장 괴롭히는 건 그 상처가 아닌 게 확실해요."

"그럼 뭐지?" 아라미스가 얼굴을 붉히며 물었다.

"당신 가슴속에 또 다른 상처가 있어요. 겉으로 난 상처보다 훨씬 아프고 출혈이 심한 상처, 여자가 준 상처죠."

"아하." 아라미스가 무관심한 척 감정을 숨기면서 말했다. "그런 이야기는 그만두세! 내가 그런 놈인가? 자네는 내가 사랑의 슬픔 때문에 고민하고 있다고 생각하나? 누구 때문에? 바람난 재봉사나 하녀 때문에? 당치도 않은 소리!"

"미안하지만 나는 당신이 좀 더 높은 목표를 추구하는 줄 알았어요."

"높은 목표? 내가 뭔데 그런 야심을 가져야 하지? 나는 한낱 가난하고 이름 없는 총사에 지나지 않아. 속박당하는 걸 싫어하고 속세에는 전혀 어울리지 않는 존재지!"

"아라미스!" 다르타냥이 의심스러운 태도로 친구를 바라보며 외쳤다.

"나는 먼지에 불과한 존재이기 때문에 먼지로 돌아가는 거야. 인생은 고통과 굴욕으로 가득 차 있어." 아라미스가 점점 더 우울해지면서 말을 이었다. "인생을 행복과 연결해주는 실은 사람의 손에 하나씩 끊기게 마련이지. 특히 그것이 황금 실이면 더욱 그래. 여보게, 다르타냥!" 아라미스가 약간 신랄한 목소리로 덧붙여 말했다. "상처가 있으면 그걸 잘 숨기게. 침묵은 불운한 자에게 남은 마지막 기쁨이라네. 자네의 고통을 아무도 알아차리지 못하도록 조심하게. 호기심 많은 인간들은 다친 사슴의 피를 빨아먹는 파리들처럼 우리의 눈물을 빨아먹으니까."

"아아, 아라미스." 이번에는 다르타냥이 깊은 한숨을 내쉬면서 말했다. "당신 얘기는 바로 내 이야기예요!"

"아니, 뭐라고?"

"내가 사랑하는 여자, 내가 깊이 사모하는 여자가 얼마 전에 납치됐어요. 지금 그 여자가 어디 있는지, 어디로 끌려갔는지도 모르고 있어요. 어딘가에 갇혀 있겠죠. 죽었을지도 몰라요."

"하지만 그 여자 스스로 자네를 떠난 건 아니니까, 그것만으로도 위안이 되겠지. 그 여자 소식을 알 수 없다 해도 그것은 두 사람 사이에 연락이 잠시 끊겼기 때문이지만, 나는……."

"당신은……?"

"아니야. 아무것도 아니야."

"그래서 영원히 속세를 떠나겠다는 거군요? 선택은 끝났고 결심이 섰나요?"

"영원히 떠날 거야. 자네도 오늘은 내 친구지만, 내일이면 나에게 한낱 그림자에 불과한 존재가 되겠지. 아니, 자네는 내 기억에서 완전히 잊히고 말 거야. 속세는 무덤이나 마찬가지야."

"그런 말을 들으니 슬프군요."

"할 수 없지. 소명이 나를 끌어당기고 있어. 나를 속세에서 멀리 데려가고 있어."

다르타냥은 미소만 지을 뿐 아무 대답도 하지 않았다. 아라미스가 말을 이었다.

"하지만 아직 속세에 발을 붙이고 있는 동안은 자네에 대해, 그리고 우리 친구들에 대해 자네와 이야기하고 싶었어."

"나는 당신에 대해 이야기하고 싶었는데, 당신은 모든 것에 너무 초연하군요. 사랑은 지긋지긋하다고 말하고, 친구는 그림자일 뿐이라고 말하고, 속세는 무덤이라고 말하니……."

"자네도 언젠가는 알게 될 거야!" 아라미스가 한숨을 내쉬며 말했다.

"그러면 그 얘긴 그만두지요. 그리고 이 편지는 불태워버립시다. 어느 바람난 재봉사나 하녀가 또 부정을 저질렀다는 소식일 게 뻔하니까요."

"무슨 편지인데?" 아라미스가 날카롭게 외쳤다.

"당신이 없을 때 온 편지인데, 내가 전해주려고 가져왔지요."

"누구한테서 온 거야?"

"눈물을 흘리는 하녀나 절망에 빠진 재봉사겠지요. 어쩌면 슈브뢰즈 부인의 하녀일지도 모르겠네요. 여주인과 함께 투르로 돌아가야 했기 때문에, 우아한 귀부인을 흉내 내고 싶어서 향수 뿌린 편지지를 훔치고 공작부인의 문장으로 편지를 봉했겠지요."

"무슨 소리를 하고 있는 거야?"

"잠깐만요. 그 편지를 잃어버렸나 봐요!" 젊은이는 짓궂게도 제 몸을 뒤져 편지를 찾는 체하면서 말했다. "그러나 다행이네요. 속세는 무덤이고, 인간은, 따라서 여자는 그림자일 뿐이고, 사랑은 지긋지긋한 감상일 뿐이라고 했으니."

"다르타냥!" 아라미스가 외쳤다. "나를 애태워 죽일 작정이야?"

"아, 여기 있다!" 다르타냥이 말했다.

그러고는 주머니에서 편지를 꺼냈다.

아라미스는 벌떡 일어나 편지를 낚아채서는 정신없이 읽어 내려갔다. 그의 얼굴이 환하게 빛나기 시작했다.

"하녀가 글씨를 잘 쓰는 모양이군요." 다르타냥이 능청스럽게 말했다.

"고맙다, 다르타냥!" 아라미스가 미친 듯이 외쳤다. "그 여자는 투르로 돌아갈 수밖에 없었어. 나를 저버린 게 아니야. 여전히 나를 사랑하고 있어. 이리 오게, 친구. 내가 안을 수 있도록 이리 가까이 와. 나는 행복해서 숨이 막힐 것 같아!"

두 친구는 성 크리소스토무스의 2절판 책 주위를 돌면서 춤을 추기 시작했다. 그리고 바닥에 미끄러져 떨어진 논문을 발로 짓밟기도 했다.

바로 그때 바쟁이 시금치 요리와 오믈렛을 들고 방으로 들어왔다.

"꺼져라, 이 녀석아!" 아라미스가 납작한 빵모자를 바쟁의 얼굴에 던지면서 외쳤다. "네놈이 온 곳으로 돌아가서 이 끔찍한 채소와 저 소름 끼치는 음식을 치워버려. 그리고 속을 채운 토끼와 살찐 닭고기에 마늘을 곁들인 염소 다리, 그리고 고급 부르고뉴 포도주 네 병을 주문해."

이 돌연한 변화를 이해하지 못해서 주인을 뚫어지게 바라보고 있던 바쟁은 오믈렛이 시금치 속으로 들어가고 시금치가 바닥에 떨어지는 것도 알아차리지 못했다.

"이제야말로 우리의 존재를 왕중왕이신 주님께 바칠 때가 왔습니다." 다르타냥이 말했다. "당신이 아직도 주님께 예의를 차리겠다고 고집한다면 말이지만요. '논 이누틸레 데시데리움 이 노블라티오네'이니까요."

"라틴어 따위는 악마한테나 줘버려! 자, 다르타냥, 한잔하세. 시원한 걸 마시면서 속세 이야기나 들려주게."

제27장
아토스의 아내

"아토스의 소식을 들을 일만 남았군요." 다르타냥이 기운을 되찾은 아라미스에게 말했다. 그 전에 다르타냥은 그들이 파리를 떠난 뒤 수도에서 일어난 일을 아라미스에게 이야기해주었는데, 그 신나는 모험담에다 훌륭한 저녁 식사 덕택에 한 사람은 논문에 대한 걱정을 잊었고, 또 한 사람은 여행의 피로를 말끔히 잊어버렸다.

"그러니까 자네는 아토스에게 무슨 불상사가 일어났을지도 모른다고 생각하는군?" 아라미스가 물었다. "아토스는 성격도 냉정하고 용감한 데다 칼솜씨도 훌륭해."

"물론 그렇죠. 아토스의 용기와 검술은 누구보다 내가 잘 알지요. 하지만 칼싸움의 상대로는 몽둥이보다 창이 훨씬 낫거든요. 아토스가 그 하인 놈들에게 당하지나 않았는지 걱정이에요. 하인 놈들은 무턱대고 후려갈길 줄만 알았지 끝낼 줄은 모르니까요. 그래서 나도 되도록 빨리 떠나고 싶어요."

"나도 함께 가도록 애써보겠네." 아라미스가 말했다. "아직은 말을 탈 수 있을 것 같지 않지만. 어제 저 벽에 걸려 있는 채찍을 휘둘러보았는데, 너무 통증이 심해서 그 경건한 수행조차 계속할 수 없었어."

"채찍을 휘둘러서 나팔총에 맞은 상처를 치료한다는 이야기는 들어본 적이 없군요. 하지만 당신은 환자고, 몸이 아프면 머리도 이상해지게 마련이니까 너그럽게 봐드리죠."

"그래, 언제 떠날 건가?"

"내일 새벽에요. 오늘 밤에는 푹 쉬세요. 내일 당신이 괜찮으면 함께 떠납시다."

"그럼 내일 만나. 자네는 강철로 만들어진 것처럼 튼튼하지만 그래도 휴식이 필요하니까."

이튿날 다르타냥이 아라미스의 방에 들어가 보니, 그가 창가에 서 있었다.

"뭘 보고 있죠?" 다르타냥이 물었다.

"마구간지기가 고삐를 잡고 있는 저 훌륭한 말 세 마리를 보고 감탄하는 중일세. 저런 말을 타고 여행한다면 왕이라도 된 기분일 거야."

"그럼 그 기분을 맛보세요. 저 말 가운데 한 마리는 당신 말이니까."

"그게 정말이야? 어느 말인데?"

"세 마리 중에서 마음에 드는 놈으로 고르세요. 아무 말이라도 좋으니까."

"저 화려한 마구도 내 거야?"

"물론이죠."

"농담이겠지, 다르타냥."

"당신이 프랑스어를 말하기 시작한 뒤로는 농담 같은 건 하지 않았어요."

"저 금칠한 권총집에 벨벳 언치, 은장식을 박은 안장도 다 내 거라고?"

"모두 당신 거예요. 앞발로 땅바닥을 긁고 있는 말이 내 말이고, 뒷발로 뛰어오르는 놈이 아토스의 말인 것처럼."

"우와! 세 마리 모두 훌륭하군."

"마음에 든다니 기쁘군요."

"국왕 폐하가 내리신 선물인가?"

"추기경의 선물이 아닌 건 확실합니다. 하지만 어디서 났는지는 신경 쓰지 말고, 저 세 마리 가운데 하나는 당신 말이라는 것만 알아두세요."

"그럼 나는 빨강머리 하인이 잡고 있는 놈을 갖겠네."

"좋습니다!"

"우와!" 아라미스가 외쳤다. "남아 있던 통증이 싹 달아나는군! 내 몸에 총알이 서른 발쯤 박혀도 저 말을 탈 수 있을 것 같아. 아, 정말 멋진 등자야! 어이, 바쟁! 당장 이리 와!"

바쟁이 슬픔에 잠겨 축 늘어진 모습으로 문간에 나타났다.

"내 칼을 닦아놓고, 모자를 손질하고, 망토에 솔질을 하고, 권총에 총알을 재워둬!" 아라미스가 말했다.

"마지막 명령은 필요 없어요." 다르타냥이 끼어들었다. "총집에 장전된 권총이 들어 있으니까요."

바쟁이 한숨을 내쉬었다.

"이봐, 바쟁. 진정해." 다르타냥이 말했다. "천국은 어떻게 해서든 갈 수 있으니까."

"나리는 벌써 훌륭한 신학자가 되셨는데." 바쟁이 금방이라도 울음을 터뜨릴 것 같은 얼굴로 말했다. "분명 주교님이 되실 테고, 어쩌면 추기경도 되실 수 있을 텐데."

"이봐, 바쟁. 조금만 생각해봐. 성직자가 된다고 해서 무슨 쓸모가 있나? 성직자가 되었다고 해서 전쟁에 나가는 걸 피할 수 있는 것도 아니야. 추기경이 투구를 쓰고 창을 쥐고 바야흐로 첫 번째 원정에 나서려 하는 건 자네도 알 텐데. 그리고 노가레 드 라 발레트 씨*에 대해서는 뭐라고 말할 텐가? 그분도 추기경이야. 그분의 하인한테 물어봐. 주인의 상처를 감싸려고 몇 번이나 속옷을 찢었는지."

"아!" 바쟁이 한숨을 내쉬었다. "요즘 세상엔 모든 게 뒤죽박죽이라는 건 저도 압니다."

두 젊은이와 가엾은 하인이 이런저런 이야기를 나누는 동안 어느새 아래층에 도착해 있었다.

"등자를 잡아줘, 바쟁." 아라미스가 말했다.

그러고는 여느 때처럼 멋지고 가볍게 안장에 올라탔다. 하지만 말이 휙 방향을 바꾸고 등에 탄 사람을 떨어뜨리려고 몇 번 뛰어오르자, 아라미스는 고통을 참지 못하고 얼굴이 창백해져서 비틀거렸다. 이렇게 되리라고 예상했던 다르타냥은 아라미스를 줄곧 지켜보고 있다가, 얼른 달려가 말에서 떨어지는 그를 두 팔로 받아서 다시 방으로 데려갔다.

"걱정 마세요, 아라미스." 다르타냥이 말했다. "신경 쓰지 말고 몸이나 돌보세요. 아토스는 나 혼자 찾으러 갈 테니까."

"자네는 정말 청동 같은 사람이야." 아라미스가 말했다.

"아니요. 운이 좋은 것뿐이죠. 하지만 기다리는 동안 어떻게 지낼 작정이세요? 이젠 논문도 안 쓸 테고, 손가락과 축복에 관한 주석도 안 쓸 텐데."

아라미스가 빙그레 웃었다.

"시를 쓸 거야."

"그래요. 슈브뢰즈 부인의 하녀가 보낸 편지처럼 향기를 풍기는 시를 쓰는 거예요. 바쟁한테도 시 쓰는 법을 가르쳐주세요. 그러면 바쟁에게도 위안이 될 겁니다. 말은 날마다 조금씩이라도 타세요. 그러면 녀석을 다루는 데 익숙해질 테니까요."

"그건 걱정하지 말게." 아라미스가 말했다. "자네가 돌아올 때쯤에는 자네를 따라갈 준비를 갖추고 있을 테니까."

그들은 작별 인사를 나누었고, 10분 뒤 다르타냥은 바쟁과 여관 안주인에게 친구를 맡긴 다음 아미앵을 향해 떠났다.

그는 어떻게 아토스를 찾을 작정일까? 과연 아토스를 찾을 수는 있을까?

아토스를 남겨두고 떠날 때의 상황은 매우 위험한 것이었다. 아토스는 그 상황에 굴복했을지도 모른다. 이런 생각을 하자 눈앞이 캄캄해지고 한숨이 절로 나왔다. 아토스에게 무슨 일이 있다면 반드시 복수하겠다고 조용히 맹세했다. 아토스는 친구들 가운데 제일 나이가 많았고, 따라서 취향이나 공감에서는 그와 가장 거리가 먼 것 같았다.

하지만 다르타냥은 아토스를 유달리 좋아했다. 아토스의 고상하고 기품 있는 태도, 그가 자진해서 틀어박혀 있는 어둠 속에서 이따금 번득이는 그 위대함의 빛, 그를 세상에서 가장 편안한 친구로 만들어주는 그 변함없고 한결같은 기질, 억지로 꾸며낸 신랄한 쾌활함, 세상에서 보기 드문 냉정함의 소산이 아니었다면 무모한 만용으로 보였을지 모르는 그 대담한 용기, 이 모든 자질을 보면서 다르타냥은 단순한 존경이나 우정 이상의 감정을 느꼈고, 그에게 진심으로 감복하고 있었다.

사실 기분 좋은 날의 아토스는 저 멋지고 고귀한 궁정신하 트레빌과 견주어도 결코 뒤지지 않았다. 키는 보통이지만, 체격이 좋고 균형이 잘 잡혀 있어서, 총사들 사이에서 힘이 장사로 소문난 포르토스와 겨룰 때에도 그 거구의 사내를 눕힌 적이 한두 번이 아니었다. 꿰뚫어보는 듯한 날카로운 눈과 오똑한 콧날, 브루투스처럼 원만한 턱을 가진 얼굴에는 뭐라고 형언할 수 없는 위엄과 기품이 넘쳐흘렀고, 손은 신경 쓰지 않는데도 늘 고와서, 버터와 향유로 정성껏 손을 가꾸는 아라미스를 절망에 빠뜨렸다. 목소리는 우렁차면서도 음악적이었다. 겸손해서 늘 눈에 띄지 않으려 애쓰면서도 세상 물정에 밝고, 상류사회의 관습도 잘 알고, 좋은 집안에서 태어나 어려서부터 몸에 밴 습관이 저도 모르는 사이에 사소한 행동에도 드러났기 때문에, 뭐라 형언할 수 없는 독특한 분위기를 풍기고 있었다.

만찬을 준비할 때도, 아토스는 사교계의 누구보다도 훌륭하게 식탁을 차렸고, 집안과 본인의 지위에 따라 손님들의 자리를 배치했다. 아토스는 프랑스의 귀족 가문을 모두 알고 있었을 뿐만 아니라, 그 가문들의 족보와 인척 관계, 문장(紋章)과 그 유래까지도 알고 있었다. 예의범절이라면 아무리 사소한 것까지도 모르는 게 없었고, 대지주들의 권리에 대해서도 잘 알고 있었으며, 사냥이라면 매사냥에 대해서까지 해박한 지식을 가지고 있었다. 언젠가 매사냥에 대해 이야기할 때였는데, 매사냥의 달인인 루이 13세마저 깜짝 놀라게 한 적이 있었다.

당시의 대귀족들이 그랬듯이, 아토스는 승마술과 무술도 완벽했다. 그뿐만 아니라 교양을 쌓는 것도 소홀히 하지 않아서, 당시의 귀족에게는 드문 일이었지만 스콜라 철학*까지 공부했다. 아라미스가 라틴어 인용구를 지껄이면 포르토스는 알아듣는 척할 뿐이었지만, 아토스는 빙그레 웃기만 했다. 아라미스가 초보적인 실수를 저질렀을 때 아토스가 동사의 시제나 명사의 격변화를 바로잡아줌으로써 친구들을 놀라게 한 적도 한두 번이 아니었다. 군인은 자신의 종교나 양심과, 사랑에 빠진 사람은 오늘날과 같은 엄격한 결벽성과, 가난한 자들은 일곱 번째 계명과 쉽게 타협한 시대에, 아토스의 성실함은 그야말로 난공불락이었다. 요컨대 아토스는 실로 비범한 인물이었다.

하지만 그 고귀한 천성, 그렇게 잘난 인물, 그 훌륭한 정신이 마치 노인의 심신이 쇠약해지듯 자신도 모르는 사이에 물질적인 생활 속으로 빠져들었다. 당시 아토스는 궁핍할 때가 많았는데, 그럴 때면 그의 빛나는 부분은 어둠에 묻힌 것처럼 사라지고 불이 꺼져버렸다.

초인적인 면모가 사라지고 나자 평범한 인간의 모습만 남았다. 고개는 축 떨어뜨렸고, 눈은 흐리멍덩했고, 말은 요령부득에 부자연스러웠다. 아토스는 한참 동안이나 술병과 술잔을 멍하니 바라보거나 그리모를 빤히 바라보곤 했다. 그리모는 주인의 몸짓만 보고 명령에 따르는 데 익숙해져 있어서, 주인의 멍한 눈빛 속에서도 그가 바라는 것을 용케 읽어내고 당장 그 요구를 채워주었다. 이런 때에 네 친구가 우연히 모이기라도 하면, 아토스는 엄청난 노력을 기울여 겨우 한마디 내뱉을 뿐 더 이상은 대화에 끼지 못했다. 그 대신 아토스는 혼자서 네 사람 몫의 술을 마셨지만, 더 음울한 표정으로 더 깊은 슬픔에 빠져들 뿐, 술 취한 내색도 하지 않았다.

호기심 많고 예리한 다르타냥은 그 원인에 대한 호기심을 만족시키고 싶었지만, 이 우울증의 이유를 아직까지 알아내지 못했다. 아토스는 편지를 받은 적도 없었고, 친구들이 모르는 행동을 취한 적도 없었다.

그의 우울증이 술 때문이라고 말할 수도 없었다. 오히려 그는 슬픔을 잊기 위해 술을 마셨기 때문이다. 다만 이 치료법이 그를 더욱 우울하게 만들었을 뿐이다. 이 우울증을 노름 탓으로 돌릴 수도 없었다. 운이 바뀔 때마다 노래를 부르거나 욕설을 해대는 포르토스와는 반대로, 아토스는 돈을 땄을 때나 잃었을 때나 감정을 드러내지 않았기 때문이다. 어느 날 저녁 총사들의 모임에서 아토스는 3천 피스톨을 땄지만, 다음 모임에서는 금실로 수놓은 허리띠까지 잃었고, 얼마 후에는 그것을 모두 되찾았을 뿐 아니라 100루이를 더 땄는데도 그의 잘생긴 검은 눈썹은 터럭 하나 까딱하지 않았고, 그의 손은 여전히 뽀얀 빛깔을 잃지 않았으며, 그날 밤에는 유난히 유쾌했던 그의 대화도 여전히 유쾌함과 차분함을 잃지 않았다.

그의 얼굴이 흐려진 것이 이웃 나라 영국 사람들처럼 날씨의 영향 때문도 아니었다. 그의 우울증은 대개 1년 중 날씨가 가장 좋은 계절에 더욱 심해졌기 때문이다. 6월과 7월은 아토스에게 고약한 달이었다.

현재로서는 그가 슬퍼할 일이 없었다. 누군가가 미래에 대해 이야기하면 그는 어깨를 으쓱할 뿐이었다. 따라서 누군가가 다르타냥에게 넌지시 말했듯이, 그의 비밀은 과거에 있었다.

그의 존재 전체에 퍼져 있는 그 신비로운 얼룩은 그를 더욱 흥미로운 존재로 만들어주었다. 그의 비밀을 알아내려고 아무리 교묘하게 질문을 던져도 그는 거기에 걸려들지 않았고, 정신없이 술에 취했을 때에도 그의 눈과 입은 아무것도 드러내지 않았다.

"아아." 다르타냥이 말했다. "가엾게도 아토스는 지금쯤 죽었을지도 몰라. 그렇다면 그건 내 탓이야. 아토스를 이 일에 끌어들인 사람은 나니까. 아토스는 이 일의 원인도 결과도 알지 못했고, 이 일에서 어떤 이익도 얻을 수 없었을 거야."

"게다가 그분은 우리 생명의 은인이라고요." 플랑셰가 말을 받았다. "그분이 '도망쳐, 다르타냥. 이건 함정이야!'라고 고함친 걸 기억하시죠? 그리고 권총 두 발을 발사한 뒤, 쉭쉭 소리가 날 만큼 칼을 휘둘렀잖아요. 마치 수십 명의 사내, 아니 수십 명의 악마가 날뛰는 것 같았다고요!"

이 말에 다르타냥은 더욱 열이 나서 말에 박차를 가했지만, 사실 말은 주인이 재촉할 필요도 없이 전속력으로 달리고 있었다.

오전 열한 시쯤 아미앵이 보이기 시작했다. 열한 시 반에는 그 괘씸한 여관 앞에 도착했다.

다르타냥은 배신자인 여관 주인에게 멋지게 복수하는 것을 자주 생각했고, 복수할 생각만 해도 위안이 되었다. 그래서 그는 모자를 깊이 눌러 쓰고, 왼손으로는 칼자루를 쥐고 오른손으로는 채찍을 휘두르면서 여관으로 들어갔다.

"나를 알아보겠소?" 다르타냥이 그를 맞으러 나온 주인에게 물었다.

"모르겠는데요, 나리." 여관 주인이 다르타냥의 화려한 차림새에 눈이 부신 듯한 표정을 지으면서 대답했다.

"모른다고?"

"예, 나리."

"그래? 내가 한마디만 하면 생각이 날 거야. 2주 전에 당신이 뻔뻔스럽게도 화폐 위조범으로 고발한 귀족은 어떻게 됐지?"

여관 주인은 얼굴이 창백해졌다. 다르타냥이 위협적인 태도를 취했고, 플랑셰도 주인을 흉내 냈기 때문이다.

"아이고, 나리. 그분 이야기는 저한테 하지 마세요!" 여관 주인이 금방이라도 울음을 터뜨릴 것 같은 목소리로 말했다.
"그때 잘못한 죄로 제가 어떤 대가를 치렀는지 아십니까! 정말
톡톡히 죗값을 치르고 있습니다요!"

"다시 한 번 묻겠는데, 그 귀족은 어떻게 됐나?"

"제발 제 말을 들어주세요, 나리. 그리고 제발 용서해주십시
오. 자, 우선 이리 와서 앉으세요."

다르타냥은 분노와 걱정 때문에 아무 말도 못하고 재판관처
럼 위협적인 태도로 자리에 앉았다. 플랑셰도 자리에 앉아서
거만하게 몸을 젖혔다.

"말씀드리겠습니다, 나리." 여관 주인이 덜덜 떨면서 말을
이었다. "이제야 나리를 알아보겠군요. 제가 그 귀족과 옥신각
신하고 있을 때 여관을 떠난 분이시죠?"

"그래, 그게 바로 나다. 그러니까 사실대로 털어놓지 않으면
어떤 자비도 기대할 수 없다는 걸 잘 알겠지?"

"부디 제 말을 들어주십시오. 그러면 모든 사실을 알게 되실
겁니다요."

"좋아."

"저는 당국으로부터 위폐범 일당이 근위병이나 총사로 변장
하고 저희 여관에 올 거라는 통지를 미리 받았습죠. 나리들의
용모며 말과 하인들까지도 자세히 알려주었지요."

"그래서? 그다음은 어떻게 됐나?" 그렇게 정확한 인상서
의 출처를 알아차렸기 때문에, 다르타냥은 다음 이야기를 재
촉했다.

"당국에서는 지원병을 여섯 사람 보내주었고, 저는 당국이
지시한 대로 했습죠. 위폐범의 신병을 확보하려면 그런 조치가
필요하다고 생각했지요."

"계속해!" 다르타냥은 '위폐범'이라는 말이 귀에 거슬리는 것을 느끼면서 말했다.

"그런 말을 해서 죄송합니다. 저를 용서해주세요, 나리. 하지만 저는 정말로 그런 줄 알았습니다. 당국은 저한테 잔뜩 겁을 주었고, 아시다시피 여관을 하다 보면 당국과 사이좋게 지내야 하거든요."

"다시 한 번 묻겠는데, 그 귀족은 어디 있나? 어떻게 됐어? 죽었나 살았나?"

"조금만 기다려주세요, 나리. 곧 말씀드릴 테니까요. 그다음에 일어난 일은 나리도 아실 테고, 나리가 황급히 떠나셨기 때문에……" 주인이 교활하게 덧붙였고, 다르타냥은 그것을 놓치지 않았다. "제가 취한 조치가 옳았다고 생각했지요. 그런데 나리의 친구이신 그 귀족은 필사적으로 저항했고, 그분의 하인도 마구간지기로 변장하고 있던 관헌들과 시비가 붙었지요. 그건 정말 예기치 못한 일로……."

"이 괘씸한 놈아!" 다르타냥이 외쳤다. "너희는 모두 한통속이었구나. 내가 왜 네놈들을 죽이지 않는지, 나도 그 이유를 모르겠다."

"아닙니다, 나리. 이제 곧 아시겠지만, 우리는 절대 한통속이 아니었습니다. 나리의 친구 분은 (그분도 분명 명예로운 이름을 갖고 계시겠지만, 저는 모르기 때문에 이름을 부르지 못하는 것이니 용서해주십시오) 권총을 두 방 쏘아 두 사람을 쓰러뜨리고는 칼을 휘둘러 자신을 방어하면서 후퇴했습니다. 그 칼부림에 저희 하인 하나가 상처를 입었고, 저도 칼등에 맞아 나가떨어졌지요."

"이야기를 계속 질질 끌 거야? 아토스는 어떻게 됐느냔 말이야."

"방금 말씀드렸듯이 그분은 뒤로 물러나면서, 마침 뒤에 지하실로 내려가는 계단이 있는 것을 보셨습니다. 문이 열려 있었기 때문에, 그분은 지하실에 들어가서는 안에서 바리케이드를 쌓아버렸습니다. 그래서 우리는 그분이 어디 있는지 확실히 알게 되었으니까, 그냥 거기에 내버려두었지요."

"그래." 다르타냥이 말했다. "당신은 아토스를 즉각 죽일 생각은 없었고, 그냥 가두어두고 싶었을 뿐이로군."

"아이고! 가두어두다니요? 맹세코 말하지만, 그분은 스스로 갇혀버린 겁니다. 어쨌든 끔찍한 일을 저질렀으니까요. 한 사람은 즉사했고, 다른 두 사람이 중상을 입었으니까요. 시체와 부상자는 동료들이 떠메서 갔는데, 그 후로는 소식을 듣지 못했습니다. 저는 정신이 돌아오자 사령관을 찾아가서 자초지종을 말씀드리고, 갇혀 있는 사람을 어떻게 하면 좋겠느냐고 물어봤지요. 하지만 사령관은 하늘에서 떨어진 것처럼 어리둥절한 표정을 지으며, 무슨 소리를 하고 있는지 모르겠다, 자기는 그런 명령을 내린 적이 없다, 그 소동과 사령관이 뭔가 관계가 있다는 말을 누구에게든 함부로 지껄였다가는 교수형에 처하겠다, 이렇게 말씀하더군요. 그러고 보니 제가 잘못 알았던 것 같습니다. 엉뚱한 사람을 붙잡고, 붙잡아야 할 사람은 달아나고……."

"그런데 아토스는?" 다르타냥이 물었다. 당국이 이 문제에서 손을 뗀 것을 알고 그는 더욱 초조해졌다. "아토스는 어떻게 됐느냔 말이야?"

"저는 그분께 저지른 잘못을 바로잡고 싶었습니다." 주인이 말을 이었다. "그래서 그분을 꺼내드리려고 지하실로 내려갔지요. 아, 그런데 그분은 더 이상 사람이 아니라 악마였습니다!
제가 꺼내주겠다고 하자, 그분은 함정이 분명하다면서, 지하실
에서 나가기 전에 조건이 있다고 하시더군요. 저는 공손하게
말했습지요. 어쨌든 국왕 폐하의 총사대원에게 손을 댄 건 저
의 실수였고, 그 때문에 제가 난처한 처지에 놓인 것도 숨길 수
없는 사실이었으니까요. 그래서 저는 어떤 조건이든 감수할 각
오가 되어 있다고 말씀드렸지요. 그랬더니 그분이 이런 조건을
제시하더군요. '첫째, 내 하인을 완전무장한 상태로 나한테 돌
려보내라.'

　우리는 서둘러 이 명령에 따랐습니다. 나리께서도 이해하시
겠지만, 저희는 나리의 친구 분이 원하시는 일은 뭐든지 해드
릴 작정이었으니까요. 그리모 씨(이분은 말이 별로 없었지만,
그래도 이름은 말해주더군요)도 다쳤지만, 우리는 그분의 명령
대로 그리모 씨를 무장시켜서 지하실로 내려보냈지요. 그러자
그분은 하인을 맞아들인 다음, 다시 문에 바리케이드를 쌓고는
저희더러 가서 일이나 보라고 하시더군요."

　"그러니까 아토스는 지금 어디 있나?"

　"지하실에 계십니다, 나리."

　"뭐라고? 지금까지 줄곧 지하실에 가두어놓았단 말이냐?"

　"천만에요, 나리. 절대 그런 게 아닙니다. 우리가 그분을 지
하실에 가두어놓다니요! 그분이 지하실에서 뭘 하고 있는지 몰
라서 하시는 말씀입니다. 나리께서 그분을 밖으로 나오게 하실
수만 있다면, 그 은혜는 평생 잊지 않겠습니다. 나리를 제 수호
성인처럼 경배할 겁니다!"

　"그러니까 아토스는 지하실에 있단 말이군? 지하실에 가면
만날 수 있단 말이지?"

"물론입니다, 나리. 고집스럽게도 지하실에서 나오시려고 하질 않습니다. 저희는 날마다 환기창으로 빵을 넣어드리고, 그분이 요구하시면 고기도 넣어드리고 있습지요. 하지만 그분이 제일 많이 드시는 건 빵이나 고기가 아닙니다. 한번은 제가 하인 둘을 데리고 지하실로 내려가려고 하니까, 그분이 몹시 화를 내셨습니다. 그분은 권총에, 하인은 소총에 총알을 재우는 소리가 들렸지요. 어떻게 하실 작정이냐고 물었더니, 그분 말씀이, 하인의 총알까지 합하면 모두 40발인데, 저희들 중에 한 사람이라도 지하실에 들어서면 마지막 한 발까지 모두 쏘겠다고 하시는 거예요. 그래서 저는 사령관에게 달려가 사정을 말씀드렸지요. 그랬더니 사령관은 저의 자업자득이라면서, 그일은 저희 집에 묵고 있는 훌륭한 귀족을 모욕하면 어떻게 되는지 저한테 가르쳐줄 거라고 하더군요."

"그렇다면 그동안 줄곧⋯⋯." 다르타냥이 말했다. 그는 울상이 된 여관 주인의 처량한 얼굴을 보고 웃음을 참을 수가 없었다.

"예, 나리. 그동안 저희는 비참하기 짝이 없는 생활을 하고 있습니다요. 아시다시피 식료품은 모두 지하실에 넣어두고 있거든요. 병에 든 술도, 통에 든 술도, 맥주도, 기름과 향신료도, 베이컨과 소시지도 다 지하실에 있는데 내려갈 수 없으니, 우리 집에 오는 손님들에게도 먹을 것과 마실 것을 내드리지 못하고 있답니다. 그래서 여관은 날마다 손해를 보고 있지요. 나리의 친구 분이 일주일만 더 지하실에 틀어박혀 계시면 저희는 망하고 말 겁니다."

"망해도 싸지, 이 악당아. 우리 얼굴을 보면, 우리가 위조범이 아니라 어엿한 귀족이라는 것쯤 한눈에 알 수 있지 않았냐고."

"예, 나리. 옳으신 말씀입니다." 주인이 말했다. "그런데 저것 보세요. 또 시작이군요!"

"누군가가 그를 귀찮게 했겠지."

"하지만 어쩔 수 없습니다. 영국의 귀족 두 분이 방금 저희 여관에 도착하셨거든요."

"그래서?"

"아시다시피 영국 사람들은 고급 포도주를 좋아하잖습니까. 이 두 분도 최고급 포도주를 주문했지요. 그래서 포도주를 가져오려고 제 마누라가 아토스 씨에게 지하실에 들어가게 해달라고 사정했는데, 아토스 씨는 여느 때처럼 거절했습지요. 아, 맙소사. 이게 무슨 소동이람!"

실제로 다르타냥의 귀에도 지하실 쪽에서 큰 소리가 들려왔다. 그는 일어나서, 두 손을 비비고 있는 주인을 앞세우고 머스킷총을 언제라도 쏠 태세를 갖춘 플랑셰를 뒤따르게 하여, 소동이 일어난 현장으로 다가갔다.

영국 귀족 두 사람이 분통을 터뜨리고 있었다. 먼 길을 왔기 때문에 배가 고프고 목이 말라 죽을 지경이었던 것이다.

"이런 횡포가 어딨어!" 그들이 외국인 말투이긴 했지만 유창한 프랑스어로 외쳤다. "그 미친 놈 때문에 이 선량한 사람들이 자기네 포도주를 쓰지 못하다니. 그렇다면 우리가 문을 때려 부수겠소. 녀석이 미쳐 날뛰면 우리가 죽여버리겠소."

"잠깐만!" 다르타냥이 허리띠에서 권총을 빼면서 말했다. "미안하지만, 아무도 죽일 수 없소."

"좋아, 좋아." 문 뒤에서 아토스가 침착한 목소리로 말했다. "그 젖비린내 나는 놈들을 들여보내. 뜨거운 맛을 보여줄 테니."

두 영국인은 용감해 보였지만, 그래도 머뭇거리며 서로 마주보았다. 지하실에는 사람을 잡아먹는 무시무시한 악귀가 살고 있어서 함부로 들어갔다가는 무사하지 못할 거라고 생각했는지도 모른다.

잠시 침묵이 흘렀다. 하지만 결국 두 영국인은 그대로 물러나는 게 민망했는지, 둘 가운데 좀 더 성마른 쪽이 대여섯 계단 내려가더니, 벽에 금이 갈 만큼 힘껏 문을 걷어찼다.

"플랑셰." 다르타냥이 권총에 총알을 재면서 말했다. "나는 위에 있는 녀석을 맡을 테니까, 너는 저 밑에 있는 녀석을 맡아. 이봐요! 싸우고 싶다 이거죠? 좋아요. 내가 상대해드리지!"

"이런!" 아토스가 숨죽인 소리로 외쳤다. "다르타냥의 목소리 같은데?"

"맞아요." 다르타냥이 목청을 높여서 말했다. "나예요. 내가 왔어요."

"좋았어!" 아토스가 말했다. "그럼 이 녀석들을 멋지게 해치우세!"

영국 귀족들이 칼을 빼들었지만, 협공당할 처지에 빠진 것을 알고 또 잠깐 망설였다. 하지만 아까와 마찬가지로 이번에도 자존심에 못 이겨 문을 걷어찼다. 그러자 문이 위에서 아래까지 세로로 쪼개졌다.

"비켜라, 다르타냥. 어서 피해." 아토스가 외쳤다. "비키라니까. 내가 총을 쏠 거야!"

"여러분." 어떤 상황에서도 이성을 잃지 않는 다르타냥이 말했다. "다시 한 번 생각해보시오! 그리고 아토스, 당신도 인내심을 가지세요. 여러분은 고약한 일에 말려들고 있어요. 이대로 가다간 온몸이 벌집처럼 될 거요. 당신들이 지하실에 들

어가면, 여기 있는 나와 하인이 세 발을 쏠 것이고, 지하실에서 도 역시 세 발을 쏠 거요. 게다가 우리에겐 칼도 있는데, 분명히 말해두지만 내 친구와 나는 칼솜씨가 괜찮은 편이오. 그러니 당신들 문제는 나한테 맡겨주시오. 그러면 내가 곧 마실 것을 갖다 드리도록 하겠소. 약속합니다."

"술이 남아 있다면 말이지." 아토스가 빈정거리는 투로 소리쳤다.

여관 주인은 이 말에 식은땀이 등골을 타고 흘러내리는 것을 느꼈다.

"뭐라고? 술이 남아 있다면?" 그가 중얼거렸다.

"아니, 술은 남아 있을 거요." 다르타냥이 말을 받았다. "걱정 마세요. 지하실의 술을 둘이서 몽땅 마셔버리지는 못했을 테니까. 자, 여러분, 칼을 도로 집어넣으시오."

"그럼 당신도 권총을 허리띠에 도로 넣으시오."

"좋습니다."

다르타냥이 먼저 모범을 보였다. 그런 다음 플랑셰를 돌아보며 머스킷총에서 총알을 빼내라고 몸짓을 보냈다.

영국인들도 그제야 납득하고는, 투덜거리면서도 칼을 칼집에 넣었다. 아토스가 지하실에 갇히게 된 경위를 듣고는, 그들도 점잖은 귀족이었기 때문에 여관 주인이 잘못했다고 판정했다.

"자, 여러분." 다르타냥이 말했다. "방으로 돌아가세요. 10분 뒤에는 주문하신 것을 모두 갖다드릴 테니까요. 내가 약속합니다."

영국인들은 인사를 하고 물러갔다.

"아토스, 이제 나 혼자뿐이에요." 다르타냥이 말했다. "문을 열어주세요."

"당장 열어주지." 아토스가 말했다.

이윽고 장작이 와르르 무너지는 소리와 들보가 삐걱거리는 소리가 났다. 아토스가 안에서 쌓은 요새와 해자의 외벽을 스스로 허물고 있는 소리였다.

잠시 후 문이 열리고, 문간에 아토스의 창백한 얼굴이 나타났다. 그는 재빨리 주위를 둘러보았다.

다르타냥은 그의 목에 두 팔을 두르고 다정하게 얼싸안았다. 그런 다음 아토스를 그 눅눅한 지하실에서 끌어내리려다가, 그가 비틀거리는 것을 알아차렸다.

"다쳤나요?" 다르타냥이 물었다.

"내가? 천만에. 취했을 뿐이야. 지금까지 나보다 더 취한 사람은 아무도 없을 거야. 이봐, 주인장! 고마워. 나 혼자 마신 술이 적어도 150병은 될 거야!"

"아이고, 맙소사!" 주인이 외쳤다. "하인이 그 절반만 마셔도 나는 망했어."

"그리모는 태생이 좋은 하인이라, 주인과 똑같은 음식은 절대 먹지 않아. 그래서 술통에 든 술만 마셨지. 잠깐만. 그리모가 술통에 마개 막는 걸 잊은 모양이군. 들리나? 술이 흐르는 것 같은데."

다르타냥이 폭소를 터뜨렸다. 여관 주인은 부들부들 떨다가 다르타냥의 웃음소리를 듣고는 온몸에 열이 날 지경이었다.

바로 그때, 그리모가 머스킷총을 어깨에 메고 주인 뒤쪽에서, 루벤스의 그림*에 나오는 취한 사티로스처럼 고개를 흔들며 나타났다. 온몸이 걸쭉한 액체로 흠뻑 젖어 있었다. 여관 주인은 그것이 지하실에 저장되어 있던 최고급 올리브기름이라는 것을 알아보았다.

일행은 큰 식당을 지나, 다르타냥이 제멋대로 차지한 특실에 가서 자리를 잡았다.

그러는 동안, 여관 주인과 그의 아내는 등불을 들고, 그렇게 오랫동안 발을 들여놓지 못했던 지하실로 뛰어 들어갔다. 그곳에는 끔찍하게 놀라운 광경이 그들을 기다리고 있었다.

아토스가 지하실에 구축했던 요새는 장작과 널빤지와 빈 술통 따위를 전술 규범에 따라 쌓아올려서 만든 것이었다. 그 요새 너머 안쪽에는 고기를 뜯어먹고 남은 뼈다귀가 여기저기 고여 있는 기름과 포도주의 웅덩이 속에서 둥둥 떠다니고 있었고, 지하실 왼쪽 구석에는 깨진 유리병이 산더미처럼 쌓여 있었고, 술통 하나는 마개가 열려 있어서 마지막 남은 술이 핏방울처럼 똑똑 떨어지고 있었다. 옛 시인이 노래한 황폐와 죽음으로 얼룩진 전쟁터를 방불케 했다.

들보에 매달려 있던 소시지 쉰 개 가운데 남은 것은 겨우 열 개뿐이었다. 여관 주인 내외의 울부짖음이 지하실 천장을 뚫고 들려왔다. 다르타냥도 측은한 마음이 들 정도였다. 하지만 아토스는 고개도 돌리지 않았다.

그러나 여관 주인의 슬픔은 분노로 바뀌었다. 그는 자포자기 상태로 쇠꼬챙이를 휘두르며, 두 친구가 들어가 앉아 있는 방으로 뛰어들었다.

"술!" 아토스가 주인을 보자마자 말했다.

"술?" 주인이 어이없다는 듯이 되물었다. "술이라니? 하지만 당신은 내 술을 백 피스톨어치도 넘게 마셔버렸잖아요! 우리는 망했어. 망했어. 끝났다고!"

"흥! 내가 알 게 뭐야!" 아토스가 말했다. "우리는 아직도 목이 말라!"

"술을 마시는 것만으로 만족했다면 그래도 참을 수 있지만, 술병을 몽땅 깨버리다니."

"당신이 나를 술병 더미 쪽으로 떠밀었잖아. 그래서 술병이 무너진 거라고. 당신 잘못이야."

"기름도 다 없어져버렸다고요!"

"기름은 상처를 치료하는 데 아주 좋은 약이지. 그리모는 당신 때문에 입은 상처에 기름을 바를 수밖에 없었어."

"소시지도 몽땅 먹어치웠더군요!"

"지하실에는 쥐가 우글거리던걸."

"모두 물어내요!" 주인이 격분하여 외쳤다.

"이런 불한당 같으니!" 아토스가 벌떡 일어나면서 말했다. 하지만 일어나자마자 다시 쓰러졌다. 일어날 때 마지막 남은 힘을 다 써버린 것이다. 다르타냥이 그를 돕기 위해 승마용 채찍을 치켜들었다.

여관 주인은 한 걸음 물러나서 목놓아 울기 시작했다.

"이젠 배웠을 테지. 하느님이 보내주신 손님은 더 깍듯이 모셔야 한다는 걸 말이야." 다르타냥이 말했다.

"하느님? 하느님이 아니라 악마겠지!"

"이보게, 주인장." 다르타냥이 말했다. "그렇게 계속 소란을 피우면, 우리 넷이 다시 지하실에 틀어박힐 거야. 그래서 당신이 정말로 그렇게 큰 손해를 보았는지 확인하겠어."

"아니, 됐습니다." 주인이 말했다. "제가 잘못했어요. 그건 인정합니다. 하지만 세상에 용서받지 못할 죄는 없는 법이지요. 나리들은 귀족이고 저는 가난한 여관 주인입니다. 그러니까 저를 불쌍히 여겨주십시오."

"좋아." 아토스가 말했다. "그런 식으로 나오니까 나도 가슴이 찢어지는군. 당신 술통에서 술이 쏟아지듯 내 눈에서도 눈물이 쏟아질 것 같아. 우리도 겉보기처럼 그렇게 악한 사람이 아니야. 자, 이리 와서 이야기하세."

여관 주인이 불안한 듯 주뼛거리며 다가왔다.

"이리 오라니까. 겁내지 말고." 아토스가 말을 이었다. "내가 돈을 치르려고 했을 때, 내 지갑을 탁자 위에 놓았겠다?"

"예, 나리."

"그 지갑 속에 60피스톨이 들어 있었는데, 지갑은 어디 있나?"

"시청에 갖다 바쳤습니다. 모두 위조 화폐라고 해서요."

"좋아. 그럼 가서 지갑을 찾아와. 지갑은 나한테 돌려주고 60피스톨은 당신이 가져."

"하지만 관청에선 한 번 들어온 것은 절대 내놓지 않는다는 걸 잘 아실 텐데요. 그게 가짜 돈이라면 희망을 가질 수 있겠지만, 불행히도 진짜 돈이니 말입니다."

"그 문제는 당신이 잘 교섭해봐. 나하고는 상관없는 일이니까. 내게는 남은 돈이 한푼도 없으니까 더욱 그렇지."

"잠깐만." 다르타냥이 말했다. "아토스의 말은 어디 있지?"

"마구간에 있는데요."

"그건 값이 얼마나 나갈까?"

"기껏해야 50피스톨 정도."

"80피스톨은 나갈 거야. 그 말을 줄 테니, 이것으로 계산을 끝내자고."

"뭐? 내 말을 팔겠다고?" 아토스가 말했다. "그럼 나는 뭘 타고 전쟁터에 나가지? 그리모를 타고 갈까?"

"내가 다른 말을 가져왔어요."

"다른 말이라니?"

"아주 훌륭한 말이더군요!" 주인이 외쳤다.

"그렇게 훌륭한 말이라면, 내가 타던 말은 자네한테 줄 테니 술이나 가져와!"

"어떤 술을 가져올까요?" 주인이 흡족한 얼굴로 말했다.

"안쪽 오리목 근처에 있는 것으로 하세. 아직도 스물다섯 병이나 남아 있으니까. 나머지는 내가 넘어졌을 때 모두 깨져버렸어. 여섯 병만 가져와."

'정말 술통 같은 사람이군!' 주인이 혼잣말로 중얼거렸다. '저 사람이 2주 동안만 우리 여관에 묵으면서 마신 술값을 치러준다면 나도 다시 형편이 좋아질 텐데!'

"영국 귀족들에게도 같은 술 네 병을 잊지 말고 갖다드리게." 다르타냥이 말했다.

"다르타냥." 아토스가 말했다. "술이 오기를 기다리는 동안 친구들 소식이나 들려주게."

다르타냥은 무릎을 다쳐서 침대에 누워 있는 포르토스와 두 신학자 사이에 앉아 있던 아라미스를 만난 이야기를 해주었다. 이야기가 끝났을 때, 여관 주인이 술과, 다행히 지하실 밖에 있었던 햄을 들고 돌아왔다.

"좋아." 아토스가 자기 잔과 다르타냥의 잔을 채우면서 말했다. "포르토스와 아라미스를 위해 건배하세. 하지만 자네는 어떻게 된 거야? 무슨 일이라도 있었나? 안색이 안 좋아 보이는데."

"맞아요. 내가 우리 네 사람 중에서 제일 불행하니까요."

"자네가 불행하다고? 어째서 불행하지? 말해 봐."

"나중에요."

"나중에? 왜 나중에 한다는 거야? 내가 취한 것 같아서? 잘 명심해둬. 나는 취했을 때만큼 정신이 맑은 때가 없어. 그러니, 말해보게. 열심히 들을 테니까."

다르타냥은 보나시외 부인과의 사건을 털어놓았다.

아토스는 눈 한 번 깜박이지 않고 귀를 기울였다. 이야기가 끝나자 말했다.

"그건 아무것도 아니야. 지극히 하찮은 일이지!"

아토스가 입버릇처럼 하는 말이었다.

"당신은 언제나 '하찮은 일'이라고 말하죠." 다르타냥이 말했다. "하지만, 한 번도 사랑에 빠져본 적이 없는 당신에게는 어울리지 않는 말이에요."

죽은 듯이 생기를 잃었던 아토스의 눈이 갑자기 반짝 빛났다. 하지만 그것은 일순간의 섬광일 뿐이었고, 아토스의 눈은 곧 다시 전처럼 생기를 잃고 흐리멍덩해졌다.

"그건 사실이야." 아토스가 침착하게 말했다. "나는 한 번도 사랑에 빠져본 적이 없어."

"그러니까 목석같은 마음을 가진 당신이 다정한 마음을 가진 우리한테 가혹하게 구는 건 잘못이라는 것도 잘 아실 텐데요."

"다정한 마음은 허전한 마음이야."

"그게 무슨 말이죠?"

"사랑은 제비뽑기나 마찬가지라고 말하는 거야. 제비를 뽑은 사람은 죽음을 당하게 되지. 그런데 자네는 제비뽑기에 당첨되지 않았으니 운이 좋은 거라고. 자네한테 줄 충고가 하나 있다면, 앞으로도 계속 제비뽑기에 당첨되지 말라는 거야."

"그 여자는 나를 진심으로 사랑하는 것처럼 보였어요!"

"그렇게 보인 것뿐이야."

"아니, 정말로 나를 사랑했어요!"

"아직 어린애로군! 자네처럼 애인에게 사랑받고 있다고 생각하지 않는 남자가 없고, 애인에게 배신당하지 않은 남자도 없어."

"당신은 예외겠죠. 애인을 가져본 적이 없었으니까요."

"그건 사실이야." 아토스가 잠시 침묵하다가 말했다. "나는 애인을 가져본 적이 없어. 술이나 마시세!"

"그래도 당신은 철학자잖아요. 그러니 내게 가르침을 주세요. 나는 더 많이 배우고 위안을 받아야 하니까요."

"무슨 위안?"

"내 불행에 대해서요."

"자네의 불행? 웃기는 소리 마." 아토스가 어깨를 으쓱하며 말했다. "내가 연애 이야기를 들려주면 자네가 뭐라고 할지 궁금하군."

"직접 겪은 일인가요?"

"아니면 내 친구가 겪은 일일 수도 있지. 아무래도 상관없어."

"말해봐요. 어서요."

"술이나 마시자. 그게 더 낫겠어."

"마시면서 이야기해요."

"그것도 좋겠군." 아토스가 술잔을 비우고 다시 채우면서 말했다. "술과 사랑은 완벽하게 어울리니까."

"듣겠습니다."

아토스는 마음을 가라앉히고 생각을 정리했다. 다르타냥은 아토스가 생각에 잠길수록 얼굴이 창백해지는 것을 보았다. 아토스는 평범한 술꾼이라면 벌써 쓰러져 곯아떨어졌을 단계에

도달해 있었다. 하지만 자지 않고 소리 내어 잠꼬대를 했다. 술에 취한 상태에서 나타나는 이 몽유병은 섬뜩한 데가 있었다.

"꼭 들어야겠나?" 아토스가 물었다.

"부탁할게요." 다르타냥이 말했다.

"그럼 자네가 원하는 대로 해주지. 내 친구 하나가…… 내가 아니라 내 친구야. 알겠나!" 아토스가 잠시 말을 끊고 음울한 미소를 지었다. "그는 내 고향 베리의 백작이고, 단돌로나 몽모랑시*만큼 지체 높은 가문 출신이지. 그런데 그 백작이 스물다섯 살 때 사랑 자체만큼이나 아름다운 열여섯 살의 아가씨와 사랑에 빠졌다네. 열여섯이라는 나이에 어울리는 천진함을 통해 열정적인 마음, 여자의 마음이 아니라 시인의 마음이 들여다보였지. 백작은 그 여자를 좋아했다기보다, 그 여자한테 미쳐버렸어. 여자는 사제인 오빠와 함께 작은 마을에서 살고 있었지. 남매는 다른 지방에서 이사를 왔는데, 어디서 왔는지는 아무도 몰랐어. 하지만 아가씨는 너무 아름다웠고 오빠는 신앙심이 깊었기 때문에, 아무도 그들의 고향을 물어볼 생각조차 하지 않았다네. 게다가 남매는 좋은 집안 태생이라는 소문도 있었어. 내 친구는 그 지방의 영주였으니까, 그 여자를 유혹하거나 원한다면 강제로 차지할 수도 있었을 거야. 그 지역의 지배자였으니까. 알지도 못하는 타관 사람을 누가 나서서 도와주겠나? 하지만 불행히도 내 친구는 정직한 사람이었어. 그래서 그 아가씨와 결혼했다네. 바보 천치였지!"

"그 여자를 사랑했다면, 결혼한 게 왜 바보라는 거죠?" 다르타냥이 물었다.

"좀 가만히 있어봐." 아토스가 말했다. "내 친구는 그 여자를 저택으로 데려가서, 그 지역의 제일가는 부인으로 삼았어.

476

공정하게 말하면, 그 여자는 자신의 지위가 요구하는 역할을 완벽하게 해냈지."

"그런데요?"

"그런데 어느 날 남편과 사냥을 하다가 그만 말에서 떨어져 기절해버린 거야. 백작은 아내를 구하러 달려갔지. 아내가 꽉 끼는 옷 때문에 숨을 쉬지 못하는 것 같아서, 백작은 단검으로 옷을 찢어 어깨를 드러냈다네. 그런데 그 어깨에 뭐가 있었는지 아나?" 아토스가 껄껄 웃으면서 물었다.

"내가 어떻게 알겠어요?" 다르타냥이 대답했다.

"백합꽃." 아토스가 말했다. "전과의 낙인*이 찍혀 있었던 거야!"

아토스는 들고 있던 술잔을 단숨에 비웠다.

"끔찍한 일이군요!" 다르타냥이 외쳤다. "어떻게 된 거죠?"

"사실이야. 천사가 실제로는 악마였던 거지. 그 가련한 여자가 도둑질을 했던 거야."

"그래서 백작은 어떻게 했나요?"

"백작은 그 지방의 영주여서, 영지 안에서는 모든 재판권을 행사할 수 있었지. 백작은 아내의 옷을 모두 찢어발기고, 두 손을 등 뒤로 묶어 나무에 매달았다네."

"그럴 수가. 그건 살인이에요!" 다르타냥이 외쳤다.

"그래. 틀림없는 살인이지." 아토스가 죽음처럼 창백해진 얼굴로 말했다. "그런데 술이 다 떨어진 것 같군."

아토스는 남아 있는 마지막 술병의 목을 움켜잡고, 술잔을 비우듯 남은 술을 단숨에 들이켰다.

그런 다음 고개를 숙이고 두 손으로 얼굴을 감쌌다. 다르타냥은 겁에 질려 그를 뚫어지게 바라보며 앉아 있었다.

"그 사건
이 아름답고
시적이고 정
겨운 여자에게
쉽게 반하는 내 버릇을 고쳐주었
다네." 아토스가 몸을 똑바로 펴
면서 말했다. 이제는 백작에 대한
변명을 계속할 생각도 하지 않았
다. "자네도 그렇게 되기를 빌겠
네. 자, 술이나 마시세!"

"그래서 그 여자는 죽었나요?"
다르타냥이 더듬거리며 물었다.

"물론이지! 그건 그렇고, 술잔
을 이리 내. 이봐, 주인장!" 아토
스가 외쳤다. "햄을 더 가져와. 술
도 다 떨어졌어!"

"그 여자의 오빠는요?" 다르타
냥이 조심스럽게 덧붙였다.

"오빠?" 아토스가 되물었다.

"사제라는 사람 말이에요."

"그 녀석도 목을 매달려고 찾아봤더니, 선수를 쳐서 전날 밤
에 줄행랑쳐버렸더군."

"정체는 알아냈나요?"

"그놈은 그 여자의 애인이자 공범이었을 거야. 자기 애인을
다른 남자와 결혼시켜 팔자를 고쳐주려고 성직자인 척했던 모
양이니까, 그런 점에서는 괜찮은 녀석이지. 하지만 녀석은 분

명 능지처참을 당했을 거야. 나는 그걸 바라고 있다네."

"맙소사!" 다르타냥은 이 끔찍한 이야기에 아연실색하여 말했다.

"자, 이 햄을 좀 들게나, 다르타냥. 아주 맛있어." 아토스가 햄을 한 조각 잘라서 접시 위에 놓으며 말했다. "지하실에 이렇게 맛있는 햄이 없었던 게 유감이군. 있었다면 술을 쉰 병은 더 마실 수 있었을 텐데!"

다르타냥은 더 이상 아토스의 말을 들을 수 없었다. 계속 들었다면 미쳐버렸을 것이다. 그는 두 손에 얼굴을 묻고 잠든 체했다.

"요즘 젊은 놈들은 술을 마실 줄 몰라." 아토스가 가엾다는 듯이 다르타냥을 바라보며 말했다. "하지만 이놈은 아주 괜찮은 녀석이야!"

제28장
귀환

아토스의 이야기를 듣고 다르타냥은 깜짝 놀랐지만, 고백이나 다름없는 이야기 속에는 아직 의심스러운 부분이 많이 남아 있는 듯했다. 무엇보다도 그것은 만취한 사람이 조금 덜 취한 사람에게 털어놓은 이야기였기 때문이다. 하지만 다르타냥은 포도주를 두세 병 마신 것 때문에 머리가 어지러웠음에도, 이튿날 아침에 깨어났을 때 아토스의 말을 또렷이 기억하고 있었다. 그 말이 아토스의 입에서 떨어졌을 때 그의 마음속에 그대로 새겨지기라도 한 것 같았다. 게다가 의심스러운 부분은 확실한 것을 알고 싶은 욕망을 더욱 부추겼을 뿐이다. 그래서 다르타냥은 간밤의 대화를 계속하기로 마음먹고 친구에게 갔다. 하지만 아토스는 맑은 정신을 되찾은 상태였다. 다시 말하면 세상에서 가장 냉정하고 속을 알 수 없는 사람으로 돌아와 있었던 것이다.

게다가 아토스는 다르타냥과 악수를 나눈 뒤, 상대의 속마음을 알아차리고 선수를 쳤다.

"어제는 내가 많이 취했네, 다르타냥. 오늘 아침까지도 목소리가 탁하고 몸에 열이 나는 걸 보고 알았지. 터무니없는 이야기를 잔뜩 늘어놓았을 거야."

이렇게 말하면서 친구의 얼굴을 뚫어지게 바라보았기 때문에 다르타냥은 당황했다.

"천만에요. 내 기억에, 이상한 이야기는 전혀 하지 않았어요."

"그거 정말 놀랍군. 더없이 비통한 이야기를 늘어놓은 줄 알았는데."

그는 다르타냥의 마음을 밑바닥까지 읽어내려는 듯 젊은이를 바라보았다.

"실은 내가 더 취했던 모양이군요. 아무것도 기억나지 않으니까요."

아토스도 이 말에 속지 않고 말을 이었다.

"사람마다 독특한 술버릇이 있다는 건 자네도 알 거야. 술에 취하면 우울해지는 사람도 있고, 반대로 쾌활해지는 사람도 있지. 나는 우울해지는 쪽이야. 취하면 어렸을 때 유모가 들려준 온갖 슬픈 이야기를 늘어놓는 게 내 술버릇이라네. 그게 내 결점인데, 중대한 결점이라는 건 나도 인정해. 하지만 그것만 빼면 나도 꽤 훌륭한 술꾼이야."

아토스의 말투가 지극히 자연스러웠기 때문에 다르타냥의 확신이 흔들렸다.

"그러니까 그게 바로 그거였군요." 다르타냥은 어떻게든 진상을 캐내려고 말을 이었다. "그러니까 교수형을 당한 사람들 이야기를 했던 게 어렴풋이 기억나는데, 그게 바로 그 이야기였어요."

"그래, 맞아." 아토스는 얼굴이 창백해졌지만 웃으려고 애쓰면서 말했다. "틀림없이 그 이야기를 했을 줄 알았어. 목매달려 죽은 사람들은 한시도 내 머리를 떠난 적이 없는 악몽이니까."

"그래요. 이제 기억이 나는군요. 그건…… 가만있자…… 어떤 여자와 관련된 이야기였는데……."

"그래, 맞아." 아토스의 얼굴이 거의 납빛으로 변했다. "금발 여자 이야기는 내가 곧잘 꺼내는 이야기지. 내가 그 이야기를 꺼내면 만취했다는 뜻이기도 해."

"맞아요. 바로 그거예요. 금발 여자 이야기였어요. 키가 크고 아름답고 눈이 파란……."

"그래. 그리고 목이 매달려 죽었지."

"영주인 남편한테요. 그 남편이 당신 친구라고 했던 것 같은데……." 다르타냥이 아토스를 뚫어지게 바라보면서 말했다.

"무슨 말을 하고 있는지도 모를 만큼 취하면 사람이 얼마나 남의 명예를 훼손할 수 있는지, 자네도 알겠지?" 아토스는 자신을 딱하게 여기는 것처럼 어깨를 으쓱했다. "정말이지 이제 다시는 취하지 않겠어. 그건 너무 나쁜 버릇이야."

다르타냥은 아무 대꾸도 하지 않았다. 그러자 아토스가 갑자기 화제를 바꾸었다.

"참, 자네가 가져온 말은 정말 고마워."

"마음에 드세요?"

"그래. 하지만 힘든 일은 해내지 못하겠더군."

"그렇지 않아요. 그 말을 데리고 한 시간 반도 안 되는 시간에 50킬로미터를 달렸는걸요. 그런데도 그 말은 생쉴피스 광장을 한 바퀴 돈 것처럼 멀쩡했다고요."

"그 말을 들으니 후회가 되는군."

"후회라니요?"

"실은 그 말을 처분해버렸거든."

"아니, 왜요?"

"아침 여섯 시에 일어났는데, 자네는 곤히 자고 있었고, 나는 뭘 해야 좋을지 모르겠더군. 어젯밤 폭음한 것 때문에 여전히 머리가 멍했지. 그래서 아래층 식당으로 내려갔더니 어떤 영국인이 말을 사려고 말 장수와 흥정하고 있더라고. 그가 타고 온 말이 어제 밤에 갑자기 뇌일혈로 죽어버렸다는 거야. 가까이 다가갔더니, 밤색 말 한 필에 백 피스톨을 주겠대. 그래서 내가 말했지.

'내게도 팔 말이 있소.'

'아주 좋은 말이더군요. 어제 당신 친구의 하인이 붙잡고 있는 걸 보았지요.' 영국인이 말하더군.

'백 피스톨의 가치는 있다고 생각하시오?'

'물론이죠. 그 값으로 파시겠습니까?'

'팔지는 않겠소. 하지만 그 말을 걸고 내기를 합시다.'

'내기를 하자고요?'

'그렇소.'

'뭘로 할까요?'

'주사위로.'

그래서 주사위 게임을 했는데, 말을 잃고 말았어. 그렇지만 마구만은 되찾았다네."

다르타냥은 뚱한 표정을 지었다.

"왜, 기분 나쁜가?" 아토스가 물었다.

"솔직히 말하면 그렇습니다. 그 말은 언젠가 전쟁터에 나갔을 때 우리를 한눈에 알아보게 해줄 표지가 될 터였는데. 그 말은 증표이고 기념물이었다고요. 그 말을 노름으로 날리다니, 아토스, 그건 큰 잘못이에요."

"하지만 내 입장이 좀 되어봐! 나는 따분해서 죽을 지경이었어. 게다가 맹세코 말하지만, 나는 영국산 말을 좋아하지 않아. 우리를 남들이 알아보도록 하는 게 문제라면, 안장만으로도 충분해. 눈에 확 띄는 훌륭한 안장이니까. 말이 없어진 핑계라면 얼마든지 꾸며댈 수 있을 거야. 제기랄, 말도 죽음을 면할 수 없는 동물이야! 그러니 내 말이 탄저병에 걸려서 죽었다고 생각해."

그래도 다르타냥의 표정은 밝아지지 않았다.

"자네가 그 짐승에 애착을 갖는 것 같아서 나도 속상하군. 사실 내 이야기는 아직 끝나지 않았거든."

"또 무슨 짓을 했는데요?"

"내 말을 잃고 나자—10 대 9로 한 끗 차이였거든—자네 말을 걸고 다시 내기할 생각이 든 거야."

"생각만 했겠죠?"

"아니야. 생각이 들자마자 당장 실행에 옮겨버렸지."

"더 이상 말하지 마세요!" 다르타냥이 불안한 표정으로 외쳤다.

"자네 말을 걸어서 또 잃었어."

"내 말을?"

"그래. 자네 말을. 이번엔 끗수가 7 대 8이었어. 한 끗 모자라서……. 자네도 그 속담*을 알고 있겠지."

"아토스, 아직도 제정신이 아니군요."

"그 말은 오늘 아침이 아니라 어제 했어야지. 내가 자네한테 터무니없는 이야기를 하고 있을 때 말이야. 그래서 나는 자네 말과 함께 마구까지 모두 잃어버렸어."

"기가 막혀서!"

"좀 가만있어 봐. 내 이야기는 아직 안 끝났어. 고집만 부리지 않으면 나도 훌륭한 노름꾼이 될 텐데, 내기에 지면 꼭 고집을 부린단 말이야. 술을 마실 때처럼. 그래서 고집을 부리는 바람에……."

"하지만 내기에 걸 수 있는 게 뭐죠? 남은 게 하나도 없는데!"

"아니, 있었어. 자네 손가락에서 반짝이고 있는 다이아몬드! 어제 내가 봐두었지."

"이 다이아몬드요?" 다르타냥이 재빨리 손을 반지로 가져가면서 외쳤다.

"보석이라면 나도 여러 번 가져봤으니까 척 보면 알지. 그 다이아몬드는 천 피스톨쯤 나갈 거야."

"설마 내 다이아몬드 이야기를 꺼내진 않았겠죠?" 다르타냥이 놀라서 죽을 지경이 된 표정으로 심각하게 말했다.

"아니, 말했어. 자네도 이해하겠지만, 그 다이아몬드가 우리의 유일한 재산이었으니까. 그것만 있으면 마구와 말도 되찾을 수 있고, 게다가 충분한 여비도 딸 수 있었지."

"당신 말을 듣고 있으니 사지가 다 떨리는군요!" 다르타냥이 외쳤다.

"그래서 내 상대에게 자네 다이아몬드 이야기를 했더니, 그 친구도 그걸 봐두었더라고. 별처럼 반짝이는 것을 손가락에 끼고 있으면서 아무도 관심을 가지지 않기를 바라다니! 그건 말이 안 되지."

"그만! 제발 그만하세요! 당신이 그렇게 태연한 걸 보면 나는 속이 터져서 죽을 지경이니까!"

"그래서 우리는 다이아몬드를 열 조각으로 나누어서, 하나에 백 피스톨씩 치기로 했다네."

"나를 시험해보려고 농담하고 있는 거죠?" 다르타냥이 말했다. 《일리아스》에서 아테나가 아킬레우스를 붙잡았듯이* 분노가 그의 머리카락을 움켜잡기 시작했다.

"아니야, 농담이 아니야. 자네도 내 입장이 되어봐. 2주 동안이나 사람 얼굴을 보지 못하고 지하실에서 술병하고만 대화를 나눴으니, 머리가 이상해진 것도 무리가 아니지."

"그건 내 다이아몬드를 내기에 걸 이유가 못 돼요." 다르타냥이 신경성 발작이라도 일으킨 것처럼 주먹을 움켜쥐고 대답했다.

"어쨌든 끝까지 들어봐. 다이아몬드를 열 조각으로 나누어서 하나에 백 피스톨씩 열 번 내기를 하고, 설욕의 기회는 주지 않기로 했어. 그런데 열세 번째 판에 다 잃고 말았지. 열세 번째 판에 말이야! 13이라는 숫자는 언제나 재수가 없었어. 지난 7월 13일에도……."

"제기랄!" 다르타냥이 외치면서 탁자에서 일어났다. 오늘 들은 이야기 때문에 간밤에 들은 이야기는 말끔히 잊어버렸다.

"참고 좀 들어봐." 아토스가 말했다. "내게도 계획이 있었어. 그 영국인은 상당한 괴짜야. 아침에 그가 그리모와 이야기하는 걸 보았는데, 그리모에게 하인이 되어달라고 제의했다는 거야. 그래서 이번에는 그리모를 걸고 다시 내기를 했지. 그리모도 역시 열 조각으로 나누어서."

"세상에!" 다르타냥은 저도 모르게 웃음을 터뜨리면서 외쳤다.

"글쎄, 그리모를 걸었다니까! 그런데 전부 합해봤자 은화 한 닢의 값어치도 안 되는 녀석을 걸고 다이아몬드를 되찾았지.

그래도 끈기가 미덕이 아니라고 말할 수 있겠나?"

"정말 우습군요!" 다소 마음이 놓인 다르타냥은 너무 웃어서 배가 아팠기 때문에 옆구리를 움켜잡고 외쳤다.

"운이 돌아왔다는 느낌이 들어서, 당장 그 다이아몬드를 걸고 다시 내기를 시작했지."

"뭐라고요?" 다르타냥이 다시 어두워진 얼굴로 말했다.

"그래서 나는 우선 자네 마구를 되찾고, 이어서 자네 말을, 다음에는 내 마구를, 다음에는 내 말을 되찾았다가, 다시 잃어버렸어. 요컨대 자네의 마구와 내 마구는 되찾았지. 그게 지금 상황이야. 멋진 승부였어. 그래서 그 정도로 멈추었다네."

다르타냥은 여관 전체가 가슴에서 치워지기라도 한 것처럼 숨을 급히 몰아쉬었다.

"그러니까 다이아몬드는 무사한 거죠?" 다르타냥이 겁먹은 듯 조심스럽게 물었다.

"물론이지. 자네와 나의 마구도."

"하지만 말이 없는데 마구가 무슨 소용이에요?"

"나한테 좋은 생각이 있어."

"아토스, 겁주지 마요."

"들어봐. 자네는 노름을 안한 지 오래됐지?"

"하고 싶은 마음도 없어요."

"그렇게 단언하지 마. 자네는 오랫동안 노름을 안 했으니까 운이 따를 거야."

"그래서 어쩌라는 거예요?"

"그 영국인이 친구와 함께 아직도 이 여관에 있어. 그들은 우리의 마구를 손에 넣지 못해서 무척 아쉬워하는 눈치더라고. 그런데 자네는 말을 무척 아끼는 것 같았어. 내가 자네라면 마구와 말을 걸고 내기를 하겠네."

"하지만 마구 한 벌만 걸면 그쪽에서 안하려고 할 거예요."

"내 것까지 두 벌을 걸어! 나는 자네처럼 이기주의자가 아니니까."

"정말로 그렇게 해주실래요?" 다르타냥이 망설이며 물었다. 자신도 모르는 사이에 아토스의 확신에 넘어가기 시작했다.

"단판 승부로 결판을 내는 거야."

"하지만 말을 다 잃었으니까 하다못해 마구만이라도 지키고 싶었어요."

"그럼 다이아몬드를 걸어."

"이건 안 돼요. 절대로!"

"제기랄! 플랑셰를 걸라고 하고 싶지만, 그 수법은 이미 써먹었으니까 영국인도 이젠 싫다고 할 거야."

"아토스, 아무것도 걸고 싶지 않아요."

"유감이군." 아토스가 쌀쌀하게 말했다. "그 영국인은 돈이 많아. 제발 한 번만 해. 단판이면 돼. 시간도 안 걸려!"

"우리가 지면?"

"이길 거야."

"그래도 지면?"

"그러면 마구를 포기해야겠지."

"좋아요. 딱 한 판입니다."

그래서 아토스가 영국인을 찾아 나섰다. 영국인은 마구가 탐나는 듯 마구간에서 마구를 살펴보고 있었다. 마침 좋은 기회였다. 아토스가 조건을 제시했다. 이쪽은 마구 두 벌을 걸고, 상대는 말 한 마리나 백 피스톨 가운데 하나를 건다는 조건이었다. 영국인은 재빨리 속셈했다. 마구 두 벌이면 3백 피스톨은 나간다. 그가 동의했다.

다르타냥은 떨리는 손으로 주사위를 던졌다. 주사위 두 개의 눈을 합친 끗수가 3이었다. 다르타냥의 얼굴이 창백해졌기 때문에 아토스는 놀라서 이렇게 말했다.

"이봐 친구, 솜씨 한번 대단하군. 영국인 양반, 당신은 이제 말들에게 마구를 갖추어줄 수 있겠군요."

영국인은 의기양양해서 주사위를 잘 흔들지도 않았고, 승리를 확신했기 때문에 주사위를 탁자 위에 던지고는 끗수를 확인하지도 않았다. 다르타냥은 불쾌감을 감추려고 고개를 돌렸다.

"아니, 이런, 이런." 아토스가 침착한 목소리로 말했다. "놀라운 끗수로군. 주사위 두 개가 모두 1이라니, 이런 경우는 내 평생 네 번밖에 못 봤어."

영국인은 주사위 눈을 확인하고 소스라치게 놀랐다. 다르타냥도 주사위 눈을 확인하고 기쁨에 사로잡혔다.

"그래, 네 번뿐이야." 아토스가 말을 이었다. "한 번은 크레키 씨* 댁에서, 또 한 번은 시골의 내 성에서…… 그때는 나도 영지를 갖고 있었지. 세 번째는 트레빌 대장네 저택에서 보았는데, 우리 모두 깜짝 놀랐었지. 끝으로 네 번째는 어느 술집에서였는데, 그때는 내가 던진 주사위가 그랬어. 덕분에 백 루이를 잃고 저녁 식사까지 대접해야 했다네."

"그럼 말을 도로 가져갈 건가요?" 영국인이 물었다.

"물론입니다." 다르타냥이 대답했다.

"그럼 복수전은 없나요?"

"복수전은 하지 않기로 약속했을 텐데요. 기억나지 않으십니까?"

"그렇군요. 말은 댁의 하인에게 넘겨드리겠습니다."

"잠깐만." 아토스가 말했다. "실례지만, 내 친구와 잠깐 이야기를 나누고 싶은데요."

"그러시죠."

아토스가 다르타냥을 한쪽으로 끌고 갔다.

"또 뭐예요? 노름을 계속하라고요?" 다르타냥이 물었다.

"아니, 나는 자네가 좀 더 깊이 생각하기를 바랄 뿐이야."

"뭘요?"

"자네는 말을 되찾을 작정이지?"

"물론이죠."

"잘못 생각한 거야. 나라면 백 피스톨을 갖겠어. 자네는 마구를 걸고, 이기면 말이나 백 피스톨 가운데 하나를 택하기로 한 건 알고 있겠지?"

"그럼요."

"나라면 백 피스톨을 택하겠어."

"나는 말을 갖겠어요."

"다시 한 번 말하지만, 그건 잘못이야. 우리는 둘인데 말 한 마리로 뭘 하겠나? 내가 말 궁둥이에 탈 수도 없고. 그랬다가는 두 형제를 잃은 에몽의 두 아들*처럼 보일 거야. 그렇다고 자네 혼자서 훌륭한 말을 타고, 나를 그 옆에서 터벅터벅 걷게 할 수도 없지 않겠어? 나 같으면 잠시도 망설이지 않고 백 피스톨을 택할 거야. 파리로 돌아가려면 돈이 필요하니까."

"나는 그 말을 정말 좋아해요, 아토스."

"그건 잘못이라니까. 말은 잘 놀라고, 비틀거리다가 넘어져서 무릎이 깨지기도 하고, 탄저병에 걸려 고꾸라지기도 해. 그러면 자네는 말을 잃을 뿐만 아니라 백 피스톨까지 잃는 셈이 돼. 그리고 말은 주인이 먹여주어야 하지만, 백 피스톨은 주인을 먹여 살려줄 거야."

"하지만 말이 없으면 어떻게 파리로 돌아가죠?"

"하인들의 말을 타고 가면 돼. 우리가 귀한 신분이라는 건 얼굴만 봐도 알 수 있을 테니까."

"그 늙은 말을 타고 있으면 우리 꼴이 정말 볼 만하겠군요. 아라미스와 포르토스는 훌륭한 말을 타고 당당하게 나아갈 텐데."

"아라미스와 포르토스!" 아토스가 외치고는 갑자기 껄껄 웃기 시작했다.

"왜 그러세요?" 다르타냥은 친구가 웃는 이유를 이해할 수 없어서 물었다.

"아무것도 아니야. 신경 쓰지 마. 이야기를 계속하지." 아토스가 말했다.

"그래서 당신 생각은요?"

"백 피스톨을 받아. 그 돈만 있으면 월말까지 진수성찬을 즐길 수 있어. 우리는 지금까지 고생을 겪었지만, 조금 쉬면 좋아질 거야."

"쉰다고요? 안 돼요, 아토스. 나는 파리에 가자마자 그 가엾은 여자를 찾아다닐 거예요!"

"그럼 자네는 그 여자를 찾아다니는 데에도 말이 금화만큼 쓸모가 있을 거라고 생각하나? 백 피스톨을 선택하게, 친구. 백 피스톨을 선택해."

다르타냥이 아토스의 말에 따르기 위해서는 단 하나의 이유만 있으면 충분했다. 그런데 아토스가 내세운 이유가 그에게는 아주 타당하게 여겨졌다. 게다가 더 고집을 부리다가는 아토스의 눈에 이기주의자로 보이지나 않을까 걱정이 되었다. 그래서 아토스의 충고에 따라 백 피스톨을 선택했고, 영국인은 그 자리에서 당장 돈을 지불했다.

이제는 어서 그곳을 떠날 생각밖에 나지 않았다. 여관 주인과 계산을 끝내는 데에는 아토스가 원래 타던 늙은 말 외에 6피스톨이 들었다. 다르타냥과 아토스는 플랑셰와 그리모의 말을 차지했고, 두 하인은 안장을 짊어지고 걸어서 따라왔다.

두 친구가 탄 말은 형편없었지만, 그래도 곧 하인들과 거리를 벌려서 훨씬 먼저 크레브쾨르에 도착했다. 그들은 '내 누이 안'*처럼 우울한 얼굴로 창턱에서 몸을 내밀고 지평선에 흙먼지가 자욱이 일어나는 것을 지켜보고 있는 아라미스를 멀리서 알아보았다.

"어이, 아라미스! 도대체 거기서 뭘 하고 있나?" 두 친구가 외쳤다.

"아, 다르타냥! 그리고 아토스!" 젊은이가 말했다. "이 세상의 좋은 것들은 얼마나 빨리 없어져버리는가를 생각하고 있었어. 그리고 내 영국산 말이 저 소용돌이치는 먼지구름 속으로 사라져버리는 걸 보면서 세상만사의 덧없음을 절감하고 있었지. 인생이란 단 세 마디 말로 요약될 수 있을 거야. '에라트, 에스트, 푸이트'(Erat, est, fuit : 존재할 것이다, 존재하고 있다, 존재했다)."

"그 말에 담긴 뜻이 뭐죠?" 다르타냥이 물었지만, 진상을 어렴풋이 눈치채기 시작했다.

"내가 방금 전에 사기를 당했다는 뜻이야. 달리는 모양을 보니 한 시간에 25킬로미터는 달릴 수 있는 말을 겨우 60루이밖에 못 받다니."

다르타냥과 아토스가 폭소를 터뜨렸다.

"다르타냥, 나를 너무 나무라지 말게." 아라미스가 말했다.

"필요 앞에서는 법도 없다네. 게다가 벌을 받은 사람은 바로 나야. 그 악랄한 말 장수가 나를 속여서 말 값을 적어도 50루이나 후려쳤거든. 자네들은 말을 무척 아끼나 보군. 하인들의 말을 타고, 자네들의 말은 하인들이 천천히 쉬엄쉬엄 끌고 오게 하다니 말일세."

바로 그때, 몇 분 전부터 아미앵 가도에 나타난 짐마차 한 대가 멈추더니, 안장을 짊어진 그리모와 플랑셰가 마차에서 내리는 것이 보였다. 두 하인은 파리로 돌아가는 빈 짐마차를 보고, 도중에 마부의 갈증을 풀어주기로 약속하고 얻어 탄 것이다.

"이게 뭐야?" 아라미스가 눈앞의 광경을 보고 물었다. "안장뿐이야?"

"이젠 이해가 되나?" 아토스가 물었다.

"자네들도 나와 똑같은 신세로군. 나도 직감적으로 마구는 남겨두었어. 이봐, 바쟁! 내 새 안장을 가져와서 이 안장들 옆에 놔둬라."

"신부님들은 어떻게 했습니까?" 다르타냥이 물었다.

"다음 날 저녁 식사에 초대했지." 아라미스가 말했다. "말이 났으니 말인데, 이 여관에는 아주 괜찮은 포도주가 있거든. 나는 그걸 최대한 마시고 취해버렸지. 그랬더니 신부는 내가 총사대를 그만두면 안 된다고 말했고, 수도원장은 자기도 총사대에 넣어달라고 부탁하더군."

"그럼 논문을 안 써도 되는 건가요?" 다르타냥이 외쳤다.

"논문을 안 써도 되다니! 나는 논문 금지를 요구합니다!"

"그때부터 나는 아주 유쾌하게 지냈다네." 아라미스가 말을 이었다. "한 행이 한 음절로 된 시를 짓기 시작했는데, 꽤 어렵긴 하지만 어려운 일일수록 가치가 있는 법이니까. 시의 주제가 또 훌륭해. 한 편을 낭독해주지. 4백 행이나 되지만, 1분밖에 안 걸려."

"하늘에 맹세하건대……" 시를 거의 라틴어만큼 싫어하는 다르타냥이 말했다. "어렵다는 장점에다 짧다는 장점을 더하면, 당신의 시는 적어도 두 가지 장점을 갖고 있을 게 확실해요."

"그야 그렇지." 아라미스가 말을 이었다. "자네도 들으면 알겠지만, 내 시는 솔직한 열정을 표현하고 있어. 친구들, 우리는 이제 파리로 돌아가나? 좋아! 나는 준비됐어. 포르토스도 다시 만날 수 있을 테니 더욱 좋지. 그 덩치 큰 바보가 얼마나 그리웠는지 몰라. 그 친구는 절대로 말을 팔 사람이 아니야. 왕국을 준다 해도 팔지 않았을 거야. 말에 안장을 얹고 그 위에 앉은 포르토스를 지금 볼 수 있다면 얼마나 좋을까. 무굴 제국의 황제처럼 보일 거야."

그들은 말들이 한숨 돌릴 수 있도록 한 시간 정도 쉬면서 기다렸다. 아라미스는 계산을 했고, 바쟁은 동료들과 함께 짐마

494

차에 탔다. 그러고는 포르토스를 만나러 길을 떠났다.

포르토스는 다르타냥이 처음 찾아갔을 때보다는 덜 창백한 모습으로 탁자 앞에 앉아 있었다. 혼자였지만, 탁자에는 4인분의 식사가 차려져 있었다. 식사는 꼬치구이와 최고급 포도주와 싱싱한 과일로 이루어져 있었다.

"아!" 포르토스가 일어나면서 말했다. "마침맞게 잘 왔네. 나는 방금 수프를 마신 참이야. 함께 식사하세."

"오호!" 다르타냥이 말했다. "이건 무스크통이 올가미로 낚은 술병이 아닌데요. 그리고 식탁에는 송아지 족발찜에 쇠고기 안심도 있고……."

"나는 병에서 회복하고 있는 중이잖아." 포르토스가 말했다. "그래서 몸보신 좀 하려고 말이야. 무릎을 삔 것만큼 몸을 허하게 만드는 게 없더군. 아토스, 자네도 관절을 삐어본 적이 있나?"

"없어. 다만 기억나는 것은, 페루 가에서 난투극을 벌였을 때 칼에 맞은 상처가 보름쯤 뒤에는 삔 것과 똑같이 되었다는 거야."

"그런데 포르토스, 설마 이 식사가 자네 혼자 먹으려고 차린 건 아니겠지?" 아라미스가 물었다.

"물론 아니지." 포르토스가 말했다. "이 근처에 사는 귀족들을 기다리고 있었는데, 방금 올 수 없다는 연락이 왔어. 자네들이 대신 먹으면 돼. 그러면 나는 손해볼 거 없으니까. 이봐, 무스크통. 의자들 가져와! 그리고 술도 더 가져오고."

"지금 우리가 먹고 있는 게 뭔지 아나?" 10분 뒤에 아토스가 물었다.

"물론이죠!" 다르타냥이 대답했다. "내가 먹고 있는 건 채소와 호박을 넣은 송아지 고기예요."

"그리고 이건 새끼양의 허벅지살이야." 포르토스가 말했다.

"이건 닭가슴살." 아라미스가 말했다.

"모두 틀렸어." 아토스가 대답했다. "우리가 먹고 있는 건 말이야."

"설마!" 다르타냥이 말했다.

"말이라고?" 아라미스가 혐오감으로 얼굴을 찌푸리며 외쳤다.

포르토스만 잠자코 있었다.

"그래, 말이야. 포르토스, 안 그래? 우리가 먹고 있는 게 말이지? 어쩌면 마구도 함께 먹고 있는지 몰라!"

"아니, 마구는 남겨두었어." 포르토스가 말했다.

"모두 피장파장이군." 아라미스가 말했다. "남들은 우리가 무슨 약속이라도 한 줄 알 거야."

"그럼 나한테 뭘 기대하지?" 포르토스가 말했다. "나를 찾아오는 손님들은 그 말 때문에 면목을 잃었고, 나는 그들에게 창피를 주고 싶지 않았을 뿐이야!"

"그럼 공작부인은 아직도 온천장에 있겠군요?" 다르타냥이 말했다.

"그래. 아직도 거기 있지." 포르토스가 대답했다. "오늘 식사하러 오기로 되어 있던 귀족 중 하나가 이 지역 사령관인데, 내 말을 무척 탐내는 것 같더라고. 그래서 주어버렸지."

"주어버렸다고요?" 다르타냥이 외쳤다.

"그래, 주어버렸어!" 포르토스가 말했다. "최소한 150루이의 가치가 있었는데, 그 구두쇠가 겨우 80루이밖에 주려 하지 않았거든."

"안장은 빼고?" 아라미스가 물었다.

"응, 안장은 빼고."

"다들 알아차렸겠지만, 이번에도 포르토스가 우리 중에서 가장 장사를 잘했군." 아토스가 말했다.

그러자 요란한 웃음소리가 터졌다. 포르토스는 영문을 몰라서 어리둥절했지만, 한 친구가 이유를 설명해주자 포르토스도 여느 때의 버릇대로 그들과 함께 요란하게 웃음을 터뜨렸다.

"그러니까 우리는 모두 돈을 갖고 있는 거죠?" 다르타냥이 물었다.

"나는 아니야." 아토스가 말했다. "아라미스의 숙소에서 마신 스페인 포도주가 너무 좋아서 하인들이 탄 짐마차에 예순 병을 실었는데, 그 바람에 돈이 바닥나버렸어."

"나도 그래." 아라미스가 말했다. "몽디디에 성당과 아미앵 수도원에 몽땅 헌금해버렸거든. 그리고 나와 자네들을 위해 특별 기도를 올려주기로 약속을 받았지. 기도가 올려지면 우리 모두 놀라운 이익을 얻게 될 거야."

"나도 그래." 포르토스가 말했다. "상처를 치료하는 데 돈이 한푼도 안 들었다고 생각하나? 무스크통의 상처는 어떻고? 무스크통을 치료하느라 하루에 두 번씩 의사를 불러야 했는데, 의사는 무스크통이 평상시라면 약제사한테도 보여주지 않는 부위에 총알이 박혔다는 핑계로 왕진료를 갑절이나 청구했어. 그래서 무스크통에게 앞으로는 그곳을 다치지 말라고 강력하게 일러두었지."

"그래, 잘했어." 아토스가 다르타냥과 아라미스의 얼굴을 번갈아 보고 미소를 주고받으면서 말했다. "그 가엾은 녀석에게 위엄 있게 행동한 건 잘한 짓이야. 훌륭한 주인 노릇을 한 거라고."

"치료비를 치르고 나면 30에퀴 정도 남을 거야." 포르토스가 말했다.

"나는 10피스톨쯤 남았어." 아라미스가 말했다.

"그래, 좋아." 아토스가 말하고는 다르타냥을 돌아보며 물었다. "이중에서는 우리가 크로이소스*인 것 같군. 다르타냥, 백 피스톨 중에서 지금 얼마나 남아 있나?"

"백 피스톨 중에서요? 우선 50피스톨을 당신에게 주었죠."

"그랬던가?"

"그럼요!"

"아, 그래. 생각나는군!"

"그리고 여관 주인에게 6피스톨을 지불했고요."

"그놈은 짐승 같은 놈이야! 왜 6피스톨을 주었지?"

"주라고 했잖아요."

"나는 너무 착한 게 탈이야. 그래서 남은 돈이 얼마야?"

"25피스톨." 다르타냥이 말했다.

"그리고 나는……" 아토스가 주머니에서 잔돈을 꺼내면서 말했다. "나는……."

"한 푼도 없군요."

"그래. 아니면 너무 적어서 셈에 덧붙일 것도 없거나. 자, 그럼 모두 얼마나 되는지 계산해보세. 포르토스는?"

"30에퀴."

"아라미스는?"

"10피스톨."

"그리고 다르타냥은?"

"25피스톨."

"그러면 모두 합해서 얼마지?" 아토스가 물었다.

"465리브르." 아르키메데스처럼 계산이 빠른 다르타냥이 말했다.

"파리까지 가도 4백 리브르는 남겠군." 포르토스가 말했다. "게다가 마구도 있고."

"하지만 어떤 말을 타고 가지?" 아라미스가 말했다.

"하인용 말 네 마리 가운데 두 마리를 주인용으로 쓰면 돼. 어떤 말을 쓸지는 제비뽑기로 결정하세. 4백 리브르가 있으면, 말에 탈 수 없는 두 사람에 말 한 마리, 즉 한 사람당 반 마리의 말을 구할 수 있을 거야. 그리고 주머니를 뒤져서 잔돈을 모두 긁어모아 다르타냥에게 주자고. 이 친구는 재수가 좋으니까, 길을 가다가 처음 만난 도박장에 들러서 그 돈을 걸면 돼!"

"자, 식사나 하지!" 포르토스가 말했다. "음식이 식고 있어."

네 친구는 앞날에 대한 걱정이 다소 줄어들었기 때문에 음식에 경의를 표했고, 남은 음식은 무스크통과 바쟁, 플랑셰, 그리모의 차지가 되었다.

다르타냥이 파리에 도착해 보니 트레빌로부터 편지가 와 있었다. 다르타냥의 청원에 따라 국왕이 얼마 전에 다르타냥의 총사대 전입을 허락했다는 소식이었다.

총사가 되는 것이야말로 이 세상에서 다르타냥의 유일한 야심이었기 때문에—물론 보나시외 부인을 다시 찾고 싶은 소망은 제외하고—그는 겨우 30분 전에 헤어진 친구들에게 그 소식을 알리려고 기쁜 마음으로 달려갔다. 그런데 세 친구는 몹시 우울한 얼굴로 다른 일에 마음을 빼앗기고 있었다. 그들은 아토스의 집에 모여 의논을 하고 있었는데, 그것은 언제나 상

황의 심각함을 알려주는 표시였다.

5월 1일에 전쟁을 시작하기로 폐하가 결심했으므로 당장 출전할 준비를 갖추라는 통보가 얼마 전에 트레빌 대장으로부터 와 있었던 것이다.

네 친구는 어이가 없어서 말도 못하고 서로 얼굴만 바라보고 있었다. 트레빌은 군율 문제에 대해서만큼은 매우 엄격하여 절대 농담을 하지 않았다.

"그런데 출전 준비를 하려면 얼마나 들까요?" 다르타냥이 물었다.

"그건 확실히 말할 수 없어." 아라미스가 말했다. "우리가 방금 스파르타식으로 짜게 계산해봤더니 일인당 천5백 리브르씩 필요하더군."

"네 사람이니까 천5백 곱하기 4는 6천. 6천 리브르가 필요해." 아토스가 말했다.

"내 생각으로는 한 사람당 1천 리브르면 될 것 같은데요." 다르타냥이 말했다. "물론 이건 스파르타식이 아니라 재무관으로서 하는 말이지만……."

'재무관'이라는 말에 포르토스가 외쳤다.

"잠깐만. 나한테 좋은 생각이 있어!"

"대단하군! 나한테는 생각의 그림자도 떠오르지 않는데." 아토스가 침착하게 말했다. "다르타냥은 총사가 된 것이 너무 행복해서 미쳐버린 거야. 1천 리브르라니! 나한테 필요한 돈만 해도 2천 리브르는 될 거야."

"2천 곱하기 4는 8천." 아라미스가 말햇다. "그러니까 우리가 장비를 갖추는 데 필요한 돈이 8천 리브르야. 물론 필요한 장비 가운데 안장은 이미 가지고 있지만."

"게다가······" 다르타냥이 트레빌에게 인사를 하러 나갈 때까지 기다렸다가 아토스가 입을 열었다. "저 친구의 손가락에서 반짝이고 있는 다이아몬드가 있잖아. 다르타냥은 아주 착한 친구니까, 손가락에 그렇게 비싼 반지를 끼고 있으면서 형제 같은 우리가 곤경에 빠져 있는 것을 그냥 내버려둘 리가 없어."

(2권에서 계속)

9   루이 14세의 전기: 2권으로 된 뒤마의 《루이 14세와 그의 세기》는 《삼
총사》와 거의 같은 시기인 1844~1845년에 출간되었다.

《다르타냥 씨의 회고록》: 가짜 《다르타냥 씨의 회고록》은 1700년부터
1705년까지 세 가지 판이 익명으로 출판되었는데, 세 판 모두 발행처가
거짓이다. 첫 번째는 '쾰른에서 피에르 마르토', 두 번째는 '암스테르담
에서 피에르 루주', 세 번째는 '암스테르담에서 P. 드 쿠'가 출간한 것으
로 되어 있다. 실제 《다르타냥 씨의 회고록》은 가티앵 쿠르틸 드 상드라
(1644~1712)가 썼다. 하지만 다르타냥 경 샤를 드 바츠(1611~1673)
라는 이름으로 근위총사대장을 지낸 진짜 가스코뉴 귀족은 쿠르틸과
뒤마가 묘사한 인물들 뒤에 숨어 있다.

'공정한 루이'로 알려진 루이 13세(1601~1643)는 앙리 4세와 마리
드 메디시스 사이에 태어난 아들로, 부왕이 암살된 뒤 아홉 살 나이에
왕위에 올랐다. 안 도트리슈('오스트리아의 안': 1601~1666)는 스페
인 왕 펠리페 3세와 오스트리아의 마르가레타(신성로마제국 황제 페
르디난트 2세의 누이) 사이에서 태어난 딸로서 루이 13세와 결혼했
다. 리슐리외 추기경이자 공작인 아르망-장 뒤 플레시스(1585~1642)
는 프랑스 역사에서 가장 중요한 정치가 중의 한 사람으로, 1624년
에 루이 13세의 재상이 되었다. 루이 13세가 죽은 뒤 어린 루이 14세
(1638~1715)가 왕위에 오르자, 안 도트리슈는 아들이 성년이 될 때까
지 마자랭(1602~1661)이라는 이름으로 알려진 줄리오 마차리니 추기
경의 도움을 받아 섭정했다.

루이-피에르 앙크틸(1723~1806): 1805년에 4권으로 된《프랑스 역사》를 출간했다. 이 책은 그 후 많은 판을 거듭했다.

10 트루아빌(고향 베아른의 방언으로는 트레빌) 백작 아르노-장 뒤 페레 (1598~1672): 피레네 산맥 기슭의 올로롱에서 태어났다. 이 소설이 시작되는 1625년에는 근위총사대 중위였고, 1634년에야 부대장이 되었다. 트레빌에 대한 뒤마의 묘사—왕에 대한 충성, 리슐리외에 대한 반감, 베아른 출신인 앙리 4세로부터 총사들을 보호한 것—는 대체로 정확하다. 뒤마가 창조한 삼총사의 진짜 원형은 모두 베아른 지역 출신이다. 아르망 드 시예그 다토스 도트빌은 올로롱 근처의 아토스 출신이고, 이사크 드 포르토는 포 출신이고, 앙리 아라미스는 역시 올로롱에서 그리 멀지 않은 아라미스 출신이다. 이들은 이 소설의 주인공들과는 유사점이 거의 없고, 쿠르틸의《회고록》에서도 하찮은 역할을 할 뿐이다.

폴랭 파리(1800~1881): 학자. 당시 왕립도서관 필사부에서 프랑스의 중세 필사본 목록을 작성하고 있었다. 젊은 시절, 바이런 전집 13권을 번역하여 출간하기도 했다.

라 페르 백작: 이름과 회고록 모두 뒤마의 창작이다.

11 아카데미 프랑세즈: 프랑스의 대표적인 학술 단체. 리슐리외 추기경이 1635년에 창설했다. 프랑스어의 순수성을 옹호하는 일이 중요한 임무이며, 사전을 편찬하기도 한다. 회원은 40명이고, 일단 회원으로 선출되면 종신직이다. 뒤마는 아카데미 회원이 되기 위해 1839년부터 1841년까지 적어도 세 번 아카데미와 교섭했지만 한 번도 후보에 오르지 못했다. 인문학 아카데미: 1663년에 설립된 역사·문학 아카데미.

13 《장미 이야기》: 중세 프랑스의 운문 작품. 1부는 13세기 중엽에 기욤 드 로리스가 궁정 연애를 우의화한 서정시이고, 2부는 그로부터 약 40년 뒤에 '13세기의 볼테르'로 알려진 장 드 묑이 쓴 교훈적인 풍자시다. 묑 마을은 루아르 강 연안의 오를레앙 밑에 자리 잡고 있다.

라로셸: 프랑스 서부, 비스케 만에 면해 있는 항구도시. 16세기 프랑스에서 구교도(가톨릭)와 신교도(위그노, 즉 칼뱅파) 사이에 종교전쟁이 일어났을 때 라로셸은 신교도의 본거지가 되었다. 앙주 공작(나중에 앙리 3세)은 1573년에 라로셸을 공격했지만 점령하지는 못했다. 이 소설 후반에 나오는 라로셸 포위전(1627~1628)에서 리슐리외 추기경이 마침내 시민들의 완강한 저항을 누르고 승리를 거둔다.

14 가스코뉴: 프랑스 서남부의 대서양 연안에서 랑그도크 사이에 있는 지방. 7세기 후반부터 공국(公國)을 이루어 실질적인 독립을 유지해왔으나, 백년전쟁 중에는 영국의 지배를 받다가 1453년에 프랑스령이 되었다.

베아른: 프랑스 남동부의 옛 지방 이름. 남쪽은 스페인과의 접경인 피레네 산맥에 접한다. 베아른 사람은 개방적이며 영리했는데, 앙리 4세가 그 전형적인 인물이었다고 한다.

16 로시난테: 돈키호테가 타고 다닌 비쩍 마른 말.

리브르: 프랑스에서 1795년까지 사용된 통화. 10리브르(동전)=1피스톨(금화)=1.677에퀴(은화).

앙리 4세(1553~1610): 피레네 산맥 기슭에 있는 베아른 지방의 수도인 포에서 방돔 공작 앙투안 드 부르봉과 나바르 여왕인 잔 3세 달브레의 아들로 태어났다. 1572년에 나바르 왕이 되었고, 1589년에는 프랑스 왕이 되었다.

17 에퀴: 프랑스의 은화.

종교전쟁: 16세기 프랑스에서 구교와 신교 간의 갈등으로 전개된 전쟁(1562~1598). 프랑스에서는 전통적으로 가톨릭(구교)에 저항하는 분위기가 강했던 남부를 중심으로 널리 퍼져 있던 신교도를 위그노라고 불렀다. 이들이 빠르게 성장하여 종교적 영역을 넘어 정치 세력화하기 시작함에 따라 구교의 반감을 사게 되었고, 이러한 신구교의 정치적 갈등이 프랑스 궁정 내부 문제와 국제적 문제와 겹치면서 결국에는 종교전쟁으로 비화되어 16세기 후반에 프랑스를 황폐시키다가 앙리 4세의 낭트 칙령(1598)으로 겨우 막을 내렸지만, 두 종파의 경쟁 관계는 비록 소규모나마 그 후에도 오랫동안 계속되었다.

28 밀레디: 유럽 대륙의 사람들이 영국 여성을 높여 부르는 말. 귀부인이라는 뜻. 편의상 이 소설에서는 번역하지 않고 그대로—이름처럼—썼다.

29 공작: 제1대 버킹엄 공작 조지 빌리어스(1592~1628)는 영국 왕 찰스 1세의 대사로서 앙리 4세의 딸이자 루이 13세의 누이인 앙리에타와 영국 왕의 결혼 교섭을 마무리하기 위해 1625년 5월 파리에 왔다. 그는 찰스 1세에 대한 영향력 때문에 당시 가장 부유하고 유력한 인물의 하나였지만, 영국인들은 그를 싫어했다.

31 왜가리……: 라퐁텐(1621~1695)은 '왜가리'라는 우화에서 까다로

운 왜가리가 낮에 여러 종류의 물고기를 잡을 수 있었는데도 콧방귀를 뀌다가 마침내 배가 고파지자 달팽이 한 마리로 만족하는 것을 묘사하고 있다.

33 조제프 신부: '막후의 추기경'으로 알려진 카푸친회 신부 프랑수아 르 클레르크 뒤 트랑블레(1577~1638). 리슐리외 추기경에게 막강한 영향력을 행사한 조언자이자 친구였다.

34 피스톨: 원래는 스페인의 금화였으나 프랑스에서도 유통되었다. 1피스톨은 1.667에퀴(은화).

35 뤽상부르 궁: 센 강 왼쪽 연안에 있는 뤽상부르 궁은 1615~1620년에 마리 드 메디시스를 위해 건축가 살로몽 드 브로스의 지휘로 지어졌고, 루벤스와 푸생 및 필리프 드 샹파뉴의 그림으로 장식되었다. 뤽상부르 궁이 있는 일대는 이 궁전의 이름을 따서 뤽상부르라고 불리게 되었다. 이 궁전은 지금 프랑스 상원으로 쓰이고 있다.

37 신성동맹: 기즈 공 앙리(1550~1588)가 위그노(칼뱅파)에 맞서서 가톨릭 신앙을 지키고 앙리 3세를 대신하여 자신이 프랑스 왕위에 오르기 위해 1576년에 결성한 가톨릭 동맹이었다. 앙리 4세는 프랑스 왕위에 오르면서 칼뱅파와 관계를 끊고 가톨릭으로 개종했기 때문에 신성동맹은 쓸모가 없어지고 말았다.

사자: 붉은색 바탕에 오른쪽 앞발을 들고 나머지 세 발은 땅에 대고 앞을 보면서 오른쪽으로 걸어가는 황금빛 사자가 새겨진 문장의 도안.

38 뱀……: 이들 네 사람은 모두 유명한 암살자다. 뱀과 모르베르는 신교도의 우두머리이자 성 바르톨로메오 축일의 대학살 때 처음 희생된 사람들 가운데 하나인 가스파르 드 콜리니 제독(1519~1572)을 암살했고, 폴트로 드 메레는 가톨릭교도의 우두머리인 기즈 공작 프랑수아 드 로렌(1519~1563)을 암살했고, 비트리 공작 니콜라 드 로피탈(1581~1644)은 마리 드 메디시스가 당크르 원수 칭호를 수여한 이탈리아 모험가 콘치노 콘치니를 암살했다.

41 프랑수아 드 바송피에르(1579~1646): 스위스 근위대를 지휘했고, 앙리 4세를 위해 싸워서 승리한 공으로 프랑스 원수에 임명되었다. 그의 염문은 동시대인들의 증언만이 아니라 그 자신의 회고록에도 언급되어 있다.

모두에게 똑같이: 태양왕 루이 14세의 좌우명.

44 거인국: 조너선 스위프트(1667~1745)가 쓴《걸리버 여행기》제2부에 묘사되어 있는 브로브딩내그 나라다. 다르타냥은 스위프트의 풍자소설이 출간되기 1세기 전에 이미 이런 생각을 한 것이다.

45 에귀용 부인과 콩발레 부인: 뒤마는 콩발레 부인, 에귀용 공작부인, 마리-마들렌 드 비녜로(1604~1675)라는 한 여자를 두 여자로 만들었다. 사실 그녀는 리슐리외의 질녀였고, 그의 정부였을 가능성도 있다.

49 샬레 후작 앙리 드 탈레랑(1599~1626): 왕의 의상 담당자로서 루이 13세의 총애를 받았고, 슈브뢰즈 공작부인의 애인들 가운데 하나였다. 그는 리슐리외 타도 음모를 꾸민 혐의로 참수형에 처해졌다.

레그: 근위대 장교이자 슈브뢰즈 부인의 또 다른 애인인 레그 후작 조프레(1614~1674)를 가리키는 말이겠지만, 당시 그는 아직 소년이었다. 로슈포르는 이 소설에서 나중에 중요한 역할을 하게 되지만, 대부분은 뒤마의 창작이다.

무슈: 16세기에 쓰이기 시작한 '무슈'라는 칭호는 관례상 왕의 동생, 이 경우에는 오를레앙 공 장-밥티스트 가스통(1608~1660)에게 주어진 칭호였다. 그는 샬레와 슈브뢰즈 부인과 함께 리슐리외 타도 음모를 꾸몄다.

50 루주 공작: '붉은 모자의 공작'이라는 뜻으로, 추기경을 가리킨다.

버킹엄: 앞에서 간접적으로 언급된 공작이 마침내 여기서 거명된다. 버킹엄과 리슐리외가 왕비의 사랑을 얻기 위해 경쟁한다는 소문이 퍼졌고, 아라미스의 단순한 말이 지닌 '불명예스러운 의미'는 바로 그것이다. 왕비가 아이를 낳지 못한 것은 왕비의 불임이나 루이의 무관심 탓으로 돌려졌다. 하지만 왕비는 1638년에 드디어 왕위 계승자를 낳았다.

51 부아-트라시 부인: 이 인물을 언급한 사람은 뒤마뿐이고, 뒤마의 창작일 가능성이 크다. 하지만 슈브뢰즈 공작부인 마리-에메 드 로앙-몽바종(1600~1679)은 그렇지 않다. 프랑스 궁정에서 오랫동안 복잡한 경력을 쌓은 슈브뢰즈 부인은 많은 애인을 거쳤고, 끊임없이 리슐리외 타도 음모를 꾸몄고, 수없이 추방과 복귀를 되풀이했다. 그녀는 이 소설에서 자주 언급되지만 한 번도 나오지 않는다.

나르시스: 그리스 신화에 나오는 미소년. 물에 비친 제 모습에 반하여 그리워하다가 빠져 죽어 수선화가 되었다고 한다.

58 파르살로스……: 기원전 48년 율리우스 카이사르(기원전 101~44)는 테살리아의 파르살로스 전투에서 폼페이우스를 무찔렀다. 1525년 2월 24일 프랑수아 1세(1494~1547)는 롬바르디아의 파비아 전투에서 스페인 군대에 패하고 포로가 되었다.

63 왕립 아카데미: 젊은 귀족들이 귀족에게 어울리는 교양과 기능을 배우는 학교. 파리만이 아니라 지방에도 이런 아카데미가 있었다.

71 카름데쇼 수도원: 맨발의 카르멜회 수도원. 십자가의 성 요한과 아빌라의 성 테레사의 개혁안을 따르는 이 수도회의 수도사들은 1611년에 이탈리아에서 프랑스 파리로 왔다. 1613년에 마리 드 메디시스는 뤽상부르 궁에서 그리 멀지 않은 보지라르 가에 지금도 서 있는 그들의 교회를 짓기 위해 첫 주춧돌을 놓았다. 이 수도원은 지금은 가톨릭교회로 쓰이고 있다.

74 나루터: 1550년에 나중에 파괴된 튈르리 성을 건설하기 위해 지금의 볼테르 부두에 밧줄로 끌어당기는 연락선이 설치되어 센 강의 좌안과 우안을 연결하게 되었다. 지금은 그 자리에 퐁루아얄 다리가 서 있고, 나루터의 흔적은 바크 가(바크는 나룻배 또는 나루터라는 뜻)라는 거리 이름에만 남아 있다.

76 에귀용 저택: 당시에는 이 저택에 에귀용이라는 이름이 주어질 수 없었을 것이다. 문제의 저택은 프티-뤽상부르로서, 1570년에는 프랑수아 드 뤽상부르의 소유였다. 마리 드 메디시스는 1612년에 이 저택을 사서 1627년에 리슐리외 추기경에게 주었고, 리슐리외는 그의 저택인 추기경궁(팔레 카르디날, 나중에 팔레-루아얄)이 지어지는 동안 이곳에서 살았다. 1639년에 리슐리외는 이 저택을 질녀인 에귀용 부인에게 주었다. 지금은 상원의장 관저로 쓰이고 있다.

83 폼페이우스의 병사들: 카이사르와 폼페이우스의 전쟁을 다룬 로마 시인 루카누스의 서사시 〈파르살리아〉(7장, 75~76절)에 소개된 일화.

프레오클레르: '학자들의 초원'이라는 뜻. 생제르맹-데-프레 지역에서 뤼니베르시테 가와 교차한다. 이 초원은 한때 파리 대학에 속해 있었는데, 이 학교 학생들은 이 벌판이 오락만이 아니라 분쟁을 해결하는 데에도 편리한 장소라는 것을 발견했을 게 분명하다.

사마리아 여인: 파리에 처음 설치된 양수기의 별명. 앙리 4세는 플랑드르의 수력공학자에게 이 양수기를 주문하여 1605년에 새로 완성된 퐁

뇌프 다리에 설치했다. 수조 위에 세워진 건물 꼭대기의 종루에는 스물네 개의 종으로 이루어진 천문시계가 설치되어 있었다. 건물 정면에 그리스도가 야곱의 우물에서 사마리아 여인과 만나는 장면(신약성서 〈요한복음〉 4장 5~30절 참조)을 묘사한 돋을새김이 장식되어 있어서 '사마리아 여인'이라고 불렸다.

85   샤를마뉴(742~814) : 프랑크 왕국의 왕이자 서로마 제국의 황제. 게르만 민족을 통합하고, 영토를 확대하였다. 구교도를 보호하여 800년에 로마 교황으로부터 서로마 제국의 제관(帝冠)을 받았다.

93   쥐사크, 카위자크, 비스카라 : 이들 세 사람은 모두 역사에 실제로 존재한 인물이지만, 뒤마는 이들의 야단스러운 이름만 차용했을 뿐이다. 클로드 드 쥐사크(1620~1690)는 방돔 공작령의 총독이었고, 이 결투가 벌어졌을 당시에는 다섯 살이었다. 카위자크는 리슐리외 친위대의 장교였다. 자크 드 로통디스 드 비스카라는 추기경의 경기병대 부관이었고, 나중에 샤를빌의 총독이 되었다.

101   슈메로 양 프랑수아즈 드 바르베지에르 : 안 도트리슈 왕비의 시녀로서, 안 도트리슈의 일거수일투족을 리슐리외 추기경에게 충실히 보고했다

샤를마뉴를 흉내 내다 : 노름에서 이긴 뒤, 상대에게 만회할 기회를 주지 않고 노름판에서 물러나는 것을 뜻하는 오래된 표현. 이 표현은 샤를마뉴 황제가 죽을 때까지 정복지를 모두 유지한 사실에서 유래했다고 한다.

라 비외빌 후작 샤를(1582~1653) : 1623~1624년에 프랑스의 재무총감이었다. 그는 리슐리외에게 체포되었지만, 1651년에 복귀했다.

루이 : 1640년에 발행되기 시작한 금화. 한 면에 루이 13세의 초상이 새겨져 있어서 '루이 금화'라고 불렸다. 프랑스 혁명 때(1795) 프랑(은화)으로 대체되었다. 1루이 = 2.4피스톨(금화) = 24리브르(은화).

102   생제르맹 : 보통 생제르맹이라면 생제르맹-앙-레라는 도시를 말하고 이도시도 소설에 나오지만, 여기서 말하는 생제르맹은 생제르맹-데-프레라고 불리는 곳이다.

103   퐁드세 : 1620년 4월 8일, 마리 드 메디시스와 손잡고 그녀의 아들인 루이 13세에 맞서서 반란을 일으킨 귀족들의 군대가 루아르 강 오른쪽 연안에 있는 퐁드세라는 작은 마을에서 패주했다.

110 투아르 백작 앙리 드 라 트레무유(1599~1674): 신교도였고, 아버지는
앙리 4세의 신하였다. 그는 라로셸이 함락된 뒤 가톨릭으로 개종했다.
그의 저택은 뤽상부르 궁 근처의 투르농 가에 있었다.

112 에사르 경 프랑수아 드 기용: 트레빌의 처남으로서 실제로 근위대장이
었지만, 그가 근위대장이 된 것은 1638년이었다. 리슐리외의 주요한 적
으로 꼽혔다.

113 생제르맹 숲: 생제르맹-앙-레 성에 딸려 있는 넓은 왕실 숲. 파리에서
북서쪽으로 15km쯤 떨어져 있는 이 숲에는 프랑수아 1세와 앙리 4세
와 루이 13세가 자주 가서 사냥을 즐겼다.

119 생시몽 공작 클로드 드 루브루아(1607~1693): 루이 13세의 총애
를 받은 시종이었다. 그의 아들 루이 드 루브루아 드 생시몽 공작
(1675~1755)이 루이 14세의 치세를 연대기 식으로 기록한 회고록은
프랑스 역사의 주요 저서이자 프랑스 산문의 걸작으로 꼽힌다.

121 무류성(無謬性): 교황이 전 세계 로마 가톨릭교회의 수장(首長)으로서
신앙 및 도덕에 관하여 내린 정식 결정은, 하느님의 특별한 은총으로
말미암아 오류가 있을 수 없다고 하는 주장.

130 폼드팽: '솔방울'이라는 뜻. 시테 섬의 노트르담 다리 근처에 있는 유명
한 여관.

피카르디 출신: 파리 북부에 있는 피카르디 지방 출신은 고집이 세기로
유명하다. 플랑셰는 고집이 셀 뿐만 아니라 무척 영리하기도 하다.

133 무스크통: 총신이 짧고 총구가 큰 구식 머스킷 단총. 보니파스라는 이
름은 '좋은 일을 한다'는 뜻을 가진 라틴어에서 유래했다.

136 성령기사단: 1578년에 앙리 3세가 신성동맹과 싸우기 위해 창설한 프
랑스 기사단.

139 아킬레우스, 아이아스, 요셉: 아킬레우스와 아이아스는 호메로스의
《일리아스》에 나오는 주인공들 가운데 가장 호전적인 두 인물. 구약성
서 〈창세기〉(37~50장)에 나오는 요셉은 온화한 몽상가로서, 야곱과
라헬의 아들이다.

145 아르키메데스: 고대 그리스의 수학자이자 물리학자(기원전 287~212).

지레의 원리를 설명한 것으로 유명한데, 시라쿠사의 왕 앞에서 "충분히 긴 지렛대와 받침만 있다면 지구를 들어 올릴 수 있다"고 장담했다고 한다.

146 피에르 드 라 포르트(1603~1680): 1621년에 안 도트리슈 왕비의 '포르트-망토'(외투나 옷자락을 받드는 사람)에 임명되었고, 나중에 루이 14세의 시종이 되었다. 그는 왕비를 위해 스페인 왕과 슈브뢰즈 부인을 비롯한 여러 사람에게 비밀 편지를 전달했고, 1637년에 바스티유 감옥에 갇혔다가 소뮈르로 추방되었지만 리슐리외가 죽은 뒤 왕의 총애를 되찾았다. 1755년에 출간된 그의 《회고록》은 뒤마에게 중요한 자료가 되었다.

153 장 모케(1575~1617): 여행가. 1601~1612년에 아프리카 서해안, 가이아나, 모로코, 말레이 제도, 팔레스타인을 방문하고 귀국한 뒤 왕의 골동품 보관소장이 되었다. 그가 쓴 여행기는 1617년에 출간되었다.

157 사무엘의 유령: 사울 왕의 요청에 따라 엔돌의 무당이 예언자 사무엘의 유령을 불러냈다. 사울 왕은 사무엘에게 블레셋 사람들과의 전쟁에 대한 조언을 청했다.(구약성서 〈사무엘 상〉 28장 12~15절 참조)

159 퓌탕주 경 기욤 모렐: 실제로 왕비 전용 마구간의 말 관리 담당자였다. 하지만 아미앵의 정원에서 버킹엄 공작과 왕비 사이에 그런 소동이 일어난 것은 아라미스가 암시한 것처럼 1625년 이전이 아니라 1625년이었다. 실제로 무슨 일이 일어났는지는 확실치 않지만, 버킹엄은 너무 대담하게 행동한 것 같다. 왕비가 소리를 지르자 말 관리 담당자가 달려왔고 다른 수행원들도 그 뒤를 따랐다. 당시의 많은 회고록에 언급되어 있는 이 사건은 프랑스와 영국의 외교 관계를 긴장시켰다.

169 예루살렘 가: 시테 섬에 있는 작은 거리 이름. 오르페브르 부두에서 시작되어 옛 경찰청까지 이어져 있었다. 그래서 경찰의 은어와 이 거리가 연결된다.

203 포르에베크: 라틴어 '포룸 에피스코피'(주교의 장)에서 나온 말. 원래는 파리 주교의 형사법원과 감옥이었다. 1161년에 파리 주교인 모리스 드 쉴리가 지었고, 1652년에 루이 14세가 개축하여 바스티유를 보완하는 왕실 감옥으로 사용했다.

208 찰스 1세(1600~1649): 스튜어트 왕조의 영국 왕(재위 1625~1649). 악정으로 의회에서 권리청원이 제출되어 비난당하자 의회를 해산하고 11년간 의회를 소집하지 않았다. 그러나 스코틀랜드의 반란 처리 비용

을 위해 의회를 소집했다가 의회와 정면 대립, 청교도혁명으로 확대되어 결국 처형당했다.

218 앙투아네트 달베르 뒤 베르네: 안 도트리슈의 수석 시녀였다. 아미앵 사건이 일어난 뒤 1625년에 퓌탕주와 함께 궁정에서 쫓겨났고, 1년 뒤에는 슈브뢰즈 부인도 쫓겨났다.

레 섬: 프랑스 서부 대서양 연안 라로셸 앞바다에 있는 섬.

219 홀랜드 백작 헨리 리치(1589~1649): 버킹엄의 친구이자 협력자. 1624년에 파리에 와서 앙리에타와 찰스 1세의 결혼 교섭을 시작했다. 그는 슈브뢰즈 부인의 애인이 되었고, 그녀를 도와서 버킹엄과 안 도트리슈가 아미앵에서 만나도록 주선했을 것이다. 나중에 그는 라로셸의 강화 조약을 교섭하게 된다.

231 산: 아토스는 실제로 그리스 북부의 칼키디키 주에서 에게 해로 돌출한 세 개의 반도 가운데 동쪽 끝에 있는 아크티 반도의 끝에 자리 잡고 있는 산 이름이다. 이 자치지역에는 6세기 이후 약 20개의 그리스정교회 수도원이 들어섰다.

234 생폴: 바스티유는 지금은 존재하지 않는 생폴데샹 교회의 교구에 속해 있었다. 바스티유에서 죽은 죄수들은 632년에 세워진 이 오래된 교회의 묘지에 묻혔지만, 이곳에서 실제로 죄수가 처형되었을 가능성은 거의 없다.

그레브 광장: 국사범들은 그레브 광장에서 처형되어 파리 시청 동쪽에 있는 생장드그레브 묘지에 묻혔다. 이곳은 그 후 시청 광장으로 개명되었다.

크루아뒤트라우아르: '반역자의 십자가'라는 뜻. 생토노레 가와 아르브르섹 가의 교차로는 오랫동안 교수형이 집행된 곳이었다. 이곳에는 교수대(프랑스어로 아르브르섹은 '마른 나무'라는 뜻)와 바퀴가 있었고, 그 옆에 사형수의 마지막 기도를 도와줄 커다란 돌 십자가(크루아)가 세워져 있었다.

239 공작령 만토바……: 뒤마가 서술한 사건 순서는 여기서 역사적 사실과 반대로 되어 있다. 루이 13세와 리슐리외는 느베르 공작 샤를 드 곤자그-클레브가 만토바 공국을 계승하도록 지원하기 위해 1629년에 알프스 산맥을 넘었다. 신교도에 대한 마지막 원정에서 님과 카스트르와 위제스를 점령한 것도 1629년이었다. 한편 영국인들은 1627년 7월에 라

로셸 앞바다의 레 섬에 상륙했고, 같은 해 11월에 쫓겨났다. 리슐리외가 라로셸을 공격한 것은 1627~1628년이었다.

244 라누아 부인: 마리 드 라누아라는 여자도 궁정과 관계가 있었지만, 여기서 말하는 라누아 부인은 아마 안 도트리슈의 시녀였던 샤를로트 드 빌리에르 생폴일 것이다.

파르지 부인: 앙투안 드 실리와 마리 드 라누아 사이에 태어난 마들렌 드 실리는 국가평의원이자 스페인 주재 대사를 지낸 파르지 백작과 결혼하여 파르지 부인이 되었다. 왕비의 시녀로서 왕실 반지를 보관하는 임무를 맡아 안 도트리슈에게 충성을 바쳤고, 그 때문에 리슐리외는 1631년에 그녀를 네덜란드로 추방했다.

250 피에르 세기에(1588~1672): 1633년에야 국새상서가 되었고, 1635년에 프랑스 대법관이 되었다. 그는 아카데미 프랑세즈의 창설자 가운데 하나였다.

앙투안 비트레(1595~1673): 마리 드 메디시스와 화해하려는 리슐리외의 노력에 협력했다고 한다. 나중에 중요한 서적상 겸 출판업자가 되었다.

252 형사 대리관: 파리의 샤틀레처럼 왕궁 소재지의 재판소에 배치되어 범죄 사건을 심리하는 판사.

256 블레셋인과 맞선 삼손: 구약성서 〈사사기〉 15장 14절에 묘사된 삼손과 블레셋인의 만남을 참조할 것. '신의 권능이 삼손에게 임하매 그 팔 위의 줄이 불탄 삼과 같아서 그 결박되었던 손에서 떨어진지라.'

265 롱그빌 부인과 콩데 부자: 롱그빌 공작 앙리 도를레앙(1595~1663)에게는 두 아내가 있었다. 첫 아내는 루이즈 드 부르봉(1637년 사망)이고, 두 번째 아내는 콩데 공작 앙리 드 부르봉 2세(1588~1646)의 딸인 주느비에브 드 부르봉(1619~1679)이었다. 롱그빌 공작은 1626년에 리슐리외를 몰아내려는 음모를 꾸몄지만, 첫 아내는 음모자로 알려지지 않았다. 두 번째 아내는 나중에 정치에 깊이 관여하게 되었지만, 이 소설이 쓰일 당시에는 겨우 여덟 살이었다. 콩데 부자─아버지는 앙리 2세, 아들은 '르 그랑 콩데'라고 불리는 루이 2세(1621~1686)─는 둘 다 반역적이었다. 앙리는 마리 드 메디시스의 섭정에 반대하는 공작들의 반란을 주도했고, 루이는 샬레 사건과 '프롱드의 난'으로 알려진 내전에 관여했다.

266 당크르 원수 부인: 갈리가이(1576~1617)라는 이름으로 알려진 엘레

오노라 도리는 당크르 원수 콘치노 콘치니의 아내였고, 마리 드 메디시스의 젖동생으로 마리의 총애를 받았다. 하지만 남편과 함께 악평을 받았고, 남편이 살해된 뒤 마녀로 몰려 목이 잘리고 불태워졌다.

269 기토 부인은 왕비의 근위대장인 코맹주 백작 프랑수아 드 기토(1581~1663)의 아내였다. 샤블레 부인은 마들렌 드 수브레(1599~1678)다. 샤블레 후작 필리프-에마뉘엘 드 라발과 결혼했으며, 나중에 파스칼과 라파예트 부인, 라 로슈푸코의 친구가 되었고, 라 로슈푸코의《잠언과 성찰》을 편집하는 데 기여했다. 몽바종 부인 마리 다보구르 드 브르타뉴(1657년 사망)는 몽바종 공작 에르퀼 드 로앙(1568~1654)의 두 번째 아내였다. 몽바종 공작은 왕실 사냥터 관리자였고, 첫 아내가 낳은 딸이 바로 슈브뢰즈 부인이다. 안 드 로앙(1604~1685)은 사촌오빠인 게메네 공작 루이 드 로앙(1599~1677)과 결혼하여 게메네 공작부인이 되었다.

271 당시의 회고록: 마리 드 메디시스와 추기경의 연애에 대한 소문은 무성했지만 증거는 부족했다. 리슐리외는 마리 드 메디시스의 개인적인 지도 신부였다. 마리 드 메디시스는 아들인 루이 13세와 싸운 뒤(1617~1620) 궁정으로 돌아갔고, 1624년에 추기경을 재상으로 만드는 데 성공했다. 하지만 1629년에 그들은 이미 철천지원수가 되어 있었다. 1630년의 이른바 '뒤통수 맞은 날'(11월 10일), 마리 드 메디시스와 안 도트리슈는 리슐리외를 실각시키려고 애썼지만 실패했다.

272 데 로슈 르 말: 노트르담 사원의 성가대 지휘자이자 참사회원이며 레 로슈 드 롱퐁 수도원 원장인 미셸 르 말. 그는 리슐리외의 비서였고, 추기경이 죽은 뒤에는 그의 영혼을 위해 연례 기도회를 열었다.

273 이사크 드 라프마(1584~1657): 변호사이자 치안판사로서, '리슐리외의 사형 집행인'으로 알려져 있었다. '최고 수렵관'이라는 말은 식탁이 아니라 교수대에 사냥감을 공급하는 사람이라는 뜻으로, 라 포르트의 회고록에 나오는 표현이다.

290 모트빌 부인: 프랑수아즈 베르토(1621~1689)는 니콜라 랑글루아 드 모트빌의 아내였다. 리슐리외가 궁정에서 쫓아냈지만, 리슐리외가 죽은 뒤 궁정에 돌아와 1666년에 안 도트리슈 왕비가 죽을 때까지 곁에 남아 있었다. 그녀의 회고록(《프랑스 왕 루이 13세의 부인 안 도트리슈의 전기에 일조하는 회고록》)은 1723년에 암스테르담에서 출간되었고, 1823년과 1838년에 재판되었으며, 뒤마에게 중요한 자료가 되었다.

291 지나간 자취……: 구약성서 〈잠언〉 30장 18~19절을 참조할 것. '내가 정말 이해할 수 없는 일이 넷 있으니, 곧 독수리가 하늘을 날아간 자취와 뱀이 바위 위로 지나간 자취와 바다 위로 배가 지나간 자취와 남자가 여자와 함께한 자취이다.'

310 디오니시우스의 귀: 시칠리아 섬의 시라쿠사에 있는 언덕 비탈을 파서 만든 인공 동굴. 바닥에서 천장까지의 높이가 약 22m, 입구에서 안쪽까지의 깊이가 약 60m인데, 음향효과가 매우 뛰어나기 때문에 고대 시라쿠사의 참주였던 디오니시우스(기원전 403~367)는 이곳에 정치범들을 가두고 자신의 뜻을 '신의 목소리'처럼 전하여 세뇌시켰다고 한다.

315 봉디: 파리에서 북동쪽으로 15km쯤 떨어진 봉디 숲은 도둑과 살인자들의 소굴로 알려져 있었다.

316 포르주: 파리 북서쪽의 뇌샤텔 근처에 있는 온천지. 광천수로 유명했고, 17세기에 큰 인기를 누렸다.

317 성 아우구스티누스의 저서: 히포의 성 아우구스티누스(354~430)가 쓴 《신국론》 22권 가운데 제21권에 18장이 있다.

324 성 요한 크리소스톰(347~407): 콘스탄티노플 대주교였고 위대한 신학자이자 교부의 하나였다. 크리소스톰이라는 성은 '황금의 입'을 뜻하는 그리스어로, 그의 설교가 얼마나 유창했는지를 말해준다.

338 바르드 백작: 가짜 《다르타냥 씨의 회고록》에서 쿠르틸은 밀레디라는 이름의 영국 여자와 사랑에 빠지는 잘생기고 부유한 귀족인 바르드 후작을 소개하고 있다. 쿠르틸은 바르드 후작 프랑수아-르네 뒤 베크 크레스팽, 또는 크레스팽 두 베크(1620~1688)를 염두에 두고 있는 게 분명하다. 이 바르드 후작은 루이 14세의 총애를 받게 되었고, 연애와 관련된 음모로 유명했다.

359 메를레종 춤: 지빠귀 사냥을 흉내 낸 16가지 춤사위로 이루어진 춤('메를레종'은 지빠귀를 뜻하는 '메를'에서 유래). 지빠귀 사냥을 좋아한 루이 13세가 직접 창작했을 가능성도 있다.

360 오를레앙 공 가스통(1608~1660)은 앙리 4세와 마리 드 메디시스의 아들로, 루이 13세의 동생이다. 어머니와 손잡고 리슐리외 추기경과 대적하지만 실패하고 플랑드르로 도망친 끝에 형 루이 13세와 화해하고 프랑스로 귀국했으나, 그 후에도 여러 번에 걸쳐 리슐리외

에 대한 음모를 꾸몄다가 발각되었다. 수아송 백작 루이 드 부르봉
(1604~1641)은 콩데 공작의 사촌으로서 그와 함께 샬레의 리슐리외
타도 음모에 참여했다. 대수도원장은 앙리 4세와 그의 정부인 가브리
엘 데스트레(1573~1599)의 둘째 아들로 태어난 알렉상드르 드 방돔
(1593~1629)이었다. 당시 그는 뱅센 성에 갇혀 있었고, 이곳에서 죽
었다. 제2대 델뵈프 공작 샤를 드 로렌(1596~1657)은 대수도원장의
누이와 결혼했다. 다르쿠르 백작 프랑수아 드 로렌(1601~1666)은 그
의 동생으로 아르마냑 백작과 브리온 백작을 겸했다. 프랑수아 드 실리
(1586~1628)는 1621년에 제1대 라 로슈-귀용 공작이 되었다. 그가 라
로셸 포위전에서 전사하자 그의 영지는 이복동생인 로제 뒤플레시스-
리앙쿠르(1598~1674)에게 넘어갔다. 루이 13세의 친구인 이 사람은
1643년에 공작이 되었다. 한때 왕의 총애를 받은 프랑수아 드 바라다
기사는 무도회가 열리기 전에 궁정에서 쫓겨났다. 크라마유 백작 아드
리앵 드 몽뤼크(1568~1646)는 샤바니스 공작을 겸했고, 나중에 리슐
리외 타도 음모에 관여하여 바스티유에 갇혔다. 수브레 기사의 정체는
확실치 않다. 궁정과 관련된 사람들 가운데 수브레라는 이름을 가진 사
람은 여러 명 있었다.

379 이사크 드 방스라드(1613~1691): 아카데미 프랑세즈 회원이며 많은 시를
쓴 시인이지만, 그 당시 트레빌에게 무언가를 들려주기에는 너무 젊었다.

티메오······: 이 구절은 베르길리우스의 《아에네이스》에서 트로이의 사
제 라오콘이 한 말이다. 문자 그대로 번역하면 '나는 다나안 사람(그리
스인)들이 선물을 가져와도 그들이 두렵다'는 뜻이다.

381 델릴라: 이스라엘 민족의 영웅인 삼손과 사랑에 빠진 체하고 그를 필리
스티아 사람들에게 팔아넘겼다.

386 콩페랑스 문: 센 강 오른쪽 튈르리 부두 끝에 새로 생긴 이 세관 문은
1633년에야 세워졌고, 나중에 루이 14세의 결혼 문제를 결정하기 위해
열린 회의(콩페랑스)에서 그 이름을 땄다. 이 문은 그 후 콩코르드 광장
을 지을 때 철거되었다.

406 팔레-루아얄: 리슐리외는 1624년에 재상이 되자마자 루브르 궁 근처에
자신의 저택을 짓기로 결정했다. 이 저택이 처음에는 리슐리외 관(館)으
로 불리다가 얼마 후에는 팔레-카르디날(추기경 궁)이라고 불리게 되었
다. 1639년에 리슐리외는 이 저택을 왕가에 유증했다. 1642년에 그가
죽은 직후, 안 왕비는 맏아들 루이(5세)와 둘째 아들 필리프(3세)와 함
께 루브르를 떠나 리슐리외 관으로 거처를 옮겼고, 그때부터 이 저택은

팔레-루아얄(왕가 궁)로 불리게 되었다. 따라서 리슐리외 생전인 당시에는 팔레-카르디날이 정확한 명칭이나, 뒤마도 후세의 명칭인 팔레-루아얄이라고 부르고 있다.

415 샤틀레: 프랑스 파리에 있었던 성새(城塞). 12세기부터 대혁명 때까지 국왕의 파리 관구 행정청과 법원으로 이용되어 수도 행정의 중추였으나 19세기 초에 헐렸다.

우르스 가: 13세기에 생긴 이 도로는 생마르탱에서 세바스토폴 대로 사이에 아직도 일부가 남아 있다. 현재의 명칭인 '우르스'(곰이라는 뜻)는 원래는 구운 '우에스' 또는 '우아스'(거위들)였다.

423 공작님: 아마 콩데 공작 앙리 2세일 것이다. 샹티이 숲은 콩데 공작의 성에 속해 있었지만, 그 성이 몽모랑시 가에서 콩데 가로 넘어간 것은 1643년이었다.

430 아르미다의 정원: 아르미다는 이탈리아의 시인 토르콰토 타소 (1544~1595)가 쓴 서사시 《해방된 예루살렘》에 나오는 여주인공의 하나. 마녀인 그녀는 주인공 리날도를 마법에 걸린 정원에 가두어, 그의 십자군과 멀리 떼어놓았다.

435 손들을 얹다: 이스라엘 사람들과 아말렉 사람들이 싸우는 동안 아론과 훌은 양쪽에서 모세의 손을 잡아 올리고 있었다. 이 전투는 구약성서 〈출애굽기〉 17장 12~13절에 묘사되어 있다. 복음서에서 '손을 얹는' 것을 언급한 부분은 신약성서 〈마가복음〉 5장 23절과 16장 18절, 〈사도행전〉 8장 19절에서 찾아볼 수 있다. 하지만 예수회 수도원장의 말은 인용문이 아니다.

437 코르넬리우스 얀세니우스(1585~1638): 네덜란드의 신학자. 그의 《아우구스티누스》는 1640년에 출간되었으니까 이 책의 시대 배경과는 맞지 않지만, '능률적인 은총'이라는 개념에 바탕을 둔 얀센주의라는 교리를 낳았다. 궁극적으로 성 아우구스티누스로부터 유래한 이 교리는 인간의 노력이 아니라 신의 은총을 통해서만 구원을 얻을 수 있다고 말한다. 얀센주의는 1713년에 이르러서야 이단으로 선언되었다.

펠라기우스(360?~420?): 영국의 신학자로, 은총과 원죄의 개념을 부인했다. 따라서 펠라기우스파는 얀세니우스의 가르침과 정반대였다. 이것을 혼동한 사람이 수도원장인지 뒤마 자신인지는 분명치 않다.

438 롱도: 13~15세기에 프랑스에서 유행한 시 형식의 하나.

뱅상 부아튀르(1597~1648): 프랑스의 시인. 17세기에 파리 사교계에서 큰 인기를 얻었다. 노련한 궁정신하로서 왕의 동생과 손잡고 리슐리외의 보호를 받았으며 안 왕비에게 연금을 받았다. 그가 '위대한 시인'인지 여부는 다른 문제다.

439 올리비에 파트뤼(1604~1681): 변호사 겸 사전 편집자로서 순수하고 우아한 문체로 유명했다. 아카데미 프랑세즈의 회원이었다.

442 서로 고백하라: 신약성서 〈야고보서〉 5장 16절을 가리킨다. '이러므로 너희 죄를 서로 고하여 병 낫기를 위하여 서로 기도하라. 의인의 간구는 역사하는 힘이 많으니라.'

443 유디트: 〈유디트서〉는 이른바 구약 경외서에 포함되어 있는데, 유디트라는 젊은 이스라엘 여인이 아시리아 왕 네부카드네자르의 장군인 홀로페르네스를 죽여 이스라엘 민족을 구하는 과정을 묘사하고 있다. 앞으로 밀레디는 자신을 여러 번 유디트에 비유하게 된다.

444 포르스 감옥: '라 프티트 포르스'(작은 포르스)라고 불리는 이 감옥은 주로 매춘부를 수용했고, 프랑부르주아 가에서 조금 떨어진 마레 지구의 파베 가에 자리 잡고 있었다. 남자 감옥인 '라 그랑드 포르스'(큰 포르스)는 가까운 루아드시실 가에 있었다.

454 루이 드 노가레 드 라 발레트(1593~1639): 에페르농 공작의 셋째 아들로서 본의 아니게 성직자가 되어 1613년에 툴루즈 대주교가 되고 1621년에는 추기경이 되었지만, 군대 생활을 계속하여 독일과 부르고뉴, 피카르디와 이탈리아에서 왕을 위해 싸웠다.

456 스콜라 철학: 8세기부터 17세기까지 중세 유럽에서 이루어진 신학 중심의 철학. 가톨릭교회의 부속학교에서 교회 교리의 학문적 근거를 체계적으로 확립하기 위해 이루어진 기독교 변증(辨證)의 철학으로, 고대 철학의 전통적 권위에 의존하여 주로 아리스토텔레스 및 플라톤의 철학을 원용하여 학문의 체계를 세우려 했는데, 토마스 아퀴나스가 대성하였다. 내용이 형식적이고 까다로운 것이 특징이다.

469 루벤스의 그림: 플랑드르의 위대한 바로크 화가인 페터 파울 루벤스(1577~1640)는 그림의 웅대함, 기법의 자유로움, 채색의 따뜻함으로 알려져 있었다. 술 취한 사티로스들은 신화를 주제로 한 그의 그림에

자주 등장한다.

단돌로나 몽모랑시: 단돌로는 베네치아의 오랜 귀족 가문으로서, 베네치아 공화국을 다스린 통령을 많이 배출했다. 몽모랑시는 프랑스에서 가장 유명한 집안의 하나였고, 12~16세기에 4명의 '코네타블'(최고사령관)을 배출했다. 1327년 이후 몽모랑시 공작은 '프랑스 제1남작'이라는 칭호를 갖게 되었다.

477 전과의 낙인: 이 낙인 에피소드를 뒤마는 《다르타냥 씨의 회고록》이 아니라 쿠르틸 드 상드라가 썼다는 《로슈포르 백작의 회고록》에서 차용했다. 낙인은 매춘부의 표시였지만, 다른 범죄행위에 대한 처벌로 낙인이 찍히기도 했다(이 경우도 그런 낙인인 것으로 밝혀진다).

484 속담: 이 경우와 관련된 프랑스 속담으로 "마르탱은 한 곳이 모자라서 당나귀를 잃었다"(방심은 금물이라는 뜻)가 있다.

486 《일리아스》……: 제1장에서 아가멤논에게 격분한 아킬레우스가 칼을 빼려고 하자 아테나 여신이 하늘에서 내려와 그를 막기 위해 머리카락을 움켜잡는다.

489 크레키 공작 샤를 드 블랑슈포르(1578~1638): 프랑스 원수.

490 에몽의 두 아들: 13세기의 기사 모험담인 《에몽의 네 아들》은 《몽토방의 소송사건》으로도 알려져 있었다. 여기에 나오는 마술적 군마인 바야르는 에몽의 네 아들을 한꺼번에 모두 실어 나를 수 있다.

492 내 누이 안: 샤를 페로(1628~1703)의 동화집 《거위 아주머니 이야기》에 수록된 〈푸른 수염〉 이야기를 언급한 것. 푸른 수염은 이미 여섯 아내를 죽였고, 일곱 번째 아내는 오빠들이 구조하러 오기를 기다리면서, 망루에서 밖을 지켜보고 있는 여동생 안에게 계속 묻는다. "안, 내 누이 안, 누가 오는 게 보이니?" 그러면 안은 대답한다. "아니, 해가 흙먼지에 가려지고 풀이 밀려서 젖혀지는 것밖에 안 보여."

498 크로이소스(기원전 560?~546?): 소아시아에 있는 리디아의 마지막 왕이었고, 막대한 재산으로 유명해졌다. 그의 왕국은 키루스 대왕(기원전 558?~528?) 치하의 페르시아 제국에 포함되었다.

옮긴이 김석희

서울대학교 인문대학 불문과를 졸업하고 대학원 국문학과를 중퇴했으며, 1988년 한국일보 신춘문예에 소설이 당선되어 작가로 데뷔했다. 영어·프랑스어·일어를 넘나들면서 시공사 '세계문학의 숲'에 포함된 토머스 드 퀸시의 《어느 영국인 아편쟁이의 고백》, 콘라드 죄르지의 《방문객》, 다니자키 준이치로의 《미친 사랑》, 크누트 함순의 《목신 판》을 비롯하여 존 파울즈의 《프랑스 중위의 여자》, 존 러스킨의 《나중에 온 이 사람에게도》, 허먼 멜빌의 《모비 딕》, 스콧 피츠제럴드의 《위대한 개츠비》, 쥘 베른 걸작선집(15권), 시오노 나나미의 《로마인 이야기》(15권) 등 많은 책을 번역했다. 역자후기 모음집 《번역가의 서재》, 제주도 귀향살이 이야기를 엮은 《이 또한 즐겁지 아니한가》 등을 펴냈으며, 제1회 한국번역대상을 수상했다.

삼총사 1

초판 1쇄 발행일 2011년 9월 26일
초판 7쇄 발행일 2023년 1월 19일

지은이 알렉상드르 뒤마
옮긴이 김석희

발행인 윤호권
사업총괄 정유한

편집 정은미 **디자인** 이희영 **마케팅** 윤아림
발행처 ㈜시공사 **주소** 서울시 성동구 상원1길 22, 6-8층(우편번호 04779)
대표전화 02-3486-6877 **팩스(주문)** 02-585-1755
홈페이지 www.sigongsa.com / www.sigongjunior.com

ISBN 978-89-527-6299-3 04860
ISBN 978-89-527-6302-0 (세트)

*시공사는 시공간을 넘는 무한한 콘텐츠 세상을 만듭니다.
*시공사는 더 나은 내일을 함께 만들 여러분의 소중한 의견을 기다립니다.
*잘못 만들어진 책은 구입하신 곳에서 바꾸어 드립니다.